Performing Women in Republican Shanghai

娱悦大众

民国上海女性文化解读

姜 进等◎著

上海辞书出版社

本书得到教育部人文社会科学重点研究基地重大项目

"女性、表演与上海都市文化"资助

序

　　女性与演艺是 20 世纪上海城市文化空间中两个最为活跃和显眼的部分。上海的演艺市场是一个充满活力的场所,数以百计的大小剧场影院里,日夜上演着形形色色的人间悲喜剧,吸引着成千上万的观众,营造着大都市的文化信息。女性在其中扮演着至关重要的角色。之所以如此,却是因了女性走出家庭、走向社会这个也许是 20 世纪世界范围内最重大的历史性变化,一个改变了 20 世纪中国社会、影响了中国人生活的重大历史性变化。

　　女性在民国早期作为文化的生产者和消费者开始大规模地进入大众演艺市场,对当时以男性为中心的演艺市场形成巨大的冲击,并在此后的大半个世纪中将女性的生活经验和观点渗透于演艺作品中,给大众文化带来深刻的变化。上海是包括职业妇女、女工、女学生和中产阶级家庭主妇等新型女性的集中地,又是提倡妇女解放的中国新文化运动的重镇,女性对文化的影响在上海有特别集中的表现,而海派以言情为基调的通俗文化的繁荣就是这种影响的显著标志。在各式各样的女性形象充斥了民国上海从小说到戏剧的通俗文化作品的同时,中国的女性们也登上了都市的舞台。所谓的"摩登女郎"们开始在都市的公共空间中亮相,挑战传统的性别和价值观念,以自己的身体和行为前所未有地拓展了想象现代女性的观念空间;女演员们也开始在剧院、书场、银幕上现身,以女人之身演绎女性自己的故事,打破了晚清男性一统的演艺世界,挑战了男性对塑造女性舞台形象的垄断地位。如果说女作家、女演员们用自己的情感和身体创作了无数言情作品,那么,家庭主妇、女学生、女工,以及办公室小姐、教师、医生、护士等职业妇女就是这些作品的最热情的消费者。毫不夸张地说,女性在上海现代都市文化的形成过程中起了举足轻重的作用,都市女性文化是上海大众文化的一个重要特色。

虽然上海社会、文化史的研究在国内外都是一个热门课题,却鲜有学者从性别和大众文化的角度来解读海派文化。长期以来,史学研究中偏重精英文化、轻视大众文化和女性文化的倾向使史学家看不到海派言情文化之于都市普通人群的重要意义,致使言情文化虽然广受大众欢迎,却饱受知识和政治精英的批评,被指斥为思想空虚、意志薄弱,沉溺于儿女情长之中而置民族国家大业于不顾的腐朽文化。女性色彩浓厚的海派言情文化在民国时期就不断受到左翼文化人的嘲讽和抨击,先有鲁迅讥讽其为鸳鸯蝴蝶派,沈从文等所谓京派作家攻击30年代所谓的海派文学,后有柯灵、傅雷对张爱玲小说的批评。在文艺领域,左翼知识分子热衷于通过电影、话剧等现代形式传播民族和革命的意识形态,将言情的传统戏曲和曲艺看作充满着封建糟粕和低级趣味的大杂烩而鄙视之,或看作新文化的对立面而批判之。比较中立的或倾向国民党的知识分子对通俗言情文化的态度虽不似左翼知识分子之激烈,但基本相同。国民政府从其国民革命的意识形态出发,对言情文化,尤其是为言情主题所主宰的大众娱乐领域的基本态度是整顿和改造,以将其纳入国民革命的轨道。在新中国建国早期,言情文化也不断受到极左思潮的冲击,从50年代的大演革命现代戏,到60年代初的大写十三年,最后在文化大革命中遭到彻底清除。这种精英观点也影响着海峡两岸的学术界,使民国历史文化研究在相当长一段时期内只关注学术、思想、文学等领域内的精英文化,忽视了对言情文化及其市场的研究。这一时期海外中国近现代史的研究中也有相似的情况,对大众文化和文化的性别问题缺乏关注。

这种情况在法国年鉴学派和源自英国的大众文化研究的影响下,自 20 世纪 80 年代以来逐渐改观。年鉴学派提出了从环境、社会、心态全方位研究历史的模式,并针对传统政治史、思想史忽视普通人群的弊病,倡导作为心态史的文化史研究。大众文化研究则体现了马克思主义人民是历史的创造者,反对英雄史观的根本立场,其代表作可以追溯到英国马克思主义史学家 E. P. Thompson 的名著 *The Making of the English Working Class* (1963)。在 80 年代以来有关上海都市文化的研究中,林培瑞(Perry Link)、毕克伟(Paul Pickowicz)、张赣生、魏绍昌、杨义、吴福辉、王德威(David Derwei Wang)、张英进(Yingjin Zhang)、傅葆石(Po-shek Fu)和李欧梵(Leo Ou-Fan Lee)等中外学者都有意识地将视点从知识精英转移到都市大众文化消费市场上,对通俗小说和电影作了重点研究。如果说其中文学史家著作的一个共同特点是对文学和电影文本的倚重,那么历史学家的研究则能着重对作品和作家所处社会情境做深入细致的分析。

这些成果的缺失也很明显,主要表现在对中、低端文化消费市场和女性文化的缺乏关注。其一,以上成果虽以研究大众文化相号召,其对象绝大部分仍然是能写善读的中等知识阶层,并未接触到没有读写能力的,或对读写兴趣不大的广大都市人群。其二,对读写兴趣不大的人群却可能是通俗戏曲、戏剧的热情观众,对通俗演艺市场的研究是理解和分析这部分都市人的思想和感情的一个有效途径。但这方面的研究极少。其三,对读写兴趣不大的人群中相当一部分是女性,她们构成了言情戏曲、戏剧最热情、也可能是数量最大的观众群。对戏曲文化的忽视必然导致对文化程度低下人群和都市女性人群之欣赏口味和情感的忽视,从而造成我们理解上海都市文化的盲点。虽然也有许多介绍文明戏、越剧、沪剧、淮剧、评弹等的通俗历史读物,但真正从社会文化史角度出发的研究专著仍然付缺。

本书意图在上述成果的基础上进一步深入展开对上海都市大众文化的研究,在由女性主义史学、大众文化史和文化的社会史这三种视角和方法交叉构成的总体框架下,对 20 世纪上海都市文化和现代城市公众空间的性别和阶层问题作深入的探讨,着重考察女性对上海通俗演艺市场的介入是如何影响了这一市场的形成和发展,而女性又是如何通过参与营造这一都市的公众空间而提升了自身的社会地位和身份的。

从女性主义史学的视角出发,我们以性别研究的方法分析女性与上海都市文化发展转型的关系。国内外研究上海都市文化者如李欧梵和张英进都注意到女性在民国上海公众文化和娱乐领域中的突显地位,但却是从男性文化的视角来关心都市男性是如何消费文艺作品和娱乐业中的女性和女性形象的,或女性及女性形象在一个男性中心的都市文化中具有何种象征意义。我们则将焦点集中在创造了女子文明戏、越剧、沪剧繁荣现象的女演员和女观众身上,调查分析这些言情剧的女性生产者和消费者是如何推动了言情剧在上海的兴起;而言情剧的繁荣又是如何帮助界定了上海都市文化现代性的某些特征,同时也使她们得以重新界定自己的社会地位和身份认同。

从大众文化的视角出发,我们力图改变研究者居高临下的眼光,平视我们的研究对象,从她/他们的角度去感受和把握言情文化的意义。我们力图超越 20 世纪 80 年代以来林培瑞、毕克伟、魏绍昌等中外学者对城市中产阶级/中等知识阶层文化的研究,将视角进一步下移到中下层阶级/中下等知识阶层(这里面包括了大多数的都市女性)这一文化消费群体,来观察这些为传统文化史所忽视的基本都市人群的价值取向、审美口味是如何影响了城市文化特征的形成的。

文化的社会史是我们多年来追循的一种重要的研究策略,是由社会史与 90 年代兴起的文化研究和语言研究交叉而成。文化社会史不仅要求对文化产品作纯文本的解读,更要求对生产和消费文化产品的权力关系作深入的调查。因此,摩登女郎、女演员和女性文化在民国上海的兴起就不仅是一个文化现象,更是一个社会现象,表征着女性在都市公众领域的崛起。本书以女子文明戏,少女歌舞团,越、沪、淮等小戏剧种的兴起为透镜来观察性别的传统权力结构在上海都市社会中的历史性变化。

从理论上来说,上述三种视角和方法虽然侧重点有所不同,却是互相关联的,属于欧美人文学科最近二十年中最具活力的、对传统观念最富颠覆性的概念框架。从实践上看,这些概念框架是深受马克思主义影响下的欧美左派学术在后冷战时代的发展。随着冷战时代的结束和意识形态在国际政治中的淡化,人文学者将其关怀投向社会平等、政治民主化和经济社会可持续发展等问题上,女性主义史学、大众文化史、文化社会学从不同角度以各自的方法对历史文化作自下而上的、从非特权人群视角出发的研读,以图补充和修正传统史学从知识和政治精英视角出发的、自上而下的观点以及由此而产生的偏颇和遗漏,甚至重写历史。

在这样的理论框架指导下,本书从各个方面就女性、表演与上海都市文化的关系问题展开研究和探讨。全书共分四个部分。第一部分以女子文明戏、电影女明星和少女歌剧团为案例,分析描述了民国初年女演员的出现及其坎坷的命运;第二部分聚焦摩登女郎现象,从民初的油画、流行刊物和有关舞女之种种来考察女性进入都市社会和公众领域的情况及其引起的有关文化现代性的争论;第三部分以抗日战争时期上海娱乐领域内电影《花木兰》、女性话剧和女子越剧为中心来研究战争、沦陷与女性文化兴起之间的复杂关系;第四部分以沪剧、淮剧和女子越剧等在30年代以后的兴起及其都市化的漂亮转身为案例来考察上海都市文化的大众性和女性化发展。

本书的研究明确揭示出上海都市文化的现代性带有浓厚的移民性、大众性和女性化特征。民国时期上海民众最喜闻乐见的越、沪、淮等小戏剧种大多发源于江浙沪一带的农村,随着近现代工业化进程中上海城市的迅速发展而跟随大量移民进入上海市区,与这些新移民一同经历了城市化的过程而成熟起来,从简陋的乡村小戏发展成为都市舞台艺术。这些新兴剧种主要以言情剧为题材,以小生和花旦的对手戏为主要表现形式,女主角和旦角占据着舞台的中心,吸引着众多中下层市民和一大批从家庭主妇、女工、女学生到职业妇女的女观众。与昆曲、京剧等古老剧种相比,沪、越、淮等都是在现代情境中由现代观众塑造出来的现代舞台艺术形式,是在20世纪早、中期上海经济、社会和人口构成的变化中产生,在电影和话剧的熏陶下成长起来的新兴剧种。在上海这个中西文化汇聚的大都会环境中，这些剧种在以方言为基础的传统戏曲形式的外衣下，汲取了现代戏剧审美元素，发展出具有跨文化的国际性品质的本土言情剧。其中越剧以《梁山伯与祝英台》为代表的爱情剧，沪剧《雷雨》、《日出》等西装旗袍戏，以及通俗话剧《秋海棠》等堪称海派言情剧的代表作，其在民众中的影响绝不输于当时的电影。

正如本书在"导论"中所指出的，海派言情文化的历史合理性和政治合法性，必须也只有到接受和拥护了它的大众中去寻找。参考国外学者和我们自己的研究表明，言情剧的兴盛往往是与工业化和城市化的早期发展相关的一种文化现象，是一个跨国界和跨文化的历史现象，曾发生在工业化早期的英国、法国、美国，又在19、20世纪传到了日本和中国。大阪和上海，这两个亚洲最大的工业城市则成了本国言情文化批量生产和发行的中心。民国时期的上海，是一个正以惊人速度扩张中的移民的城市，在这里，传统的权威大大地打了折扣，新的道德权威有待建立，一切都在快速变化之中，令人眼花缭乱。而有关爱情、婚姻、两性关系的道德、意识形态和行为准则的变化是每个新都市人都必须面对的、最有切身感受和最为关怀的问题。人们由此产生的困惑、恐惧，夹杂着兴奋和向往构成了一种巨大的社会心理能量，在言情文艺中得到了宣泄。言情文艺更提供了一个虚拟的空间，让各种有关两性关系的想象在其中得到讨论、思考和实验。正是通过言情文艺，生活在这样一个工业化初期的大都市中的新移民找到了一个渺小个体与一个翻天覆地的社会转型之间的联系。本书将大众演艺文化纳入历史学的视野，透过演艺来审视都市民众在社会急速转型过程中的心态和对策，试图为历史研究开辟一个新的史料和研究路径，应该是对历史学的理论和实践的创新所作的一个有意义的尝试。

最后，本书的研究发现，上海大众文化的女性化特征十分明显。从民国初的女子文明戏，到旦角和女演员先后在越、沪、淮等剧种中成为台柱，再到全女班越剧的兴盛，这些都是中国女子社会地位和角色变化的一个突出体现。而这些变化首先、并且集中地发生在上海——这个最先受西方现代文明冲击、中国最大的工商业城市。伴随经济现代化的是上海城市的迅速扩张,人口的成倍增长和社会文化的现代化。具体来说,上海是中国现代社会阶级——工人阶级、资本家和包括白领管理和技术人员在内的城市中产阶级的诞生地和集中地,也是现代女性的集中地:女学生、中产阶级家庭主妇、工厂女工和职业女性代表着20世纪早、中期中国女性社会身份和角色的转型。女性走出家庭,走上社会是一个立体的社会运动,不仅表现在女性之争取投票、受教育和工作等公民权利,也表现在女性之进入剧院成为文化产品的消费者。女性的兴趣和品味通过她们的钱包影响了演艺文化的生产,导致了言情剧的流行和演艺文化的女性化,以及评弹、沪剧、越剧的兴盛。更进一层看,上海女性地位和角色的转型不是孤立的现象,而是整个中国女性身份角色的现代转型的集中表现。正因如此,在上海都市新女性的支持下发展起来的女子越剧及其代表作《梁山伯与祝英台》、《红楼梦》能够得到江南地区以外的女性观众的共鸣和喜爱。女子越剧与摩登女郎的出现、女子文明戏、少女歌舞团,以及抗战时期女性文化的兴盛共同昭示了20世纪中国女性之兴起这一普遍社会现象及其深远的文化意义。是为序。

姜 进
写于海上凤凰城
2009 年 3 月 30 日

目 录

追寻现代性：民国上海言情文化的历史解读

（代导论）

姜　进

　　每座城市都有她现实的一面和传奇的一面。一座城市的传奇色彩代表着她在人们心中唤起的种种想象，而各个城市的传奇色彩也可以是各不相同的。如果说民国北京拥有那种懒散而充满怀旧情绪的浪漫，那么，民国上海的浪漫则是骚动不安的、充满着活力及对新事物的渴望和追求。与这种骚动和渴望互为表里的，还有另一种传奇，即统治着这个城市通俗文化的言情作品。民国上海的通俗文化中充满了对于情爱、金钱和女人的描写，言情体裁统治着通俗文学和娱乐演艺市场。从民初以徐枕亚《玉梨魂》、《礼拜六》周刊为代表的鸳鸯蝴蝶派小说和刊物，20 世纪二三十年代张恨水、顾明道等的崛起，30 年代以穆时英、邵洵美等为代表的所谓海派文学，到 40 年代以张爱玲、秦瘦鸥作品为代表的"新海派"或"新鸳鸯蝴蝶派"，言情体裁构成了民国通俗文学的主流。在演艺领域，言情主题亦主导着民国上海的电影业和包括文明戏、通俗话剧、评话、弹词、滩簧、越剧、沪剧、淮剧等的通俗戏剧曲艺形式。言情文化在民国上海的公众文化空间中可谓蔚为大观，而且表现出极旺盛的生命力。无论是在军阀统治下，在五四新文化运动高潮中，还是在国民政府时代，在日本占领下，抑或是内战时期，通俗言情文化长盛不衰，始终拥有大量的读者和观众。循心态史和大众文化研究的取向，本文将言情文化放到现代化都市社会发展和上海追求现代性的城市精神形成的过程中考察其社会、文化、心理上的各种关联,目的不是为了简单地评价其好坏、对错,而是重新认识这一文化现象在民国上海社会变迁情境中的历史意义。

在民国上海的公共文化空间中,通俗小说和各种演艺文本之间因常规性的互相改编而在内容和风格上趋于一致,形成了一个蔚为壮观的以情爱为主题的通俗文化现象。如果我们将这一中国现代通俗文化与西方超情感剧及通俗小说作一些比较研究,就不难看到,两者都是现代都市社会形成过程中普通市民心路历程的反映,表征着都市人群对快速转型社会中的阶级、性别、情爱、家庭关系以及金钱、犯罪和暴力等问题的迷惑和深切关注。这些现代社会转型中出现的问题集中地发生在如伦敦、巴黎、纽约、大阪和上海这些各国率先工业化的大城市中,而通俗小说和演艺也首先在这些城市里被大规模地生产出来,销往全国,传播着大都市生活的信息。进一步的考察却又揭示了民国上海的通俗文化有着很深的本土渊源,反映了中国人在本国城市现代化过程中的特殊经历和体验。通过对民国上海两部流行言情作品的阅读,本文具体地展示了通俗文化作品是如何帮助中国的观众在虚拟的真实中思考、实验和体验新型的性别与情爱关系的。最后,对民国上海言情文化的新认识将迫使我们重新审视中国近现代史研究中的一些重大问题,纠正历来精英观点对大众文化的排斥和偏见,正视言情文化的历史合理性和政治合法性,并在中国革命和现代化的过程中来理解上海都市文化的意义。

一 海派言情文化与西方超情感剧

文学史家杨义在他对"海派"小说的论述中把海派文学分为三个发展阶段,从民初徐枕亚、包天笑等所谓的鸳鸯蝴蝶派,到20世纪30年代邵洵美、穆时英等为代表的现代主义流派,再到40年代张爱玲、苏青的新海派,并指出海派文学的特点是言情,继承了明清时期"十部传奇九言情"的传统。"言情是海派文学里的大宗,似乎不言情就不足以称海派。"[1]其实,对民国上海的文化空间作一鸟瞰,就会发现以爱情为中心展开的言情剧统治了由通俗小说和戏曲、曲艺、电影、广播组成的整个通俗文化市场。

从比较文化的角度来看,言情剧在民国上海的盛行不是一个孤立的案例,近现代西方社会中也出现过相似的文化现象。美国文化史家毕克伟在讨论西方超情感剧(melodrama,也译做"情节剧")在工业化欧洲产生时指出:"正如彼得·布鲁科和其他人所说,超情感剧的特征是夸大无当的语言,豪华的场面和激烈的道德立场。超情感剧所代表的是一种把黑暗与光明、拯救与遭谴'高度戏剧化'的美学风格。超情感剧首先产生于革命后的法兰西舞台上,当时后革命时代的文化民主化运动正在展开。虽然超情感剧是一种独特的现代体裁(genre),它在一开始时的政治倾向却是保守的。超情感剧的观众包涵所有社会阶级中对社会的现代转型感到威胁和困惑的人们。这一新的强有力的表达方式对19世纪中后期的欧洲小说有着巨大的影响,并为20世纪影视创作者所继承和运用。"[2]

西方超情感剧对民国上海的电影业和娱乐演艺界的影响主要是通过好莱坞电影传播的。毕克伟指出,超情感剧统治了民国时期以上海为基地的中国电影业。虽然20世纪30年代的左翼电影人如孙瑜、蔡楚生、吴永刚、沈西苓、夏衍等试图将五四新文化的信息注入电影中去,他们自己却成了强有力的超情感剧体裁的俘虏。虽然夏衍等新中国的电影人和研究者声称30年代的左翼电影是社会现实主义的作品,但在事实上,这些电影"毫不怀疑地接受了超情感剧的统治,因此而丧失了将复杂而丰富的五四思想介绍给观众的机会"。[3]

另一位研究民国通俗小说的美国学者林培瑞在他的开创性研究中对鸳鸯蝴蝶派小说也有类似的阐述,认为鸳鸯蝴蝶派小说的许多方面及其历史背景与其他工业化社会中产生的通俗文学极其相似。他写到:"我们不一定说得清楚究竟在多大程度上现代生活模式是工业化的内在逻辑使然,但是起码有一点是肯定的,即现代娱乐性的小说(或近年来的电视)总是伴随着工业化出现的,世界各地的情况都是如此。这种小说从18世纪的英国开始向西欧和美国扩展,往往通过超越国界的重印或翻译直接被他国引进。"[4]

这种流行于工业化国家中的通俗小说,在 20 世纪早期通过在大阪大批量生产的日文译本传入了中国。[5]大阪和上海这两个早期工业化中心之成为日本和中国通俗小说的生产中心,似乎也证实了通俗小说与工业化之间的相关。民国时期的中国通俗小说也因此而具有与欧、美、日本通俗小说相似的成分,包含了四种体裁:(1)爱情,(2)武侠,(3)黑幕,(4)侦探。[6]这些体裁不但不互相排斥,反而常常融汇在同一部作品里。相反,精英小说与通俗小说之间的差别却是显而易见的。林培瑞指出:"从文学风格来看,东西方现代通俗小说都在以下一些方面与精英小说有明显的区别,而这也正是通俗小说之所以被指为'通俗'的原因。通俗小说常常叙述怪异而不寻常的故事;情节多有意想不到的转折;主要人物一般都是善恶分明;除去少数重要的例外,故事一般都以简单而直接的语言来讲述;绝大多数叙事充满行动,疏于描写。"[7]

虽然超情感剧和通俗小说在欧、美、日本和中国的出现都与这些国家和地区的工业化进程有关,各国的工业化以及国人对本国这一过程的观感却不竟相同,而中国版的通俗文化中比较突出的是爱情主题。民国上海的通俗文化虽有其国际渊源,同时也从明清以来的江南通俗文化中汲取了养料,是传统言情文化与西方通俗文化在上海都市空间合流的一个结果。"传奇"和"言情"这两个词很好地传达了民国上海通俗文化的特征及其本土渊源。

中国的情况与毕克伟所说的西欧的情况不同,处在现代化过程中的中国人除了"对社会的现代转型感到威胁和困惑",或因未来的不确定而焦虑不安的同时,也对现代化这一西方舶来品充满了新奇感。对当时的中国人来说,"现代"与"西方"是紧密相连的两个概念,现代化既是必然的,又是令人神往的。必然是因为中国需要自强以避免亡国的命运;令人神往是因为现代化生活所带来的新鲜感和异国风情。蒸汽船、火车、电报、摩天大楼,甚至外国人用以威胁中国生存的炮舰和火枪,都给中国人留下了深刻的印象。许多人真心地、怀着好奇和兴奋欢迎这现代化时代的到来,而"传奇"这个词正抓住了中国人对现代化的这份兴奋、好奇和着迷。[8]从字面上来看,"传奇"指的是不寻常的故事和传说,在小说初成型时的唐代就被用来指称这一新的文学类型,著名的有《霍小玉》和《李娃传》等;后又被用来指明清时期盛行的一种戏剧体裁,包括《牡丹亭》、《桃花扇》、《长生殿》等不寻常的故事;居住在民国上海的众多海派作家继续制造着现代的传奇,而日新月异的民国上海本身就是一个都市的传奇。

　　"言情"这个词也许是与英文"melodrama"意思最为接近的,也是对民国上海通俗文化的内容、体裁及风格最好的描述。言情故事是一种以曲折的情节和夸张的情感为特色的美学模式来演绎情爱关系的文学、演艺体裁。言情故事关注的是一个"情"字;即使故事的发展涉及了重大政治历史事件,言情作者也必然将其处理成必要的背景,来衬托情爱的主题。情爱是言情剧的第一主题,悲欢离合、世情冷暖都是其题中应有之意。言情故事在中国最早可以追溯到唐代,是传奇中专讲男女之间悲欢离合的一类。传奇类和言情小说的出现与唐代长安这一当时的国际大都市有密切关系,许多传奇故事都是以长安为中心展开的。但言情体裁只是在 17 世纪才盛行起来,成为一种有影响的文艺类型,以《金瓶梅》、三言两拍为代表的言情小说,以《牡丹亭》、《长生殿》为代表的传奇剧,以及清初才子佳人小说的兴起,构成了一个以"情"为中心的文化现象。[9]言情文艺在明末清初的成熟和盛行也是以江南地区的都市化和商业化发展为背景的。这一背景同时也催生了儒学史上一大变革,即王阳明心学的兴起。以李贽为代表的阳明心学中最激进的泰州学派将每个人心中的真实情感视为最高的道德和美学的权威,在意识形态上支持了文艺领域中"情文化"的兴起。[10]明清江南地区这一情文化在清代中后期受到清政府和正统儒家意识形态的打压,却在民间或明或暗地持续着,有《红楼梦》和大批弹词剧本的流行为证。明清时期情文化的种种元素在民国时期都市现代化的历史情境中为海派言情文化提供了丰富的本土资源。

　　从中国历史来看,言情体裁的兴起与其说与工业化有关,不如说与都市化和商业化的进程相关,是一种市民文化的表现;而近代工业化条件下空前规模的城市化和商业化促进了言情文化的现代发展。民国海派以言情为基调的通俗文化是在近现代工业化和都市化的背景下,将江南地区传统情文化元素与西方现代通俗小说和超情感剧的技巧和形式相糅合而产生的一种现代都市文化,是普通中国人在上海现代化过程中走过的心路历程的一种反映。

二 民国上海通俗文化鸟瞰

因鸦片战争失败而被迫开埠的上海港,是中国传统中的一个异数。尽管中国政府从未正式割让过上海的主权,西方国家根据中外不平等条约中领事裁判权和治外法权强行在外国人居住区实施警察权、行政权和司法权,造成了国中之国的事实,俗称"租界"。西方列强保护伞下的租界在近代中国动荡的政治和战争风云中居然成了一座奇怪的安全岛。政治的稳定,有利的地理位置,背靠发达的江南商业经济,开埠后的上海吸引了大量华洋投资,迅速成长为中国最大的工业城市和远东第一商业大都市。

与政治统治权的暧昧和现代商业的繁荣相伴随的,是社会生活方面的华洋五方人等杂处和文化上的五花八门、鱼龙混杂。上海以它开放、自由的空气,兼容并蓄的胸怀,迎接五方来客,经营着巨大规模的交易。这里聚集着一注千金的冒险家、投机家,挥金买醉的前清遗老遗少,利润丰厚的洋行买办,野心勃勃的现代企业家,新兴的白领阶层,广大的劳工、苦力,小商贩,妓女,帮佣,学生和姨太太。这里耸立着从外滩到大马路(今南京路)的现代化高楼群,以豪华的银行大楼、海关大厦及百货公司充满着舶来品的橱窗向世人夸示现代化大都市的风貌。相隔仅数条街区的四马路(今福州路)的小弄堂里,却是红灯低悬、妓院烟馆参差的另一幅景象。更有意思的是,四马路同时也是一条文化街,林立着大大小小的报馆、书局、出版社、印刷厂。

如果说民国上海是一个富于传奇色彩的大都市,那么,它更是一个制造传奇的大本营。明清以来,江南就是全国印刷工业最发达的地区。南京、苏州、杭州是三个著名的商业印刷中心。到了民国时代,上海前承苏、杭的印刷技术，更采用西方先进的机器、设备、纸张，成为全国最大的印刷基地。先进的技术可以胜任精美的制作，而宏大的规模又能在短期内大量生产廉价的印刷品，不仅使通俗文学文艺的大量生产成为可能，而且在很大程度上引导和界定了大众文艺的某些形式。正如文学史家张赣生所指出的，通俗文学的兴盛与日报副刊的出现紧密相关。[11]民初上海的通俗小说大多以填补日报副刊的形式写成，连载以后视读者反映再决定是否出单行本。日报副刊的巨大需求直接刺激了通俗小说的大规模生产，也带动了通俗文学期刊的流行。周刊、月刊、双月刊等名目繁多的期刊一次可以刊登多至十一二部连载小说片断，并经常有三四部中、长篇幅小说的连载。此外，上海书摊上有大量的纸张粗劣、几分钱可以买一本的戏考；这种戏考往往才有一个巴掌大小，少则数页，多也不过数十页，小到可以放在衣袋里或女人的手袋里。京剧、申曲、滩簧、越剧都有这样的戏考，有效地起到了广告和普及的作用。

　　民国上海不光具有批量生产的印刷能力，更有作家、报馆编辑、杂志发行人等等，充当了五花八门的内容的制造者。江南自明清以来就是文人荟萃之地，苏州周围的几个城镇有状元之乡的美称。当科举制度接纳不了日益增多的考生时，江南高度商业化的经济提供了文人多种职业的可能性；塾师、刑名师爷、书记、账房、幕僚、职业画家、鉴赏家，通俗读物的编著者、出版商，以至言情小说的写家等等，都是文人藉以谋生的职业。民初上海、苏州大批的卖文为生的职业文人的聚居，也可以看作是近现代江南人文生态发展中的一种现象，造就了一批为市场写作的通俗小说作者群。这些人才在上海及其周围地区比比皆是，源源不断。根据张赣生的统计，民国期间，"仅就有单行本传世的作者来说，已约有五百人左右，这个数字约相当于现知明、清两代通俗小说作家人数的一倍，在短短三十七八年间，涌现出这么多作者，可说是空前的繁荣。"[12]

　　这种"空前的繁荣"少不了民国上海众多的通俗小说消费者的参与。上海人之喜欢言情小说，大约与喜欢大饼油条差不多，都是他们生活中的一部分。《礼拜六》的编辑者、哀情小说大家周瘦鹃回忆道："民初刊物不多，《礼拜六》曾风行一时，每逢星期六清早，发行《礼拜六》的中华图书馆（在河南路广东路口)门前,就有许多读者在等候着。门一开,就争先恐后地涌进去购买。这情况倒像清早争买大饼油条一样。"[13] 中国人从五湖四海涌进上海的十里洋场,被这里的机会所吸引,为这里的繁华所晕眩,也为这里的欺骗、世故和无情而惶惑。张爱玲有句名言:"上海人是传统的中国人加上近代高压生活的磨练,新旧文化种种畸形产物的交流,结果也许是不甚健康的,但是这里有一种奇异的智慧。"[14] 张爱玲以卖文为生,自己是上海人,她确知道上海人的脾胃。她为上海人写了一部《传奇》,畅销一时。《倾城之恋》引起轰动后,由张爱玲自己改编,被搬上话剧舞台,随即又拍成电影,在 40 年代的上海造成了一种张爱玲传奇现象。

电影是民国上海通俗文化的重要组成部分。中国的电影于 20 世纪 20 年代发源于上海,一开始走的就是言情的路子。只要瞥一眼明星公司早期制作的电影题名,如《玉梨魂》、《四月蔷薇》、《火烧红莲寺》、《白云塔》等,就可知其为鸳鸯蝴蝶派或侠情小说的翻版了。其中 1928 年出品的《白云塔》一片是根据陈冷血当时在《上海时报》副刊连载的长篇小说改编的,卖座极佳。民国上海的进口片也大多是所谓超情感剧的西式言情剧,其中最著名的也许当数两部好莱坞翻译片——《魂断蓝桥》和《乱世佳人》。30 年代起,左翼影片开始在电影市场中崛起,与国产言情剧和好莱坞超情感剧争雄。然而,诚如毕克伟所言,直到 40 年代末,左翼电影也没能摆脱超情感剧的巢穴而在体裁方面独树一帜;而日据上海的电影业就更是言情剧的天下了。[15]

民国上海演艺市场中最活跃、观众最多的是传统戏曲和曲艺。承晚清遗续,民初上海仍以京剧为大宗,占据着当时最大的戏园子。以言情为主要题材的评弹、滩簧、东乡调申曲(沪剧的前身)、的笃班嵊县戏(越剧的前身)等则活跃于茶园、茶馆、旅馆、小戏馆、百货公司附设的游艺场,以及大世界、新世界等游艺场中。民国中期以后,因时代风气所致,以演才子佳人著称的越剧和以西装旗袍戏相号召的沪剧等小戏迅速地成熟起来,开始在中、大型剧院上演大规模的言情剧,在 40 年代与评弹一起取代京剧成为沪上观众最多的剧种。[16]

在中国历史上,通俗文学与民间演艺有着一种互相借鉴、改编的亲族关系，民国上海这两种媒体之间的互串共生也是渊源有自。戏曲与小说在中国传统文化中都是不入典籍的旁门左道，是在民间逐渐发展起来的。自宋元以后，随着都市化和印刷工业的发展，市坊间的话本、传奇小说与民间各种形式的戏曲、说书、唱书互相渗透、滋养，交相互映，使大众艺文的某种共生结构成为可能。明末清初的江南，似乎就可以看到这样一个结构。明清传奇剧的叙事结构大多不出合—离—合的套路，大团圆是典型的结局。这种言情的叙事及其套路，也是才子佳人小说的典型结构。观《曲海总目提要》中为数众多的明清传奇的故事梗概，可知 17 世纪才子佳人小说对传奇的模仿。此外，明清之际又有大量拟话本小说，与民间说唱、曲艺互有借鉴，风格亦带市坊间的粗俗和生动。男女主角常常是商贾、妓女之类市井中人，所写人情世情更贴近普通百姓的生活和感情。拟话本小说多有脍炙人口之篇，以后无数次地被戏剧改编搬演，其中《王魁负桂英》、《杜十娘怒沉百宝箱》、《卖油郎独占花魁女》等成为戏曲常演的戏目。

这种因舞台与文本的互串而构成的通俗言情艺文的共生结构在民国上海呈现新一轮的发展。张恨水的《啼笑因缘》也许是最具代表性的例子了。这部小说先是于 1929 年秋、冬间在《新闻报》副刊《快活林》开始连载，引起轰动，于 1930 年出版单行本。随即被拍成电影。评弹、越剧、淮剧、申曲、滩簧等等都曾先后改编搬演。张恨水又于 1933 年发表了《啼笑因缘续集》。[17] 1933 年 5 月《珊瑚》杂志上登载的一篇文章纪录了这一现象："张恨水自出版《啼笑因缘》后，电影，说书，京剧，粤剧，新剧，歌剧，滑稽戏，木头戏，绍兴戏，露天戏，连环图画，小调歌曲等，都用为蓝本，同时还有许多'续书'和'反案'。"[18] 在《啼笑因缘》现象中，我们看到的是多种通俗艺术品种在互串共生中共同营造了一个反映海派独特审美情感的都市文化空间。

三 都市社会与海派言情文化

相较西方通俗小说和超情感剧，海派通俗文化的一个特点是言情，是对女性和爱情罗曼史的沉迷。这种沉迷表征的是 20 世纪中国社会中关乎每个人的、影响极其深远的一种变化,这就是在现代化背景中家庭和性别关系之意识形态和社会实践的演变和重建。有关性别的传统儒家意识形态早在明末清初就受到了以泰州学派为代表的挑战。明末李贽就曾对男女平等、夫妻平等作了系统的论述。清代哲学家戴震和谭嗣同也都对此有精辟的阐述。清末戊戌维新运动后,梁启超等人开始把女性的解放与民族自强联系起来,使妇女解放成为20世纪民族革命的一个组成部分。五四新文化运动进一步将男女平权、自由恋爱、婚姻自主、女性受教育和工作的权利、女性经济独立等观念普及开去,使妇女解放成为国家和社会现代化的重要标志。

在建构现代性别平等话语的同时,家庭结构和男女关系的实践也在悄悄地发生着变化,而最显著的变化集中在现代工业化大都市的移民人口中。传统的数代同堂的父权制大家族制度被新移民留在了都市的门槛外,以父母和孩子两代人为主组成的核心家庭构成了都市的标准家庭。这样家庭中有时也会有老人,但他(她)们一般不再享有在传统家族中的主导地位。传统的一夫多妻制家庭虽尚未被法律明文禁止,但已经丧失了道德的合法性而为都市社会的家庭规范所不容,造成第二房或第三房妻子与大房分户而居的新习俗。婚姻关系发生了变化,从以前两个家庭之联姻转向两个个人之间的结合,择偶(而不是传统意义上的选择亲家)也就成了一项重要的人生事件。年轻人开始试验各种与异性交往的方式,希冀找到一个理想的婚姻对象;领风气之先的年轻男女成双成对谈恋爱也就构成了大都市公众空间一道独特的风景线。

这种时尚的海派恋爱方式对普通市民和初来上海者可以造成巨大的视觉和心理的冲击。1939年10月鸳鸯蝴蝶一派的《上海生活》上刊载的一篇文章,记述了一位因逃避战乱初到上海的难民的观感:“不到上海,不会知道男人和女人关系是这样的密切,我每次到公园里去,总看见游人中多半是一男一女的紧紧相随,采取一对一政策,一个绿发修垂的,粉脸朱唇的,高跟线袜的,花枝招展的新女子,跟着一个油头粉面,西装革履的年轻人,且行且笑,或手臂相挽,或偎依相亲,目下无人,顾盼自雄,这种样子,在内地一定要给人当着话柄，说这是肉麻当有趣，但在上海的青年男女之间，如果不这个样子，则未免觉得太煞风景，太美中不足，太孤寂寒酸了。"[19]年轻男女之间在公众场所如此亲密很难说已经成为民国上海普通市民的行为规范，但这种表现对传统性别意识和实践的震撼是毋庸置疑的。新的性别意识和行为规范的形成势在必行，但个人对于如此剧烈的变化往往感到无所适从。通俗言情文化之受欢迎，很大程度上是因为它在个人与现实世界之间提供了一个媒介，使普通人得以将个人的困惑与社会变化的大趋势联系起来，并在言情作品虚拟的真实中想象和体验各种新的性别关系。

对变化中的家庭和性别关系的反思在知识精英的文艺作品中也得到了体现。比如鲁迅的《伤逝》和根据易卜生《玩偶之家》改编的众多版本的话剧。然而，总体来说，精英作品在普通民众中影响有限。这些作品不是说教味太浓，就是过于沉醉于自我探索，往往与普通民众的困惑对不上话，很难引起共鸣。比如，作为知识青年英雄偶像的娜拉，其实是一个反叛出走的家庭主妇。但是对于民国上海中产阶级的家庭主妇来说，她却显得那么遥远，那么不同；而广大家庭主妇在上演娜拉的剧场里的缺席点出了精英文化影响力之局限。知识分子走向大众的一个重要策略，就是以好莱坞影片为摹本的超情感剧。不仅左翼电影，话剧亦受其影响。30 年代左翼话剧最有市场号召力的，还数曹禺的《雷雨》、《日出》等以情爱为主题的典型的超情感剧，夸张地表现了在现代煤矿或大都市背景下展开的情爱的痛苦与磨难以及善与恶的激烈冲突。事实上，比起以市场为目的的通俗文化产品来，这种夸张的善与恶的冲突在左翼电影和话剧中表现得尤其突出，因为左翼电影和话剧的直接目标是以鲜明的左翼意识形态和道德改造观众，使接受左翼建立在现代与封建、民族认同与殖民主义、劳动者与统治阶级、女性与封建父权制、纯洁的内地与半殖民地腐败的都市等一系列对立之上的核心价值。左翼知识分子这种努力的结果却是参与制造了民国上海的言情文艺，而如鲁迅等真正具有深刻批判性和探索性之作品，却尚未能引起普通民众的大反响，须假以时日方见其影响力之深远。

四　探索现代：言情作品解读

如上文所述，海派通俗文化对情爱主题的沉迷反映的是都市人口面对性别与性关系的急剧变化时的一种焦虑和不安。从这个角度来看，爱情罗曼史可以是一种现代心理探险的形式，是民国上海人在通俗小说和舞台虚构的真实中获得体验的、充满刺激的探险历程。因此，与知识分子和政治精英的成见相反，通俗文学和文艺中的爱情故事并非只是毫无意义的俗套，而是有着丰富内容的心理探险。张恨水的小说《平沪通车》（1935 年）和越剧《孟丽君》提供了两个很好的文本。

《平沪通车》是一部集爱情、侦探和黑道于一炉的现代历险故事，讲的是在当时最现代化、在旧都北平和中国资本主义之都上海之间运行的特快直通车上发生的一件诈骗案。当时的一则广告如此形容这部小说："本书写一位刚离婚美丽而风流的少妇与一位多情的银行家在平沪联运通车上的一幕恋爱喜剧。情致缠绵，布局紧凑，为言情小说中别出心裁之作品。"[20] 虽然广告将浪漫的爱情故事作为卖点，小说在爱情的外衣下讲述的是一个中国男人的现代历险记。故事开始时，绅士风度的银行家和他的朋友在餐车上注意到一位年轻女性独坐一处，手里拿着一本书，桌上摆着一杯咖啡，一看就是一位受过教育的现代淑女。银行家心生好感，借机搭讪，却不料女郎透露了她正与她那不负责任、好赌的丈夫离婚，而那丈夫不是别人却正是银行家一位朋友的侄子。银行家也曾对那个侄子的行径有所听闻，深为女郎既现代又典雅的风度所吸引，对她的不幸遭遇深表同情。女郎因临时上车，找不到卧铺，银行家立即邀请她搬进自己的头等车包厢，女郎感激不尽。列车还未到天津，事情就已经这样决定了。有经验的读者已经可以猜到一段罗曼史即将发生。而事实上，银行家甚至已经在暗自想象娶她做第三房夫人了。列车在半夜里过了长江，凌晨抵达终点站前的最后一站，苏州。女郎下车去走动一下，买点苏州特产，可是却没有回来。当列车缓缓驶离站台时，银行家惊恐地发现他所有的现钱和价值十二万元的债券和股票不翼而飞。

这时,曾使女郎害怕和讨厌的隔壁房间那个男人告诉银行家说,他从前见过那个女郎,确是个骗子。小说的最后一幕仍然是在苏州站,若干年以后。从前的银行家靠窗坐在上海开往北平的三等车厢内,眼光漫无目标地扫视着站台,衣衫破旧,神情呆滞,看上去已经是完全不同的一个人了。突然,他跳起来指着窗外的 个女人大叫:"把她抓住,快快把她抓住,她是一个女骗子。"他冲向站台,但见每个年轻女性都有一位男性跟随着。这时走来一位二十多岁的女子,放下手里的箱子,向一男人打听去北平的头等车厢怎么走。那男子高兴地表示自己也是去那里,提起那女子的箱子伴送她而去。前银行家对着那男子的背影大叫:"喂!你不怕上当吗?小心啦!"列车在鹅毛大雪中缓缓驶离,把失去理智的前银行家留在了站台上,对着渐行远去的列车继续发送着他的警告。

《平沪通车》也许是中国第一部典型的现代火车小说,在火车节奏的背景下讲述发生在车厢里的传奇故事,供乘客消磨旅途中漫长而无聊的时光。可读性和娱乐性是这类小说的特征。完全没有意识形态负担的写作可以使故事更生动、更贴近生活和普通人的心理。从这个意义上说,张恨水的这部小说也许是他作品中最有意思的一部,在不动声色之中生动而又贴切地揭示了中国普通男人面对现代化时的复杂心理。对他们来说,女人、金钱和"上海"这些意念隐喻着难以把握的"现代"之魔力。故事中的女郎既真实又虚幻,既智慧又邪恶,既迷人又危险,而她的真实身份我们永远也无从知道。她看似那种会给人带来幸福和快乐的天使,最后却无情地欺骗和毁了男人,和他的股票一起消失得无影无踪。而"上海"的危险和虚幻程度决不亚于它的证券市场和女人。现实生活中的上海是中国现代化工商业和金融的中心,小说中的上海却是一个充满象征意味的目的地,代表着希望与诱惑,召唤着满载乘客的现代化列车;但就在驶往它的旅途中,在它的阴影下上演着爱情、欺骗和毁灭的悲喜剧。值得指出的是,与大多数海派作家不同,张恨水并非长期定居上海的作家,虽然是上海的媒体和读者成就了他。然而,正是他从内地观望上海的距离和视角使他对这个城市少了一点具体的体验,多了一点想象,却更能抓住这座城市在无数内地中国人心目中所代表的形而上的隐喻。银行家对以色、性、股票和上海为代表的现代性探险以噩梦收场；然而，这一探险的历程——乘坐最快的列车，享受头等卧铺以及豪华餐车上提供的美味佳肴、咖啡美酒，而在驶往上海的整个过程中与一位消魂夺魄的摩登女郎谈情说爱——本身就足以构成普通人想象"摩登"的一道盛宴。小说的结尾点明了以摩登女郎为符号的"现代"的危险性和欺骗性，对世人发出警告；但作者讲述故事时轻松而略带调侃的笔调却邀请着读者也来参加探索现代，并做得比主人公聪明、成功。

与通俗小说相辅相成的是舞台上的爱情故事。在民国上海拥有观众最多的越剧、沪剧、评弹等江南本地的戏曲和曲艺品种，均以才子佳人故事为主要内容。这些爱情故事内容丰富，形式多样，以求满足各种各样都市人群的审美和心理需要。女子越剧中的女小生和女扮男装表演提供了很好的例子，展示了性别关系的各种可能是怎样在看似毫无意义的易装和跨性别游戏中得到了探索和实验的。

易装、假扮、错认、跨性别表演在中外戏剧传统中都曾有过。著名的全男班的莎士比亚戏剧中对以上种种手法都有很好的运用，而盛行于20世纪三四十年代上海的全女班的越剧对这些技巧的运用可与莎剧媲美。[21]女扮男装是越剧花旦的一项基本功，不精此道的就不是好旦角演员。越剧中许多广泛流传的精品戏目中都有女扮男装的关键情节，如《梁山伯与祝英台》、《沉香扇》、《花木兰》、《孟丽君》等。其中《孟丽君》是最淋漓尽致的一出女扮男装戏了。

孟丽君的故事源于清代才女陈端生的弹词剧本《再生缘》，在1921年由俞龙孙为嵊县戏（越剧的前身）男班剧团改编成戏剧剧本，上演后极受观众欢迎，成为嵊县戏在上海立脚的四部戏之一（其他三部是《梁山伯与祝英台》、《赵五娘》、《碧玉簪》）。当时正值五四新文化运动的高潮，妇女解放、自由恋爱、婚姻自主等理念正在开始普及，借此机会浙江乡下出来的这个小戏剧种凭借四本言情剧打入了上海的文化市场，此后为女子越剧继承，成为越剧长演不衰的经典剧目。越剧《孟丽君》因此是一出为现代都市观众写的现代古装戏。[22]现在流行的是 1980 年吴兆芬改编，王文娟、丁赛君、金美芳、曹银娣等首演的版本，由上海越剧院经常演出。从 1936 年男班和稍后女班的录音资料来看，当代的版本主要是浓缩了民国中期的本子，基本情节没有很大变动。[23]

故事讲的是元代才女孟丽君的父亲和未婚夫皇甫少华遭奸臣诬陷，一个摞罪下狱，一个逃亡，奸臣之子欲娶丽君为妻。为救亲人和自己，丽君女扮男装出逃，闯入男性的世界，在科举考试中高中状元，得到皇帝的赏识而封为宰相，掌管一切朝政军务大事。三年辅政，丽君政绩累累，不动声色地启用了改名换姓的未婚夫，为老父平反恢复官职，最后又清除了朝中奸臣。可是，年轻的皇帝已经发现能干的丞相原来是一位年轻貌美的女子，为之动情而欲将她纳入后宫。但是，丽君设法保护了自己的贞节，最后恢复了女儿装，并在皇帝的祝福中与皇甫少华完婚。

从现在上海越剧院经常演出的由单仰萍、郑国凤、章瑞虹主演的版本来看，整场演出戏剧高潮迭起，皇帝、孟丽君、皇甫少华之间情感的三角关系与惊险的宫廷斗争交叉发展，而三位女主演在一台女演员的衬托下把性别的游戏表演得淋漓尽致。比如，在"游上林苑"一折中，皇帝已经对宰相的真实性别有所怀疑，特令其陪游上林苑，欲伺机向其示爱并使其顺从。在这场戏中，郑国凤扮演的皇帝有着权势和法规的优势（因冒充男性的孟丽君是犯了欺君之罪的），而单仰萍扮演的孟丽君却只有靠自己的智慧和道德勇气来维护其女性的贞操和做人的尊严；一场爱欲、道德和智慧的暗斗就在女性扮演的皇帝和女扮男装的孟丽君之间层层展开。郑国凤和单仰萍之间势均力敌的角逐，演绎的是异性恋的故事，两位女演员跨性别的表演却同时暗示着同性恋的信息，以及性别转换的可能性。一方面，对丽君满怀爱欲的年轻皇帝抓住一切机会、以各种方法来挑逗丽君，向其示爱，必要时也会以其君王之威权来压其就范。另一方面，孟丽君作为女性有一份"天生"的温柔和羞涩，但作为一朝宰相在皇帝面前又必须同时是智慧过人而又顺从的，而这种顺从又强烈地暗示着她隐藏在男装外表下的女性气质；在这种情况下，她表现出的敏捷与智慧只能反衬出她注定要被皇帝之爱欲所俘获的毫无希望的处境。当然,在最后关头皇太后的圣明阻止了年轻皇帝的任性,迫使他为皇家的千秋大业考虑,为照顾孟丽君和皇甫少华两家功臣的利益而牺牲了自己的欲望,恩准丽君与少华完婚,使一对贞女忠臣终成眷属;于是玉宇澄清,天下太平。越剧《孟丽君》糅性别转换、性与情色和宫廷政治于一炉,最后以回归传统性别秩序和道德结束,就如同带着观众在一个虚构的世界中经历了种种性别游戏和情色诱惑带来的危险的愉悦之后,又安全地回到了自己熟悉的传统和现实世界中,既刺激又安稳。

《孟丽君》讲的是古代才女的故事,反映的却是现代都市人的心理需求。在工业化、都市化背景下急剧变化中的有关性别、爱欲、婚姻、家庭的意识形态和实践对许多刚从传统乡村社会中迁移到现代都市的中国人来说,形成了巨大的心理冲击。新理念既令人兴奋,甚至向往,又使人困惑和无所适从,她/他们需要时间和空间来理解、体会、体验、消化现代性别和情爱关系,而通俗小说戏剧中的言情剧就给这些都市男女提供了现代性别与情爱关系的演练场和实验室,使观众得以通过剧中人的故事想象和思考自己的问题,或在虚构的情节中得到自己在现实中得不到的满足。

五　结　论

以上的调查和分析显示,现代通俗小说和超情感剧是一个与近现代工业化和城市化相关的国际性文化现象,随着工业化的脚步从欧美流传到日本和中国;而民国上海作为中国发展最早、规模最大的工商业城市,也是生产、批发中国通俗文化商品的中心。打着上海制造标签的通俗小说和戏剧虽受到西方的影响,根却深深扎在江南的历史文化中,反映的是民国上海都市社会现代化过程中普通中国人的心态。民国通俗文化之以言情为大宗表明,社会大转型时期的性别、情爱和家庭关系是普通民众关注的一个中心问题;作为消解、消化、思考和体验这个问题的一种艺术手段,言情文化应运而生。如此,言情文化政治上的合法性和历史的合理性是显而易见了。政治上合法是因为言情作品为民众提供了心理和情感上的支持,帮助了民众应付现代化转型的艰难过程；合理是因为言情文化是都市社会现代化过程中一种带有普遍性的历史文化现象，并非少数人的恶作剧或天才的凭空创造。

　　民国时期充满了精英意识的知识和政治领导层以启蒙的姿态，从民族国家革命之大叙述出发，简单否定儿女情长的私人感情和言情的日常生活小叙述之合法性，也忽视了其历史合理性。1949 年以后以革命话语为主导的历史写作也继续对言情文化批评有加，认识不足。这种偏见的一个重要渊源，在于革命话语本身的历史局限性。起源于清末民初的革命话语是中国的知识和政治精英面对亡国灭种危险时的反应，其根本目标是民族的振兴。为了达到民族富强，现代化和民众的总动员都是必要的手段，对相关一切事物的取舍褒贬也应根据直接有利于民族国家与否来衡量，而个人主义的言情的小叙述便因其与民族国家的大叙述格格不入而受到批评。被作为手段的现代化愈益表现为一种超乎于革命和民族独立之外的、更具根本性的历史进程，其意义至今仍未全部显现。革命话语对现代化问题的认识不足使其将革命简单等同于进步、现代，以为通俗文化的鸳鸯蝴蝶、卿卿我我就是落后的、传统的、保守的。事实上，革命话语带有很深的传统种族中心主义兴亡思想的烙印，而中国共产主义革命中个人崇拜、不尊重科学等许多封建意识也只是在文化大革命以后才引起重视。在另一方面，革命话语的局限也使其看不到通俗文化之直面现代生活的挑战，在传统的外衣下尝试着和接纳了许多现代观念和现代生活的价值，如《平沪通车》所描写的现代旅行，现代女郎和现代化的恋爱过程，以及《孟丽君》中展示的各种性别角色的可能性，以及孟丽君那比戏中所有男性都能干、高尚、温情、独立的女性形象。

　　长期以来，以革命话语为主导的国内史学界的民国史研究在注重政治和思想战线上国共两党斗争的同时，忽略了对这一时期颇为可观的都市现代化建设和文化现代化，或现代性进程的考察，以及从这个角度对上海都市文化的研究。实际上，民国上海是中国社会现代化和构筑中国现代性的一个重要阶段（如果不是开端的话），海派通俗文化对现代性的追寻来源于人们日常生活中时时刻刻会遭遇到、但却需要在新的道德和意识形态框架中去理解和调整的问题,比如性与情爱,婚姻与家庭等。在饮食男女这种日常和"琐碎"事情上表现出来的现代化,其实是比革命和战争更基本的历史过程。正因其"琐碎"、基本、日常,沪上民众在这一层面的现代化探索才不会因革命和战争而中断,通俗文化在整个民国时期(包括日据和解放战争时期)的持续繁荣可以为证。[24]借用法国资深上海史专家白吉尔的话来说,"从远处观察,在异地遥望,这部剧烈动荡的历史似乎由一种定式操纵着,一种超越一切的寻觅,即追求现代性。"[25]而这,白吉尔认为就是上海独特的城市精神:"现代性是指由现代化及其成果所唤起的相应的精神状况和思想面貌。自一个半世纪以来,中国投入了现代化进程,而上海的先进使她很早就走向现代性。"[26]

改革开放后对旧上海的追寻、怀旧,以及内地对上海的印象,似乎是在重复民国时的场景,其实是在革命和战争高潮过去后新一轮中国现代化和现代性建设的背景中,对文化现代化本土资源的需求。正是在这个意义上,在中国现代化历史进程的框架中,我们才能充分理解上海的特殊地位,以及上海研究在近现代史研究中的独特性和重要性。

从以上讨论,读者不难想象女性与上海都市文化现代化过程的密切关联。自民国初年起,女性就逐渐成为通俗文学和演艺市场的消费生力军和主力军,她们的喜好和口味是左右上海大众文化市场风格和走向的重要因素。同时,女作家、女画家和大量女演员的登场直接将女性的生命体验和观点带入了艺术创作的过程中,给许多大众文化产品打上了女性的烙印。而所谓的"摩登女郎"则以她们的身体和行为直接在都市的公众空间登场表演,直接参与定义了都市独特的风景线。那么,女性对上海都市大众文化的兴起、成型究竟有着什么样的作用和影响? 在此过程中女性究竟有着什么样的人生经历和体验? 她们的社会地位和身份又发生了什么变化? 本书以下各章将在上海都市文化研究这个大框架下,从各个方面和角度对这些问题做详细的描述和深入的探讨。

［1］ 杨义:《二十世纪中国小说与文化》,台北:业强出版社,1993年,第335页。

［2］ Paul G. Pickowicz, "The 'May Fourth' Tradition of Chinese Cinema." Ellen Widmer and David Der-wei Wang, eds. *From May Fourth to June Fourth*: *Fiction and Film in Twentieth-Century China* (Cambridge: Harvard University Press, 1993): p.301. 所引 Peter Brooks 原话见 Peter Brooks, *The Melodramatic Imagination*: *Balzac*, *Henry James*, *Melodrama*, *and the Mode of Excess* (New York: Columbia University press, 1985).

［3］ Paul G. Pickowicz, 1993: p.301.

［4］ Perry Link, *Mandarin Ducks and Butterflies*: *Popular Fiction in Early Twentieth Century Chinese Cities* (Berkeley: University of California Press, 1981): p.8.

［5］ Perry Link, 1981: p.9.

［6］ Perry Link, 1981: p.9. 魏绍昌:《我看鸳鸯蝴蝶派》,香港:中华书局,1990年,第1—21页。

［7］ Perry Link, 1981: p.9.

［8］ 李欧梵亦对"传奇"这个词有相似的理解。参见 Leo Ou-fan Lee, *Shanghai Modern*: *the Flowering of a New Urban Culture in China*, *1930—1945* (Cambridge: Harvard University Press, 1999).

［9］ 参见高彦颐对明清情文化的讨论。Dorothy Ko, *Teachers of the Inner Chambers*, *Women and Culture in Seventeenth-Century China* (Stanford: Stanford University Press, 1994): pp.80—84 and 91—93.

［10］ 参见姜进有关李贽与泰州学派的文章。Jin Jiang, "Heresy and its Persecution: Reinterpreting the Case of Li Zhi" (*The Late Imperial China*. Vol.22, No.2, December 2001): pp.1—34.

［11］ 张赣生:《民国通俗小说论稿·南方作家概述》,重庆:重庆出版社,1991年;Perry Link 1981.

［12］ 张赣生,1991年。

［13］ 周瘦鹃:《闲话〈礼拜六〉》,引自郑逸梅:《关于〈礼拜六〉周刊—代序—》,《礼拜六》周刊影印本,江苏广陵古籍刻印社,1987年,第2页。

［14］ 张爱玲:《流言》,台北:皇冠文学出版有限公司,1995年,第56页。

［15］ Po-shek Fu, *Between Shanghai and Hong Kong*: *the Politics of Chinese Cinemas* (Stanford: Stanford University Press, 2003).

［16］ Jin Jiang, *Politics and Poetics of Women's Opera*: *Women and Public Culture in Republican Shanghai* (Dissertation. Stanford: Stanford University, 1998).

［17］ 参见浙江人民出版社于1980年重新出版的《啼笑因缘》中收录的《啼笑因缘续集》

和 1930 年《严独鹤序》、1930 年作者《自序》、1930 年作者《作完〈啼笑因缘〉后说的话》和 1933 年《作者自序》。

[18] 华严一丐:《啼笑种种》,《珊瑚》,第 21 期,1933 年 5 月。转引自魏绍昌,1990 年,第 103—104 页。

[19] 徐大风:《上海的新印象》,《上海生活》,1939 年 10 月 7 日,第 17—18 页。

[20] 百新书店为其所经售的张恨水小说所登广告语中的一则。转引自魏绍昌,1990 年,第 117 页。

[21] 京剧中虽有乾旦,但易装戏却并不多见,因为京剧并不以爱情戏为主。

[22] 参见越佳:《越剧〈孟丽君〉编演始末》,嵊县政协文史资料委员会编:《越剧溯源》,浙江文艺出版社,1992 年,第 245—247 页。

[23] 裘亚卫主编:《嵊县戏集锦》,台北:嵊讯杂志社,1996 年,第 58、99 页。卢时俊、高义龙主编:《上海越剧志》,北京:中国戏剧出版社,1997 年,第 133 页。

[24] 《断裂与延续:1950 年代上海的文化改造》。载《社会科学》2005 年 6 月第 6 期。

[25] [法]白吉尔著,王菊、赵念国译:《上海史:走向现代之路》,上海社会科学院出版社,2005 年,(中文版序)第 3 页。

[26] 同上。

本文首发于 2006 年第四期《史林》

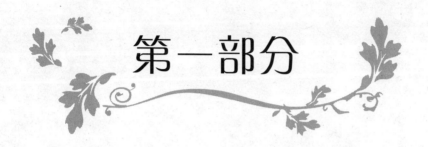

第一部分

从戏子到明星：都市女演员的困境

风流总被雨打风吹去：民初上海女子新剧寻踪

林存秀

　　这群女子新剧演员，几乎已经被遗忘了，她们曾经拥有的辉煌，她们曾经的挣扎和奋斗，都被尘封在历史的记忆里。但是当掀开那些发黄的旧报纸，看到那些报道和图片，你仿佛又听见了当年的喧嚣，当年的锣鼓，当年涂了厚重的油彩又唱又跳的花旦。历史又变得鲜活起来。

　　本文所要讲述的是在 1912—1916 年间出现的一批女子新剧演员的故事，她们的兴衰成败以及她们留给历史的思考。

　　1912—1916 年是一个特殊的时期，这是中国人试图建立一个平等、自由、民主的国家的最初尝试。直到"巴黎和会"上中国又一次被打着"民主"旗号行帝国主义之实的国家出卖，中国的部分知识分子才毅然转向了马克思主义。这段历史是革命之后的"果"，又孕育着"新文化运动"的因，充满着多义、多变，正因其复杂，也更值得探讨。

　　本文的研究方法之一，就是把娱乐文化纳入历史研究的范畴。在以往的研究中，娱乐文化往往不被提及，被认为是不登大雅之堂或者是无关紧要。本文试图换一个视角，从那些曾经被边缘化的"小人物"和日常生活中重新观察历史，以求"以小见大"。娱乐的变化发展，可以成为我们观察社会变化的窗口。不仅如此，娱乐场所还是一个公共空间，在这个空间里面，各个阶层的人可以混合，男性和女性之间的界限也可以被打破。正是在这个驳杂的过程中，旧有的社会体系和价值观念渐渐被消蚀，一种崭新的充满活力的文化开始形成。就上海而言,它是以其商业的繁荣和娱乐文化的发达而著称。

之二,就是把"性别化"植入这段历史。中国从来没有出现过真正意义上的女性主义运动,如美国 19 世纪 20 年代的女性"参政权运动"(Suffrage Movement),追求自身的独立和男女之间真正的平权。近代中国半殖民地半封建的性质决定了最重大的历史任务就是救亡图存,国家富强。在这段男性救亡图存的历史中,女性只是一个配角,甚至被当作民族落后的罪人,成为被改造的对象。

然而,当我们从大众文化和社会性别的视角来重新审视这段历史,很多之前听不到的声音便渐渐清晰。二者都曾经被宏大历史边缘化,被贬低和不被重视。而且,两种视角可以结合起来。

拿上海的娱乐文化而言,剧场、演员、观众,剧场的形式和演出的内容,以及新兴的近代媒体,诸多因素组成一个"虚构的公共空间",[1] 很多新的社会价值观念,就在这个空间里面演练进而影响整个社会价值体系的嬗变。女子新剧演员,作为最早的职业女性,与日渐兴起的女性观众,为女性文化空间的出现作出了开拓性的贡献,使得整个都市文化开始笼上一层"女性"的晕圈。

一 兴起:凌寒独自开

女子新剧的出现是共和政治和都市文化市场共同催生的一个结果。

要讲述女子新剧的出现,首先要追述男子新剧的历史。

男子新剧的起源可以追溯到日本留学生。1906 年,一批日本留学生在东京组织了"春柳社",创始人为李叔同,成员有欧阳予倩、吴我尊、马绛士、陆镜若等。日本是近代西方文化向中国转播的一个中转站。而上海的独特位置,成为留学生归国之后的首选之地。辛亥革命前后,这批人陆续回国,在上海组成各种新剧社团,演出《黑奴吁天录》《猛回头》《警世钟》等新剧宣传革命。

另外一个来源就是学生演剧。朱双云的《新剧史》记载了最早出现于1899年的学生演剧："岁乙亥，冬十一月，约翰书院学生于耶稣诞生日，取西哲之嘉言懿行，出诸粉墨，为救主复活之纪念。一时闻风踵效者，有徐汇公学。"[2]自约翰书院及徐汇公学首创演剧以来，上海的许多学校相继效仿，演剧活动日益盛行。上海民立中学学生汪优游[3]观赏了约翰中学的演出之后，组织"文友会"。1906年成立的"群学会"因经费支绌，乃藉剧筹款，公开售票，开新剧营业性演出之先河。[4]1907年1月，朱双云、汪优游、王幻身等人成立"开明演剧会"。

之后便出现了名目繁多的新剧团体，总体说来，早期的新剧团体多由中小知识分子组成，目的是宣传革命，还不属于完全职业化的剧团。辛亥革命前后，男子新剧团体常被戏称为"宣讲团"，最著名的是任天知于1910年组织的"进化团"。任天知是赴日留学生，在东京经常观看日本"新派剧"的演出，回国之后，在上海刊登广告征集新剧同志，最初有汪优游、萧天呆等一起组团，1912年又有顾无为、陈大悲等加入，人马齐整轰动一时。他们的演出着重政治宣传，经常在戏中夹带演说，于是特设了一个专司发表政论演说的角色，叫做"言论派正生"。任天知、顾无为都以此闻名，他们在台上嬉笑怒骂评说时政，在革命欲来风满楼的形势下，容易引起人民的激动和共鸣，颇能使人愤慨而泪下。

此后新剧渐渐由宣传革命的手段走向了职业化。首先是在宣传和赈灾的演出中，收入颇丰，很多剧团就租下剧场做正式的职业演出。另外，有些人把演戏当作了一种谋生的手段。例如有时人在回忆录中说："一般顽固家庭以倡优皂卒不齿于士类，发觉他们的子弟参加某一剧团，演过某一次戏，尤其是演过旦角，便因为有辱门庭，万难容忍，将他们逐出家门，这些被家庭遗弃的子弟没有生存办法，遂利用演剧经验，以演话剧作为职业。"[5]

但到了民国初年，新剧面临生存危机。在革命之后，人民"维新"之气渐消，或者是认为革命胜利后，应该可以歇口气，安享"共和"；或者是因为发现革命的结果令人失望而失却了热情，总之，这种开口"革命炮火"、闭口"四万万同胞"的演讲式的戏剧使人厌倦。欧阳予倩曾经提到，进入新舞台演出，和"言论派正生"潘月樵配戏,对方慷慨激昂,唾沫星乱飞,口水喷了他一脸,颇为滑稽。于是到1913年,上海的新剧团体解散四流,以致朱双云在《新剧史》中称"摧残殆尽"。

1913年,郑正秋以自己的家庭为背景,编写了《恶家庭》,一个封建家庭中后母虐待前子的故事。此剧演出之后,竟然大受欢迎。于是接连编演了一系列的家庭戏,如《童养媳》《尖嘴姑娘》《虐妾》《虐婢》《雄媳妇》《妻妾争风》《怕老婆》等,都能卖座。于是郑正秋放弃了拍摄电影,专心编演起新剧来了,剧团名为"新民社"。"新民社"大赚其钱,引发了其他人的羡慕,新剧社纷纷而起,一时间兴起有"三十多处",[6]比较出名的有"六大剧团",这些剧团还组成了"新剧联合会"。到1914年,新剧的发展如火如荼,史称"甲寅中兴"。

最早的女子新剧团要追溯到非职业性、非商业化的女性社团、女校的筹款演出。下面是女子参政会演出的记载:

> 壬子(1912)年春三月,女子参政会演剧于张园。……女子演剧前未之闻,有之,自女子参政会始,女子参政会以筹会费起见,爰择会员中之厉口者,习为新剧,于五月间,就张园演出三日,获资甚巨。[7]

各种女子团体是在辛亥革命前大量涌现的,革命后,她们成立参政组织准备与男子同享"共和",先后成立了"中华女子竞进会"、"女子参政同志会"、"女子参政同盟会"、"神州女界共和协济会"等。[8]上面提到的"女子参政会"为其一。社团没有政府经费的支持,往往左右支绌,所以有时假借舞台剧场演出筹款。

这些女界的先觉分子,都把提倡教育作为开通女界之入手,推动了早期女学的发展。例如"神州女界共和协济社",其创始时的宗旨就是"普及教育、提倡实业,鼓吹女子政治教育,养成完全之国民,以促进共和之进行。"[9]女校最初多是西方教会学校,辛亥革命前在上海,国人自办的女校只有经正女学、爱国女学、务本女塾、城东女学、民立女子中学。其中务本女塾创办于1902年,1911年光复期间停课,民国元年春因亏欠建筑等费用六万余金,仍未能开学,其校长吴怀疚宣告停办。"神州女界协济社"成员为续办该校多方筹借,甚至到南京政府请款,孙中山自捐一万元。务本女校重办之后,她们用余款自创了神州女校,校址设北四川路洪吉里,后来迁到仁德里。这里到女子新剧家林如心的家——北苏州河"慎馀里"——如果沿着苏州河走,过四个路口即是。林如心就是神州女校的学生。

相比于女社团的演出,女学生的演剧更为频繁,因为当时私人创办女校步履维艰,经常因经费困难以至于停办。例如曾引起巨大轰动的患兴女士自杀事件,就是其创办的杭州贞文女校因无款续办,求告无门,以身殉学,以引起醉生梦死之当权者对女子教育的注意。社会上对女学抱有同情之心,女校经常借助剧场演出来筹款,票价通常都是一元,而平时最好的包厢也仅售八角,在《申报》上这样的演出经常见到。仅举"竞熊女学演剧筹款"一例,曰:"本校开办三载,成效卓著,惟是经费向少,不无支绌。"故特"假座三马路大新街民鸣新剧社,选演《琵琶记》,以资补助。"[10]

这两种演出刺激了商业化的演出。如女子参政会,"就张园演出三日,获资甚巨。"演出所租借的剧场多是商人开办的,当时的女新剧家没有独立经营的想法,然剧场的老板们已看到了生财之道。女子团体转变为商业剧团,在《申报》上有一个非常明显的例子。1914 年 9 月 4 日《申报》刊出慈善女子会假座普化社串戏广告,一个月以后,这个慈善团体即成立女子慈善新剧社,假座宝善街丹桂茶园专演日戏。[11]

由此可见,女子新剧和男子新剧一样经历了一个由非职业化到商业剧团的转变过程,是共和政治和都市文化市场妥协和共谋的产物。

高梨痕在回忆录中曾提到:"一九一二到一九一三年间,上海有第一女子新剧社、爱华女子新剧社和坤范女子新剧社。"如果这个说法准确的话,那就是说在 1913 年之前就有女子新剧团体了,但是没有正式的演出,在《申报》和《新闻报》上也没有任何报道或者是广告。直到 1914 年,受到"甲寅中兴"后新剧巨大商业利益的影响,《申报》上出现很多关于女子新剧的信息。我们可以据此推断女子新剧演员的身份来源、培训方式、演出剧目等问题。

从 1914 年 3 月份开始,《申报》上出现了一则"女子新剧团征求同志"[12]的广告。内容如下:

宗旨	专演新剧　劝导人心
年龄	十二岁以上
品格	品行端正　略识文字
名额	五十人
期限	一年毕业　三月后试演
纳费	每月取费两元
权利	试演后酌给车资,毕业后优给薪水
报名	在上海海宁路后北浙江路和康里弄本事务所

发起女子影化、悲悲、醒民、竞儿恭启

这则广告持续登载数十天,4 月份广告中,招收名额增加到 60 人,费用只取二元,余下免缴。[13]

同时还有一则"女子新剧教育团"的招生广告:"事务所现设立于爱而近路,均益里第二弄第一百零九号门牌内,如有同志报名者,请至本事务所接洽取阅章程,本团发起女子警民、傲世、逸尘。"

之后便是正式开幕演出的广告。1914 年 7 月 9 日,星期天,这天《申报》上突然大字刊出三个女子新剧团同天开幕演出。其中第一女子新剧团尤其醒目:

第一女子新剧社,假座英租界圆明园路外国影戏馆,开演三大新剧。

其广告所占版面和斗大的字体都显示出浩大的声势。阵容也非常齐整,列出演员有 73 人,这在当时是男子团体所不可企及的,一般的团体只有三四十人。列出演员中也有影化、悲悲、醒民、竞儿,可推测是上面提及的学习班的"小试牛刀"。她们在《申报》刊登的广告称:

本社社员七十余人,皆系读书明理之士,由本社教员切实教练半年之久,三夜中一律登台。所演各剧,宗旨纯正,情节离奇。

ADC 剧院系上海最宏达最完美之剧院,地点在裏白大桥南,后门在圆明园路,前门在博物馆路。所用布景电景皆系西人特制,为各处剧院所未有。且座位宽敞、空气凉爽,招待周到,布置完密。

道路平坦,车马皆可直达,电车尤为便利。

演出的三剧依次是《情海劫》《红佛泪》《侠义缘》。相比于男子新剧在圆明园戏院第一次演出时的惨败，[14]女子新剧获得了空前成功。时人描述为："红男绿女，联袂偕来，黄童白叟，接踵而至，一时爱提西剧场之外，车水马龙，往来如织；爱提西剧场之内，人山人海，万头相昂。"[15]而且，演员林如心、谢桐影成为"个中翘楚"，声名远播。

与第一女子新剧社同天刊登广告演出的还有两家：张园女子新剧和假借"亨白花园"[16]演出的"普化女子新剧社"。张园为给"华洋广告博览会"助阵而邀请女子新剧演出，演出剧目有《离恨天》《再生缘》《情天遗恨》。相比于男子新剧开始演出家庭剧，此后逐渐过渡到言情

第一女子新剧社在兰心大戏院
第一次公演时刊登的广告

剧的历程，女子新剧开始就用言情来赚人眼泪、引人瞩目。这种商业性的演出很好地和当时流行的共和话语结合起来，例如普化社声称："本团成立数月于兹，慨近世风俗之颓倾，特发扬我女子神权，组织新剧藉以开通民智，辅助教育于万一。"[17]对于当时女子进入社会的各种限制，这不啻是一条取得

第一女子新剧社三十五人合影（1913年）

合法性的明智策略。

普化社在亨白花园演出一段时间后,搬迁到正式的舞台进行职业演出。广告宣称:"普化女子演艺团,假法界歌舞台……特聘文学优美之女子新剧大家,开演古今中外历史改良时事新剧。"[18]

以上提及的"甲寅中兴"之后的女子剧团,尤其是在《申报》上出现的,演员大多是"新剧速成班"中的成员,属于职业化的演出剧团。

之后,女子新剧在1915年和1916年达到最盛期。

二　姹紫嫣红开遍:女子新剧的兴盛

女子新剧兴盛时期,势头几乎压过了男子新剧。主要表现在如下方面:

剧团数量和演员人数的剧增

演出剧目的数量及其取材的广泛

有了独立的演出剧场,专演女子新剧

新剧明星的出现及其明星体系的初露端倪

根据《申报》和《新闻报》的资料统计,1914年十月份先后有爱华、坤华、坤一女子新剧团开幕。1915年前后有巾帼、竞华、振坤、中华、小舞台、明德社、笑舞台、爱兴八家女子新剧团接踵而起,其中巾帼、小舞台、笑舞台、爱兴是日夜演出的专门女子新剧剧场。1916年,尚有六家新出现:同志、优美、新华、培德、兴华、振亚。结合其他资料所见,到1917年初先后出现了至少二十六家女子新剧团体(见附表一),女子新剧演员四百多人(附表二),演出各种类型剧目四百余出(见附表三)。

女子新剧的出现有一定的社会基础,其中之一就是女学数量的增多和女性解放运动的发展。但是这些精英阶层毕竟是少数。女子新剧在1914年的发展,主要归因于阶层界限的跨越和各个社会阶层女性的参与。

女学的数量在辛亥革命后增长迅速,根据陈东原的资料,1902年教会学校中的女生有4 373人;民国时期,教育部的五次教育统计图表显示出数量的逐年增加。民国元年,中国人自己办的学校内全国女生数量是141 130

人,民国二年 166 964 人,民国五年达到 172 724 人。[19]这个数字足够大,但就全国而言并不算多;更何况在当时风气和社会压力下,很少有学生会把演戏当作一种职业,尤其是出身中上层受过教育的人。

那么,其他的女演员来自何处呢?

晚清到民初,救亡图强的民族主义是主流话语,一时关于"新女界"、"新女性"的叙述占满报纸杂志。女性成为男性精英想象民族国家的一个载体,投射了男性想象的焦虑和欲望。某些个人或者群体便成为某一个时代的典型代表,抽象的历史阶段从而也变得戏剧化和形象化。例如代表革命女侠的秋瑾,五四新文化运动者制造的出走的"娜拉"。

早在 1904 年最早的戏剧杂志《二十世纪大舞台》上发表了醒狮(陈去病)的《告女优》一文,呼吁髦儿戏女伶和男子京剧改良者一样演出新剧,投入到爱国的行动中去。"西洋的女优,日本的艺伎,人人都能识字,人人都有爱国的心。"[20]所以她们受到尊重。但是中国的髦儿戏演员,尽管技艺高超,却没有爱国的情怀,所以低人一等。

当时很多人也认识到女演员的重要性,例如王钝根在《申报·剧谈》中有《论男女合演》一文,认为欧美各国都有女演员,而且出类拔萃,女子有独特的性格气质,有的方面是男子不可模仿的。一些男子新剧家开始招收女学员。目前资料所知最早的由男子新剧家创办的女子新剧社,是任天知的"大同女子新剧社",时间大概在 1913 年。此后出现许多类似的新剧"速成班",发起人有男子新剧家也有女子新剧家。例如,第一个男女合演的新剧社"民兴社"是苏石痴创办的,而任天知在"天知派"新剧失去市场后也加入了民兴社,不难推测,民兴社的女子演员很大一部分就来自大同女子新剧社。

这种新剧班的开办,一方面是民族国家的话语,另一方面也是商业利益的驱使,两种目的融合并且相互利用。而且,在新剧兴盛之后,教授剧学也成为一种职业。郑正秋、顾无为、苏石痴、钱化佛等人都曾在《申报》上登载广告招生。[21]尤其是民兴社男女合演的红火,女子新剧的卖座赚钱,更刺激了女子新剧"速成班"的出现。此举一例,1914 年 10 月 5 日,男子新剧家陈无我和天游子同启的"坤华女子新剧社"的招生广告:

本社招收品行端正、学问优美之女子,教以新剧,俾得学成,现身说法,为社会教育之基础。所授剧学较其他团体为优,因本社所聘教习均新剧界有名人物也。有志演戏新剧之女同志,素来报名。

而且,学期三个月就可以上台演出拿包银,也是极大的诱惑。例如由欧阳予倩、朱双云、汪优游等发起,教员包括吴稚晖、包天笑、玄哲、杨尘因、陆露沙、冯叔鸾在内的"星绮演剧学校"在广告中宣称:

欲月得三四百元之薪金乎!欲为最高尚之社会教育家乎!欲也,请到我星绮演剧学校来,学而习之,毕业后便可得三四百元矣。[22]

女子新剧演员所拿的包银虽然较男子少,但是一般演员也在200元左右。[23]对于刚刚踏上社会谋职不易的女性来说是求之不得。各种大家闺秀、小家碧玉、工厂女工既是新剧的观众也成为演员。有个专在杂志上发牢骚的钱香如提到:"新剧盛行,剧人蜂起,不独男子,即女界亦然,甚至闺阁千金亦有登舞台显色相者。"[24]海上漱石生孙玉声颇具纪实性的小说《海上繁华梦续梦》[25]中,讲述了女子新剧演员邢惠春的故事,原型就是女子新剧演员梁一啸。邢是个典型的小家碧玉,出身中产阶层,受过一些教育,她和她的母亲同是"新剧迷",最后嫁给了一男子新剧演员,并跟从其学新剧,进入舞台演出。[26]

《繁华杂志·游戏杂俎》里曾经提到:"某女子新剧社自称多读书明理之女子,据审查其面目,则大半缲丝女工、拣茶姑娘也。"[27]1910年后上海的棉纺厂、丝织厂、缲丝厂、针织厂等聚集了大量女工,这些女工的休闲时间并不匮乏,她们是新剧的重要观众来源,也加入到演员的行列。随着女子新剧市场的需求扩大,新剧社招收的人员也由略识文字、文学优美的闺媛到普通的下层女性。演出的号召也由"劝导人心、教化社会"转变成为一种谋生的方式。我们可以通过两则广告比较这种变化。例如1914年4月17日《申报》第九版:女子新剧社征求同志。宗旨是"专演新剧,劝导人心,年龄十二岁以上。"要求"品行端正,略识文字。"但是1917年,宗旨变成"女子贵而能谋生",资格上也取消了"略识文字"的限制,只要"身家清白,无恶习"就为合格;教授的课程扩展为新剧、京戏、中西文字、跳舞、音乐、女红。[28]

女性走向职业市场在当时亦很普遍。早在1915年一女子在杂志撰文写道："近数年女子有投身职业者,故沪上有雇女招待之商家出现,说者以为惊世骇俗之举,殊不知数年前亦已风行,如豆腐店、杂货店等半属女子掌握……"[29]女性在公共空间中出场并发挥日益重要的作用。

所以,女子新剧并不是一个孤立的现象,它和女性日益走入社会职业场所,在公共场合的曝光率和参与度的日益增长是分不开的。

随着观众群体的增大和剧场的卖座率提高,各大剧场都纷纷聘请女子新剧剧团演出。女子新剧演员们不甘心于依附男子新剧演出,独立专演女子新剧的女子剧场,她们自己编写剧本,从管理到经营都是女性。放到当时的历史背景中考量,在女性刚刚踏入社会,刚刚在学步的阶段,这种气魄和实践难能可贵。

在剧目的演出中,也不是因袭男子新剧老套的家庭剧的模式。而是把古典话本小说、民间爱情故事、鸳鸯蝴蝶派小说、弹词等等都拿来为我所用,从女性的感受出发重新演绎这些故事。

女子新剧兴盛的另外一个表现,就是它和现代媒体之间的关系,以及明星体系的初步形成。在《申报》自由谈中经常可以看到关于女子新剧或者是女子新剧演员的报道。舞台演出和杂志小说等媒介共谋,某个剧场演出的戏剧卖座,马上会印刷成便于携带的剧本。1914 年出现了专门的新剧杂志《新剧小说》。另外一种新剧杂志叫做《好白相》,"白相",用鲁迅的话说就是:"如果将上海之所谓'白相',改作普通话,只好是'玩耍'"。这个杂志在好几期的封面和插图中刊登了林如心和谢桐影的剧照。

正像古代的读书人可以以自己的文章闻名天下一样,报纸通过对一个演员事无巨细的报道,使其变成了一个公众人物。当这个人物

林如心(右)、谢桐影(左)演出新剧
《家庭恩怨记》剧照(1914 年)

被媒体包装成一个明星之后,所有相关的人和部门都从这个体系中获得商业利益。首先,对于演员自身而言,除了能赚更多的钱外,也获得了更大的自由,她的追捧者不是过去某有权势的个人,而是大众;她的衣着举止,成为大众模仿的对象。她的表演成为在整个社会大舞台上的表演。对于报纸而言,明星的报道会增加销售量。对戏院而言,报纸的报道无疑是免费的广告。剧场

林如心(悲旦)、谢桐影(女小生)
《十字碑》剧照(1914 年)

在演出时赠送演员的照片给观众,[30]这种图文并茂的形式,使得明星形象更深入人心。

在女子新剧演员这里,明星体系已经初步形成,这种体系在电影风行之后的 20 年代获得了完善。我们以一个女子新剧演员林如心为例对明星体系进行初步的探讨。

1915 年 8 月,《申报》刊有这样一则广告:

欲与女新剧家林如心订立合同者注意

敬启者小女如心侧身新剧,本系出自游戏,演唱数月,多承大雅不弃,是以颇负时誉。然此种事究非闺淑所宜。故屡经劝导,不许再行演唱。并拟嘱伊肄业女校,以竟其学。惟风闻有一二此道中人,以小女艺精足以号召观客,故百计诱骗,欲与伊订立合同,登台演唱。为特先行布告,此后林如心演唱与否,其权力全在于余,即合同等类,未经过余之签押者,均不作为凭。若有发现,除将该约作废外,并需切实根究指使之人,禀控公堂,贯以应得之罪。特此布告,尚祈公鉴。

北苏州河北慎馀里八百五十号林宅白

林如心、谢桐影合演《爱海波》剧照

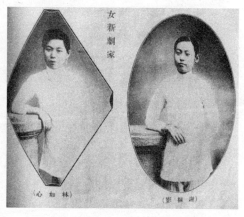

女新剧家林如心、谢桐影小影

前面我们提及第一女子新剧社在圆明园路的演出，一炮打响之后，林如心一度红得发紫，几乎所有新成立的女子新剧社都拉拢林如心，并在广告中列出林如心的名号。

1915年4月9日，顾无为聘请林如心为台柱，租下广西路汕头路口的剧场，更名"小舞台"，专门演出女子新剧。广西路横跨南京路等五大马路，市面繁华，电车马车，交通便利；顾无为凭借自己多年从事新剧的经验，广告宣传亦有声有色，铺陈"九大特色"，在编演的剧目上出奇制胜，开演时的三剧《西厢》《空谷兰》《情海波》，卖座奇好。除林如心外，还网罗了当时女子新剧的名角，如花旦李痴佛、小生朱天红、老生周惠桢。一时间气势压倒男子新剧。不料好景不长，六月份林如心退出，并且和顾无为唱起了对台戏，紧挨小舞台广告下面刊登一启示：

> 如心、痴佛从事新剧以来，厚承各界人士赞许，不胜感愧之至。前因小舞台开幕乏人，蒙顾君无为商请演剧，如心、痴佛情不可却，勉允帮忙一月，一月期满，本拟他去，顾君又来情商，只得又允许帮忙一月。现已届期，断不能两登台矣，特此公布，优希公鉴。[31]

　　小舞台竟然置之不理,继续打着林如心的旗号。是因为意识到林如心对于舞台存亡的重要意义,还是顾无为正在和广告刊登者进行周旋? 无从知晓,但是,从这里我们可以看到演员已经开始认识到媒体的力量并且加以利用。

　　这样的对峙直到6月底,在26日这一天,再次声名:

　　　　如心、痴佛脱离小舞台已久,诚恐有冒名欺人者,特再声明。[32]

　　经过这次的口水官司之后,林如心更加名声在外,报纸广告上动辄冠以"第一悲旦","最优女子新剧家"称之。她的出场意味着卖座率的飙升,没有她的女子剧团在竞争力上大打折扣。连民兴社、民鸣社也不断请林如心串演,并打出极其醒目夸张的广告。

　　小舞台的盈利,使小舞台的主人动起了自己开办女子新剧的念头,[33]而关键是请到林如心再次"出山"。此时的顾无为,因为演出讽刺袁世凯的《皇帝梦》被捕,并以"编演新剧,煽动谋乱"为名"处以徒刑三年","发回原籍浙江绍兴"执行。[34]林父感到忧患已消,允许如心再次登台,于是小舞台更名"笑舞台",于10月8日开幕。并成为存在时间最长的新剧舞台。

　　后来的事实是,林如心嫁给了顾无为。顾也是新剧演员。在清末民初的小说中,演员的地位甚至抵不上名妓,如果哪个名妓和演员之间有染,会被认为是自毁名声,会被其追捧者所抛弃。但是女子新剧演员,可以自由选择自己的婚恋对象。因为她已经成为有独立人格的艺术表演者,也不受某个个人的控制。

　　与明星体系相伴而生的,还有上海"都市知识分子"。那些来自江南的落魄才子们已经不能再像过去那样"指点江山",而只能以手中的笔杆卖文为生。尽管失却了权力,也尽量在文字中保持一点话语权。

　　各种力量之间权力出现了消长。知识分子权力的下降和明星权力的提升是一个事实。但是明星的权力还是有限的,她的盛衰取决于媒体,媒体成为一种新兴的力量,而在媒体背后,真正掌握权威的却是大众,媒体是维系明星和大众之间的纽带,两方之间的趣味的协调一致通过媒体来传递和达成。实际上,通过媒体,一个看不见却可以感触并真正存在的公共空间已经形成。

付与断井颓垣：女子新剧的衰落

1914 年到 1916 年是女子新剧发展的黄金时期。从 1917 年开始，女子新剧渐渐转到游乐场演出，以女子文明新戏之名，持续了很长时期。但剧团数量渐少，之前辉煌时的影响力和号召力已不复存在。

女子新剧的衰落，既包含男子新剧失败的因素，又有其自身的独特原因。

首先，新剧的失败是"五四"新知识分子眼看他们首创的理想主义的新剧运动被商业化、市场化、庸俗化而发出了批评。在他们转向更纯正意义上的西式话剧，即所谓的"爱美剧"之时，他们已经将新剧作为旧剧抛弃了。近代民族危机的加深、连连失败与心灵创伤，产生了毅然转身追求西方文明的五四新文化运动者，痴迷于外来文化。[35] 对于传统文化，新文化运动者认为要"从头忏悔，悔过自新"。"盖吾人有史以迄一九一五年，于政治、于社会、于道德、于学术，所造之罪孽，所蒙之羞辱，虽倾江、汉不可浣也。当此除旧布新之际，理应从头忏悔改过自新。"[36] 对于新文化运动者来说，为了彻底和过去决绝，所有今天之前的都应该丢到历史的垃圾桶。包括新旧过渡之间的"新剧"。在新文化运动者的猛烈攻击下，新剧作为"旧文化"的代表失去了合法性。

但是新剧作为一种演艺形式并没有失败。一方面它以"文明戏"的名头活跃在新兴的游乐场里，另一方面它进入了电影，将它的编导、演员和观众都带给了电影。电影在上海的历史并不短。1895 年 12 月 28 日，卢米埃尔（Lumiere）兄弟在巴黎卡布辛大街 14 号大咖啡馆中，用他的"活动电影机"首次售票公映了他的影片。仅仅数月之后，几个法国商人就在上海徐园展示了这项新的人类发明。此后电影便以"影戏"之名，经常在茶园里面间杂放映。1908 年，上海有了第一家单独放映电影的影戏院。但是，查看《申报》上关于电影的广告，1918 年之前的整整十年间，上海的电影院一直是 2～5 家，并且地点全部在闸北，票价低廉，面对的是闸北棚户区的男性工人观众。放映的是侦探悬疑之类的外国影片。戏院多是外国人开办。往往经营不善，前后转让，名称改来改去总还是那几家影戏院。从 1918 年开始，电影院的数量明显增加,有了中国人自己开办的电影院。到 1920 年初,已经有二十多家,尤其是 1923 年,电影广告几乎席卷了整个报纸娱乐版,《申报》自由谈的"剧谈"也变成了"影谈"。[37]

也正是 1923 年,最后的一家"文明戏"戏院"笑舞台"由邵逸夫接手,变成"天一"电影公司。用"笑舞台"的原班人马拍摄电影,这便是"邵氏"电影的前身。之后,文明戏演员顾无为和林如心夫妇创立了影响较大的"大中华"电影公司。

早期的电影几乎全部来自新剧著名剧目。[38] 如早期卖座的《黑籍冤魂》《阎瑞生》《空谷兰》等。著名的早期电影奠基人物,也几乎全来自新剧的圈子。包括郑正秋、周剑云等。

郑正秋通常被称作"电影之父",他也是新剧的创立者。前面我们已经讲到 1913 年郑正秋第一次演出家庭题材的新剧的情况。其实,他和他的新剧班子原是准备拍摄电影的。郑正秋之前常常在报纸杂志上写关于戏剧的评论,在媒体的圈子里面已经有一席之地,和他合作的张石川则是商人。他们合作拍摄了中国故事片的开山之作《难夫难妻》。之后,一战爆发,从德国进口胶卷的途径被切断,这个电影班子无以为继,难以糊口。为了谋生,郑正秋带着这批人租了一个小剧场演出,不料却获得巨大成功。

巨大的商业利益引起了张石川的艳羡。他和郑正秋争夺股份不成,利用利益的分配挑拨离间,拉走一部分人马另外组成一班,这便是"民鸣社"。为了和郑正秋的"新民社"竞争,张石川利用各种策略和手段,例如在表演中加映电影,请杂技杂耍演员表演、外国美女跳舞,赠送观众小礼物等等。最后"新民社"不敌,不得不和"民鸣社"合并。

从"新民社""民鸣社"开始,随之出现的新剧社团近几百家,包括二十几家女子新剧社,也包括原来的新剧剧社"春柳社"。

商业化固然一方面促进了大众娱乐文化的发展,但是另一方面它又严重腐蚀其艺术性。追求商业利益成为其最大的目的。浩浩荡荡的新剧演员队伍很多都出自三个月不到的"速成班",并且鱼龙混杂,很多人素质较低。还有就是"剧本荒",或者根本没有剧本,依靠"幕表制",当晚排演明天就上演,演员即兴表演,往往前言不搭后语。在舞台上扮各种怪相,博取观众笑声。这种趋势从根本上腐蚀着新剧,作为一个表演剧种,它已经失却了存在的根基。此时,新文化运动又给了它致命一击,而电影更以摧枯拉朽之势,抢夺了新剧的全部地盘。

电影早期的票价低廉,往往在拥挤嘈杂的场子里面演出。早期的电影院都不大,档次不高。由于黑暗的环境,为避嫌,女性观众和中层阶层男性都不会光顾,面对的群体主要是闸北的工人阶层男性。

1918 年起,新出现的影院就突破了闸北的地理限制,在南市和南京路、淮海路都有出现,尤其是 1923 年左右,高档的影院都在淮海路和南京路。看这个时候的文人笔记,如袁寒云(袁世凯次子)不再去光顾京剧,而是带着夫人去时髦的电影院。

女性和中产阶层男性的观众群体,还有数量庞大的学生观众,实际上是新剧为电影打下的江山。新剧从一开始就吸引了女性,包括中产阶层和工人阶层,并且有一些中产阶层小姐和女工从看新剧开始报名学习新剧。著名早期电影明星杨乃梅就谈及她中学时期经常去看新剧。而新剧开始就抓住了媒体广告这个法宝,并且把"启蒙"和"教化"的口号写在广告中,这不仅吸引了一般的中产阶层和社会受尊敬的人物,即使一些改革者,开始也抱着看好的态度。

1917 年,一战结束之后,郑正秋在"新文化"运动者的唾弃声中,告别了新剧,重新开始了电影生涯。此后,中国的电影走上了自身的发展之路,而这条路,恰恰是由新剧铺垫的。

女子新剧从开始就对男子新剧有很大的依附性。例如,很多女子剧团没有单独的剧场,而是搭男子新剧的台白天演出。当男子新剧一败涂地之后,势单力薄的女子新剧也无力支撑下去。因为失去了演出场所,1917 年,很多女子剧团转入游乐场演出,尽管还存在,但是作为一个剧种,已经失却了独立发展起来的可能性。

女子新剧诞生的历史时段注定她的软弱和磨难。在一个男性世界里,在商业化演出中受老板控制;女观众虽然出现,但是却没有声音;在文学上,也没有一个女性的创作群体出现,给予其有力的声援。而且,当时的历史背景是,尽管国家的名号已经变化,但是性别制度的价值观念还在固守。女子新剧受到性别政治和政权保守势力的双重打压。

早在1914年,女子新剧刚刚开始有声势的时候,江苏省教育会[39]下达的一个《解散女子新剧团》的命令,内容全录如下:

> 沪上自女子新剧团发现以后,曾由江苏省教育会函请沪海道尹从严禁止。兹闻杨道尹已函复该会,略为展读台示,并提议书佩,悉种切查。女士人格何等尊崇,戏剧虽为社会教育之一,而我国女学正在萌芽,亟宜潜心研究,力图上进,沪上发现女子新剧团,人数既多,品流必杂,既与女界名誉有关,且与地方风化有碍,除分饬两工廨查明解散外,特此奉复云云。[40]

这个禁令发出之后,马上就有男子新剧家在《繁华杂志》上发表《解散女子新剧团》感言:

> 于戏剧一道,(女子)终无须侧身其间。盖女子教育应在家庭,勉为贤母、为贤妇,此为女子之天职。若夫社会教育似当男子是赖,奈何女新剧家必欲舍本逐末,若此举之必不可已耶。[41]

这种"贤妻良母"论,和当时男性主导的所谓的解放运动论调是一致的。

女子新剧禁而未绝,1914年八月份发出禁令,九月份又颁发《查禁女子新剧之催促》:

> 江苏省教育会前以上海女子新剧剧团林立,风化攸关,函请沪海道尹设法查禁。曾经杨道尹饬行,英法两公廨、上海县知事、淞沪警察厅一体查禁在案。兹杨道尹以迄多日未将查禁情形呈报,且访闻尚有女子新剧团预备于旧历仲秋开演,现正从事练习,甚有男女合演者。……[42]

三令五申之后,华界的女子新剧团体暂时被打压,但是在租界的演出并没有被禁。禁令取消了女子新剧的合法性。禁令之后的文章,反映出男性社会对于女子新剧又恐惧又歧视的双重态度。

辛亥革命之后,女性没有得到梦寐以求的平等。女子参政的梦想随着女子参政团怒砸参议院,脚踢警卫兵的悲壮而结束,然而到底是苍凉,1913

年 11 月 13 日，女子参政同盟会被勒令解散。男女平权并没有实现，于是在整个动荡的民国时期，女性运动一直步履艰辛。

以公民自居的男性艺人，着手于对艺术的改革，把舞台当作一个实现政治理想和个人抱负的场所。拿上海的新舞台来说，以潘月樵为首的艺人曾经组织敢死队参加辛亥革命，获得了孙中山的褒奖。革命后，新舞台进行改革，废除案目制度，实行实名制，编演爱国新剧；还热心公益事业，组织义演资助学校、赈灾、创建救火会；成立臻伶学校使艺人的子弟受教育。1913 年还组成伶界联合会，争取市政管理上的发言权。不独上海如此，北京的男艺人废除前清的"男堂子"制度，注重艺人的公众形象和自身人格，争取社会的承认和尊重。而且，在传统"教化"观念和近代共和主义的呼声中，戏剧被当成一种社会改良的工具，投入创作和演出的不乏大批男性精英，俨然以社会教育家著称。

在男堂子废除的同时，妓女获得了合法的经营，领取执照，纳税。而且女伶与娼妓之间的界限不清。自清代以来，禁止女伶，所以表演却为妓女所延续。"书寓"里面的"先生"，从小接受曲艺培训，演出对象又是上层官僚文人，继承了一些表演艺术，例如昆曲、弹词。清末在上海出现的髦儿戏，演员往往又是高等妓女，例如著名的林黛玉和翁梅倩。艺与妓之间很难画一道清晰的界限，因此就有把妓女视为"坐娼"，把坤伶视为"游娼"的说法。

在商业化的过程中，受女子新剧商业利益的诱惑，一部分的髦儿戏演员摇身一变成为新剧演员。当时，女子新剧演员供不应求，很多戏院就请几个新剧演员再加上一些髦儿戏演员组班，打着新剧的旗号招徕观众，演出的剧目往往还是陈词滥调。这样的舞台往往演出一段时间就支持不下去，例如"爱兴社"就是一个典型的例子。

女演员本来就难免贻人口实，在这种传统思潮和当前观念限制下，女子新剧演员背负沉重的压力。纵使如林如心、谢桐影这样的名角，表演艺术赢得了男性演员的认同，仍不免遭到奚落，"只指演剧而言，至其行为如何，则不可得知也。"[43]

在种种压力下，女子新剧走到了尽头。对于许多新剧女演员来说，结束演艺生涯,也就意味着失却了独立。从社会又撤退到家庭,转了一圈又回到了传统的模式。

四 女子新剧与言情文化

女子新剧的产生离不开大的时代背景,更是与都市言情文化的兴起有很大关系。

女性对言情文化的热衷,可以追溯到明清。高彦颐教授在《闺塾师》一书中详细解读了杜丽娘和冯小青故事在女性读者之间的流行。民国初年,上海印刷的繁荣和报纸杂志业的兴起,江南落魄文人纷纷涌入上海谋生,都刺激了言情小说的生产和阅读。女子新剧则把这些言情故事改编成为戏剧上演,使得没有阅读能力的女性也对这些故事耳熟能详。

女子新剧把言情故事搬上舞台,可以说具有重要的历史意义,女子新剧是其中一个重要的阶段[44]。在此之前的戏剧文化,是以男性文化为主导的。关于京剧的题材,梅兰芳曾经说过:"近百年来,京剧剧本的取材,出不了三国演义、列国传、水浒传、西游记、西厢记、白蛇传、杨家将演义、封神榜、隋唐、说唐、岳传、彭公案、施公案。"[45]这些题材,除了王侯将相,就是忠孝节义。如果说是有"情",也只是色情。齐如山在提到为梅兰芳创作言情剧的初衷时提到:"自乾隆年间禁止妇女入戏院后,则观剧者只是男人,于是演员便更肆无忌惮,遇有言情戏,则都竞争着往狎亵里演,一个比着一个粉。"[46]

女子新剧的言情剧少了狎亵,多了情感。女子新剧演出的剧目,见附表统计。演出剧目来源大体如下:

鸳鸯蝴蝶小说,如《恨海》《玉梨魂》

弹词,如《再生缘》《寄生花》

清代话本小说传奇,如《杜十娘》《卖油郎独占花魁》

《聊斋》,如《恒娘》《胭脂》

《红楼梦》,如《黛玉葬花》《鸳鸯剑》

民间传说故事,如《白蛇传》《梁祝》

西方小说、戏剧，如《茶花女》《电术奇谈》

女子新剧的言情剧，不是传统的才子佳人模式，而是具有现代的意义。

下面我们就以具体的剧目说明新剧、鸳鸯蝴蝶派和西方工业化背景下产生的文艺作品之间的关系。

《电术奇谈》和《恨海》都是吴趼人的言情小说。吴趼人通常被称为鸳鸯蝴蝶派的"始作俑者"，《恨海》被认为是鸳鸯蝴蝶派小说的鼻祖。《电术奇谈》不是吴趼人的独立创作，而是演绎的日本人的作品，而这部作品又是日本作家菊池幽芳翻译英国小说而来。[47]《电术奇谈》对于《恨海》的影响巨大，可以说《恨海》就是直接在《电术奇谈》的影响下产生的，两者在创作思潮和技巧运用等方面的相似性已有很多学者论及。[48]不但如此，吴趼人此后的两部言情小说《劫余灰》和《情变》，与前两部小说之间也有明显的继承关系。除了没有完成的《情变》之外，其他三部都被改编成新剧，并且都成为深受欢迎的保留剧目。前人研究，往往论及这四部作品之间的关系，但《电术奇谈》来源的重要性却被忽视了。

姜进教授曾指出民国上海的言情剧和西方的超情感剧（melodrama）之间的相似性：即二者都是在工业化过程中出现的文化现象，都是现代都市社会形成过程中普通市民心路历程的一种反映。[49]

美国学者林培瑞曾经指出，这种流行于工业化国家中的通俗小说，在20世纪早期通过在大阪大批量生产的日文译本传入了中国。[50]他又进一步指出："现代娱乐性的小说总是伴随着工业化出现的，世界各地的情况都是如此。这种小说从18世纪的英国开始向西欧和美国扩展，往往通过超越国界的重印或翻译直接被他国引进。"[51]

就是在这样的背景下，《电术奇谈》和其他类似的小说被引入中国，因为共同的"心路历程"而深受欢迎。《电术奇谈》被新舞台改编为八本连台本戏，从1914年开始排演，到1917年几乎平均每月演出一次。

《电术奇谈》的故事情节是这样的：印度酋长之女林凤美因心系情郎喜仲达，而追随他到了英国。谁知仲达在到伦敦取结婚允许状时遭遇不测，被其友苏士马误伤。林凤美为寻找仲达不得不抛头露面，她登报纸、找侦探来寻找喜仲达。在误信仲达负心后，她一度想投河自杀，被丑人钝三救后，她迫于生计进入梨园卖唱，引起轰动。一次偶然机会，凤美遇到"害死"喜仲达的苏士马，经过一番曲折，最终恶人得到恶报，苏士马被抓。事情也终于露出真相，钝三就是喜仲达，最后有情人终团聚。

故事和西方的"超情感剧"有很多类似的地方，例如善与恶的斗争，带有浓厚的中国式言情剧的特色，大团圆的结局既反映了社会裂变时期人的心理体验，又使本来的外国小说看起来像是一个中国的故事。对于译本的改造，吴趼人在附记中说得很明白：

> 兹剖为二十四回，改用俗话，冀免翻译痕迹。原书人名、地名，皆系以和文谐西音，经译者一律改过，凡人名皆改为中国习见之人名字眼，地名皆借用中国地名，俾读者可省脑力，以免艰于记忆之苦。[52]

西方的小说技巧和中国本土文化相结合，使翻译小说能够契合中国人的生活背景。除此之外，小说的取名也变成汉语独特的内敛和诗情，例如《明珠宝剑》、《爱海波》、《情海劫》、《剑底鸳鸯》，[53] 这些翻译自外国小说的作品都被搬上新剧舞台，在不同阶层不同地域的人之间产生共鸣。在戏院这个空间里，不同的人对着同样的剧情在掉眼泪或思考，进行的是同样的情感体验，这种共同的经验达成共同的身份认同。

翻译小说刺激了更多外国技巧和中国本土文化结合的言情小说的产生。《恨海》之后，言情小说如火如荼地发展起来。此后有符霖的《禽海石》、吴双热的《冤孽镜》、徐枕亚的《玉梨魂》等，这些都被改编成新剧。《恨海》一剧，按照柳亚子的说法，"其加以粉墨而当场扮演者，疑自王钟声始。"据此推断，演出时间当在 1913 年之前。柳对于此剧评价甚高："屈指数歌场悲剧，《血泪碑》而外，畴不曰《恨海》。"以至观看演出时"几于反袂掩泣"，并赋诗一首："何处重寻血泪碑，游龙夭矫去难寻。美人意气浑无恙，恨海清波一曲悲。"[54] 1914 年新剧六大团体联合演出时又重排，[55] 此后常应观众要求重演。《玉梨魂》的影响最大，这些小说在一些中上层女性之间很有市场，一位前清状元的女儿就因读了《玉梨魂》非徐枕亚不嫁。像《玉梨魂》这样的半文言作品，只有上层女性可以读懂，而新剧的普及又使得小说的影响达到普通女性之间。

由此可见,以言情文化为代表的通俗文化现象和女性文化实际上是结合在一起的,女性文化与通俗文化都被五四新文化运动的宏大民族国家的叙事所诟病。而五四新文化运动起到的效果又如何呢?

我们专以新文化运动中的"戏剧改良"而论,新剧之后提倡"爱美剧",排演《娜拉》等剧,制造出"新女性"形象。然而这种形象恰恰是建立在对真正生活中女子的忘却基础上的,为打造现代性被塑造出来的娜拉形象,并没有解决"现代性"的问题,反而使此后的中国社会陷入一种"出走迷思"却不自觉。[56]对于在旧家庭中寻求体制内改革的温和方式不抱任何希望的五四新文化运动者,惟有采取革命性的断然出走,但是,却不问走后如何,走到哪里去? 再看看"爱美剧"的创造者这个时候写的评论随笔,不时看到大量的英文、法文等夹杂在文中,并且新翻译的外文术语和词汇层出不穷,佶屈晦涩。这种书面白话文与民众日常所使用的白话文之间实际上存在着相当的距离,效果就是非常"有效地"将新文化与大众疏远开来,新文学成为少数受过新教育体系训练的知识分子们的语言资本,换句话说,语言资本最容易被那些在西方和日本受过教育的人取得。

而女子新剧,在台上的蹦蹦跳跳与台下的我行我素中,就轻易地把个现代挥洒得轻松自如。正如孟悦在解读张爱玲《倾城之恋》时所问:"究竟是安稳的普通社会,'与子偕老'的日常生活对于动荡的中国现代历史就像一段传奇呢,还是'现代'及现代历史对于中国日常生活是一个传奇?"[57]

日常生活在历史发展中的作用,已经渐渐进入历史研究者的视野,这是对于传统史学的突破。而近代以前的中国历史,众所周知就是一部男性历史,二十四史就是一部帝王将相的家谱。当我们试图寻找女性历史的脉络的时候,痕迹是那么的模糊。但是我们从《诗经》的女性文学传统,历数历代的才女文化,一直到高彦颐所描述的江南闺秀的旅行结社,到明清的女性话本弹词。这些统统都被女子新剧囊括,搬演到舞台上,用女性的方式演绎着她们对于爱情、家庭和生活的感受。这条女性文化的传统被承继下来。

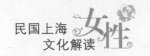
女性文化不仅是对于传统性别规范的反叛,它更和大众文化结合起来,形成一种对于革命和宏大叙述的对抗。

张爱玲在《倾城之恋》结尾写道:"香港的陷落成全了她。但是在这不可理喻的世界里,谁知道什么是因,什么是果? 谁知道呢? 也许就因为要成全她,一个大都市颠覆了。"[58]张爱玲以一种反叛的姿态,对于五四以来的民族革命话语进行了揶揄,以一种更苍凉的方式表现了反传统。王安忆在《长恨歌》中以王琦瑶传奇的一生,就带过了沧桑的几十年的历史。女性文化以一种冷漠的姿态对待政治斗争的历史。所不言而喻的,是对宏观大历史的冷淡和沉默,以及由此衍生,对大社会、大叙述的退却和倦怠。而这些退却与倦怠的背面,则是一种以女性为主体的文化及生活秩序。

五 小 结

综上所述,女子新剧的产生与女性文化的发展、市民文化的兴起是分不开的。女子新剧在 1914 年兴盛起来,首先是有大批的女性观众出现;其次就是女性开始走上职场,展露头角。女子新剧演员编演了大量的言情剧,成为市民文化的重要组成部分。1918 年之后,女子新剧转向游乐场演出。在 20 年代,女性文化和市民文化继续发展,娱乐文化更加兴盛。被大众称为"文明戏"的新剧虽然失去了昔日的辉煌,其锋头被后起的少女歌舞团、申曲、越剧的兴起所掩盖,但仍是上海都市娱乐市场的一个组成部分。

女子新剧之所以不被重视,是因为文化的等级划分。这种文化等级划分的武断性和不合理性在于划分的标准是掌握在拥有话语权的精英手中的。这种分类方法,使得当时很多大众喜闻乐见的娱乐形式都被打入"庸俗"的行列妄加评判,全然不顾其广受欢迎的事实。而事实上,如新剧之类的表演,恰恰是最贴近市民生活,反映他们喜怒哀乐的形式。我们去研究这些历史现象,就不能带着文化等级的偏见,而是要进入当时的历史场景,实事求是地看待这些问题。

附表 1

剧团名称	出现时间	演 出 地 址
1. 第一女子新剧社	1914 年 7 月 9 日	圆明园路兰心大剧院
2. 张园女子新剧社	1914 年 7 月 9 日	张园
3. 普化女子演艺社	1914 年 8 月 8 日	法界歌舞台，三洋泾桥(今延安东路江西路)
4. 女子慈善演艺社	1914 年 10 月 2 日	假借宝善街丹桂园(今广东路)
5. 爱华女子新剧社	1914 年 10 月 4 日	假借民鸣社，三马路大新街
6. 坤华女子新剧社	1914 年 10 月 5 日	法界嵩山路 45 号
7. 坤一女子新剧社	1914 年 12 月 15 日	假借春柳剧社，英大马路(今南京路)东口三院
8. 巾帼新剧场	1915 年 1 月 20 日	英大马路北广西路中启民社原址
9. 竞华女子新剧社	1915 年 1 月 21 日	假座民兴社，三洋泾桥南首
10. 振坤女子新剧社	1915 年 2 月 28 日	假座新民舞台
11. 中华女子新剧社	1915 年 3 月 21 日	假借石路新民舞台
12. 小舞台	1915 年 4 月 9 日	广西路汕头路口
13. 明德社女子新剧	1915 年 5 月 10 日	假座三洋泾桥民兴社
14. 中华笑舞台	1915 年 10 月 8 日	广西路汕头路口
15. 爱兴社	1915 年 11 月 18 日	南市久大码头前大观园原址
16. 同志社女子新剧	1916 年 3 月 31 日	假座宝善街丹桂园
17. 优美女子新剧社	1916 年 4 月 3 日	开演于新世界，事务所在法大马路西乾康酱园南隔壁
18. 新华社女子新剧	1916 年 4 月 13 日	假座笑舞台
19. 培德社女子新剧	1916 年 5 月 1 日	西门外方板桥共和影戏院
20. 兴华社女子新剧	1916 年 5 月 1 日	假座宝善街丹桂园
21. 振亚女子新剧社	1916 年 10 月 27 日	天外天
22. 凤鸣社女子新剧	1917 年 2 月	豫园邑庙劝业场三层楼
23. 启秀社	1917 年	

　　说明:除了以上报纸中涉及的 23 家,《繁华杂志》里还提到竞社女子新剧社、闺阁女子新剧社,任天知创办的大同女子新剧社。此外,高梨痕提及 1913 年之前的坤范女子新剧社,总共 27 家。

附表2

剧社名称	演 员 列 举	人数
1. 第一女子新剧社	影化、悲悲、醒民、竞儿	77
2. 普化女子新剧社	素素、素兰、素秋等	33
3. 慈善女子新剧社	赵宝奎、薛祥云、郁四宝、王素贞	26
4. 爱华女子新剧社	林如心、谢桐影、朱天红、朱少峰、黄惠芬、叶醒侬、钱天吾、周桢增	23
5. 坤一女子新剧社	天鸣、天鹤、天韵、竞先、雄飞	25
6. 巾帼新剧场	文英、优迷、旭永、撼尘	30
7. 振坤女子新剧社	许铁华、潘月舫、潘锦舫、潘耐云	20
8. 竞华女子新剧社	心声、素心、维心、竞仙	35
9. 小舞台	林如心、李痴佛、萧天竞、张汉民	29
10. 中华女子新剧社	天雄、天振、天铎、天英	31
11. 明德社女子新剧社	佩仙、芝芳、月娥、一鸣	23
12. 笑舞台	林如心、朱天红、李痴佛	32
13. 爱兴社	顾旭永、赵玉奎、竞梦、梁丹心	27
14. 同志社女子新剧	马兰生、马侬影、周剑虹、杨月心	32
15. 新华社女子新剧	于凄梧、荣开明、夏侬影、王优迷	15
16. 培德社女子新剧	竹君、妙龄、秀卿、金宝、傲侬	27
17. 兴华社女子新剧	再民、月梅、耀明、君玉	15
总计		468

　　说明:上表统计的只是在《申报》中出现过名单的剧社人数,剧社一般在开幕时列出演员名单。尽管这些人数统计由于演员在多个剧团或者剧团的前后承接有所重复,但是尚且有11个剧团的人数不明没有列入,足可抵消,所以女子新剧演员最保守的数字是468人。

年份	演 出 剧 目
1914	《离恨天》《再生缘》《情天遗恨》《情海劫》《红拂泪》《侠义缘》《家庭恩怨记》《恨海》《破镜重圆》《鸳鸯谱》《巧射双雕》《恶小姑》《金玉奴》《棒打薄情郎》《苦海花》《马介甫》《险姻缘》《禽海石》《可怜侬》《义妓》《珍珠塔》《胭脂》《恶姻缘》《孟姜女》《新杀子报》《情天恨》《公子无缘》《恒娘》《妻党同恶报》《手足仇》《新百宝箱》《冯小青》《孤儿泪》《虎女报恩记》《姊妹仇》《梅娘》《冥鸿冤》《情海波》《鸳鸯梦》《情魔》《苦海余生》《死里鸳鸯》《锦绣阁》《侠女伶》《火烧百花台》《青楼侠女》《苦命妾》《三慈老虎》《风筝误》《晚娘心》《黄孝子万里寻亲》《孽海花》《智女脱险记》《秋姬恨》《巾帼丈夫》《玉堂春》《百花台》《爱欲海》《堕溷花》《宝石镯》《毒蛇案》《芦中人》《玉鱼缘》《浪里鸳鸯》《金不换》《梨云梦》
1915	《剑底鸳鸯》《珍珠塔》《情海劫》《冯小青》《劫余灰》《鸳鸯谱》《孟姜女万里寻夫》《双珠凤》《恶小姑》《游龙传》《五剑光》《梁山伯》《杜十娘怒沉百宝箱》《错中错》《义仆》《谁先死》《黑籍冤魂》《自由结婚》《宝石镯》《双玉莲》《恶姻缘》《疗妒》《芳草怨》《惩淫记》《易妻》《傻仆》《锦绣阁》《新杀子报》《爱欲海》《鸳鸯冢》《以直报怨》《惩悍》《别离》《珊瑚》《沈剥皮》《梨花压海棠》《百花台》《陶子尧》《苦海余生》《情海波》《玉鱼缘》《玉堂春》《双狮记》《渔家女》《卖头》《文明人》《骗术奇谈》《爱晚亭》《家庭恩怨记》《小翠》《金不换》《大发财》《青楼侠》《俱乐部》《鹃魂蝶影》《恒娘》《生死交》《公子无缘》《白罗带》《王老虎抢亲》《侠女奴》《死里姻缘》《悌弟》《情爱劫》《活财神》《秋扇》《寄生花》《真假娘舅》《茜霞》《前后世事》《合浦珠还》《白手印》《乔太守乱点鸳鸯谱》《花魁女》《李陵碑》《三生石》《三易嫁》《二小姐家庭革命》《泼妇报应》《沪江侠妓》《相思病》《人财两空》《浪子回头》《西厢》《空谷兰》《孽海花》《刁刘氏》《缘外缘》《血手印》《梁祝哀史》《王十朋见娘》《双鱼吉庆》《薄幸》《落花梦》《妻党同恶报》《情天恨》《奸夫冤》《生死自由》《美人心》《侠儿女》《苏小小》《婚姻镜》《可怜外甥女》《妻妾悮》《害人害己》《琵琶记》《再生缘》《失罗帕》《翠兰缘》《自由花》《庵堂相会》《义贼报恩》《势利文人》《吴江奇案》《新蝴蝶梦》《胭脂》《朱买臣休妻》《痴心女子》《玉蜻蜓》《烈妇》《尖嘴姑娘》《白蛇传》《苦命小老婆》《势利丈母》《晚娘心》《义夫节妇》《九美夺夫》《苦海花》《忍辱报仇》《何文秀》《玉连环》《孝子贤孙》《孤儿报仇记》《割肉借债》《狭义缘》《明珠宝剑》《绿窗红泪》《新茶花》《薄命女》《落花梦》《黄糠宝卷》《赵五娘卖发寻夫》《钱秀才错占凤凰俦》《多情女子薄情汉》《同命鸳鸯》《血泪碑》《酸娘子》《绣褥记》《女秀才》《移花接木》《血蓑衣》《自由花》《白发红颜》《多情英雄》《专制婚姻》《杨贵妃》《可怜姨太太》《订婚奇案》《女宰相》《弱女复仇记》《果报录》《天河配》《真假女学生》《侬薄命》《杨乃武》《恶家庭》《武松》《碧玉簪》《侠义缘》《重阳佳婚》《红颜薄命》《马介甫》（聊斋）《杜十娘》《绿窗红泪》《黄糠宝卷》《棒打薄情郎》《险姻缘》《三笑》《卖油郎独占花魁》《落花梦》《金不换》《弱女复仇记》《黑夜枪声》《皆大欢喜》《五福临门》《双珠凤》《河东狮》《借债割肉》《吴江奇案》（社会新闻）《忍辱报仇》《美满婚姻》《刘香女》《青衫泪》《孝顺媳妇》《美人心》《第一妻女闻蝥蛾》《青楼劫》《爱国鸳鸯》《太平天国之奇闻》《苦海花》《陆野臣卖妻》《情毒》《大男寻父》《三生奇缘》《陆家宅桥》《姊妹花》《孝女藏心》《尖嘴姑娘》《恶婆婆》《苦命鸳鸯》《新法结婚》《死里逃生》《恨海》《专制婚姻》《红颜薄命女》《血手印》《媒婆毒》《火烧百花台》《邱丽玉》《杨贵妃》《换空箱》《情缘错》

（续表）

年份	演　出　剧　目
1916	《玉蜻龙》《二度梅》《苏小小》《女秀才》《移花接木》《乔装缘》《新春秋配》《孟姜女千里寻夫》《凤凰白鹤图》《琵琶记》《赵五娘寻夫》《新杀子报》《葺缘镜》《换空箱》《双珠凤》《空谷兰》《玉碎香消》《梁山伯祝英台》《郑元和落难唱歌》《落花梦》《双泪落君前》《碧玉簪》《卖油郎独占花魁》《美人妆》《玉靖蜓》《银屏梅》《玉人来》《点秋香》《珍珠塔》《凤凰傅》《和尚唤醒雌老虎》《海上繁华梦》《小放牛》《卖发寻夫》《刁刘氏》奇情新戏《女才子》《孝女藏儿》《梅花落》《杜十娘》《酸娘子》《女律师》《热血美人》《秦雪梅吊孝》《火浣衫》《玉鸳鸯》《朱砂痣》《催眠术》《新红梅阁》《新烧骨记》《守财奴》《空城计》《冯小青》《恶官僚》张亚龙编《一对可怜虫》《落金扇》《中国之福尔摩斯》《红丝影》《冷眼观》《假姑爷倒运》《师姑堂里妮子》《美满婚姻》《描金凤》《恶婆婆碰着新媳妇》《珍珠衫》《险姻缘》《皆大欢喜》《血海奇冤》《三笑》《多情女子》《玉连环》《刘香女》《风筝误》《李三娘磨坊产子》《生死鸳鸯》《火烧百花台》《玉楼春》《双金锭》《白蛇传》《葺海花》爱情新剧《侠义奇缘》《果报录》《新华毒》《卖国救国》《浦东奇闻》《新花田错》《生死自由》《真假儿女》《父子同婚》《二小姐革命》《雅仙艳迹》《金钱美人》《姊耶妻耶》《同命鸳鸯》《自由花》《明珠宝剑》《情哥哥》《家庭恩怨记》《金玉奴》趣剧《狗趣》正剧《骗珠花》《马介甫》

说明：共录入剧目389部，按照演出的时间顺序收录，同一年演出相同的剧目只录一次，所有演出剧目基本无遗漏。对于内容同而名字不同的都录入，例如《三笑》与《点秋香》。从三年的对比中，1914年刚出现都是学生出身或者是新剧社"速成班"出身的演员，演出的剧目大多是改编自新小说和外国故事。1915年是最兴盛的一年。1916年出现的剧目多是弹词和传统剧目，这些剧团成员大概多是原来的髦儿戏演员。

[1]　这里借用安德森"想象的共同体"的理论。由于近代媒体，例如报纸、杂志和电影等的发展，不同地域，不同阶层的人都可以通过阅读或者观看参与对于"都市"的想象。

[2]　《新剧史》（一）"纲目·内史·春秋"，上海：新剧小说社，1914年。

[3]　后来成为著名新剧演员，在新民社、新舞台、笑舞台都曾经参加演出，有文《我的俳优生活》。

[4]　陈伯海：《上海近代文学史》，上海：上海人民出版社，1993年，第463页。

[5]　林道源：《上海职业话剧的起源》，《上海地方史资料》（五），第148页。

[6]　周剑云：《鞠部丛刊·剧谈》，《民国丛书》第二编（69），上海：上海书店，1991年。

[7]　《民国丛书》，上海：上海书店，1991年，第57页。

[8]　刘巨才主编：《中国近代妇女运动史》，北京：中国妇女出版社，1989年，第50—

64 页。

[9] 刘巨才主编:《中国近代妇女运动史》,北京:中国妇女出版社,1989 年,第 60—64 页。

[10] 《申报》,1914 年 12 月 6 日,第 12 版。

[11] 《申报》,1914 年 10 月 2 日,第 12 版。

[12] 《申报》,1914 年 3 月 21 日,第 9 版。

[13] 《申报》,1914 年 4 月 17 日,第 9 版。

[14] 作为"中兴"之功臣的郑正秋首演也是在圆明园戏院,演出三天,但由于宣传、剧目等原因,观众了了,大折其本,此后搬到谋得利剧场演出《恶家庭》才一炮而红,从而出现了所谓"甲寅中兴"。

[15] 振公:《女子新剧团兴衰之始末》,《新剧杂志》,1914 年。

[16] 这些花园可以说是游乐场的前身,1914 年出现了"亨白花园"、"新华园"、"愚园夜花园"等,这些夜花园里面有演出影戏、滩簧小调、各种游戏、西洋音乐等,女子新剧也列入其间。

[17] 《申报》,1914 年 7 月 9 日,第 9 版。

[18] 《申报》,1914 年 8 月 13 日,第 12 版。

[19] 陈东原:《中国女子教育史》,鲍家麟编著:《中国妇女史论集》,台北:稻香出版社,1999 年。

[20] 《二十世纪大舞台》,1904 年。

[21] 《申报》,1916 年 10 月 13 日,第 15 版,"化佛据学艺术馆"广告。

[22] 《申报》,1916 年 10 月 14 日,第 17 版。

[23] 例如在《海上繁华梦》中,刚刚出道的邢惠春开始要 200 元包银,最后说定 150 块钱,先订三个月合同,期满再议。

[24] 《繁华杂志·滑稽魂》,1914 年第 1 期。

[25] 小说作者孙玉声曾创办男子文明戏剧社启民社,对于当时的戏剧界的内幕了如指掌,写出《海上繁华梦》和《续梦》,后来也写了大量的关于戏剧的回忆录。

[26] 海上漱石生:《海上繁华梦续梦》,上海:上海古籍出版社,1991 年。

[27] 《繁华杂志·游戏杂俎》,1914 年第 1 期。

[28] 《申报》,1917 年 6 月 30 日。

[29] 《繁华杂志·香奁》,1915 年第 5 期。

[30] 这种赠送照片的方式在《申报》的剧场广告中经常出现。

[31] 《申报》,1915 年 6 月 15 日,第 9 版。

[32] 《申报》,1915 年 6 月 26 日,第 9 版。

[33] 高梨痕:《谈解放前上海的话剧》,《上海地方史资料》(五),上海社会科学院出版社,1986 年,第 124—148 页。

[34] 《申报》,1915 年 12 月 19 日,第 10 版。

[35] 方维规:《论近现代中国"文明"、"文化"观的嬗变》,《史林》,1999 年第 4 期,第 69—83 页。

[36] 陈独秀:《一九一六年》,《文选》,第 102 页。

[37] 这一部分请参照娱乐资料汇编。

[38] 请对照 1910—1930 年代的娱乐资料汇编。

[39] 上海当时是属于江苏省的一个县,所以教育归江苏省教育会管理。

[40] 《申报》,1914 年 8 月 30 日。

[41] 凤昔醉:《解散女子新剧团感言》,《繁华杂志》,1914 年。

[42] 《申报》,1914 年 9 月 21 日,第 9 版。

[43] 周剑云:《新剧概论》,《鞠部丛刊》《民国丛书》(69),上海:上海书店,1990 年。

[44] 参见 Jin Jiang, *Women playing men：Yue opera and social change in twentieth-century Shanghai*. Seattle：University of Washington Press, 2009。

[45] 梅兰芳:《舞台生活四十年》,中国戏剧出版社,1980 年,第 266 页。

[46] 齐如山:《齐如山回忆录》,沈阳:辽宁教育出版社,2005 年,第 123 页。

[47] (日)樽木照雄:《吴趼人〈电术奇谈〉的原作》,《清末小说研究集稿》,齐鲁书社,2006 年。

[48] 李永:《吴趼人写情小说论》,曲阜师范大学硕士学位论文,中文系,2006 年。

[49] 姜进:《追寻现代性:民国上海言情文化的历史解读》,《史林》,2006 年 8 月第 4 期。

[50] Perry Link, *Mandarin Ducks and Butterflies：Popular Fiction in Early Twentieth Century Chinese Cities*(Berkeley：University of California Press, 1981)：p.9,转引自姜进,2006 年。

[51] Perry Link, 1981：p.8.转引自姜进,2006 年。

[52] 《吴趼人电术奇谈·附记》,《吴趼人全集》第五卷,哈尔滨:北方文艺出版社,1998 年,第 463 页。

[53] 限于篇幅,仅列举少数且剧目原作者和翻译者省略,具体可查阅陈大康《中国近代小说编年》,华东师范大学出版社,2002 年。

[54] 魏绍昌编:《吴趼人研究资料》,上海古籍出版社,1980 年,第 138 页。

[55] 《申报》,1914 年 5 月 3 日,第 9 版。

[56] 关于"娜拉"形象与现代化的关系,参见许慧琦:《去性化的娜拉:五四新女性形象的论述策略》,《近代中国妇女史续集》,2002 年,第 59—101 页。

[57] 孟悦:《人、历史、家园——文化批评三调》,北京:人民文学出版社,2006 年。

[58] 张爱玲:《倾城之恋》,广州:花城出版社,1997 年,第 60 页。

(图片来源:《上海图典》、《申报》、《好白相》、《繁华杂志》)

上升的明星？堕落的女性？
20 世纪 20 年代上海的电影女演员

万笑男

20 世纪 20 年代的上海经历了政治、经济、社会的急剧转型,逐渐发展成为一个国际大都会。与此同时,娱乐文化也从冷清稀少走向热闹繁多,多种传统和西洋的娱乐方式都在这里安营扎寨,上海成了一个艳名远播的"花花世界"。[1]此时,尽管外国电影仍然在上海的电影市场中占据着绝对的主流地位,但国产电影也已走出了 20 世纪初期的摸索尝试阶段,进入了真正的发展时期,在电影市场中有了一席之地。不断扩大的市场需求和电影技术的发展,促使国产电影制作人改变了采用男演员扮演女角的策略,开始了启用女演员的尝试。而晚清至五四以来的妇女解放话语则为此提供了舆论支持,激励着不同阶层的女性投身其中。20 世纪 20 年代中期,电影女演员作为一个职业群体业已形成。繁荣的现代大众传媒将电影女演员拱成耀眼的明星,她们在公众领域的能见度和影响力日益提高。20 年代末,电影女明星已经成为一股引人瞩目的力量,作用于市民的日常生活,影响着都市文化的生产和消费。

近年来,中国早期的电影女明星群体引起了海外学者和中国台湾学者的关注。美国学者 Michael G. Chang 以 20 世纪二三十年代的电影女演员为研究对象,详细考察了围绕电影女明星产生的公共话语,描述了中国最早的三代影星出现的过程及影迷文化的发展变化,强调了公众话语和大众传媒在电影女明星的建构过程中起到的重要作用,指出电影科技的发展是影响女演员地位变迁的不可缺少的因素；20年代对电影女明星的舆论呈负面性，而30年代舆论则呈正面性，女演员因"本色"和职业训练而得以扬名。[2]张真以默片《银幕艳史》为案例着手进行分析，从性别的角度检视女演员身体和电影科技之间的关系，得出一个结论，即中国早期电影是由媒体传导的，具有白话性和通俗性的一种现代体验。[3]台湾中央大学周慧玲教授，深入分析了中国早期女演员（主要是电影演员，也包括话剧演员）的表演内容如何与当时欧美电影潮流、中国社会风气及政治背景产生交互作用，透过对女演员的文化表演活动的分析，对"新女性"进行了重新论述，并进一步探讨了民国早期的性别意识。[4]

循新社会文化史的路径，在上述研究成果的基础上，本文试图借助主流报纸、电影杂志、小报、妇女杂志和回忆录等史料，对20年代上海的电影女明星公众形象的形成，以及作为"话语实体"的电影女明星在此间的自我应对，进行深入细致的考察，探寻她们不曾磨灭却常被忽视的主体意识。

一　20世纪初期银幕上的性别表演

1895年12月28日，法国人卢米埃尔兄弟在巴黎试映电影，这是各国人士公认的电影世纪正式开始的日子。不到一年以后——1896年8月11日，法国商人在上海徐园内"又一村"放映"西洋影戏"，将影片穿插在戏法、焰火等游艺节目中放映，电影从此由西方引入了中国。[5]作为一种新型娱乐方式，电影引起了中国观众的兴趣，也促使一些睁眼看西方的中国人产生了摄制"中国影戏"的愿望。最初，国人对于拍摄电影是毫无经验的，因此，想到拍摄的是影"戏"，自然很快地联想到中国固有的旧"戏"上去。[6]1905年，北京丰泰照相馆开始了摄制国产影片的第一次尝试——拍摄了由著名京剧演员谭鑫培主演的影片《定军山》。[7]1909年，亚细亚影戏公司负责人接受了当时热衷于文明戏的张石川等人的建议，开始摄制文明戏。实际上，中国国产电影在诞生之初是与传统的戏曲以及当时正红火的文明戏结合在一起的，影片公司多借用京戏或文明戏演员进行拍摄。以当时两个主要的影片公司亚细亚和幻仙为例：亚细亚影片公司聘用文明戏演员为基本演员，白天在露天摄影场里拍电影，晚上则以民鸣社的名义在歌舞台演出文明戏；而幻仙影片公司拍摄的第一部影片《黑籍冤魂》（张石川、管海峰导，1916 年），则是原原本本的将同名文明戏搬上了银幕，从剧本到演员无一更改。[8]在角色的分配上，国产电影也延续了京剧和文明戏通常由男演员扮演女角的传统。当时，社会风气并不十分开化，即便是在"华洋杂处"、引领风气之先的上海租界，虽然女性演艺群体已经开始进入公众领域，[9]但斥责女性表演的言论仍然时常出现。此外，当时人们对电影还缺乏基本的了解，很多人迷信地认为摄制影戏会伤了元气、不吉利，大都不敢轻易尝试，张石川等人往往要跑到乡下利诱"易欺"的乡人来拍摄影片。[10]在这种情况下，要找一位肯演电影的人已经十分困难，更不用说是要女性来演出了。这一时期，银幕上几乎没有出现过女性的身影。这里值得一提的是严姗姗，1913 年，主持"人我剧社"的黎民伟在香港拍摄影片《庄子试妻》（黎民伟导，1913 年），启用妻子严姗姗出任扇坟使女一角，中国电影银幕上首次出现了女性的身影（图 1）。严姗姗出身名门，容貌端庄秀美，性格豪爽，毕业于香港懿德师范。辛亥革命时，她还曾参加广东北伐军女子炸弹队，是一个思想开明、热衷于社会活动的女性。我们可以想象得出，在女性登台演出尚属离经叛道的时代，当美丽新派的严姗姗公然出现在银幕上时，观众感受到的是何等程度的视觉冲击。但严姗姗的现身银幕只是个特例，犹如昙花一现，丝毫也未撼动电影界从制作到表演由男性一统天下的局面。尤其具有讽刺意义的是，她只在剧中扮演了一个次要角色，主

图 1　出现在中国电影银幕上的第一位女性，严姗姗

角庄子之妻则由黎民伟本人扮演。这样"滑稽"的安排,其实反映了当时人们的一种普遍认识,即:男子比女子更适合扮演"旦角",女子即使可以登台演出,其才智也不足以充任要角,而只能作为男性的陪衬。周剑云就曾特别撰文讨论过此事,他说:

> 更有曾受教育,胸中稍藏墨水之旦角,每演高尚之剧,辄能运用其聪明,发挥其意见,为剧中人抬高身份,为编剧者增长价值,万非知识浅陋程度幼稚之女子所能胜任。[11]

总体来看,20世纪初期是中国国产影片的尝试阶段,投身国产电影制作的人,多半是出于自己的兴趣和热情,并未将其当作一种事业去经营。[12]虽然进行了多方面的尝试,积累了一定的经验,但是,这一时期的国产电影大都质量粗糙,没有产生什么影响。在演员方面,仍以戏曲演员和文明戏演员为主,辅之以电影"票友"的参与,没有出现专门的电影演员。在性别表演模式上,依旧延续了传统戏曲的做法,惯用男演员饰演女角。

二 电影女明星的初现

进入20世纪20年代,随着美国影片的引进,好莱坞女明星的形象大量传入中国,观众开阔了眼界,有了新的审美标准和品味。此外,叙事长片的兴起,使观众对"现实口味"和文艺片的兴趣日益强烈,银幕上"扭捏作态"的男扮女现象日益引起人们的反感,洪深曾直言他"对于男子扮演女子,是感到十二万分的厌恶的","每次看见男人扮成女人,真感到浑身的肉都麻起来"。[13]

而电影拍摄技术的发展,则直接暴露了男演员饰演女角的缺陷,中国电影早期最重要的编剧之一郑正秋,曾在一篇文章中指出:

> 经过特写镜头,中国观众与电影人发现,那些出身新剧的早期电影演员,在银幕上的表演带着舞台的夸张痕迹而显得过火,反串女角的男演员们的胡碴与喉结,也在特写镜头下变得无可遁形,而与他们尖窄着嗓子说话的调门,产生难以忍受的不协调。[14]

在此种情况下,银幕上的男扮女的表演日渐失去了市场,越来越多的人认识到,无声电影中的表演完全依靠演员的姿态和动作,"真和美"是最为关键的因素,而女子出演女角无疑是最"真"最"美"的。[15]无论是从艺术角度还是从商业角度来看,国产电影的继续发展,都需要女演员的加入。

1920 年秋,上海影戏公司筹备拍摄长故事片《海誓》(但杜宇导,1922 年),由殷明珠在片中饰演主角,她是中国电影史上第一位担纲主角的女演员。殷明珠是江苏吴江人,出身于书香门第,父亲是江浙一代小有名气的画师。父亲去世后,家道中落,她便随母亲

图 2　中国电影史上第一位担任主角的女演员,殷明珠

一起来到上海。殷明珠容貌娟秀,谈吐高雅,擅长中西文,又善于交际,跳舞、游泳、歌唱、骑马、骑自行车、开汽车等新玩意样样精通,因常常长靴卷发,有西方美人风味,于是得了 FOREIGN FASHION 西式的徽号(缩写为FF),是十里洋场之中无人不知的交际花(图 2)。当时上海的名门闺秀和女学生学时髦,都以 FF 马首是瞻。[16]殷明珠平时非常爱慕西方女影星生活,常常模仿好莱坞女明星宝莲(Pearl White),当她在交际场中遇到正在筹划拍摄电影的但杜宇之后,便产生了现身银幕的愿望。以擅长画美女而著称的但杜宇,欣然答应启用这位容貌美丽、名声赫赫的摩登女郎出演主角。[17]

据参与拍摄《海誓》的郑逸梅回忆,该片的拍摄条件十分简陋,道具、画面及至情节都很粗糙,但放映之后却取得了不俗的成绩,其间 FF 起了相当重要的作用。许多久仰 FF 大名的人,都想通过银幕一睹她的丰采,争相前来观看,"卖座之盛,超过舶来片"。[18]"一时间,上海的茶坊酒肆旅馆浴堂游

艺场弹子房排房等公共之场,到处都有人在谈论着 FF 的大名"。[19]《海誓》为但杜宇赚了不少钱,他受到鼓励,打算再摄制一部电影《古井重波记》(但杜宇导,1923 年),并邀请另一位交际明星傅文豪女士加入。傅文豪才貌双全,不仅生得美丽,而且还写了一手很漂亮的毛笔字,讲了一口流利的外语。[20]她领有上海公共租界的第一张女子驾驶执照,经常在傍晚时开着一辆美式汽车到大马路上兜风,极其引人瞩目。于是,人们便取扑克牌中的两张王牌 A 做她的代称,送她一个"AA"的徽号(即 Ace Ace 的缩写),意思是王牌一对,气派不小。[21]傅文豪曾经在宁波同乡会看过《海誓》,觉得电影十分新奇好玩,又看到殷明珠因此而艳名远播,心中很是羡慕,早就有了"投身电影之志愿",[22]于是便十分愉快地接受了但杜宇的邀请。她的苦心没有白费,借助电影之力,获得了比以前更大的名声。当时有人在《电影杂志》上发表议论说:

> AA 原本有二。徐姓,小字爱爱,人乃以 AA 呼之。所谓交际社会之明星也。其大名鼎鼎,实在古井重波记 AA 之前。自古井重波记出,乃后来居上。徐 AA 之名,无有复能忆及者,于此可知电影势力之伟大矣。[23]

化身为电影的现代科技,揭去了笼在摩登女郎脸上的神秘面纱,使普通大众有机会一睹她们的芳颜;摩登女郎也借此进一步扩大了知名度,成为众人瞩目的焦点。殷明珠和傅文豪的演出打破了电影采用文明戏男旦饰女角的成规,开了摩登女郎现身银幕的先河。[24]但是,她们并不算是职业的电影女演员,这不仅表现在其各自只拍了一部电影就退出了影界,更为重要的是,她们在银幕上从未使用过真实姓名,而仅以"FF"、"AA"的徽号示人。[25]

1923 年,中国电影史上出现了第一位职业女演员——明星电影公司的王汉伦。[26]王汉伦,原名彭剑青,出身于苏州一个官宦家庭,受过良好的中西式教育,是一个典型的大家闺秀。十六岁时,她奉兄嫂之命嫁为人妇,因不满意这桩盲婚哑嫁的婚姻,离开了丈夫的家。和丈夫脱离关系后,彭剑青走上社会自谋生计,先在一家小学教书,后又在上海的四明洋行做打字员。一次偶然的机会,她在朋友家遇到了明星电影公司的任矜苹。任矜苹见其

"雍容明丽，思想新颖……一口英语，洋派十足……认为是电影界的良才，就将她介绍入电影界工作"。[27]恰巧当时明星公司在连连失利的情况下，决心拍摄的一部家庭伦理片《孤儿救祖记》（张石川导，1923年），急需一位女主角。导演张石川觉得彭剑青很像一位大家的少奶奶，面貌善良、楚楚可怜，两眼忠厚，一望而知（图3)；[28]于是，便启用她在片中扮演一位深明教育重要性、含辛茹苦将孤儿抚养长大的寡妇。该片获得了巨大的商业成功，轰动了全国

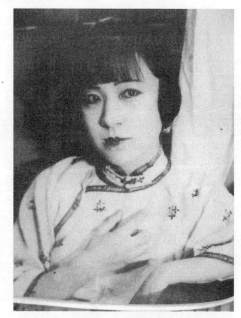

图3　中国电影史上的第一位女明星，王汉伦

以至东南亚，不仅帮助明星公司摆脱了困境，而且获得了双倍利润。彭剑青的出色表演无疑是该片取得成功的关键，她也因此一举成名。无论是在十里洋场的高等戏院，还是酒楼茶肆，甚或窄巷棚户，人们都在谈论着这位将悲情戏演绎得淋漓尽致的女演员。[29]

　　明星公司看到了彭剑青的市场号召力，便与她签订了合同，要她长期在公司拍戏，承诺每月给二十元车马费，每部片子拍出来还有五百元的酬金。这个报酬在当时是相当优厚的，对自谋生计的彭剑青来说很有吸引力。但是，她的家人却激烈地反对此事，认为她"做了戏子，丢尽了祖宗的脸，要把她送回苏州祠堂里去受家礼的责罚"。[30]面对家人的阻挠，当时只有二十岁的彭剑青与家庭断绝了关系，取了老虎头上的"王"字为姓——表示自己天不怕地不怕的勇气，以汉伦为名，用新的面貌积极地发展其作为电影女演员的职业身份。自明星公司启用王汉伦取得成功之后，各个电影公司都开始积极地招募女演员，电影女演员这一职业群体开始形成。

　　20年代初，由男性文化精英倡导的五四妇女解放运动[31]在社会上有着

图 4　风靡一时的浪漫派女演员,杨耐梅

相当大的影响,关心妇女解放的人围绕"怎样才能实现妇女解放?"的问题,展开了激烈的讨论。大部分的论者认为,"中国妇女所以被社会束缚的最大原因,是由于经济不能独立"。[32] 所以要实现妇女解放,就必须要自谋职业,赢得经济独立;只有经济独立,才能保全人格,做一个真正的"人"。"有了独立的经济……虽不说社交公开,自会社交公开;虽不说婚姻自由,自然会婚姻自由。"[33] 摆脱了旧式家庭生活的女性不仅能够实现自身的解放,而且可以承担起改造中国,改造社会的责任。[34] 在这种言论背景下,"经济独立"成为妇女解放的先决条件,激励着越来越多的女青年脱离家庭、自食其力。做电影演员无疑是发展女性职业身份的一种有效途径,吸引着许多来自不同阶层和社会背景的女性加入其中。

杨耐梅是一位广东籍富商的独生女儿,曾就读于上海务本女校,相貌秀美,擅长交际、善于舞蹈和音乐,以浪漫的生活方式和喜欢穿奇装异服而闻名。在烫发刚进入上海的时候,她和好友就"将头发烫的怪样的高,说起来几乎每一个上海人都知道她们"(图 4)。[35] 进入电影界之前,杨耐梅就醉心表演,常常到明星电影公司的拍片现场去参观,偶尔也在影片中扮演一个小角色,以过戏瘾。1924 年,明星公司筹拍《玉梨魂》(徐琥、张石川导,1924 年),缺少一位女配角,编剧郑正秋向导演张石川推荐了她。杨耐梅在《玉梨魂》中富有天才的表演让观众记住了这位妖娆的女性,也给张石川留下了非常深刻的印象,很快她就被吸纳为明星公司的正式演员。张石川认为她的私生活放荡不羁,特别适宜演"水性杨花"、"不循规蹈矩"的风流女性,[36] 所以安排她走浪漫香艳的戏路，并为她量身定做了《诱婚》（张石川导，1924 年）一片。杨耐梅在片中扮演了一个摩登时尚的少女，在物质欲望的漩涡中沉浮，最终被吞没。此片让她一夜成名，成为最受观众欢迎的浪漫派女演员。然而，杨耐梅的名气或者说"臭名"却激怒了她的德高望重的父亲，因为在他看来，做电影演员与做妓女无异。这位一心想栽培女儿去英国读书的富商，一气之下与女儿断绝了父女关系。

肖养素是湖南女子中学的高才生，聪颖敏慧，学业名列全校前茅，常常受到师友的好评。她非常喜欢看电影，课余时间常常以此作为消遣，中西新片都不愿意错过，并经常就电影的艺术表演问题和同伴进行讨论"津津不倦，言悉中肯"。[37]中学毕业以后，肖养素怀着一颗追求艺术的心，独自一人从湖南来到上海，向张石川毛遂自荐，要求从事银幕生活。张石川被这种热情所感动，就安排她在《最后的良心》（张石川导，1925 年）一片中担任主角，助其走上银色的明星之路。

张织云出生于广东番禺，幼年移居上海，只接受过浅显的传统教育，"不解蟹行文而略知诗，长恨琵琶诸曲，读之能成诵而已"。[38]父亲去世后，母亲得了重病，家庭经济状况日益困难，她便想找"一个用钱可以畅快些的职务"，于是一面向家人谎称"在某行家做了书记的位置"，[39]一面偷偷报名加入了中华电影公司（图 5）。张织云在处女作《人心》（顾肯夫导，1925 年）中的表演赢得了观众的认可，名气逐渐大了起来；然而，做电影演员的事情却再也瞒不住了，"一个巨大的反对临到了她的身上，家庭和亲戚都对她起了恶视"。[40]面对

图 5 张织云有"悲剧圣手"之称，曾于 1925年被上海新世界游艺场选为"电影皇后"

此种压力,她并没有退缩,继续坚持从事银幕生活的志愿。若干年后,张织云在忆及此事时坦言,这一方面是因为观众的支持,另一方面也因为受电影明星优厚的物质生活的吸引,"于不知不觉中向物质享受下了降书"。[41]

图6 出身青楼的宣景琳,是一位才华横溢的演员,以饰演反派角色著称

宣景琳出生于贫苦家庭,没有受过正规教育,早年在"新世界"门前卖糖果时,曾和明星公司的张石川有过一面之缘,其天真烂漫的作风给张石川留下了深刻的印象。[42]十六岁时,她为了讨生活投身娼寮,在新民庆树芳帜"小金牡丹","一时走马王孙为之倾倒者,不知几许"。[43]1925年,明星电影公司打算拍摄影片《最后的良心》,需要一位反派女配角,张石川想到了她,便派演员王吉亭去请。宣景琳虽然不知道该如何演戏,心中有点着慌,但认为这是个可以脱离娼寮的好机会,便愉快地答应了。该片取得了不错的成绩,明星公司与她签订了拍片合同,承诺每月出车马费一百元,并答应预先支付两千四百元的酬金为其赎身。[44]"小金牡丹"自此脱离了青楼,正式进入电影界,由青楼里的红姑娘变身为电影女明星(图6)。

从以上这些例子中可以看出,在20世纪20年代,女子选择投身影界要面临来自家庭和社会的重重阻力,甚至不得不因此与家庭脱离了关系,但这并没有杜绝那些前卫女性的勇敢尝试,演员的职业毕竟给她们带来了很多新的机遇:生活西化的时髦小姐可以通过参演电影更好地体验现代生活,爱好电影艺术的新型女学生可以借此实现自己投身艺术的志愿,经济困难的女性能够通过拍电影获得经济来源，出身青楼的女子则在这儿看到了改善社会地位的希望。

不论电影女演员的出身为何，也不论其在银幕上扮演的角色是传统的还是现代的，是恪守妇道的还是妖冶妩媚的，她们多半都会被贴上"摩登"的标签。徐耻痕曾为20年代前半期的33位电影女明星作传，总不忘强调她们"装束入时"、"摩登新派"、"习于交际"、"学业冠侪辈"。[45]忆及对王汉伦的印象，张石川说，"她是上海少见的摩登女郎，她的装束的新奇时髦，曾经使我们大大的对她侧目"。[46]电影公司在对她进行宣传时，也有意凸显了她的"摩登"：

> 王汉伦女士……肄业于梵王渡圣玛丽亚书院。性慧，喜英文，而尤注重英文，所交欧美女友极多，交际日广，思想亦为之转移，尝谓人曰，欧美妇女多能藉职业以自给，华人何以独异？余起而自试，谓中国妇女界开一新生路焉。[47]

电影女演员并不是唯一的女性演艺群体，而人们却单单将她们和"摩登"联系在了一起。这一方面是因为她们能够获得独立的经济收入，迎合了五四妇女解放话语对"新女性"的要求；另一方面，也与其工作的"现代性"密切相关。与从事舞台表演的女演员不同，电影女演员的表演与电影这种西方现代科技紧密地结合在一起。电影从拍摄到播放，犹若媒介种种新生活礼仪，女演员得以重复排演现代的生活模式，她们的演出，因此就不再是简单的戏剧表演，而成为指引大众体验现代生活的向导。[48]郑逸梅谈及的一个细节，很生动地反映了这一点：

> 内地的观众喜欢看上海去的影片，无非是看看影星的服装，被认为是摩登时式的，便加以仿制。所以看电影往往带了成衣匠一同去，看到银幕上放映出的明星新装，就嘱成衣匠照这件衣服的样式做。[49]

在此，"摩登"并无关乎女演员本身所饰演的角色，而是代表了一种品位和价值趋向。这就促使观众在关注女演员在银幕上表演的同时，也关注她们的现实生活，并且渴望知道她们在银幕之外是否和银幕上一样的前卫时尚。现代大众传媒的发展为观众的这种需求提供了技术支持，20年代中期，伴随着国产电影的初步繁荣,以往只关注好莱坞明星的电影杂志和主流报纸,开始注意到国内的电影女演员,小报更是喜欢为女明星做起居注。"电影明星"四字,成为当时最时髦之新名词,报纸上几乎每天都有报道电影明星的文字,[50]"画报之影,书志之言,明星明星者,比比皆是"。[51]

图 7 《良友》画报第一期封面
是当时还是影坛新秀的胡蝶

创刊于 1926 年的《良友》画报,每期的封面都是一幅温雅的现代女性肖像,[52]在《良友》众多的封面女郎中,电影女明星是出现频率最高的一个群体。以女性形象做封面的传统,始于晚清名妓小报的流行,女明星借助"传统的方式",现身于以反映"摩登"生活的都市口味为主旨的画报,[53]充分体现了大众对电影女演员模棱两可的态度及她们置身于传统女艺人与现代女性之间的特殊境遇。《良友》画报创刊号第一期的封面,用了影坛新秀胡蝶的照片(图 7)。若干年后,胡蝶成为影后,《良友》画报的编者不无自豪地说,"通过《良友》,第一次,她(指胡蝶,笔者注)的美丽的笑涡被广泛地介绍到群众中去。……随着《良友》画报的销量由 3 000 增加到 40 000,胡蝶也从藉藉无名的新人而成为电影皇后"。[54]这番话显然是在为《良友》作宣传,但无意间却也透露了一个十分重要的信息:电影明星是多种现代媒体联合打造的产物,除去电影业自身的发展以外,印刷业和出版业的发展,也是不可或缺的条件。

随着女明星在公众领域的能见度日渐增高,她们对观众的影响力越来越大,其一举一动不仅是人们茶余饭后的谈资,也是上海流行时尚的指针,引导着都市生活的品味和价值取向。1926年，杨耐梅和卜万苍别出心裁地在《良心的复活》（卜万苍导，1926年）的放映现场，进行活动场景表演。他们选择了片中女主角抚育婴儿轻唱《乳娘曲》的一段颇为动人的戏，在银幕后面，搭了一台与片中场景完全相同的布景。影片放映时，映及这一场面，银幕升起，舞台灯光渐亮，与片中扮相完全一样的杨耐梅登场，在小乐队的伴奏下，轻展歌喉，唱出一段《乳娘曲》。歌毕，银幕重新降下，影片继续放映。这段前后仅有三分钟的现场表演，在当时引起了巨大的轰动，许多观众为了亲眼见一下杨耐梅，亲耳聆听她的歌声，争先恐后前去观看。电影连映20天，场场爆满，甚至出现一票难求的局面。杨耐梅的名声和影响力是如此之大，以至于她几乎能够左右当时上海滩最流行的时尚元素，她的发型和着装，皆为上海的时髦小姐们竞相模仿（图9）。例如，有一次，杨耐梅突发奇想地穿了一件坠满金属片的裙子去卡尔登舞厅参加舞会，不到一周，这一款式便成为上海街头的新时尚；几家高级时装公司，也因她的经常光顾而顾客盈门。[55]杨耐梅的生活琐事，也被有好奇心的影迷渲染传播，弄得街头巷尾，茶馆酒楼"人人无不以谈耐梅为见多识广"。[56]

图8 《良友》画报第四期刊出的杨耐梅的时装照

20年代的中国，社会结构正在发生剧烈的变动。随着传统社会精英阶层在 19 世纪末 20 世纪初的没落和都市中产阶级的迅速崛起,原来由精英阶层主导的价值取向,逐渐被新崛起的势力所干预,传统社会的尊卑秩序和性别界限被深深地撼动了。正是在此背景下,来自不同阶层和社会背景的电影女明星才得以崛起,并成为影响都市文化生产和文化消费的重要力量。[57] 与此同时,繁荣的城市商业和发达的文化娱乐业,为女明星完成她们台前幕后的表演提供了充足的条件。现代大众传媒在将女明星拱成万人瞩目的焦点的同时,也使更多的人有机会加入到对电影女明星的建构中。

三　文化精英言说中的电影女明星[58]

五四新文化运动以来,知识分子积极向西方学习,反思和批判中国的传统文化,将来自西方的"新文艺"视作促进文化改革的工具大力推广。然而,电影这种洋娱乐,却由于其固有的商业性和娱乐性而一度遭到唾弃。[59] 1920 年前后,美国的侦探片占据着上海的电影市场,影片中离奇的情节不仅刺激了观众的感官,也给一些不法之徒提供了样板。而此时的国产电影界,制片商为了谋取商业利益,倾向于将社会上轰动一时的案件搬上银幕,只为迎合都市观众的猎奇心理,丝毫不顾及社会影响。这种风气致使不少人认为电影是"谋财害命之教科书,暗杀绑票之活动讲义","是一种洪水猛兽般可畏的东西"。[60] 当时,绝大多数受过良好教育的人,根本没把国产电影放在眼里,认为它只不过是一种低俗的大众娱乐,难登大雅之堂,很多人都不屑与电影从业人员为伍。

尽管 20 年代的国产电影的确与五四知识分子少有瓜葛,但仍有极少数人坚持利用电影教育大众的尝试,洪深就是其中的代表人物。洪深毕业于美国哈佛大学,1920 年刚回国时,便提出电影为"传播文明、普及教育、提高国民程度,表示国风,沟通国感情"等主张,要求剧本必须具有"普及教育和表示国风"的主旨,对"海淫海盗,专演人类劣性,暴国风之短和神怪故事的剧本,一律不用"。[61] 1925 年,在戏剧界已经颇有名气的洪深,顶着"拿艺术卖了淫"的骂名,进入了电影界,将自己的一系列主张付诸实施。[62]而致力于国产电影制作的旧式文人中,也有一些人认识到了电影在社会改良方面的作用。郑正秋做导演,喜欢在戏里面把感化人心的善意穿插进去,"在赢利主义的基础上加一点良心主义"。[63]1923年出品的《孤儿救祖记》是一部通过一个家庭在十年间人物关系的变化来承载社会改良意图的影片,集中体现了他的这一创作思想。[64]随着国产电影在社会上的影响力的逐渐扩大,关心国产电影发展的人逐渐认识到:电影是一种娱乐,也有传达知识的真能力,它的通俗易懂,能使人有亲临其境之感,即使目不识丁的人也可以明白其中道理,因而具有比书本更为广泛的影响力。[65]1925年,有一位论者慷慨激昂地说:

> 从事电影事业的人们,要随时注意到电影的真旨是什么……要知道社会上所说的娱乐品三个字,并不是它真正的目的。在道义之邦没有成立,路不拾遗没有达到的时候,它真正的目的,是改造社会的利器。在国际观念没有弭消,世界大同没有实现的现在,它真正的目的是表扬国光的工具。[66]

随着一小部分文化精英对电影艺术价值和社会教育功能的发现和肯定,电影演员也被纳入了他们的视野。《申报》和一些专业性较强的电影杂志常常会刊载文章,就电影演员应具有的素质等问题展开讨论,[67]在众多的讨论之中,"人格"问题成为焦点。1925年2月,有人在《申报》上发表评论说:

> 电影与社会教育有密切之关系,故社会之风格人情,每于不知不觉间,为电影所同化。为演员者,苟无高尚之人格,则其所演之影片,殊足诱社会之堕落,故为演员者,宜自尊人格,勿藉演剧之机会,而做不正当之妄想,随时随地,当负指导社会之责任,能如是,尚不愧为高尚之艺术家矣。[68]

这位作者的言论很有代表性,一方面,鉴于电影与社会教育的密切关系,承认电影演员可以成为指导社会、教育社会的艺术家;另一方面,又对电影演员很不信任。在三令五申提醒他们应"自尊人格"的言论背后,隐藏的恐怕是文化精英深深的怀疑和忧虑。如果说,"自尊人格"是文化精英对男女演员提出的一个共同要求,而演员能否具有高尚人格又是他们最大的疑虑,那么针对女演员,这些要求和疑虑就显得更加突出。

电影女演员群体是在"妇女解放"的话语背景下诞生的,但是"妇女解放"只给了她们自主选择职业的机会,却没能给她们一个清晰的社会定位,也不能帮她们超越自身所处的大环境。作为女性演艺群体,电影女演员难免会被人视为传统社会中戏子或妓女的替代品。[69]如上文所提到的,王汉伦、杨耐梅以及张织云的家人都抱着这种看法。女子投身影业要面对来自家庭和社会的巨大阻力,对于女演员的这种艰难处境,文化精英在言论上给予了极大的同情和支持,一位作者在《电影杂志》上发表文章,鼓励女演员突破困难,勇敢前进,他说:

> 中国的社会,正在新旧过渡时代,电影却在萌芽初苗,女演员进步的阻力,一定很多……因为中国习惯上,向来把优伶看得很低贱,家庭中不免有这种阻力发生,倘使遇着这种情形,本人就该详细解释,婉言劝谏。其余社会上种种阻力也很多,所以既下决心,愿为电影明星,第一步就要先打破这种种阻力,第二步就要不畏难。[70]

又有一位评论者说:

> 我国电影演员尚感缺乏,而尤以女演员为最,究原其故,由社会人士,尚不能了解电影为高尚之艺术,电影演员为高尚之艺术家,而存不肖为之心也。……深信不数年后,经世界潮流之激荡,电影事业之宣传,全国舆论之鼓吹,必能使全国人士,咸了解电影演员之地位。[71]

显而易见,评论者抛弃了传统社会中"倡优并列"的评判标准,并借助电影这种"高尚之艺术",给了女演员一个变身为艺术家的机会,但是,他们对这一职业群体并不认可。虽然有人十分赞赏女子冲破阻力、进入影界从事新职业的勇气,并将其比作新时代的"娜拉",[72]但是传统社会对女艺人的偏见,早已根深蒂固地存在于人们的脑海中。此外,中国最早一批的电影女演员几乎都没经过专业训练,完全是出于自己的兴趣或专以谋生为目的而进入影界,她们的不同社会阶层和入行动机,不免会给文化精英留下良莠不齐的印象。当时就有论者指出,有些女子投身影业不过是为了赚钱和出风头,电影界实为"一二风流女士及无业游民之讨饭地"。[73]

文化精英一方面期望电影女演员能肩负起"教育社会之责任",成为"高尚的艺术家";另一方面却又担心她们的"品行"和"出身"难当此任。在这种矛盾心理的驱使下,他们只得借助舆论工具,不断强调电影女演员一定要注意抬高自己的人格,这样才能有光明的前途:

> 女演员之人格问题亦为应行注意之一事……牺牲色相,非仅为博一人一时之誉,其重要目的在劝导社会,脱离恶俗而趋于正轨。无论如何,演员肩头已负有指导社会、教育社会之重担,必正己而后正人,然后得真正之荣誉。[74]

还有人更加直接地指出,女明星成功的要素在于"艺术与人格",美貌只不过是一种假面具:

> 影戏女明星成功之要素有二,曰,人格与艺术。既有伶俐活泼之动人表情,亦即尽量发挥一己之个性,而适合剧中人之情形及心理。是故徒藉面貌美艳之女子,现今已不足侧身于电影界,影戏导演家于选择女明星时,切不可以"美貌"为标准,因貌美而无人格之女子,与市上发售之洋囡囡无异,虽云影戏女明星之美貌为一假面具,亦可也。[75]

20 年代,一小部分文化精英对电影女演员给予了不同程度的关注,非但不再将其置于"倡优"之地,而且还期望她们成为推动社会改革的先锋,肩负起教育大众的责任。但是,文化精英的这种态度,是源自于对电影进步价值的肯定,以及对五四妇女解放声浪的回应,并非是对电影女演员的认可。电影女演员职业群体的崛起,给传统的等级制度和性别制度带来了严重的冲击,这始终让文化精英疑虑重重,于是他们便屡屡以训导者的面目出现,不厌其烦地提醒女演员要注意"提高人格"。然而,不管态度如何矛盾,文化精英的确给了 20 年代的电影女演员一个完全不同于传统社会女艺人的机会,她们可以通过"提高人格"成为高尚的艺术家。

四　都市男性观众凝视下的电影女明星

对于多由移民构成的上海都市居民来说,他们每天都体验着一种与祖辈父辈完全不同的生活。与传统乡土文化带来的尊卑有序的稳定不同,城市文化带来的是无根性、漂泊性的体验,在提供了众多机遇的同时,也带来了许多不安定的因素。在这种生存环境中,缓解现代都市生活带来的压力、寻求自身身份的认同,便成为都市居民不可少的需要。如果说到20年代,在精神和物质的所有层面上,人们已经普遍的将"现代性"等同于"西方性"了,那么电影这种源自西方的视听媒介无疑在现代性的都市文化想象中扮演了重要的角色。[76]看电影,作为一种工作之余的休闲娱乐活动,因而也就具有了丰富的意义。通过观看电影,观众不仅可以愉悦感官,释放谋求生计带来的压力,还可以"在虚拟的真实中思考、实验和体验新型的性别与情爱关系,完成对新奇西化的现代都市生活的想象"。[77]通过银幕实现对女性的欣赏,无疑是现代性想象中的重要一环。

20年代的国产电影,可以被视作典型的女性电影,绝大多数都是以浪漫的爱情和家庭伦理为内容的,叙事脉络也多是围绕女性展开的。[78]故事片的虚构世界里,"女性是一个让人百说不厌的话题,女性(尤其是现代女性)的电影构型,成为现代中国一个特殊的文化生成场所"。[79]对女性身体的描绘和欣赏古已有之,但女性身体及其形象被大规模的商品化成大众凝视的对象,则是现代都市及其商业经济发展的产物。从清末民初名妓影集的流传,到随后大量涌现出的月份牌女郎,女性的身体和形象已经成为供人消费的商品。电影和其他现代传媒技术的发展,不仅使女性身体及其形象商品化的程度大大加深,而且也使其消费范围进一步扩大。[80]

民国时期的上海观众,对女明星银幕之下的私生活有着异乎寻常的兴趣。如果说这只是对人类固有的"窥私欲"的继承,那么大众传媒的发展则为满足他们的欲望提供了便利的条件。各色小报、电影杂志、报纸专栏上,到处都充斥着与女演员私生活相关的报道,以此来满足都市大众的好奇心。大众对女艺人性魅力的关注由来已久,传统社会的女艺人为了博取观众(主要是男性观众)的支持,势必要发挥性吸引的优势。尽管与娼妓有着明显的行业界限,女艺人的性魅力还是不可避免地与她们的才艺一起成为供人消费的商品。在传统社会,只有上流阶层的少数人才拥有享受这种商品的权利,大众传媒的发展使这种情况发生了改变。价格低廉的各式小报和电影杂志,生成了一个可供大众共同参与的"公共场域",[81]在这里人们不仅可以了解到女明星生活中的点点滴滴,而且还可以释放欲望和想象,按照自己的需要塑造"性幻想对象"。

虽然很难直接找到20世纪20年代都市男性观众留下来的文字,但我们可以进入流行小报为中下层市民所构筑的世俗化都市空间,[82]在此处窥知他们的所思所想。《罗宾汉》是民国上海最有名的小报之一,[83]专门刺探戏曲界和电影界的新闻,深知都市观众脾胃的小报记者,不仅热衷于曝光女明星的私生活,详细记载她们反传统式的恋爱情况和同居之爱,[84]而且还喜欢以暧昧的笔触对她们的身体进行色情化的描述。例如,小报记者就曾在杨耐梅的脚上大做文章:

> 杨耐梅是多么漂亮的电影女明星……化妆服饰的讲究,是人人知道的,就是几根头发也要别出心裁研究一下,谁知她那双玉脚,居然也时常要扦扦刮刮……要是她叫个女扦脚去做,也没有什么稀罕,可是她偏要叫个小后生,不时替替弄弄……哈哈,小花啊小花,你的艳福真不浅啊。[85]

更有一位读者主动在小报上投稿,对着胡蝶的美丽笑涡大发感慨(图9):

> 胡蝶女士,以其美丽,得卒大名,一般娇气,直冲云霄,芸芸众生,为其昏迷者,何可胜数,其吸引魔力,可谓大矣。有人云,胡蝶之所以能迷人者,果何在?……余曰:胡蝶之所以能迷人而使众生迷倒者,全在一洞耳。……余所谓此洞也者,非那洞也(那洞者何,恕我难言)……此洞乃最有吸力之酒涡耳。[86]

图9 胡蝶的美丽吸引了很多影迷,而笑涡则是其美丽的标志

小报文字以男性旁观者的口吻对女明星的身体做了绘声绘色的描写,从字里行间,我们可以清晰地体认到满足了"窥私欲"的男性的得意。男性观众在此处找到了另一个观看女明星的渠道,银幕上的美人儿不再遥不可及,而是可供他们细细把玩的性幻想对象。在满足好奇心的同时,观众也给女明星贴定了浪漫性感的标签,这一点在人们对杨耐梅拍摄电影《奇女子》的议论中,表现得最为明显(图10)。1928年9月,杨耐梅脱离明星公司,成立了"耐梅影片公司",打算将"奇女子"余美颜[87]的事迹拍成电影,这在当时引起了很多争议。由于"奇女子"之所以称奇是因为她作风浪漫,曾与三千以上异性订交,[88]"非有深刻之浪漫描写不足以状'奇女子'之所以为奇也"。[89]有不少人担心以此种题材拍摄为影片,有伤风化,但也有人认为可以借助余美颜的事迹来反映社会的黑暗,"故不特无诲淫之弊,而含教育性亦至伟大"。[90]尽管各方人士对影片《奇女子》的作用莫衷一是,却一致认为"奇女子余美颜一角,在我国电影界中,舍耐梅外,无第二人可以胜任"。[91]众人对杨耐梅出演"奇女子"一角的认同,并不是出于对她演技的肯定,而是认为她本身就是"奇女子",因此演起来必能"惟妙惟肖"。[92]

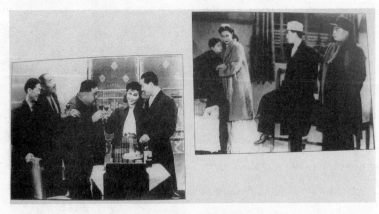

图10 影片《奇女子》剧照

处于色情化凝视之下,女明星成为大众的欲望载体,在这个层面上,她们与娼妓之间的界限变得十分模糊。20年代的小报记者常常会将女明星与妓女相提并论，感慨前者看上去光鲜照人，实际上与后者无异：

> 自局外人观之，此女明星者，直不啻天上安琪儿，固无时不思以一识荆州为荣，无时不思以谈一语为乐，更有无时不思以……为毕生之大幸者。……久而久之，局外人自可知局内事，未有不倒抽冷气者，是一经朋辈嘲笑，无辞自解，辄曰，比叫堂差尚合算也。[93]

更有人直言不讳地将女明星描绘成充满诱惑却不可接近的危险女人：

> 女明星不可谓无情，唯其情也每不专一……其恋爱也，一霎那间之变幻耳。可以友之，而终不能妻之也。至于女明星之性，舍吃、着、玩三者之外无他长，若妻之，殊不啻饮鸩止渴，贪图一时快乐，置家庭前途于不顾，则婚后生活，其痛苦将何如？[94]

小报的种种描述，反映出 20 年代都市男性观众对女明星的一般态度：他们一方面为女明星的性魅力所吸引，对其投射自己的欲望和想象；另一方面，又鄙夷地将她们归于娼妓之列。在此，女明星被赋予了诱惑与危险并存的双重意义。男性观众的这种态度并不令人吃惊，中国传统的性别制度将女性规范成男性欲望的承载者，在性道德方面对男女两方提出了不同的要求，男人可以三妻四妾，女人则必须从一而终，良家妇女的性魅力只能从属于自己的丈夫，只有妓女才可以将其性魅力展示给公众。[95]电影女明星活跃于公众领域，这显然违背了传统社会对良家妇女的期待，因而难免会遭人非议。尽管都市大众对女明星的性道德颇有微词，但这并没有妨碍她们事业的成功，反而助她们成为炙手可热的红星，性魅力在推助其事业成功的过程中占了很大的比重。这从另一个方面证明了，尽管可以在许多方面成为现代生活的弄潮儿，20 年代的电影女明星，并没有脱离传统社会女艺人所面临的与娼妓同列的尴尬处境。

五　无声之声：女演员的自我应对

围绕女明星的各种言说，形成了不同的社会舆论，共同参与了对这一群体公众形象的建构。处于各种言说中心的女演员并不只是一个被动接受塑造的客体,她们具有鲜明的主体性,不是寂然无声的。20世纪20年代的电影女演员究竟是如何进行自我认知,如何向公众传递自己的公众形象的?她们又是如何利用各种舆论为自己谋利益的?这些问题很值得仔细研究。令人遗憾的是,虽然有不少女演员曾经受过不同程度的中西式教育,但能够下笔成文的却是极少数;即便有人写下自己的感受,其中也不免有"作秀"的成分,无论如何,我们都难以倾听到她们"真正的"声音。然而,凭借历史留下的蛛丝马迹,我们可以或多或少的感受到这些生命个体的鲜活。

1. 王汉伦:"牺牲个人为女界争一口气"

1925年,王汉伦在《电影杂志》上发表了一篇文章,追溯自己从影的经历:

> 我们中国旧时风俗习惯,女子是倚靠男子过活,并且往往受家庭中之痛苦,无法自解。究竟是何缘故?就因为女子不能自立。此种情形,是我极端反对的,我喜欢我们女子有自立之精神,自立两字,就是自养,所以做女子要自工,必须谋正当职业。假使没有正当职业,那自立两字,便成为空谈。……我想另寻一条路,做一件轰轰烈烈的事,为我们女界在名誉方面争点光荣……后来便想投身电影界,……下定决心,牺牲个人,为女界争一口气。[96]

仔细考察王汉伦进入电影界前后的各种活动,我们可以推断,她的这段自我表白并非是空口白话。她敢于打破包办婚姻、不顾家庭反对进入电影界的经历就是很好的证明。进入电影界之后,王汉伦一直不懈地进行各种尝试,在银幕内外强化作为独立女性的公众形象。1924年,她在长城影片公司出演了《弃妇》(李泽源、侯曜导,1924年)一片,饰演一位因遭丈夫抛弃而发生转变的女性——开始因失去依靠而伤心痛苦,后来觉悟到"与其做万恶家庭的奴隶,不如做黑暗社会的明灯",勇敢地走向社会自谋职业,参加女权运动,呼吁女子参政。[97]《弃妇》公映后得到了舆论的一致好评,王汉伦自称这是她最喜欢的一部戏,因为整个故事和她个人的遭遇很相似。[98]

1929年,因为不满意被男导演呼来喝去,王汉伦成立了"汉伦电影公司",制作了一部由自己主演的故事片——《盲目的爱情》。她聘请了卜万苍做导演，但卜却不尽忠职守，经常去跑马厅买马票，时常耽误拍戏。王汉伦只得自己照顾包括剪辑在内的所有事情，独立完成影片制作，她把拍摄过的剧本买过来，自己完成后期拍摄，用一个手摇的小型放映机，一个人在家里放一点接一点，搞了四十多天才成功。接着，王汉伦带着这部影片周游全国，在浙江、山东、东北三省等地巡回演出，中间休息时进行现场表演以吸引观众。影片获得了巨大的成功，帮她挣了很多的钱。不久之后，王汉伦退出了影界，用这笔钱做资本开办了美容院和服装公司，自己做起老板，依靠电影明星的号召力，她的生意十分火爆。

从王汉伦的自我表述和个人经历中，能清楚地看到妇女解放话语的影响，她的所说所为完全符合男性知识分子对独立自主的"新女性"的期望。值得仔细推敲的是，王汉伦一再强调加入电影界是要"牺牲个人"为"中国女界出一口气"。不管这是她的真实想法，还是出于某种目的而做的曲意逢迎，至少有一点可以肯定：20 年代的上海，女子投身影界做演员，虽然不十分"光荣"，但已经被相当一部分人视为是一种正当的职业，是女子自立的一条出路。起码在像王汉伦这样的中国早期女演员看来，从影可以赢得"新女性"的身份，这是足以激励她们坚持走下去的支持力量，也是可以引以为豪的资本。

2. 王慧瑛："明星的头衔果真要从交际去换的吗？"

1927 年 2 月 27 日，《罗宾汉》全文转载了大中国影戏公司的基本女演员王慧瑛的文章《进了大中国以后》。在正文之前，编者特别指出：尽管王慧瑛只是一位"不明而明"的二流女明星，但由于能做文章的女演员实在很少，所以特意转载她的文字，好让大家知道女演员也有会写点文章的。[99] 王慧瑛在文中说：

> ……时常听见男演员们大发牢骚，说"我们男演员真是饭桶，为什么只听见人家说女明星，不听见人家说男明星呢？"这种话我听见了，非但不快活，而且觉得像针扎一般。有时候人家对我说，你们大中国的女演员……既不出来交际，又不出来应酬，这样下去任你做了一世演员，明星的头衔恐怕挨不到你罢。……明星的头衔，果真要从交际去换的

吗？那么又何必谈什么艺术呢？[100]

王慧瑛出身于江苏的昆剧世家，自幼受父兄影响，接受了良好的艺术熏陶，但她对昆曲的兴趣并不大，独独喜欢研究电影，为了精进艺术，便报名参加了大中国影戏公司。[101]20年代，以追求艺术为目的而加入电影界的女演员并不多，王慧瑛的一番言说，反映出这部分女演员面对都市大众凝视时的困惑与无奈。很明显，大众对女明星的关注程度远远的高于男明星，但这并不是出于对艺术的欣赏，否则女演员也不必靠交际去博得明星的头衔。在这种情况下，有艺术追求的女演员常常会感到困惑，因为在她们心目中，只要有高尚的艺术，便可以成为耀眼的明星，只有交际花或娼妓才需要通过广泛交际去扩大知名度。现实与理想之间的反差，常常让她们感到无所适从。王慧瑛的文字一方面反映出女演员的矛盾心境，另一方面也表露出她们对公众过分关注女明星的倾向的质疑。

3. 阮玲玉：“我辈乃灿灿明星”

1928年5月，已经退出影界的张织云不甘“爱国之心落于人后”，提议电影界召开游艺跳舞大会，由女明星充当舞女、男明星充当西崽，筹款支援北伐。[102]这个提议虽然得到了电影界诸多人士的响应，但动员女明星做舞女却并不是一件容易的事，许多女演员出于爱护名誉的考虑，不肯充当舞女。《罗宾汉》报的记者生动地记载了某君邀请阮玲玉加入跳舞大会的经过：

> 搂腰救国之议既成，某君登女星阮玲玉之门请求加入。阮曰：以腰求利，舞女也，非我辈灿灿之星所能为，请君勿再罗索，否则面斥莫怪……某君曰：跳舞大会之充当舞女，其价值非寻常舞女可比，盖一则为国，一则为个人生计也。……为国而牺牲其人格，爱国也。……阮玲玉挺身而起，慨然而言曰：我愿以腰许国矣。[103]

阮玲玉当时只是电影界中一个初出茅庐的小角色，并非耀眼之星。（图11）而她的言下之意，是再也清楚不过了，对舞女职业的不屑，源于她对自己电影演员职业身份的认可。很显然，阮玲玉已将电影女演员视为一个值得尊重，甚至可以说是高尚的职业群体。而某君的回应，说明了她的做法并非是一种孤芳自赏的清高。实际上，电影界的诸多参与者也都有此共识，所以才会在充当舞女的女演员身上，插上"为国牺牲"的标签。[104]

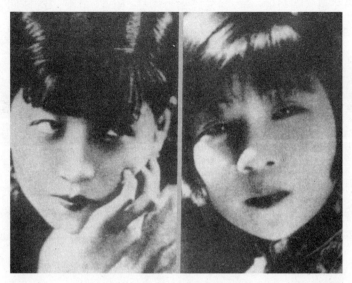

图11　少女时代的阮玲玉（左）及其在处女作《挂名夫妻》中的剧照（右）

　　从 20 年代中期开始，这种竭力把女演员和其他女性娱乐从业者分离开的倾向便日益明显。1926 年，"卓别林饮冰室"为吸引顾客，特别邀请电影女明星韩云珍等人做女招待，电影演员联合会认为这种做法"实足损害中国全体演员之人格与声誉"，决议将韩云珍等三人驱逐出电影界，以抬高女演员人格。[105]此事在电影界引起了广泛的讨论，大部分人对此持支持态度，认为"电影具有指导社会之潜力，身为演员而不知自重，于指导社会无益"。[106]阮玲玉的不愿"以腰求利"和电影演员联合会的"逐韩"决议，清楚地显示出不仅是女演员本人，包括男演员在内的所有电影从业人员都极力想让女演员摆脱与其他女性娱乐从业者混为一谈的处境，而这其中，最为关键的就是降低性魅力在她们职业中商品化的程度。

4. 韩云珍：善于调用大众眼神的"骚姐姐"

　　与想尽量摆脱大众色情化凝视的女演员不同，韩云珍倾向于主动呈现自己的性魅力，以此引起大众的注意。韩云珍出身于一个官宦之家，受过良好的西式教育，聪颖活泼，善于辞令，在学校时常常被推为代表，参加各种社会活动。她爱好电影，认为它是一种高尚的艺术，从中西女学毕业以后便加入了电影公司。[107]1925年，韩云珍初登银幕，便在《申报》及《新闻报》上发表启事，细述自己婚姻的不幸、受人诱惑背弃丈夫、后又被情夫抛弃等事，并告诫女界同胞，不要重蹈她的覆辙。其中的一段写道：

> 余时当绮年，不甘淡泊，心醉繁华，致因鸩鸟之媒，遂启狂驵之诱，既炫我以钻饰，复挑之以语言，一不自持，与订桑中之约，尔后未及数月，其事为余夫所察觉，彼此争斗，竟占脱幅。余自背弃故夫，与彼伧同居，孰知彼伧之视我，实无殊娼妓。[108]

这段告白，活脱脱地将一个爱慕虚荣的风骚女子呈现于大众面前。正当人们对她的经历表示同情时，韩云珍却在《申报》上登出了另一则启事，声称上一则启事所说的全是她在影片《杨花恨》（史东山导，1925年）中饰演的蜀华女士的故事，并在启事旁边登出电影播放地点及票价，号召大家通过看电影去印证。[109]

图12　名重一时的"骚姐姐"韩云珍

前后两则启事，显然是为了给电影造势，吸引观众注意。当时就有人对这种将演员与角色混为一谈、不惜以牺牲和侮辱女演员人格为影片做宣传的做法表示不满，并批评韩云珍不知自爱，[110]但这非但丝毫没有成为韩云珍事业成功的妨碍，反而使她名声鹊起。自此之后，上海几乎无人不知她是位骚到骨子里的"骚姐姐"，甚至因为她的出现，"骚"字在女人眼中也去掉了以前的贬义，而成为一种"时髦词"了。[111]（图12）韩云珍很懂得利用风骚的优势，时不时地要写几首"骚诗"，对经常前来索诗的《罗宾汉》报的记者有求必应。小报不仅乐于将

"骚诗"发表，[112]而且还要帮助读者分析解读：

> 大名鼎鼎的骚星韩云珍，谁都知道她能做几首骚诗，词句是否适
> 当，固置之勿论，但以其骚而刊之，诗如下："外面滴滴笃、里向叮令铛、
> 滴笃又滴笃、叮铛再叮铛。"（注解：滴滴笃、寒冬腊月之打更声也。叮令
> 铛夜深人静时之慢钩声，滴笃又滴笃，谓一更深一更也，叮铛再叮铛，谓
> 工作再工作也。一则写更深、一则写热情，寥寥二十字，可当一部性史
> 读矣）[113]

一首言词含蓄的打油诗，经小报解读后，带上了浓厚的色情意味，给读者以
充分的想象空间。女演员主动兜售性魅力的做法很有挑战性，它看似是在
迎合男性观众的需要，实际上，她们已由承载大众欲望的客体，变为自主表
述情欲的主体。作为男人欲望的对象，她们也大胆地将自己的欲望投射到
男人身上。考虑到在两性关系中，女性一直被期望成为被动的接受者的状
态，韩云珍的自我表述所展现出来的主体性及它给以男性为主导的性别秩
序带来的冲击是可以想见的。

面对公众的凝视和诸多言说，电影女演员各有不同的应对策略，这其
间，不难看出多种话语力量在女明星身上留下的印记，同时也充分展现了女
性的主体性。王汉伦以"自立"为目的，怀着一种牺牲个人为女界争气的想
法投身影界，借助五四妇女解放话语的支持，努力发展其"新女性"的身份；
王慧瑛试图以"追求艺术"为名对抗大众对女明星私生活的过度关注；阮玲
玉保持着一种刻意的清高，主动回应着文化精英的期望，竭力将女明星与其
他的女性娱乐从业者区别开；韩云珍用一种另类而又彻底的方式迂回地对
抗着男权社会对女性主体性的压抑。她们四人的自我表述，尽管不能完全
代表，却也或多或少地反映出电影女演员这一新兴演艺群体，在特定历史背
景下的具体感受。面对大众的凝视，女演员采取了一种若即若离的策略，一
方面积极配合了不同群体对现代女性的想象，另一方面却又通过各种方式
回击诸多言说对她们的诋毁或欲望投射。在银幕之外的生活表演中，她们
力图在各种权力关系之间寻找到一个平衡点，借此重新塑造自身公众形象，
实现社会身份的新定位。

六　结　语

　　本文以 20 世纪 20 年代上海的电影女演员为研究对象,考察了围绕这一
女性演艺群体产生的诸多言说及女演员的自我应对,一方面强调了各种话
语在参与建构女明星的公众形象和影响女演员的身份认知的过程中所起的
作用,另一方面也探寻了女性的主体性,论述了围绕凝视女性和女性凝视展
开的各种新型关系。

　　女性演艺群体从传统剧场消失了近一百年后,于 19 世纪末在上海租界
重现,这不仅标示着女性再一次进入了公众视野,也拉开了女演员现身民国
现代剧场的序幕。五四新文化运动有关妇女解放的激昂话语,一方面将传
统社会的女性建构成为旧时代的牺牲品,另一方面却全心致力于"新女性"
的塑造,并将其视为建立现代国家的重要步骤之一。在此种背景下,一些走
在时代前端的女性积极着手发展她们在现代表演场域中既是表演者又是观
众的身份,给观众带来巨大的视觉冲击。

　　源自西方的电影,由于其本身的"科技性"而成为现代性的象征,它所传
递的是种种"欧化"的信息,女演员参与其中,得以借此重复排演现代生活方
式。她们的银幕表演,因此就不再是简单的戏剧演出,而成为指引人们体验
现代生活的向导,这便诱发了观众对女演员台前幕后生活的关注。繁荣的
现代大众传媒为满足观众的需求提供了技术支持,女演员被打造成耀眼的
明星,在公众领域的能见度迅速提高,成为众人瞩目的焦点和都市时尚的指
针。处于众人凝视之下,女明星成为诸多言说的交汇点,被不同群体赋予了
多重意义。文化精英从推行社会改革和建设现代化国家的角度出发,将女
明星视为"新女性"的代言人,期望她们通过提高人格摆脱传统社会女艺人
留下的阴影,肩负起指导社会、教育大众的责任;都市男性观众则延续了关
注女艺人性魅力的传统,并将这一倾向扩大化,继续模糊着女明星与娼妓间
的界限,视前者为后者的新型替代品。种种意涵各异的论说,将女明星置于
现代与传统的夹缝之中,给女演员带来了同等的机遇与困惑,一方面给来自

不同背景和阶层的女性提供了身体解放和提升社会地位的便利，另一方面却又将她们的身体进一步物化和商品化，导致了新的尴尬。

尽管围绕女明星展开的各种论说都是由男性主导的，传递的是以男性利益为本位的有关追寻现代化/愉悦/危险的信息，但是游走于诸多言说和各种欲望投射之间，女演员绝非悄然无声，她们巧妙地应对和利用各种舆论，在公共空间塑造着自己的形象，在银幕之外实现属于自己的"真实"。在这场精彩的生活表演中，女性的主体性得以充分展现，给男性主导的各种话语——高姿态的倡导女性解放却剥夺了女性自我代表能力的精英话语，及仅将女性物化为欲望载体的都市大众话语——以有力地回击。女明星不只是文化消费的对象，也是自我生产的主体。

［1］ 骆曦:《转变与兴盛:1924—1931 年间的上海大众娱乐文化》，未刊稿。

［2］ Michael G. Chang:"The Good, the Bad and the Beautiful: Movie Actresses and Public Discourse in Shanghai, 1920s—1930s", *Cinema and Urban Culture in Shanghai 1922—1943*, Edited by Yingjin Zhang, Stanford University Press, California, 1999, p. 128—p. 159.

［3］ 张真:《〈银幕艳史〉——女明星作为中国早期电影文化现代性体现》，《上海大学学报(社会科学版)》，第 13 卷第 1 期，2006 年 1 月。

［4］ 周慧玲:《表演中国:女明星表演文化与视觉政治》，台湾:麦田出版社，2004 年6 月。

［5］ 程季华等主编:《中国电影发展史》，中国电影出版社，1980 年 8 月，第 8 页。

［6］ 张石川:《自我导演以来(一)》，《明星半月刊》第一卷第 3 期，1935 年 5 月 16 日，第10 页—第 15 页，上海图书馆缩微胶卷。

［7］ 程季华等主编:《中国电影发展史》，中国电影出版社，1980 年 8 月，第 14 页。

［8］ 同上，第 21 页。

［9］ 早在晚清时期，女伶已在中国传统剧场中重现;进入 20 世纪，女子新剧团在电影女演员出现之前已经开始活跃上海租界。相关论述，可参考周慧玲:《表演中国:女明星表演文化与视觉政治》，台湾:麦田出版社，2004 年 6 月，第 239 页—296 页。

［10］ 徐耻痕:《中国影戏之溯源》，《中国影戏大观》，上海:合作出版社，1927 年 4 月，无页码。

[11] 剑云:《品菊余话·新剧杂话(一)》,周剑云主编:《鞠部丛刊》,上海:交通印书馆,1918年,第82页。

[12] 程季华等主编:《中国电影发展史》,中国电影出版社,1980年8月,第29页。

[13] 张真:《〈银幕艳史〉——女明星作为中国早期电影文化现代性体现》,《上海大学学报(社会科学版)》2006年1月,第13卷第1期;洪深:《我打鼓的时代过了吗?》,《良友画报》第108期,1935年8月,第12页;上海书店影印本,1986年10月。

[14] 郑正秋:《新剧家不能演影戏吗?》,《明星特刊 冯大少爷号》第4期,1925年3月,第3页。转引自周慧玲:《表演中国:女明星表演文化与视觉政治》,台湾:麦田出版社,2004年6月,第58页。

[15] 参考《妇女杂志》1927年第13期,转引自 Michael G. Chang: "The Good, the Bad and the Beautiful: Movie Actresses and Public Discourse in Shanghai, 1920s—1930s", *Cinema and Urban Culture in Shanghai 1922—1943*, Edited by Yingjin Zhang, Stanford University Press, California, 1999, p. 128—p. 129.

[16] 郑逸梅:《从〈海誓〉谈到上海影戏公司》,王汉伦等著:《感慨话当年》,中国电影出版社,1984年6月,第24页;杜云之:《中国电影七十年》,台湾:中华民国电影图书出版部,1986年10月,第32页—第33页。

[17] 郑逸梅:《从〈海誓〉谈到上海影戏公司》,王汉伦等著:《感慨话当年》,中国电影出版社,1984年6月,第24页。

[18] 同上,第26页。

[19] 翩翩:《FF之新芳名》,《晶报》,1922年3月1日,上海图书馆缩微胶卷。

[20] 参考《共舞台上海:上海交际明星的惨死》,《申报》,1925年10月,上海书店影印本,1983年。

[21] 参考程步高:《影坛忆旧》,中国电影出版社,1983年10月,第57页。

[22] 海上说梦人:《古井重波记中之AA》,《电影杂志》第1期,1924年5月,上海图书馆缩微胶卷。

[23] 同上。

[24] 杜云之:《中国电影七十年》,台湾:中华民国电影图书出版部,1986年10月,第32页—第33页。

[25] Michael G. Chang: "The Good, the Bad and the Beautiful: Movie Actresses and Public Discourse in Shanghai, 1920s—1930s", *Cinema and Urban Culture in Shanghai 1922—1943*, Edited by Yingjin Zhang, Stanford University Press, California, 1999, p. 132.

[26] 陆弘石著:《中国电影史1905—1949:早期中国电影的叙述与记忆》,文化艺术出版社,2005年,第17页。

[27] 杜云之:《中国电影七十年》,台湾:中华民国电影图书出版部,1986年,第39页。

[28] 王汉伦:《我的从影经过》,王汉伦等著:《感慨话当年》,中国电影出版社,1984年,

第 52 页;程步高:《影坛忆旧》,中国电影出版社,1983 年,第 41 页。

[29] 参考李道新:《民国都市的戏曲演出与电影放映》,《现代中国都市大众文化与社会变迁国际研讨会论文集(下)》,华东师范大学,2005 年 12 月,第 27 页。

[30] 本段叙述的王汉伦进入电影界的经历,可参考王汉伦:《我的从影经过》,王汉伦等著:《感慨话当年》,中国电影出版社,1984 年,第 52 页。

[31] 相关论述可参考许慧琦:《去性化的"娜拉"五四新女性形象的论述策略》,《近代中国妇女史研究》第 10 期,台湾:中央研究院近代史研究所,2002 年 12 月,第 82 页。

[32] 陈问涛:《提倡独立性的女子职业》,《妇女杂志》,1921 年第 7 卷第 8 期,上海:妇女杂志社。

[33] 郑容孟齐:《妇女经济独立问题》,《妇女杂志》,1920 年第 6 卷第 4 期,上海:妇女杂志社。

[34] 彭季能:《妇女职业的指导》,《妇女杂志》,1920 年第 6 卷第 4 期,上海:妇女杂志社。

[35] 张石川:《自我导演以来(三)》,《明星半月刊》第 1 卷第 5 期,1935 年 5 月,第 11 页—第 16 页,上海图书馆缩微胶卷。

[36] 同上。

[37] 同上。

[38] 顾肯夫:《张织云小传》,《电影杂志》第 3 期,1924 年 6 月,上海图书馆缩微胶卷。

[39] 张织云:《女明星的供状:张织云赤裸裸的告白》,《电声周刊》,第 3 卷第 40 期,1934 年 10 月,上海图书馆缩微胶卷。

[40] 同上。

[41] 同上。

[42] 张石川:《自我导演以来(三)》,《明星半月刊》第 1 卷第 5 期,1935 年 5 月,第 11 页—第 16 页,上海图书馆缩微胶卷。

[43] 徐耻痕:《女演员之略传》,《中国影戏大观》,上海:合作出版社,1927 年 4 月,无页码。

[44] 宣景琳:《我的银幕生活》,王汉伦等著:《感慨话当年》,中国电影出版社,1984 年,第 62 页—63 页。

[45] 徐耻痕:《女演员之略传》,《中国影戏大观》,上海:合作出版社,1927 年 4 月,无页码。

[46] 张石川:《自我导演以来(二)》,《明星半月刊》第 1 卷 5 期,第 15 页,1935 年 6 月 16 日,上海图书馆缩微胶卷。

[47] 任矜萍:《王汉伦女士》,《电影杂志》第 1 期,1924 年 5 月,上海图书馆缩微胶卷。

[48] 参考周慧玲:《表演中国:女明星表演文化与视觉政治》,台湾:麦田出版社,2004 年 6 月,第 59 页。

[49] 郑逸梅:《从〈海誓〉谈到上海影戏公司》,王汉伦等著:《感慨话当年》,中国电影出版

社,1984年6月,第28页。

[50] 参考《论电影明星》,《申报》,1925年1月29日,上海书店影印本,1983年。

[51] 卢梦实:《演员与明星》,《银星》第1期,1926年9月,第11页,上海图书馆光盘资料。

[52] 以女性形象做封面的传统虽然始于晚清名妓小报的流行,但《良友》的封面刊登的却是社会上有名的"新型"女性照。参考李欧梵著,毛尖译:《上海摩登》,北京大学出版社,2005年,第73页—第74页。

[53] 参考李欧梵著,毛尖译:《上海摩登》,北京大学出版社,2005年12月,第77页。

[54] 良友影人:《良友》画报第85期,1934年2月,第15页,上海书店影印本,1986年10月。

[55] Michael G. Chang: "The Good, the Bad and the Beautiful: Movie Actresses and Public Discourse in Shanghai, 1920s—1930s", *Cinema and Urban Culture in Shanghai 1922—1943*, Edited by Yingjin Zhang, Stanford University Press, California, 1999, p. 137.

[56] 《龚稼农从影回忆录》,转引自李道新:《民国都市的戏曲演出与电影放映》,《现代中国都市大众文化与社会变迁国际研讨会论文集》,华东师范大学,2005年12月。

[57] 参见 Michael G. Chang: "The Good, the Bad and the Beautiful: Movie Actresses and Public Discourse in Shanghai, 1920s—1930s", *Cinema and Urban Culture in Shanghai 1922—1943*, Edited by Yingjin Zhang, Stanford University Press, California, 1999, p. 131—p. 132.

[58] 笔者所指的文化精英,是从最广泛意义上进行界定的,包括参与国产电影制作、关心国产电影发展,经常在报纸、杂志上就此问题展开讨论的人。他们的身份和背景是多样性的,有脱胎于新剧舞台的剧作家,如郑正秋;也有接受了西式教育的知识分子,如洪深;还有一些关心国产电影发展的文士,如周世勋、朱瘦竹等。

[59] 参考 LaiKwan, Pang. *Building a New China in Cinema: The Chinese Left-wing Cinema Movement 1932—1937*, ROWMAN & LITTLEFIELD PUBLISHERS, INC, 2002, p.22.

[60] 周世勋:《影戏痛语》,《电影杂志》第3期,1924年6月,上海图书馆缩微胶卷。

[61] 杜云之:《中国电影七十年》,台湾:中华民国电影图书出版部,1986年10月,第30页。

[62] 洪深:《我打鼓的时代过了吗?》,《良友》画报第108期,1935年8月,第12页,上海书店影印本,1986年10月。

[63] 郑正秋:《自我导演以来》,《明星半月刊》第1卷第1期,第13页,上海图书馆缩微胶卷。

[64] 陆弘石著:《中国电影史1905—1949:早期中国电影的叙述与记忆》,文化艺术出版社,2005年3月,第16页。

[65] 参考君瑜：《电影与教育》，《电影》，1925 年 1 月 3 日；沈恩季：《影戏与教育》，《电影杂志》，第 1 期，1924 年 5 月，上海图书馆缩微胶卷；张昂千：《电影与教育》，《申报》，1925 年 2 月 21 日，上海书店影印本，1983 年。

[66] 汪福庆：《电影漫谈》，《电影杂志》第 13 期，1925 年 3 月，上海图书馆缩微胶卷。

[67] 比如《电影演员之精神》，1925 年 2 月 2 日；《电影界之自省语》，1925 年 3 月 16 日；《电影演员成功之要素》，1925 年 5 月 8 日，《申报》，上海书店影印本，1983 年。

[68] 悟空生：《电影演员之精神》，1925 年 2 月 2 日，上海书店影印本，1983 年。

[69] Jin Jiang：*Women and Public Culture：Poetics and Politics of Women's Yue Opera in Republican Shanghai*，*1930—1940s*，PH. D. dissertation, Stanford University Press, California, 1998, p.5.

[70] 许墨卿：《对电影演员说几句话》，《电影杂志》，第 4 期，1924 年 7 月，上海图书馆缩微胶卷。

[71] 悟空生：《电影能为国增荣》，《申报》，1925 年 1 月 15 日，上海书店影印本，1983 年。

[72] 程步高：《影坛忆旧》，中国电影出版社，1983 年，第 73 页。

[73] 《电影界之自省语》，《申报》，1925 年 3 月 16 日，上海书店影印本，1983 年。

[74] 大嘴：《电影漫谈》，《申报》，1925 年 5 月 16 日，上海书店影印本，1983 年。

[75] 恺之：《影戏杂谈》，《申报》，1925 年 5 月 9 日，上海书店影印本，1983 年。

[76] 李欧梵著，毛尖译：《上海摩登》，北京大学出版社，2005 年 12 月，第 55 页，第 109 页。

[77] 姜进：《追寻现代性：民国上海言情文化的历史解读》，《史林》，2006 年第 4 期，第 70 页。

[78] LaiKwan Pang：*Building a New China in Cinema：The Chinese Left-wing Cinema Movement 1932—1937*，ROWMAN & LITTLEFIELD PUBLISHERS, INC, 2002, p.114.

[79] 张英进：《三部无声片中的上海现代女性形象》，《电影的世纪末怀旧：好莱坞、老上海、新台北》，湖南美术出版社，2006 年 10 月，第 104 页。

[80] 李欧梵在其研究中很有力地指出，民国时期上海，形形色色的女性形象不仅常常出现在拥有大量女性读者的印刷品上，而且常和政治领袖、体育大事及好莱坞明星的照片并列杂陈于大量报刊杂志之间，因此这并不仅仅是女性身体问题，其目的也不只在于挑逗男性欲望，相反，它给了女性更多展示自己的机会，女性身体已经成了和日常现代性相关的一种新的公众话语。参考李欧梵著，毛尖译：《上海摩登》，北京大学出版社，2005 年 12 月，第 75 页，第 85 页—第 86 页。李欧梵的这些观点是很有价值的。笔者在本节着重讨论男性观众凝视下的女明星，因而此处将从女性身体物化和商品化的角度切入并展开讨论。

[81] Jin Jiang. *Women and Public Culture：Poetics and Politics of Women's Yue Opera in Republican Shanghai*，*1930—1940s*，PH. D. dissertation, Stanford University Press, California, 1998, p.2, p.5.

[82] 李楠:《晚清、民国时期的上海小报研究》,人民文学出版社,2005 年 9 月,第 9 页。

[83] 《罗宾汉》报创办人与主编是朱瘦竹、周世勋。创刊于 1926 年 12 月 8 日,1949 年 6 月 9 日停刊。《罗宾汉》报历时 23 年,是民国上海上百种小报中寿命最长、发行量最大的。该报起初以"宣扬国粹"为主旨,专门报道有关戏曲界的掌故、趣闻、轶事、动态,花边新闻;国产电影兴起之后,开始报道电影界消息。《罗宾汉》报以其对娱乐界新闻报道的即时性和全面性著称,被公认为是"戏报鼻祖",《晶报》、《金刚钻》、《罗宾汉》、《福尔摩斯》并称为小报界的"四大金刚"。参考孟兆臣:《中国近代小报史》,中国社会科学文献出版社,2005 年 10 月。

[84] 小报上对此也多有报道,并且描写得非常露骨,1927 年 3 月 5 日《罗宾汉》报上登载的题为《杨耐梅小心门户》一文,就是其中一例,主要内容如下:妹妹,电影界阳性妹妹王吉廷也。妹妹与耐梅同居近半年,其初两人情爱甚浓,……继则因经济与耐梅之门户问题,爱情之热度因而略打折扣,然一经时过境迁,……依然解严而交通矣。此次耐梅偕某君赴粤,妹妹本不愿以己之管门权,弃而让渡于第三者,后张石川再三疏通,始勉强允耐梅暂离,临行登轮话别之时,妹妹曾一再叮咛耐梅"门户小心"盖恐耐梅不慎,而为掩门贼入宫盗宝也。耐梅抵粤,即慰妹妹,而中有句谓,妹自登轮至今,门户异常小心,兄大可放心云云。说者谓,耐梅既小心门户,又安能少一根撑门棍耶?(编者按:妹妹与耐梅所谓之门户大有研究。)

[85] 《杨耐梅的脚》,《罗宾汉》,1927 年 1 月 16 日,上海图书馆缩微胶卷。

[86] 立民:《胡蝶之迷人洞》,《罗宾汉》,1929 年 12 月 3 日,上海图书馆缩微胶卷。

[87] 余美颜是个反抗旧制度的女子,她奉父母之命嫁了个不爱她的丈夫,自家庭中出来以后,在社会上过放荡的生活,滥交男朋友,结果投海自杀。参考《余美颜告女界同胞书》,《新银星》第 2 期,1928 年 9 月,第 28 页—第 29 页,上海图书馆光碟资料。

[88] 乾白:《记奇女子》,《新银星》第 2 期,1928 年 9 月,第 30 页,上海图书馆光碟资料。

[89] 《临时法院中之奇女子》,《罗宾汉》,1928 年 6 月 25 日,上海图书馆缩微胶卷。

[90] 蔡楚生:《奇女子余美颜》,《新银星》第 2 期,1928 年 9 月,第 30 页,上海图书馆光碟资料。

[91] 乾白:《记奇女子》,《新银星》第 2 期,1928 年 9 月,第 30 页,上海图书馆光碟资料。

[92] 铁手:《杨耐梅返沪之新计划》,《罗宾汉》,1928 年 5 月 26 日,上海图书馆缩微胶卷。

[93] 黑旋风:《局外人心目中之女明星》,《罗宾汉》,1929 年 9 月 19 日,上海图书馆缩微胶卷。

[94] 《告将离婚者》,《罗宾汉》,1928 年 2 月 8 日,上海图书馆缩微胶卷。

[95] 参考 Jin Jiang: *Women and Public Culture*: *Poetics and Politics of Women's Yue Opera in Republican Shanghai*, *1930—1940s*, PH.D. dissertation, Stanford University Press, California, 1998, p.2—p.3.

[96] 王汉伦:《我入影戏界之始末》,《电影杂志》,第 13 期,1925 年 3 月,上海图书馆缩微胶卷。

[97]　参考《"弃妇"本事》,《电影杂志》,第 7 期,1924 年 10 月,上海图书馆缩微胶卷。

[98]　参考王汉伦:《我的从影经过》,王汉伦等著:《感慨话当年》,中国电影出版社,1984 年,第 58 页。

[99]　王慧瑛:《进了大中国以后》,《罗宾汉》,1927 年 2 月 27 日,上海图书馆缩微胶卷。

[100]　同上注。

[101]　徐耻痕:《女演员之略传》,《中国影戏大观》,上海:合作出版社,1927 年 4 月,无页码。

[102]　《张织云发起搂腰救国》,《罗宾汉》,1928 年 5 月 8 日,上海图书馆缩微胶卷。

[103]　《阮玲玉以腰许国》,《罗宾汉》1928 年 6 月 1 日,上海图书馆缩微胶卷。

[104]　参考《电影界游艺跳舞大会记》,《新银星》第 1 期,1928 年 8 月,第 28 页,上海图书馆光碟资料。

[105]　参考徐耻痕:《电影演员联合会之今昔》,《中国影戏大观》,上海:合作出版社,1927 年 4 月,无页码。

[106]　卢梦实:《电影女演员之副业及人格问题》,《银星》第 1 期,1926 年 9 月,第 23 页,上海图书馆光盘资料。

[107]　徐耻痕:《女演员之略传》,《中国影戏大观》,上海:合作出版社,1927 年 4 月,无页码。

[108]　《韩云珍启事》,《申报》,1925 年 10 月 6 日,上海书店影印本,1983 年。

[109]　《韩云珍更正启事》,《申报》,1925 年 10 月 7 日,上海书店影印本,1983 年。

[110]　杨朱:《为韩云珍告白启事之一叹》,《晶报》,1925 年 10 月 9 日,上海图书馆缩微胶卷。

[111]　骚心:《骚在骨子里的韩云珍》,《晶报》,1926 年 10 月 30 日,上海图书馆缩微胶卷。

[112]　小报上刊载过韩云珍写过的很多诗,并对每一首都进行了详细的分析,如《罗宾汉》上刊载的《女明星怀春赋》,1927 年 5 月 1 日;《韩云珍口解春赋》,1927 年 5 月 4 日;《韩云珍春宵赋新诗》,1929 年 2 月 26 日等,上海图书馆缩微胶卷。

[113]　《韩云珍寒夜吟骚诗》,《罗宾汉》,1928 年 1 月 11 日,上海图书馆缩微胶卷。

（图片来源:《珍藏:老电影明星私家相册》、《良友》画报、《史东山影存》）

健康的摹本？欲望的载体？
20 世纪二三十年代上海少女歌舞团的兴起

金　涛

20 世纪二三十年代是上海都市大众文化空前繁荣的时期。一方面,各种传统娱乐方式会集于此,逐渐步入都市化进程并最终融入都市娱乐文化之中;另一方面,域外新娱乐方式的传入,迅速地成为人们进行都市现代性想象的资源。一部分人沉浸于传统娱乐方式的同时,另一部分人已跟随时尚,寻求现代都会新的生活方式和生命体验。随着都市大众娱乐的兴盛,女性逐渐成为一支不可或缺的力量参与其中,从清末女子戏班的出现到话剧女演员的登台,从电影女明星的银幕表演到歌舞少女的轻歌曼舞,越来越多的女性步入都市公共空间,参与到都市大众娱乐的发展之中。

本文所撷取的 20 年代末在上海兴起的少女歌舞团是中国第一批具有现代意义的歌舞团,它们正是在上海都市大众文化日趋繁荣,女性越来越多地参与其中的社会情景下兴起的。通过对少女歌舞团兴起过程的爬梳,不仅可以看出当时女性步入都市大众娱乐空间的一般过程,更为重要的是,伴随着歌舞团的兴起,女性身体在公共空间中的展露越发突出。女性身体的展露何以成为大众娱乐的一部分？这种展示到底是都市"新女性"健康的摹本,还是都市男性欲望的载体？带着这些问题,本文首先从当时较为流行的都市视觉文本——月份牌和画报入手,试图通过分析这些视觉文本中女性身体的展示来窥视当时社会对女性身体公然展示的接受过程,借此作为歌舞团兴起的社会背景来论述；接着，笔者考察了当时比较有影响的外国歌舞团在上海的表演情况以及时人对外国歌舞团中女性身体展示的认识，从中一方面可以认识当时社会对身体训导的看法，另一方面可以了解外国歌舞团对于国内歌舞团所起的示范意义；随后，笔者把视线转向歌舞团兴起的内在脉络，梳理女学舞蹈从兴起到步入都市娱乐空间的过程，并分析在步入都市娱乐空间的过程中，女性身体是如何被建构成为"欲望的载体"？

一　画里春光：现代印刷品中的身体叙述

月份牌是将商业广告和传统年画结合在一起，兴起于 20 世纪初，二三十年代达到鼎盛时期。由于它本身是一种广告形式，随商品赠送而无需单独购买，同时它记录日历，具有很强的实用性，所以它可以成为人们日常生活的一部分，普及性很强。而作为一份城市流行读物，《良友》画报一开始预设的受众就是都市年青一代，[1]试图成为年轻人的"真诚的莫逆良友"。它所展现的是一种新的都会生活方式，其创办和流行反映了当时年青一代对新的"摩登"生活体验的渴望。无论是月份牌还是画报，女性都广泛地"参与"其中。时至 20 年代后期以及整个 30 年代，两者对女性身体的叙述都非常突出，这和歌舞团在舞台上对身体的展示"遥相呼应"。所以，这两种图像文本无疑是我们窥视当时人们感官愉悦和社会心态的最佳窗口。

1. 城市名片——月份牌中的身体展示

在月份牌中，美女图像是重要的素材之一。女性大量出现于月份牌中，有时同男性及儿童一起演绎现代都市家庭生活的故事，而大多数情况则是单独面对观者。初期，"由于民间风气未开，一般仕女入画的不多，当时画家只以一些名人，如京剧名演员梅兰芳的肖像入画，充当海报的美女，扮相倒也惟妙惟肖，风行一时"。[2]其后，随着风气的开化，各种"新女性"，如女学生、电影演员陆续入画，画中对身体的叙述也越来越"开明"。

早期的月份牌美女，以瘦小的身躯和比较保守的服饰为特征，身体显露不很突出。如一张 1910 年的月份牌[3]中的女子身穿民初的服装,衣服袖口刚过肘,裤子宽大,裤口刚过膝盖。广生行有限公司广告[4]中的两女士,在一花园中亭亭玉立,身穿百褶长裙,喇叭管袖子,露出一大截玉腕。摩登的发型和高跟皮鞋都透露出"现代"的气息,然就服饰而言,传统遗风尤为明显。[5]如张爱玲所形容的那样:"削肩,细腰,平胸,薄而小的标准美女在这一层层衣衫的重压下失踪",[6]传统服饰对女性身体健康美的展现不很突出。早期月份牌中的女性形象仍然是以传统审美为参照。鲁迅曾对月份牌中出现的女性形象批评道"中国一般社会所欢迎的是月份牌,月份牌上的女性是病态的女性","中国现在并非没有健康的女性,而月份牌所描写的却是弱不禁风的病态女子"。[7]

20 年代后期至 30 年代,月份牌对身体的描述越发明显,旗袍的兴起,为女性展示身体线条美提供良好的契机。源和洋行的一张宣传洋酒的月份牌[8]中,一女士穿着透明的开衩旗袍,坐在沙发上,透过透明的旗袍,可以看见白色的内衣。她跷着二郎腿,开衩部位露出白皙的腿部和白色衬裤,右手撑着头部,左手放在膝盖上,脸上透出酒后的红晕和浅浅的微笑。她那朦胧妩媚的眼神注视着观者,旁边的茶几上放着一瓶洋酒和两只高脚杯,给观者一种她正在陪你喝酒的感觉,这种精心营造的氛围能很好地抓住观者的心理达到宣传商品的目的。薄、透、露的着衣风格出现于 30 年代的月份牌中,这种着衣风格体现了"中国式的裸露"。英商老晋隆有限公司的"林文烟"花露香水的一幅月份牌广告[9]中,一女子穿浅色的短袖透视装,里面的吊带内衣和乳沟依稀可见。猴牌灭蚊线香广告[10]中的女子更是如此,她身穿"透视装",衣如薄纱。里面的吊带内衣也为透明,整个上身"赤裸裸"地展现在观者面前。

相对于"含蓄"展现身体的旗袍女郎,30 年代出现的泳装女郎更能营造一种健康、美丽的气息。上海中国华东烟公司的一幅月份牌[11]中,一女士穿着连体泳装,四角裤,腿部尽露,背着一个穿着泳装的小女孩,母女俩都露出欢乐的笑容,背景为隐约的海滩。另外一幅月份牌[12]中(什么广告不清楚),两女士在河边穿着泳装,远处的女子站在河边,披着泳巾,似乎在看河里的倒影，近处的女子坐在岸边，双手梳理着头发，注视着观者。画面底色暗淡，映衬出手臂和腿部的白皙。这种运动型的女性在 30 年代的画报和杂志封面上比较常见，她们都身着泳装或比较显露身体的运动服。这些图像一起营造了充满健康、活力的女性身体，鼓励都市女性积极地参与体育运动，塑造了健与美的新的身体观念。

除了旗袍美女、泳装女郎之外，裸体女子也常出现于 30 年代的月份牌里。这些裸体女郎犹如正在进行人体写生的人体模特。如在一幅月份牌[13]里，一个女郎躺在沙发上，半裸着身体，左手撑

30 年代月份牌常出现的泳装女郎

着脑袋，靠在靠垫上，注视着观者。远处的钢琴和近处的人体相得益彰，提升了整幅图的艺术品味。另一幅[14]中，一女子坐在桌旁，半裸着身体，左手撑着桌沿，右手用手指指着下巴，手臂刚好遮住胸部，两眼注视着观者。这些裸体女郎出现于月份牌中，在满足观者视觉愉悦的同时，达到促销商品的目的。

2. 都会橱窗——《良友》画报中的身体展示

相对于月份牌对女性身体"虚拟"地描绘，画报在对女性身体展示时显得更为"真实"。月份牌上的美女都是画家们绘制出来的，加入了画家们的创作灵感，画报却刊登了"真实"的照片，甚至有些照片来自于人们的日常生活。因此，画报在叙述都市"摩登"故事的时候，处于更为有利的位置。

画报中的女性以电影明星和学生居多。封面一般用电影演员的照片。妇女服装的展示也常以电影演员为模特。服装一般是旗袍和一些当时上海

妇女的日常装束。[15] 除此之外,学生舞蹈也常出现于画报之上,如第二期
(1926 年 3 月)《葡萄仙子》的剧照、第七期(1926 年 8 月)出现的"两江女子体
育师范学校之操与舞"和"女生之优秀舞"的照片、第八期(1926 年 9 月)的坤
范女子中学学生的"古装舞"等。在刊登女学生舞蹈的同时,有时也刊登国
外跳舞的图片,并且能把两者放在同一页中,给人们一种视觉对比。如第二
期《葡萄仙子》的照片中,两少女身着长裙,正在舞台上表演,身体的形体全
被褶皱式长裙所包裹。右边两张美国女子跳舞(柔软体操)的照片中,舞者
身穿紧身舞衣,手臂、腹部和腿部全露在外面,形体之美展露无余。旁边写
着"舞蹈能舒展筋骨,使体格增美"。[16] 这样的对比还出现在体育版块之中。
第十六期(1927 年 6 月)的"体育界"中,有美国女子运动和中国女子运动的
照片,美国女子运动时穿短裤和背心,下图的两江师范学校的女生则是穿着
袖口齐肘的上衣和过膝长裙在进行篮球比赛。

"葡萄仙子"与美国舞者的对比

对女性身体形体美的"营造"是画报中的一大亮点。第二十期(1927
年 10 月)刊登的美国美人比赛中,各位女士都穿着泳装,[17] 标题为"人体
美比赛"。第四十一期(1929 年 11 月)"人体美(戏剧界)"中,展示《美人倾

国记》剧照和几幅美国影星的照片，上面的女星都身着吊带装，手臂和腿部均露于外，身体的线条美一览无余。

形体之美与健康的体格紧密相连。出现于第四十五期（1930 年 3 月）"体育界"中的一组照片，标题为"健而美的体格"，而相关的英文标题则是"Healthy body，healthy mind"，作者之意相当明显。中间的照片为"美国爱丽丝怀狄女士之体魄"，图中女子身穿带花纹的半透明的亮丽的泳衣，两臂微微展开，脚穿高跟鞋，左腿微微弯曲，身体成倾斜状，给人一种优雅、美丽之感。左边是"世界闻名的健美女子克来拉宝"的照片，女士身穿敞开的风衣，内着短裤，腿部尽露于外，手扠在腰间，脸上露出自信的笑容，犹如女模特在台上服装表演一般。其余的几张均介绍运动时的注意事项。如一女子打高尔夫球的照片旁边写着"户外运动，常受阳光照，是最科学的卫生。"另一女子身穿泳装，高举手臂，站在海边的照片，旁边写着"海水浴能使皮肤强健不易染病"。[18]

既能营造健康身体的想象，又能达到促销报纸的目的，泳装女郎无疑是最好的素材。穿泳装的女子最早出现于第九期（1926 年 10 月）刊登的"扶桑女子之出浴"的几张照片[19]中，日本女子穿着游泳装，撑着东洋伞，或立或坐。对身体美的展示还不十分明显，似乎只是为了满足人们的猎奇心态。第四十九期（1930 年 8 月）开始，开始大量出现国内女学生的游泳照片，这些照片都传达着健康美丽的身体观念。第四十九期"体育界"中刊登了"两江女子体育学生之游泳生活"的照片。照片中的女学生有在游泳池戏水的，有坐在池旁的。第六十一期（1931 年 9 月）"来健美"的板块里，[20]展示了几个女学生穿泳装的照片，并用富有诗意的词语描述。一幅题为"泅泳池畔之晏摩氏女学生"的照片中，一女生坐在游泳池旁，穿着泳衣，转身看着照相镜头，其标题为"玉洁冰清"。在其下方的照片中，一女士穿着泳衣、跷着二郎腿，抱着"三弦"，头斜望天空，其标题为"心旷神怡"。其右边照片中的女子更体现了健康的体格，该女子站立在游泳池旁，穿着泳衣，略显肥胖的身材凸显出身体的线条。旁边更是以希腊神话中的至美女神"维纳斯"命名，标题为"维纳斯再世"，相对应的英语标题为"The modern Venus"。第六十二期（1931 年 10

月)一张题为"欢跃的一群"的照片[21]中,几个身着泳装的少女,从草地上高高跃起,两手向上高举,健康、活泼的青春气息让观者感同身受。

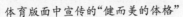

体育版面中宣传的"健而美的体格"

"来健美"中的中国泳装女孩

体育版面是画报营造健康身体的窗口,而体育服饰的演变则折射了现代性追寻的轨迹。第十三期(1927年3月)刊登的一幅"数十年来美国女子体育服装由繁而简之变迁"的图片[22]中,作者从1875年到1927年选取了五个时间点,所展示的女子运动服装由肥大的长衣长裙到紧身的长袖衣裤再到紧身的短袖短裤。这种由全部蔽体的运动服到显露出手臂与腿部的短衣短裤的演变融入了现代性的印迹,为国内运动服饰提供了相应的参考和借鉴。前面提到过第十六期中有一张两江师范的女学生穿长袖衣服和长裙进行篮球比赛的照片。而第六十一期中出现的两江女子体育师范的女篮球运动员的照片[23]中,服饰明显变化,上身是长袖,下身则变为短裤。到第六十六期(1932年6月)时,封面已变成一张短衣短裤的女士图画,但这张封面并非照片,而是类似于月份牌的图画。类似的图画还出现于第六十九期(1932年9月)的封面上,图中女子坐着,穿着短衣短裤,手上拿着网球拍。

"欢跃的一群"所显露出的健康活泼的气氛

　　除了通过舞蹈或体育的照片对女性身体"间接"地展示之外,画报也刊
登有"赤裸裸"的照片。这些照片都是以艺术之名展现出来的。最初对"真
实"女性身体的展示是借用西方雕塑和绘画,这些雕塑和绘画大多出自于西
方的宗教故事。在刊登人体摄影照片之前,报商巧妙地运用了这种手段达
到双重目的——刺激画报的销量和提升画报的艺术品味。从第三十期
(1928 年 9 月)开始出现人体摄影的照片。[24]这期题为"人体美"的照片中
的女子低着头背对着观者,而其左上方的铜像和右下方的石像都是面对观
者的女体雕塑作品,正好巧妙地弥补了照片中未展示的女体前身。此后接
连几期的人体摄影中的女子都是背对观者,到第四十期(1929 年 10 月)的
人体美写真[25]中,一女子站立在镜子面前,背对着观者,她的前身则是通
过镜子的反射间接地展示在观者面前。此后一段时间的人体摄影都是半
遮半掩,到了第一百零二期(1935 年 2 月),在"1935 年世界人体摄影名
作[26]"中,开始出现了全方位拍摄女性身体的人体摄影作品,照片中的女
子都赤裸身体,自信地摆着各式各样的造型。从画报对女性身体展示的过
程我们也可以揣摩到画报商人用心良苦的试探手段和观众逐渐接受的心
路历程。

从当时都市空间中的图像文本对女性身体的叙述,可以认识到女性身体的公然展示所呈现的历史过程,这一过程也折射出了都市社会风气与社会心态的变化。在此过程中,凸显了女性身体公然展示的三种方式:宣传商品、假借艺术和渲染女性运动、健康与美丽。其中最为突出的莫过于对女性身体美的渲染与叙述,这和当时对女性美的重新定义与论述相一致。[27]随着体育运动逐渐受到重视,"美丽"与"健康"紧密地组合在一起。健康美在20年代后期已成为时尚的话语。当时人们一面抨击传统社会中女性的"病态美",一面借助体育运动重新塑造女性"美"的概念。他们抛弃了"弱不胜衣"之美,提出了一种具有现代意义的健全之美:

> 所谓健全的美,是指躯干昂直,筋肉丰润,血派活现,行动活泼,精神焕发,一举一动,都表现青年的朝气,她们不知道什么是呆板,什么是忧愁,她们只是时刻欢跃突进的向上。[28]

这种美丽与青春气息紧密相扣,令人想起的是《良友》上那张"欢跃的一群"的图片,一群少女身着泳装,高举手臂,从草地上高高跃起。同时可以联想到的是后来少女歌舞团表演时所展现的青春活泼的一面。

从月份牌中我们可以领略当时女性服装的演变,相形之下,《良友》提供了更多都市生活的体验。它提供了一系列的关于现代都市的想象符号,就对女性身体的展示而言,常常利用域外的艺术或现实中的女性身体,来刺激人们的感知经验,西方电影明星与选美女郎的性感照片成为人们现代都市体验的一部分,同时引导了人们对于女性健康、美丽的认识。而国内女学生的大量泳装照片,也成为模仿西方,认识女性健美的结果。如果仅仅立足于图像观看者的视角,这一系列的图像无疑让我们感受到了当时女性积极地"投入"追求健康和美丽的一面,女性的"主体性"在这看与被看的过程中被激起。然而当试图去探寻女性身体在这些都市视觉物上被展示的动机时,情况显得更为暧昧,月份牌中的女性身体与商品宣传紧密相连,画报中的女性身体有刺激销售的功效,这与后来的歌舞团表演以健康为噱头有异曲同工之处。

然而无论如何,从这些都市视觉文本里我们可以感受到女性身体已经逐渐成为都市视觉愉悦的一部分。随着女性广泛地走上社会,进入都市公共空间,舞台成为展示女性身体的最佳场域,它能更为直观和动感地展示女性身体的"健康美",而这种展示在影响社会风气,引领时尚潮流的同时,也能迎合观众胃口,满足都市欲望的需求。

二 春色袭沪：外国歌舞团在上海

在 20 年代后期,相继有一些外国歌舞团体来沪表演。这些歌舞团体带来了一种新的舞台艺术形式,直接或间接[29]地向观众展示了女性在舞台上表演的艺术"美"和女性展臂露腿的舞台表现形式,刺激了观众对女性身体的认识,丰富了人们对现代都会的感知经验。同时,这种表演形式也为当时的文化人士提供创作灵感,歌舞职业化的表演方式为他们组团提供借鉴,最先创办歌舞团的黎锦晖和魏紫波都深受其影响。当时比较有影响的外国歌舞团如：1925 年 11 月来沪的美国但尼向舞团、1926 年 3 月来沪的莫斯科国家剧院舞蹈团、1926 年 12 月来沪的俄国邓肯舞团。

当但尼向舞团首次来沪表演,报刊记者在谈及该团宣传多现于西文报纸而忽视对国人的宣传时指出："西人认为中国人不爱看跳舞这也许是十几年前或几年前的情形,但是现在的观众心理,却未必如此",进而指出更重要的原因在于中国人的传统意识里面,跳舞等艺术仅为一种惹人嬉笑的游戏,并不当一件正经事来看待,进场就嬉笑呼叫,与之相反的是,西人则视艺术表演为正经赏鉴。因此西人不愿中国人进场观看扰乱了秩序。[30]

记者指出的这种现象,究其背后的原因还要归结到中西对于身体的看法上来。在俄国邓肯舞团来沪时,爱玛·邓肯女士就指出与华人自以为温雅端正和束足为美德相反,她们追求的是使身体发展到自然的美丽。"观众们了解邓肯和伊的全团的艺术,跑出了几场,感到一种很快活而鼓励的意想,觉得青年是可赞美的,自由的身体,是得胜的,快乐由之而来,这种感想深极了,他们似乎自己身体,在炎热的天气,浸在凉的清的鲜的水里那么畅快。"[31]其中"炎热"和"凉的清的鲜的"构成了强烈的感觉对比,与衣服紧紧捂着身体的"炎热"相比,把身体浸入"凉的清的鲜的水里"更为畅快无比。这种畅快来自于对身体的释放和适当的展露。邓肯舞团的少女们"衣服都是纯单的绸背心,但是肉体的显露,越见其活泼而灵捷,越见其自然,乳部不用紧带来束缚,四肢和足部,尽量袒露"。[32]对身体的显露是外国歌舞团对当时沪上观众最为直接的视觉感受。如但尼向舞团在跳"轻快之华尔资舞"时"女士全身皆裸";[33]莫斯科舞蹈团在演"莎乐美"一剧时,四个少女"足登白色舞鞋,腿部全裸,仅于腿腰间束黑色短袴,外套短裙,短与袴齐,裙以阔带成之,缘以花边,旋身时展开作伞状,上身赤裸,于胸部横束极阔之绸带,以蔽双乳"。而"莎乐美"(女主角)"全身并无繁难之服饰,胸口仅束深绿色阔带,两股间束黑色绸布,其外尽裸体也"。[34]

与此同时,外国歌舞团在舞台上透露的两性关系和男女亲密接触也构成视觉感受的一部分,特别是在"男女同台"并不十分流行的时期。但尼向舞团在跳一近代舞时,"泰特向(男主角)求但(女主角)共舞,舞时或分立每边而舞,或相牵而舞,其中有时泰乘舞时,意欲吻但,但女士口微动,似拒绝之状,但最后仍以拥抱相吻而完。"在跳缅甸舞时"享女士作盘膝坐于此三男子之手上,作女佛状"。[35]莫斯科舞蹈团在跳"亚拍采舞"时,"舞女两腿夹住舞男之腰,舞男旋而转之"。[36]这些舞台上的性别暗示无疑对当时人们的性别观念造成一定的冲击。这些视觉的冲击也融入人们对都市现代性的想象之中。

相较于其他歌舞团,俄国邓肯舞团来沪的意义更为重大。因为她们重视教育,先从孩童入手,训练舞蹈,在欧洲的许多国家建立了舞蹈学校,正如当时记者所记:"邓肯舞蹈的归附者俱为一般孩童,凡是面黄肌瘦和动作呆迟的,他们的身体,一经一二月的训导,都变成玫瑰花般的鲜红,渐渐的都知道有音乐、舞蹈、日光和肉体练习的生活,是怎样的快乐,怎样的美丽了",[37]这便是她们的教育意义。这也为日后上海歌舞学校的创办提供了参考。邓肯舞团用实际的教育实践来让人们意识到身体的释放和训练意义何在,而爱玛·邓肯有句话也足以刺激时人的神经,"我觉得人的生活以身体作准则和代表的,高大强健的身体,产生伟大的民族,狭小的身体,产生懦弱而限于一方的民族"。[38]把身体与国族联系在一起,更能直接地让人们意识到身体训导的重要性。来沪之前,邓肯女士在北京成立了一个歌舞学校。而在谈及这个歌舞学校时,她说道:

> 这次到远东来,不过使一般人士,一看经我们舞蹈融导过的女孩,是有怎样一个美丽的身体,怎样的可爱,怎样的一个活泼动作,是可取的。所以我们不想设立学校,但是社会上人,一见我们的可爱,便觉得有此种舞蹈的研究,或学校设立的必要。[39]

时人也清楚地讲述了自身观念的变化:

> 我起初看见女学校底跳舞,以为这不过是一种游戏的事情罢了,在我们是可有可无的,后来在影戏里得了较好的印象,到看了但尼向歌舞团之后,便承认跳舞者,是动作的美化也,直至昨天看了邓肯跳舞之后,禁不住要向大家高呼道:"我们没有了跳舞,便缺少了人生之一部分了"。[40]

外国歌舞团在沪的表演无疑对上海的都市娱乐起到一定的影响。一方面,激发了人们对歌舞表演的认识以及对女性身体在舞台"展示"的想象,另一方面,为日后沪上歌舞学校的创办以及歌舞团体的兴起提供了借鉴。黎锦晖在创办中华歌舞专门学校期间,多次同其女明晖观摩外国歌舞团表演并揣摩、学习其舞蹈动作传授给学生。[41]

三 春深如海:校园里的"葡萄仙子"

20世纪初,女学在上海兴起。随着女子教育的发展和西方舞蹈的传入,女校跳舞逐渐兴盛。时至20年代,儿童歌舞风行于沪上学校。女学生的舞蹈不仅出现于学校内的各种游艺会,而且逐渐进入社会,参与到都市娱乐文化之中。由于女生舞蹈的风行,1927年出现了专门的歌舞学校,成为日后歌舞团兴起之滥觞。

1. 女校歌舞

国内最早的女校由英国人 1844 年在宁波创办。[42] 1850 年,美国基督教会在上海创办了上海最早的女子学校裨文女塾。[43] 随后各外国教会相继在上海创办十几所女子学校。戊戌维新时期,康梁等维新人士提出国人必须发展女子教育的主张,把女学和废缠足并列为维新改革的主题之一。1898 年,经元善在上海创办的经正女学,为国人在沪创办的第一所女子学校。[44] 至 20 年代后期,在上海由国人创办的女子学校达二十几所。

随着女学的兴起,舞蹈作为学校教育的一部分也逐渐受到国人的重视。1907 年,上海商务印书馆印行王季梁和孙漠合译的《舞蹈游戏》,成为最早的舞蹈教科书。同年,上海均益图书出版公司出版日本长原政二郎的《舞蹈大观》一书,作为当时女子学校的舞蹈专用教材。[45] 各个女学也先后开设了舞蹈课程,教授女生各种舞蹈。这些舞蹈开始在学校的各种游艺会、恳亲会上表演。女校"特地聘好了舞蹈教师,教导女学生专心练习,逢到开什么纪念会、什么筹款会,必大表演而特表演。那时的风气,几有'无女不歌,无生不舞'之概"。[46]

时至 20 年代,女校之跳舞盛行于沪上。女学的歌舞表演或现于纪念会,或现于恳亲会。学校游艺会的观众大多数为学生家属,且女宾较多。表演场所一般在学校内部。也有些学校为筹集经费而发起游艺表演。如 1922 年 7 月 3 日的平民女子职业学校,为筹集经费而举行游艺大会,表演者均为该校女生;1924 年 1 月 4 日,北氏中学为筹款扩充校舍而发起元旦游艺会,请两江女师表演舞蹈;1925 年 4 月 27 日,绛园中学因经济困难而举行游艺会,其中有两江女师的舞蹈表演;1926 年 2 月 1 日,蔚然女学因经费困难而举行歌舞会,6 月 6 日东南女子体育师范因筹募而举行舞蹈会,11 月 6 日爱国女子分校因筹集资金举行歌舞大会,由该校女生表演著名歌舞剧。[47] 这类游艺表演由于需要社会的募捐,表演场所一般在校外,假座于影戏院或大会堂。观众除了学生家属外,有更多的社会名人或其他人士参加,观众面更广。

女校歌舞表演不仅仅囿于本校的游艺会,而且也会参加其他学校的游艺表演和社会上的各种游艺会。

女校参加其他学校游艺会一览表（1924—1926 年）

时　间	主办学校及游艺会名称	参加的女子学校
1924.1.4	北氏中学庆祝元旦游艺会	两江女师
1924.1.6	安徽公学毕业纪念会	勤业女学　启贤女学
1924.5.10	惠灵顿校游艺会	上海女子体育师范
1925.4.27	绛园中学游艺会	两江女师
1925.5.26	文氏高等英文专门学校廿周年纪念会	启贤女学
1925.5.29	南市中学生世外桃源会	爱国女学　启贤女学
1925.10.12	民立中学国庆游艺会	民生女学　斐宏女学
1925.11.25	复旦大学同乐会	两江女师
1925.12.19	鸣嗜公学游艺会	启英女学　启贤女学　启秀女学
1926.1.3	西区小学十周年纪念会	景平女学　神州女学 爱国女学　启贤女学
1926.1.5	浦东中学同乐会记	爱国女学　神州女学
1926.5.22	上海各学校学生游艺联合会	启秀女学　爱国女学 坤范女学　勤业女学
1926.6.4	大夏"六一"纪念会	尚公女学
1926.6.20	大夏大学游艺会	景平女学　仪昭女学
1926.6.26	复旦中学二十周年纪念会	坤范女学　仪昭女学　爱国女学
1926.10.31	南洋中学三十周年纪念会	爱国女学　俭德公学
1926.11.16	浦东中学二十周年纪念会	培明女中　西城女学 爱国女学　昭明女学
1926.12.21	淞沪各校联合游艺大会	爱国女学　中西女塾　坤范女学
1926.12.31	复旦大学同乐会	爱国女学

女校参加社会游艺表演一览表（1925—1927 年）

时　间	游艺会名称	参加的女子学校
1925.4.26	国乐研究社游艺会	两江女师
1925.6.20	上海援工游艺会	飞虹女校
1925.8.2	援工游艺会	启贤女学　仪昭女学　宏伟女学
1925.10.9	救国团歌舞会	爱国女学　上海市民女学 民国女学　玉英女学　养性女中
1925.12.8	友声团欢迎会	启英女学
1926.1.5	上海邮务公会同乐会	爱国女学　北区公学
1926.1.18	济难会游艺会	景平女中　上大附中启贤公学沪北公学女生部
1926.8.6	苏州平教筹款游艺会	乐益女校　金陵女子大学
1926.9.15	俭德纪念会	民生女学　坤范女学　明德女学　爱国女学
1927.5.20	军民联欢会	民国女子工业学校　神文女学 民立女中　思敬女校
1927.7.23	女界慰劳革命战士游艺会	勤业女学　中华歌舞学校

　　女校广泛地参与社会上的游艺活动，使歌舞表演逐渐成为都市大众娱乐的一部分。虽然当时女校中参加歌舞演出的学生为中、小学生，年龄大多在十岁左右，但是广泛的演出不仅使人们逐渐接受这种新的娱乐形式，也逐渐改变了人们固有的女性不能上舞台的看法。女校的歌舞表演同时也培养了一批喜欢跳舞的女学生，而其中的一部分也伴随着歌舞的职业化逐渐成为职业舞蹈演员。

　　女学的兴起无疑为后来的歌舞团提供了成员保障，而经典剧目则使这些热爱歌舞的女生形成一个潜在的"共同体"。在 20 年代的学校剧目中，最受欢迎，最广为流传的莫过于黎锦晖[48]创作的儿童歌舞剧。

　　黎锦晖 1917 年由于受其兄黎锦熙的影响，开始钻研国语，在北京任"国语统一筹备会"委员。1921 年到沪，任教育部"国语语音统一会"在上海举办的国语专修学校的教务主任兼教员。在宣传国语的同时，黎锦晖开始创作儿童歌舞剧，并通过中华书局出版的《小朋友》[49]（1922 年）发行，风行一时。

如其中的经典剧目《葡萄仙子》几年内印刷二十几版，行销二十余万册。[50]
"从一九二三年起，儿童歌舞剧已在国内各省、市、县和海外华侨小学逐渐广
泛地表演起来。"上海也不例外，儿童歌舞的经典剧曲如《麻雀与小孩》、《可
怜的秋香》、《葡萄仙子》、《月明之夜》、《三蝴蝶》等一经流传便成为沪上各校
游艺会上常见的剧目。以表演儿童歌舞闻名的"语专附小歌舞部也经常受
邀请到铁路公会、邮政公会、各校恳亲会或同乐会演出。"[51]其中如《葡萄仙
子》刚开始由语专附小歌舞部表演，1923 年 11 月，又由上海实验剧社[52]表
演，其中的葡萄仙子均"为黎锦晖君之女公子所饰，衣翠绿之衣，冠紫绢之
冠，迴舞于葡萄枝子之四周，蹁跹旋跃，舞意应节，配以电光冷热之色，显其
开合撤展之势，女子之舞，无有过于是者，俄而饰凤饰日饰雨饰露饰蝶者，更
迭而入，亦舞亦歌，亦悲亦喜，舞台自然，歌声清脆"。[53]

明月歌舞团"三蝴蝶"剧照

黎锦晖之女即 20 年代蜚声上海的歌舞演员兼电影明星黎明晖，她正是
因表演儿童歌舞剧出名而跻身影界。1921 年她随其父来到上海，在国语专
修学校学习。为了广泛宣传国语，语专（即国语专修学校）组织国语宣传队
到江南各地宣传，黎明晖也跟随其父成为宣传队的一员。宣传多采取文艺
方式，宣传队在演讲前先让黎明晖演唱白话歌曲，其父用小提琴伴奏。在演

讲和问答结束后,他们父女俩双簧表演琴语,由观众随意写一句白话文,交给黎锦晖,黎锦晖用小提琴拉出相应的曲调,黎明晖听到后在台前写出注音字母,并译成汉语,结果和观众写的完全相同。[54]他们的节目得到了观众的喜爱,黎明晖也从此登上了表演舞台,并在语专附小的歌舞部和上海实验剧社的歌舞部担当主角。她曾回忆到:"在国语专修学校附属小学歌舞部,我主演了不少儿童歌舞剧,均饰主角。如《葡萄仙子》中的仙子。《七姊妹游花园》的百花仙子。《麻雀与小孩》中的小孩。由于我的表演台风潇洒,声音悠扬,和着中西乐器的小乐队伴奏,耳目一新,惹人喜爱。"[55]由于她的表演"落落大方,从不忸怩作态",[56]1924年,被上海大中华百合影业公司聘为特约演员,先在神州影片公司的《不堪回首》片中当一名配角,后来又在由张织云主演的无声电影《战功》中饰妹妹,因而得到"小妹妹"的雅号。她的表演活泼,爽朗,得到了不少观众的喜爱,有一次,一个影迷写信给她,仅在信封上写了五个字"上海小妹妹",她居然都能收到。[57]

黎明晖的出名使其频繁地出现在各种游艺会上。她唱的由其父编制的歌曲很快被百代唱片公司和大中华唱片公司灌成唱片,成为早期的流行歌曲。[58]黎明晖除了"歌喉婉转,有若莺啼",舞态"天真烂漫,活泼可爱"之外,她的装束影响甚大。当时上海的青年女子大多都梳长辫子、穿长旗袍、长袜子。而她却留着"飞波姐儿"式的短发,[59]她在表演时"短发赤脚,短衣短裙,像无拘无束的小鸟一样在台上又唱又跳。"[60]她曾回忆到:

> 在上海,我的装束不像一般女青年,梳长辫、穿旗袍,而是短发、短裙,较为朴素。所以,曾有人给我写信,信封上既不写收信人地址,也不写姓名,只画个留短发的头像,这样的信,我居然能收到,一时传为佳话。[61]

因而"当中国电影没有发达以前,我们在募捐的游艺会或学校恳亲会里常常看见一个活泼泼的女孩子在台上唱《葡萄仙子》或是《可怜的秋香》,博得座客许多的掌声欢呼","她额前的短鬃、鹅蛋的脸儿、活泼天真的姿态,都十分像美国电影明星柯伦穆亚,所以人们都称她是东方的柯伦穆亚"。[62]把她和西方的电影明星相提并论,说明当时人们深受西方女性形象的影响,这些形象或来自于西方电影,或来自于现代都市画报。短衣短裤的装束深受人们喜爱也表明青春、活泼、健康已逐渐成为人们鉴赏女性美丽的新的维度。

2. 歌舞学校的创办与歌舞社会化

儿童歌舞的风行、女校舞蹈的广泛演出使得少女的歌舞表演逐渐成为都市大众娱乐的一部分,第一所歌舞学校正是在这种社会气氛下创办的。

1926年,由于中华书局发生"工潮",语专停办,黎锦晖因被怀疑暗中推动工潮而被迫退出中华书局。由于长期进行儿童歌舞的创作和组织表演,为了以后能组团表演歌舞,他于1927年着手创办歌舞学校——中华歌舞专门学校,2月登报招生,3月下旬开学。歌舞学校招生对象一般为"十五岁至十八岁的男女青年"。而"来报的青少年,多为各中小学校曾经演出过歌舞剧的学生"。[63]学校分为歌舞班和乐队两部分,从后来的演出可以看出,学舞蹈、在舞台上表演的多为女生,在后台伴奏的多为男生,后来兴起的歌舞团的性别构成也大抵如此。

以前的各种游艺会均请女校学生表演舞蹈,而中华歌舞专门学校的建立使舞蹈表演更为专业化。由于招收的学员大多是曾经演过歌舞剧的学生,进步很快。同年5月,中华歌舞学校便出现在沪江中学青年会的音乐会、[64]上海特别市宣传委员五五纪念游艺大会及军民联欢大会上。[65]

1927年6月1日,由黎明晖主演的电影《可怜的秋香》在中央大戏院上映。《可怜的秋香》为黎锦晖1921年编制的歌舞曲,也是黎明晖"平日在各处游艺会中常唱之名曲",[66]1925年经大中华留声机器公司灌成唱片,由黎明晖独唱,风行一时。"上海各界青年男女,凡是爱哼哼歌曲者,莫不欢喜这个调儿,差不多和小东人借灯光等戏曲,有同样之势力。"[67]后经大中华百合影片公司制成电影,黎明晖担任主演。为了宣传影片,中央大戏院邀请中华歌舞学校现场表演歌舞剧《可怜的秋香》,同样由黎明晖主演。此次演出扩大了中华歌舞学校的影响,随后他们又到了南京、无锡等地演出。这些演出都是义务演出,不过演出形式及组织已和后来的歌舞团表演差不多。由于政治的迫害和经济的困难致使中华歌舞专门学校难以持续,[68]黎锦晖准备在华界成立美美女校,一方面转移歌舞学校的学员继续上课;一方面准备组织歌舞团出国表演。

1927年7月1日至4日,为了筹集美美女校的经费,黎锦晖发起中华歌舞大会,"参与斯会表演者,皆精选海上各男女学校优秀学生及各界著名艺员"。[69]节目包括音乐歌舞、京剧鼓书、言情昆剧等。而黎明晖出演的《葡萄仙子》成为大会的招牌,报刊广告中用加粗的大号黑体字标出。[70]在此之前,报纸上曾作了预告性的介绍:

> 葡萄仙子一剧,四年来风行全国,其脚本销售之数额,均达八十余万本,本埠之男女儿童、青年学子,几无一人不会、因意旨纯正、歌词明白、曲调浅近,故能普及也,该剧第一次公演,系黎明晖女士饰葡萄仙子,歌声舞态,轰动一时,嗣后各地学校表演斯剧,必精选女学生中最优秀者饰葡萄,于是各校均有一擅长歌舞表情之仙子在。[71]

大会第一日大雨倾盆,但"前往观者,座位之满,并不因天雨路遥而减少"。[72]以后几场均是座无虚席。每场结束,《申报》均会作详细报道,对会场和节目进行详细的描述。[73]表演葡萄仙子时,共有十几名少女参演。黎明晖"身御舞衣,甚为别致,现胸露臂,颇觉美观",而在表演中,"尤以饰太阳之李璎女士为最美丽,上身御红色舞衣,长不过膝,下身穿白色丝袜,修可齐股,当女士舞蹈时,观众平心静气,目光直射女士之身,盖以女士美丽而活泼也"。[74]

歌舞大会前三晚掺杂了各种传统节目,包括京剧、鼓书之类。由于歌舞表演更受观众欢迎,第四夜完全是歌舞表演,"观众亦较前踊跃"。[75]四日演毕,观众反响强烈,"该校宣称,接各界来信,云及百星大戏院,地处偏僻,加以连日大雨滂沱,只得望洋兴叹,能否于适中地点,再请公演等语,接得是项信札,两百余通,故大葡萄仙子将重演"。[76]是月23日,歌舞大会重开,所得捐款,仍为创美美女校之需。演出节目也全为歌舞内容。"节目一洗从前旧观,将京剧昆剧一切胡调式的表演、一律屏除,另以新制之各种舞蹈,与社会相见，以适应时代精神"。[77]而演出之第一夜"参观者之拥挤，为前所未有，场内几无立足之地，后至者纷纷退出，预留之新闻记者席，亦皆为其他来宾占去"。[78]更有"光华大学教授徐志摩君与其夫人陆小曼女士，并名画家江小鹣君也，见黎明晖李璎二女士之舞，颇称之。李舞罢出场，因为之介见，陆女士与谈良久，继复入后台晤明晖，小坐倾谈，一见如故"。[79]

两次歌舞大会，从报纸上的报道可以看出，舞台上的歌舞表演已然成为观众们喜闻乐见的形式。从学校舞台上的儿童，到社会舞台上的少女，这一代女性的成长过程，也是人们认识女性表演的过程。而对于女性身体的认识，则贯穿于这一过程之中。

从一记者对《葡萄仙子》的回顾，我们可以了解歌舞表演的服饰演变。"明晖女士，初演此剧，就十四龄，地点在南洋桥之国语专修学校"，"是时明晖饰'葡萄仙子'，短发御一钻圈，闪闪作光，舞衣似为紫色缎，缘以绿边，且加银鼠白毛，阔约寸余，舞衣分三层，丙层较长于乙，乙层亦长于甲。胸部置银鼠纽，较银元略大，足御长筒白纱袜，高及股部"。"继复表演于职工教育馆及南洋礼堂等处，则黎女士已易长筒之纱袜为丝袜"，而这一次歌舞大会中的表演，"舞衣已为特制之葡萄叶，裸腿御一绿色舞鞋"。[80]从"长筒白纱袜"到"丝袜"再到"裸腿"，这一演变的过程是人们对身体认知的过程，也是社会风气开化的过程，这与都市现代性息息相关。都市现代性的追寻投射在舞台上，一方面，舞台场景在工业科技的包装之下越来越引人入胜，如五光十色的灯光、色彩斑斓的舞台布景；另一方面，舞台上的演员，对自己身体的认识也越来越"摩登"，相对于传统紧裹的身体，宽松、袒露的服装更能展示身体的自由与健康，显示"现代性"气息。这种气息，观众可以从月份牌、都市画报以及现代派小说中体会到，更能从好莱坞电影、外国歌舞团的表演中感受到。

女学的兴起，儿童歌舞的风行造就了歌舞表演的兴盛，外国歌舞的表演更为歌舞的职业化提供某种示范和借鉴。女校歌舞走向社会的过程也是晚清以降妇女解放运动的一种延续，它反映了女性步入都市公共空间的一种方式与过程。歌舞的兴盛，一方面，舞台上青春、活泼的少女形象与时代要求合拍;另一方面,舞台上歌舞表演给人们"窥视"女性身体提供绝佳的机会。前者一直贯穿于女学跳舞走向社会的始终,而后者在都市大众娱乐中的歌舞团表演里表现得更为突出。

四 春光乍泄:少女歌舞团的兴起

歌专解散之后,一部分人离开,一部分人则随黎锦晖到华界的美美女校继续学习、排练,并筹划组团出国表演。歌专的演出,引起了电影界和戏院老板们的注意。在其解散之后,复旦影片公司的老板就请曾在歌专担任舞蹈教员的魏萦波女士,组织几位女学生去厦门,在该公司放映影片的空闲之余表演歌舞,以提高影片票房。

明月歌舞团"月明之夜"剧照

魏萦波组织五位女生赴厦门、鼓浪屿、漳州、泉州等地随影片公司表演,由于恰逢过年的时间,场场客满。[81]演毕返沪后,魏萦波便组织了一个真正意义上的职业歌舞团——梨花少女歌舞团。[82]

其"内部中坚分子,均系前中华歌舞学校高材生"。[83]并于1928年4月12日在笑舞台举行梨花少女歌舞大会,[84]由各位女士表演各种歌舞剧。与此同时,黎锦晖也将中华歌舞团组建完成,准备赴南洋巡演,并于5月3日至6日在百星大戏院表演,节目内容为新编的少女歌舞剧《春天的快乐》、《七姊妹游园记》和成人歌舞剧《新婚之夜》。[85]此时,职业歌舞团真正兴起,所表演节目也发生改变。以前由于多数在学校里表演,表演者也为学校学生,所以儿童神话歌舞剧居多,如《葡萄仙子》、《麻雀与小孩》等。职业歌舞团兴起以后,观众群体发生改变,节目内容亦随之改变,如当时人所说的,"现代歌舞界最能持久的,都是少女歌舞剧"。[86]

明月歌舞团"小小画眉鸟"剧照

20年代后期除了明月、梅花两个影响较大的歌舞团外,还有一些歌舞组织如蝴蝶音乐歌剧社、共鸣歌舞研究社、玫瑰音乐歌舞会、葡萄歌舞团、黎明歌舞团等,这些歌舞团体演出的也大多是儿童歌舞剧和各式古装舞。

时至30年代,职业歌舞团体逐渐增多,有进行专场歌舞表演和各地巡演的,如:梅花歌舞团、明月歌舞团、葡萄歌舞团、桃花少女歌舞团等;有假座于影戏院在放映电影的闲暇之余表演歌舞的,如:秀霞歌舞团、星光歌舞社、上海少女艳舞剧社、丽丽少女歌舞团、群花少女歌舞团等;有假座于大世界、先施乐园等游艺娱乐场所表演的,如:美影歌舞团、辉光少女艳舞歌剧团、新华少女

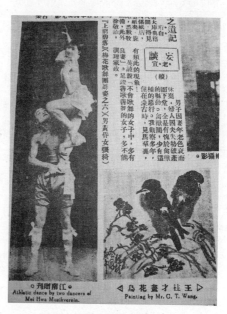

梅花歌舞团剧照

歌舞团、虹光少女歌舞团、孔雀少女歌舞团等；有专门承接各种堂会的商业歌舞团，如飞霞歌舞团、明明少女歌舞团等。与此同时，外国歌舞团体在沪表演也逐渐增多，表演的场所与方式也与以上几种类型大抵相同。

随着歌舞的社会化和大众娱乐化，歌舞广告对女性身体的渲染已经超出了"健康"、"美丽"的范围，以"香艳"、"肉感"为号召的越来越多。如1930年7月23日九星大戏院在放映影片的同时，聘请德国妙龄女子歌舞团表演艺术化真人体美"神仙裸舞"，被渲染为"风骚肉感使你销魂，开胃与过瘾无过于此"。[87] 12月20日梅花歌舞团在市政厅公演《七情》时，更被宣传为"是丽姝的会集、是玉肢的竞赛、是粉腿的展览、是新裳的大观"。[88] 1931年1月31日，梅花歌舞团假座中央大戏院公演歌剧《不见去年人》被宣传为"是雪肤凝香娇艳动人的少女大本营，是富有肉感包含美艺的歌舞大会大集会"，同时还加演"肉感酥骨，香艳绝伦"的大歌剧《七情》。[89] 7月24日，由魏萦波倡导在蓬莱大戏院举行的"联美歌舞大会"上，广告语言更为诱惑，所谓"玉趾与粉腿齐飞，酥胸与软臂互斗"。[90] 12月2日九星大戏院在宣传德国歌舞团的"曼妙艳舞"时，预想了观众的心理，所谓"艳文不如图画，图画不如表现香肌雪肤已足撩人，加之双峰高峙、玉腿如琢，更以局部之飞舞尤足以销魂而酥骨，热情紧张不可抵抗矣"！[91] 1932年8月4日群花少女歌舞团的少女歌舞大会中"悠扬的音乐，衬着清脆的歌声，一群美丽的少女们，把她的粉腿柳腰、酥胸丰臀坦白地作风骚的飘舞"。[92] 11月22日，在中国大戏院表演的艺光艺术歌舞团的少女更是"绮年玉貌艳舞浓歌说不尽千般媚态，粉腿酥胸腴臀雨峰看不完万种风骚"。[93] 1933年3月21日卡尔登影戏院的全美歌舞团的节目中"甚有袒胸出臂以矜奇！赤足露肤以炫异者！肥臀颤动，直销柳惠之魂，曲线微呈，足醉鲁男之魄，观其身，则神秘目眩，已觉心荡意消，近其旁，则麝馥兰芬，更使筋酥骨软……"[94] 1934年5月25日梅花歌舞团假座金城大戏院表演《恋爱学堂》时，少女们"丰肌裸露光似雪，柳腰轻摆软如绵"，能使观众"一度欣赏，三月不知肉味"！[95] 11月25日在东南大戏院表演的红杏歌舞团，被宣传为"健美运动、裸体表演、肌香肉色、饱览无遗"，少女们更是"柳玉腰肌曼袒嫋露，含腴娇臀斗乳艳峰，罗交裳响轻颤解动"。[96]11月29日浙江大戏院的美美歌舞班更被看成是"大腿的批发所，软肉的销售场，新曲的发源地，艳舞的大本营"。[97]

此类宣传策略也常现于电影广告中。如1930年3月20日百星大戏院放映《赤裸的玉腿》时，戏院用他们创造的意境，极尽所能地加以宣传。"一九二九——一九三〇年的新女子，她们赤裸裸的玉腿，赤裸裸的……是坦白地显露她们的美，给人们鉴赏的！冰清玉洁的肌肤羞什么？怕什么？新时代的青年们，只要你不是：思想落伍者，或是假道德君子，何妨请来鉴赏鉴赏……""人美、脚美、腿美、全身更美！肤香、发香、肉香、无处不香！""女子的美，在肌肉丰富，肤色润泽和曲线合度"。[98]如此香艳的广告在30年代经常能见。

这些广告极力地营造一种"穷声色之美，极视听之娱"的效果，把女性身体作为宣传的工具，以"美丽"为噱头，极尽所能地渲染女性身体的性感美。这种"美丽"毫无疑问已经超出了"健康美"的范围，更多地蒙上了色情与欲望的色彩。

被奉为"歌舞正宗"的黎锦晖在此时也招致各种批评。黎锦晖在带队去南洋巡演完成后，就地解散队伍。1929年底返回上海，重组歌舞团，在平津、东北等地巡演，此后又组织联华歌舞班，到江南各处巡演。歌舞团的少女们都身着短衣短裤在舞台上表演，较之于以前在学校里十岁左右的儿童，这些少女们的年龄一般在十七八岁左右，她们的表演更能让人联想起广告中常出现的"香艳"和"肉感"，因而被斥之为"大腿舞"。当时在明月歌舞团的王人美后来回忆到当时正和她谈恋爱的金焰就曾当面骂她是卖大腿的。[99]一些文化人士在批评黎锦晖的音乐时也抨击了他所组织的歌舞团表演：

"歌舞团音乐"的起源本是在六七年前黎锦晖作《葡萄仙子》、《月明之夜》、《麻雀与小孩》等小歌剧时起始的。这几出小歌舞剧本是为幼稚园或初等小学的小孩子表演的，内容是一些神话故事，表情及歌唱都很简单，很适于小孩子的表演，本来是不错的。可是后来时髦起来，各学校在开游艺会的时候，竟用十七八岁的"大姑娘"来表演这种小孩子的戏,结果是装腔作势,矫揉造作,肉麻不堪,使人毛骨悚然,失去原来天真烂漫的性质不必说,并且成为一种下流的音乐。到后来,这班常在游艺会里出风头的小姐们毕业后,就有人组织职业的"歌舞团"到处公演,并以淫靡肉麻的词句编入歌曲里,以肉感大腿作为跳舞的号召。说是提倡艺术,其实是诱惑青年以图利。[100]

"蝴蝶舞"剧照

"都会刺激"中的少女歌舞

1931年10月28日联华影业公司音乐歌舞班[101]在黄金大戏院进行歌舞表演,并以"爱国"为噱头,号称是"国难声中之兴奋剂"。鲁迅在12月的《十字街头》上以"它音"的笔名发表《沉滓的泛起》一文讽刺道:"日本占据了东三省以后的在上海一带的表示,报章上叫作'国难声中'。在这'国难声中',恰如用棍子搅了一下停滞多年的池塘,各种古的沉滓,新的沉滓,就都翻着筋斗漂上来,在水面上转一个身,来趁势显示自己的存在了。""至于真的'国难声中的兴奋剂'

呢，那是'爱国歌舞表演'自己说，'是民族性的活跃，是歌舞界的精髓，促进同胞的努力，达到最后的胜利'的。倘有知道这立奏奇功的大明星是谁么？曰：王人美，薛玲仙，黎莉莉"。[102]文中所提到的三位都是当时联华歌舞班的"当家花旦"，后来都成了电影女明星。聂耳当时也是联华歌舞班的乐师，联华歌舞班解散后随即加入明月歌舞剧社。由于不满意当时社内的歌舞表演，1932年接连以黑天使的笔名发表《评黎锦晖〈芭蕉叶上诗〉》和《中国歌舞短论》，批评歌舞团表演形式，进而指出"香艳肉感，热情流露，这便是十几年来所谓歌舞的成绩"。[103]后来还在《新闻报》上刊登了"因志趣不合，自愿脱离明月社"的启事。[104]同时明月社也发表了"以后所有聂紫艺君对外一切言语行动，与本社无关"的声明。[105]这些文化人士对歌舞表演的批评和责难，一方面是因为对民族危机的焦虑感，另一方面也表明，在都市大众娱乐中的歌舞以"香艳"为号召已成普遍，而这种娱乐方式在民族危机加深时所表现出的兴盛显然很"不合时宜"。

随着现代歌舞表演步入都市大众娱乐，对女性身体的展示和叙述已经超出了时代所赋予的"健康"、"美丽"的叙述范围，更倾向于迎合都市观众，特别是男性观众的口味。舞台成为都市大众娱乐中男性"窥视"女性身体的一个"合法"场域，同时也使歌舞表演成为都会刺激的一部分。这种"歌舞升平"的都市大众娱乐与民族危难的特殊时期总是显得那么格格不入，从而使文化精英对都市文化的现代性产生焦虑，对都市大众娱乐的流弊产生厌恶，而这种焦虑和厌恶自然而然地聚焦在公共空间的女性身体之上。

五　结　语

通过对民国上海少女歌舞团兴起过程的梳理，可以认识到在此过程中都市娱乐文化赋予女性身体两方面的含义：一面是"健康"与"美丽"；一面是"色情"与"欲望"。少女歌舞团兴起的过程正是两者彼此消长的过程。

随着女学的兴起，女校舞蹈逐渐兴盛，女学舞蹈广泛地参与社会游艺活动使歌舞表演逐渐成为都市大众娱乐的一部分。舞台上健康、活泼、可爱的少女形象同时代对女性"健康美"的要求相合拍,从而使女学舞蹈向专业化和社会化方向发展。女学的兴起与女学生上台跳舞,都是清末妇女解放思潮的延续,这种延续还表现在舞台上服装的演变和女性身体的展露。随着西方运动观念的传入,对女性美的界定已不再是传统的柔弱美和受束缚的病态美,而是健康美和自然美,这需要摈弃身体束缚而适当地展露身体,这种展露与清末的反缠足运动相似,是对女性健康美、自然美要求的回应。

无论是在视觉文本中,还是在舞台上,对女性健康身体的塑造都是以西方女性为参照,这从都市画报中以及外国歌舞团的来华表演中可以清晰领略到,所以女性身体的展露又同都市现代性的追求息息相关,是都市现代性想象的一部分。这些健康、美丽的身体符号是当时都市女性效仿的摹本与对象,当时人所记录的都市摩登女性形象和舞台上的少女形象有某些契合之处:

> 现在最摩登的新女子,衣服尺寸越窄小越美观。到了夏秋,只穿了一袭薄薄的短旗袍,袖口又短,不但露臂,竟是露肘,把她一双臂肉完全显露。又穿短裤和肉色丝袜,骤见之,两腿膀几与双臂一样,走起路来扭扭捏捏,她的尊臀也一凸一凸的。总之这种形状如叫思想陈腐的人瞧了,莫不叱为怪物;在轧时髦人见之,愈赞美她的全部曲线美的丰富了。[106]

女学舞蹈大受欢迎,加速了其大众化和都市娱乐化的进程。随着歌舞的都市娱乐化,各种少女歌舞团的表演如雨后春笋般出现于都市娱乐空间。这一过程也凸显出妇女解放话语:歌舞团的兴起,标志着一批女性开始走向社会,进入都市公共空间,参与到都市文化的新陈代谢之中。其中一部分成功跻身电影界,成为著名的电影明星,[107]她们如一道亮丽的风景线彰显出现代女性的独特魅力,虽然各种言说交织在这些电影演员身上,[108]但是无论如何,她们是都市现代女性的代表,引领着都市时尚潮流。然而更为重要的是,随着女学歌舞步入大众娱乐空间,歌舞所面临的观众群发生变化,演出更需要符合都市观众,特别是男性观众的口味。出于商业利益的考虑,都市大众娱乐中歌舞团对女性身体的叙述与渲染已经超出了"健康"、"美丽"

的范围，更倾向于"肉感"、"色情"。女性身体被建构成为都市"欲望的载体"，各种宣传手段都把女性身体的"香艳"和"肉感"作为噱头，极尽所能地描述女性身体以满足男性观众的需求，使其成为现代都会刺激的一部分：

> 侥幸的心理，麻醉的享乐，金钱底诱惑——这都会的刺激，代替了一切努力的正当事业的热情。跑马、跑狗、回力球……还有加插的少女舞蹈，冶荡的舞姿，女人旗袍开衩的高度发展，肉的跳动、性的刺激。[109]

通过对民国上海少女歌舞团兴起过程的梳理，可以认识到此过程中都市文化赋予女性身体的两种形态：一种是"健康"、"美丽"，一种是"色情"、"欲望"。

无论是在都市图像文本里还是在歌舞表演中，女性身体的出现首先是作为现代都市"健康"、"美丽"的符号。但是正如前面所论，图像文本中的女性身体展示在宣传"健康"、"美丽"的同时，其主要目的还是为了商品服务。尽管如此，它们对身体展示呈现在一定的历史进程之中，这一进程也是都市文化赋予女性身体两种形态的变化过程，现实中歌舞表演的发展更能彰显这一过程。最初的女学歌舞表演是女性解放思潮的延续，无论是从女性上台表演的角度，还是从摒弃身体束缚、追求现代健康的角度，其积极意义都显而易见。但是当女学舞蹈进入都市空间，都市歌舞团兴起之后，由于受到商业利益的驱使，商业宣传更趋向于宣传女性身体"色情"与"欲望"的一面，同时，各种话语也聚焦于这一方面，致使都市公共空间中的女性身体被不断地建构成为"欲望的载体"，而原来"健康"、"美丽"的话语也被这种新的身体形态所蒙蔽。这种蒙蔽并非简单地替代，因为都市公共空间中作为"欲望"的身体（无论是图像文本中还是舞台上）同时包含着现代"健康"、"美丽"的含义。只不过无论是在商业广告中，还是在文化精英的叙述中，"健康"、"美丽"的身体形态常常被忽视，[110]而"欲望"的这一面却被反复不断地彰显。因此，都市公共空间中女性身体被建构成为"欲望载体"其实是都市文化追求女性"健康美"的一种结果，这种结果与商业利益密切相关。而对"欲望载体"的建构并没有彻底地替代都市文化对女性"健康美"的诉求，"健康"、"美丽"的一面虽然被商业利益与各种话语所包裹,却始终潜伏在作为"欲望"的身体形态之中。

在歌舞团兴起过程中所呈现出来的女性身体在都市娱乐空间中的不同形态,投射在女性解放话语之上,折射出了都市现代性以及都市娱乐化带给女性解放话语的抵牾和困境。一方面,新女性形象进入都市公共空间,成为与都市现代性和都市大众娱乐密切相关的一部分。与此同时,大量现实中的都市女性步入都市娱乐空间,成为职业女性,参与到都市现代性的追寻和都市娱乐的新陈代谢之中。在这一过程中,女性的主体性得以彰显,无论是从画面中还是从舞台上,女性的主体性正是在"看"与"被看"的过程中被激起,画报与舞台也为都市中的女性欲望与女性主体提供了空间,这些新的女性形象重新定义了"健康"与"美丽",成为都市新女性模仿的对象。同时,这些形象也引起人们对于都市现代性的诸多想象,成为都市现代性的表征。现实中的歌舞演员,本身作为新一代的职业女性出现,她们中的优秀者成功跻身电影行业,这些都属于女性解放话语中的一环。另一方面,在都市娱乐空间中,"看"的背后始终存在着男性观众"色情的凝视",正是有着这样一种"凝视"的存在,歌舞在大众娱乐化的过程中,公共空间中的女性身体才不断地被建构成为"欲望的载体",成为"提供视觉享受的奇观"和"表达私人幻想、公共焦虑、难解压力和矛盾的文本空间"。[111]所以,"健康、美丽"与"色情、欲望"这对矛盾的根本差异在于性别观赏的不同,但两者的此起彼伏却呈现在一定的历史进程之中。在这一进程中,女性的主体性能在不同层面上得以凸显,然而这些女性仍然没有如妇女解放者所倡导的那样得到真正意义的解放,都市现代性带给女性解放话语的同时,也伴随着新的束缚与藩篱。

---

[1] 《良友》的英文名为 *The Young Companion*。

[2] 吴昊:《都会摩登——月份牌:1910S—1930S》,香港三联书店,1994 年,第 8 页。

［3］ 同上，第 26 页。

［4］ 邓明、高艳：《老月份牌年画：最后一瞥》，上海画报出版社，2003 年，第 21 页。

［5］ 关于清末妇女时装的演变可参见罗苏文：《论清末上海都市女装的演变（1880—1910）》，载游鉴明主编：《无声之声（Ⅱ）：近代中国的妇女与社会（1600—1950）》，中央研究院近代史研究所，2003 年，第 109—140 页。

［6］ 张爱玲：《更衣记》，载《流言》，广东花城出版社，1997 年，第 15 页。

［7］ 鲁迅：《绘画杂论》，载《鲁迅的声音：鲁迅演讲全集 1912—1936》，珠海出版社，2007 年，第 199 页。

［8］ 吴昊：《都会摩登——月份牌：1910S—1930S》，第 48 页。

［9］ 邓明、高艳：《老月份牌年画：最后一瞥》，第 63 页。

［10］ 同上，第 62 页。

［11］ 吴昊：《都会摩登——月份牌：1910S—1930S》，第 37 页。

［12］ 素素：《浮世绘影：老月份牌中的上海生活》，三联书店，2000 年，第 89 页。

［13］ 同上，第 83 页。

［14］ 邓明、高艳：《老月份牌年画：最后一瞥》，第 68 页。

［15］ 《良友》，第四期，第 12、13 页。

［16］ 《良友》，第二期，第 19 页。

［17］ 《良友》，第二十期，第 28、29 页。

［18］ 《良友》，第四十五期，第 24 页。

［19］ 《良友》，第九期，第 10、11 页。

［20］ 《良友》，第六十一期，第 36 页。

［21］ 《良友》，第六十二期，第 35 页。

［22］ 《良友》，第十三期，第 33 页。

［23］ 《良友》，第六十一期，第 37 页。

［24］ 《良友》，第三十期，第 33 页。

［25］ 《良友》，第四十期，第 29 页。

［26］ 《良友》，第一〇二期，第 30、31 页。

［27］ 关于女性"健康"、"美丽"的叙述常见于民国的报刊之中，相关研究可参见游鉴明：《近代中国女子健美的论述（1920—1940 年代）》，载游鉴明主编：《无声之声（Ⅱ）：近代中国的妇女与社会（1600—1950）》，第 141—172 页。

［28］ 扛日：《现代女子的美（上）》，《星期三》，1933 年，第一卷第 16 期，第 249 页。

［29］ 据当时报道，外国歌舞团的观众大多是外侨，只有少数中国观众，其中一些是研究歌舞剧的人士（如黎锦晖）。但是，《申报》和《良友》等流行媒体都刊登了外国歌舞表演的照片，《申报》对演出的剧目、服饰以及表演的情况都作了详细的报道，所以普通观众即或没有亲自观摩，也能通过报纸等新闻媒了解详情。

［30］ 阳冰：《跳舞家但尼丝昨日起开始表演》，《申报》，1925 年 11 月 17 日，本埠增刊第

3 版。

[31] 焘:《登肯舞蹈表演记》,《申报》,1926 年 12 月 19 日,本埠增刊第 10 版。

[32] 同上。

[33] 涛:《但舞记》,《申报》,1925 年 11 月 28 日,本埠增刊第 4 版。

[34] 涛:《"沙乐美"舞剧之复演》,《申报》,1926 年 3 月 29 日,本埠增刊第 4 版。

[35] 涛:《三记但尼丝舞团跳舞》,《申报》,1925 年 11 月 25 日,本埠增刊第 4 版。

[36] 涛:《卡尔登跳舞五纪》,《申报》,1926 年 3 月 30 日,本埠增刊第 4 版。

[37] 焘:《登肯跳舞的意义》,《申报》,1926 年 12 月 17 日,本埠增刊第 9 版。

[38] 焘:《爱玛登肯访问记》,《申报》,1926 年 12 月 19 日,本埠增刊第 10 版。

[39] 同上。

[40] 张亦菴:《观登肯舞之杂碎话》,《申报》,1926 年 12 月 23 日,本埠增刊第 3 版。

[41] 黎锦晖:《我和明月社》(上),《文化史料》,第 3 辑,第 119、124 页。

[42] 张玉法、李又宁:《中国妇女史论文集》,台湾商务印书馆,1981 年,第 301 页。

[43] 荒砂、孟燕:《上海妇女志》,上海社会科学院出版社,2000 年,第 454 页。

[44] 同上,第 456 页。

[45] 童志强:《上海百年文化史》,上海科学技术文献出版社,2002 年,第 709 页。

[46] 郁幕侠:《上海鳞爪》,上海书店出版社,1998 年,第 22 页。

[47] 见各日《申报》本埠增刊。

[48] 关于黎锦晖的研究,可参见孙继南:《黎锦晖评传》,人民音乐出版社,1993 年;孙继南:《黎锦晖与黎派音乐》,上海音乐学院出版社,2007 年。

[49] 此时黎锦晖兼任中华书局文学部部长。

[50] 可参见吉诚:《葡萄仙子之今昔观》,《申报》,1927 年 7 月 9 日,第 16 版;黎锦晖:《我和明月社》(上),《文化史料》,第 3 辑,第 114 页。

[51] 黎锦晖:《我和明月社》(上),《文化史料》,第 3 辑,第 113 页。

[52] 1921 年由王芳镇、杨九寰、陶天杏、贾存鉴等发起组成。1923 年黎锦晖任实验剧社社长,同年 11 月设立儿童部,该剧社以推动新剧为主旨。

[53] 李文华:《评实验社之歌剧〈葡萄仙子〉》,《申报》,1924 年 1 月 9 日,第 18 版。

[54] 黎锦晖:《我和明月社》(上),《文化史料》,第 3 辑,第 97—98 页。

[55] 黎明晖:《我早年的艺术生涯》,《湘潭县文史》,第六辑,第 359 页。

[56] 王人美(解波整理):《我的成名与不幸——王人美回忆录》,上海文艺出版社,1985 年,第 43 页。

[57] 黎明晖:《我早年的艺术生涯》,《湘潭县文史》,第六辑,第 358 页。

[58] 黎明晖演唱的歌曲《毛毛雨》被认为是中国最早的流行歌曲。

[59] "飞波姐儿"的造型是 1920 年代美国爵士文化摩登女性的典型造型。详细分析见周惠玲:《投射好莱坞、想象热女郎》,载游鉴明主编:《无声之声(Ⅲ):近代中国的妇女与文化》,第 251 页。

[60] 王人美：《我的成名与不幸》，第 45 页。

[61] 黎明晖：《我早年的艺术生涯》，《湘潭县文史》，第六辑，第 358 页。

[62] 《申报》，1927 年 6 月 1 日，本埠增刊第 4 版。

[63] 黎锦晖：《我和明月社》(上)，《文化史料》，第 3 辑，第 116 页。

[64] 《申报》，1927 年 5 月 24 日，本埠增刊第 1 版。

[65] 佛：《参观中华歌舞学校试演可怜的秋香》，《申报》，1927 年 5 月 26 日，第 15 版。

[66] 《申报》，1927 年 5 月 18 日，本埠增刊第 2 版。

[67] 《申报》，1927 年 5 月 24 日，本埠增刊第 2 版。

[68] 经济上由于演出大多是义演，收入不大但开支大；政治上北伐军入沪，当时政治混乱，中华歌舞专门学校更换旗帜引起租界不满。见黎锦晖：《我和明月社》(上)，《文化史料》，第 3 辑，第 127 页。

[69] 金华亭：《参观歌舞大会记(一)》，《申报》，1927 年 7 月 3 日，第 17 版"自由谈"。

[70] 见《申报》1927 年 6 月 30 日至 7 月 4 日的广告。

[71] 《申报》，1927 年 6 月 27 日，本埠增刊第 1 版。

[72] 金华亭：《参观歌舞大会记(一)》，《申报》，1927 年 7 月 3 日，第 17 版"自由谈"。

[73] 分别见《申报》7 月 3 日到 6 日"自由谈"。

[74] 金华亭：《参观歌舞大会记(一)》，《申报》，1927 年 7 月 3 日，第 17 版"自由谈"。

[75] 金华亭：《参观歌舞大会记(四)》，《申报》，1927 年 7 月 6 日，第 16 版"自由谈"。

[76] 《申报》，1927 年 7 月 7 日，本埠增刊第 2 版。

[77] 《申报》，1927 年 7 月 20 日，本埠增刊第 1 版。

[78] 《申报》，1927 年 7 月 24 日，本埠增刊第 2 版。

[79] 周瘦鹃：《曼歌倩舞录》，《申报》，1927 年 7 月 25 日，第 13 版"自由谈"。

[80] 吉诚：《葡萄仙子之今昔观》，《申报》，1927 年 7 月 9 日，第 16 版"自由谈"。

[81] 魏萦波：《一个职业歌舞团的诞生》，《文史资料选辑》，第九十七辑，第 197—206 页。

[82] 1930 年更名为梅花歌舞剧团。

[83] 《申报》，1928 年 4 月 22 日，本埠增刊第 2 版。

[84] 可见《申报》1928 年 4 月 10 日至 14 日的广告。

[85] 可见《申报》1928 年 5 月 2 日至 6 日的广告。

[86] 焘：《新歌剧〈春之生日〉》，《申报》，1927 年 6 月 8 日，本埠增刊第 4 版。

[87] 《申报》，1930 年 7 月 23 日，本埠增刊第 3 版。

[88] 《申报》，1930 年 12 月 20 日，本埠增刊第 11 版。

[89] 《申报》，1931 年 1 月 31 日，本埠增刊第 7 版。

[90] 《申报》，1931 年 7 月 24 日，本埠增刊第 5 版。

[91] 《申报》，1931 年 12 月 2 日，本埠增刊第 9 版。

[92] 《申报》，1932 年 8 月 4 日，本埠增刊第 5 版。

[93] 《申报》，1932 年 11 月 22 日，本埠增刊第 7 版。

[94] 《申报》,1933 年 3 月 21 日,本埠增刊第 8 版。

[95] 《申报》,1934 年 5 月 25 日,本埠增刊第 11 版。

[96] 《申报》,1934 年 11 月 25 日,本埠增刊第 11 版。

[97] 《申报》,1934 年 11 月 29 日,本埠增刊第 12 版。

[98] 《申报》,1930 年 3 月 20 日,本埠增刊第 5 版。

[99] 王人美:《我的成名与不幸》,第 61 页。

[100] 章枚:《音乐艺术往哪儿去?》,《音乐教育》,1935 年第 4 卷第 8 期,第 34 页。

[101] 即联华歌舞班,黎锦晖亲自带团到平津、东北巡演后,回沪与联华影业公司一起创办的歌舞班,主要人员均来自明月歌舞团。

[102] 鲁迅:《沉滓的泛起》,《鲁迅全集》,第 3 卷,北京:人民文学出版社,1981 年,第 325 页。

[103] 聂耳:《中国歌舞短论》,《聂耳全集》(下),北京:文化艺术出版社,1985 年,第 48 页。原刊登于 1932 年 7 月 22 日上海《电影艺术》第三期。

[104] 黎锦晖:《我和明月社》(下),《文化史料》,第 4 辑,第 235 页。

[105] 《时报》,1932 年 8 月 10 日,副刊"电影时报"第 5 版。

[106] 郁慕侠:《上海鳞爪》,第 38 页。

[107] 从明月社走出的电影女演员有:黎明晖、薛玲仙、王人美、黎莉莉、胡笳、徐来、许曼丽、白虹、黎明健、周璇、胡枫、张静、严斐、欧阳红缨、周曼华、李红等。从梅花歌舞团走出的电影女演员有:龚秋霞、严月娴、潘文霞、潘文娟、徐桀莺等。

[108] 关于电影女演员的研究,可参见万笑男:《上升的明星? 堕落的女性?——1920 年代上海的电影女明星》,《华东师范大学学报》(哲学社会科学版),2008 年第 2 期。

[109] 《都会的刺激》,《良友》,第八十五期,第 14 页。

[110] 其实在商业广告中也有以"健康"为噱头的,只不过此时所宣传的"健康"实质是为"欲望"服务。而在精英的叙述中,由于对国族话语的重视和对大众文化流弊的忧虑,他们对都市空间中女性身体的抨击也恰恰是集中在对"欲望"这一身体形态的抨击。

[111] 张英进:《中国早期画报对女性身体的表现和消费》,载姜进主编:《都市文化中的现代中国》,上海:华东师范大学出版社,2007 年,第 72 页。

(图片来源:《都会摩登》、《良友》、《北洋画报》)

第二部分

都市奇观：摩登女郎的登场

在摩登女郎与女画家之间：
民初上海现代性文化的重新定位

曹星原

随着 1865 年上海开埠，西方文化在上海渐渐造成了影响。但只局限在电灯、电话、汽车、教堂、珂罗版印刷等方面。与此同时，象征着现代社会的种种因素，诸如公共卫生运动、相对普及的西式美术教育、伴随着新文化运动产生的专为女性开办的西式服装店等等，尤其是在女性的服装上所作的文章，也从风俗习惯和人情市貌的角度更新了上海的形象。表征着社会文化景观变化的"摩登女郎"，其阶级成分、文化背景以及摩登身份所扮演的社会角色都良莠齐陈地充斥于社会的各个角落。因此"摩登女郎"和"摩登女郎"油画所造成的视觉冲击力，几乎成为新文化运动的文化象征。

出没于拔地而起的高楼大厦，以世纪新宠汽车代步或乘高贵典雅的洋车飞驰于人群闹市的"摩登女郎"，使民国初年的上海更为诱人，更充分地体现了东方现代都市的风韵。美丽的年轻女性穿着以贴身剪裁的旗袍为主的衣装，摇曳着婀娜的腰肢，在世人眼中留下了令人惊叹的异邦情调和超时代感觉。但是同样的"摩登女郎"，在当时流连于上海的西方人眼里，却流溢着无限的东方矫饰情调和慵懒气息。穿梭于大街小巷中的"摩登女郎"，一方面成了流溢着自由空气的现代文化代言人气息的他者，另一方面，"摩登女郎"的出现将中国社会划分成了传统和现代有着鲜明对比的两部分。正如茅盾在他《子夜》中所描绘的区别那样："常和林佩珊，张素素一般都市摩登女郎相处的吴芝生,当然无从猜度到四小姐那样的旧式'闺秀'的幽怨感触。"[1]伴随着"摩登"运动的深化,油画及一系列西方的文化"附件"走向中国。尤其是传自西方的油画,更是高级"摩登"文化附件中的重要组成部分,是时髦人士趋之若鹜的目标,恰如矛盾在小说中所描述的:"吴少奶奶……抬起头来向左右顾盼。小客厅里的一切是华丽的,投合着任何时髦女子的心理:壁上的大幅油画,架上的古玩,瓶里的鲜花……"[2]

这一切都标志着一次审美意识形态的变革,而且是一次社会性的革命导致的审美意识的变革。这个时期时装上追求的目标是"摩登",它不再是回鹘小袖对天宝(公元 742—756)以后大唐服饰文化的局部装饰性的影响,而是象征了文化上和政治上自觉自愿的彻底改变。作为现代运动核心的教育普及和男女平等所造就的女学生、女画家等新兴的女性形象,成为上海"摩登"的代言人。摩登女郎的出现,传自于西方的油画,油画表现的摩登和摩登女郎的油画普及现象,代表了 20 世纪初知识分子在文化上的追求及其全社会的革命性的变化和大众口味的变化。虽然这时对"摩登"的追求是经历过两次鸦片战争之后无奈中的选择,期望以"夷之长技"强我中华,但是在试图实现这个梦想的过程中,年轻的民国选择了带领社会的各个方面走向"摩登"。

在这一摩登时代中,最有代表性的是作为改造社会手段的国民教育的普及,它随之带动了文化的重要一环——美术也走向了"摩登",更以"摩登"的教育方式为蓝图建立了美术学校及其相关社团。在这摩登和走向摩登的风潮中,带有"科学性"和理性观察方法的油画,被当作"现代"文化现象的首选。能真实表现客观对象的油画被作为"摩登"美术教育的制高点,描绘摩登女性的油画或摩登女性画的油画更是成为新建构的"摩登"社会的文化宣传牌。这时的油画不再是服务于清朝宫廷、随着帝王的欣赏口味而调整画法的郎世宁(Giuseppe Castiglione,1688—1766)派油画(这一派油画也可以称作为从视觉习惯上强调民族化的油画),而是伴随着清帝逊位、民国建立、白话文运动、新文学运动、新文化运动等等而出现的现代油画,它针对社会风貌的改变绘制了一个大清帝国崩溃之后的中华文化的新舆图。

本文论述中的"摩登女郎与女画家"所指的是四种摩登女性现象:1)男

性画家笔下身着摩登服饰的女性；2）男性画家笔下的以摩登女郎形象出现的女画家；3）女性画家笔下的女性；4）女性画家笔下的女画家。同时，本文试图通过对上述几方面的论述来肯定一点：摩登女郎未必知画，但是油画女郎必然摩登。本文还以摩登女郎和女油画家为例来论证重述摩登的目的——旨在强调中国自己的文脉在现代时期的改造、变化和发展，而绝不是通过对现代的重述将中国文化体系纳入从欧洲中心论出发的现代社会话语体系之中。当然，20世纪初的中国社会改造在很大程度上是西方现代运动的伴生物——对扩张思想的对抗和对协商方式的寻求。但是，虽然中国的现代化大幅度地接受了西方的影响，其目的却是为了走出帝王制度，主动成为独立而平等的现代社会成员。

一　重访、重述还是重写"摩登"？

什么是摩登？如果摩登二字是英文 modern 的汉译，我们就必须对摩登这两个字的内涵和外延，在20世纪初特定的中国人文环境中重新加以界说。自20世纪末以来，许多学者正在以一种新的叙事模式对中国文化加以研究，也就是以现代性话语为核心概念，重述中国自鸦片战争以来的文化图谱。在这一叙事模式下，摩登应为 modernity，运用这一模式的学者们，试图以现代性讨论为话语环境来重述20世纪初的文化状态。

摩登首先指的是一个文化时期——即所谓的摩登时代。在英文用法中，"摩登"常常用来指当下、目前等概念，如"modern English"指的是眼下流行的英语习惯和用法。但是在我们现在的讨论中，"摩登"一词却常常限于用来表示自上海开埠（鸦片战争前夕）到第二次世界大战前后这一时段。在中国文化环境下，20世纪初上海的"摩登"概念与"现代性话语"中所包含的整体生活方式、社会结构以及哲学观点所取向的"现代性"并不相同，相反，它描述的只是民国初年少数几个大城市的局部文化现象。本文选择"摩登女郎"和女性油画作为讨论中心的原因就在于论述这种"摩登"的局部性特征。同时，又由于"摩登"二字常常用在带有某种暧昧意味的场合来表明某种艺术风格或时尚,如"摩登女郎",因此,学者们在讨论艺术、电影或其他文化和社会问题时,常用"现代"一词来回避这种暧昧性。如"摩登艺术"一向被译为有别于当代艺术的"现代艺术",似乎"摩登"二字在学术上有欠严肃的意味。作为本文的研究中心,"摩登女郎"陈述的是西方现代文化对中国局部的影响而随之出现的"现代"风貌,"摩登女郎"不是社会的普遍现象,而仅仅只是上海的局部文化现象。

我们面对的是一个重要的选择:是重访、重述还是重写"摩登"? 笔者通过对油画与摩登女郎的讨论,达到有别于陈思和、王晓明在20世纪80年代末90年代初提出"重写文学史"口号那样"重写"上海文化史的目的。他们所提出的对现代的重写是将近代和现代文化之间做一个整体性的重写,而他们的"整体"本身的理论核心是通过"重写"而形成一个完整的"二十世纪的中国文学"。[3]90年代末,持同样观点的还有王一川,他在《现代性文学:中国文学的新传统》(1998)中也提出了"现代性文学"概念。这一概念强调对近现代两个时期的整体文化的"整体性"加以定位,其中,更重要的是他对"重写"整体性的定义:用现代性话语来重组中国进入统一世界史的文学历程。所谓的整体性的"整体"概念,其着重点落在了西方在这两个时期对中国的影响,而忽略了自我发展的需要。一味地强调外来影响,将自己一厢情愿地归入他人的整体性的同时,陷入了自我的否定或矮化。这一所谓的现代性重述从哲学的渊源看类似黑格尔的"主人—奴隶关系辩证法"(master-slave dialectic)的延续。科耶夫(Alexandre Vladimirovitch Kojevnikov,简称Kojeve,1902—1968)从黑格尔的"主人—奴隶关系辩证法"(master-slave dialectic)入手,指出现代性的基本逻辑(或说动力)是"争取承认的斗争",也就是所谓争得西方对东方文化的"承认的政治",其重要之处是指出西方现代性的逻辑和最终的结果。[4]这一结果的核心是建立一个以欧洲的启蒙运动思想为中心的世界文化体系。这一逻辑所重述的是一场奴隶(即一切在民族、种族、阶级、性别等方面被逼迫的人——受到控制、影响的东方文化)向主人(西欧自启蒙运动以来的现代叙述模式)争取自己失去的人性及争取被"承认"为平等自由者的历史。如果我们现代性重述的目的如此,那么,我们又一次将自己的自我叙述权利交给了西方。

在走向摩登的过程中，我们看到的是"自严复翻译《天演论》以来，进化史观被不断介绍引进中国，对近代中国人的历史观、世界观产生了巨大的影响。……无数志士仁人所追求的梦想就是要达到欧美模式所界定的'高级'或'先进'文明形态。这不仅仅是一种认识，而且被社会精英付诸实践，改变了中国社会文化的形态"。[5]这种现象与早期启蒙运动哲学家在不很了解中国时反而对中国文化与社会憧憬的情况相像。通过大约一百年我们对西方的逐步接近的了解，我们所没看到的，至今仍然不十分明了的是，在重述现代时，未能先讨论西方所界定的"摩登"概念的政治内涵。"摩登"这一概念在近百年的语境中出现时，并非如它表面所显示的那样体现了非政治的科学技术探讨性和文化社会的开明性，相反，所谓的"现代性"和"全球化"乃是西方中心论所产出的两个孪生子。从殖民思维的角度来看，"摩登"被认为是西方文化在全球的彻底胜利。这一从西方中心论的地平线上所升起的'现代性'具有彻底的排他性，是产生于中世纪，后来扩散向全世界的又一"欧洲'观念'"。[6]因此，在现代性的重述中，我们不能不警惕文化的民族虚无主义，也不能不警惕通过对摩登的重述而再次使自我陷落到不自知的文化殖民中去的危险。

沿用西方重述现代性的理论产生的所谓重写的结果不是重写，而是通过重述西方中心论在现代运动中的作用，而重述了西方对中国现代化进程的主导作用。相反，本文企图论证的是，民国初年的政治体系和结构所发生的巨大变化，从帝制走向民主制，这种对欧美现代社会模式的借用并非由于西方的殖民文化在中国的制度化，而应该理解为中国对民主制度的借用而非全盘放弃自我的皈依。通过借用，中国推翻了王权，建立了共和制度的社会，并且以法国大革命的彻底精神将社会的每一个角落进行了现代性的改造。这一文化上的巨大变革，可以媲美于两百年前法国哲学家受到中国思想的启发而发起的启蒙运动以及随之带来的工业革命和现代文化运动。本文希望通过对上海摩登的重述达到改写由于套用"西方中心"思维而陷入自我文化殖民的现代文化运动。

首先,让我们来看西方文化是如何"借用"他者的文化成果的。西方学习他人之法不同于我们近几十年的做法,动辄奉出西洋大人云,东洋圣人曰。西方一向是将从中国或其他文化体系学到的知识和经验元素化,然后将这些肢解了的元素糅合,并通过在西方文化体系内部的重述而使之成为其体系的一部分,从而达到自我的强化和完整化。如西方对中国的系统学习就可以追溯到 16 世纪,随着意大利和葡萄牙的耶稣会士来到中国,西方也在此寻找到了启蒙运动哲学家所崇拜的儒学来装备自己。随后,西班牙的胡安·冈萨雷斯·德·门多萨(Juan González de Mendoza,约 1540—1617)的《中华大帝国史》于 1588 年问世,这部书被誉为汉学的第一部著作。虽然门多萨没有能够来中国,但是他受教皇之委托,根据其收集、整理的传教士的文件、书信、日记、报告等多年积累的文献,以及已经翻译成欧洲各种文字的关于中国的书籍,对中国的政治、历史、地理、文字、教育、科学、军事、矿产资源、物产、衣食住行、风俗习惯等第一次作了百科全书式的介绍。本书先后以七种不同的欧洲文字印行,风靡欧洲,对启蒙运动产生了极大的作用。[7] 耶稣会领袖的利玛窦(Matteo Ricci, 1552—1610,号西泰,又号清泰、西江。明代士大夫尊称他为"泰西儒士")不但与徐光启合译了《几何原理》、《天学实义》等书,更重要的是把《四书》等中国文化经典译成了西文,他和莱布尼茨的许多往来信件,使中国文化对西方科学和哲学产生了重要影响。与其先后到达中国的著名的耶稣会士,都对中国及其文化有着很深的了解与研究,并著书立说,为传播中国文化、推动西学东渐作出了贡献。[8] 正如夏瑞春在他的《德国思想家论中国》中说到"没有中国的影响,法国启蒙运动时期的哲学家简直是无法想象的。……莱布尼茨曾经如同伏尔泰那样是个狂热的中国崇拜者"。[9] 整个 20 世纪,尤其是 20 世纪初的西方现代文化运动,西方都以世界各国的文化遗产作为自我文化更新的源泉,如梵高就借自日本浮世绘的色彩、构图和强烈对比中的绘画平面性(图 1)。在此,笔者不得不对西人表示敬意,因为不但从来没有西人自我标榜为"浮世绘派",相反,西方现代艺术运动通过借用他者和对自我的重述,又一次更新了自己的文化——最终走入现代文化时期并反过来影响全世界。

图1　左：安藤广重，《梅园》(木板 33.659×21.91 cm)，布鲁克林博物馆
　　　右：梵高，临摹安藤广重的《梅园》(55×46 cm)，阿姆斯特丹，梵高博物馆

　　1915年新文化运动开始时，新知识分子大多把法国启蒙思想当作理想状态和西方(英美)自由民主的进一步发展。正因为如此，陈独秀把法兰西视为欧洲文明之母，把"人权说"、"进化论"和"社会主义"说成是西方近代思想最重要的三大成就。[10]伴随着中华民国的建立而广泛推行的"新文化"运动，实际上是在"启蒙运动"的思想基础上、以西方现代社会为模式的社会改造运动。在这一运动中，抵抗"宗教(政治)专制"而走向理性和民主被认为是法国18世纪的"启蒙运动"以及以启蒙运动为核心的现代性思想的核心之一。而在"启蒙运动"中，法国当时的哲学家们，如伏尔泰(Voltaire, 1694—1778)，所受到的影响之一却是中国的儒家哲学思想。[11]推翻专制的满清政权，走向民主并建设一个现代化社会是中国20世纪初的资产阶级民主主义革命以及其所建立的中华民国的宗旨之一，而中国在这时所受到的最重要的哲学影响却是法国"启蒙主义思想"以及基于这一思想产生的"进化论"和随之出现的现代运动。

　　如果说西方对现代性的重述是为了在重述的过程中再次找到以西方为主体的自我，那么中国的现代性重述的目的放置在"获得西方的认可"之上，等于又一次用别人的生长过程当做是万劫不变的真理来证明了自己成长的失败。用李欧梵套用哈伯马斯对西方现代运动的评价的话来说就是"在中国不管是民族国家的想象还是公共领域的建构，严格地说都没有完成，因此他把中国的现代性称为'未完成的现代性'。而其间的问题就出在民族共同体想象与公共领域之间的错位关系上，中国的民族国家想象并不是基于公共领域，而是由国家政府主导，反过来，公共领域的建构也没有达到公开论政的民主目的"。[12]

我们借用西方的论说方式来重述我们对西方的借用，其结果只能够证明我们自己失败地借用了在西方"未能完成的现代性的"双重失败。经过百年的努力，中国在封建王朝和民主政治的社会结构之间寻求自己的定位已经大有斩获，自 20 世纪 90 年代以来，国内学术界争先恐后地加入了对现代性的讨论。但是，西方研究中国的学者们对中国的"现代性"却持有怀疑态度。多年来，西方的学术界不但习惯性地将中国作为一个走向现代的失败的例证，更从各个角度，各个层次著书立说，以证明中国尚未成为"现代国家"。例如，著名的汉学家，美国历史学会主席史景迁（Jonathan D. Spence）就曾将中国历史称为"革命与演进"的历史。他在其最畅销的历史教科书《寻找现代中国》的结尾部分以他的人文学派史学观界定了什么是"现代国家"之后说道："我乐于相信（如同我上述所定义的）现代国家已存在于公元 1600 年或更早些以及此后的任何时段。但是，无论是这个时段中的哪一部分，以至于 20 世纪末，中国从未成为'现代国家'之一员。"[13]"摩登"俱乐部的主管根本没接受中国成为其会员，中国却一厢情愿地以会员自居，并大谈入会百年的荣光。

从人文科学的角度看，对西方的学习，要学的应该是西方的叙述方法，学习西方如何一再地通过自我重述达到自我建构。自从启蒙运动以来，西方文化经历的正是其哲学家、社会活动家和革命家在对他人的借用，或者研究他人的同时，把别人的变成自己的，更把借用于他人的文化元素化为自己的文化力量。如法国汉学家戴密薇（Paul Demieville，1894—1979）就很坦然地宣称，中国学在西方骨子里是一门法国的学科。他所指的意思很明显：虽然文献材料是中国的,但是研究的方法是法国的,是法国式的思维方式处理了这些原材料。[14]广言之,中国学(汉学)在西方是西方的学科,是把中国哲学、语言、历史等纳入西方的阐述体系之中的西方学科。民国建立在对传统的批判和对传统的发展的基础上,民国的现代社会只能够在几千年的传统之上加以改造性地建立,所以,我们在进行"现代重述"时,一定不可不警惕民族历史虚无论。产生民族历史虚无论的原因多样,清王朝政治、军事以及外交的衰落无法直面当时世界出现的各种问题,进而导致了整个中国的磨难,因此,"打倒满清"在当时等同成了"打倒传统"。百年之后回溯 20 世纪初,我们的现代重述必须头脑清醒,整个 20 世纪我们都在学习西方,我们完全没有意识到 20 世纪也是西方(如果我们可以笼统地称英、法、德、美为西方)学习他者的世纪。当我们再次借用西方论述现代性的学术思维和方法论,将 20 世纪社会的改变涂写成向西方竭力接轨的努力时,我们距离"中国人 20 世纪的中国学研究是西方的学科"的说法也就的确不遥远了。借鉴局部西方文化元素用于中国社会改造绝非等同于中国在 20 世纪有着整体性的"西方现代性的"文化发展特征。不同于印度或其他前殖民国家与西方的关系:西方统治了这些殖民地的行政和文化,而中国与西方从未建立过那种主仆关系。尤其是中国文化一向是自成体系地独立于所谓的西方主流文化之外,它不是受到了奴役的殖民文化,更无法也无需通过重述现代性而将中国叙述成西方的附属。这种独立地位绝不像某些学者所说的那样,"自洋务运动以来,中国人一直在世界现代性的推动下,用最新的理论话语来重新认识、想象、规划中国的历史、现代、未来"。[15]中国在 20 世纪初对现代型社会的追求的目的,不是为了使中国成为西方文化主流的一部分,而是为了使中国脱离帝王专制的统治,在中国建立一个现代的民主社会。恰如萨伊德在他的《文化与帝国主义》中所指的那样,"为自己的一席之地而奋争的人们"要通过"解放和启蒙的最有力的叙述"来达到"融合而非分隔的叙述",这些人们"应是那些过去被排斥在主流之外[者]"。[16]现在要进行的是超越单一中心论的文化叙述,而不是以"现代性"的名义重复叙述着旧有的殖民主义结构,并将这一结构接纳为自我文化体系内部的"隐性殖民逻辑",不是为自己争取到了失去的人性和自己争取到了被"承认"而狂欢。因此,本文不以现代性叙述模式重述上海"摩登"的文化现象,而力图在对现代性的伪普世和谐逻辑进行批判之后,重述在中国文化语境下的"现代文化现象"在中国历史叙述逻辑中的话语地位。

二 女性与摩登

20世纪初现代社会的建构中,最引人注目的有两个事件:1)激进的女性背离传统家庭模式中妇女所处的位置,走入社会成为"新女性"的代表和象征;2)美术教育机制的建立和普及。比这两个事件更令人目不暇接的则是女性走入社会并成为画家,新女性的形象由于美术教育的公共化而演绎为"摩登"社会的代言人。我们站在今天的角度重述上海的现代性,任务之一就是讨论上海在民初的文化定向。本文对油画与"摩登女郎"的文化关系和文化现象的重述,旨在论证中国在20世纪初由帝制王朝走向共和制的过程中,油画和摩登女郎的形象在很大程度上代表了自西方启蒙运动以来的"现代性"文化在上海的地位,它的出现和发展,一方面批判了传统中的"旧文化",另一方面主动地构建了共和制的新文化。虽然摩登女郎的形象逐渐变成了一个历史名词,但油画却以其强劲的视觉冲击力引领了中国文化启蒙主义者所理解的现代化进程。这个所谓的现代化进程就是以西方现代文化(尤其是科学与民主)为武器批判传统中国文化的过程,在美术的领域里几乎就是在批判一切传统的造型手段和方式的同时,接受并以西方美术教育原理来改造中华民族,并在此基础上建立民族认同。换言之,20世纪初的现代化进程是在全面自我文化批判的基础上达到民族认同。所以对"摩登女郎"所表现出的社会状态的重述,必须建立在现代性叙述模式对中国文化的贴切适用上。

民国初年,上海对带有西方文化色彩的摩登、时髦的追逐,生动地表现了上海文化在20世纪初的改变是以自我需要为主题,外来借鉴为催化剂的主动改变。民国成立前从西方借鉴的因素,没有造成审美意识形态观念的改变，可是20世纪初，由于民国的建立是以启蒙思想为中心来树立新型现代国家形象的，所以，小脚变成了高跟鞋，掩藏女性体型特征的宽袖大袍成了齐膝短袖旗袍，或干脆是束腰低领洋裙。低眉顺眼的东方女人形象也开始从画面内挑逗性的或挑战似的直视观者，画中的女人也高翘着腿，将穿着高跟鞋、染着豆蔻色指甲油的脚趾直指向画外。时尚风潮的改变速度在上海是惊人的，但是真正导致时尚改变的是社会的变化，是源自文化内部对社会改变的渴盼的力量，而不是仅仅由于外来文化在门前徘徊的结果。重要的是，摩登女郎的性向在很大程度上源自女学生、女留学生的打扮，再由她们逐渐影响到市庶民女。当在高等院校中研习油画的女学生以摩登的形象出现时，女性的性别障碍则被超越了。正如班昭、李清照在中国历史上不以其性别特征为颂扬中心，而以其文其诗为流传一样，通过对文化的研究和献身，摩登"西学"的外貌被重叠在女郎的形象之上，使得她们超越了女性的性别限制而被称为特殊的群体——摩登知识女性。

民国初年的摩登和知识的代表特征均表现在与西方的关系密切与否上，正因为如此，英语在上海的大量使用就不可避免，而像"洋泾浜"式的英语这种不伦不类的混生文化现象更是大行其道。如图2中两边红色的文字首先拼错：原应为 Pigeon English，却写成了 Pidgin English。这两个字的中文意思是"洋泾浜英文"，专指开埠后的上海人望文生义，不懂英语的习惯用法，自以为是与时俱进，进入了现代社会，可以自诩小巴黎或东方的巴黎。但在欧洲人眼里，上海却是另一回事，20

图2　图中上部招牌的文字拼写错误不谈，其第三行称"专营皮毛和妇女干洗"（原应为"专营皮毛和女装干洗"）。由于英文的微妙错误，下面招牌第二行也把原应为"楼上有女试衣间"写为"楼上有妇女在歇斯底里"

世纪初的上海更像这个服装定做加干洗店的招牌:它的英文是写给中国人看的,这让欧洲人处于居高临下的位置,图中上部招牌的文字拼写错误不谈,其第三行原应译成"干洗皮毛和女装"却变成了"干洗皮毛和妇女"。由于英文的微妙错误,下面的招牌第二行把原应为"楼上有女试衣间"写成了"楼上有妇女在歇斯底里地发作"。这些文字上的笑料被在上海的西人戏弄性地记录在游记中,一方面充分体现了他们在上海所感受到的文化主宰者的优越性,另一方面矮化并扭曲了民初的现代进程。这时来华的西方人,鲜有懂得汉文、深谙中国文明之道并崇尚中国的。17世纪到中国来寻求理论依据而藉以解决他们在自己文化中遭受的困境的耶稣会士,已经不存在于20世纪的欧洲,更不会出现在20世纪的上海。[17]"洋泾浜"式的英语在中国人的眼里是摩登的标志,在西人的眼里则不同。当我们看到利玛窦16世纪的"洋泾浜"汉字时,我们只是会心一笑,但"洋泾浜"式的英文与"摩登"女郎一样,则不但没引来微笑,相反还被视为低劣文化和落后民族的象征。正如图2所展示的情况那样,对突然而来的西文化和习惯的借用,在产生全新的文化现象——第三文化空间的同时,也无法避免尴尬的文化误解和错译——"洋泾浜"文化现象。这一文化的误解和错译,在语言的表现上被称为"洋泾浜",它在西方人的眼里基本上被诠释为在落后、蒙昧的社会出现的对西方所熟习的文明的拙劣的模仿。摩登女郎和油画女性是西方势力影响中国而产生的文化现象,同时也是中国自民国建立以来,开明的有识之士以启蒙思想为中心努力建立新型国家形象而造成的华丽且摩登的社会文化景观。它们所代表的是社会的变化,是女性社会地位改变的宣言,同时也是走向西方却又永远走不到西方的里程碑标志。

"摩登"于是只是一种社会风潮,它伴随着中国社会从帝王专制走向共和宪政并走进社会的各个角落,渗入人们生活的各个层面。因此无论是拥有高等学历的美术女学生孙多慈,还是新近走入城市的村姑(图3),她们都强烈地向往着成为摩登的一员。尤其在徐悲鸿所作《孙多慈》肖像中(图4),我们可以看到画家将被画者放在一个完全西洋式的画室里:背景中的西方雕塑石膏表明了被画者暧昧的、难以言说的身份——学生、女友或是女模

图3 我家阿妈(保姆)的女儿,黄毛丫头十八变的三个阶段。左:四月份:乡下小姑娘,中:六月份:城市小姐,右:八月份:时髦女郎

图4 徐悲鸿,《孙多慈像》(107×132 cm),1938年

图5 孙多慈,《自画像》,1934年

图6 徐悲鸿,《孙多慈素描像》

特。孙多慈被模棱两可地刻画成女学生或普通的摩登女郎。略带挑逗性、裸露着的、穿着白色长丝袜的小腿、膝盖和大腿露在裙衩下的一角、两条似

动非动悬荡在空中的、穿着白皮鞋的脚……处处透着西洋文化影响下的新型女性的开放不拘。直面观者的双眼泄漏出被画者的身份的主要部分是一个女性,一个摩登女性。男性画家笔下的女性不可避免地表现出男性注目的中心不同于女性画家自我的表白。孙多慈的《自画像》(图5)俨然成为自我赎救的新女性的宣言。同样是直面观众的双眼,但是里面透露的不是被注视的被动而是观察世界的主动。作为普及美术教育推行者的徐悲鸿毕竟是启蒙思想在中国的先行者,摩登的油画女学生形象在他的眼中含有多重社会意义,不可能仅仅以摩登女性的性向出现。他为孙多慈画的素描肖像成了这个才华横溢的女画家的现代个性的写照(图6)。在表现女性艺术家的画中,徐悲鸿为孙多慈画的肖像是他所画的女性肖像中最大的一幅,也是最好的一幅——处于现代生活环境下的文化女性的写照。但是细细读来,我们更能够从另外的角度看到孙多慈对自己的表现和徐悲鸿笔下的孙多慈差异很大。在孙多慈自己的笔下,她毫无疑问是一个严肃的、认真的女画家;她没有强调自己的女性妩媚和娇柔,画的着眼点放在了一个画家的身份上,而不是作为女性的存在。从广义的角度看,与其说这些女画家是被现代社会模式所成就了,还不如说她们是从传统文化女性的依从性局限中逃脱出来了,同时,她们还使女性的特殊权利在摩登时代得到了更充分的发展。

摩登女郎也伴随着服装的改良风气而出现。"瓶腹的正面画着一个女子坐在椅子上拉手风琴,四周的女子、小孩在围观和倾听演奏,这在当时是时髦新鲜的事情。瓷瓶的肩部画着两面交叉放置的旗子,一面是五色,这是中华民国早期的国旗。另一面是十八星旗,经查证,这旗上的十八星原代表全国十八个行省,也曾临时作为中华民国最早的旗帜,在1912年则成为中华民国的陆军旗,这是民国早期陆军旗的珍贵资料。画面左上方有行书题书'美色清华。己未夏洪步余作'。为1919年(民国八年)夏天的作品,时值'五四运动'蓬勃开展,也是新文化运动高涨之际,这件绘着女子奏手风琴画面的瓷瓶,透露出时代新潮的气息。"[18]

在新文化运动思想的指导下,女性走出家门,走入公共领域的思想和社会实践促成了"摩登女郎"现象的出现。"新文化运动"强调的是不满足地不断求新，但是"新"并不等于是"西"。《青年》创刊号的第一页就已经在《社告》中揭示了创刊的宗旨"商権将来所以修身治国之道"。[19]陈独秀在他著名的论述新文化运动的文章中也呐喊道："我们不但对于旧文化不满足，对新文化也要不满足才好；不但对于东方文化不满足，对于西洋文化也要不满足才好；不满足才有创造的余地。"[20]"新文化运动"的另一个重要方面是文化："欧美各国学校里、社会里、家庭里，充满了美术和音乐的乐趣自不待言；就是日本社会及个人的音乐、美术及各种运动、娱乐，也不像我们中国人底生活这样干燥无味。"[21]"摩登女郎"的出现与新文化运动紧密相连，"摩登女郎"本身原是"现代女性"的别名，但是由于"摩登女郎"的概念中含有传统文化中娱乐界女性的意味，反倒把"现代女性"和新女性追求妇女解放的成分改变了，如图7中的摩登女郎即为身着现代服装、举止带有西方风情并专为在上海的西方人提供服务的娱乐界女性。于是，走向社会的女性身份界限逐渐模糊起来。

图 7　摩登女郎

图 8　民国成立后，旗袍在参照西方女裙的基础上一步步地被改造成了"摩登"文化的代言人

民国初年文化的主题定位仍然立足于中国文化的传承，不是也不可能是全盘的西化。无论是身着"旗袍"的摩登女郎手中所执的折叠扇子，还是

其整体气度,都是新型的中国妇女形象,而不是长裙曳地、束腰隆胸的西化妇女形象。图7中的女郎其衣服不过是在中国传统服装的基础上裁掉了妨碍其自由行动的部分,即将袖子裁瘦,使旗袍更为合身、伏贴(图8)。摩登的服装,与传统服装相比,更强调女性的生理特征。在民国初年,受上千年制约的女性角色无法因"摩登女郎"形象的出现而彻底改变,一些"摩登女郎"终究未能从传统的男权统治中自救出来。因而,"摩登女郎"有时不但带有某种难以言说的文化暧昧色彩,同时也包含了更为丰富、更为诡异的难以言说的"风月场中的摩登女郎"。"摩登女郎"更多的是指时髦、新潮以及不为传统观念囿限的女性服饰的品味。但是,如果将"摩登女郎"这个词放在中国的"摩登时代"——20世纪初的历史环境下,我们立刻就会不自觉地以上海为背景来衬托"摩登女郎",似乎时髦而又现代感的女郎从来不存在于上海的十里洋场之外。因此,在某种意义上,"摩登女郎"是20世纪初上海的文化专利,是上海对自己域内的某些女性在文化上进行"洋泾浜"式的改造的结果。[22]服装求新永远是社会的话题,而不能被视为是摩登社会特有的产物。但将服装作为意识形态和社会性质改变的一部分,则是民国初年的"摩登"之举。在民国尚未成立的时候,上海人对时髦的追求只不过是在原有服装上作局部的装饰品的改变。我们常用的"出锋头"一词并非如我们今天所理解的摩登先锋派风格那样,而仅只是时髦的风气之追随而已。著名报人、剧作家汪仲贤曾说:"'出锋头'三字,的确是上海人发明的。流行至今,大概也有二三十年了。那时候上海人的服装正流行洋灰鼠的出锋,时髦朋友都穿洋灰鼠四面出锋的方袖马褂,官府有四面出锋的外套,甚至女人也穿四面出锋的皮袄的。平常人穿不起四面出锋衣服,也要装出一条洋灰鼠出锋领头,藉此表示时髦。"[23]汪仲贤这段材料的重要之处在于他指出了真正意义上的摩登时尚在上海的出现是在民国成立之后。因此,对上海20世纪初社会文化风俗变化的讨论,不能仅仅着眼于西方文化何时进入上海,而更应该定位于内部国情的改变如何导致了文化风潮的变化。虽然上海在19世纪中期已经对西方开埠并允许西方人士和某些文化产品进入上海,但是,将摩登概念普遍化并使摩登得到社会普遍而又主动的回应却应该始于民国建立后。从这个意义上看，文化意识从封建王朝转向共和宪政，社会结构从王朝专治走向经过资产阶级民主革命而建立的共和制度是导致摩登文化现象出现的根本因素。因此，真正摩登时髦的生活习惯是随着民国初年的政治气候的变化而在上海出现的。当然摩登的风气率先在上海，而不是其他城市出现也不是偶然的。早在19世纪末，上海的天主教、基督教会，各国在上海的租界和各类商行协会，都已经在上海为以欧式为主导的摩登社会做好了各个方面的准备。而社会政治和意识形态的改变成为导致时尚改变和带动文化习俗演绎的最终也是最关键的动力。最能代表社会变化的对"时髦"服装的追逐引领了文化风潮的改变，造就了前卫的文化和社会行为。因此，时髦和摩登最能充分体现20世纪初上海在文化上的改变，将传统的旗袍融合借自西方的文化成分，营构了一个摩登的文化现代风潮。

风靡上海的"摩登女郎"包括了众多社会背景下的女性，而非明确定义的某类女性，但她们的普遍特点是高贵、美貌、年轻、西化、穿着现代、见多识广并且开放不拘。摩登女郎形象最初始于留洋后回国的带有女学生味的人群。摩登打扮的新颖和异国的情调，也受到了服务行业的青睐，他们以"精英"女性摩登的打扮做广告，标榜新奇，招徕不同于光顾传统青楼的主顾。

图9 《外国水手和摩登女郎》

图10 《传奇》封面，作者张爱玲

但作为消费对象的"摩登女性",实际上只是现代化中国社会大潮边缘的泡沫而已。她们借用了"摩登"的外貌,进一步点缀了上海"摩登"的社会景观,但她们与明清之际秦淮河上的女郎们并没有多大区别(图9)。无论是出于自愿,还是被动跟随风尚,摩登概念随着民国的成立走入了上海的千家万户。张爱玲小说封面的设计非常形象地表现了生活在现代浪潮边缘的上海人家受"摩登"风吹拂的境况(图10),从此,传统的生活方式将受到摩登风尚的吹拂而逐渐改观。

三 油画女郎——民族自强的标志

伴随着社会体制的改变而发生的生活方式的改变是上海摩登的核心所在。"摩登女郎"(图11)中更多的是天真无邪的正在去学校路上的女学生,是追求新生活、新理念、走出家门的女性对文化和知识的追逐。女学生们的白上衣、黑裙子、齐耳短发和标准统一的双手交叉方式给上海的街道增添了现代的情调,但这并不是西化。西方模式只体现在传统服饰的局部改变上,并没有出现对西方服装的拙劣模仿而产生"洋泾浜"式的窘状。与图8中改

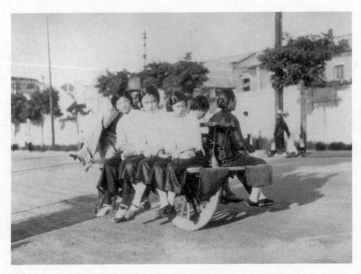

图11 坐在手推车上的少女学生和穿旗袍的女郎

良了的传统服装相比，所谓现代化了的女性服装只不过是制服化了、色彩简洁化了。重要的变化在头部和脚部，女孩子们一律短发——远远地背离了传统方式的高髻，她们也不用再忍受缠脚的痛苦。因此，"摩登女郎"代表的不是阶级和社会身份的差异，而似乎表现的是一种新文化现象——古老的中国与西洋文化接触碰撞之后的产物——一个模糊了阶级界限的时潮。这一产物既体现了传统中国文化适应新环境的生命力和应变力，又体现了局部接受西方文化的宽容态度。它介于中西文化之间，并用带有西方意味的文化新形式向中国民众蛊惑着、诱惑着并且展示着一个新时代的来临——通过将中国欣赏习惯掺和于"洋味"的"摩登"题材中或糅合西方视觉艺术成分与中国题材来表现"新"的女性形象。

这个新的女性形象有自觉和不自觉两类：不自觉的摩登形象的套用是普通女性追逐的潮流，而自觉的形象转化则是新型知识女性的自我标识。社交圈的摩登女性，仰仗的是外表的形象和行为举止的合乎"现代"潮流，而摩登的女油画家，则有意识地以摩登的外貌作为与传统女性社会身份决裂的标志。

"摩登女郎"不是一个社会阶层的定义，也不由女性所属的经济地位决定。摩登女郎只是对"新文化"风潮下的女性外貌变化的表象描述。"摩登女郎"的摩登表象之下掩盖了三种女性：追求并促成了社会变化的知识女性、作为社会变化的直接受益者的女学生和仅有摩登外表的服务业的"摩登"模样的女性。形形色色的"摩登女郎"走上上海现代化的社会舞台，演出了走向现代或反现代的种种社会剧目。只有从两种不同的文化陈述模式入手，才能藉作为新女性形象的摩登女郎说明上海社会的现代性。

"摩登女郎"虽具有西方现代文化影响下的现代性表象，但仍局限于难以言说的、以女性为观赏和想象对象的并带有暧昧成分的题材。另一方面，"摩登女郎"的形象又包括了新型的、自我觉悟的、有独立妇女意识的新女性形象。从视觉文化产品的角度看，含有"摩登女郎"形象的作品几乎囊括了所有传统的、非传统的和标新立异的绘画方式。大多数的视觉艺术品复述了女性在传统中国的社会地位，而小部分作品则界定出了非传统的新妇女的社会存在方式。

描绘新女性的绘画作品也有将其与新"仕女"画混为一谈的窘状。陈独秀曾就摩登女郎和"仕女画"之间的暧昧关系发表过议论,但是却没能讨论清楚:"所以有人反对郑曼陀底仕女画,我以为可以不必;但美术也是抒发人类最高的情感的(罗丹说:'美是人所有的最好的东西之表示,美术就是寻求这个美的'。就是这个意思)。而且宗教是偏于本能的,美术是偏于知识的,所以美术可以代宗教,而合于近代的心理。现在中国没有美术真不得了,这才真是最致命的伤。社会没有美术的趣味,所以社会是干枯的,种种东西都没有美术的趣味,所以种种东西都是干枯的;又何从引起人的最高情感?中国这个地方若缺知识,还可以向西方去借;但若缺美术,那便非由这个地方的人自己创造不可。"[24]虽然中国至少有五千年的绘画史,但是直到20世纪初,在新文化运动的旗帜下,绘画才第一次在中国作为"美术"和社会趣味得以培植和普及。由于新文化运动以批评儒学中不适应现代生活的部分为前提,美术教育在这些中国的启蒙思想者的倡导下便成了构建新型社会文化形象的至宝。

新女性形象——无论是充斥于街巷的摩登女郎,还是高挂在展览会上的摩登女郎形象的绘画——成为现代社会的代言标符,更成了新型女性的呼声。"20世纪初的女权呼声中,有多种多样的声音。清末革命者金天翮在1903年出版的《女界钟》一书中对女子做了重新界定,其实是对'新女性'提出的规范,成为一代人的行为准则。他反对把女子培养成相夫教子的良妻贤母,提出教育应把女子培养成革命的新人。他呼吁受教育的女性应成为:一、高尚纯洁完全天赋之人;二、摆脱压制、自由自在之人;三、思想发达、具有男性之人;四、改造风气、女界先觉之人;五、体质强壮、诞育健儿之人;六、德性纯粹、模范国民之人;七、热心公德、悲悯众生之人;八、坚贞激烈、提倡革命之人。总之,在金天翮对20世纪新女性的展望中,打破了儒家传统中贤妻良母的规范,着力提倡女性应该像男性一样进入公共领域,发挥'女国民'作用,成为建设现代民族国家的生力军。"[25]受到"新女性"思想影响的人士广泛地散布于社会的各个角落,特别是文化艺术界的许多有识之士都将改变女性的社会地位视为己任。而有识有志的女性们更是将文化知识作为走向社会和改变自身地位的重要途径。

所以，当油画一被介绍到中国，就出现了大量的表现现代女性（摩登女性）的作品，而大量的女性也加入了油画的研习行列，这绝不是一个偶然的现象，而是社会在自觉意愿下改变的结果。造成这种文化变化的原因，是渴求改造民族文化以获取对抗外辱的力量，而绝非处于外来压力下的屈从。油画这一外来画种在中国的发展汇入了民族文化的信心、社会变革的历史要求，最终推动着中华文明向着西方式的现代化转变。我们必须强调油画进入中国不是西方列强的殖民文化在中国所结的果，而是中国为了对抗殖民而内部自省自新的媒介，是自我主动寻找民族文化改良和使民族文化走向现代化的途径，也是建立社会新形象的自我表达方式。所以，油画在中国的生根和广泛传播与殖民文化的关系，只能从不同于通常的殖民讨论角度来进行。油画入主中国与佛教艺术融入并改变中原文化的历史相同，是中国的主动寻求，而非外力强加的文化转变。油画的传入一方面标志着西方以工业革命为基础的现代社会在中国的出现，另一方面，它也表明以法国印象派为首的现代绘画思想主导了 20 世纪初近三十年中国走向现代艺术的方向。

在中国走向现代的进程中，美术所扮演的重要角色更能从不同的文化领域中看到。早在民国建立的最初几年，当中国经历了资产阶级革命，并以西方教育为模式将美育作为改变国民性的手段时，各路有识之士就争相从美术中寻找社会改良的突破口。陈寅恪以水墨画记录了 1917 年以美术作为公益事业的一次活动。此件作品的跋文展示了以美术唤起社会良知的新文化取向："1917 年 12 月 1 日，叶玉甫、金巩

图 12　陈寅恪，《读画图》，
1917 年，纸本水墨

伯、陈仲姚、诸君集京师收藏家之所有于中央公园展览七日每日更换。供六七百种。取来观者之费以振京畿水灾,因图其当时读画之景以记盛事。陈寅恪。"更有趣的是作品最前景左边的醒目人物,是一个足蹬高跟鞋、身穿皮氅、头戴类似吕宋帽的"摩登女郎"(图12)。在20世纪初的上海,由摩登女郎来操笔作油画、开办画展,这为已经十分"摩登"的"新"女性更添了西方高雅文化的品位,同时也为不同的女性提供了一个介入"摩登"社会和扮演摩登旗手的机会。比起油画女性来,"摩登女郎"一词包含了更为丰富的民俗内容,但是如果将油画"摩登女郎"形象放在20世纪初的历史环境中,我们就只能从上海试图以走向现代而走向民族自强的背景中,理解油画中的"摩登女郎"现象。油画的写实和再现能力,被作为现代社会客观、开明、理性以及开放平等的标志,油画通过"摩登女性"的形象,更为集中地表现了社会的转型特征。从文化传统到西方影响最后到中西两者在油画中的结合,表述了20世纪初现代文化的特点。虽然我们无法断定图13中女士的身份,但我们可以确定,作品中的女性是现代的,是对自己充满自信的。它不再像民国以前的作品那样竭力将女性的生理特征隐藏于服装之下,不再是歧视或刻意忽视女性特征的艺术表现(图14)。油画笔下所表现的"摩登女郎"是一种新文化现象——它是古老的中国与西洋文化接触碰撞后的产物,表现了传统中国文化的新生命力。油画中的"摩登女郎"也表明新旧社会交接时期的混合型文化正在形成中。这一文化不是对西方文化的生硬移植,而是为了自我更新和改良而对西方文化元素的借用。20世纪初的上海,走向现代和时髦女性形象的制作与使用受到的是东西方双重文化的影响。时髦的女性形象在这一时期出现,一方面延续了男权对文化话语的控制,从而造就了交际型的"摩登女郎",另一方面,现代生活方式所带来的女权意识的觉醒,使得新女性型的"摩登女郎"以摩登的外表给自己找到了社会定位。从摩登女性在油画中的表现到油画作为现代独立女性的自我宣言,现代社会概念在中国已经深入人心。因此,我们对20至30年代上海文化现代性建构的研究,其中最重要的一步就是借用女性主义研究的成果,从语言和文化的角度探讨油画摩登女郎的双重意义——女性地位的确立和对传统女性社会地位的沿袭。

图13　倪贻德,《潘女士像》,1930年　　　　　图14　《女性像》

　　从另一角度看,盲目乐观地认为"摩登女郎"的生活方式说明了中国社会的现代化程度是非常幼稚的。尤其当"摩登女郎"以男性的附属物出现时,这一"现代性"只能是对传统中国男权思想的一种"现代的"包装,而不能作为社会生活总体趋向现代性的标志。屈从于男权文化的"摩登女郎"更具有文化的蒙蔽性。如彻底投降于男权文化并成为男权/父权文化卫道士的班昭(约公元49—约120)及其《女诫》,虽以女性的口吻叙述,其核心却是维护男性权势对女性的全面控制。由于班昭的文采和她对经典的熟知,加之常被召入皇宫教授皇后及诸贵人诵读经史,她才能更有力地"惟经典之所美,贵道德与仁贤",而将女性作为第二性的地位归之于在天之命的左右。所以,我们可以毫不犹豫地说,无论班昭的《女诫》,还是张华的《女史箴》,或是顾恺之画的《女史箴图》,它们都在以男性社会的语言为女性书写行为准则。民国初年的服饰变化源自社会变化的影响,而女学生社会身份的变化则是社会变化的实质。因此,在讨论女性油画时我们必须审视社会结构与女性油画之间的关系。

　　随着女性主义运动的发展以及所关注内容的不断升华、变化,学术界中的女性主义研究逐渐扩展到以往未曾触及的文化层面。初期女性主义学者给予妇女以发言权,从而把妇女当作研究的主体和知识的创造者,重塑了妇女的历史和妇女的社会地位。早期女性主义研究重述了男权社会中妇女的地位——一个屈从、被统治的群体——妇女处于男权社会结构所左右的全然被动的地位,因此,"妇女经验"是屈从和对抗的同义词。这种文化观警醒世人关注妇女问题,但是却主观地赋予了妇女社会客体的身份,忽略了妇女本身固有的社会位置以及她们"以妇女为中心"与男权社会进行权力协商的主动性。无论是罗兰·巴特还是米歇尔·福柯都讨论过语言对意识形态和文化状态的决定性。Simone de Beauvoir 却认为男人和女人是这个世界上最基本的组成单位,而语言仅仅是一种表征符号,因此,她认为单纯从"man-made"这个词溯源语言的性别是没有根据的。但她这种带有结构主义意识的反语言学的性别观点为湖南省江永县的女书所攻陷。女书在湖南江永县上江圩一带以母女相授的方式秘密地、隐晦地传递着、倾诉着女性伦理和女性间慰藉的信息。将女书与《女史箴图》相对照,笔者认为判别"摩登女郎"对 20 世纪初上海文化现代性建构的重要性,在于区分两种不同的"摩登女郎"形象。交际花和社会服务型的摩登女郎在重述男性至上的社会秩序的同时,也在不断地抹杀、改写与遮蔽女性的权利。无论掩盖在多么时髦开放的"摩登女郎"形象下,其本质是继续着父权社会的权力机制。在这种权力机制下,"摩登女郎"文化现象被演化为"无害"的时尚,它进一步强化了妇女的弱势地位,也进一步衬托了开明的中国启蒙男性的雍容大度。传统的中国女性原本没有属于自己的语言,作为男性社会视觉享受的"摩登女郎",在红灯绿酒的映照下再次陷落于中西男权文化和语言的双重辕轭之下。而新文化运动中产生的"摩登"女画家,则处在传统的才女与现代的"摩登女郎"之间。

女性画家极大地利用了"摩登"社会给女性带来的可能性,她们通过跻身于男性语言掌控的父权社会,最终为自己谋得了一个合理的寄身处。Marjorie L. Devault 最早提出了语言性别的概念,她用"以妇女为中心"的女性主义观点批评了我们习以为常的语言:"语言除了具有折射并重述男性宰制女性的不平等权力关系的作用外，更重要的是父权社会的语言，本质上是男性的语言。"[26]她以女性主义的立场，批评语言学中社会文化约定成俗的语言所表达的男权与女性的不平等关系，并以此作为社会研究的又一着眼点。《女史箴》和《女史箴图》现象极为典型地再现了父权社会语境下，传统中国女性共同面临的被迫以微笑接受被奴役、被蹂躏、被侮辱的困境。更严重的是，她们只能无声无息地接受。正如 Shirley Ardener 所说，女人是一个无声的（muted）群体，而 Gayatri Chakravorty Spivak 更是疾呼"失语"了的无声女性无法传递自己的生活经验。女性的失语状态源自语言形式排斥女性经验。已有的语言表达方式没有适用于女性生活和经验表达的词汇和语法。因而，"失语"了的女性，只能不可挽救地落入语不达意的困境。同样，20 世纪初上海女性在高举"摩登"的文化大旗时，仍在无力逃离传统中国的男性话语、男权规范的同时，拥抱了来自西方的歧视女性的文化话语。她们的美丽的存在代言了社会的变化，但未必真正得到了她们所期待的社会地位的改变。中国和西方的男性独揽了 20 世纪初上海"摩登社会"代言人的"权力"，在这一权力关系下，对女性形象"摩登"的刻画不可避免地再次提升了男性的社会主控地位。20 世纪初上海的男性社会是双重的男性社会——西方男性文化对中国男性文化的影响生成了上海现代文化和现代生存状况。正因为如此，艺术作品的主题、概念和理论建构都无时不受到男性语言的政治性代言。但是，当女性拿起画笔施行（perform）男性语言的同时，也在施行的过程中、在"重述"男性语言的过程中重新定义，并将其重写（重叠书写）为带有女性特征的语言。具有传统才女和现代"摩登女郎"双重身份的女画家，则成了"摩登"社会的重要组成部分。

在《上海摩登》一书中，李欧梵提出"现代性"既是概念也是想象，既是核心也是表面，要在大的历史背景中，考察文化是依靠什么制度被生产出来的，注重都市文化的"硬件"，因此需要关注的是：外滩建筑、百货大楼、咖啡馆、电影院、舞厅、公园、跑马场等等文化设施，《东方杂志》、《现代杂志》、《良友》、广告、月份牌等等文化传媒，这些城市的公共构造和公共空间，在 30 年代的上海召唤出了一种集体的文化想象，建构出一片新的都市文化图景；也在今天帮助我们激活了一份想象力，重新描绘出一张上海的文化地图来。在20世纪初，才女兼"摩登"女郎的女油画家，更从新文化的角度激活了中国人对"现代社会"的想象。这一张上海的文化地图表达的不是李欧梵所幻想的"集体的文化想象"，而是民初的文人政客们在从操练模拟科举过渡到操练西方民主的同时，煞费心思地想出的花样。在女性自我意识与性别意识浑沌无知之时，为衬托这些城市的公共构造和公共空间，建构出"摩登"的服饰，由常在公共场合出面的"摩登女郎"开风气之先，进而成为闺阁女界自觉不自觉的模仿对象。"摩登女郎"在20世纪初的上海助推男权秩序重建的同时，施行了语言上的女性词汇。

世纪之交，中国社会在西方摩登(modern)文化推动下的转型，使一体化的父权社会出现了一些裂隙。多元化的女性地位在摩登的文化风潮中找到了自我的同时，也重述了中国文化女性（如李清照）所受到的历史的尊崇。活跃在上海的女油画家，如潘玉良、关紫兰、方君璧等受新文化思想影响的"新女性"油画家，在当时的文化公共空间(Cultural Public Sphere)，不但以"摩登"的油画语言塑造了自我的"摩登形象"，更以清醒的女性觉悟塑造了新型的、精神上和文化上自我拯救的摩登女性形象。图15司徒乔作品中的

图15　司徒乔，《冯伊媚像》，1942年

冯伊媚就是这样一个普通的摩登女郎。这些作品不再是父权社会中为男性的注目和男性的视觉享受所创作的作品，作品中的女性不再是只具备性别标志而无灵魂的女性，而是独立的、自主的现代女性。油画，于是为现代中国女性找到了表达自我独立人格的声音。

进一步讨论，油画中的摩登女性画家从更高的、更主动的层次上界定了新女性的地位。从摩登女郎到摩登的从事绘画的女郎形象在油画中的出

现，象征着在意识形态上，中国社会终于局部地完成了从古代王朝走向现代社会的结构性改变。摩登女性主动参与油画的创作更进一步地重新界定了女性的社会地位。这些女油画家对社会文化活动的主动参与，一方面固然带有传统社会中女才子的影子，但她们走向社会和在公众中的开明形象，更是上海现代社会的最佳说明。关紫蓝（1903—1986，西文名 Violet Kwan）即是女油画家中的佼佼者。在英语中 Violet 的意思是紫萝蓝的颜色，也指紫罗兰。关紫蓝代表的是现代社会中的新型女性，她于 1927 年毕业于上海中华艺术大学西洋画科，师从油画家陈抱一，毕业后赴日深造，其作品曾多次入选日本"二科"美术展、上野美术展、兵库县美术展。1928 年 10 月日本著名杂志《妇人—女士造型艺术》详细推荐了关紫蓝，并对其作品作了高度的评价，这更为"摩登"女郎的现代文化作用加上了强有力的注脚。关紫蓝早在 20 世纪 20 年代就将其油画"地方化"——她所作《L 女士的肖像》（图 16）的造型简约而又具有丰富的表现力，用笔粗犷、简练、色彩明丽而且尽量使用原色。虽说关紫蓝作品的色彩效果无疑是在日本留学时受到了日本浮世绘色彩效果的影响，同时可能也受到了法国后期印象派和野兽派的影响，但笔者认为，更重要的是关紫蓝有意识地在中国民间艺术的色彩和造型中汲取了大量的养分。从陈抱一（1893—1945）给关紫蓝所画的肖像《关紫蓝像》（图 17）中，可以看出关紫蓝也是个典型的"摩登女郎"：齐耳的短发，略有腰身的黑色上衣上不再绣有传统的吉祥图案，而耳边紫蓝色的大花朵或许是画家为她名字设计的双关语——紫蓝。陈抱一的画笔和关紫蓝自己的新式装扮，共同为画中的女性塑造了超越于性别社会定位同时又栖息于性别特点的形象。这件作品表现了一个充满现代气息的女文化人，但是，这个文化人并不一味地追求西方的"摩登"，更不在摩登的旗帜下出售"现代脂粉"，作品叙述了新一代女性在新文化运动中的诞生。不但关紫蓝自己是出自女才子传统的新女性的象征，她的作品更是中西文化交融的代表。她的社会身份和艺术作品从两个不同的角度，阐明了什么是上海的摩登，什么是中国的现代性。

图16 关紫蓝(1903—1986),《L女士的肖像》(1929年,90×75 cm),布面油画,中国美术馆藏

图17 陈抱一,《关紫蓝像》

洋画女画家(女油画家)的出现并不是20世纪的产物,但却是在20世纪初成为妇女解放的标志。许多电影、小说等文艺媒介都在不同程度上关注了这一社会文化现象。如胡蝶饰演的女油画家,从服装到形象都表现了借用西方文化改造中国国民性时的文化趋向。虽然早在19世纪中期就有西式美术教育先驱——土山湾美术工厂,但其建造的初衷并不是为了培养女性艺术家。而在民国初年,由于大量女性进入了西式的教会学校,受到了以现代性精神为核心的自启蒙运动以来逐步发展的西式教育,因而一时间在社会上造成了与此相关的文化呈现,呼唤并构造了中国觉悟了的文化女性群体。尽管众多男性画家的描绘客体仍然是作为性别象征的女人形象,尽管西方人眼中的中国绘画只是男性社会的标志,但知识型、自我觉悟性的女性形象在长久的缺席后终于出场了。如果说关紫蓝和其他女艺术家的"摩登知识女郎"形象以及她们所从事的艺术事业,使得她们"完成了对女性的精神性别的解放和肉体奴役的消除"(戴锦华语),那么,陈抱一携妻带女参观关紫蓝的画展则体现了女性视觉文化话语的建立和女性自我陈述的初步成功。通过油画塑造,20世纪初知识界的"摩登女郎"从文化上和性别上获得了自救,并占据了一席分给妇女的社会空间。走入社会的女性不再仅以肉

体和体能娱乐作为男性社会下的生存方式。

图18　电影《三姐妹》剧照，油画家由胡蝶扮演　　图19　沉醉异国情调中的……沐莲

　　女性走出家门、国门求学，使新女性逃逸了以性别为基础的生存方式，同时这也是激进的中国启蒙运动者们所乐于见到的社会现象。在新文化运动开始不到十年的时间里，许多女性离开中国追求"摩登"文化的源头，这一行为作为女性普度的手段在以上海为代表的中国大城市里蔚然成风。她们大胆地走入社会和男性画家交往，揭开了男权下摩登女性的另一层幕布——男性画家笔下的摩登社会成为摩登女性的形象代言。三种摩登女郎的形象，再一次将中国摩登时代的特点刻画得淋漓尽致：服务行业的女郎，男画家笔下的摩登女郎，男女画家笔下的女性画家，其他艺术手段表现的女画家等等不一而足，它们都共鸣着"现代"的协奏音符。而最能代表社会之"新"变化的当属女画家的形象。无论是电影、绘画还是小报副刊，都突出地表现了这一文化和社会演变的标志（图18和图19）。现实生活中的女画家同样引人注目：1920年，女画家方君璧（1898—1986）成为第一个考入国立巴黎高等美术学校的中国女学生。1924年，方君璧的作品《吹笛女》成为第一个入选巴黎美术展览会的中国女性的作品，当时巴黎各报竞相刊登她的照片和作品，她被誉为"东方杰出的女画家"，《拈花凝思》是她同一时期的另一

代表作。1925年,方君璧回国在广东大学执教,其艺术极为岭南艺术界推崇,国民政府以巨金购买她的作品挂于中山纪念堂。从另一个角度看,众多的女性画家以她们各自不同的出身背景对参与现代社会的建构起到了出人意料的重要作用。

最能代表民国初期社会变化给女性生活带来改变的女画家是潘玉良(1889—1977,图20)。年幼时,潘玉良由于家贫被卖与青楼,后来,幸被潘赞化赎为妾。历史上的才女被赎出青楼偶有记载,更多的是落入风尘的才女由于其才华超越了她们的命运而给她们带来了局限。脍炙人口的薛素素的遭遇(16世纪末—17世纪初)是潘玉良故事的古代版本。据载:"(素素)南都院妓,姿性澹雅。工书,善画兰,时复挟弹走马,翩翩男儿俊态。后从金坛与褒甫玉嘉有约矣,而未果。吾郡沈虎臣德徐竟纳为妾。合欢之夕,郡中沈少司马纯甫、李孝兼伯远偕诸名士送之。姚叔祥有诗云:'管领烟花只此身,尊前惊送得交新。生憎一老少当意,勿谢千金便许人。含泪且成名媛别,离肠不管沈郎嗔。相看自笑同秋叶,妒杀侬家并蒂春。'褒甫恨薛之爽约及沈之攘爱也。"[27]潘玉良的身世和才华使她在民国初年"新文化"运动的氛围下引起了文化和社会敏感人士的关注。他们的关注和帮助在很大程度上成就了潘玉良的艺术追求和成就。将潘玉良赎出妓院的潘赞化是个追求新思想的开明的知识分子,曾参加过同盟会,又是激进革命家陈独秀的老友(潘

图20 潘玉良自画像

图21 潘玉良,《潘赞化速写》

玉良作《潘赞化的速写肖像》,图21)。无论潘赞化是出于传统的文人识才女的想法,还是由于"潘赞化主张男女平权,他对潘玉良的救助和支持,与其说是出于个人的感情,不如说是出于一种信仰和道义",[28]基于对新式社会的期待,开明的男性和寻求自救的女性为推动女性画家登上"摩登"的舞台而共谋。潘玉良的经历从另一个角度折射了民国时的社会和开明人士如何自觉、自发地创造出各种可能性,使社会由古典帝制走向开明的"摩登"。

四　结　论

在20世纪与21世纪世纪之交的流光溢彩、盛世繁华的表象下,在上海民初"摩登女郎"的形象成为怀旧对象的同时,我们对她的重述可以为界定一个新的20世纪史序提供可能性。对20世纪初的摩登女性与国际现代性的"整体性"重述,只强调了中国是整体世界现代性的局部,这使我们丧失了论证20世纪中国社会是建立在自我基础上的探索性的现代社会的理论机缘。虽然有些女性画家(如潘玉良)有着薛涛和李师师的才华与无奈,更有薛素素的经历和遭遇,但是走向现代的中国社会,在20世纪初毕竟给予了她们不同于以往社会的性别自救途径,从而使她们升腾于性别的局限之上。基于中国的才女在历史上的地位和作用,对上海20世纪初摩登女性的现代性的重述,绝不可以用西方的现代性女权主义的重述方式使中国的现代文化成为西方在现代发展的一部分,这种做法只会再次使中国陷入"隐性文化殖民"的社会语境。

本文通过女郎和女性油画的研究试图论证的是:在中国文化语境中,只有重述现代性并对重写产生"摩登女郎"和女性油画的中国传统文化根源,才能使我们在中国传统文化根源之上立足于当代社会,并以批判的眼光看待现代时期的得失,在此基础上才能对民国初期的现代性加以重述。这种重述是在反对民族历史虚无主义、强调中国地域独特性和独立性的前提下对上海现代性的重述。上海摩登的女油画家像传统的李清照式的才女被置放在了现代性的空间——这一重述是传统文化语境中的才女在"摩登"时代以男权的语言施行自我的重述。

[1] 茅盾:《子夜》,1933 年第 1 次出版。引自网络共享资源电子版《子夜》,http://www.jsshedu.net.cn.pfsk.1.gjfd.jsshedu.net.cn.180w.com/wxls/ts053006.pdf。

[2] 同上。

[3] 我认为这个整体性首先值得商榷。二十世纪的中国经历了三大不同的社会形态,在这不同的社会形态中找到其"整体性"是有待商榷的。

[4] Alexandre Vladimirovitch Kojevnikov, Introduction to the Reading of Hegel: Lectures on the Phenomenology of Spirit(Cornell Univ Press: 1980).

[5] 王政:"社会性别与中国现代性"2002 年 12 月 9 日在复旦大学的讲演(节选)(http://www.fda.fudan.edu.cn/fdahome/mrlt/13.htm)

[6] 伊·杜塞尔:《超越西方中心主义:世界体系和现代性的局限》,引自《全球化中的多样文化》(E. Dusell, "Beyond Eurocentrism: The World-System and the Limits of Modernity" *The cultures of Globalization*,杜克大学出版社,1998 年,第 42 页)(Fredric Jameson, Masao Miyoshi; Duke University Press, 1998 "from a Eurocentric horizon, formulates the phenomenon of modernity as exclusively European, developing in the Middle Ages and later on diffusing itself throughout the entire world.")

[7] 胡安·冈萨雷斯·德·门多萨(Juan González de Mendoza, c. 1540—1617) *Historia de las cosas más notables, ritos y costumbres del gran reyno de la China* is an account of observations in China. An English translation by Robert Parke appeared in 1588 and was reprinted by the Hakluyt Society in two volumes, edited by Sir George T. Staunton, Bart. (London, 1853—1854).

[8] 阎纯德:《文史哲》,2004 年第 5 期。

[9] 夏瑞春(Adrian Hsia,加拿大):《德国思想家论中国》,陈爱政等译,江苏人民出版社,1995 年,第 1 页。原译本将作者误定为德国人;实际上夏瑞春是加拿大华裔学者。

[10] 金观涛、刘青峰:《中国现代思想的起源:超稳定结构与中国政治文化的演变·第一卷》,香港中文大学出版社,2000 年,第 400 页。

[11] Basil Guy, "Voltaire, Sinophile" in Alexander Lyon Macfie ed. *Eastern Influences on Western Philosophy*(a Reader). (Edinburg, Edinburg University Press: 2003), 102.

[12] 李欧梵:《未完成的现代性》,北京大学出版社,2005 年,第 28—29 页。

[13] Jonathan Spence. *The Search for Modern China*. (New York, W. W. Norton & Company: 1991). 页,xx. 英文原文:I like to think that there were modern countries—in the above sense—in A.D. 1600 or earlier, as at any moment in the centuries thereafter. Yet at no time in that span, nor at the end of the twentieth century, has China been convincingly one of them.

[14] 戴密薇说得也有道理,比如在烹调中,我们都明白,各个菜系用的作料大同小异,但

是做法和材料的搭配决定了菜系与菜系之间的品味区别。比如西兰花不是本土产物，但是做成"宫保西兰花"就成了中国菜。

[15] 张法：《现代性话语对重述中国文学的学术意义》，《求是学刊》，哈尔滨：黑龙江大学出版社，2006 年第 3 期。

[16] 爱德华·W. 萨伊德(Edward Said)著，李琨译：《文化与帝国主义》(*Culture and Imperialism*)，北京：三联出版社，2003 年。

[17] 耶稣会士在中国的目的是为了寻找对付他们在欧洲的启蒙运动中所遭受到的待遇。他们学习借用儒学的原因在于他们看到了启蒙运动在受到儒学影响后的结果。

[18] 袁牧诗画舫，见 http://www.yuanmuart.com/collect/coll-1.htm。

[19] 《社告》，《青年》，第 1 卷第 1 号，第 1 页。

[20] 陈独秀：《新文化运动是什么》，《新青年》，第 7 卷第 5 号，1920 年。

[21] 同上。

[22] 洋泾浜英语是十七至十九世纪中外商人使用的混杂语言。语言以英语为基础受大量的汉语或粤语影响。洋泾浜，是上海一条已经消失的河流。长约 2 公里，宽不足 20 米，自西向东流入黄浦江。其所在位置即今延安东路外滩至西藏中路段。在明清时期，这条小河是上海县城北门外护城河以北的第一条河流，19 世纪中叶英法租界陆续开辟后，就以这条小河作为两租界的界河，英租界在河北岸，法租界在河南岸，沿河各自修筑了一条道路：北岸称为松江路，南岸称为孔子路。1914—1915 年，两租界合作填河筑路，洋泾浜连同两岸小路形成一条东西向通衢大道，经过两租界协商，路名定为爱多亚路。1943 年汪精卫政府收回租界时将其改名为大上海路。1945 年第二次世界大战结束以后，改称中正东路。1949 年以后才改为今名延安东路。http://zh.wikipedia.org。

[23] 汪仲贤(字优游，著名报人、剧作家)，《上海俗语图说》，上海社会出版社，1935 年。

[24] 同上。

[25] 同上。

[26] Marjorie L. Devault, *Talking and Listening from Women's Standpoint：Feminist Strategies for Interviewing and Analysis*；in *Social Problems*，Vol. 37，No. 1 (Feb.，1990)，pp. 96—116.

[27] 缪荃孙：《云自在龛随笔》，商务出版社，1958 年初版。

[28] 水天中：《荧屏内外潘玉良：真实的潘玉良并不漂亮》，引自 http://arts.tom.com 2004 年 3 月 3 日。

(图片来源：《海上画梦录》、《20 世纪中国油画画库》、《上海油画史》、《图说历史：20 年代真实的老上海写真》、《上海》、《美术生活》)

谁惧怕摩登女郎?

董　玥

在张恨水 1935 年的小说《平沪通车》里,年轻的女主人公柳絮春完全是以一副理想的摩登女性的形象在京沪特快上亮相的。她不但穿着讲究,笑容迷人,举止优雅,应对复杂事务游刃有余,而且能说会道,性格独立,还通晓英文,这些很快引起了年长已婚的商人胡先生的注意。尽管让胡先生一见倾心的是柳絮春的摩登外表,他最终决定与她建立关系却是因为她情愿做他很不"摩登"的小妾式的秘密情人,一生由他控制。列车渐近上海,胡先生在柳絮春归他所有的幻想中进入了梦乡,一觉醒来却发现人去铺空,现钞股票都被卷走。胡先生身无分文地流落在大都会上海,他看着在火车站站台上每一个穿着入时的女子似乎都有柳絮春的影子,他大叫着对所有男人发出警告。[1]

通过摩登小姐柳絮春的形象,张恨水向他的读者提出了对"现代"的警示。构成故事核心的那种既被陌生的摩登小姐吸引,又对她捉摸不定的复杂焦虑,在当时的新闻报道,文学和视觉文化中随处可见。[2]摩登小姐一面在广告中诱人地标示着似乎靠消费工商产品就唾手可得的现代生活的魅力和幸福,[3]一面却又是一个经常以谜一般的面目出现的危险的形象。摩登小姐柳絮春自始至终都在逢场作戏。读者读完整篇小说以后,对她除去摩登的外表之外一无所知。她精于骗术,使用假名,编造经历,真实身份无人知晓,就如同上海这座现代都会一样玄妙莫测。男人提防这样的摩登小姐也就是与自己的欲望交战。因此，胡先生警告人们小心提防摩登小姐，实际上也是在警告人们小心自己对现代的幻想。从这个意义上说，摩登小姐的真正威胁不仅隐藏在她的魅惑中，更隐藏在男人对她的无从抗拒之中。

像《平沪通车》这样的主题和情节的作品曾流行一时，这体现了摩登女郎在社会精英中引起的诱惑与焦虑的双重冲击。摩登的外表在20世纪20到40年代已经成为了上层女性的标准，它同时也是青年女性获得社会能动性的必要工具。然而这件在上层社会青年女性中被认为是自然乃至必要的事情，在工人以及低阶层女性身上却会被看作是品性可疑甚至下流放荡的标志。摩登小姐的外表给中产、上流阶层男性带来的危机感也瓦解了既有的性别关系。从这方面讲，摩登小姐作为全球资本主义带来的新经济文化的产物，代表了重要的颠覆社会的力量。

如果我们不把摩登小姐的形象看作单独的现象，而是把她与作为一个新兴的社会范畴在公共场合中出现的年轻女性关联起来理解，就必须面对在摩登小姐的再现中男性视角占统治地位的问题。民国年间社会实践中的主要变化——例如小家庭开始成为可以接受的规范；青年男女离家进入共同的公共空间同窗共事；面向年轻人的都市文化开始出现等等——都为单身的青年女性在社会上扮演新的角色打开了潜在的空间。这些崭新的女性公众角色具有空前的可见度，影响了对摩登小姐的时尚、态度、形象等诸方面的表现方式的转变。这些新的表现方式的形式和意义既引起了大量争论，制造了紧张和焦虑，也催生了很多市场行为。其中，小说、漫画、照片是塑造摩登小姐形象及影响人们相关行为的主要舞台。尽管女性是社会变化的重要参加者，男性和资本力量却是掌控图像生产和诠释的主力。这诠释注意的重点集中在摩登小姐身上。因此，问题的核心就在于男性对摩登小姐交织的欲望和恐惧，以及对她非此即彼的两极化看法——她要么就是阉割了，要么就是确认了现代的阳刚。本文拟从这一男性视角的偏见入手，揭示五四以后青年男女两性各自的欲望、幻想和幻灭是怎样通过摩登小姐的形象紧密交织在一起而不可分割的。

一 这些打扮摩登的女人是谁?

大量 20 世纪二三十年代表现摩登小姐的作品都强调她的神秘色彩。例如在 1934 年出版的一套漫画中,描绘摩登小姐的部分就题为"女性之谜"。[4] 这种表达方式不仅反映了新的都市匿名性,更显露了人们对新出现的城市摩登小姐混淆阶级地位界线的焦虑。她们来自各个社会团体,既有高中、大学学生,也有职业女性;有少奶奶,也有妓女。摩登的装扮这时成为了识别女性的一个首要特征。

创刊于 1926 年的大众画报《良友》是杂志刊载摩登小姐形象的最好的例子之一。这家杂志的编辑有意使用高档印刷,避免刊登小报内容,这使得它在当时一枝独秀。杂志的主要内容除了国际新闻、对国内要人的报道以及小说之外,还有化妆品、烟草、纺织品和其他"现代"商品的广告。杂志将真人照片、广告图像、时尚速写和文本放在一起,杂糅现实、欲望和幻想,编织了一个想象现代性的空间。

《良友》的头十期一直使用电影女明星和两个年轻女学生作为封面,杂志因此收到了这样一封读者来信,刊登在第十一期上:"贵报的美术,似乎偏重女性一方面;文字则以女性为谈笑品,图画则以女性为装饰品,究竟是持高女性呢? 还是玩弄女性呢?"画报的编辑辩护说,女性本是美的标志,只是被日下的世风看成了伤风败德的表现。但编辑承认,他们曾未经同意用过一张高中女生的照片,"后来受她严重的责备","她责备的态度,很可以代表一般人的心理。凡刊在画报的女人像,除了鹤发鸡皮的外,都是下流、坏品、贱格——然而这是事实呢,还是诬蔑呢?"[5]

到 1927 年底,《良友》赢得了上流杂志声望之后,这种心态就发生了变化。[6] 青年女性不仅可以接受在《良友》杂志上登照片,甚至会把它看成一种荣耀。杂志专门辟有"妇女之页"专栏,刊载在全世界生活的现代中国女性照片。[7] 出现在《良友》上的妇女既有像上海中西女中这样的名校毕业生、全国各地的大学生、海内外名门望族的大家闺秀,也有名人的新婚妻子。她们的发式、穿着和化妆都和广告中的摩登小姐相似。她们的照片旁则常常标以西文"debutante"（社交新秀）。有时候杂志会指明照片中的青年女性来自名门望族，不过大部分时候她们都是以自己的名义出现的。她们被看作自由自主的年轻女人，不是某个男人的妻子或某个父亲的女儿——换句话说，她们的良好出身及上流社会的地位的唯一保证是刊载她们照片的是"上流"媒体。

尽管《良友》杂志的封面和"妇女之页"所展示的看上去都是些社交新秀和上层妇女，这些人有时却有惊人之举，甚至和丑闻牵连上关系。1937 年 7 月，日军正式开始入侵中国之时，《良友》第 130 期的封面上出现了一位迷人的年轻女人。她不允许编辑使用她的全名，所以杂志上只说她是"郑小姐"。[8]郑小姐全然一副摩登小姐的模样：烫发、美妆、灿烂的笑容以及合体的花旗袍。如果不是三年以后被汉奸杀害，人们完全会以为她不过是又一位社交新秀而已。郑苹如实际上是中日混血儿，母亲是日本人，父亲是中国人。其父曾留学日本，参与过民国革命，并一度供职于国民党政府。郑本人则于 1937 年高中毕业后进入了国民党政府情报机构，设法接近了某高级汉奸，伪装成他的情人，并帮助制定了一套在 1939 年 12 月暗杀他的计划。计划失败后，郑被发现，赴刑时年仅 26岁。郑摩登小姐的外表显然对她获取男性汉奸的信任有重要的帮助，但在这摩登的外表下却是很强的政治信念。表面上看，郑在方方面面都符合《良友》杂志倡导的理想摩登小姐的形象，但她实际上远非该杂志所描绘的那种上流小姐。当时的报道强调她与已婚汉奸的恋情，盛传她之所以被处死是因为很多官太太的一再要求，因为她们把她和她这样的女人看成对家庭的主要威胁。[9]（图 1）

图 1

如果《良友》封面上的摩登女郎可能同时是民族英雄又是"对家庭的威胁"，那么白英的照片出现在 1929 年《良友》的妇女之页则是因为她代表了"妇女解放"引起的问题。在白英摩登女郎的表面下是一个大学生变成舞女和她被舞伴胁迫饮鸩的故事。同期的编后语这样写道：

旧理教的束缚必须打破已不成问题，唯一的问题，就是解放的出路。……由解放而得幸福的固然有，但是结果相反的确也不少。意志薄弱的一切幻灭，意志坚强的演出几幕惨剧，徒然供社会投机者串戏编小说材料。比如跟一个庸碌茶房私奔，脱离学校去卖身，事后虽将错就错说什么恋爱神圣或思想脱俗，但当初倘若社会给她们光明美善的环境，她们决不甘愿走现在的歧途。

编辑的论点明显在"妇女解放"和取得较高的社会地位之间建立了关联。不谨慎的摩登女郎会从社会等级的阶梯上跌落下来，"个人自暴自弃不足惜，而给旧势力压迫者做口实，成为解放运动的大障碍了"。[10]

对职业女性来说，外表摩登是必须。根据 1939 年杨恭怀的观察，上海的职业女性多在政府机构、学校、公司、店铺做教师、店员、秘书、销售员、打字员等工作。杨注意到妇女要找工作非常艰难，她们受雇多是由于雇主希望提高销售额或改善办公室内的工作气氛。面试申请工作的女性时，雇主往往并不注意她们的知识和能力，倒是很看重她们的"卖相"。结果，烫发、时髦服装、高跟鞋再加上擦脂抹粉就成了职业女性统一的扮相。在杨看来，这些女性业余时间都消磨在商店、影院和饭店中，而不去做家务或学习，这是她们道德上的缺陷。[11]（图 2）

图 2

在上海污染严重、赤贫劳力聚居的苏州河畔，女工们同样会把自己打扮成摩登小姐。20世纪二三十年代的一首上海民谣曾描绘过丝织厂女工特有的时髦装扮：

> 栀栀花，朵朵开，
>
> 大场朝南到上海，
>
> 上海朝东到外滩，
>
> 缫丝阿姐好打扮，
>
> 刘海发，短口衫，
>
> 粉红裤子肉色袜，
>
> 蝴蝶鞋子一双蓝，
>
> 左手带着金戒子，
>
> 右手提着小饭篮，
>
> 船上人，问大姐：
>
> "啥点菜？"
>
> "无啥菜，油煎豆腐汤淘饭。"[12]

很多人认为她们在饮食上消费甚少，钱都花在了着装上。20世纪30年代中期，学校里选举"皇后"和"校花"之风开始盛行。工厂的工人也随之票选"厂花"，要面容姣好、人际融洽、能歌善舞、口齿伶俐的人才能当选。正像另一首民谣所唱：

> 大礼拜，小礼拜，
>
> 把厂花小姐请出来，
>
> 到张家坐一坐，
>
> 到李家白相相，
>
> 小姊妹做保驾，
>
> 十八罗汉两面排，
>
> 笑一笑，人人爱，
>
> 话一句，乖煞哉！
>
> 香水精，香三里，

雀儿粉，白爱爱。

小伙子看仔睡不着，

老头子看仔精神好，

争着做东道的八九个，

你请兜风坐汽车。

他请白相大世界，

吝啬的老头子也肯请客，

咸脆花生香瓜子，

化钱也化脱子一只八角！

图 3

厂花们有机会在沪西公社等工人社区中心参加各种社会活动。她们打扮摩登，革履烫发，旗袍西服，看上去像是"贵族学校里的贵族小姐"，"居然看不出她是厂花出身的人"。工厂工人于是变成了"都市摩登女郎"。有一次，一位教师爱上了一个厂花，但是她抛弃了他，成了一个舞女，"据说现在很红，一月能挣几百块法币呢"。[13]（图3）

一些迁移到上海的农村女性也会打扮成摩登小姐。在当时最大的中文报纸《申报》上，常常有农村女性摇身变成都市摩登小姐的报道。一篇文章讲一位苏州的已婚女子在上海帮佣，把整月劳作所得的五元工资都用来置办衣物首饰，直到她完全看不出是乡下女人。一位海关的工作人员开始追求她，她最终和他同居，当丈夫来上海找她的时候，她直白地告诉他已经不爱他了。[14]另一则报道讲的则是19岁的乡下女孩张小凤去上海丝织厂工作，成为了一个出色的工人，并获得了提职，收入颇丰。她后来爱上了一位邻家少年，时常和他约会。每次拿到收入，她总是会花在衣物上。有一天她在租界买回了一套粉色旗袍和西式套装，又到理发馆去烫了头发。回家的时候她的婶母说她乡下女孩子不能穿成这样，张便一气之下一言不发地离开了家，家人四处寻找无果，只好报警。[15]

这些故事之所以成为值得报道的丑闻，部分是因为"摩登小姐"形象背后隐藏的不确定性扰动了既有的社会秩序。没有什么办法可以确定一个招摇过市的摩登小姐的阶级身份，或保证她的"道德水准"。当时的两部影片《新女性》和《神女》中的主人公，一个是女作家，另一个是妓女，却都穿着同一式样的旗袍和高跟鞋，也都吸烟。即使是《良友》这样当时最上流社会的杂志，也会把贵妇人和社交新秀的照片与电影明星和白英这样沦落成舞女的大学生的照片摆放在一起。一方面，上流社会年轻的未婚女性在享受她们未婚前的"临时空间"时搅乱了既有的婚姻秩序；另一方面，关于女工和农村进城女性的叙事具有相同的结构，都是较低阶级的女人靠摩登小姐的打扮引诱年轻的上流男性。在下层阶级的"坏女人"混入上流社会的婚姻市场的同时，这个市场也会抛弃那些由于打扮摩登而行为不检，遇到危险的"好女人"。两种阶级移动都是因为男女两性均无法透过摩登小姐的装扮看到一个女人身份性格的真实一面。摩登小姐的外表于是混淆了阶级和阶层的界线，威胁到了精英婚姻市场的纯洁性。《良友》为年轻女性设想好的生活道路是上学读书，毕业后成为社交新秀，与出色的男士结婚，再成为母亲，享受子女带来的快乐，其目的是要保护维持既有的父权家族。然而在事实上，这一理想很难维持，社会界线也很难得到监控。甚至《良友》这样的"上流"杂志也有意无意地在事实上参与了这种界线的混淆，而且它把摩登女子表现成自由自主的人，未尝没有它自身的逻辑的冲突。

 ## 塑造"上流"的理想摩登女性

显然，摩登小姐的外表是模糊甚至跨越阶级界线的重要工具。社会精英将"摩登"看作他们的特权，因为摩登代表着权力。当摩登小姐的形象成为进入"摩登"社会，获得都市新环境提供的种种机会的必要条件时，它就成了女性在社会中向上流动的工具。一面是跨越阶级界线的企图，另一面是建立巩固阶级秩序的需要，对摩登小姐的详察细审表明了这两者之间的斗争。事实上，摩登小姐的时尚在中国20世纪30年代的各年龄层和各个社会阶级中盛行如是，要有一定的眼力才分得清"真""假"摩登。"都市精英"们力争要保有他们"真正"摩登的特权，将区别摩登女性"上流"与否的权力划归己有。同时，通过商业性的出版物，他们也在依照他们的审美和道德标准塑造定义什么是中国的"现代妇女"。

由郭建英主编，出版于1933年到1934年间的《妇人画报》几乎是如何成为一个"真正的"上流摩登女性的指导手册。[16]郭建英避开了妇女或女性这样的常见词汇，而是用"妇人"作题目。[17]鼎盛时期的《妇人画报》以美人素描作封面，以期比其他用照片的杂志具有更国际化的都市气息。郭建英对上海缺乏理想摩登女性不满，要让自己的杂志教会中国女性区分"高贵"和

图4

"乡土气的"摩登。画报上刊载有大量关于时装、化妆、香水、国内外影星的信息，并发表著名现代派文艺家创作的小说、诗歌、散文和漫画。[18]它是一所纸上的礼仪学校，向读者讲解需要什么样的知识才能成为一个真正的摩登女性，怎样才能将自己包装成上流阶级的一员。（图4）

为了塑造"理想的摩登女性"，《妇人画报》特别注意在细节上打理摩登小姐的外形和举止。画报用大量的文章插图指导女性使用化妆品，护理面部皮肤、眉毛、头发

和双手，并用大幅版面指出中国摩登小姐的错误时尚，以西方的榜样纠正之。画报还鼓励读者追随 *Vogue* 这样的欧美时尚杂志以获得启发，了解在什么样的场合应该穿什么样的服装和鞋子。每一期画报都向读者报道欧美，尤其是巴黎的最新流行时尚，这样她们就不会被任何大众的低俗品味所迷惑。[19]郭建英的专栏《摩登生活学讲座》引用 *Vanity Fair*, *College Humor* 等刊物以及日本妇女杂志来教授约会、跳舞、进餐、行路、坐车等诸般社会场合下的礼节。[20]理想的摩登是"全没有摩登气味的摩登，确无意识地生长的摩登"。[21]这不是随便任何一个买得起一身旗袍，一双高跟鞋和一些化妆品的妇女能够达到的标准。

显然，《妇人画报》认为现代中国女性的理想形象就是从外表、举止、教育到内心想法都真正地或"正确地"西化。以西方的同龄女性为榜样，中国的摩登小姐应该漂亮、健康、有力、乐观、活泼。殖民主义灌输来的对洋人洋物（包括外国女性）的崇拜强烈地影响了中国摩登小姐的现代性。画报上相当数量的文章同时说明，传统中国美的标准——鸭蛋脸、柳叶眉、丹凤眼、樱桃小口和弱不禁风的苗条身段——已经变成了大眼睛、细长眉、扁平嘴、洁白牙齿和敏捷有力的身体。[22]好莱坞的十位女演员被树立为女性美的典型标准。[23]现代派作家鸥外鸥曾极其详细地分析了中国女性的面部和身体。他认为，与白人女性相比，中国女性鼻部扁平，眼窝不深，因此面部缺乏阴影。唯一能够多少弥补这一缺陷的办法是向西方演员学习，增强自己的面部表情。不过值得宽慰的是，中国女性实际上已经通过学习电影特写镜头增强了她们的面部表情，学会了"Hollywood screen-face（电影颜）"。鸥外鸥认为中国都市女子的面容已经不是"正牌的中华女儿的面"，"说我邦的都会女面是超国家的国际的美之话不是无端的话"。[24]鸥外鸥还建议所有中国女性都去作眉部整形手术，把自己变得像白人女性。另一方面，他又觉得黑色直发和"黄色"皮肤是东亚和中国女性特有的优势。鸥外鸥的评论只是众多对中国的摩登小姐乃至所有女性的外形的众多详细分析之一。尽管并非总是和传统西方的种族主义体系一致，它们却无疑都是种族性的分析。塑造理想的上流中国摩登小姐的外表的过程于是既包含阶级话语，也包含种

族话语,后者常常隐藏在前者背后。

因为"摩登小姐的外表"可以帮助年轻女性跨越阶级界线,《妇人画报》的编辑便着意强调潜在的女性"道德质量"。他们认为,一个真正的摩登女性应该发展她内在的质量以使其对现代生活的品味能够达到一定的程度。她需要了解电影、体育、阅读(现代文学,古典文学,自我发展,家政,杂志各20%),会交谊舞(不是在有舞女的舞厅),懂音乐(会一种乐器,唱片收藏应该是40%的爵士乐,60%的古典音乐)。另外,她还应当会一种手工,如编织毛衣。[25]

在这里"道德"的新含义明显强调的是家居方面的。女性读者被提醒不能忘记所有这些自我修习的目的都是为了吸引现代男性,成为与他们般配的伴侣。[26]如果过于放纵于青春的快乐而错过了婚姻,那将追悔莫及。作为对年轻女性的警戒,画报还发表了懊悔错过婚姻机会的"老处女"的来信。[27]1934年许信琴在上海的大众杂志《时代漫画》上撰文,肯定婚姻是摩登小姐的恰当归宿。许看到,"人们对于'时代小姐'的将来,第一便是'婚姻问题'",因为"在这世间,还是闹着一个女子属于某人的家庭组织",而且,"社会上公认'太太'是'小姐'们正当的归宿"。"假使我要形式主义地下一个'时代小姐'们将来的归宿笼统定义,则'小姐'难过'太太'关,必为大众所承认。"作者承认有些年轻女性不愿意成为"家庭的奴隶",但他又指出实际情况是她们想靠自己谋生极其艰难。[28]

如此,塑造"真正的现代妇女"的目的就是培养她如何为现代男性之妻。无所不见的年轻未婚女性在城市中的出现是与青年男性远离大家庭到城市中求学工作相伴随的。正像 Susan Glosser 所分析的那样,即使在五四运动的激进主义的背景下,受过教育的都市青年男性仍然通过婚姻和家庭定义自己的身份,"家庭革命的首要动力是为青年男性在现代化和工业化过程中的社会找到一个新的身份"。[29]Glosser 指出,是社会经济因素,而不是民族主义或个人主义,促使青年都市男性挑战传统家庭结构。

能够自由恋爱结婚,这对于一个男性现代、开化的个体身份来说至关重要,因此,婚姻质量和妻子的素质就成了他的自我形象的绝对关键。尽管这些男性唱的是鼓吹女性独立和完整人格权力的调子，他们最感兴趣的还是把女性塑造成有教养的、开化的伴侣，以符合男性的要求。当女性难以达到丈夫的期望时，男性便痛加抱怨。[30]

所以，娶一位"现代女性"的主要动机是取得或保持社会地位。不难想象，摩登小姐的形象正是这些青年女性的替身模型。她们是摩登男性热烈追求的对象，最终却常常被他们视为"不完美的"伴侣而被批评。

通过女性来维持现有社会等级秩序并非什么新鲜事。曼素恩在她对 18 世纪中国的婚姻文本与实践的研究中指出，为年轻女性谈婚论嫁其实往往"讲的就是关乎能动性与阶级的更大的社会问题的换喻"。[31]她认为，通过保护婚姻市场的纯洁性，精英们"希望可以切断那些威胁侵蚀他们尊贵等级的界线的社会变动之流"。[32]因为要妻女继承精英家庭的地位和阶级的荣耀，精英们总是"会找到各种保证本阶级的妻女的地位的办法，强调能将宜室宜家的女性与妾以及低阶层的女性区别开的那些差异。"[33]清朝年间，将宜室宜家的精英阶级女性与其他女性区别开的是教育，更具体地说，是道德教育。[34]

《妇人画报》强调中国妇女应当发展的一个素质是与男性交往时要大方。美国大学生——健康、精力充沛、活泼、性感，被作为中国妇女的榜样。[35]现代妇女不应该被传统文化约束——但是这只是上层妇女的特权。许信琴这样区别"摩登小姐"与"旧式小姐"。摩登小姐可以决定她们自己的婚姻，父母和家庭只能扮演顾问的角色，而旧式小姐仍然遵守父母之命。"小家碧玉，湖丝阿姐之流，内中亦有大多数'时代小姐'成分在。虽然她们在社会新闻上，亦时常演出些悲欢离合的恋爱惨剧，但不是判令家长带回管束，便是被卖到哈尔滨或野妓院里去，颇为一般知识分子之'时代小姐'所不愿闻或不忍闻。"[36]在上层妇女应当"现代"，自由恋爱的同时，下层社会的妇女需要严格地遵守传统的道德行为标准。正如正确的摩登女郎外表，正确的爱也是属于特定的阶级的。在民国时期，爱的自由是只有精英才能享用的奢侈品。没有了大家庭和包办婚姻作为第一道防线，就必须让有资格"自由恋爱"的人群的身份保持纯洁。《妇人画报》编辑这样的精英们正是在

力图掌控住"摩登小姐外表"这把双刃剑——它既可以成为都市里新的等级
标志,也可以挑开阶级间的界线。

三　摩登小姐和摩登先生

　　摩登小姐的现象尽管关涉的社会面很广,和它最直接相关的还是都市
中上层阶级的男女。接受现代教育的都市中产阶级男性对摩登女郎表现出
相互冲突的感觉:摩登小姐让都市的青年男性神魂颠倒,对她既爱又怕。这
样的心态最明显地表现在他们对摩登小姐作为情人与妻子的焦虑上。在这
一节中,我将讨论一些现代派艺术家是如何在世态风情漫画中表现恋爱婚
姻中的摩登小姐的。[37]

　　漫画最早出现在中国是在19世纪末石版印刷得到应用,报纸和画报业
发展起来之后。靠一个不断膨胀的,希望建立起易于辨识和认同的自我形
象的中产阶级为它提供市场,漫画的出版在这段社会政治剧变中异常兴盛。
到20世纪二三十年代,漫画已经成了全中国各报刊的常见栏目。1934年到
1937年,漫画杂志的数量有显著的增长,单单上海就有19种之多。[38]《上海
漫画》就是这一潮流的代表。这是一份大开本彩色铜版印刷的漫画杂志,由
现代派诗人,上海滩最出名的现代公子邵洵美出资创办,[39]从1928年到
1930年,共出版110期,每期销量大约3 000份。之后该杂志并入《时代漫
画》,在30年代早期又出版了大约3年。[40]

　　与主要描画西方帝国主义者的野心与中国官员懦弱的早期漫画不同,
20世纪二三十年代上海的漫画杂志刊载了大量世态风情漫画,当时又称"社
会漫画"。两性关系是这些社会漫画的主题之一,漫画家们又尤其注重描画
摩登小姐以及她在都市生活公共与私人两种空间中与现代男性的关系。当
时的批评家和历史学家都认为这是这些杂志的弱点所在。[41]当时的一位漫
画家张鄂批评它们百分之六十到七十的作品是"眼睛吃冰淇淋",逃不出"女
人","大腿"和"性关系"。[42]鲁迅则认为世态风情漫画腐朽颓废,并批评上
海的漫画家表面上模仿毕亚兹莱(Aubrey Beardsley),但事实上歪曲了他画

作的原义。然而，作为对两性关系的个性解读，这些漫画为理解摩登小姐在新的性别关系的构建中扮演的角色提供了一个非常有用的空间。

为这些杂志创作的多是在广告公司兼职的青年男性漫画家。例如受雇于英美烟草公司上海广告部的丁悚，他的摩登小姐月份牌作品开创了中国商业艺术的新类型。[43]但杜宇和鲁少飞同样创作摩登小姐的广告和月份牌作品。[44]叶浅予和郭建英分别为《良友》和《妇人画报》作时装画。张光宇则曾为上海华美药店照相部绘制背景。这些画家在他们的广告、时装画和电影作品中将摩登小姐画得流光溢彩，但同时也在漫画作品中对她加以讽刺批评。他们对摩登小姐的形象时而幻想，时而恐惧，笔下的漫画也对她既有向往，又有抵触，更有透过和自己同样不完美的讽刺对象而完成的自我认识。在这些漫画带来的开心的笑声背后，是通过摩登小姐创造出来的新的男性认同。诚如 Ainslie McLees 所言："世态风情漫画在主题上隶属于类型绘画。而类型绘画从定义上看即描画类型而非个体，描画平凡简单，常常是家庭内的情境而不是历史绘画中的尊贵人物。"[45]这些漫画依照现代都市女性创造出她们的固定形象，反映出画家对摩登小姐的认识和由此产生的态度。很明显，这些画家们相信，他们对摩登小姐的描写与态度会在读者中引起共鸣。

当时的人们把摩登小姐看成现代都市景观的一部分。郭建英称："上海女人的青春是活跃着，是创造着。上海的街头如果丧失了女人的青春，那会变为多么寂寞与枯涩的地方啊。"[46]郭建英的很多作品都是把摩登小姐当作奇观描画，其风格仿效毕亚兹莱。毕亚兹莱深受日本浮世绘春宫图的影响。他的黑白线条画，尤其是为《莎乐美》画的插图，又转而影响了中国画家。1926 年，南国社在上海演《潘金莲》和《玩偶之家》的同时，也将《莎乐美》译出并搬上舞台。尽管毕亚兹莱的女性形象常常扭曲变形，在他影响下的中国画家却创造出了一种新的类型："抒情画"。从美学特征上讲，郭建英作品中的摩登小姐形象细腻、阴柔、富装饰性，绝不粗粝。他显然是要把女性和现代都市生活描画得生动、积极、有活力。在他笔下，青年女性都是美丽、活泼、迷人、性感的都市奇景。（图 5）

图 5   图 6

　　摩登小姐的漫画常常暴露出男性对她的欲望,这种欲望是通过男性的
注视表现出来的。不管是在公共还是私人空间——工作场合、街道上、阳台
上、公共汽车上、教室里抑或男性的幻想中——摩登小姐总是会吸引男性的
目光。摩登小姐虽然被描绘成欲望、迷恋和窥视的对象,但她却从不显得被
动,而是主动的,欲求的主体。她很少回避男性的目光,而是或者忽视它、或
者享受它、或者回视它,甚至蓄意吸引它、挑逗它。她也会注视自己:她自
恋,有意让自己性感撩人。她明白她的魅力的价值,在与男性交往时会把它
施展出来。这些漫画试图表示,摩登女郎主动招揽男性的注视。在男性通
过摩登女郎投射自身欲望的过程中,摩登女郎既是注视的对象,同时也拥有
注视,将那些把她客体化的人客体化。(图 6、7、8)

　　当摩登小姐在漫画中被表现与男性密切交往的时候,她就不再是可以
远远欣赏的奇景,而往往是被批评的对象:她显得精于算计、轻浮、爱财、贪
婪。她和男人交往唯利是图;[47]她爱花销,挥金如土;[48]她疯狂购物,乱买
化妆品,导致夫妻关系紧张。中国家庭从偏向生产向偏向消费的单位转型
时所产生的危机是通过摩登小姐的消费习惯被陈述出来的。她不会家务,
不会照看小孩;[49]她不忠,趁丈夫外出的时候和丈夫的朋友一起玩乐;[50]
她也不贞,婚前性行为和多角恋爱是家常便饭。在郭建英的《爱的备忘录》

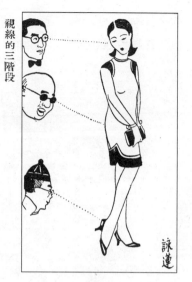

視線的三階段

图 7 　　　　　　　　　　　　　　　　图 8

中，一位摩登小姐给她认识的男性作了一份备忘录——姓名，年龄，长相，体格，财产——还给每个人打了一个分数。当她想找一个会玩乐的男性时，她会打电话给王先生，从这个年轻英俊的男人那里得到无限的快乐；当她要钱用时，她会写信给沈先生，因为这个老男人的钱包总是鼓的；当她想散步时，她会找林先生；需要人干力气活时，则是陈先生。[51]（图 9）

在这些漫画中，男性人物在城市中的经历显得与摩登小姐全然不同。摩登小姐的漫画形象被渲染得高度戏剧化——他们总是在咖啡厅、鞋店、大学校园、舞厅、公园、海滩、城市街道这样的公共或娱乐场合出现。相反，留给男性人物的则是日常的平凡事务，他们

图 9

经常身陷家庭内部的私人空间里,需要操心家庭责任和日常生活。他们不但要补袜子,照顾孩子,买面包,还要确保妻子保持"摩登"形象的开销。(图10、11)

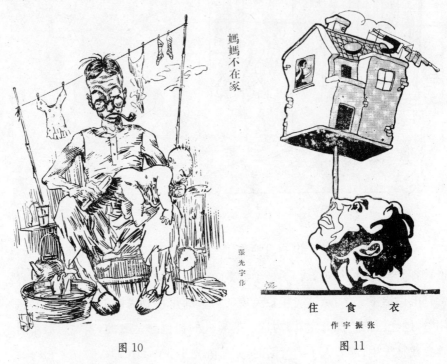

媽媽不在家

張光宇作

图 10

住 食 衣
作宇振張

图 11

对于摩登小姐的浪漫,男性既渴望,又恐惧。正像《平沪通车》中的胡先生一样,漫画中的男性人物被摩登小姐迷人又危险的女性魅力吸引而不能自拔。他们将自己置于窥视者的位置,却又常常充满恐惧:他们害怕自己的身体感染性病;面对男性争取女性注意力的竞争感到紧张;他们担心被拒绝,被伤害,担心不正常的关系,担心浪漫过后的家庭责任,担心孤独。城市生活对于他们来说,是面对不断的诱惑时欲望与恐惧并存的焦虑。男性似乎成了新的性别关系的受害者。与自信而轻松掌控现代都市生活的摩登小姐相比,这些男性伴侣好像很难应付她的挑战。

这些漫画常常表现男女两性之间权力关系的倒转和有权力的女性与无权力的男性之间的对比。男性人物没有通常象征权力的仪态,比如他们不会像男人惯常的那样双腿分开，双脚平行站立。当双臂张开的时候，他们的姿态并不表达威权，而只是猥琐小气或者惊讶。女性的身体语言同样背离于传统角色：她占据的空间非但不少于男性，而且常常更多于他们；她的姿态既不端庄，也不比男性平和；她的双脚很少并拢，双臂很少收紧——除非画家画的是他们心目中理想的女性；她没有被动回应的姿态，而常常是作为动作的发起者主动与男性交际；她的面部表情常常比男性更有个性，更明晰；她不自闭，双眼总是直视对方，笑起来风情万种；杨柳细腰、蔻丹纤指、胭脂红唇、拔眉细妆，再加上流行靓装和尖细高跟，摩登小姐有勾人心魄的完美形象。她与男性总保持着浪漫的关系，对他的爱情表白却从不理会。她不做饭，不打扫，不缝补，也不要孩子，对父系家族构成威胁。两性间的权力关系在这里似乎反转了过来：女性征服了男性。她不但不再是男性的玩物，倒反过来把男性当成了自己的玩物；丈夫干起了本来属于妻子的活；男人要跟随女人；女人的形象显得比男人高大。（图 12）

图 12

与男性漫画家的作品中表现的摩登小姐不同，女漫画家梁白波在《蜜蜂小姐》漫画系列中创造了一个开心、无忧无虑、聪敏机警、还有点淘气的年轻女性。她不像男性画家笔下的摩登小姐那样有高挑苗条的身段，而是胖乎乎的。她喜欢跳舞,但那是为了自己高兴,不是为了男人。她与人交往时也很主动泼辣,但是做事开诚布公,不会在暗中摆布别人。她开男人的玩笑,非常清楚什么可以刺激他们。她穿起新衣服来潇洒逛公园,完全不理会国民政府关于女装长度的新规定。警察过来盘问的时候,她倒威胁他要脱掉全身的衣服,还说:"难道一定要穿衣服不成?"梁白波自己也是一位摩登小姐,在众多男漫画家中显得与众不同。她和男性朋友自由交往,还公开与一位已婚男漫画家恋爱同居。她创造的"蜜蜂"是一个抓住一切机会充分享受自己生活的摩登小姐形象。她快乐是为自己,而不是为了操纵男性。[52](图13)

新衣服到底舒服多了　怎么？袖子短吗?!　　衣裳又短吗?!　难到一定要穿衣服不成

图 13

如果说都市男性在男漫画家的作品中被表现为受害者的话,被卷入不平衡的社会关系中的男性,而不是摩登女郎,是让读者觉得滑稽的笑料。漫画用编码的语言表达其含义,符码的包袱抖开,读者则会心一笑——他会在眼前的图画中既看到自己的不完美,感到失望,同时又审美地征服它。[53]显然,漫画家们是相信读者具备这样理解漫画的基础的。于是,在男性读者会心一笑的背后,达到了对现代男性气质和身份的社会共识,而没有摩登小姐的形象存在,这一共识也无法达成。摩登小姐或许只是无伤大雅的虚构,但她在定义现代男性的过程中却扮演了核心的角色。

四　摩登小姐的"浅薄"

摩登小姐被众多的同代人批评,包括左翼、民族主义者,及不同派别的女性主义者。所有的来自各方的批评却都共用相似的词汇,集中在她的"浅薄"上。她们"堕落"、"享乐"、"安逸"、"寄生"、"颓废"、"虚荣"、"奢侈"、"感情用事"，是"外国奴隶"、"性商品化"、"娼妓变形"。摩登小姐的四个方面招致格外的批评。首先，她的外表招惹男人的注意。她穿旗袍，高跟鞋，烫发。她涂脂抹粉，擦口红，追随时尚。她的行为也被批评。她跳舞，看电影，进男人房间，频繁出入公共场所。她的婚姻，恋爱和性行为都受到指责。她可能选择独身，对家庭生活充满恶感，拒绝养育子女。或者，她调情，与男人未婚同居，婚外怀孕。有时摩登女郎甚至是同性恋。她公开寻求性快乐，与男人玩感情游戏，过于注重男人的外表。她也被谴责喜好进口时装与化妆品，贪图美食好酒。[54]

对左翼来说，摩登小姐以及摩登少爷邵洵美是殖民文化的产物。如Louise Edwards 所言，左翼知识分子试图从摩登小姐身上挽救出新女性的因子，并以之定义女性的现代性。在他们看来，摩登小姐盗用了作为政治工具的个人风格并取消了它的政治意义。挑战传统服饰一度是五四青年的激进行动之一；天足、短发、短裙学生装可以使青年女性被逐出社会乃至牺牲生命。Edwards 指出，五四的现代女性通常被认为"有政治觉悟，爱国，独立，受教育。"相反，到 20 世纪 20 年代末 30 年代初，上海的大公司开始用现代女性招徕顾客购买和消费"现代"商品和服务。在这一商业格局中，现代女性是有魅力、时髦、诱人而且容易到手的形象。于是，在 1918 年现代女性初次出现之后的两个十年的时间里，她变成了以商业而非政治为中心的国家现代性的符号。商业力量从改革派知识分子的手里夺取了对现代女性的监护权。[55]

对于五四之后类似"什么才是真正的现代女性的特征？"，"怎样才能看穿虚假的现代女性"这样的问题，这些知识分子的答案是，诸如服装、发式、鞋样这样的现代性的外在表现，都仅仅是不必理会的虚饰而已。真正的现代女性内心长久关注的中心应该是中国国家民族的福祉。Edwards 认为，这种对现代女性的道德品质的特别关注反映了一些改革派知识分子希望可以重新夺回他们启蒙卫道士乃至国家核心顾问地位的企图。[56] Sarah Stevens 也指出，女性的身体被用作了现代性彼此矛盾的方方面面互相斗争的舞台。摩登小姐和新女性在文学文本中具有不同的功能。新女性总是与现代性的积极方面相关:她象征着未来强国的希望,她的性格集中体现了现代女性的革命品质。[57]"新女性和摩登小姐的对立体现了现代性构成内部的张力。"[58]

然而,左翼知识分子在他们的一些最重要的社会动员范畴中却并没有特别包含青年女性。在摩登小姐出现之前,已经有了"青年"的概念。钟雪萍就曾指出,"青年"或"新青年"一词早在五四时期(1915—1927)的新文化运动中就已经出现:

> 在现代中国,"青年"作为一个论述建构的范畴存在于两大领域之中。首先是历史:在历史中,青年被认定为反抗传统思考实践方式的政治力量,是确立中国走向独立自主的斗争之路和探寻20世纪现代化进程的工具……同时,按照Frank Dikotter的看法,青年的社会范畴又迅速被转化成了一个论述的建构。"青年"变成了一个关于新生、活力、承载现代性的有力符号:它被创造出来代表理性、进步和科学。[59]

"青年"并不仅仅是20世纪早期鼓动中国青年的关键范畴,它还是"中国启蒙"研究中的首要历史范畴。尽管青年的概念没有特别排斥女性,它的焦点还是首先在年轻男性身上,并不重视年轻女性在公共和私人空间中遇到的生活问题。

尽管国民党与左翼是政敌,在对摩登女郎的批判上却有很多共同点。摩登小姐的全盛期基本上与1927年国民政府统一中国到1937年日军全面侵华的南京政府时期重叠。南京政府掌权是从清洗激进知识分子和镇压左派声音开始的。新政府在控制大城市之后马上开始规约日常生活,在公众场合禁止"服妖"——穿西式时装的妇女。[60]北京、上海、南京、天津和汉口等很多城市纷纷组建"摩登破毁团"成员巡查街道,见到太"摩登"、"怪异"的女性服装就去剪破。[61]政府也督察公共空间,逮捕着"奇装异服"的女性,并进一步加强规约。[62]

对妇女服装的约束在新生活运动中达到高潮。1934年国民政府推行新生活运动。摩登小姐的外表被认为是非我族类,她的消费主义也再次成为了批判和改革的靶子。[63]蒋介石夫人宋美龄声称中国女性，尤其是很多城市中的职业女性，既应该遵守禁令不要烫发，也不应该涂指甲。[64]女性必须遵守礼服、上衣和裙子的长度规定，丢掉"摩登"的装扮。[65]与公共道德和国家动员需要一样，民族经济也是这些禁令和规约的借口之一。摩登小姐消费进口奢侈品的行为遭到批评，因为这样据说会损害民族经济。上海商会称，由于都市女性着迷于时装，服装样式变化太快，甚至衣服刚刚做好就已经过时，结果大量没人要的过时服装积压在当铺，导致这些穷人借贷的唯一去处濒临破产。时尚女性又偏好成衣，于是绸缎庄的生意也一路下滑。对于时尚的过分注重已经威胁到了民族经济。商会于是要求政府强化服装规定，禁止"奇装异服"，并鼓励使用国货：男女国民均应穿朴素的布衣，用国产布料。[66]1935 年更被指定为"妇女国货年"，摩登小姐的形象，如电影明星胡蝶，被广泛用来推广国货。国民政府明显是要将摩登小姐重新征召为国民，不过这种重征还是通过消费完成的。

与历史上其他被认为是妇女解放思潮的模式——如晚清的贤妻良母、娜拉、职业妇女、劳动妇女不同，摩登女郎被大多数女性主义看作负面的形象。五四和新文化运动鼓励青年女性进入公众场合，接受现代教育，突破传统家庭，为自由恋爱和婚姻斗争。1919 年五四运动之后，更多的中国女性受到易卜生戏剧主角娜拉的影响，走出他们的父权家庭，追寻真正的爱情、自由和独立。[67]但是无论是左翼还是女性主义者都没有为婚姻中的妇女问题提供一个实际的解决方案。著名批评家鲁迅在他 1923 年的文章《娜拉走后怎样？》中为娜拉想象了两条可能的路："不是堕落，就是回来"。在中国，青年女子走出的是父亲的大家庭，从那里她被期待走进丈夫的小夫权家庭。摩登女郎并非娜拉。她为鲁迅的问题提供了第三种答案：她并没有想逃离婚姻，却从内部在日常生活的层次上和婚姻期待上开始破坏父权家庭。摩登小姐并不革命，她没有推翻任何体制的雄心壮志，然而她的浪漫曲中却谱进了对父权家庭的重要威胁。这些女性的行动并不仅仅是为了特定的权力斗争中的胜败得失——那些胜败得失对她们来说当然也许有其重要性，但她们选择和表达自己的行动更是一种自我探寻，而把自我探寻当作一种生存方式有时可能要冒极大的风险。正如 Sally Mitchell 所言,青年女子的生活里"暗含了成年女性还无法接受的新的生存方式、行为方式和态度。它允诺未来的变化,支持有希望改变女性'本质'的内在转变"。[68]

青年女性出现在公众场合是前所未有的一个重要的历史转折。如果说摩登小姐是为 20 世纪早期开始出现在公众场合中的青年女性设计的一个模型一样的固定替身,对她的这些批评实际上是使替身长存,却忽略了应该被代表的那些青年女性。作为五四青年的下一代,摩登小姐和摩登先生一起创造了新的性别关系,衍生出互相纠葛的利益链条,点燃了都市核心家庭的希望,也带来了它的幻灭。摩登小姐的浪漫与摩登先生对这种浪漫的渴望作用在一起,撼动了父权家庭。在她的消费主义表象背后,难驯的摩登小姐在历史和历史学两方面都挑战了男性中心的"青年"概念,修正了社会响应权威对女性进入"小姐—太太—母亲"的生活周期的期待。虽然她们自己很少反击对她们的批判,但是带着一丝微笑,玩乐在现代社会中的摩登女郎却毫无疑问地造成了诸多不安。

(译者:王卓异,华盛顿大学比较文学系博士候选人)

[1] 张恨水:《平沪通车》,1935 年。上海:上海百新书店,1947 年。

[2] 例如,中国二十世纪二三十年代现代派文学的主题之一就是这种焦虑,尤其是上海新感觉派的作品中。见 Shu-Mei Shih, *The Lure of the Modern*:*Writing Modernism in Semicolonial China*,*1917—1937*. Berkeley, California:University of California Press, 2001.

[3] 见 Ellen Johnston Laing, Selling Happiness:Calendar Posters and Visual Culture in Early Twentieth-century Shanghai. Honolulu:University of Hawaii Press, 2004.

[4] 叶浅予编:《漫画大观》,上海中国美术刊行社,1931 年。这是发表在《上海漫画》上的作品的选本。

[5] 《良友》,第 11 期,1926 年 12 月 15 日,第 1 页。

[6] 这恰恰是国民党势力抵达上海的时间,同年早些时候,国民党清除了激进知识分子

和工人。随着中国的统一和国民党政权的建立,中国的"上流社会"得以成形。

［7］ 同时期发行的针对较低社会阶层的读者报刊,诸如 1925 年的《上海画报》,1926 年的《福尔摩斯》和 1929 年的《晶报》,都没有这样的年轻女性照片。

［8］ 马国良:《〈良友〉忆旧:一家画报与一个时代》,北京:三联书店,2002 年,第 236—237 页。

［9］ 关于郑苹如的事件的深入讨论,参见罗久蓉:《历史叙事与文学再现:从一个女间谍之死看近代中国的性别与国族论述》,收入《近代中国妇女史研究》,第 11 期,2003 年 12 月,第 47—98 页。

［10］ 梁得所:《编后语》,《良友》,第 50 期,第 2 页。

［11］ 杨恭怀:《上海职业界的女职员》,载于《上海生活》,1939 年第 4 期,第 20—21 页。杨对这些女性和她们的环境采取了各打五十大板的态度。他看到这些女性必须忍受来自老板和顾客双方的骚扰。另一方面,他又批评这些女性不做家务,不学习,闲暇时间都用来娱乐。在" The Vocational Woman and the Elusiveness of ' Personhood' in Early Republican China"一文中,Bryna Goodman 讨论了对职业女性的态度,该文收入 Bryna Goodman and Wendy Larson 编 Gender in Motion: Divisions of Labor and Cultural Change in Late Imperial and Modern China , New York: Rowman & Littlefield Publishers, 2005, pp.265—286.

［12］ 徐行:《上海的女工》,《上海生活》,1939 年第 4 期,第 24 页。

［13］ 同上。

［14］ 《申报》,1930 年 1 月 23 日,第 15 页。

［15］ 同上。

［16］ 郭建英对日本现代文学有兴趣,并且是新感觉派小说家刘呐鸥的好友。他在戴望舒和刘呐鸥的文学杂志《新文艺》(1929)上发表过相当数量的作品和翻译。从 1931 年起,郭建英的现代都市生活漫画开始在上海的报刊上发表。1934 年,良友图书公司出版了《建英漫画集》。

［17］ 郭建英可能是从日本的流行杂志《妇人月报》上获得的启发。

［18］ 例如刘呐鸥、穆时英、施蛰存的小说,徐迟、鸥外鸥的诗歌,张若谷、黄嘉德的爱情短篇,以及胡考、鲁少飞、黄苗子的漫画。郭建英当时为刘呐鸥和 Heying 的新感觉派小说,徐迟的诗和鸥外鸥的散文画插图。尽管不如刘呐鸥、穆时英、施蛰存等人有名,他仍然是新感觉派的当然一员。

［19］ 张丽兰:《流行界的悲喜剧》,《妇人画报》,1935 年第 25 期,第 9—10 页。

［20］ 郭建英:《摩登生活学讲座》,《妇人画报》,第 1 卷第 1 期,第 16 页。

［21］ 赵莲莲:《如果我是个男子》,《妇人画报》,第 16 卷,1934 年,第 17 页。

［22］ 胡考:《中国女性的稚拙美》;默然:《外人目中之中国女性美》,《妇人画报》,第 17 期,"中国女性美专号",第 10—12 页。

［23］ 《标准美人》,《妇人画报》,第 1 卷第 1 期,第 18 页。

[24] 鸥外鸥:《中华儿女美之个别审判》,《妇人画报》,第 17 期,"中国女性美专号",第
12—16 页。

[25] 张丽兰:《你的现代生活趣味应有怎样的程度呢?》,见《妇人画报》,第 25 期,1935
年,第 13 页。

[26] 马国良:《时代女性生活之解剖》,《妇人画报》,第 15 期,1934 年,第 9—11 页。

[27] 黄嘉德:《老处女的后悔》,《妇人画报》,第 27 期,1935 年,第 6—7 页。

[28] 许信琴:《时代小姐的将来》,《时代漫画》,Vol. 1,创刊号,1934 年,重印于程德培编:
《时代漫画:老上海期刊经典》,上海:社会科学院出版社,2000 年,第 6 页。

[29] Susan L. Glosser, "The Truth I Have Learned: Nationalism, Family Reform, and Male
Identity in China's New Cultural Movement, 1915—1923." 收入 Susan Brownell and
Jeffrey N. Wasserstrom ed., *Chinese femininities*, *Chinese masculinities*: *A reader*.
Berkeley: University of California Press, 2002, p. 121.

[30] 同上,p. 139.

[31] Susan Mann, "Grooming a Daughter for Marriage: Brides and Wives in the Mid-Qing
Period." 收入 Susan Brownell and Jeffrey N. Wasserstrom ed., *Chinese Feminini-
ties*, *Chinese Masculinity*: *A Reader*. Berkeley: University of California Press, 2002,
p. 94.

[32] 同上,p. 94.

[33] 同上,p. 101.

[34] 同上,p. 103.

[35] 黄嘉德:《1934 年的美国女大学生》,载于《妇人画报》,第 14 期,新年专号(1934),
第 25—26 页。

[36] 许信琴,第 6 页。

[37] 本节中讨论的大部分漫画,除非另外注明,都出自 1931 年上海出版的《漫画大观》,
叶浅予编。

[38] 毕克官:《中国漫画史》,北京:文化艺术出版社,1986 年,第 93 页。

[39] 关于邵洵美的生平,参见 Jonathan Hutt, "'La Maison d'Or: The Sumptuous World of
Shao Xunmei," (《黄金屋——邵洵美的奢华世界》),收入 East Asian History,
Vol. 21, June 2001.

[40] 毕,第 86 页。上海书店出版社于 1996 年重印了全套《上海漫画》。

[41] 毕,第 107 页。

[42] 毕,第 126 页。

[43] 毕,第 43 页。

[44] 毕,第 56—57 页,第 116 页。

[45] Ainslie Armstrong McLees. *Baudelaire's "argot plastique"*: *Poetic Caricature and
Modernism*. Athens: University of Georgia Press, 1989, p. 15.

[46]　郭建英:《摩登上海:30 年代的洋场百景》,程子善编,桂林:广西师范大学出版社,
　　　2001 年,第 16 页。原版为《建英漫画集》,上海:良友图书公司,1934 年。

[47]　陆芷庠:《她的憧憬》,见叶浅予编:《漫画大观》,第 64 页。

[48]　鲁少飞:《女人的支票簿》,见叶浅予编:《漫画大观》,插页第 4 页。

[49]　郭建英:"No need to worry",《摩登上海》,第 20 页。

[50]　鲁少飞:《机会》,见叶浅予编:《漫画大观》,第 75 页。

[51]　郭建英:《爱的备忘录》,见叶浅予编:《漫画大观》,第 71 页。

[52]　魏绍昌:《"王先生"与"蜜蜂小姐"》,见《历史上的漫画》,山东画报出版社,2002 年,
　　　第 151—158 页。

[53]　McLee, pp. 33—40.

[54]　江上幸子:《现代中国的"新妇女"话语与作为"摩登女郎"代言人的丁玲》,见《中国
　　　现代文学研究丛刊》,2006 卷第 2 期,第 66—88 页。

[55]　Edwards, p. 116.

[56]　同上,p. 115.

[57]　Stevens, p. 86.

[58]　同上。

[59]　Zhong Xueping, "'Long Live Youth'" and the Ironies of Youth and Gender in Chiense
　　　Films of the 1950s and 1960s" in *Modern Chinese Literature and Culture*, Vol. 11 (2),
　　　1999, (pp. 150—185), pp. 152—153.

[60]　北平市政厅:《京师警察公报》,1927 年 6 月 25 日,无页码。

[61]　北平市政厅:《市政评论》(1),1934 年六月,第 58—59 页。

[62]　《京师警察公报》,1927 年七月,无页码。

[63]　《谈谈妇女标准服装》,《妇女月报》,第 1 卷第 5 期,1936 年六月,第 9—10 页。

[64]　《市教育局禁止女教员烫发涂指》,《妇女月报》,第 2 卷第 8 期,1936 年九月,第 20
　　　页(无作者名)。

[65]　《蚌新运会取缔妇女奇装异服》,《妇女月报》,第 1 卷第 3 期,1935 年四月,第 53—
　　　54 页;《广州强制执行取缔奇装异服》,《妇女月报》,第 1 卷第 9 期,1935 年十月,第
　　　31—33 页(无作者名)。

[66]　《市商会呈请取缔奇装异服》,《妇女月报》,第 1 卷第 7 期,1935 年八月,第 35 页(无
　　　作者名)。

[67]　挪威剧作家亨利克·易卜生(1828—1906)的《玩偶之家》是当时中国上演最频繁的
　　　剧作之一。1935 年甚至由于《玩偶之家》的频繁上演而被称作"易卜生年"。

[68]　Sally Mitchell. *The New Girl: Girls' Culture in England, 1880—1915*. New York:
　　　Columbia University Press, 1995, p. 3.

另类的摩登：探寻上海舞女(1927—1945)

张金芹

　　国内对舞女的研究比较少，虽然一些关于老上海的怀旧类的书籍中提到舞女，但是多描写老上海繁荣的舞厅生活，对舞女只是做了一点浮光掠影式的静态的描述。在这些追忆老上海旧梦的叙述中舞女既被视为旧上海纸醉金迷、浪漫多彩夜生活的缔造者又被视为上海都市环境不名誉的标记。有不少叙述一方面流露出对舞女的同情，一方面又把舞女看作老上海暧昧而诱人的景观。国外学者对舞女的研究较之国内研究抹去了政治性的同情色彩，[1]更加注重将舞女作为一个鲜活而丰富的群体加以立体化研究。在这些研究性著作中舞女群体中存在的性活动，往往被学者们等同于高级妓女的性交易。笔者在翻阅民国上海舞女的大量繁琐资料时，对舞女产生了不同以上观点的新认识。

　　本文所展示的舞女是一群具有现代意义的职业女性，她们相对于当时的家庭妇女来讲，在工作和爱情、婚姻中具有更大的自主权力，在男女两性关系中也并不仅仅处于传统上的弱势地位。本文的这一观点与一些将舞女看作受剥削受压迫的弱势群体或者将舞女看作高级妓女传人的看法大相径庭。

一　交际舞在上海的发展

　　舞女的整体命运和舞业的发展变化是息息相关的。要弄清楚舞女在 20

世纪 20 年代末到 40 年代中期的生存状况及发展变化，就有必要了解"跳舞"这一娱乐业在这段时间的变化情况，舞厅的发展状况以及人们关于"跳舞"观念的变化等。

交谊舞在晚清时随着西人传入上海，但是一直囿于洋人的夜总会、俱乐部之中，还是一种与中国人的生活相当遥远的娱乐活动。1922 年上海的一品香旅社也仿照洋人举行"交际茶舞"，不售门票，参加者都是达官贵人，从此拉开了沪上中国人跳交谊舞的序幕。交谊舞虽然于 20 年代在中国人的生活中出现，但是"交际舞在中国是奇事一桩，比无毛的鸡和生角的马更能令人惊愕"。[2]如 1945 年发表的一篇文章里，作者露骨地描写了 20 年代上海某大学游艺会上两对男女跳舞的情节："其中一双是并未拥抱……另一双却是拥抱得特别紧……当时上海没有舞场，大家没有看见过交际舞……大多数的观众都喟然叹曰，'恶心得来！'"[3]

1927 年下半年，有舞女伴舞的上海真正的营业性舞厅巴黎舞厅[4]开业，布置富丽堂皇，吸引了一些时髦的男女青年常去常往。鉴于舞厅生意兴隆，国人于是竞相争设舞厅，大华、新新、爵禄、月宫等舞厅乘时崛起，至 1928 年 4 月不到一年的时间里，上海的舞厅就已经达到三十几家之多，详见下表：[5]

华　　名	西　　名	地　　址
大华饭店	Majestio Hotel	静安寺路（戈登路）
卡尔登	Karlton Ltd	静安寺路（大马路派克路）
新派利	Pla Nation Ltd	静安寺路
派利	Plaza Hotel	法公馆
小总会	Little Club	静安寺路
利查饭店	Asor Hotel	外白渡桥
月宫饭店	Moon Palaile	北四川路
巴黎饭店	Black Cat	西藏路
爵禄饭店	Chaoloh	西藏路
新新舞场	Grey Hound	西藏路

（续表）

华　　名	西　　名	地　　址
安乐宫	Palaise Cafe	二洋泾桥
纳吉舞场（乐极）	Logde	靶子场
欢乐宫		北四川路　虬江路
绿鸟	Blue Bird	北四川路
金星	Golden Star	北四川路
桃花宫	Café Variete	西藏路
上海跳舞场	Flying Bat	西藏路
金龙	Golden Dragon	北四川路
爱亭	Eden	北四川路
东方	Easter	北四川路
檬姆	Mumm	朱宝山路
立道饭店	Lador	宁波路
密采里	Hotel de France	爱多亚路
东华	Paeaise de Onintal	霞飞路
益利	Eddi	百老汇路
新罗谢	New Royal	朱宝山路
	Premier	二洋泾桥
	Paris de Dance	静安寺路
	Delmonte	静安寺路
	St. Georage	静安寺路
	Charleston	静安寺路

　　上表的舞场中大华饭店、卡尔登、利查饭店、派利饭店、小总会等为头等舞场。按照当时人的评价标准，头等舞场不但布置富丽堂皇、音乐优美动听，而且舞场里不备舞女，舞客跳舞要自带舞伴。舞客进入舞场时要交门票，比如大华门票一元，小总会门票二元，逢节假日门票还要增加，[6]"所以纳费之故，因场中无舞女不若其他小跳舞场（即中下等）能籍舞女而增收入，

也故其奏乐时间亦较小者为长(小者每一舞票价小洋四角,故奏乐越短则售票越多能得多金也)"。[7]有些头等的舞场对舞客还有着装的要求,如大华"除茶舞可随意外,晚间皆需着礼服"。[8]巴黎、爵禄、新新、安乐宫等为中等或者中上等的舞场,里面备有舞女,免门票,舞券和大华等头等舞厅同样是一元三张。[9]而一些地处华界的小舞场,由于布置简陋,舞票廉价(一元四、五张),属于末等大舞场。[10]

舞风兴起的初期,对于普通的上海市民来讲去舞厅跳舞还是一项奢侈的娱乐,并不是他们能够消费得起的。当时的鸳鸯蝴蝶派作家周瘦鹃曾在报上发表过一篇短文,记载了他一天的舞场生活。他同王汝嘉首先在大华饭店跳舞场里见到了光华大学的高才生叶君寿、王汝嘉的妹妹慕仙女士、名交际花唐英女士、张慧冲、名优伶周信芳、电影明星黎明辉女士、王季眉、宣景琳女士和高级妓女刀疤六娘等人,而后又在新新舞场里见到了作家刘恨我、交际花小曼女士、歌舞明星欧笑风女士等人。从周瘦鹃在跳舞场中遇到的舞客可以看出,这些舞客虽然身份复杂,但都是当时具有中上层消费能力的"名人",并不是普通的市民。这说明当时能进入跳舞场的还多为具备消费实力的中上层人士。

此时关于跳舞,人们还褒贬不一,态度复杂。有的人认为跳舞盛行虽是件好事,但并不是随便人人都有资格跳的,"跳舞要有美满的学问,高尚的艺术,方可以到跳舞场去"。[11]可见这种人将跳舞作为上流人士的一种身份象征。有些人则对于跳舞持有贬抑态度,如认为跳舞是造成家庭破裂的主要因素;[12]或认为跳舞给无经济能力的人造成了经济压力,"其实混迹舞场大跳特跳,非到午夜二三点不休,更加上一夜的消耗,化上几十块钱,劳神伤财,莫此为甚"。[13]"一跳而半夜薪水去,再跳而一月薪水光,三跳而债台筑,四跳而生意歇,五跳而家产破,六跳而困水门汀。"劳人先生在《申报》上发表的这篇《侮辱男性》更是将跳舞看作一种罪大恶极的事情。[14]还有人从维护传统道德的角度给予激烈地批评,"跳舞一道,被一般自命新人物的人,视作为艺术之一,则更是冤枉中的大冤枉哩。跳舞场中除了男女相抱,大家一阵肉麻之外,乱跳乱动,随意做作,合以靡靡之音,以迎合狂男荡女的性理……

似此伤风败俗之场地,竟窃艺术之名,以饰其非"。[15]总之,此时人们对于交谊舞既感到兴奋又感到了恐惧。

　　30年代初至孤岛时期,随着上海经济的发展,奢华消费之风日盛,上海的舞业因此承接了20年代末的舞风继续发展。舞厅建设方面,花园舞场的出现和解放前四大舞场大都会、丽都、百乐门、仙乐斯的建造进一步推进了交谊舞在上海的发展。花园舞场的出现,起始于大华饭店大门处改建的"大都会"花园舞场。"大都会"舞场,拥有宽敞的花园,环境特别优雅,这在当时可谓别树一帜,故而得以跻身上海著名舞厅之列。[16]在这之后又有丽都花园跳舞场、"新仙林"花园舞场、大沪花园舞场、辣斐花园跳舞场等,上海滩一时成了花园舞场的天下。1932年百乐门舞厅兴建,设计之先进、陈设之豪华、服务之周到、冠绝上海,因此被人誉为"远东第一乐府"。"月明星稀,灯光如练;何处寄足,高楼广寒;非敢作邀游之梦,吾爱此天上人间",这是百乐门舞厅刚刚建成时上海滩一位不知名的诗人为百乐门留下的传颂一时的诗句,字里行间流露出上海人对这座人间乐园的无限仰慕。[17]1936年仙乐斯舞厅建立,整个建筑优美富丽,进口处有喷水池,显得清新优雅,厅内没有一扇窗户,全靠着机器调节温度,并配以柔和灯光,使人有别有洞天之感觉。除了这些大的舞场之外,大世界、大新、永安等游艺场和一些咖啡馆、饭馆也纷纷附设舞场。大小舞场在30年代上海的十里洋场遍地开花,据1937年的统计,全市各类舞场已超过了50家,[18]当时的西藏路被人称为"舞厅路",舞厅之多可见一斑。各家舞场在竞争中竭力延长开放时间,营业场次在茶舞和夜舞的基础上又增加了早舞和午舞。早舞一般从上午9点到12点,接下去是午舞,下午3点左右为茶舞,晚舞大约从7时开始跳到半夜。

　　舞业竞争的激烈,导致了舞票的下降。笔者将一些舞厅在此期报纸

百乐门舞厅建筑物外观

上做的广告整理如下,以增加读者对此期舞厅营业方面的认识:

巴黎舞厅	贵族化的布置,平民化的舞价,巴黎舞厅,每日举行茶舞大会,舞票每元五张,日夜一律。地址马浪路霞飞路口。五时半起,八时半止,男宾奉送精美茶点。
大新舞厅	大新舞星供应所,出门伴舞。美丽标准舞星三十余位,个个擅舞,天资窈窕,出门伴舞,每小时一元,随时随地电邀即到。
月宫舞厅	每日下午六时开放,天天茶舞,奉送香茗,著名舞星,一元七跳。
逍遥舞厅	茶舞每日下午 2 时开始,每元可得八次拥抱。
飞舞舞厅	茶舞每日六时开始,舞票每元可得八张,每晚举行有奖跳舞,地址:爱多亚路,大世界三楼。

摘自《女人》,沈谈影主编,1936 年第一期,上海小型出版社

舞厅的增多和舞票的下降使得跳舞为普通市民所接受。有人在报上感叹道:"近来一般朋友都转变了,并且这是一个剧变。宽衣博袖的道学先生,居然在极短的时期以内,改成了西装革履的翩翩少年。"[19] 而关于跳舞涉及的道德问题,此时有人认为:"其实跳舞非比嫖妓宿娼,完全以卖淫买淫为满足点。"[20] 人们不仅完全接受了跳舞这种新的娱乐活动,而且将其视为一种"摩登"的娱乐活动。1933 年《夜报》上的一篇文章总结的摩登生活包括大热天到游泳池洗冷水浴,打高尔夫球和回力球,白相跳舞场,并认为在这些"摩登"中,跳舞最"来得有益",因为"跳舞怎样锻炼身体、怎样助长消化、怎样柔软运动,凡是加入跳舞以后,都能加以承认的"。[21]

1937 年八一三事变以后,在战事的影响之下,舞业曾一度衰落,但是至孤岛和敌伪时期,却又畸形发展起来。这主要是因为战争爆发后,外地一些富商大贾携带着巨额资金涌进上海的"租界"避难,资金富足而又无所事事的"难民"在各种娱乐场所消遣玩乐。再加上日军压迫和麻痹,市民们意志消沉,花钱买醉,将舞厅视为逃脱苦闷的世外桃源。"'孤岛'上的人们是普遍地感到苦闷,所以逐渐朝向享乐一方面去,上海娱乐事业的突盛,那是很好的明证。舞市更不例外,舞场咸先后复业,盛况不亚于八一三前。"[22] 一些有钱的"外行老板"见跳舞场生意红火,也纷纷投资加入这一行业,使得战

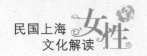

后上海租界内的跳舞场猛增。笔者对在此时各报上做广告的一些舞厅进行了搜集,现用表格形式呈现出这一时期上海的舞厅状况:[23]

舞厅名称	地　　址	舞　价
百乐门	愚园路 218 号	甲等舞场 一元三张
大都会	戈登路 56 号,今江宁路 56 号静园书场	
仙乐斯	静安寺路,今南京西路 278 号	
维也纳	虞洽卿路新世界游乐场内,今西藏中路 437 号	
丽都花园	麦特赫斯脱路丽都花园,今泰兴路 306 号	
大华	爱多亚路马浪路口,今延安东路 741 号	乙等舞场 一元五张
圣爱娜	静安寺路斜桥路口,今南京西路吴江路口	
大新	虞洽卿路人新公司内,今西藏中路南京路第一百货商店	
黑猫	虞洽卿路,今西藏中路	
大东	大东旅馆三楼	
大沪	静安寺路 254 号,今南京西路 254 号	
旋宫	爱多亚路,今延安东路	
国泰	虞洽卿路新世界游乐场内,今西藏中路 451 号	
扬子	云南路扬子饭店内,今云南中路 287 号	
国际	静安寺路国际饭店内,今南京西路 170 号	
新华	爱多亚路,今延安东路	
伟达	霞飞路,今淮海中路	
老大华	马浪路,今马当路	
米高梅	虞洽卿路新世界游乐场,今西藏中路 447 号	
爵禄	虞洽卿路,今西藏中路	丙等舞场 一元七八张 至十六张
逍遥	虞洽卿路,今西藏中路 377 号	
安乐宫	爱多亚路安乐宫饭店内,今延安东路 57 号	
丽娜	虞洽卿路 77 号,今西藏中路 77 号	
胜利	北京路,今北京东路 760 号	
惠令登	北京路	

（续表）

舞厅名称	地 址	舞 价
小都会	静安寺路70弄2号,今南京西路70弄2号	
小舞场	福煦路幕而鸣路口,今延安中路茂名路口	
皇宫	宝善街,今广东路440弄	
东方	虞洽卿路东方饭店内,今西藏中路120号	
蝴蝶	四马路,今福州路	
高峰	敏体尼荫路大世界游乐场,今西藏南路1号大世界	丙等舞场一元七八张至十六张
大路	浙江路430号,今浙江中路430号	
中央	宝善街中央大旅社,今广东路57号	
月宫	北四川路月宫饭店内,今四川北路	
大美	虞洽卿路,今西藏中路	
上海	五马路,今广东路	
远东	远东饭店,西藏中路	

如上表所示,此期的舞场中票价一元七八张至十六张的丙等舞场占据了多数,这说明舞场越来越面向普通大众。这样收入不高的小市民也有了涉足舞场的机会,跳舞早已不再是一种值得炫耀的事情。而随着跳舞的平民化,许多中下层舞厅渐渐沦落为"猎艳之场,寻欢之窟。其莅舞榭也,鲜有为跳舞而来者,无非假此以作晋接异性之阶,以图片刻温馨耳"。[24]此时,舞场在上海市民的印象中已经成为一个堕落的场地,[25]成了变相的高级妓馆。许多舞客去舞厅跳舞

现在的百乐门舞厅以及墙壁上30年代的舞星照片;2006年百乐门舞厅公开招聘舞师引起文化部门的关注

已不仅仅为了满足肉欲的享受,而是将此作为诱骗舞女达到发泄性欲目的的前戏。

从"跳舞"及舞厅在上海的发展过程中可以看出,自西方传入的交谊舞在上海的普及逐渐扩大,越来越多的人参与到这项娱乐中来。人们对于去舞厅跳舞的态度在20年代末还是褒贬不一,而到30年代认为跳舞是摩登生活方式的组成部分。孤岛和敌伪时期由于舞厅里的色情现象加重,舞厅在人们眼中成为一种堕落的场合。

二　舞厅人员与规则

要考察舞女在舞厅中的工作状况及其地位,首先要梳理舞厅内部人员的相互关系以及舞场规则。舞厅的工作人员除去舞女外包括舞厅老板、舞女大班、乐队成员以及其他杂务人员等。舞客是舞厅的主要服务对象,需要按照舞场里的明文的或潜在的规则来和舞女跳舞。

开舞厅的老板或者经理是舞厅的主人。他们一般是对娱乐业熟悉的白相人,或者是有靠山的人,也有的是舞厅小郎出身,比如百乐门的老板郁克非曾经就是小郎,后来积攒了钱财才当上了老板。舞厅内部情形复杂,若是缺少门路和手段,很难长久维持,仙乐舞厅自1936年至1946年,曾六易其主,说明舞厅老板的难以担当。老板的责任是雇乐队,请舞女,请杂技团,付房租,购饮料等(饮料售出后的收入归老板所有,舞女从中拿去回扣)。舞厅里面舞女的好坏,会很大程度上影响到老板的收入,因此舞厅老板对红舞女相当的客气,对红舞女

1933年《夜报》上刊登的某舞厅内部景观

的要求也是尽量满足。

舞女大班是老板、舞客、舞女的中间人，举凡一切舞女事宜皆由其负责管理，如介绍舞女入场，监督舞女坐台，注意舞客是否按照常规付舞票等等，另外还得奉老板之命去挖别家的红星，同时又要防止别人反

30 年代百乐门跳舞厅的常驻乐队是菲律宾人的天下，这是菲人"纳尔逊"乐队

戈一击。在舞女一方，没有大班引导，舞女进不了舞场；另外大班通常认识一些有钱的舞客，可以介绍给舞女。在资方，舞女大班监督舞女的舞票收入，以确保舞女将跳舞全部所得上交。大班就像经纪人和皮条客，还要调节舞女与舞客之间的关系。大班的收入主要靠和舞女的拆账。舞女大班通常获取舞女和舞场拆账后所得的十分之一或之二，如果手下有几个红舞女的话，收入有时会超过一般银行的总经理，洋行的大班。

乐师又称为"洋琴鬼"，他们多是菲律宾人或者黑人，一般在舞厅里演奏爵士乐。洋琴鬼收入颇丰，少的百来元多者四五百元，领班的薪水则常为普通乐师的加倍，他们的工作也很辛苦，至少是每晚五小时，连同茶舞会在内，每日常在八小时以上，而且他们的工作紧张而费力，连续不已，没有三五分钟的休息。他们和舞女接近的机会比较多。因为在同一地方工作的缘故，发生好感是很容易的，所以关于洋琴鬼和舞女的绯闻经常见诸于报端。[26]

舞场杂役包括马桶间阿姨、小郎、衣帽间和男厕所的侍役等。马桶间是舞女的休息室，舞场营业之前，舞女们先到这里整理装饰，敷脂抹粉，寄放衣物。马桶间阿姨要事先预备好一切化妆用品，诸如脂粉、香水、头油、香皂、毛巾、针线、棉花、纱布和其他妇女应用品，特别注意各舞女的独特所需。不论是红舞星还是阿桂姐，[27]对她都不敢得罪。她对于舞女的脾气秉性、喜怒哀乐、家庭住址、有没有情人等相当了解。如果舞女之间有了误会，或是为争情人而争风吃醋，她也会从中劝解、开导，让她们互相理解，和平共处。

对光顾马桶间的女舞客更要殷勤招待。舞女和女舞客的小费是马桶间阿姨的日常收入,此外每至年节月终,舞女还要赠与,所以她们月收入可以达数百元,甚至有时候舞女遇到经济困难,她们还可以放一下高利贷。[28]

舞厅里的小郎有好几个种类:汽车小郎负责在大门口为客人拉车门、引车、叫车;拉门小郎在舞厅门口为舞客拉门,还要防范舞女私自和舞客离开舞厅;舞女小郎的工作是主要服侍舞女,为舞女斟茶倒水,取衣送物,备取饭菜或者联络舞客等;乐师小郎是专门服侍乐师的,负责乐师的生活起居,冲茶,冲咖啡,送饭菜,打扫音乐台,或者乐师到其他舞场赶场时负责运送乐器;还有专门为舞客服务的小郎等等。他们奔跑于舞场之中,年龄比较小,大多在14到18岁之间,年龄大也有,但不多见。小郎的收入主要靠舞女、乐师或者舞客给予的小费。小郎虽然是舞厅里面地位最为低下的人,舞女也不敢对他们过分得罪。例如如果某舞女得罪了小郎,冬天小郎给她灌热水袋的时候,会悄悄地在热水袋上扎个洞,让舞女使用它的时候弄湿了衣服。

衣帽房和男厕所的侍役,主要负责保管舞客的衣物。夏季舞客穿衣较少,无衣帽可存,是杂役的淡季,收入甚微。但冬春季一到,舞客穿衣戴帽复杂,他们的收入骤增,一般每件衣帽起码要交一角小费,旺季每日有十余元的收入。但这种职业责任重大,而且有相当的风险,一旦衣物丢失或者损毁,他不但要照价赔偿,还有可能被舞场解职。所以有人谋取此职,或者与舞场主有相当的关系,或者要订立取保之约。男厕所的侍从则要准备香皂、毛巾、梳子等日常用品,舞客如厕后,要及时倒水净手,梳发整容,刷靴擦鞋,每次可得小费一二角。舞客一向是男多女少,且个个在舞女的诱导下畅饮酒水,每位舞客每晚要如厕数次,侍从的日收入也就可观了。

舞厅里的工作人员保障了舞厅的正常运转,而舞客则是舞厅赖以生存的源泉。舞厅里的舞客,最初多是西人和中国的上层人士,如政府要员、富商或者上层知识分子等,到后来,银行职员、大学生、公子哥、没落文人、公司经理等等都成为了舞厅里的常客。

最初,舞客到一些一流舞厅去跳舞,是要购买入场券的,从半元到两元不等,后来的舞厅只有在举办"茶舞大会"的时候才收取门票。舞客刚进舞场，侍者便会问要点什么，经济点的话就要一杯清茶，这杯清茶的价格，在大的舞场，一元五角不等，小型舞场，亦要两角三角。[29]如果舞客初次到某一舞厅跳舞，没有自己稔熟的舞女，可以随意挑选自己中意的舞女。如果他是某舞厅的常客，多半有自己熟悉的舞女，一般情况下他是只和自己熟悉的舞女跳舞的。如果自己稔熟的舞女正在和其他的客人跳舞或者坐台，他会独个儿喝茶一直等到她有时间为止。如果某舞女的常客有一天突然和别的舞女跳舞了，这会让某舞女很难堪的，有的时候舞女会向客人大兴问罪，并责怪被跳的舞女不该抢她的常客，这是舞厅当中经常出现的矛盾。[30]

不管是在大舞场还是小舞场，舞客和舞女跳完舞后往往要多给舞女舞票，如果只是跳一元的舞票，往往被舞女骂为"单洋客人"，为舞女所轻视。有的舞客为了讨好舞女而又不想多买舞票，就会在付给舞女舞票的时候悄悄在其中夹上一些现金，这在舞场里称之为送"夹心饼干"。[31]这种"夹心饼干"是舞场当局最为忌讳的，舞女大班会对舞女进行严密的监视。

舞客除了跳舞之外，还可以叫舞女"坐台子"，就是和舞女坐下来聊天。"舞客之召舞女坐台，盖不外两种心理：其一，存心大帮其忙，博女一笑，第二却是轧轧台型。尤其是舞女为二客争舞时，夺勿均匀，即召之坐台，捷足先得者：'哼！阿拉有的是钱，坐啦，看伊阿有还价？'"[32]1938 年的时候"小型舞厅坐台子，每小时法币三元，但是因为台型上的关系，大概终是要买五元的多，一等舞厅，如大新、国际、扬子、国泰……和三等的逍遥、远东……也是同一的价目，每小时法币五元。"[33]舞客坐台子前可令舞场中的小郎叫自己心目中所喜欢的舞女，舞女无别种情形，即应命来坐。舞女坐台的时候必择一饮料，如"樱桃一物，须纳费两元，舞女可扣佣四角，橘子须一元，舞女可扣佣四角，如大餐、西点、酒等则纳费昂贵，但舞女皆有回佣可扣"。[34]舞客为了讨好舞女，或者为了显示自己的气派，还会为舞女"开香槟"。"香槟酒之价格小瓶者八元，大瓶者十六元，开小瓶者香槟酒，舞女可分得两元，若大瓶者亦仅能分得两元而已。"[35]由于香槟酒花费甚大，到 30 年代末"开香槟"就已成为强弩之末，被一般舞客认为是一种奢侈品了。1938 年某舞厅里的一个仆役说他竟然四年没有见过开香槟的舞客了。[36]有种舞客叫舞女坐台子,不管这个舞女坐十分钟也好,五分钟也好,都会购买大量的舞票,而且有时候连台子也不坐,买了巨额舞票后就扬长而去了,这在舞场里称为"捧场台子"。[37]

舞客如果和一个舞女稔熟了之后,还可以将舞女"买票带出",和舞女一起看电影、吃大餐、游公园、逛商店或者到其他的舞厅跳舞。舞客将舞女买票带出,不但舞场当局欢迎,舞女也乐于接受。[38]买票将舞女带出,每小时大约五元,大的舞场每小时十元的也有。"如购票带出,陌生者须事先购票,熟客待返厅后,给票亦可,大舞场坐台带出,照规矩亦不过十元一小时计算,但派头要大须给五十一百,中型舞厅价格略同,坐台带出给二三十元舞票即可"。[39]

舞客就是在舞厅多花钱也不一定会讨得舞女的欢心,因为在舞场里舞客除了要"阔气"之外,还得有"跑舞场的噱头"。这也就是说,在舞场里要经常谈一些有面子的话,使得舞娘们对舞客感到相当荣耀,同时舞客也要随机应变,能从容应付舞女各样的"迷汤"。[40]所以很多初入舞场的"黄包车"舞客(指刚学会跳舞的舞客),有时候是花了很多冤枉钱,还得不到快活。

到舞场里的客人并不是都要跳舞的。有一种特殊的客人进了舞厅只要一杯清茶,便在舞厅里听听音乐,欣赏人们的舞姿或者向隔壁座位上的舞女问长问短。"考其原因,譬如上茶馆去吃茶,至少的代价,每壶茶尚要三四分,现在费了二角小洋的小账,可以坐上三四个钟头",[41]显然这些客人多是一些清贫者。有时候一些生意冷清的舞女会愿意和他们聊聊,为的是自己没有客人理会而不至于太难堪,而红舞女是不屑与他们聊天的。

当然,并不是所有的舞客,都那么遵守舞场里的规矩,有一些人就经常混到舞场里面"跳白舞"。跳白舞的人有两种不同的情形,一种是舞客和舞女有特殊的情感,舞女高兴与他跳舞而不收取他们的舞票。一种是那些专门到舞场里揩油的人,他们和不同的舞女轮番跳舞,东跳一支,西跳一支,最后是溜之大吉。[42]或者他们专门选择那些刚进舞场没有生意的舞女跳,因为新舞女最怕"吃汤圆",见有人来跳就满心欢喜,如果舞客不购买舞票也不会太在意。[43]这种跳白舞的舞客，大多出现在小舞场里，大舞场则比较少见。

法国学者米歇尔·福柯告诫我们，权力"不是一件能被拥有、攫取或分享的东西，也不是任何一个人可以把持或任其流逝的东西"。"权力在无数点中运行，它在各种不平等和流动的关系中互动"。[44]福柯"无王的权力"的概念启发我们认识到，在舞厅这个固定的公共空间中，每个人都会找到自己的坐标点，也都拥有自己独一无二的权力，本节就简单展示了舞厅内部运行的规则以及舞厅内不同的人享有的自己的"权力"。那么，在舞厅错综复杂的权力关系中，舞女又是怎么行使自己的"权力"的，她们在舞厅内外又扮演了一种什么样的角色？

三　舞女群体的出现与发展

20世纪二三十年代，中国妇女解放运动有了长足的发展，不少都市女性已经走出家庭进入了职场。19世纪末，康有为、梁启超等维新志士就开始从戒缠足、兴女学两方面入手召唤妇女的自立精神。辛亥革命时期，以获取就业权作为女性自立手段的呼声日高一日。1903年，金天翮在《女界钟》一书中首先提出了"营业之权利"为妇女的一种基本权利的观点。[45]新文化运动兴起前后，妇女就业思潮渐为勃兴。丁逢甲曾一针见血指出妇女如果没有职业的弊端："一、妇女依赖男子，无自立之能力，即失国民之资格。二、不能自立，而为男子之附属品，则所谓男女平权者，亦有名无实。……是故振兴女子职业，使各有自谋生活之技术，实今日至重要之事。"[46]五四运动爆发前后，妇女就业思潮日趋深化。胡适放眼于中西对比，倡导"美国妇女精神"，认为"美国妇女的社会事业不但可以表示个人'自立'精神，并且可以表示美国女界扩张女权的实行方法。"号召中国妇女以之为榜样，自主择业。[47]女子经济独立、女子获得职业已经被视为妇女解放的根本途径。这正如时人所言："女子若有了独立性的职业，便有了独立的经济。经济既然独立，虽不说社交公开，自然社交公开。虽不说婚姻自由，自然会婚姻自

由。"[48]到了 20 世纪二三十年代,一些女性刊物已经从探讨女性该不该从
"家庭"走向"社会"转为讨论女性该如何实现从"家庭女性"到"社会女性"的
转变。20 年代《妇女杂志》塑造的"新女性"和 30 年代《玲珑》塑造的"摩登女
性"都要求女性从旧家庭的种种束缚之中解脱出来,以独立个体的形式出现
在社会之中。当时思想界对妇女就业思潮的大力张扬多少弱化了传统女性
的家庭定位,一定程度地营造出妇女就业的相对宽松的社会环境,这就为舞
女职业群体的出现奠定了社会基础。

虽然社会舆论不断鼓励女性走向职场,一些职业也确实向女性开放,但
是当时的女性在走向社会寻求职业时却遭遇了巨大挑战——需要职业、追
求自立的女性并不能容易地找到一份职业。根据上海职业指导所于 1927 年
成立一年后的一项调查,人才市场供大于求,"求人者仅占求职者 7%,而成
就者仅占求职者 12%。"一些女学生走出校门之后竟发现自己只能充当"女
结婚员"。[49]即使一些女性能够在社会上寻得一份工作,微薄的收入也难以
改变自己的生存处境。下面的表格展示了 20 年代末至 30 年代初一些女性
从业者的收入状况:

职 业	月收入	备 注 资 料
女工[50]	13.36 元	各厂规定的工作时间,每天清晨四点半天没有明亮即须到厂工作,直到下午六点半天才放工休息,每天工作在十三小时以上[51]
女店员	二十元至五十元	有的店员可以享受汽车接送;不须高深的学历,只要初中的程度就可以[52]
女茶役(女招待)	二十元左右	每天下午一点到游艺场里工作 女招待并无工资,全靠外快收入。一杯热茶,大抵资费小洋二毛,但醉翁之意不在茶的游客,花一至二元乃至五元喝一杯茶的事是常有的。为得外快,她们打扮得花枝招展,殷勤地与茶客周旋,却不以青楼女子那样公开出卖肉体[53]
女会计员[54]	三十至七八十元	每天大约工作五六个小时;女会计员的人数极少

当我们把以上女性从业者的经济收入和当时所标榜的摩登女性的消费

相比时,就会发现一般的职业女性很难加入摩登女性的行列。下面的表格是 1934 年一份杂志所载的当时摩登女性的最低消费:

一个摩登女子的最低消费春装估价表[55]

女子服饰物品	单位数量	价格(元)
深黄色纹皮皮鞋	1 双	6.50
雪牙色蚕丝袜	1 双	1.20
奶罩	1 只	2.25
卫生裤	1 件	0.80
吊袜带	1 副	3.00
扎幔绉夹袍	1 件	8.20
春节短大衣	1 件	16.00
白鸡牌手套	1 副	2.80
面友	1 瓶	0.75
胭脂	1 盒	0.50
可的牌粉	1 匣	1.45
唇膏	1 匣	0.50
皮包	1 只	2.50
电烫发	1 次	5.00
眉笔	1 支	0.20
蜜	1 瓶	0.40
以上合计共用银两 52.05 元		

由上可见,妇女解放运动所倡导的女子就业思潮诱使着一些女性走出家门,社会就业机会的缺少使得女性又不知走向何处,就是谋得职位的某些女性也难以在较大程度上改变自己的生存处境。

舞女的经济收入却远远超过了上面表格所显示的其他女性从业者的经济收入。1928 年《申报》上的一篇文章记载了普通舞女的收入状况"按舞女的收入调查,每夜和舞场对折至少净挣四五元,多至一二十元不等,统计一月起来,均有一二百元,其数也很客观,像我们绞脑汁弄笔头委实望尘莫及,恨不化作女儿身呢"。[56]一名普通舞女的这种经济收入不但可以使自己过

30 年代上半期上海滩最为有名的舞女皇后是来自北平的李丽,以一身摩登的泳装造型出现在 1933 年的《夜报》上

上摩登女性的生活(见上面的表格,一名摩登女性的最低衣饰消费不过五十几元),还可以有能力改善自己家人的生活。李欧梵在其《上海摩登——一种新都市文化在中国(1935—1945)》的著述里写到他曾经找寻到的一份舞女的月收入和支出统计表,其收入大致是,每日工作 5 小时,每小时伴舞 10 次,每天收入是 8.5 元,1 个月总收入是 255 元;一个月支出项是,房租为 25 元,伙食约 30 元,包括影戏票的应酬是 20 元,衣饰为 54 元,储蓄 25 元,供给家用 200 元(可能是虚账),总支出 354 元。那么收支相抵后尚欠 99 元,"此中欠款如何解决,哑谜而已"。从这个收支表来看,舞女如果要做到收支平衡的话,完全有能力供给家用"101 元"(200 元减去 99 元)。

舞女伴舞的高收入不仅吸引了一般家庭女子,也使得早已走出家门的电影女演员、高级妓女和女学生投身舞厅充当舞女。如 30 年代红遍上海滩的舞星李丽娜就是电影明星出身,"初为国光影片公司演员,所作片成绩咸佳。国光停产复为明星演员,继而入爵禄为舞星"。[57]《舞星艳影》一书中记载的舞星黄秀英则是高级妓女转业而来,"舞潮未兴时,英曾隶福裕里芝芳家,十二时前应征,十二时后则伴舞于巴黎饭店。未一个月竟常作舞星而弃芝芳为秀英矣。又一周乃截发作西装。客有讯其弃妓习舞之故,则云'跳舞场生意比较出堂差好,务必应酬客人,只要人漂亮,跳得好自然好进账,所以奴勿吃堂子饭哉'"。[58]不仅妓女要当舞女,就是上海一些有名的女子中学里的高才生也甘下舞池,成为 20 年代末上海早期舞女的来源之一。如《舞星艳影》记载的爵禄舞星李香宾为爱国女校之高才生；先在爵禄后入巴黎舞厅的李丽娜为圣玛利亚女校之高才生；巴黎舞星徐小曼为振德女校之高才生。

早期的上海舞女整体素质还是相当高的，当舞女并不是一件容易的事情。周旋于达官贵族、文人雅士和各国西人之中，"充当舞女要有些看家本领：除了跳舞外，还要会讲外语，懂西方礼节，会骑马，能游泳，会打网球等等"，[59]除这些西方的事务要精通外，有深厚的国学基础，能够和客人边跳舞边谈论歌词诗赋，也是舞女最好要掌握的一项本领。被誉为"中国女子习舞蹈之第一人"的何影梅，西名梅白尔 Mable，就不但西文说得好，诗也写得好："芳心寂寞依修竹，此身漂泊在天涯，回忆当年犹有恨，故园归去已无家"这首《舞罢归来有感》就曾被当时的舞客所称颂。[60]

然而，伴随着舞厅的发展，舞女的需求不断增多，成为舞女的门槛相应降低。尤其是中日战争大规模爆发后，江苏、浙江一带的穷苦女孩子也伴随着难民潮涌进了上海，做舞女成了她们在上海谋求生存无奈的而又不错的选择。舞厅增多一方面使得成为舞女的门槛降低，另一方面舞票价格的下跌使得舞女的收入下降。1938 年一位经常在小报上写舞稿的"豆腐客"撰文为舞女收入的降低担忧，他以静安寺路畔一元十六跳的小都会舞厅为例，"核计每舞仅法币六分。一次音乐，从音乐起奏到终迄，大概有三分钟时间，这三分钟的拥抱，舞女的两腿要跨多少步？要走多少路？从日升楼到外滩，黄包车代价必需法币一角，假使一路通行无阻，不遇红灯，也不过六七分钟可跑到，可见穿得花枝招展的舞娘，她们工作的待遇，未见得比黄包车好呢？……舞场舞女对拆之下，舞女还有什么好处呢？我不禁为那些为生活所压迫而出卖搂抱的小姑娘痛心"。[61]

舞厅的大众化趋势和舞女的收入降低，致使舞女中卖淫现象加重。30 年代末，舞刊中讨论舞女卖淫问题和描写舞女卖淫现象的文章陡增，如 1939 年一位小报文人饶有兴致地对舞女的卖淫现象描写道：

"在早晨，跑过虞洽卿路，各大饭店门口看见舞女头发蓬松，双颊绯红，或者睡眼惺忪，一定的，她在昨晚是辛苦了一夜。小花园的一带是造成性交的场所，往往有许多舞女为了几双皮鞋，牺牲了裤带。冰淇淋、酸梅汤、刨冰等冷饮品,舞女们最好少吃,要知道这东西是告诉客人,我的身浪来不来,这样桃色毛病就发生了。"[62]

四　舞女的花招与伎俩

女孩子选定了伴舞职业之后,首先到舞艺传习所或跳舞学校学习跳舞。舞艺传习所或者跳舞学校早在 1928 年就出现了。它们大都设在凋零的洋房中,或大厦公寓的楼上,墙壁上悬着几种步法的图案,几把椅子,还有唯一的工具——一架留声机,陈设虽简陋,可是涂上蜡的地板,舞池的光滑,与舞厅无异。舞艺所里有所谓教授与助教两种,并备各种舞艺书籍。跳舞学校的学费一般是两到三元,舞女交了学费之后就可以直接入校学习了。[63]两星期之后,舞女就大约学会了狐步舞、华尔兹、勃鲁士等交际舞蹈,这个时候就可以由舞艺传习所跳舞学校的老师或者早已充当舞女的姊妹淘介绍到某个舞场里充当舞女。

舞女尽管是在现代娱乐场所舞厅中工作,然而要想生意兴隆,不断有客人为自己报效法币,就要在三个方面努力:较好的面目和身材,精湛的舞艺和才艺,灵活的交际手腕。这样赚取收入的方式,虽然使得她们像是高级妓女的传人,但是舞女在工作中具有极大的自主性。

20 年代末的舞星留有当时流行的短发,穿着上既敢于尝试洋装又喜爱传统的旗袍

面目和身材虽然为先天生成、父母所赐，但是可以通过穿着打扮加以改善。舞厅里舞女为了吸引客人，穿着打扮极为摩登，高跟鞋、皮包、羊绒大衣、卷发等构成摩登女郎外在条件的物品几乎是舞女的必备行头。尤其是一些红舞女，由于经常周旋于达官贵族之间，衣饰豪华无比，就是一般公馆里的太太小姐也望其项背。善于穿着打扮的舞女甚至充任了都市的时尚代言人，成为市民亦步亦趋仿效的对象，"舞人的装饰，真是日新而月异，时时在变换"，"别人见了她们翻出的种种花样，都仿摹了起来，于是在高速度之下，能流行在整个城市。"[64]

舞女通过刻苦勤练，舞艺均会有较大的进步，因而要想在众多舞女中脱颖而出，还要多掌握几项其他才能。从一些捧舞女的文章中看，作者在力捧某舞女的时候往往特别强调舞女们读过书，精通西文，善于写作或丹青。显然，在人们看来，具备一定的知识和才艺足能提高舞女的身价。

舞女周旋于舞场的交际手腕称为"迷汤"，舞女的"迷汤"是她能否吸引客人的重要条件。正如《舞女备忘录》中所讲"舞客是一种好胜的人，假使你激动了他，他情愿当掉衣服也会来捧你的场，那要看你的手段如何了？"[65]关于舞女的"迷汤"，一些向舞女提供建议，或向舞客进行告诫的舞刊中进行了记载。比如一个舞女遇到三个客人同时邀请她去别的舞厅跳舞的时候，这个舞女最好先答应其中一个舞客，然后再向其他两个分别招呼（最好每人送他一个媚眼），向客人道歉之后说明已先有客人买好了舞票等她。到了第二天，必须打个电话给二个客人中的一位，先说明昨夜非常抱歉，顺带问他今夜来否？如果一定来，便说一定跟他买票带出，拒绝他客。假使那客人，实在没有空，不能到来，那么，请他后夜来。同时再打电话给另一个客人，如法炮制。如果其一个已经答允一定来，千万勿打电话给其余一个，免得又起冲突，留待第二天打给他。这样舞女就不仅避免了得罪客人还保证了自己的客源。在另一篇告诫舞客当心舞女迷汤的舞文中，作者更是详尽地介绍了舞女的几种迷汤：

假使舞娘们问你尊姓大名，你可随便地对她们说姓张姓王，叫大郎叫阿狗；譬如她们问你做什么贵业，那你尽量可吹一下牛皮。再问你电话号码和

"新崇拜"，本图夸张地表现了男性
对女性的崇拜

地址的话，那你绝对不能忠实的告诉她们，否则后患不浅。

你和她在跳舞的时候，她说，我来告诉你一件事情，等一支音乐跳完，她的话还没有结束，她会说下支音乐再说下去，三次，四次，你跳到舞场散场，她告诉你的事情还没有讲完，计算一下跳舞的次数，至少国币十元。

"那个和你跳的小白脸是否是你的拖车?"问。

"瞎说，这小鬼我最讨厌！"

"怎么这样的热络呢？"

"你不信，你可抢我跳，不要让这小鬼跳上我。"

假使你真的实行抢跳的话，给舞票总得比他时好看些，同时有人抢跳她，对于她本身也是很光荣的一件事。

这舞娘，你和她跳了很多次的话，她或者会送一张照片给你，或者是手帕之类的东西，这种送东西给舞客，就是一种物质"迷汤"。你得了她的照片，会使你念念不忘，时常想着要到她的地方去跳几支舞。再有，她会温柔地对你说："别人多说你是我的拖车。"当然听了这样的话，心花怒放，非得每天狂舞她一下不可[66]。

"你很久没有来玩，在什么地方玩？我请你的朋友带信叫你来，他可有和你说？"

"他和我说了，但是我近来忙得很！"

"唉，一定是家里老婆处的照会打不通，所以近来没有出来玩是吧？"

这上面所说的是舞娘们的一种探问语，"假使你告诉她在另一个舞厅玩，她就会问你另一个舞厅里跳哪个舞娘，你若忠实地和她说了，她却会聪明地和你说另一个舞娘是她相识的，你问她怎么相识的，她更聪明地答说，另一个舞娘的拖车是谁，人又厉害得很。其实这是舞娘欲破坏你要跳另一个舞娘。再有舞娘们问你是否有老婆，假使你跟她说没有老婆的话，她会知道你是一个毛头汉子，她会和你玩拖车和龙头的把戏，同时她会和你若即若离，把你弄得昏昏迷迷。假使你告诉她你有老婆的话，她一定要用一种更巧妙的迷汤来对付你"。[67]

舞女在舞场里的交际手腕还包括团结其他舞女结成"姊妹淘"。玩舞场的客人很少是单独的，往往是和朋友们一起三五成群地逛舞厅，如果客人当中有一个是某舞女的常客，这个舞女一定会想办法拖熟客把他的朋友介绍给自己亲密的姊妹淘。这样该舞女的熟客，有一段时间没有来舞厅跳舞的时候，她的姊妹淘就会委托自己的舞客带信去拉他来。通过这样的办法舞女们之间相互保证了客人，免去了吃汤圆的机会。假使舞女欲向其熟客开条件，自己不好意思开口，也会由姊妹淘来做代表，说什么"阿姊要啥，侬买给她好啦""阿姐要啥，你代她买好啦"。舞女自己不开口或假装不要，这样就是砸钉子也可以不必脸红，而客人为了第三者方面的台型起见，往往会慷慨解囊。要好姊妹在适当的机会对舞客说"阿姐牢记侬得来，时常在念侬，侬格没良心，为啥长远不来？""阿姐欢喜侬得来，要想嫁给侬"，客人听了当然高兴，会更加努力地报效法币。有时舞女自己不在，熟客来了，要好的姊妹便会下逐客令免得被别的舞女趁机抢了客人，或者自己关照，因为要好的姊妹是自家人，决不会有扎户头拉生意的危险。熟客要买票带舞女外出，舞女为自己安全起见也会设法带上一位她的好姊妹淘，这样一些不规矩的客人多少会有些顾虑。[68]另外，生意清淡时要好的姊妹淘还可以一起拥抱着跳舞（舞场里称之为"广告舞"）拉拉客人。[69]

长相漂亮、舞艺精湛而又善于交际的舞女，身边总有一大帮川流不息的客人来捧场和纳费，这样该舞女就会成为舞场里的红舞女。红舞女通常占全体舞女的 15％ 至 18％。[70]红舞女往往都有一番派头，比如一般的舞女七八点钟就进舞场了，可是红舞女总要等到九点以后，甚至十点半才进场，并且进场之前会先给舞场打个电话，问一下舞场里是否有自己的熟客，如果没有自己的熟客，红舞女进场之后一般也不会列坐在舞池四周的座位上，而是呆在场外的休息室,直到有舞客邀请时才会缓缓出场,这是因为一旦在舞场里坐了"冷板凳"会有失"红舞女"的身价。虽然红舞女在营业时间上少于普通舞女,但是红舞女的收入比普通舞女要高得多,她们月入经常能达到一两千元。1941年金都舞厅(原来的逍遥舞厅)的台柱红星王弟弟,因面孔漂亮,"迷汤"特佳,十二月份舞票总共竟然跳得四千余元,除去折扣外,净收入近三千元。[71]然而,红舞女经常和一些富商、政要周旋,穿着打扮豪华时尚,每逢星期六必要翻翻行头,出入要汽车接送,因此开支用度较之普通舞女也要多上几倍。所以一些过气的红舞星,在收入下降而开支用度仍要维持红舞星架子的情况下,日子反而不如一般的舞女好过。

刚入舞场的小姑娘,舞艺不精,不善交际,或者因为身材短小、相貌不美,少有舞客问津,难免要坐一段时间的冷板凳,舞场里称之为"吃汤圆",[72]汤圆舞女又被称为"阿桂姐"。阿桂姐是舞女中最为可怜的人,因为没有太多的舞票的收入,身上穿的衣服总是那几件,不能因衣着光鲜吸引舞客,因此经常遭受舞场老板和舞女大班的训斥,就是服侍舞女的小郎们对她们的要求也爱理不理。然而,阿桂姐并不总是吃汤圆的,经过一段时间的摸索,舞艺便会娴熟,也深谙了舞客的心理,营业就会上升,有的甚至摇身一变成为色艺俱佳、交际手腕高超的红舞女。

值得注意的是,这些舞女当中有一些特殊的人,她们没有自己的人身自由,"她们都是贫苦人家的儿女,她们处境同押身妓女没有两样",[73]这是因为有一些人见舞女赚钱来得容易,便到灾区或者乡下廉价收买一些贫穷人家的女儿作为自己的养女,待她长大成人后教会她跳舞令她做舞女赚钱。还有一些舞女是因为家中遇到变故向某红舞女借了钱,条件是把自己押给这个红舞女一段时间,并改称债主为姐姐,每晚跟着她去伴舞,所得收入都归红舞女,这段时间中欠债舞女的衣食住宿都归债主负担,但是没有自由的权利。[74]这些做养女的舞女并不会甘心受养父母的摆布,她们积攒了一定的金钱之后,会通过法律的途径与养父母脱离关系,养父母也无可奈何。关于这样的官司纠纷报上常有记载,而报纸舆论和法律往往是倾向于她们这一边的。

五　舞女的爱情与归宿

1. 龙头与拖车的爱情游戏

自从 20 年代男女社交公开的风气渐渐扩散以来，恋爱就成了一种时髦的流行行为。"年轻人开始尝试各种和异性交往的方式，希冀找到一个理想的婚姻对象；领风气之先的青年男女成双成对谈恋爱也就构成了大都市公众空间一道独特的风景线。"[75]然而，20 年代至 40 年代的上海男女比例严重失衡，一些男人难以找到恋爱的对象，于是他们趋向舞厅将舞女作为追逐的对象。因此，自从舞厅在上海出现以来，舞厅里发生恋爱的花边新闻就从未间断过。舞厅作为一种公共娱乐场所，气氛温馨、暧昧，成了青年男女寻觅伴侣和约会的最佳场所。

产生了恋爱关系的舞女和舞客在舞场里被戏称为"龙头"和"拖车"。[76]舞客要追逐到舞女成为"龙头"并不是一件容易的事情，需要花费大量的时间和金钱。他几乎每天要去舞厅和所追求的舞女跳舞，不但跳一次要多给几张舞券，而且还要经常叫她"坐台子"或者"开香槟"。要是所追求的舞女正忙于和别的客人应酬，他也不能跳别的舞女，要一杯清茶只好耐心等待，有时候直等到半夜舞女离开舞场，这时他还要负责送舞女回家。买票带舞女出去，更是要想尽办法讨舞女喜欢，看电影、吃大餐自不在话下，此外还得帮着舞女剪衣料买首饰。某报发表的一个青年学生给自己所追求的舞女的信中，表露了该青年对舞女的无限热情。现在将这封情书摘录如下，以令读者体会舞客追逐舞女的心情：

"我带着一粒热情的心，从徐家汇直跑到你所做的舞场，虽天下着细雨，我还自告奋勇，想到节省下来的车资，又可与你多舞几下了。

几日来，等家中汇钱来，可恨今天还未寄到，今天又是星期六，实在耐不住了，我也觉得惭愧，几本心爱的书，今天已向书摊售了，不过想到了你，这种牺牲也觉值得啊！

当天我想把我对于你的苦心说给你听，一时也难以启口，所以我就写了这信给你，可以表明我对于你的深情。

我对于你的报效，觉得非常值得，我对于你底影像，实在太深刻了。

下星期六，家中钱若寄到了，我一定要到你这里狂欢一夜呢？本来我想去做一套夏季衣服，现在也想省了下来，好在旧的还有一套，今天已拿去洗了，可惜短小了些，想来你也不会以我服装不合时，而看不起我吧？

这七日，又要如度日如年，下星期再见吧！祝健康。"[77]

然而就是这样一封热情洋溢的情书，并没有打动舞女的芳心，因为它被该舞女抛弃在舞厅的角落了。在一些舞女看来，与舞客保持着若即若离的暧昧关系，玩爱情的游戏，只不过是她获取法币的手段而已。只有拥有足够金钱的舞客才可能挂上"龙头"成为"拖车"。

能在舞场觅到"龙头"，虽然对于舞客来说是一件幸运的事情，但是"拖车"要尽到的义务还会更多。某报一篇《拖车备忘录》在教导舞客怎么才能成为一个好的拖车中写道：

"勿与龙头太热络，因为这要影响她的营业。

如果贵龙头头痛，你应该买阿司匹林，经痛买凡拉蒙。

如果贵龙头今天吃汤团，那么即使你囊中羞涩，也得当掉了衣服去买票。

贵龙头生意好时，应该摆测字摊，反之，则要跳得起劲，绝对不可让她独个儿坐在位子上。"[78]

拖车如此为龙头服务，不但要时刻担心龙头和别人开房间，给自己戴顶绿帽子，还要随时担心自己"拖车"的位子不保。因为一个"龙头"可以挂多部"拖车"，龙头可以随心将其中某部不称心的拖车甩掉的。有一篇舞文的作者向拖车提出了建议："车而不拖就要锈，职是之故，'拖车'们就抱定活动主义，夜必周旋于舞场之中，随龙头天天拖夜夜拖非拖得神魂颠倒而不休。一个龙头，可挂拖车若干，但拖车一辆顶好避免转龙头，以防体解之时，抢勿平均打开头。"[79]

当然并不是所有的舞女为了法币而交接拖车。有一些舞女的拖车会是小职员、小流氓或舞场中的小郎（据某报载胜利舞场里的一个小郎，竟然有六个舞女爱上他）。[80]这些拖车们月收入甚微,根本就没有玩舞场的能力,他们并非用花钱去讨好舞女而是舞女把用迷汤得来的钱倒贴给他们。这种拖车多是舞女未入舞场时的丈夫和舞女甘心供养的长相英俊的小白脸。这些被舞女供养的特殊拖车,有的像是舞女使唤的佣人,送舞女上班接舞女下班或在舞场里替舞女保管一下东西。他们为了不影响舞女的营业往往退隐在舞女的身后不敢暴露自己的拖车身份。要是到了晚上,龙头有客人到家里玩玩,他还要知趣地退避三舍,《罗宾汉》就曾暴露过这个社会成分:"拖车之厕身舞场者,不入正席,其所处之地位,尤在舞女之后,凡舞女之斗篷皮夹等物,均有各个拖车尽保管之责,若舞女无人过问时,则拖车权充舞男,聊捧捧场面,此拖车应尽之义务也。拖车之入舞场,并不受场中执事之欢迎,但因舞女关系,亦不能加以拒绝,遇售门券时,拖车可免费入场,入席后,仆欧则倒以白开水一杯,亦不取费,惟每晚则限定六杯,六杯而外,须酌量取费,以示节制,此拖车在舞场中应享之权利,远非开香槟者所能及其万一矣。"[81]

在以上龙头和拖车的爱情关系中,龙头无疑是这一关系的主宰者,拖车处于了次要地位。将情欲作为两性关系新的支撑点的龙头和拖车,在舞厅这个特殊的公共空间之中,开创了一种有别于传统的两性关系的新秩序:女强男弱的性别组合,光芒四射、魅力非凡以及自立于道德网络之外的现代女性角色——这在男尊女卑观念拘禁了数千年的中国是前所未有的一种新秩序。尽管这种秩序还只是舞厅中男女结构关系的一部分,但是它赋予两性关系中女性的新内涵,对于日后女性主体性的确立迈出了艰难的一步。

在这种新的性别关系中,男女双方一旦出现了爱情危机,男性作为"弱者",往往成为爱情的受害者。所以经常有人在报上撰文,埋怨舞女的喜新厌旧:"唉!舞女究竟是水性杨花的多,你看,有着不少的公子哥儿,年青学子,为着她们损失了任何的一切,以至于丧失了一切的一切,但是得到的结果呢?还不是给她们弃遗!"[82]处于热恋中的拖车往往为自己心爱的舞女不惜一掷千金,但一些财力并不雄厚的青年人在挥霍了一段时间之后便囊中羞涩了,为了继续留住自己所爱的人的芳心,或银行职员窃取公款后携带舞女外逃或富家子弟为讨好舞女变卖房产,这种消息经常会见诸报端。然而在舞女看来,散尽家产或铤而走险的他可能只是她众多"消遣品"中的一个,是她用爱情计谋捕获的猎物之一。

以上所述的舞场男女关系只是舞场复杂的男女关系的一部分。舞场里的"拖车"其实并不都如上面所述的"痴情"和软弱。有一般"牙签"[83]舞客就经常游荡于舞厅,追逐舞女,以玩弄舞女为乐,他们在骗取了某舞女的肉体之后,就弃之若敝屣,然后再寻觅其他的舞女。受骗的舞女多是刚入舞场经验尚浅的小姑娘。有的受骗舞女会诉诸法院,状告该舞客遗弃罪,想通过法律手段获取赔偿。报纸上登载的此类消息,鲜有提到诉讼的结果,因此我们也无法判断官方在对待此类案件中的倾向问题。有的舞女甚至会因一时想不开走上自杀的绝路。例如1939年24岁的伟宫舞女叒美丽和一位名叫徐汉章的大学生相好,该客哄骗她说要和她结婚并夺其贞操,结果徐汉章却和由他家里人从中介绍的一位女子订了婚。叒美丽探悉后心里怨恨遇人不淑,憾恼万分,服毒自杀。徐出资三百元为该舞女办理后事后就不了了之。当时有人写了一篇《舞女的生命只值三百元》的文章,为该舞女鸣不平。[84]更多的舞女选择了自认倒霉,将此事作为教训,日后加倍地报复给其他的客人。还有些舞女遇人不淑,拖上了辆"粪车",不但不能摆布拖车反而遭到了拖车的控制。[85]

据笔者翻阅的有关资料来看,被拖车所控制的舞女只是极少数,因为大部分的舞女在拖了"粪车"之后,会想尽办法去攀附更为有势力的客人而将前车甩掉。一些报纸在表达对舞女不幸生活的同情时,倒是经常会把一些被拖车骗取贞操后甩掉的舞女作为例子。然而被客人欺骗对于大部分舞女来说,只不过是一种成长的经历,因为之后她就学会了聪明,从此不再单纯地相信爱情,明白了"爱情"对于她不仅是伤害更是一种获取物质的手段和报复客人的利器:

"五年的伴舞生活,因为光阴荏苒,真好像如眼前的电影一样,像煞皆在目前。但是环境所迫,竟把我的性情完全改变,说句惭愧的话,我简直已变成一个毫无情感的女人,我学会了欺骗的手段,虚伪的个性,虽然我曾被人玩弄,就是现在所处的境遇还是逃不了被人玩弄的生活,不过我有时,亦会来玩弄男性,给男人们一个报复。并不是在瞎说,因为男人们,他们仗着金钱的势力来压迫我们,不过他们的唯一企求,何尝我们不明白,不过在需求我们时,我们也可说,就是向他们报复的时期。"[86]

被舞客欺骗之后,不管是后来的舞客向舞女投射了纯真的情欲还是浑浊的性欲,舞女都肆无忌惮地向他们反射了强烈的物欲,并且物欲之强烈足以将其燃烧殆尽。成长之后的舞女在重新走向爱情舞台的时候,就摇身一变成为了本节前面所述的"爱情的主人",并且她的身体也堕落成为了她掌控"爱情游戏"的砝码。

在舞客和舞女的爱情游戏中,舞女并不仅仅是弱者或者受害者,相反在没有婚姻契约,没有道德和感情羁绊,以肉欲和金钱为中心的两性关系中,她们按照自己的意志行事,充满了机智和技巧,以轻浮、无情的方式追逐享乐,表现了女性个体极大的主体性,在她们咄咄逼人的强势压迫之下,男性舞客倒显得恐慌和局促并陷入焦虑的困惑中。无疑,她们采取的"另类"的方式,蕴涵了女性反对男权统治的现代意义。

2. 现代爱情的无奈结局

舞女伴舞吃的是青春饭。舞女 16 至 20 岁的时候被称为"小旦",20 至 25 岁的时候被称为"花旦",这两个时期是舞女钻石般的青春年华,此年龄的舞女"只要姿色艳丽,一经粉饰进舞场伴舞,纵不能成为红星,也得利市十倍,营业鼎盛的"。[87] 但是青春年华稍纵即逝,舞女一旦上了年纪,尤其是爬过 30 大关成为"老旦",便如花之凋谢,风头已逝,生意就会顿减。舞场里偶尔也会有几棵伴舞的常青树,虽然已是半老徐娘风姿却不减当年,如 40 年代初"百

30 年代风靡上海滩的"梁氏姐妹"从右到左是老大梁赛珍,老二梁赛珠,老三梁赛珊

乐门"舞厅里的周红梅,年过30,每月的舞票收入还能达到八千元以上。[88]
但是这种幸运的常青树寥寥无几,就连30年代誉满上海的"梁氏四姐妹"到
40年代的时候也只好惨淡收场。由于"人老珠黄不值钱"的舞场潜规则威胁
着每一个舞女的将来,所以在伴舞的时候寻觅一个日后的稳妥"归宿"是每
一个舞女心存的目标。

虽然"爱情"在舞场里泛滥,"恋爱"在舞场里随处可见,但是舞场里的
"爱情之花"要结成"果实"却并不容易。一方面,舞女的家庭方面往往会阻
止女儿过早的结婚。很多舞女的父母(尤其是养父母)在女儿正当年华的时
候希望她尽可能地为家庭赚钱,一再推迟女儿的婚姻大事,这样不但可能使
女儿错过了最好的出嫁时机,有时还会造成悲剧的发生。如1938年红舞女
贺蝶的养母为了让她继续赚钱反对她和舞客杨怀春的婚事,而导致了二人
双双服毒自杀。[89]面对家庭的阻力,少数舞女和贺蝶一样走向了殉情之路,
更多的舞女选择和自己的拖车私奔,如1939年丽都舞女董小妹和自己在海
关任事的拖车私奔。关于舞女的私奔有人认为:"舞女之私奔,半出于舞客
之引诱,半亦出于逃出樊笼之想,然则为舞女父母者,宜如何以恩爱深结女
儿,而勿加凌虐耶?"[90]

另一方面,社会舆论认为舞女并不是青年良好的结婚对象。很多的报
纸都刊载过警告青年人不要和舞女恋爱的文章。总结一下,人们不赞成和
舞女谈恋爱的原因主要是以下几个方面:一是认为舞女大多虚荣,以物质金
钱作为她们的目的,和舞女谈恋爱充满了危险;[91]二是认为社会普遍对舞
女的评价较低,和舞女结婚会遭人非议;[92]三是认为舞女物质享受的欲望
大,一旦结婚后若有不如意的地方或者过不惯有规律之家庭生活往往就要
离婚。一篇舞文在分析舞女嫁人的结果时就认为:"在朋友的见解里,纳舞
女为妾可,娶舞女为妻则不可,因为做舞女的,被环境之渲染,养成了一种放
荡不羁的浪漫习惯,不知何为约束。所谓高兴怎样做就怎样做,一旦要她走
进厨房里做一个贤妻,嘿!起码要到轮回道上走一圈。不然,你一方面和舞
女结婚,一方面预先存储着一笔整万的离婚费,只要把我们的眼睛睁开,瞧

到舞女嫁人的结果,有几许能得善终?"[93] 由于这种认识的存在,很多舞客追求舞女的目的并不是要和其结婚而是和其同居。因此同居成了舞女中经常出现的"归宿","舞女嫁人,这问题,在许多人的讨论中,而尚未得到结论的时候,忽然地从舞国中传来消息,逍遥的徐英已找到她的归宿,而变成她与他的结合,并不根据婚姻的正常法规以及举行任何仪式,掉句文言便是'同居',说句俗语便是'借小房子'"。[94] 和舞女同居的舞客有些家中是早已娶妻了,舞女和他同居之后其实就是做了该舞客的小妾。当然还有一些年轻的舞客,家中并未娶妻子,然而由于社会对于舞女的偏见,舞女与舞客同居关系转为婚姻关系也相当困难。

一些幸运的舞女也会被舞客娶回家做妻子,这些幸运的女子多是些红极一时的舞星。例如新感觉派作家穆时英就是在舞厅中追逐到一位红舞女,娶其为妻的。然而根据一些舞刊来看,舞女结婚后并不能安心过柴米油盐的日子。在舞厅中习惯了按照自己的意志行事,生活浪漫自由的舞女,一旦离开了舞厅这种特殊的环境,便无法忍受舞厅之外的传统道德和男权思想对女人的约束;习惯了舞厅中奢靡的物质享受的舞女,也无法面对节制物欲的日常生活,所以很多结婚后的舞女选择了离婚重作冯妇。[95]

舞厅生活和社会现实的脱节,社会众生对舞女的偏见,使得舞厅里的爱情之花在无奈中凋落。

舞女在对待婚恋关系上和传统男权社会造就的淑女、贞女和烈女有着天壤之别,与五四新文化所倡导的新女性形象也存在着相当明显的差异。"五四"新女性处于新文化摧毁中国封建社会传统文化根基的时代,她们极力主张男女平等、恋爱自由和

30年代初的一些报纸(尤其是小报)在宣扬男女平等的同时,往往夸张地抬高女性的地位

婚姻自主,总体上侧重于反封建,而舞女身处洋场都市的西化环境中,更着力于在两性关系上冲破男权传统的樊篱,总体上侧重于反男权。但是在当时封建传统道德观念和男权思想依旧浓重的时代,她们的女权实践起来异常的艰难,社会偏见往往扼杀了她们通往美好归宿的希望,迫使她们妥协后继续走向"高级妓女"的婚姻旧路。但无奈的结局并不能否定舞女身上所具有的现代女性的内涵。

六　时人和舞女的不同叙述

随着跳舞人群阶层的不断下移,越来越多的人有了接触舞女的机会,他们不但在舞厅里享受着跳舞的乐趣,更对"捧""贬"舞女,"制造"舞星等兴趣盎然,他们通过报刊杂志纷纷发表自己对于舞女的看法,关注舞女的行踪,窥探舞女的生活。在这些对舞女众说纷纭的舞文中,笔者发现了两种较为清晰的不同论调:一种论调对舞女充满了欲望、歧视与指责,一种论调则对舞女充满了同情与关怀。对于舞女持有不同评论的报刊的界限其实并不明显。在一些大型的报纸如《申报》上,虽然布满了舞厅的广告,但关于舞女的文章却很少出现,这说明舞女极少被纳入上层知识分子的视野之中。在中下层知识分子掌控的小报上,关于舞女的文章比较多见,但在这些小型报纸上对舞女言说的各种论调也常常是混杂在一起的,比如对舞女的两种截然相反的看法有时会同时出现在同一版面上,甚至经常写舞稿的同一个小报作者,在不同的时候他也会写出含有对舞女鄙视和同情的两种相反论调的舞文。尽管对舞女不同言说的论调交织在一起,但是这两种论调却非常清晰。对舞女不同的言说反映了时人对于舞女的不同认识,人们为什么对舞女会有这样不同的认识,人们对舞女的认识于舞女又产生了什么样的影响呢?

面对时人的复杂态度,舞女并没有静默无声,她们在报刊上发表了自己的演说,虽然这种声音与强大的公众声音相比还无比微弱,但毕竟为我们留下了寻找舞女亲身体验的途径。当我们拿舞女自己的诉说和以上两种言说对照时，就会发现它们在某些地方形成了共鸣，而又在某些地方发生了明显的分歧。

1. 对舞女的欲望与指责

舞刊上经常会有一些介绍舞女的短文，当我们仔细阅读这些描写舞女的文字时就会发现，这些文字几乎是千篇一律，内容不外是外貌衣饰、性格特点、身世背景、交际功夫，活动行踪等，且树立的多为舞女的正面形象，如1938年就有人认为"随便拿一种舞刊来看，总能发现几篇捧扬舞娘的文章，但内容却差不多，是千篇一律的公式化：论姿色，大都是'婀娜多姿'；论舞术，大都是'身轻如燕'；论待客，大都是'一视同仁'；论态度又都是'一落大派'……。"如果要找些新鲜的句子，倒也不少神来之笔，例如"见了使人起无限淫心""胸前双峰令人发生行为"[96]等等。这些小报文人用描写妓女的笔调描写舞女，是为了激起读者（多为男性舞客）对舞女的无限欲望和想象。在这些舞文作者和男性读者眼里，舞女无疑是被"看"的对象，是带给舞客快乐的"商品"，因此，舞客看重的是：舞女的外貌是否赏心悦目，形体是否适中，举止是否端庄，性情是否温柔，情操是否高尚。

这些舞文作者除了在上面直接描写或介绍舞女的文字中隐含了自己对舞女的欲望外，还在小报上将这股欲望赤裸裸地"发泄"出来：

"在这小舞场里，跳舞时间比大舞场里有时会长上二倍，而很稀淡的几对红绿紫灯，却会很多次关着，这是要你更热心一点啊，因为你可以去摸舞女的奶，吻舞女的颊，甚至香舞女的嘴，这些尽是随便的。"[97]

这些俚陋的文字，不仅彰显了男性小报文人猥亵的心理，也折射出男性读者（也就是舞客）对舞女充满意淫的目光。

舞女不仅成了"各个阶层男人的固定欲望对象"，[98]也成了人们鄙视、指责的对象。20年代末至30年代初，人们对于舞女的鄙视主要是从"男女授受不亲"的传统道德观念出发，尚不能接受"男女相抱"的跳舞现象。一名早期舞女诉说了自己遭受歧视的经历："直到如今，干此生活足有两三个月了，手面上果然觉得宽裕一点，但是亲戚朋友们看到我似乎不像以前来得亲近，大有一种轻视的态度，说道男子和女子成双搭对，偎抱叠叠，体面何存？

并且个个禁止小姐妹们不许和我往来,竟把我当个毒蛇猛兽妖精怪物,要吞噬伊们诱惑伊们似的。"[99]随着跳舞风气的普及和参与跳舞的人群增多,跳舞的时候男女相抱的现象也逐渐为人们接受。但是舞女在市民的眼中并没有因风化的进步而少受歧视,反而因为舞女卖淫现象的增多,在市民眼中的形象变得越发堕落,以至于被等同于妓女。1938年的一篇文章就认为"中国人设置的跳舞场,多半均是变相的高等妓馆,不过不能像普通的妓馆,那么样的明目张胆地容易成事罢了,而舞客也必得破费大量的金钱,在跳完舞后,诱引舞女与之开房间,去解决性欲,此即舞场的副业"。[100]在一个具有两性隔绝传统的社会里,舞女从事和男性亲密接触的工作,自然成为人们眼中的叛逆者而遭受歧视。

这些人不仅从道德的角度给予舞女无尽的歧视,更将舞女视为危险的女人给予强烈的指责。舞女的"重金钱轻爱情"是最为男性舞客指责的罪行。一些舞客在舞厅将家产挥霍一空后遭到舞女的冷淡时,不去反思自身的原因,而将舞女当作罪魁祸首加以指责,埋怨舞女认钱不认人。"舞女等妓女,虽卖笑方式,互有不同,然若辈眼中,惟钱是视则一,见钱则眼开,金尽则爱绝",[101]发出这样感慨的人往往是在舞厅里遭到了舞女前暖后冷待遇的舞客。看透舞女"虚伪爱情"的人不厌其烦地警告青年人千万不要和舞女谈恋爱,更不要和舞女结婚。另外,在这些告诫舞客的舞文中,舞女还被塑造成威胁青年学业,造成青年失恋自杀或挪用公款触犯法律的"祸水"。

不管是舞女成为人们欲望的对象还是指责的对象,都反映了父权制社会男尊女卑的封建思想:女人是男人欲望的对象;女人是造成男人危险的"祸水"。这说明新旧交替的历史时期,尽管舞女以一身"摩登"的打扮出现在现代娱乐空间,遵守着现代交际礼仪,端着洋酒,仍然摆脱不了被人们以传统观念和封建偏见审视的目光。

2. 对舞女的同情与拯救

您受尽了异性的欺骗,饱尝了贫穷的熬煎,

永远旋转在迷梦之间,始终徘徊于苦海底边,何处去发觉你的光明？那里去寻找你的知音？[102]

就像这首《弹性女儿》字里行间充满了对舞女的深切同情一样，很多人将舞女作为一种受压迫受剥削的弱势群体加以言说。

在这些人看来，舞女们的背景虽然各有千秋，但大都是"悲惨、凄凉、忧愁、痛苦"的，她们在不良的社会中为经济所逼迫，为了维持家人的衣、食、住、行不得不沦为舞女。而舞女工作的环境——舞厅又分外危险，狰狞的舞客使用威胁、恐吓、利诱、欺骗的龌龊手段使得她们一步步走向通向毁灭的陷阱。[103]

不同于那些羡慕舞女收入来得容易的人，同情舞女的人往往更为舞女收入的降低担忧。如1938年一位经常在小报上写舞稿的"豆腐客"撰文认为一元十六跳的舞价已经使得花枝招展的舞女还不如黄包车夫的待遇好，因此他"不禁为那些为生活所压迫而出卖搂抱的小姑娘痛心"。[104]他们不仅忧虑普通舞女的生活艰难，也对于红舞女的未来感到担忧，认为红舞女虽然天天过着奢华的生活，但是她们不能够适应过平民生活，因而得出她们前途渺茫的结论。[105]而这些他们所认为的舞女的内心痛苦是由于"资本主义的社会"在支配着舞女们的命运。[106]

对于舞女的卖淫现象，这些人也并没有一味地指责，而是采取了宽容和帮助的态度。为了探讨人们该如何看待和解决舞女的卖淫问题，《力报》在1938年曾经发起对于舞女卖淫现象的讨论。发起者首先肯定了舞女在成年后应该有性欲的存在，认为否定舞女的性欲和通过以商品资格去解决性欲都是不可取的。在这场讨论中，有人用教条式的语言对舞女们呼吁，认为舞女的身边充满了纠缠不清的恶魔，舞女不要为了金钱而丧失了自己更为宝贵的贞操。[107]而上文中的"豆腐客"则认为经济问题是导致舞女卖淫的重要原因。他认为普通舞女与舞场对拆之后获得七十五元就算不错，可是去了自己的脂粉钱就所剩无几了，在物价高涨的上海要养活家人就不得不向客人卖淫，因此舞女的裤带问题就是经济问题，裤带与经济成反比，但裤带与负担，却成了正比例。[108]该问题讨论了许多日，最终结果也只能对于舞女的卖淫无可奈何。

另外,这些人并不指责舞女对舞客造成的"危险",而认为她们对于舞客的"危险"只不过是她们逐渐地被环境教育成了的谋取生活的手段。正是由于舞厅里的环境容易消磨"人性",所以他们觉得应该负起教育舞女的责任来。没有受过教育,往往成为他们解释舞女贪图金钱出卖肉体和辜负舞客的原因。因此,要舞女走到正确的道路上来,他们认为就要使舞女多读点书,以便为将来脱离跳舞生涯做准备。[109]1938年舞女函授学校创办人在开办启示中写道:"亲爱的舞业姊妹们,你们的身世,你们的苦处,我是最同情的,想到你们绝不能永远的出卖青春,也想到你们正在为着前进的渺茫在担心,因此我想使你们读些字,懂点事的必要。"[110]

这些对舞女充满同情的人们,除了创办舞女补习班,鼓励她们学习文化基础知识外,还对她们进行政治教育,鼓励她们对黑暗的社会进行反抗。如他们组织舞女开展"舞女生活座谈会",对舞女的工作、恋爱、婚姻等问题进行讨论。在引导舞女诉说伴舞生活的苦难之际,会议的组织者总能对舞女适时进行政治教育,使她们认识到舞场老板在榨取她们的"剩余价值",是她们的辛苦伴舞才养活了舞场老板,而舞场老板是否能赚取到金钱,那是他们经营方针是否得当的问题。会议的组织者还教育舞女要关心时事,生活节俭,并将伴舞节省下的钱救济难民。[111]

对舞女充满同情与拯救的"这些人"到底是些什么样的人呢?由于大多数舞刊的创办人难以查询,写舞文的论者又多使用笔名,笔者难以确定言说者的身份。但是他们对于舞女的论述中隐含着共同的特征:他们承认舞女从事的是一种现代女性职业,并认为舞女深受舞厅环境和旧社会制度的双重压迫,是值得人们同情与帮助的;在国家危难之际,舞女们要做出爱国行动。这些论述中充满了忧国忧民的意识,映衬出时人对现实社会的强烈不满而又似乎无可奈何的心境。在这样的意义上,依赖于舞厅而又面临来自舞厅危险的舞女就成了他们(处于矛盾境地的半殖民地人)的寓言,对舞女的同情与拯救也蕴含了他们对于自身的同情与希冀反抗的希望。下面一封公开发表的对某舞女的回信,就充分体现了他们是如何把舞女与社会现实联系在一起的:

"五月二日,我们收到了王小姐的信,当时谁都坠入现实的动中了,是的,这是生活的呐喊,社会内在又一次的暴露,也是相当地吐露了中国被压迫的妇女一部分的血泪真相。从朴素写实的文字中,我又像看见了一个被无形的生活之皮鞭抽得满身血痕的姑娘,伸了双手地站在十字路口,对旧的社会在作有力的反抗,向未来的新社会将毅力地去奔跑,但在这个过程中间,我诚恳地盼冀着王小姐,对黑暗血腥的现实,不应是消极的呼喊,应毫不等待的起来挣扎了。"[112]

3. 舞女的自我应对

能够留下文字的舞女虽然属于少数,但是我们仍然可以在报刊上发现一些舞女写的小品文,她们时常通过这种方式诉说自己伴舞的遭遇。当把舞女自己的文字和其他人论述舞女的文字相对照时,我们对于舞女就有了更为深刻的认识。

在一些介绍舞女的短文中,论者均强调舞女因为家境困难受经济所迫不得不下海伴舞,除此之外还要说一声该舞女原本家境不错,还有机会去学校读过书。在这些捧舞女的人看来,强调舞女出身并非贫贱的家庭以显示该舞女受到过良好的教养,具有"大家闺秀"的风范,所以在舞厅里才会举止大方,不卑不亢。而家道中落,受经济所迫,为养活家人不得已去舞厅伴舞,又可以使其避免被人视为无视传统道德观念贪图奢侈享受的指责,从而成为其"沦落风尘"的最好说辞。深谙舞客心理的舞女,在被舞客问及伴舞的原因时,也大多是采用了上述的说法,用自己的悲凉的身世赢得舞客的同情,与原本就希望得到此回答的舞客形成一种情感上的共鸣。但是也有一些性情直率或者肆无忌惮的舞女会直言其伴舞的原因,说是为了喜欢跳舞,当舞女不仅不要买门票还有钱赚何乐而不为,或者认为在舞厅伴舞可以自己挑选一个给自己精神安慰的伴侣。[113]但是这种直白的陈述往往要受到人们的指责,迫于经济压力的说辞却容易得到人们的理解与同情。还有一位舞女在诉说伴舞的原因时,承认是为母亲所逼。这位舞女的母亲见邻居家的姑娘当了舞女之后,每天都将不菲的收入带回家,便不惜对女儿进行毒打恶骂来逼着自己的女儿也去学舞当舞女,当女儿谋得一个女职员的位置时,该母亲嫌弃当女职员收入太低,仍旧令其女去当舞女。[114]不管是受经济所迫自己主动去舞厅伴舞,还是自己不情愿为家人所逼伴舞,舞女在诉说从业原因时和舞文作者达成了共识:当舞女是不得已的选择。

　　舞女对于来自社会的歧视感到愤愤不平。她们认为自己通过伴舞来养活自身和家庭,非但不应该受到社会的歧视,"反有几分值得佩服",[115]尤其比那些"依人作嫁"的男子要光荣得多。面对人们看待她们如妓女似的眼光,她们认定自己是一种自由的职业者,"以伴舞为业,只要不伤损自己的灵魂,在光明正大的道路上前进,是无愧于人,更不愧于自己的良心"。[116]舞女认为就是有几个舞女误入歧途(卖淫)也是因为她们没有受过高深的教育,人们应该对于这些舞女以仁慈、宽容的态度给予鼓励,进行帮助、教育,使她们有改过自新的机会而不是歧视甚至辱骂。[117]

　　面对人们各种各样的指责,舞女从自己的利益出发进行了辩驳。比如人们认为舞场是"陷人窟",舞女使得舞客陷入了万劫不复的危险境地。舞女却认为舞场虽然为"陷人窟",但是如果舞客们自己双脚不跨进来,她们又何尝可以在外硬拉他们进来? 舞客进了舞场如果一本正经地跳舞而不是转舞女的念头,怎么又会因魂迷心窍而泥足难拔?[118]显然舞女认为舞客在舞场里遭遇的危险是舞客自作自受造成的,与她们并无关系。人们在指责舞女甘愿为人搂抱,走进这堕落的舞场的时候,舞女又认为这都是因为社会的不良,使得女子职业不向别的道路发展,尽逼迫她们进入舞场伴舞。[119]关于爱情与金钱的关系,舞女自己的想法是:"金钱虽不能买真正的爱情,但是爱情必须要金钱来养活。"[120]因此舞女并不避讳自己追求金钱的实事,坦言自己要"做金钱的主人,不做金钱的奴隶"。[121]另一方面,她们又流露出对真诚爱情的向往,"老实说,我何尝不想找个合乎理想的人来接受我诚挚的爱?",但她们深深明白身处舞场的环境中这种诚挚的爱是难以寻求,"诚挚的爱,纯洁的爱,双方是不能勉强的。我瞻望前途,有时思想中断,只有钟声迪达和我跳跃的心房互相合奏着,想起目前的生活,今日的环境,将来的归宿,不觉惘然"。[122]对于爱情和归宿毫无信心可言的舞女,只得选择了眼前更为实惠的金钱。

30 年代末,当舞女的形象在时人的眼中变得越发"堕落"的时候,一些舞女建立了自己的组织"上海舞女联谊社",该社的舞女以"进步舞女"的姿态改观了人们对于舞女的固有偏见。1939 年 6 月 22 日,在袁履登等人的帮助下,舞女们在宁波同乡会举行了舞女联谊社成立大会,各舞场参加的舞女有一百多人。该会选出了二十几个理事:王琴珍、殷美凤、倪文仙、杨文英、韦楚云、杨文仙、周华英、吴英、蒋云兰、张莉莉、侯罗美、方莉莉、金弟弟、陈露影、周美君、徐惠珍、沈爱珍、林燕、杨美娟、筱美丽、金莉莉等。会上提出了舞女的三项注意:(一)勿萎妥,勿骄傲,(二)勿喜新厌旧,勿滥施爱情,(三)勿慕虚荣,勿作虚伪。舞女联谊社的理想是要吸引每一个落后的舞女,把她们从糜烂的生活中拯救到正规的生活上来。舞女联谊社建立了舞女学习班,使舞女有机会学习一些文化知识和技能,为日后脱离舞场走向正规生活做准备。

舞女联谊社除了规范舞女的日常生活之外,还引导舞女要具有爱国意识,积极参加一些具有爱国性质的社会活动。该社的"社歌",就充分反映了舞女们的爱国意识:

"含着笑容歌唱,不忘心底悲怆,我们伴舞,我们伴舞,不忘国民的责任,我们也要做人,谁说没有灵魂?虽然清晨没来,我们已经觉醒。

我们信念坚强,不怕黑夜多长,苦苦等待,苦苦等待,黎明放它的阳光,我们那时歌唱,为了新的阳光,我们那时跳舞,为了女性的解放。"

"不忘国民责任"的舞女联谊社成员多次举办舞女救国慈善捐款演出。如 1939 年 6 月 25 日,"舞女联谊社"在卡尔登公演了由吴村导演,影人白云客串,舞女杨文英等演出的话剧《上海一舞女》和由龚稼农导演,影人舒适客串,舞女倪文仙、王琴珍、殷美凤、韦楚云等演出的《舞女泪》。这两部话剧均反映了舞女在伴舞生活中的不幸遭遇,将舞女塑造为受剥削受压迫的弱势群体。舞女慈善演出和慈善伴舞的收入全部交给当时的"上海难民救济协会",以做救济难民之用。该社的一些舞女还经常在报刊上发表爱国言论,而被当时的报纸誉为"时代女性的典范"。[123]

对于舞女的爱国行为和当时某些人所塑造的爱国舞女,笔者在查阅相关资料时得出的认识是：舞女的爱国言行往往会受到人们的推崇,这相应地会提高她在舞厅里的知名度并会增加她的舞票收入。如维也纳舞厅舞女王琴珍尤其以发表爱国言论,进行慈善伴舞而得到人们的赞赏,从而以"进步舞女"的姿态成为该舞厅的红舞女。

七　结　语

本文以 1927—1945 年的上海舞女为研究对象,笔者将舞女放置在民国上海社会现代化转型的历史背景下,通过对舞女的工作环境、工作法则、舞女与舞客的关系、公众对舞女形象的建构以及舞女的自我应对等问题进行深入细致地考察,试图重构上海舞女的生活面貌,探寻这一女性群体的主体性,并借此展开对妇女解放与现代性追寻等问题的思考。

1927 至 1945 年间,上海的营业性舞厅日渐繁盛,并完成了从上层娱乐场所到大众化娱乐空间的转变,这为舞女群体的出现提供了潜在的市场需求。与此同时,妇女解放运动的发展和女子就业思潮的高涨不断鼓舞着女性走向社会自谋生计,面对就业的压力和舞厅提供的高收入机会,一部分女性决定以伴舞为业。与以往研究多认为舞女是一个饱受欺凌和压迫的弱势群体不同,笔者的研究指出,在舞厅这一特定的空间内,从舞女、舞客,到大班、小郎等工作人员,身份地位各不相同的每个人都会找到自己的坐标点,并拥有独一无二的"权力"。而在这错综复杂的"权力"网络中,舞女居于核心位置。在工作中,舞女可以自由地选择舞伴,舞客只有遵守一定的规则才能享受到跳舞的快乐,而舞女正是这些规则的仲裁者。在情爱关系中,舞女绝不只是被动的承受者。相反,在没有婚姻契约,没有道德和礼教约束的两性关系中,她们处于主动地位。身为"龙头"的舞女常常可以按照自己的意志行事,出于金钱、肉欲或爱情等不同方面的考虑,她们有权力选择适合自己的"拖车"。尽管不能总是如愿,但舞女在此过程中表现出的机智和技巧,极大地挑战了男权社会的性别秩序,其女性的主体性得到了充分彰显。

作为置身公共娱乐场所的女性职业群体,舞女给传统的社会秩序带来了冲击，引起了时人的关注。在时局动荡、民族危机逐步加重的时期，围绕舞女展开的各种言说体现出多种不同的论调。有的竭力将舞女塑造成性感的尤物，对其释放欲望和想象；有的则痛斥舞女的危险与堕落，视其为毒蛇猛兽一般的"祸水"。尽管在措辞上截然不同，但这种欲望与斥责并存的言说却一致反映出男尊女卑性别秩序的延续，以及其受到冲击时，人们的焦虑与不安。而对于那些同情舞女境遇的人们来说，以伴舞为生却又时常因此身陷危险的舞女是他们（处于矛盾境地的半殖民地人）自身的隐喻，在对舞女的言说中实际蕴含了时人对自身境遇的同情与希冀反抗的愿望。各种意涵各异的言说塑造了舞女在公众心目中的形象：她们既是危险堕落的尤物，又是需要被拯救的弱者。面对时人的言说，舞女进行了策略性的应对，或是回击言论的诋毁，或是迎合时人的同情，她们尽力维护自身的利益。尽管，与强大的公众舆论相比，舞女自己的声音显得有些微弱，但她们绝非沉默无声。

舞女是在妇女解放的话语背景下出现的女性职业群体，有独立的经济能力，具有明显的现代意义。然而，在一个两性隔离已成惯例，而对两性在公共场合的身体接触（这在跳舞中是必然的）尚未习以为常的社会中，舞女不可避免地被视为行为放荡的女子。加之很多舞女的伴舞生涯常常与卖淫交织在一起，这就使她们很难与妓女划清界限，也难以获得令人尊重的现代职业女性的身份，她们更多地被视为上海社会实现现代化转型的障碍。然而，笔者研究显示，无论是在择业、工作、还是在情爱关系中，较之传统社会女性及当时一般的家庭妇女，舞女都拥有相当大的自主空间。尤其是在情爱关系中，她们在多数情况下处于主导地位，完全颠覆了传统性别秩序下女性作为被动的承受者的形象，向公众展示了一种新型的男女关系。可以说，舞女是用一种另类的方式继承了"五四"新女性反传统的历史使命，成为妇女解放道路上激进的女权主义实践者。尽管由于阻力重重，她们的实践异常艰难，但这种努力给男权社会带来的挑战和冲击却是不能被忽略的。当我们能真正摆脱传统性别秩序的束缚和影响，不再以"性"道德作为简单的评判标准，或者可以打破刻板印象，发现一个完全不同的舞女群体时，就可发现她们是新陈代谢社会中出现的一群具有主体意识的现代女性。

[1] [美]李欧梵:《上海摩登———一种新都市文化在中国 1930—1945》,北京大学出版社,2001 年 12 月。

[2] 王了一:《跳舞》,《自由论坛周报》,1944 年 9 月 15 日,载于《龙虫并雕斋琐语》,上海观察社,1949 年,第 143 页。

[3] 同上。

[4] 又名"黑猫舞厅",地处西藏中路宁波同乡会隔壁,因以黑猫为标志,俗称"黑猫舞厅",广东人开设的,是中国人自己开设的最早的舞厅,有舞女伴舞,是"一元三跳"(一张一元面额的舞票可跳舞三次)的舞厅。

[5] 王汝嘉:《舞场一览表》,载《舞星艳影》,大东出版社,1928 年 4 月。

[6] 史悠宗:《跳舞潮》,《小日报》,1928 年 2 月 19 日至 3 月 13 日。

[7] 史悠宗:《跳舞潮(四)》,《小日报》,1928 年 2 月 22 日。

[8] 史悠宗:《跳舞潮(三)》,《小日报》,1928 年 2 月 21 日。

[9] 参见《小日报》1928 年 2 月 19 日—3 月 13 日关于《跳舞潮》的系列短文。

[10] 史悠宗:《跳舞潮(十二)》,《小日报》,1928 年 3 月 3 日。

[11] 汤笔花:《跳舞》,《舞星艳影》,大东出版社,1928 年 4 月。

[12] 《上海跳舞场的害人》,《晶报》,1928 年 5 月 3 日。

[13] 刘恨我:《舞倦归来》,《申报》,1928 年 2 月 26 日。

[14] 劳人:《侮辱男性》,《申报》,1928 年 2 月 13 日。

[15] 穷根:《跳舞与艺术》,《笑报》,1928 年 8 月 6 日。

[16] 张伟:《沪读旧影》,上海辞书出版社,2002 年,第 48 页。

[17] 摘自"上海档案信息网",http://www.archives.sh.cn/shcbq/shby/200608110008.htm。

[18] 马军:《1948 年:上海舞潮案》,上海古籍出版社,2005 年 12 月,第 3 页。

[19] 雄白:《舞场中只有欢笑高兴》,《夜报》,1933 年 9 月 16 日。

[20] 义务律师:《义务律师为舞辩护》,《夜报》,1933 年 11 月。

[21] 义务律师:《义务律师为舞辩护》,《夜报》,1933 年 11 月。

[22] 力报主编:《发刊词》,《力报》,1938 年 3 月 1 日。

[23] 来平:《分裂与整合:孤岛时期上海的都市大众娱乐文化》,内部文章尚未发表。

[24] 剑厂:《望越楼杂辍》,《小说日报》,1941 年 3 月 6 日。

[25] 叶灵:《舞娘究竟需要什么》,载《影舞》杂志,申新出版社,1938 年 10 月创刊。

[26] 《舞女为什么爱上洋琴鬼》,《舞场特写》,一鸣出版社,1939 年 6 月。

[27] "阿桂姐"是由桂花阿姐蜕变而来。"桂花"本是一种花名,上海话里和"贵货"谐音,上海人以贵货代表贱货是一种反语,往往奚落人家蹩脚。舞场里的舞客讥讽没有生意的舞女:"这位阿姐桂得来。"简称桂花阿姐。详见《阿桂姐》,《吉报》,1941 年 4 月 1 日。

[28] 详见《舞国人物小志》,《上海小报》,1940 年 10 月 27 日。马军:《上海舞潮案》,上海古籍出版社,2005 年 12 月。

[29] 约翰周:《给舞国同志的第三封信》,《力报》,1938 年 5 月 17 日。

[30] 《丁刘一幕醋剧——扎客人各显神通,小金刚大展威力》,《跳舞日报》,1941 年 1 月 16 日。

[31] 亚凯文:《舞场俗语图解》,《力报》,1947 年 5 月 24 日。

[32] 尤金:《舞场术语图解——坐台子》,《吉报》,1941 年 4 月 26 日。

[33] 《一位初上火山者的来信》,《力报》,1938 年 3 月 10 日。

[34] 约翰周:《对舞国同志进数言(下)》,《力报》,1938 年 6 月 6 日。

[35] 史悠宗:《跳舞潮(八)》,《小日报》,1928 年 2 月 28 日。

[36] 小三子:《舞市今昔谈》,《力报》,1938 年 4 月 15 日。

[37] 《舞场俗语图解——捧场台子》,《力报》,1947 年 5 月 16 日。

[38] 尤金:《舞场术语图解——买票带出》,《吉报》,1941 年 5 月 18 日。

[39] 《舞市调查所》,《跳舞日报》,1941 年 1 月 9 日。

[40] 《一位初上火山者的来信》,《力报》,1938 年 3 月 30 日。

[41] 《舞场杂写》,《舞场特写》,一鸣出版社,1939 年 6 月。

[42] 同上。

[43] 火山:《白"舞"的技巧》,《力报》,1938 年 3 月 1 日。

[44] [美]高颜颐:《闺塾师:明末清初江南的才女文化》,江苏人民出版社,2005 年 1 月,第 11 页。

[45] 金一(金天翮):《女界钟》,上海爱国女学校发行。

[46] 丁逢甲:《我所见之本地妇女生活现状》,《妇女杂志》,第一卷第 9 号,1915 年。

[47] 胡适:《美国的妇人》,《新青年》,第 5 卷第 3 号,1919 年。

[48] 《提倡独立性的女子职业》,《妇女杂志》,第 7 卷第 8 号,1921 年。

[49] 罗苏文:《女性与近代中国社会》,上海人民出版社,1996 年,第 402 页。

[50] 1928 年 7 月至 1929 年 6 月对各业工厂工人的平均月工资调查,详见罗苏文:《女性与近代中国社会》,第 302 页。

[51] 郁慕侠:《鸡叫做到鬼叫》,《上海鳞爪》,上海沪报馆 1938 年;上海书店出版社 1998 年再版,第 47 页。

[52] 甘佩实:《店员生活素描》,《女朋友》,第十一期,1933 年。

[53] 郁慕侠:《一杯茶值五大元》,《上海鳞爪》,上海沪报馆 1938 年;上海书店出版社 1998 年再版。

[54] 甘佩实:《上海女子的职业生活——会计员》,《女朋友》,第十期,1933年。

[55] 转引自李欧梵:《上海摩登——一种新都市文化在中国 1930—1945》,北京大学出版社,2001年,第33页。

[56] 刘恨我:《舞罢归来》,《申报》,1928年2月26日。

[57] 红花:《舞星一束》,《舞星艳影》,大东书局出版,1928年。

[58] 同上。

[59] 刘沪生:《三十年代轰动上海的三角恋爱自杀案》,《世纪大案》,汉语大词典出版社,2001年4月。

[60] 永康:《舞女小史——梅白尔》,载《舞侣》,大东书局出版,1928年3月。

[61] 豆腐客:《舞女不如车夫》,《力报》,1938年4月14日。

[62] 舞客:《舞人之言,言必由衷》,《小说日报》,1939年8月17日。

[63] 屠诗聘:《舞场沧桑》,《上海市大观》,中国图书集论公司出版,1948年。

[64] 韦陀:《神话——舞人的装饰》,《小说日报》,1940年4月28日。

[65] 《舞女备忘录》,《力报》,1938年5月17日。

[66] 秦世璜:《闲话舞娘——前言》,《力报》,1938年3月6日。

[67] 秦世璜:《闲话舞娘(二)》,《力报》,1938年3月12日。

[68] 小郑:《谈舞女的姐妹淘》,《力报》,1938年6月6日。

[69] 跳舞场里两个女人是可以相拥着跳舞的,但是两个男人却不允许一起跳舞,有人认为这是跳舞场里最不公平的事情。详见《舞罢归来》,载于《舞侣》,大东书局,1928年。

[70] 马军:《1948年:上海舞潮案》,上海古籍出版社,2005年,第13页。

[71] 《金都台柱,收入惊人》,《跳舞日报》,1941年1月9日。

[72] "汤圆"滴溜滚圆,形状像阿拉伯数字0,"吃汤圆"在舞场里指舞女没有客人。详见《舞场术语图解》,载于《吉报》,1941年4月3日。

[73] 《弹性齐杂缀》,《力报》,1938年3月30日。

[74] 同上。

[75] 姜进:《追寻现代性:民国上海言情文化的历史解读》,《史林》,2006年第4期,第76页。

[76] 上海话里将火车头比做龙头,将后面的车厢叫做拖车,拖车呼其舞女对象为"龙头"无不恰到妙处。一篇舞文中解释说:"凡列大车,必由龙头驾驭,拖车才得随之于后。这正是舞客对其龙头说:'蛮好,随便啥地方,阿拉总管跟侬跑'"。详见《舞场术语图解》,《吉报》,1941年4月13日。

[77] 叶灵:《舞罢散记——一封诚挚的信》,《力报》,1938年6月28日。

[78] 孤岛闲人:《拖车备忘录》,《力报》,1938年4月24日。

[79] 尤金:《拖车》,《吉报》,1941年4月14日。

[80] 《舞场杂写》,《舞场特写》,1939年6月。

［81］《带拖车》，《罗宾汉》，1938 年 3 月 6 日。

［82］豆腐客：《舞余随笔》，《力报》，1938 年 4 月 20 日。

［83］"牙签"用以剔牙，剔后即弃之不顾，顾娼门中人，每借用"牙签"二字，以形容玩弄女性之客人，盖谓其一剔即弃也。舞场中之舞女，每借用此二字以讽舞客，其取意亦同。详见《弹性齐杂缀——牙签》，《力报》，1938 年 4 月 8 日。

［84］详见《伟宫舞女殳美丽》和《舞女的生命只值三百元》，《舞场特写》，一鸣出版社，1939 年 6 月。

［85］任：《一个龙头的呼援》，《跳舞日报》，1941 年 2 月 16 日。

［86］珍珍：《舞娘私记》，《上海小报》，1940 年 12 月 26 日。

［87］尤金：《人老珠黄不值钱》，《吉报》，1941 年 4 月 18 日。

［88］《虽已半老风态未衰》，《跳舞日报》，1941 年 1 月 14 日。

［89］《贺蝶之死之舆论》，《影舞》，新申出版社，1938 年。

［90］赤子：《舞市拉杂记》，《小说日报》，1939 年 8 月 27 日。

［91］好好先生：《好好片语》，《小说日报》，1939 年 8 月 27 日。

［92］胡秀英：《大学生和舞女可结婚吗?》，《力报》，1938 年 5 月 20 日。

［93］苏三：《玉堂春语——舞女之归宿》，《小说日报》，1939 年 9 月 10 日。

［94］《逍遥徐英已是落花有主》，《力报》，1938 年 3 月 3 日。

［95］白人：《汪丽珍重作冯妇》，《跳舞日报》，1940 年 12 月 23 日。

［96］梅霞：《从捧舞娘说起》，《力报》，1938 年 6 月 3 日。

［97］丁白告：《话小舞场》，《时代漫画》，1934 年 2 月。

［98］李欧梵：《上海摩登》，北京大学出版社，2005 年，第 32 页。

［99］寄涯：《一个舞女的哀音》，《申报》，1928 年 3 月 10 日。

［100］《舞女在中国》，《力报》，1937 年 12 月 10 日。

［101］漫浪：《南宫杂写》，《东方日报》，1940 年 12 月。

［102］《弹性女儿》，《舞场特写》，一鸣出版社，1939 年 6 月。

［103］古人：《献给弹性姑娘》，《力报》，1938 年 3 月 19 日。

［104］豆腐客：《舞女不如车夫》，《力报》，1938 年 4 月 14 日。

［105］《希望小姐们勿于舞女为出路》，《舞场特写》，1939 年 6 月。

［106］《资本主义的社会支配了舞女的命运》，《舞场特写》，1939 年 6 月。

［107］古人：《献给弹性姑娘》，《力报》，1938 年 3 月 19 日。

［108］豆腐客：《舞女为什么松裤腰带》，《力报》，1938 年 7 月 30 日。

［109］三阿哥：《乱弹·舞女是不是人》，《力报》，1938 年 6 月 7 日。

［110］三阿哥：《乱弹(九)舞女函授学校发起缘启》，《力报》，1938 年 6 月 14 日。

［111］《几个职业舞女的恋爱、结婚生活问题座谈会》，《迅报》，1938 年 11 月 1 日至 3 日。

［112］《乱弹·读王琴珍小姐来函》，《力报》，1939 年 6 月 5 日。

［113］丁玲：《丁玲闲笔》，《上海小报》，1940 年 12 月。

[114]　豆腐客:《蒋美云的一段伤心话》,《力报》,1938 年 4 月 10 日。

[.115]　婕娜:《婕娜的日记》,《力报》,1937 年 12 月 14 日。

[116]　马义媛:《我对于舞国的印象》,《力报》,1938 年 3 月 2 日。

[117]　周佩英:《给舞国的记者们》,《力报》,1938 年 3 月 4 日。

[118]　丁玲:《丁玲闲笔》,《上海小报》,1940 年 12 月。

[119]　同上。

[120]　同上。

[121]　同上。

[122]　同上。

[123]　马伯:《爱国不敢后人的倪凤仙》,《力报》,1938 年 5 月 13 日。

(图片来源:《舞星艳影》、《东方日报》)

第三部分

沧陷的都市：女性文化的崛起

性别、娱乐与战争：战时上海的越剧

姜　进

1938 年 1 月 31 日，农历新年。淞沪抗战的硝烟未泯，第一个流落到上海的嵊县戏女班越升舞台就在嵊县人开的通商旅馆粉墨登场了。演出大受欢迎。两个月后，她们便向正规戏院转移，到有 300 个座位的老闸戏院演出，仍然红火。元宵节时，第二个抵沪的女班也已在上海小剧场演出；四月份，又有一副女班到来，在恩派亚大戏院献演，均大获成功。此后数年中，更多的戏班接踵而来，女班从此风靡孤岛上海，独占了"越剧"（上海人称"绍兴戏"）之美名。女子越剧在此后的半个世纪中成为沪上观众最多、演出最盛的剧种，在上海都市空间创造出一种奇特的女性文化。

越剧发源于浙东绍兴地区的嵊县（今嵊州市），在 20 世纪初成型时原是全男班的小戏，俗称小歌班。民国后始有女演员加入其中，但仍以男演员为主，活跃在江浙、上海的舞台上。女班的起源则可以追溯到在嵊县中南乡施家岙成立的第一批全部招收年轻女孩子的嵊县戏科班，培养出了施银花、屠杏花、赵瑞花等第一代女演员。30 年代初，嵊县的蚕丝业因受世界经济大萧条的影响而陷入危机，向以此谋活的农村女孩子们纷纷转向唱戏谋生，女班如雨后春笋般地在嵊县出现，并逐渐向绍兴、宁波、杭嘉湖和上海发展。1937—1941 年间，战乱频仍，日军铁蹄踏遍江浙两省，女班却在孤岛上海如繁花般盛开，完全取代了男班，使越剧成为女子的一统天下，并且大有压过京剧老大哥和土生土长的沪剧之势。根据不完全统计：1938 年的上海戏院，上演话剧者两家,沪剧三家,昆剧一家,上演京剧和女子越剧皆为12家,只有京剧此时仍可与新兴的越剧抗衡。[1]进入40年代,女子越剧迅速崛起,超过京剧成为沪上最受观众青睐的剧种。1947年出版的一本上海旅游指南中所列,越剧剧场有32家,而京剧只有6家,沪剧与话剧都是5家,滑稽戏4家。此外有34家电影院。[2]另外,从《新闻报》娱乐版广告看,也是越剧演出的场次最多。

显然,孤岛与沦陷时期是越剧发展史上的一个关键阶段,女子越剧此时在日军阴影笼罩下的上海植根、开花,并为战后的进一步发展打下了基础。在此十二年中,越剧初步完成了都市化和现代化的转型。1949年中华人民共和国成立后,越剧的现代化转型进一步深入,凭借《梁山伯与祝英台》、《红楼梦》等经典作品的巡演和同名越剧电影的广泛流传,越剧在国内外声誉鹊起,登上了民族艺术精品的殿堂。

究竟应该如何理解越剧兴起和战时上海的关系?是巧合,抑或是战争和沦陷导致了越剧的繁盛?战争和占领又是如何影响了女性和女性文化在现代都市空间的展演及其在现代中国的历史性崛起?越剧这一案例在战争与妇女解放的关系这一问题上又能带给我们何种启示?

自从美国女性主义历史学家凯莉-格道在她1977年的著名文章中对文艺复兴的传统解释提出质疑后,传统的史学分期就开始受到挑战,再也不能在性别分析的责问下继续扮演无辜了。凯莉-格道指出,对于女性主义学者来说,"从妇女解放的高度来审视历史,就是要发现那些推动了男性的历史发展,将他们从自然、社会、意识形态束缚下解放出来的历史事件,对女性却有着不同的、甚至是相反的影响。"[3]她的研究表明,意大利文艺复兴时期所谓的人的解放和宗教统治的衰微在很大程度上只是男人的解放,女人的人生选择和自由却比以前受到更多的限制。在过去三十年中,西方女性主义史学对重大历史事件与妇女解放的关系这个问题的研究继续深入,也发现了相反的例子。比较显著的是战争时期女性地位改善的例子,比如第二次世界大战时期的军事危机给了女性走出家门、参加工作的绝好机会。深重的战争危机迫使国家需要动员女性公民加入全民族的战争努力,在美国,当男人们从军上了前线,妇女们便走向社会,走向生产第一线,成为国内战线

(home front)的主力军,妇女解放事业向前跨出了一大步。甚至在纳粹恐怖统治下的德国,也出现了同样的情况,德国妇女得以走出家庭小圈子,走上工作岗位,是德国女性社会化的一个重要时期。

那么,二战对中国的妇女解放究竟带来什么影响呢? 虽然专门探讨这个问题的研究还不多见,相关的研究表明中国女性遭受了极大的灾难,所受压迫较平时更为深重。最明显的例子莫过于遍及整个日本占领区的被日军强奸的妇女和遭受日军集体性暴力的中国慰安妇群体。[4]占领区其他方面的情况如何? 大后方、陕北根据地、游击区的情况又如何? 都有待探讨。本文拟以女子越剧在战时上海的发展为案例,着重探讨战争、沦陷与都市文化空间中女性的崛起之间的复杂关系。

一　抗战时期的上海文化：抵抗与娱乐之间

女子越剧在战时上海的兴起并不是一个孤立或偶然的事件,而是以大众娱乐文化的普遍兴盛为依托的。也许与一般的印象相反,抗战时期上海文化的主流并非精英领导下的抗战文化,而是受到政治、文化精英批评和鄙视的大众文化。正统史学话语有关战争的描述,留给人的印象只有沉重,不是残毁和萧条的景象,就是与侵略者的殊死搏斗。一般对于战时上海文化的描述也不例外,史学叙事的中心是抗战文化和抗战文化人。30年代,随着日本对华侵略的升级和民族危机的加重,以知识精英为主体的"抗战文化"也逐步形成,成为上海公共文化空间的一个重要组成部分,并在1937年抗日战争全面爆发后达到高潮,一度成为孤岛初期的主流文化。[5]

但是,随着中国军队和中央政府在日军的攻势下不断向内陆纵深地区撤退,知识精英和爱国青年开始大批离开上海转往武汉、桂林、重庆、昆明和延安等地,孤岛当局在日军包围下日益感受到生存的压力而不得不对抗战反日宣传有所控制,抗战文化在30年代末便逐渐衰微。1941年底太平洋战争爆发,日军进驻租界,所做的第一件事,就是接管主要的报纸和出版社。接下来是逮捕、拷打、审问抗日知识分子和中共地下党,镇压地下抵抗运动和抗日宣传。[6]在日本占领当局对知识界全面的审查制度下,主要的报纸、出版社、精英话剧和电影业均成为其严格控制的对象,抗战文化在上海的公共空间中销声匿迹。[7]

然而,在残毁萧条和英勇抵抗之间,普通市民的生活仍在延续;抗战文化衰微之时,通俗娱乐文化却仍然大行其道,迎来了新一轮的繁荣。其中最有影响的要算张爱玲的中、短篇小说和散文,苏青的自传体小说和散文,秦瘦鸥的长篇言情小说《秋海棠》,电影明星李香兰,以及众星璀璨的女子越剧等。

抗战时期上海大众文化的兴盛,究其原因,首先是大批难民的涌入直接导致了孤岛时期通俗文化市场的繁荣。1937年11月,持续了三个月的淞沪抗战以中国军队的撤退而告终,上海沦陷,只剩下法租界和英美管辖的公共租界得以暂免,沦为"孤岛"。随着日军向内地的持续攻势,邻近地区的难民纷纷涌入租界以躲避战乱,租界人口暴涨,娱乐需求和消费能力一起膨胀。同时,大批地方戏演员和戏班随着难民潮流入上海,为数量庞大的同乡们演出,是为越剧、沪剧、江淮戏、扬州戏、甬剧、评弹等地方戏曲在上海发展的绝好契机。[8]

当整个民族正遭受着日军铁骑的践踏之时,通俗文化在孤岛上海却空前繁荣,使得这种繁荣在道德上十分可疑,不禁令人产生"商女不知亡国恨,隔江犹唱后庭花"之叹。可是,如果跳出民族国家的精英话语,而从民众日常生活的角度来看问题,对此看似荒谬的现象也许会生出几分陈寅恪所称"理解的同情"。无可否认,孤岛上海确实为富人提供了躲避战乱和寻欢作乐的天堂,但也是更多的普通百姓的避难和谋生之所。对于处于下层的地方戏演员来说,演戏是她们赖以生存的手段,演戏才有活路。面对战火纷飞中日益萎缩的就业市场,娱乐业的繁荣也为其他人口提供了就业机会。因此,孤岛时期上海娱乐业的"畸形繁荣"是多种因素交织的结果:财富随着大批富人源源流入孤岛;大批跟随难民潮而来的艺人集中在孤岛及其为谋生而演出的迫切需求;以及社会对于戏院所提供的娱乐和商业机会的双重需求。

租界沦陷以后的政治格局也颇有利于越剧和其他通俗文化形式的持续繁荣。当日本占领当局严密监控知识分子的活动、残酷打击任何反抗迹象的同时,对于大众文化却放任自流,认为非政治性的娱乐演出不会对其统治产生威胁。占领当局甚至有计划地采取措施,以图扶植和利用娱乐业来制造歌舞升平的假象。日军官员通过各种关系,甚至亲自上门,徒劳无功地试图说服自香港沦陷后退隐上海的梅兰芳重新登台。[9]占领当局一方面禁止英、美影片的输入,另一方面积极鼓励日本影业公司和汪精卫政府合作,接管了上海的电影业,拍摄了大批的影片,其中以言情类居多。[10]对于当时活跃在茶馆、剧场、书场中的各种地方戏曲,占领当局基本不过问,任其发展。越、沪、淮等年轻的小戏剧种遂在此期间在上海站住了脚跟,开始了向都市型现代表演艺术转变的过程。

占领当局实行的文化政策对于沦陷时期的上海文学亦产生了深刻的影响。30年代的言情文学作者常将爱情故事放置在抗日运动的背景下来讲述,以表达他们的爱国之情。[11]在日军统治下的上海,作者们不可能再这样写,而民族情感也使他们不愿意为日本人所谓的"大东亚共荣圈"歌功颂德。于是,看上去无关痛痒的爱情、婚姻、家庭等私人生活和现代都市生活的主题受到青睐,一些在抗战文化盛行期蛰伏的鸳鸯蝴蝶派作家也重新活跃起来。周瘦鹃、严独鹤、陈蝶衣等纷纷出山,创办或复刊了著名的《紫罗兰》、《万象》、《春秋》、《风雨谈》等通俗文学杂志。

日本当局的专横统治及其对抗战文化的镇压,迫使生活在上海的作家脱离民族国家的话语,转而关注个人在遭遇现代时的种种体验,以略带忧伤的笔调纪录着都市居民对现代生活的复杂感受,字里行间弥漫着一种不可言说的悲情。和这座城市一样,上海的居民也成了战争的俘虏,别无选择地生活在占领者的刺刀之下。他们不再是这座城市的旅客,他们与城市紧紧地连在了一起,对城市的认同感变得更加强烈。这种对城市的认同和作为上海人的新意识,在张爱玲、苏青等的作品,及1942到1945年出版的十数种描述和探索都市生活的杂志中明显可见。[12]在民族文化精英缺席的状况下,通俗小说作家享受着文化名流的身份,他们的作品和刊物为通俗文学的言情叙事奠定了基调,也为从电影到戏曲向以言情为主题的大众娱乐提供了文学支撑,为越、沪、淮等小戏的都市化和现代化提供了文本。[13]

二 女作家群的出现

与越剧的发展特别有关的是女性的声音在日据上海公共话语空间中的高调登场。[14]日本占领当局在女性解放问题上表现了支持者和赞助人的高姿态,借以彰显日本政治、文化的现代化,并企图以此为话题找到一种可以与上海的知识界进行有意义的沟通的共同语言。于是"妇女问题"成为战时上海公共传媒中少数可以自由讨论的具有某种政治意义的话题之一。

在中国近代史上,先有秋瑾这一代知识女性以《女报》等刊物为媒介,在公共话语空间中发出女性微弱的声音。后有庐隐、冰心、丁玲等五四时期成名的女作家,她们的言说却往往被众声喧哗的男性话语干扰或掩盖。在日据上海,占领当局高压统治下民族精英的缺席和抗日救国宣教的沉默,却使女性的声音显得格外清晰和明亮。更重要的是,这一时期关于妇女问题的公开讨论,是由女性自己,而不是如以往和战后那样由父权制国家或男性精英来发起、界定、主导的。具有代表性的是以"小姐作家"著称的新一代女性作家群的涌现,而张爱玲和苏青这两位年轻女性则成为这一时期最有影响力的作家。张爱玲在她的《传奇》和《流言》两部作品集中塑造了众多女性形象,苏青的《结婚十年》讲述了自己婚姻挫折乃至破裂的过程,《浣锦集》则收录了她讨论妇女问题种种的散文。1943 年末,苏青创办了综合性文学杂志《天地》,其中文章涉及了性别、恋爱、婚姻、家庭、女权、男性以及衣食住行诸方面,又特约女作家各写其职业生涯,杂志很是畅销。[15]1944 年 3 月 16 日,当时最有影响的刊物之一《杂志》组织了一个有苏青、张爱玲、潘柳黛、汪丽玲、关露等出席的女作家聚谈,并刊出了女作家们在会议上的发言。1945 年 3 月,《杂志》刊登了张爱玲和苏青关于妇女、家庭、婚姻的对话。女作家们作为战时上海文学性公共领域中的明星,她们的言论主导了这一时期有关妇女问题的话语。

从这些资料来看,这些知识女性关注的不再是妇女解放的抽象理论,亦非民族国家的大是大非问题,而是私人领域的问题:即都市女性在工作、上学、爱情、婚姻和家庭等日常生活中所面临的实际问题。[16]苏青说:"我知道世界上有许多女人在不得已地生着孩子,也有许多文人在不得已地写着文章,至于我自己,更是兼这两个不得已而有之的人。……因为那不是为了自己写文章有趣,而是为了生活,在替人家写有趣的文章呀。"[17]对她自己的写作如此评论:"我常写这类男男女女的事情,是的,因为我所熟悉的也只有这一部分。"[18]张爱玲在女作家圆桌会议上说:"女人活动范围较受限制,这是无法可想的。幸而直接经验并不是创作选材的唯一源泉。……女性的作品大都取材于家庭与恋爱,笔调比较嫩弱绮靡,多愁善感,那和个人的环境、教育、性格有关。"[19]在聚谈中,大多数的"小姐作家"承认她们的写作基于个人经验。张爱玲虽声称她的素材并不完全来自个人经历,也来自对生活的观察和想象,个人命运、家庭和爱情仍然是她的故事的中心。女作家们显然认为她们关注爱情、婚姻和家庭是自然而合理的,因为这些都是她们生活中最基本、最重要的问题。[20]

战时上海女作家群的文化名人身份和她们所主导的对妇女问题的公开讨论,在都市文化的中心地带开拓出一个女性的话语空间,为女子越剧及其从女性视角探讨爱情、婚姻和两性关系提供了重要的主流言论的支持。零星的证据也表明女作家和越剧之间的一些个人关系。身为北方人的张爱玲对京戏比较熟悉,曾写过一篇议论洋人看京戏的散文。但她在浙江乡下偶然看到的一场女子越剧《华丽缘》给她留下了深刻的印象,以至她以此剧为题,专门撰文记述了这次观剧的经历。[21]苏青是宁波人,自称"消遣第一是看戏",文章中时有提及陪母亲及亲戚看戏的事,无疑指的是看越剧。[22]50年代初,她转行做了芳华越剧团的专业编剧。[23]

三　小知识分子的参与

越剧在上海繁荣发展的过程,也是一个现代化和都市化改革的过程。

但是,来自农村贫苦家庭、靠唱戏谋生的越剧女演员们文化水平一般都很低,大多数人不识字。要让越剧这个从农村小戏发展过来的剧种走进都市中的大戏院,登上现代艺术的殿堂,没有知识分子的参与是不可能的。日据上海的特殊历史条件正好使一群有才华的小知识分子,也就是所谓的"新文艺青年",可以为越剧所用。

这些新文艺青年大多出身于中产阶级家庭,高中或大学程度,深受五四新文化和新文学运动的影响。他们对电影、话剧等现代艺术十分着迷,对左翼话剧运动很投入,是1937—1941年左翼大众话剧运动的主力军。在抗战文化高涨时期,这些爱国知识分子和青年学生纷纷走上街头,以街头话剧和活报剧的形式宣传抗日,动员群众参加民族救亡运动。[24]他们既是演员也是观众,他们的参与在很大程度上促进了话剧的繁荣发展。孤岛后期,随着形势的恶化,文化名人和左翼知识分子纷纷离开上海,众多所谓的新文艺青年没有走,有的因为没有组织关系、内地没有接应而走不了,有的则因为离开上海无法谋生而留下。孤岛沦陷后,抗日话剧运动彻底结束,话剧市场急剧萎缩,只有极少数的职业话剧团能够维持经常性商业演出,许多新文艺青年的生计都成了问题。[25]幸运的是,占据了演艺市场大部分的地方戏向他们伸出了橄榄枝。历史使这些被困在这座沦陷的都市中的小知识分子成为越剧和其他转型中小戏珍贵的知识资源,他们作为编剧、导演、舞美人员加入了越、沪、淮等剧种,成为传统小戏和现代戏剧改革之间的桥梁。

四 越剧的改革和发展

如果说是难民潮带来的人口膨胀刺激了孤岛时期越剧的繁荣,那么,随着战争的加剧和物质条件的日益恶化,越剧仍能继续发展则应归功于自身的革新。1941年12月孤岛沦陷以后,为了节约粮食和其他战争物资,加强对上海的控制,占领当局开始大规模遣返难民。人口的锐减和日军统治所造成的压抑气氛,使繁盛的大众娱乐文化一时跌入低谷,越剧等地方小戏只有深化改革才能生存和发展。[26]随着观众群从移民向市民的转变,越剧也从一个粗俗的农村小戏转型成为靓丽的都市戏剧,缠绵悱恻的越剧言情剧不但吸引了以宁波、绍兴移民为主的浙江同乡,也得到一般都市居民、尤其是女性的青睐。

姚水娟饰演花木兰,1938 年

早在孤岛时期,越剧改革就开始了。1938 年,著名越剧演员姚水娟和筱丹桂就分别邀请了前《大公报》编辑樊篱和文明戏编剧人闻钟为她们写戏,上演了一系列以女性为中心的具有现代意义的新戏。[27]由樊篱编剧、导演,姚水娟主演的爱国剧《花木兰》(1938 年)也许是女子越剧中第一部由编剧编写的新戏,是女子越剧创作文学化走出的第一步。同时,越剧女演员们也以"话剧化、电影化"相号召,尝试着运用现代舞台设计。姚水娟在皇后大戏院上演的新戏《蒋老五殉情记》(1940 年,樊篱编剧、导演)中,第一次在越剧舞台上出现了楼房、船舱等实景,还把一辆黄包车拉上了台,颇为轰动。大投资导致高票价,戏票涨价 20%,却仍然大受欢迎,连续演出 63 场。[28]

1942 年袁雪芬在大来剧院开始的改革更加明确了以话剧为榜样,把越剧改造成为一个有尊严、有品味的现代舞台艺术的目标。她回忆说:

上海沦陷后[注:应包括孤岛时期],人民大众在日寇的铁蹄之下痛苦呻吟,可是,越剧舞台上除了公子落难、私订终生之类的陈旧剧目外,就是一些不堪入目的色情戏。我厌恶这种现状,常常为自己选择在这样生活环境中而抱屈。另一方面,我又热爱自己为之倾注了心血的艺术,追求着做人和做戏的尊严,这就使我陷入渴求改变现状而又不知道走哪一条路的苦痛之中。我看了话剧,感到耳目一新。首先是剧目新。在当时条件下,一些进步的话剧工作者演出《文天祥》、《葛嫩娘》、《党人魂》等表现民族正义和爱国主义的戏,富有教育意义,很能打动人心。

再是形式新,它有完整的剧本,正规的排练制度,逼真、严肃的表演,以及运用现代的布景等等。这一切,使我这个在闭塞环境中生活的人豁然开朗,有如在荒漠中看到了绿洲。这正是我所向往的有价值的戏剧艺术啊![29]

袁雪芬经常去看话剧,其中1941年底上演的《文天祥》一剧给她留下深刻的印象。这部以古喻今、颂扬民族英雄的话剧上演于孤岛沦陷的前夕,本身就是一个英雄壮举。话剧内容的严肃,舞台布景的现代化,导演对每个细节的精心安排,男女演员之认真、演出现场观众的安静和专注,与越剧演出的粗俗、淫秽、轻佻,以及戏院里的嘈杂混乱形成鲜明对比,令袁雪芬十分感动。话剧的观众虽然不多,但话剧的文化品位和社会地位却是越剧所没有的。袁雪芬希望越剧能够变成像话剧那样的有品位,越剧演员能够像话剧人那样的有尊严。[30]

袁雪芬发起的改革可以分两个主要方面来讨论,即内容和形式。这里先讨论越剧形式的改革,内容则留待下一节。首先是对剧场和后台的重新组织,整肃剧场秩序。19世纪以来上海戏剧演出的主要场所——茶园和戏园,也是男性社交和生意往来的场所。传统戏园中的舞台三面被观众席所包围,摆放着方桌和椅子,客人们边喝茶、嗑瓜子,边聊天,边看戏,观剧只是他们众多活动中的一项。民国早期,在西式剧场影响下,传统茶楼或倒闭或重建,新式电影院和剧院纷纷出现。[31]为了将观众的注意力集中到表演上,新剧院采用镜框式舞台,观众的座位全部面向舞台排

袁雪芬饰演花木兰,1944年

列。但许多剧院仍然在第一排观众席前摆放了条案,在前排椅子背后留出可以放茶杯和毛巾的地方,演出过程中茶房仍然穿梭为观众添水倒茶,热毛巾在观众席上空飞来飞去。演员在演出中仍然和观众插科打诨,台下的观众仍然旁若无人地聊天,闲杂人员仍然在后台随意穿梭。[32]在这样一种传统的剧院环境中,表演很难成为关注的中心,它只是剧院中同时进行着的众多事情中的一件。对袁雪芬来说,只要越剧演员还在这样的环境里表演,就很难得到尊重。改革开始以后,演出过程中不再允许向观众提供茶水和热毛巾,除了演员和工作人员,任何闲杂人等不得进入后台。

更为重要的,是越剧内部体制的改革,而剧务部的成立则是越剧内部组织和创作体制现代化的关键一步。袁雪芬把自己的包银的大部分用作薪酬,聘请了有话剧经验的新文艺青年任编剧、导演、舞台监督等职,成立了剧务部,总管创作和演出。[33]剧务部成了指挥越剧改革的"司令部"。袁雪芬当年的搭档,小生演员范瑞娟回忆早期越剧改革时说:

> 40 年代,袁雪芬倡导越剧改革,吸收了一批文化人,即新文艺工作者参加。他们把新的观念、新的知识带进越剧这个地方剧种,使越剧改革如虎添翼,取得突飞猛进的发展。……那时,我们这些演员都是从农村来的小姑娘,家境清贫,文化水平低,所以对剧务部的文化人很尊重,平时称他们为"先生",称剧务部为"司令部"。[34]

当时参加改革的演员和剧务部成员都是 20 岁上下的年轻人,"老大哥"吕仲也只有 36 岁。这个充满活力和有着使命感的年轻团队,于 1942 年下半年开始在大来剧场实验新的创作程序,即由编剧、导演、舞美和演员共同参与新戏的创作,来取代以演员为中心的路头戏和幕表制结合的传统方法。从前的戏曲演员大多识字无多,乡间更是剧本难觅,演员演戏得靠记忆力和随机应变的即兴表演的能力。通常会有一位略通文墨、经验丰富、熟悉传统剧目的老演员或者乐师来做"说戏师傅",把故事情节说给演员,分配角色,排好场次。有的骨子老戏会有一些流传下来的经典唱段,有相对固定的唱词,这就是所谓的"肉子"。除此之外,从唱词、对白,到动作俱无定本,一切细节,都要演员自己设计,并在演出时与对手和观众的互动中随机应变,即

漫画"白雪公主与七个小矮人",也即袁雪芬与剧务部的七位成员

兴发挥。戏的好坏几乎完全取决于几个主要演员的表演。演出之前,说戏师傅在后台贴一张幕表,也就是大纲,提醒演员各自上下场的次序。锣鼓一响,出将入相,就全凭演员的天分和运气了。有天分的演员可以占据整个舞台,机关层出不穷,唱词绵绵不断,万般风光,迷倒众生,把其他演员的戏都抢了。二、三流的演员却常会因为主要演员没有如期出场,或接不上台词而冷场,丢尽颜面。如此制度下,舞台表演良莠混杂,粗糙原始,质量很不稳定;因无定本,演员也无法进行二度创作,在口口相传中,很难有效改进和提炼剧情与表演细节。为了满足文化素养较高的城市观众的需要,废除幕表制、引进编剧和导演以提高越剧作品的文学性势在必行,而剧务部的成立正是这一从以演员为中心的即兴表演到以编导为中心、强调文学性的创作方法的转变在体制上的表现。

起初,新的剧本比幕表好不了多少。编剧写出故事大纲、关键情节、部分唱段,大量的唱词和细节仍有待演员的即兴表演去填补。姚水娟在演出《泪洒相思地》(1938年,樊篱编导)时,即兴一口气唱了十八句台词来表达女主人公极度悲伤的心情,而剧本上只写了四句。40年代中晚期,编剧和导演的作用在创作众多新戏的过程中,变得愈

越剧改良时期的作品广告

益重要,演员们也渐渐学会了尊重剧本和编导,舞台上随意性的即兴表演渐渐减少。[35]在导演的帮助下,演员们渐渐培养起对于如何塑造人物等现代艺术修养的自觉。著名小生演员范瑞娟回忆起编导南薇对她的帮助:

> 南薇启发我们演员,要学习戏剧理论,提高自身素养。40 年代改革时,我听说斯坦尼斯拉夫斯基的书是专门谈导演的。我就不知深浅高低,特地请南薇给我买了一本斯氏的《论演员的自我修养》啃了起来。我文化水平低,读理论书很吃力,遇到不懂的地方就向他请教,他都会耐心地给我讲解。他教我们怎样研究角色,理解角色,开拓戏路,尤其是从生活出发,通过深刻体验创造有不同性格的各种角色。[36]

在南薇的指导下,范瑞娟借鉴斯坦尼斯拉夫斯基的表演理论,学会了用"进入角色"的方法来塑造人物,成为一名优秀的越剧演员。著名的老生演员张桂凤开始时很不喜欢照本宣科背台词,但也慢慢学会了在剧本基础上的二度创作。南薇安排她在《祥林嫂》里以丑角应工,扮演魏癞子。她两次去浦东码头的茶园观察这类人物的言行举止神态,在舞台上活灵活现地再现了这个角色。[37]在导演的帮助下,二、三线的演员也开始讲究演技,越剧专业化程度的提高保证了演出的整体质量能够在稳定中进一步提高。[38]

现代化生产程序初步建立的一个后果就是削弱了剧院老板对戏目的控制权。剧院老板大多是绍兴人,对越剧传统剧目很熟悉。剧院上演的戏目习惯上由剧院老板拟定,签约著名演员来领衔主演。但是,1942 年以后,剧务部的成立,创作过程的现代化,将守旧的剧院老板排除在越剧创作过程之外;但大量新剧目的产生,给越剧带来新的观众,这是戏院老板所不能拒绝的。在此情况下,剧院老板只得对剧团让步,上演戏目由剧团决定。剧团只要能保证一定的出票率,保证剧院的盈利,就可以自主选择戏目,剧院老板不得干涉。[39]剧团获得了独立于旧式剧院老板的艺术自主性,越剧作为一种都市现代舞台艺术日益成熟。到 40 年代中、晚期,随着上百部由演员和编导共同创作的新剧目的成功演出,参与越剧改革的演员和编导人员大胆宣布了"新越剧"的诞生。[40]

五　爱情剧的炼成

　　抗战时期上海的越剧改革在内容方面首先是肃清传统小戏中粗俗的色
情搞笑。清末以来,通过露骨的色情唱词和暗示性的动作表现粗俗的性爱
是以男性为中心的地方小戏的特色。农村中的小戏班子经常在赌场和茶馆
里演出,而光顾这些场所的大多是文化层次低下的男性。在这个男人演戏
给男人看的下层环境中形成的色情表演,集中反映了男人对女人性器官的
粗俗的色情想像。宁波滩簧中有一出名为《荡湖船》的戏,描写一个年轻人
搭夜船从常熟赶往苏州,途中与撑船的两个姐妹一路对唱。年轻人用当地
方言唱了一首"十八摸",内容是随着男人的手的移动,将女人的身体从头到
脚描绘了一遍,重点自然是对性器官的描绘。通篇用的是半搞笑的口气,可
以说是男人之间黄色玩笑的一个比较完整的版本。[41]类似的例子在各种小
戏或说唱剧目,如"小放牛"、"卖青炭"、"卖草囤"中随处可见。粗俗的色情
段子不仅在描写农村生活的小故事中有,在《何文秀》、《双珠凤》、《梁祝》这
样的长篇叙事中也有。[42]这样的色情表演,在二三十年代的演出中仍然常
见,也在上海和浙江乡镇的嵊县戏演出中屡见不鲜,男女演员都演,不足
为奇。[43]

　　这种带有乡村气息的、男性的、粗俗搞笑的色情表演在日益都市化的上
海观众眼里,显得不堪入目;尤其对于受过教育的女性而言,小戏中肆意将
女性身体分解成性器官的做法让她们感到的何止是难堪。有文化的女性观
众钟情的是在婚姻和家庭的框架中去探索性爱,因为女性的性爱是在长期
的父权制家庭的内闱中建构起来的。再者,受过现代教育的中产阶级女性,
尤其是生活在上海这个欧风美雨沐浴下的现代都市中的女性,在通俗文学
和好莱坞电影的熏陶之下更学会了欣赏浪漫的爱情和优雅的性爱。电影中
年轻俊男与妙龄女郎拥抱、接吻、执手深情相望的典型镜头为钟情于罗曼蒂
克的观众和地方戏演员演示了亲密感情是如何"自然"地流露的。[44]宁波滩

簧《荡湖船》中那种色情和调情表演对于上海中产阶级女性来说,只能以"鄙俗"、"低级趣味"这样的字眼来形容,永远不可能被接受。而越剧女班的《王老虎抢亲》(有时亦作《三笑姻缘》)则将搞笑、色情唱词和表演很好地融汇在曲折的才子佳人爱情叙事中,遂在上海长演不衰。[45]

随着都市中产阶级女观众群的兴起,越剧女班也日益成熟。女演员长期以来遭受着性别和阶级的双重歧视,她们的身体是男性色情凝视下的物品。越剧女班在进入上海后的大红大紫与她们社会地位的低下形成了鲜明的对比,使她们逐渐认识到舞台上的色情表演加深了把女人当作性的传统偏见,是她们作为人的社会地位低下的一个主要原因。要提高自己的社会地位,就必须清除这种低俗的色情表演。战时上海越剧女班和女观众群的兴起,使越剧都市化进程中女性的口味主导了改革的方向,在清除粗俗的色情表演的同时,代之以以婚姻为指归的现代罗曼蒂克、感情浓烈的爱情表演。

在男女关系剧烈转型的时代,在舞台上演绎爱情剧,女子越剧有着意想不到的优势。对于一般民众来说,即使是在上海这个开风气之先的城市,男女授受不亲的传统思想的影响仍然存在,男女之间自由表达亲密感情还只是一种时髦,颇令人向往,但尚未成为普遍的行为方式。与摄影机前的表演不同,男女演员在舞台上面对观众现场演绎男女情爱,未免尴尬。人们对男女之间自由表达亲密感情的向往与行为上的滞后之间的矛盾给了女子越剧巨大的市场空间。中国向有结拜兄弟、结拜姐妹的传统,兄弟义气和姐妹情深是传统情感文化的重要组成部分;民国以后女子走向社会,小姐妹在公开场合的亲密举动也成了都市社交的一道风景。在由清一色女子组成的越剧舞台上,女演员们得以以自然主义风格大胆表现浪漫而亲密的男女之情,给追寻浪漫爱情的都市观众以极大的满足。当时的越剧评论家蔡萸英说:

> 舞台上男女合演,本无足怪,弟乡间社交尚未公开,尤其是绍兴乡下之姑娘们,一遇生客,尚且羞人答答,与其与男伶合作于氍毹上,是诚势所不能。即能矣,亦不过敷演(衍)塞责,安望其有精采(彩)演出哉?
>
> 夫戏剧之所以为戏剧,必也扮演人与剧中人打成一片,假戏真做,

徐玉兰（左）与傅全香在《黄金与美人》中，1944年

方见精彩，故男伶与男伶，坤角与坤角，其表情的较认真而切实，否则男和女杂，剧情未有不弛松者也。在坤角，固然要避嫌而远离男伶，而男伶亦受种种束缚，不能畅所欲为。设是剧而为粉剧也，则男女之私，若调情，若私奔，甚而至于形容床第间暧昧之事，非痛快演出，淋漓尽致，不足以增强高潮。试观男女合演者，马马虎虎，敷衍了事，没精打采（彩），不值一观。故余对于戏剧，始终不主张男女合演，非脑筋之陈旧，事实有所不许也。[46]

　　当时就已经出名的越剧老演员白玉梅、傅全香、徐玉兰也有相同的看法。她们认为，全女班的演出，可以充分地投入感情来表现男女之间的亲密和情爱。与男演员同台，就会感到很尴尬，不可能放开来演。[47]在战时上海这样一个性别关系转型的过渡时期，越剧抓住机遇完成了都市化的转型，成为最擅长演绎现代爱情的剧种。

六　越剧《梁山伯与祝英台》的演变

　　著名越剧《梁山伯与祝英台》的演变具体地向我们展现了越剧都市化转型的过程。梁山伯与祝英台的故事起源于民间传说，嵊县小歌班于1919年3月在上海首演。剧中，女扮男装的祝英台去杭州求学，在城外的草桥与同样是去求学的梁山伯邂逅，两人一见如故并义结金兰。在书院中，两人同居共读三年整，及至英台归家时，山伯竟不知其为女性。后由师母说穿并做媒，山伯大喜，急奔祝家庄提亲，却不料祝父已将英台许配给了太守之子马文才。山伯无奈而归家，不久因相思郁郁而终。英台出嫁之日，花轿路过山伯的坟茔，下轿祭拜，坟突然裂开，英台欲入时，被马文才拉住，仓皇之间一起跌入墓中。三人遂一起到阎王殿前申诉，阎王取出生死簿查阅，才发现梁祝原是玉帝身边的金童玉女转世，到人间经历数世轮回，此番已是最后一劫。于是梁祝被送归天庭，而马文才则因阳数未尽，重返人间，迎娶他前生注定的新娘。[48]

在这个早期的版本中，佛、道、民间信仰、一夫多妻制的习俗、粗鄙的调情搞笑与五四妇女解放和自由恋爱话语互相混杂，爱情的主题并不是很清晰。此后，嵊县戏男女演员在演出中多掺杂了迷信、搞笑和色情的成分。直到女班在战时上海兴起以后，在越剧都市化改革加深的过程中，梁祝故事中这些旧文化的影响方被逐一剔除，最后净化成一部礼赞一夫一妻制框架下男女对等的忠贞爱情的经典。袁雪芬的回忆：

> 像《梁祝》这样的骨子老戏，把本来很优美的民间传说演得荒诞不经，充满封建迷信和宿命论糟粕，什么七世不团圆，阎罗游地府，什么太白真君摄去梁山伯的"真魂"换进"痴魂"；另外，唱词中有不少色情的东西，我实在觉得唱不出口。在流传过程中，糟粕的东西越来越多，把精华都淹没了。早在30年代末，我与马樟花搭档演出时，就相约不唱那些下作的东西，进行了初步的去芜存菁。……当时我虽谈不上有什么觉悟，但深深感到这样演戏十分痛苦，对演员人格是一种侮辱，如果仅仅为了糊口，干什么职业不行！这也是我觉得非进行改革不可的原因之一。[49]

1945年1月和5月，在新越剧改革中期，袁雪芬领衔的雪声剧团将梁祝故事改编成《梁祝哀史》（袁雪芬重编）重新搬上了舞台。1946年再次上演新《梁祝哀史》，袁雪芬在节目单里解释说："《梁祝哀史》去年在九星亦已上演过，而这次的《新梁祝哀史》呢，与上次又有不同。上次匆匆之间，只排了布景，唱词编排方面还是老样子，觉得有许多旧的成分还须改变，希望更合乎我们的理想，所以又重编了一下。……有许多无谓的东西，流于低级的成分，全部铲除，可能加进的新意识，尽量掺入。"[50]为了彰显爱情和婚姻自主的主题，也为了剔除轮回转世等所谓封建迷信的成分，戏砍掉了裂坟及之后

袁雪芬在《梁祝哀史》(1946) 中饰祝英台
(左),范瑞娟饰梁山伯

的故事,以英台哭灵的情感高潮
戏结束。[51]

新编的《梁祝哀史》不仅塑造了一个独立自主的女子祝英台(袁雪芬饰),而且塑造了多情才子梁山伯(范瑞娟饰)的形象。重新演绎梁山伯这一角色是范瑞娟表演艺术中一个重要的里程碑。从此,她就以扮演忠厚、善良的年轻才子而著称。清代和民国早期的版本中,梁山伯既狡猾好色,又迟钝;因为玉皇大帝使人偷走了他的魂魄,三年同窗共读仍茫然不知英台之为女身。1946年,雪声剧团再次改编梁祝,新版本将这些基于封建迷信的情节全部清除,范瑞娟将梁山伯塑造成一个满身书卷气的儒雅才子,只是有些不解风情;但一旦爱上英台,又是那样的真挚、温柔、一往情深。范瑞娟饰演的梁山伯引得无数女子为之倾倒,赢得了"可爱的傻瓜"的雅号。[52]

1949年,东山越剧团再次演绎了梁祝的故事,由范瑞娟和傅全香(饰祝英台)主演,增加了最后一幕《化蝶》。在出嫁到马家的途中,祝英台在梁山伯的墓前停下,作最后一次祭拜。英台哭得肝肠寸断,天上雷电交加,随之一道闪电劈开坟墓,英台纵身跳入,马文才想拽她回来,却只抓碎一块裙角。雨过天晴,彩虹满天,英台裙角的碎片变成一对美丽的蝴蝶(演员披上蝴蝶彩装起舞),在缀满鲜花的坟场上,快乐地嬉戏、互相追逐。[53]

"新越剧"在40年代所取得的艺术成就,为越剧在建国后的继续发展打下了基础。1952年在北京举行了第一届全国戏曲观摩演出大会,越剧《梁山伯与祝英台》广受好评,赢得了包括剧本、音乐、舞美、演员在内的多项奖项。1953年,《梁祝》拍成了中国第一部全屏幕(35 mm)彩色戏曲艺术片,1954年在上海首映,吸引了155万观众。1954年7月,在捷克斯洛伐克举行的第八届国际电影节上,《梁祝》获音乐片奖。1955 年 8 月,在苏格兰举办的第九届爱丁堡国际电影节上,再次获奖。[54]这部电影在海外发行后,在香港引起了轰动。而《梁祝》舞台剧也在各地巡演,并作为中国戏曲艺术的代表走向了世界,在北朝鲜、苏联、东欧等国家巡回演出。据说在柏林的一次演出结束时,热情的德国观众不断鼓掌,以至演员们谢幕 28 次。[55]

七　结论：商女不知亡国恨?

那么,战争和军事占领对于女性文化、尤其是女子越剧在上海大众文化空间的兴起究竟起了什么样的作用?

抗战对上海的冲击主要是政治军事权力通过暴力而换手,导致国民政府统治的断裂和西方租界权力的被取消,上海落入日本统治之下。问题是日本统治下上海的社会文化发展是否也发生了断裂? 从民国到中华人民共和国早期,上海都市社会文化的现代化发展有几个重要的方面:大规模的城市移民和上海作为远东大都市的崛起;女性在都市社会和文化空间中的活跃表现;适合都市人口味的爱情剧的繁盛;以及大众文化的专业化、体制化发展,等等。本文的研究表明,这些进程并没有在战时上海出现明显的中断,有些还在战争时期有很大的发展。

首先,战时上海的难民潮可以被看作自 19 世纪中期以来,大批人口向开放口岸城市移民浪潮中的一波。越剧在上海的辉煌首先是长期以来浙江人大规模移居上海所产生的一个文化现象。随着移民逐渐变为城市居民,与移民潮同来的地方戏也经历了一个都市化的过程。在现代戏剧改革思潮影响下,地方戏现代化最重要的一个方面就是专业化,建立以剧本为基础的导演中心制,取代从前以演员为中心的即兴式的创作制度。40 年代前后在上海的地方戏剧种都在不同程度上开始了这一改革,其中越剧改革走得最快、最远,应该说是最成功的。建国后,国家全面控制了大众文化领域,进一步推动戏曲现代化的进程。各个地方戏剧团都由政府帮助配备了专业编剧、导演和舞美设计师,以编导为中心的现代化创作制度遂逐渐巩固。[56]

其次,战时上海大众文化的繁荣并不是如一般学者所认为的"畸形繁荣",而是在非常时期中的一个常规现象。从一个较长时段来看,大众文化始终是民国时期上海文化市场的主流。精英文化尽管影响力很大,一般说来市场号召力却不大,从数量上看,只有在抗战文化高涨的那几年中,精英领导的抗战文化才能称得上流行。[57]一旦淞沪抗战的硝烟渐散,日常生活秩序逐渐恢复,作为市民生活一部分的大众文学、娱乐市场的复苏应只是情理中之事。[58]所不同的是,女性艺术家们成了这一时期大众文化的领军人物。

再次,战时上海女性声音的高扬也是1911年辛亥革命以来妇女解放运动不断发展的结果。与年轻的越剧女演员一样,张爱玲和她的同代女作家群都出生于五四时期,当时不过20岁出头。苏青1914年出生,稍微大一点。如果说战争环境把这些女子推上了战时上海大众文化的聚焦点,那么为此奠定基础的则是三十年来为争取女子受教育权、工作权、公开阐述自己观点的权力而作的努力。到40年代,包括护士、医生、教师、百货商店女店员、办公室小姐在内的职业女性已经成为都市劳动力的重要组成部分,她们对生活、工作的体验以及面临的问题通过与她们同时代的都市女作家的笔端得到梳理和表达。[59]苏青曾就读于南京中央大学英语系,张爱玲在上海圣玛丽女校毕业并考入圣约翰大学。这些年轻的作家是在新文化运动、通俗爱情小说、西方文学的多重影响下成长起来的一代。关于写作,张爱玲说:"我一直就想以写小说为职业。从识字的时候起,尝试过各种不同体裁的小说,如《今古奇观》体、演义体、笔记体、鸳蝴派、正统新文艺派等等……"[60]撇开这些体裁风格的实验不谈,张爱玲和她同时代的女作家,是伴随着妇女解放思潮成长的一代,见证了实现这一目标过程中的进步以及所面临的种种困难。现在,她们从个人的角度对现代都市中女性经验和妇女问题进行探讨和审视,但她们的言说和写作活动在很大程度上代表了城市职业女性这一群体的声音。[61]

与女作家的崛起平行,女子越剧的发展是女性在都市公共空间中历史性崛起的另一个标志。如果说女作家代表的主要是文化水平比较高的女性,那么,女子越剧更能表达众多文化水平低下的女性群体所关心的问题和对生活的渴求。进一步说,越剧爱情剧和女性文学引起一般民众极大的兴趣。张爱玲的《倾城之恋》、苏青的《结婚十年》、越剧《梁山伯与祝英台》等女性文化作品主导着一般公众对什么是正确的现代两性关系的理解和想象,昭示了女性在建构都市文化公共空间中所起的重要作用。其影响之深远,我们至今尚未有充分的认识。

如此看来,孤岛和沦陷时期日军对上海的统治对女子越剧的发展和女性文化的兴起并不具有历史性的作用,有决定性意义的反而是日军统治没有阻断或改变都市移民、都市文化现代化,以及女性参与社会这些较为长期的进程这一事实。正是由于这些贯穿于整个民国时期和新中国早期的历史进程,女子越剧才能成为上海当年最红火的剧种,女作家群才能脱颖而出,产生当年最畅销的作家。而日本占领军的高压统治,却成为一种催化剂,使得一直遭受男性精英批评和轻视的女性流行文化历史性地走向了前台,使女性和女性文化第一次占据了都市文化大舞台的中心位置,使女性能够以主角的身份直接向公众讲述自己的故事。对于中国女性来说,这样的机会可以说是千载难逢。战争和异族占领制造了民族精英缺席的事实,提供了女性文化在都市公共空间成长发展的绝好机遇,而女性文化的壮大也给这个城市的文化深深地打上了女性的印记。

站在民族精英的立场上,女性文化在日军阴影下的繁荣昌盛,也许可以说是"商女不知亡国恨",缺乏道德和政治合法性。事实上,正是这种男权主义歧视女性的态度,才使中国女性的声音在平时遭到压制、曲解、屏蔽和冷落。然而,民族的立场原不必与女性的立场相冲突,因为只有当女性能够获得与男性同样的社会空间去充分表达自己的意志、发展自己的潜力之时,民族才能真正繁荣富强。站在这个高度检视抗战期间的女性和性别政治,我们发现上海的女性利用战争所创造的政治和话语空间,积极参与社会,占领文化的制高点,有效地提升了女性在都市社会中的地位和影响,这对整个中国社会文化的现代发展有着十分积极的意义。

张爱玲在《倾城之恋》中,描写了一座城市的倾覆如何成全了一段爱情。

本文追述了一座城市的陷落如何成就了女子越剧的一段历史。众所周知，越剧后来以《梁山伯与祝英台》、《红楼梦》、《西厢记》等脍炙人口的爱情经典剧风靡海内外，养育了现代中国人的爱情观和审美情操。而张爱玲的作品至今仍被不断地改编成电影、电视，触动着华语文化世界的神经。其中深意，仍待进一步发掘。

---

[1] 见高义龙：《越剧史话》，上海：文艺出版社，1991 年，第 65—67 页。

[2] 王昌年：《大上海指南》，上海：东南文化服务社，1947 年，第 202—211 页。

[3] Joan Kelly-Gadol, "*Did Women Have a Renaissance？*" Renate Bridental, ed., *Becoming Visible：Women in European History*, Boston：Houghton Miffin, 1977, p. 139.

[4] 有关日军对中国妇女实施性暴力的研究有不少，包括苏智良、陈丽菲、姚菲：《上海日军慰安所实录》，上海：三联书店，2005 年；及小浜正子：《利用口述史料研究中国近现代史的可能性——以山西省盂县日军性暴力研究为例》，《史林》，2006 年第 3 期，第 63—72 页。

[5] 陈青生：《抗日战争时期的上海文化》，上海：上海人民出版社，1995 年。又见柯灵：《柯灵散文精编》，两卷本，杭州：浙江文艺出版社，1994 年。

[6] 见柯灵：《柯灵散文精编》。又见陶菊隐编：《孤岛见闻——抗战时期的上海》，上海：上海人民出版社，1979 年。鲁迅的孀妻许广平、左翼知识分子柯灵都曾经被日本占领当局逮捕和拷打。又，关于知识分子在日本占领上海期间的表现，见 Poshek Fu：*Passivity, Resistance, and Collaboration：Intellectual Choices in Occupied Shanghai, 1937—1945*, Stanford：Stanford University Press, 1993。

[7] 见《外务省公文》，第 52189 号（1941 年 4 月 1 日），第 24719 号（1939 年 7 月 27 日）；日本驻华使馆档案，第 1 号（1941 年 8 月 30 日）；上海日本总领事馆特别调查班：《特调班月报》，第 18 号（1940 年 11 月 13 日）。

[8] 孤岛时期上海的人口增加了两倍。1937 年战争爆发前，租界的人口大约 167 万，1938 年底超过 400 万，1940 年代早期达到 500 万。参见沈以行、姜沛南、郑庆声主编：《上海工人运动史》下卷，沈阳：辽宁人民出版社，1996 年，第 120 页。

[9] 见《外务省公文》，第 55955 号（1942 年 7 月 17 日），第 56270 号（1942 年 7 月 28 日）。

[10] 对沦陷时期上海电影的讨论，见 Poshek Fu：*Between Shanghai and Hong Kong：the Politics of Chinese Cenimas*。对汪精卫政权的文化政策的讨论，见刘其奎：《汪伪汉

奸文化概述》,收入《汪精卫汉奸政权的兴亡:汪伪政权史研究论集》,复旦大学历史系中国现代史研究室编,上海:复旦大学出版社,1987 年。

[11]　比如张恨水,就在《啼笑因缘》的续集中加上了樊家树等参加抗日的情节。

[12]　许多批评家把沦陷时期的上海文学视为鸳鸯蝴蝶派的翻版。在我看来,沦陷期文学具有了一种深层的现代都市审美,较之其鸳鸯蝴蝶派的前辈们更为清晰,比之1930 年代上海文坛的感觉派又更为实在。关于孤岛时期鸳鸯蝴蝶派话剧的情况,参见宗飞:《"乱伦型"与"偶然性"》,《戏剧与文学》,第 1 卷第 4 期(1940 年 6 月);关于鸳鸯蝴蝶派电影,参见白茅:《给孤岛影业的从事者》,《戏剧与文学》,第 1 卷第 4 期(1940 年 6 月);关于沦陷时期鸳鸯蝴蝶派文学、话剧、电影,参见舍人:《上海文化界总检讨》,《上海》,1943 年 2 月号。

[13]　女子越剧得到了包括严独鹤、周瘦鹃等在内的鸳鸯蝴蝶派作家的支持。《越讴》所记载的一系列事件,揭示了越剧女演员与鸳鸯蝴蝶派作家之间的关系。严独鹤、周瘦鹃、陈小蝶、梅花馆主、舍人、徐卓呆等当时的文化名流经常作为越剧名角的座上客在剧场里、宴席上为越剧女伶捧场。见《越讴》第一卷,1939 年 6 月 1 日。

[14]　有关沦陷时期上海的女性文学,参见 Nicole Huang: *Women*, *War*, *Domesticity*: *Shanghai Literature and Popular Culture of the 1940s*, Leidon & Boston: Brill Academic Publisher, 2005。

[15]　《杂志》,第 13 卷第 1 期(1944 年 4 月 10 日),第 53 页。

[16]　参见《杂志》第 13 卷第 6 期(1944 年 3 月),第 14 卷第 6 期(1945 年 3 月)。

[17]　苏青:《自己的文章》,《浣锦集·代序》,上海:天地出版社,1944 年,第 1—4 页。原载《风雨谈》第 6 期(1943 年 10 月)。转引自亦青、一心、晓蓝编:《苏青散文精编》,杭州:浙江文艺出版社,1995 年,第 506 页。

[18]　同上,第 504 页。

[19]　《杂志》,第 13 卷第 1 期(1944 年 4 月 10 日),第 53 页。

[20]　有关民国时期妇女和家庭观念的转变过程,参见 Susan Glosser: *Chinese Visions of Family and State*, *1915—1953*, Berkeley: University of California Press, 2003。

[21]　张爱玲:《华丽缘》,原载于《大家》创刊号(1947 年 4 月)。

[22]　《杂志》,第 13 卷第 1 期(1944 年 4 月 10 日),第 55 页。

[23]　苏青在 1950 年代做了专业的越剧编剧,创作了很多作品。卢时俊、高义龙主编:《上海越剧志》,北京:中国戏剧出版社,1997 年,第 342—343 页。

[24]　关于抗日民族统一战线时期话剧的论述,参见 Hung Chang-tai, *Going to the People*: *Chinese Intellectuals and Folk Literature*, *1918—1937*, Cambridge, Mass: Council on East Asian Studies, Harvard University, 1985。

[25]　关于孤岛和沦陷时期上海话剧运动的情况,见柯灵:《柯灵散文精编》第二卷,1994 年。

[26]　战争结束时,上海的人口只有 300 万,战后人口重新回升,到 1945 年达到 337 万。

陈正祥:《上海》,香港中文大学研究生院地理研究中心:《研究报告》第 38 号,
1970 年。

[27] "樊篱"和"闻钟"是辅佐越王勾践复国的名臣范蠡和文种的谐音。这两位浙江人取
此名以表达抗日复国的情感,也暗示了他们在上海培植自己家乡戏的想法。樊篱
编的第一部戏就是爱国剧《花木兰》。

[28] 《上海越剧志》征求意见稿,第二卷,1995 年,第 104—105 页。又见《绍兴新报》,
1941 年 1 月 2 日。

[29] 袁雪芬:《甘苦得失寸心知——越剧改革四十周年的回忆和认识》,《艺术研究资料》
第六辑,杭州:浙江艺术研究所,1983 年,第 60 页。也可参看袁雪芬:《袁雪芬自
述——求索人生艺术的真谛》,上海:辞书出版社,2002 年,第 7 页。

[30] 袁雪芬:《甘苦得失寸心知——越剧改革四十周年的回忆和认识》,第 60 页。

[31] 《上海春秋》,1948 年,收录在《十里洋场话上海》,香港:现代出版社。也可参见《中
国戏曲曲艺词典》,上海:上海辞书出版社,1981 年,第 64—65 页。

[32] 2002 年韩义访谈。

[33] 袁雪芬:《甘苦得失寸心知——越剧改革四十周年的回忆和认识》,第 60—61 页。

[34] 范瑞娟:《越剧改革的一位功臣——忆南薇先生》,高义龙、卢时俊主编:《重新走向
辉煌:越剧改革五十周年论文集》,北京:中国戏剧出版社,1994 年,第 357 页。

[35] 不过,导演和编剧权威的真正确立还要等到新中国成立以后。见高义龙、卢时俊主
编:《重新走向辉煌:越剧改革五十周年论文集》,第 176—205 页。

[36] 范瑞娟:《越剧改革的一位功臣——忆南薇先生》,第 361 页。

[37] 张桂凤:《忆青年时期的演戏生活》,《文化娱乐》编辑部编:《越剧艺术家回忆录》,杭
州:浙江文艺出版社,1982 年。

[38] 参见《雪声纪念刊》,1946 年;范瑞娟:《越剧改革的一位功臣——忆南薇先生》;以
及《重新走向辉煌:越剧改革五十周年论文集》里的其他文章。

[39] 袁雪芬:《甘苦得失寸心知——越剧改革四十周年的回忆和认识》,第 60—61 页。

[40] 见《上海越剧志》,第 76—80 页。也见《芳华剧刊:尹桂芳专集》,上海:芳华剧团出
版社,1947 年。

[41] 《荡湖船》,宁波滩簧,上海:仁和翔书庄,20 年代。

[42] 另外一个例子是《香蝴蝶》,《绍兴文戏女子唱做的笃班》第 31 卷,上海:益民书局,
1940 年代,第 28—36 页。这样的片段在那些品质低劣的唱本和剧本中随处可见,
都是根据以前的舞台表演记录下来的。台北中研院史语所傅斯年图书馆馆藏《俗
曲》中也可见类似的剧目。

[43] 1930 年代早期第一代嵊县戏女演员所表演的《梁祝》中,就有打情骂俏的色情唱
词。见裴亚卫、张继舜、裴文光等合编:《嵊讯》丛书之二,《嵊县戏集锦》,附 17 盒唱
词录音带,台北:嵊讯杂志社,1996 年。

[44] 早在女子越剧兴起之前,好莱坞影片在 1920、30 年代的上海已经很流行。活跃在

1930、40 年代越剧舞台上的女演员大多有以好莱坞为师的意识,许多越剧迷同时也是好莱坞电影迷。此外,好莱坞风格对于中国电影和戏剧表演都有深刻的影响。Paul Pickowicz 指出了好莱坞电影与中国左翼电影的联系。Paul Pickowicz: "The 'May Fourth' Tradition of Chinese Cinema," Ellen Widmer and David Der-wei Wang, eds, *From May Fourth to June Fourth*：*Fiction and Film in Twentieth-Century China*, Cambridge：Harvard University Press, 1993.

[45] 《三笑姻缘》,收入《嵊新女子文戏越剧大王》,上海:益民书局,1930 年代。

[46] 《绍兴新报》,1941 年 3 月 14 日。

[47] 1995 年和 1996 年对白玉梅、傅全香、徐玉兰的访谈。

[48] 《梁祝》早期的版本充满了佛教因果报应、生死轮回的思想,保留着民间口头文学的特点。在这些故事里,梁祝是天上侍奉玉帝的金童玉女,因为王母娘娘的宴会上失手打破夜光杯,玉帝一怒之下把他们贬下凡间经受三劫,使其饱受相思之苦,不得团圆。见《梁山伯宝卷》,弹词,上海:上海文艺书局,1924 年。又参见丁一:《越剧梁祝的由来和发展》,收入嵊县政协文史资料委员会编:《越剧溯源》,杭州:浙江文艺出版社,1992 年,第 234—240 页。

[49] 袁雪芬:《强化精品意识,推进越剧改革》,《重新走向辉煌:越剧改革五十周年论文集》,第 63 页。

[50] 《雪声纪念刊》,1946 年,第 173 页。

[51] 同上,第 53、172—173 页。

[52] 范瑞娟:《我演梁山伯》,吴兆芬编:《范瑞娟表演艺术》,上海:上海文艺出版社,1989 年。

[53] 范瑞娟:《我演梁山伯》。

[54] 《上海越剧志》,1997 年,第 146 页。

[55] 同上。《重新走向辉煌:越剧改革五十周年论文集》,第 54 页。

[56] 参见姜进:《断裂与延续:1950 年代上海的文化改造》,《社会科学》,2005 年 6 月,第 95—103 页。

[57] 关于民国时期大众文化与精英文化的详尽论述,参见姜进:《追寻现代性:民国上海言情文化的历史解读》,《史林》,2006 年 4 月,第 70—79 页。

[58] 大众娱乐在战争时期繁荣兴盛的情况不止在上海发生,成都等内陆城市也有同样情况。汤彦认为抗战期间成都的电影市场始终是好莱坞的天下,甚至在抗战文化高扬的 1937—1938 年间,娱乐性影片仍然大行其道,而爱国也往往成了商业宣传的工具。李贤文则指出,抗战初期成都川剧界对抗战文化的反应缓慢,表征了本地居民日常娱乐生活并未因前方的战事而发生明显的变化,这与新闻界的慷慨激昂、高呼抗日的情景形成很大的反差。见汤彦:《抗战初期的成都电影文化(1937 年 7 月—1938 年 10 月)》,及李贤文:《川剧界对于抗战的反应(1937 年 7 月—12 月)》,第二届中国城市大众文化史国际学术研讨会论文集,成都:2007 年 7 月。

[59] Kerrie MacPherson: *Asian Department Stores*, Richmond: Curzon Press, 1998; Wang Zheng: *Women in the Chinese Enlightenment*: *Oral and Textual Histories*. Berkeley: University of California Press, 1999.

[60] 《杂志》，第 13 卷第 1 期(1944 年 4 月 10 日)，第 55 页。

[61] 陶岚影：《闲话小姐作家》，《春秋》，1943 年第 8 卷(5 月 15 日)。

（图片来源:《袁雪芬自述》、《上海越剧志》、《雪声纪念刊》、魏绍昌提供）

　　本文曾以《可疑的繁盛:日军阴影下的都市女性文化探析》为题首发在《华东师范大学学报》(哲学社会科学版)2008 年 3 月第二期

从表演女性到女性表演：战时上海的女性题材话剧

邵迎建

1943 年，张爱玲在满纸掌故的《古今》[1]中别开生面，大谈女子服装之变迁，对清代三百年的女装追根寻源，说：

> 开国的时候，因为"男降女不降"，女子的服装还保留着显著的明代遗风。

此时的上海，与明末清初很有些相似——租界已被日本占领，著名的抗日战士早已随国民政府撤离。在这豺狼当道，理应万马齐喑之时，文坛却呈现出一片诡异的热闹：

> 余于海上文坛亦不无"阴盛阳衰"之感，少数女作家之作品，确未可轻视，唯此乃上海一隅之地之特殊现状，乃古今中外所鲜见者。且于其谓"阴盛"，不如曰"阳衰"，较为更符实际。[2]

"阴盛阳衰"现象不只在文坛，舞台也同样：翻看抗战八年的上海话剧广告，一连串"女"字当头的剧目进入眼帘——《女子公寓》《女儿经》《女儿国》《女人》；以女性名为题的更多——《花木兰》《武则天》《李香君》《葛嫩娘》《陈圆圆》《赛金花》《云彩霞》《金小玉》……而整个沦陷期间最卖座的话剧《秋海棠》，则描写了一个男扮女装的红伶，当他沦落为贫民后，在私人空间的角色也是双重的——既为人父又为人母。[3]

本文以战争、话剧、女性为关键词，追踪、挖掘上海抗战时期有关女性题材的文本及其公演状况的史实,考察这一系列文本的主旨、创作意图与观众的接受情况,试勾画出上海文化生态图之一侧面,并在此基础上,探讨其特征并试论战争、家国与男女的关系。

一　于伶的"女子"系列

在新文学的谱系上,话剧为最年轻的一支。1907年话剧由日本东京的留学生引进中国,以后通过日、美归国的田汉、洪深等知识人的努力,30年代渐成气候。1933年,留法归国的唐槐秋组建了第一个职业话剧团——中国旅行剧团,1936年在上海卡尔登影戏院演出曹禺的《雷雨》及《茶花女》等剧,轰动上海,开创了话剧商业演出成功的第一例。

这一时期,中华民族已走到最危险的关口,大敌当前,同仇敌忾,凝聚民心成为当务之急,爱国政党及知识人都急于找到一种启发大众的快捷手段,话剧便成为首选——它既不像传统京剧,程式繁杂,需长期训练,也不同于电影产业,需机械胶片。演员一二,家常布衫,街头巷尾均可表演,且大众喜闻乐见。于是,业余话剧团如雨后春笋,在上海各行各业出现。翌年,又逢七七事变。全国抗战戏剧运动的最高组织"上海戏剧救亡协会"组织了13支救亡演剧队,11个队赴内地宣传,两队留沪。

1937年11月12日,激战3个月后,上海被日军占领,位于心脏部的公共租界与法租界沦为"孤岛"。文化名人都不得不离开了上海,转移至武汉、重庆、香港等"大后方"。

不久,留在上海的演剧12队由阿英、于伶、李伯龙、吴仞之、徐渠[4]等人负责,成立了青鸟剧社。1938年新春,在新光大戏院演出了《女子公寓》、《群鹰乱飞》、《夜上海》,其中最卖座的是《女子公寓》。此次演出,为抗战后上海的第一个职业话剧团——上海剧艺社奠定了基础。1938年7月,剧艺社正式成立。年底,剧艺社租到英国人经营的兰心大戏院,再次演出《女子公寓》。

《女子公寓》的编剧于伶说,他写此剧的契机,完全是因为演员的比例。此前,"光明剧社"[5]"有着为数多过男社员的'光明'之女。"而公演的成功也基于同一原因：

> 小凤、蓝兰、夏霞、露明、吴湄诸小姐，或以清莹脆润的道地国语，或以真挚热烈的姿态感情，活了我的人物与对话。在她们的创造中有了生命。[6]

1.《女子公寓》

《女子公寓》的构思始于1937年春。当时，夏衍提议为光明剧社众多的女演员们编写一部戏，由夏衍、于伶拟定了题目。不久，炮火便把人员、剧本都"打得无踪无影"[7]了。12月初，重组的青鸟剧社与新光大戏院签订合同，定于阴历除夕之夜作"八一三"后的首次公演，将《女子公寓》作为原创剧与曹禺的《雷雨》《日出》(许幸之、欧阳予倩导演)同时推出。

到了12月中旬，于伶不得不在几天中急就章赶写剧本，写出第二幕后即请夏衍过目，夏看后提出了修改意见，并对三、四幕作出了设想后离开了上海。因此，可以说《女子公寓》是夏衍与于伶共同构思的。

《女子公寓》的剧情梗概如下：

时间：1936年冬，地点：上海专门出租给单身女子居住的一所女子公寓里。公寓有"式样时髦，陈设华丽"的共用空间——客厅，故事的时间跨度不到一个月，共有两场布景：公寓客厅及某大饭店。

故事围绕着女房东、房东女儿与4个房客展开，5个青年女子生活的片断加上房东的回想，再现了6个女人生命中的片段。

房东赵松韵在学生时代被一军阀看中，生下两个孩子以后被抛弃，且险招军阀暗害，不得不逃到日本避难。数年后到上

《女子公寓》

海,在闸北开过工厂,毁于一二·八的炮火,开妇女生产合作社也遭失败,最后为了"让妇女有个高尚的生活场所",开了一所不许男人入内的女子公寓。

然而,女子公寓住的诺拉(娜拉)们却并不那么"高尚",她们"有的走出了家庭,受不住外面的辛苦,就向丈夫认错,又回到家里去了,有的不满这一个,就换一个,有的为找一个好的,就到女子公寓来等机会"。房客除沙霞一人上夜校,投身于为前线、难民募捐等社会公益活动之外,其余3人无一不在利用自己的青春美貌,投靠过、或正在、或希望投靠有钱有势的"要人",出入或向往出入灯红酒绿的饭店、酒店、舞场、小公馆生活。于她们来说,住进"女子公寓"只是一时的权宜之计,或为向男人及社会证明自己"清白",或为联络人脉、学习交际术。围在她们身边的则是:高官骆浩川、洋场小开齐维德及从前的军阀、现在的交际家、洋行买办——商人兼政客的"牛大王"。他们有钱有势,玩弄她们于掌间,玩完即扔,转手又拉来一个更年轻的。

戏的高潮定于四个房客的命运转折点:被抛弃的自杀,正得宠的搬向小公馆,中间的彷徨。

最后一幕,前进的沙霞出走,赵松韵眼看着精心呵护的儿子女儿也免不了遭受污染的命运,焦虑之际,认出了到公寓来行骗的"牛大王"就是19年前抛弃自己的军阀。此刻,儿子觉悟,追随沙霞去了"老远老远的地方",女儿也认识到这类人的真相,高呼:"我怕他……不,我恨这样的人!"幕布在松韵的台词"我们来把这公寓好好儿整顿一下,让妇女们有个理想的女子公寓"中落下。

正如当时就有观众指出,这出戏有着《雷雨》的影子。尽管于伶自己都称此为一出"急就章"的戏,公演后却很受欢迎,1938年1月14日到1939年1月18日,1年中公演过7次40场,后来还拍成了电影。

在当时的环境下,《女子公寓》的成功势在必然。最大的原因当然是因为"炮火","知识阶级的八、九成均奔赴去内地",[8]洪深、欧阳予倩、田汉、夏衍等有名的戏剧运动家及金山、赵丹等名演员都离开了上海,人员四散。战火之后,连日常生活都顾不上的上海市民,哪里谈得上娱乐。进入1938年,娱乐圈才渐渐有了起色。但常设的话剧场也只有一处——新新公司四楼叫

"绿宝"的一家小剧场。它是一个文明戏剧团的据点，用陈旧的形式表演着《花好月圆》、《悔婚》、《石榴裙下》等一类讲世俗悲欢离合故事的通俗剧。《女子公寓》作者于伶既是战前已崭露头角的文人，描写的又是现代都市中最时髦的女性，加之演员多为学生出身，而戏中沙霞的出走又符合了民国政府呼唤知识青年脱离敌占区的政策，受到年轻人的欢迎是当然的。

2.《花溅泪》

继《女子公寓》后，于伶又推出新剧《花溅泪》。1939 年 2 月 7 日，《申报》打出大广告，广告词为"中国第一场以舞场为背景的舞女大悲剧"，由剧艺社在卡尔登大戏院[9]上演，特邀著名电影导演吴永刚导演，共演六场，到 11 日结束。

《花溅泪》仍以女性为题材。"布景是 1937 年 5 月至八一三之间的一幅男女舞场生活图"。描写了四个舞女：米米、曼丽、丁香、顾小妹。米米被人玩弄，被人欺骗，以致自杀，经丁香耐心说服，始觉醒，拟重新开始生活。

在《花溅泪》的《给 SY——用作暂序或残序》[10]中，于伶谈到写作动机：

在烽火已逾三月，求家书今万金，头虽无簪，搔而见白的心情中，一位担任妇女补习学校功课的小姐，介绍给我几个舞女的姿影。激动我的是第三幕中自杀与第五幕中里战场之夜这两个场景。这是我写《花溅泪》的动机。

（中略）

这是此时此地企求一用的排演台本，是未完成的稿件，是临时用的版本。但愿有朝一日，能把我未吐出的对话，应织入的张本，重新写排出来，让《花溅泪》的骨格一新。

……我们能语焉祥，痛且快的时候，当不在远了吧！

文本中处处透着于伶"激动"的词句。翻开剧本的第一页，印着杜甫脍炙人口的诗：

国破山河在，城春草木深，感时花溅泪，恨别鸟惊心。……

剧中主角米米在歌厅里唱的一首补习学校的先生编写的《舞女曲》最能传达于伶的心声：

沧陷的都市：女性文化的崛起

259

《花溅泪》剧照

登载《花溅泪》的杂志

姐妹们

认清自己的身份

负起

自己的责任

我们是舞女

　　自由职业的女性

　　我们是舞女

　　中华民国的国民

　　我们不是没有灵魂

　　我们不是醉死梦生

　　天下兴亡的责任

　　每个人同样有份

　　落笔在舞女，想象的是"国家"。《舞女曲》可以说是一首呼唤国民认同与责任的"国民曲"。让于伶激动的第五幕的内容及结尾是：米米作了看护，上前线去抢救伤员，巧遇受伤的恋人——投笔从军的东北青年，黑暗中，互相确认。最后是一段场景的描写：

　　（星闪光辉）。

　　（蛙声）。

　　（呻吟声）。

　　（低低的哭声）。

　　—幕—

　　完

　　此时无声胜有声，于伶要说的话，在这苍茫的夜色中道尽。可惜的是，第五幕在演出时被删去。

　　公演伊始，主角夏霞在报上撰文，特意提醒观众们注意戏中的弦外之音：

　　我简直觉得这不是一个戏，——是事实，是真实的暴露。……我钦佩他（指于伶）……他每每的暴露了社会中那些黑暗丑恶的角落，他永远的是为那些被压迫者呐喊呼号，我们都知道他还藏了一肚子没有说出来的话……为了他，也是为了我们自己，希望他能将话尽量说出的日子快快的来临吧！[11]

　　同一版面中，另一主角蓝兰也以《给一位舞国里的友人》为题，说：

　　当我在扮演着……米米，听信着卑贱的男子花言巧语而服毒自杀的时候,我再也抑制不住自己,失声的哭了!

（中略）

对的,为什么,同样是人,你却要来充当舞女呢?为什么在这个社会里,舞女要被人玩弄,蹂躏,同时被轻视呢?……是谁把你的家毁灭了?是谁把你的父兄杀死了?是谁逼得你,逼得很多姊妹充当舞女?是谁?

《花溅泪》限于客观环境,不能畅所欲言,但是我所扮演的米米能够影响或觉醒许多在舞国里的姊妹,去怎样度一个有意义,有价值的生活……我想你也将感到庆幸了![12]

蓝兰将舞女"被人玩弄,蹂躏,同时被轻视"的现象直接与遭受"毁家、杀父兄"的姊妹的命运勾连,一步达到指认"逼我姊妹"之罪魁祸首为侵略者的叙事策略,凸显出于伶明写舞女辱,暗射国家恨的旨意。两个演员都在谈戏,而强调的却又都是戏外"没说出来的话"。其实,于伶的话语已在一曲《舞女曲》中道尽:他是在借米米的遭遇,诉国家之命运,借米米的口,唤起国民意识,呼吁国民认同。

3. 妇女团体与"孤岛"剧运

"孤岛"尽管不在日本的直接控制之下,但迫于日军压力,租界当局严禁媒体提"抗日"二字,并禁止任何带政治性质的团体活动。在这样严峻的形势下,从女性题材入手,大概是最不容易引起怀疑的途径了。事实也是如此。《花溅泪》[13]"为上海剧艺社的前途"及"孤岛演剧之一翼的开辟"[14]闯出了更广宽的路。演出数月之后,夏衍从桂林给于伶回信,[15]将《花溅泪》评为话剧运动的"一步重大的前进",将此段时间上海的剧运定位为"磨炼"期,任务是在"无缘的小市民中""打天下",以将其锻炼成为"完整的,作为抗战建国之最有力的武器的戏剧艺术"。用话剧来凝聚民心,想象未来的新中国的"抗战建国",是夏衍、于伶等剧运领导的目的。

下面我们来看看于伶是如何用话剧打天下的。配合公演,于伶就《花溅泪》的故事层面在报上发文强调:

《花溅泪》不特是一个暴露舞女私生活的剧本,同时更提出了一个社会问题。怎样才能使上海六千多个以跳舞为职业的姐妹们，不走上像米米、曼丽和顾小妹的路。[16]

2月13号，中华妇女互助会召开了舞女座谈会，许广平及扮演米米的蓝兰到会。《文汇报》在关于此消息的报道中刊载了上文。3月，《电影》杂志以舞女将自演《花溅泪》为题，报道了由剧艺社蓝兰导演，主演为几个红舞星，准备假卡尔登剧场公演的消息。文中特别说明，丁香的原型是"红舞星韦楚云的事迹"，此次"由她本人登台亲自现身说法，这也是一件佳话"。[17] 比文字更醒目的是周边剧艺社的几幅剧照。5月，《杂志》又特刊报道了同样的消息。此次版面右下角用四位舞女的日常小照围绕，左上角则是蓝兰的明星照。中间有两篇文章，一篇为《介绍舞女救难义卖演出》，一篇为舞女文鹿、子英的《写在花溅泪公演前》。文鹿是扮演丁香的韦楚云，子英即扮演米米的杨子英。两人文中说：

> 多数人认为我们是醉生梦死，梦死醉生的，可这也不能怪他们，只能看到我们的表面，怎会看到我们的内心。

> ……我俩……有时也会像米米一样受委屈呐，不过不会像米米一样笨得自杀。……我们惭愧不能做到丁香那样的事实，像被删去的第五幕一样……我俩的学识只读到小学，没有旁的职业能负担起现在的家庭经济，所以不能不以伴舞来维持我们的家庭生活。[18]

从文中我们得知，两人做舞女的原因是因为收入远高于其他职业。这段话从某种程度上解构了于伶及蓝兰关于舞女"悲惨命运"的话语。但这一点并不重要，关键的言词排在蓝兰妖艳照片的左侧：

> 为自由，平等而抗战的中国，一切的生活都与军事相配合。中华妇女互助会在几位前进妇女的领导之下，就在这紧张的气氛中而成立了。[19]

这才是在"花"呀"泪"，"舞女"呀"妇女"的掩护下，共产党员蓝兰想说的话。文中介绍互助会已有三百多名会员，设有技术股、业余进修股及音乐、运动、游戏各股，话剧组也是其中一环。目的是"俾使受到几层压迫而陷于奴隶状态的生活予以破毁而增加一些朝气。"

剧艺社的其他女演员也是在"小市民"中"打天下"的干将。上海职业妇女俱乐部组织起职妇剧团时,剧艺社演员吴湄参加了指导。"自吴湄加入以来,戏剧空气顿见活跃紧张。"[20]职妇剧团首次公演的戏是《女子公寓》,导演为吴湄。没有场地,就利用剧场白天的空当,在星期天上午公演。

3月26日,剧艺社开始在新光大戏院作星期日早场公演,5月7日,星期小剧场再次公演《花溅泪》,因时间被限定在上午10点至12点,因此只能把戏掐头去尾,演出中间的二三幕。为此,剧艺社下了很多工夫:除主演米米的夏霞的声音及动作得到了改善,还特意请了舞女界的几位舞女客串。这一切,又都事先在《申报》进行了宣传。接着,星期小剧场演出了独幕剧《雪夜小景》《舞女泪》《母亲》,均以女性为主题。第一出写一个因没有钱,没有奶而不得不将孩子送到育婴堂的母亲,后一出描写了一个受三代男人的欺辱的母亲。《舞女泪》则全部由舞女出演。[21]

《舞女泪》[22]的故事大意是:舞女曼丽受到舞客小陈的引诱,为保全小陈的名誉打胎而病倒。在她梦想着与小陈结婚时,得到的回答却是"少爷有的是钱,花上几个,哪儿没有女人玩!"这无情的打击,使她疯狂了。

故事并无新意。自30年代,上海的城市公共空间形成,无数娜拉走出家庭进入社会后,等待她们的就是这样的命运。这种事频繁发生,已成日常,也曾被多次写入各种文本。

可以说,《舞女泪》的魅力及意义全在戏外——舞女演"舞女",由剧中"舞女"到现实的舞女。

通过两个月的星期小剧场演出,剧艺社争取到了大量的观众。6月4日,最后一场演出《女子公寓》,"一场卖了五百多块钱,而票价只卖4角、6角,上下没有一个位子是空的,有的要看戏的观众,因为没有座位,足足站了3个钟头。演罢戏,新光后台站了几百个男女观众,都像是学生阶级"。[23]

舞台继续延伸,6月22日,由百乐门舞女王琴珍等发起,由袁履登、陈鹤琴等社会名流赞助,舞女联谊会成立并在宁波同乡会召开成立大会,选出理事长。一百多名舞女到会,联谊会呼吁舞女们:"把自己从痛苦中解放出来吧,把自己像别的人一样享受一点做人的自由,尽一点做人的义务吧。"联谊会不仅有识字班、歌唱班、乒乓班等，还有解决实际问题的法律顾问。《舞女泪》则成为舞女联谊会筹备活动经费的宣传剧目。[24]

1939 年 7 月 24 日至 30 日，上海业余话剧界假黄金大戏院，进行了"联合慈善公演"。筹备委员中有李伯龙、吴湄、顾仲彝等剧艺社骨干。参加演出的剧团共有 11 个单位，职妇剧团也在其中。演出的剧目计 7 个多幕剧，3 个独幕剧，其中有《花溅泪》《阿 Q 正传》。[25]直接参与工作的演职员达 300 余人。

> 此次联合公演，不仅在规模、剧目及工作人员之数量上超过了 1937 年上海话剧界春季联合公演，同时在演出的意义上亦有其特殊所在，为过去剧运上任何演出所不及，有人认为这次公演是在中国话剧史上空前的壮举。[26]

"孤岛"上海的抗日火种，通过"剧艺社"及其他爱国人士的传播，深入到学生、工人、妇女团体中，各行各业的业余剧团，都是上海市民发挥"爱国爱民族的自由"的"合法的，非政治性质的团体组织"。[27]

而此时此地，可以说，首当其冲的正是女子群体，她们不仅撑起了话剧小舞台，还撑起了"爱国"这个大舞台。

4.《女儿国》

《女儿国》是于伶女子系列中的最后一部，于 1940 年春节期间（2 月 8 日至 21 日）在辣斐花园剧场公演。单行本[28]中，于伶以《我做了一个梦》为题，放在卷头代序：

> 一个不大不小，不甜不苦，可啼可笑，啼笑皆非的梦。
>
> 做这梦的时间地点在 1939 年年尾，入冬以来街头曝露饿殍两万余具的上海租界内。在 1940 年年头，一天一夜，冻死饿毙两百多人的孤岛地狱中。
>
> 血淋淋的现实呵！
>
> 在这血腥的现实中，我做梦，现实的梦，噩梦。

文中，于伶将做梦定性为"弱者的表现""逃避现实"，将《女儿国》定位为自己的梦痕，透露出在国难当头的此刻，不能直接上前线抗敌的一个爱国男子汉的苦恼。在这种不肯做梦强说梦的情绪下,于伶自述,此剧写得极艰辛:第一幕写了五天只得"三个开头,别扭得怎么也写不下去了"。于是"抛下了第一幕不管,另从第二幕下手写起。第四幕写定之后,才回过头来重写第一幕第五幕。"半个月成稿。

下面让我们来概观全剧:

第一幕的布景为上海习见的普通人家的客堂间,第二、三幕的场景为"桃花源中",第四幕为"海上游艇",最后一幕重返一幕场景。

登场人物有:仙姑、好师母、桃花、苦婆婆、滴滴娇等人。

仙姑自然是超现实的架空人物,其他人与其说是名字,不如说是人物的类型符号。

客堂的女主人是好师母。她是"忠厚老实人,艰苦的生活磨抹了她知识

分子的女性,形成了普通的家庭妇女,上海人所说的'弄堂里嫂嫂'",桃花是"聪明伶俐的女婢",苦婆婆是乡下来的穷亲戚,受难的化身,口口声声诉说:"苦命啊,丈夫孩子,全在八一三那一天,被敌人给害了。"滴滴娇则是上海的时髦交际花……

第一幕,人物出场,说了些"柴米油盐,样样都这么贵,瞧吧,看今年年关可怎么过!"等反映现实的家常话后,剧情转向弄神作鬼的仙姑。面对仙姑,人们发出共同的呼唤"我要发财!我要青春!我要美丽!我要权

《女儿国》

利,我要爱情!"之后,仙姑用"仙法"将众人点化后落幕。

接着进入第二、三幕的"桃花源中"。台词围绕着欲望展开,"珍珠——活命的食粮""意外之财""权力",因女儿国需要爱情,男人们也登了场。戏中既无故事也无情节,用灯光变幻、"未来之怪装"(第二幕)、"更未来之装束,越怪越好"(第三幕)及载歌载舞支撑场面。

第四幕"海上游艇"中,人物干脆化装为传说中过海的八仙——吕洞宾、何仙姑、铁拐李、张果老……第五幕回到第一幕的场景,在"香钱、八字、灵魂、广结善缘"等一片乱哄哄中,几声呼叫:"完了!""破产!"幕布在"梦!""大家快醒醒吧!"的呼声中落下。

"看了这戏花花绿绿的浮面,而不能接受这戏的题旨"的观众该不会是少数吧。尽管剧评人向人们诠释:"它的主题是:一个人的欲望,永远不会满足的欲望。"[29]导演吴仞之则"视此剧为讽喻象征兼施之剧,则社会性、人性——普通的与两性间、国家性——一般的与特殊的、以至私人的个性各有迹象可寻"。[30]另有一种看法是:"这里却是一幅照妖镜。妖是那永生不死的人类,特别是妇女的欲望和虚荣。"[31]

虽然戏中的女性形象未必是正面的,但所有人在演出时都很认真。于伶称赞演员说:

> 小凤娇丽像春莺的诗。柏栎幽沉如原野的月。蓝兰富贵馥郁。婉儿憨态可掬。维娜,浮而且兀。吕吉,轮廓爽朗。盛捷的歌喉与杨帆的舞姿是相得而彰。此外英子娇甜;岱云诚笃;梅邨冷俊。[32]

一下子数出了一打女演员。正是女演员们多姿多彩的表演,加上导演兼灯光专家吴仞之及为四首歌配曲的陈歌辛的努力,使得杂乱无章、荒诞无稽的中间三幕变成了一部"Musical Comedy"。[33]其中英子、岱云和婉儿的敬业精神尤为突出,前文中,于伶特别向她们三人表示感谢,因为她们除"冒着上海罕有的竟至冰点下十度的严寒,冒着漫天风雪,上午9点钟之前"到剧社排练《女儿国》,每天晚间还要上演《恋爱与阴谋》。而这3名演员,都是舞台骨干,岱云即刘戴云(又名戴耘),是地下党员。抗战时期忠实地执行了组织命令,巧妙地与日伪对抗,团结演员,为凝聚剧团起了重要作用。[34]慕容婉儿与英子后来均饮誉上海,沦陷期间在舞台上鞠躬尽瘁,分别于1945年、1947年香销玉殒。

《女儿国》因其自身的缺点,并不卖座,演了两周便撤下了。这部戏标志着于伶的女子系列已走到了尽头。一年后,皖南事变,于伶奉组织命令撤离上海。

通过上述三部戏,我们看到,于伶所描写的女子世界与传统文人借美人抒政治抱负有相似之处,笔落女子心在"国家",意在强调国民的责任,对男女关系的描写,往往难于脱出"始乱终弃"的巢臼,而他的《女儿国》"梦境",又与女人的现实太隔,不贴身更难贴心。

二 石华父的《职业妇女》

《职业妇女》(辣斐剧场,洪谟导演。1940年4月5日—12日,9月27日—10月3日重演)为上海剧艺社公演的又一部表现妇女生活的戏。编剧石华父即暨南大学教授陈麟瑞。陈曾在哈佛大学攻读戏剧,尤喜喜剧。《职业妇女》是他创作的一部轻巧的四幕喜剧。

戏中描写了一个局长方维德,"不抽烟,不打牌,不谈女人的事儿。""平常对女人连看也不看一眼",却订了一个新规矩,"有男人的不许在局里做事"。[35]女职员一旦结婚就解雇。方的女儿与局里一个青年恋爱,他不允许还借故解雇了这位青年。

其实,方局长不过是一个假道学家。他表面扮演着"一个正人君子","一个好丈夫,一个严厉的父亲",私下却对自己漂亮的女秘书"张小姐"大献殷勤,送皮包,请吃饭,请喝茶……官场背后,又挪用公款囤米,囤棉纱,做投机生意。

不料,上面派来专员检查,方维德因无法对账,企图逃避,借口外出香港。他买好了船票,打算带女秘书同去享用。岂知这位"张小姐"两月前已悄悄结婚,真实身份为"王太太"。而上面派来的专员恰恰是这位王太太的丈夫的好友，方局长女儿的男友又刚好是专员的弟弟……剧情在一系列的阴差阳错中展开，最后局长挪用公款的事差点败露，女秘书乘机对他施加压力，成全了他女儿的婚事，用现成的船票，让一对青年去了大后方。局长反省，圆满收场。

"前进"女性"王太太"即"张小姐"凤来的一段话颇能代表编剧的旨意：

> 一般地说，男人看做女人是征服了的；女人自己也看做被征服了的。女人若想翻车，只有先把她们的事业表显出来，贤妻良母，最初何尝不是女人的事业？但是我们做了几千年的贤妻良母，男人不但不感激我们，反而处处利用这贤妻良母的策略，把我们捆得紧紧的。我们那位局长，就是一个出色的好榜样。所以新时代的妇女，该在贤妻良母外表现出伟大的事业来，让男人们知道女人在社会上的力量，是不比他们差的，进而迫着他们抛弃那胜利者的态度。[36]

导演是暨南大学助教、兼职剧艺社的洪谟。极富幽默感的洪将一个巨大的木制花瓶搬上舞台，任人抛东抛西，还在剧中用了十几个大小不同的花瓶，以毒攻毒，讽刺世相。[37]绝妙的喜剧效果造成了强烈的冲击效应。据当时在邮局工作，同时为剧艺社合同演员，"邮工剧团"的导演胡导回忆，这部喜剧的素材来自现实，当时邮局当局正酝酿裁减已婚女职员：

> 1940 年到 1941 年，上海邮局增加了好多女职员，如唐培德（暨南大学学生）、眭月霞（参加过省立上海中学的剧社），我都曾经给她们排过戏，当然找她们来演。……她们当时都还没结婚，可以说邮局女职员都怕丢饭碗，都没敢结婚，所以她们意识到演这戏也是为了她们切身的权益而作的一场斗争，因而她们排戏的热情很高，演得很好。
>
> ……
>
> 由于剧本情节安排得很生动很自然，对话写得非常俏皮、风趣、巧妙，导演的节奏处理抓得较准……再加上我们有意无意地增添了一些只有邮局的人才能意会的趣味情节，因此演员们把戏演得非常流畅，非常轻快，妙趣横生，剧场反应强烈，喜剧效果极强，闭幕时获得全场观众热烈的掌声。

演出结束后,真正的上海邮政管理局局长大人法国人乍配林跷着大拇指上台来和我们演员一起拍了照。当时指导邮局地下党工作的刘宁一同志也秘密来剧场看了戏,并给了较高的评价。应该说,我们这是用莎士比亚的方式而不是席勒的方式为女职工的权益争取到了胜利——邮局自演出这戏以后,裁减已婚女职员一说便烟消云散,没人再提了。[38]

石华父的剧本与于伶的不同,他关心的是"职业妇女"面临的现实问题,戏剧性地描写出刚进入公共空间不久的妇女与恪守传统观念的男人之间的冲突,为改变女性生存的社会环境起到了积极的作用。

三 **女作家登场**

1941年12月8日,太平洋战争爆发,日军进入租界,"孤岛"沦陷。日军将租界中有抗日倾向的书店及印刷所全部接管,同时接收了美商经营的几个大电影院并将电影公司也控制起来。日军在国际饭店设立了"思想部",统管文化界的思想,对有抗日嫌疑的人,以"谈话"的名义传到宪兵队加以监禁。12月15日,许广平等有名的抗日活动人士被捕。电影公司、职业话剧团纷纷解散,入夜,上海从"外滩向西行,黑暗一片"。[39]

打开话剧舞台沉寂的依然是"女性"。1月初,唐若青领衔演出《妇人心》(天宫剧场),洪谟带领原剧艺社的成员们重演了《家》[40](辣斐剧场)。春节,唐若青等8名女演员又加早场《女儿经》,并以"戏中无一男演员"为号召。接着是《神女》、[41]《杨贵妃》。[42]4月,唐若青的《水仙花》在兰心大戏院上演,连演90多场。再接下去是:《春》《秋》《四姐妹》《茶花女》……

1. 夏霞的《寡妇院》

夏霞在"孤岛"时期为剧艺社的台柱演员。她与蓝兰齐名,除了演戏,为业余剧团导演,还常常在报上撰文。1939年夏的业余话剧界联合公演时,夏霞曾在《申报》呼吁:

自从上海沦陷为孤岛以后,很多戏剧界的先进、能者,都先后的离开了。……我决定了在这次慈善公演中尽我这一粒芝麻似的心力。……现在已不再是国家兴亡,匹夫有责的时代了,国家并不是仅属于男人的,是属于每一个国民的,爱国不分男女不分老幼,男人能做的事,我们女人也要做……

  亲爱的同胞们!来吧!快到黄金(剧场)来看戏吧!因为这次的戏不仅是为了娱乐,在娱乐的后面还有着更大的意义,每个中国的国民都应该义不容辞的到黄金来看戏啊!来吧!大家都快点来吧![43]

"男人能做的事,我们女人也要做"。上海全面沦陷后,夏霞开话剧界先河,首次做了女编剧。

1942 年 10 月 10 日,夏霞的《寡妇院》在落成不久的丽华大戏院公演,广告词以"女艺人纪念创作","自编、自导、自演","反封建抨击旧礼教大胆力作"为号召。女团长孙景璐率领新成立的中中剧团演出此戏,至 24 日结束。

《寡妇院》为四幕悲剧。故事发生在 20 世纪初的中国,故事围绕着一群住在寡妇院的寡妇展开。主角吴方洁玉 23 岁,出身于小官宦人家,美丽热情、多愁善感。两年多前,父亲将她嫁给一个病入膏肓的痨病丈夫冲喜。过门不到四个月,洁玉便守了寡,被送到寡妇院来,终日面对贞节牌坊度日,为父亲挣脸面。洁玉人如其名,单纯善良,虽将传统贞洁观内化于心,但终于抵抗不了生命的召唤,四个多月前,她和寡妇院院长高老太太的侄子高慰卿相爱,以身相许。不久,此事被高老太太发现,叫来洁玉父亲及继母"棒打鸳鸯",强行让高慰卿远走他乡。洁玉从此郁郁寡欢,四个月后在寡妇院生下一个婴儿,又被高老太太夺走。悲愤无望之际,洁玉服毒自杀。她的贴身奶妈义愤难当,一把火把寡妇院烧了个精光。最后狂

刊于 1942 年 10 月 14 日《申报》上的《寡妇院》演出广告

夏霞像

我所以要写「寡妇院」

虽然在很久很久以前我就有了写「寡妇院」的动机，但是真正起始动笔却是在去年年底，那时正是隆冬的节气，外边的寒风虽然刺骨的冷，但是我心里却像火般的热，我谢绝了一切的应酬和交际，把自己关在屋子里，穿着一件旧棉袄，蓬着头，黄着脸，每天从早晨写到晚上，从晚上写到夜半，电灯灭了，我点着蜡烛写，火炉熄了，我抱着热水袋写，我整个脑子里充满了写，我整个时间都用在写，我就这样写，写，写，一直写了近一个月，我才算完成了这本幼稚的「寡妇院」。

也许有人要问「你为什么要写这样的起劲呢？」那我可以告诉你们，这不过是想表示我对父亲的敬意罢了。当然，父亲的伟大，父亲值得颂扬的事情不懂道一件，不过却以这件的起始动笔。

在三十年前我还没有生出来的时候，在我那非常守旧古老的家庭裹曾发生过这样的事情，我的大伯因为思念死去的大伯母（他的妻子）得了很重的病，看着一息奄奄的张着嘴是快要死了，请遍了医生都说已回生无术，於是全家都慌乱焦急起来，後来不知道给……

呼："哈哈！哈哈！都烧死你们，一个也不剩，一个也不留，把这寡妇院都烧光了，叫你们再不能害人。"

登场人物为六个寡妇，最年长的60岁，守了一辈子寡，最年轻的只十六七岁，名刘如珍。如珍是还没出嫁便已守寡的"望门寡"。因未来的公公希望靠她这未过门的媳妇守出贞节牌坊后升官，用重金收买了她的父母而被送入寡妇院。

剧本的《序》[44]中，夏霞谈到，《寡妇院》是在她脑子里"不知盘旋多少年"[45]后完成的。剧本是在去年底，即1941年底写就的。

那是隆冬的节气，外面的寒风虽然刺骨的冷，但是我心里却像火般的热，我谢绝了一切的应酬和交际，把自己关在屋子里，穿着一件旧棉袄，蓬着头，黄着脸，每天从早晨写到晚上，从晚上写到夜半，电灯灭了，我点着蜡烛写，火炉熄了，我抱着热水袋写，我整个脑子充满着写，我整个时间都用在写，我就这样写，写，写，一直写了近一个月，才完成了这本幼稚的《寡妇院》。

故事是过去发生在自己家里的事，夏霞幼时从母亲那儿听来的：30年前，夏霞的伯父患病，濒临死亡，家人为他娶来新娘冲喜。姑娘年轻漂亮，只因家境贫寒而遭此厄运。两个月后，伯父离世，年轻的伯母只能依照习俗守寡。

当时，夏霞的父亲在北京求学。这位接受了新思想的小叔深为嫂子不平，将此事告诉了朋友。该朋友不愧为新青年，有识更有胆，愿意身体力行，救出寡妇并与她结合。父亲遂说服了嫂嫂，带她逃出家门到朋友处完婚。待家长知道，木已成舟。迫于家声，只好不了了之。

此故事经母亲多次讲述,夏霞早已牢记于心,因"钦佩父亲那种伟大救人的精神,我希望有一天我也要学习他的样子"。

终于,机会来了。日军占领租界,剧团解散。在家国遭难的这一非常时刻,夏霞心中的火山爆发,她要用写作来释放心中的怒火。尽管在序中,她只能低调地说,她不过是想为受"封建势力的余毒""等待着人去帮助"的像大伯母那样的"可怜虫"做点什么。

戏中,夏霞的观点都由 16 岁的刘如珍来诉说。这个"天真活泼、勇敢聪明"的姑娘是戏中的亮色与未来,听听她痛斥自己再婚,却阻止女儿再嫁的方父的言词吧:

> 为什么男人死了妻子可以再娶,女人死了丈夫就不许再嫁,这是谁定下的规矩?这是谁定下的规矩?

当听到方父嗫嚅地回答:"古人"后,她据理反驳:

> 古人?到不如干脆说是你们"男人",你们男人想尽了办法来欺负我们女人,你们定下了这种规矩,那种规矩,没有一种规矩不是叫女人吃亏,上当,倒霉,当一傻瓜的,可是你们自己却从来不守规矩。

> 为什么世上只有贞节烈女,没有贞节烈男?你说为什么?男人就可以不守规矩,男女同样是人,为什么女人就应该守这种规矩,男人就可以不守?为什么?

真是犀利痛快!"定下了这种规矩,那种规矩……可是你们自己却从来不守规矩"的不仅是传统社会中掌握权力的男性,也是当前进入孤岛日军的写照。5月以来,日军公布了种种规矩——"凡 7 岁以上居民重新登记""剧团登记"等等。饱受日军"保甲制""连坐法"之苦的上海观众,这时,看到台上"方寸已乱,不知所云"的方父,一定会感到心中块垒顿化,神清气爽吧!

《序》的末尾,夏霞特别感谢了李健吾、朱端钧、陈西禾、李伯龙、黄佐临及蓝兰等原剧艺社的战友的指教和鼓励。

戏公演前三个月,《申报》就发文宣传。8月,剧本开始在月刊《万象》连载,每期一幕,10 月号刊出第三幕的同时,迎来了公演。编辑秋翁在该期的《卷头语》中欣慰地说:

夏霞女士，天才横溢，亲炙剧艺有悠久的历史，演剧方面，早到炉火纯青之候，凭她亲炙的经验，写出这一部四幕悲剧——寡妇院来，当然是一个好剧本，不但针对社会，把握现实，更能将真性情感动苦闷一群。看她的剧，能使人慨叹，能使人落泪，还能使人设身处地默默的想。

一群，生活在苦闷环境中的一群。谁不在从幽暗中摸壁，摒着鼻息，听着晨鸡的试唱？反正谁不是"寡妇院"中含冰茹檗的角色？见到夏霞女士的戏上演时，正像从光明透彻的镜子里照看自己的苦脸，有不经心，不感动，不叹亦不哭的，除非他自己变了相，换了形吧。

在秋翁眼中，苦闷、幽暗、含冰茹檗，这既是台上的"寡妇院"，也是此时此地"生活在苦闷环境中的一群"的写照。持这种看法的不止一人，请看下文：

十月号《万象》才刊出第三幕来，已得到不少读者的来函赞扬与口头称道。……夏霞女士最近又将此剧上演于丽华大戏院，仅仅这四幕戏，可以说孕育的是血、是泪，发扬的，是力，是光，是权威！

戏公演后的第四天，《申报》上登出一篇剧评，附有《编者按》，剧评作者是一位医师，"不常观剧，更不评剧"，以证明此剧的波及面及感人的程度。这位医师说：

剧中几起高潮：像洁玉受父亲痛责，院长抢私生子等，都能把握了整个戏院观众的情绪，使悲剧空气，并不沉闷。又使观众意志，随着编剧人的意志，对洁玉表着深切同情。[46]

"血、泪"及"同情"将台上台下融为一体，洁玉的悲剧投影于我们，我们的不幸聚焦于洁玉，牺牲在野蛮制度下的"寡妇"化为沦陷区的"寡民"，共同的泪水将观众凝聚为精神共同体。

《寡妇院》选定在中华民国的诞生日——双十节公演。这一天"隆重献演"的还有《大马戏团》。[47]无独有偶，《大马戏团》的收尾，也是一把熊熊的大火烧塌了大马戏篷。可以说，这两把火，象征着挣扎在铁蹄之下上海民众心中的怒火吧！

2. 杨绛的《称心如意》和《弄真成假》

"恰如早春的一阵和风复苏了冬眠的大地,万物,平添上欣欣的生意",[48]半年之后,杨绛的《称心如意》面世。

1943年5月18日至6月3日,《称心如意》由上海联艺剧社在金都剧场公演,黄佐临导演,林彬[49]主演,李健吾客串。对观众来说,这样的搭配真可谓"称心如意"。

杨绛称自己编剧的启蒙老师是陈麟瑞。早年,李健吾、陈麟瑞、杨绛都先后在清华大学师从王文显,学过西方戏剧。后来三人又都去西方留学,李健吾精通法语,陈麟瑞与杨绛则英语娴熟。

抗战时期,杨绛家与陈麟瑞家一步之遥,彼此来往密切。"麟瑞同志熟谙戏剧结构的技巧,对可笑的事物也深有研究。他的藏书里有半架子英法语的'笑的心理学'一类的著作,我还记得而且也借看过"。[50]

一次,陈在饭馆请吃烤羊肉,客人除杨绛外,还有李健吾。席间,由羊肉吃法谈及《云彩霞》(李健吾编剧)中的蒙古王子与《晚宴》(石华父编剧)里的蒙古王爷,李、陈笑对杨说:"何不也来一个剧本?"用杨的话说,此话"一再撩拨了我",便学作了《称心如意》,先送陈看,经陈恳切批评后,重新改写。[51]陈麟瑞既为杨绛的话剧老师,"清新喜人,颇受知识阶级观众的喜爱"[52]的《职业妇女》当然是她的范本。

《称心如意》的剧情围绕着母亲早逝,新遭父亡的孤女李君玉展开。大舅母因想用君玉替换丈夫的"妖精"女秘书,把她从北平叫到了上海,却又嫌弃她,把她推给二舅舅家去看孩子,二舅又推给了四舅……君玉像皮球似地被踢来踢去,走投无路之际,却意外地被孤僻有钱的舅公收为孙女,继承了全部财产。而虎视眈眈,用尽心机,企图博得老人欢心,获取遗产继承权的舅舅、舅母们只落得竹篮打水一场空。戏中将几对夫妻的性格和关系描绘得惟妙惟肖:大舅总惦记着自己的女秘书,舅母则费尽心机防范;二舅夫妇欧化得迂腐,四舅四舅母虚伪可笑。观众评说:

> (戏中人物)活泼有趣,各尽其妙,然而同时其中已隐喻世态炎凉,
> 人情甘苦之滋味。作者观察人间诸相,别有慧眼,描写人物性格,亦独

具女性之敏感，能超乎现实以上，又深入现实之中，仿佛对于事事物物无显著之爱憎，而又是关心她周遭的形形色色，都寄予相当的同情，静观有得，沾沾自喜，于世间之熙攘，纷争一概以温和，清新的嘲讽加以覆被，如春风，亦如朝阳。[53]

《弄真成假》是杨绛的第二部戏。于1943年10月8日由新成立的同茂演艺公司在金都剧场公演。同茂演艺公司的主持人为李伯龙、章杰、吴湄，均为原剧艺社同人。

《弄真成假》描写了一对恋人：男主角周大璋相貌堂堂，有"留学"背景；女主角张燕华聪明美丽，为职业小姐。才子配佳人，这样的两个人本没有故事，却偏偏生出许多风波。首先问题出在周大璋身上。他祖运不佳，"头顶上没一片瓦，脚底下没一寸土"，穷则思变，借了舅舅的钱，到外国最便宜的地方混了一年半载，借了个中学文凭。用他母亲的话来说是："洗了个澡，镀了个金身"，仗着相貌堂堂，到处乱吹。当他见到燕华的堂妹、有钱的小姐张婉如后，立马想攀高枝，移情别恋。

张燕华的身世比李君如更不如——不是孤女，胜似孤女。父亲娶来后母，将她视为陌路，打发她到了叔叔家。燕华在外为公司小职员，在亲戚家是拿拖鞋的侍女。这个孤苦无告的灰姑娘，虽自食其力，却不以为傲，叹息自己"要什么没什么。……为了几十块钱的薪水，得把自己的生命分割了一片片出卖。"不过，"天欺负"她，她却能自爱自强，"不窝囊"，凭着"要做的事一定做到"的决断，将"地狱里的火，在心里烧"的能量，巧使手腕，就把几乎已成定局的命运整个推翻，成功地诱得大璋私奔。

最后一幕，燕华终于如愿以偿，做了周大璋的妻子。环视周大璋"卧房兼厨房，床上挂布帐，旁搭帆布床。沿墙杂置脸盆架、煤炉、木箱、碗、碟、刀、锅等什物"的"诗礼之家"，目睹市井姑婆周妹周母后，她最后的台词是："大璋，真是环境由你改造啊！！我佩服你改造环境的艺术。"男主角则反唇相讥"燕华，命运由你作主呀！！我也佩服你掌握命运的手段！"[54]

谁能说这不是"自由主张，两相情愿"的新式婚姻呢？可这又真是男女主角费尽心机希望得到的结果吗？假作真时真亦假，好一个"弄真成假"——题目可谓画龙点睛。

除两个主角外，戏中其他人物也写得极鲜活，如燕华的叔叔、张婉如的爹张祥甫，老奸巨猾，关心的是地皮涨落、家世牌子，"挑女婿也当作生意买卖"，"只做稳稳当当的买卖，不做空头。"而周大璋的母亲周妈，骂女儿，损亲家，一个泼辣市井妇人，对儿子却又不乏慈母的一面。

杨绛的两部戏的冲突全发生在血缘亲戚之间，既批评有钱人的虚伪，也不忘讽刺贫民的势利，跳出了男—女、好—坏的二元对立框架，塑造出了立体的活生生的人物，赢得了观众的认同："这些可笑又可怜的勾心斗角，以假作真，难道不是我们日常生活中搬演着的悲喜剧吗？"[55]此戏在六十多年后的今天重演，仍然给观众以现实感。[56]

李健吾评价说：

> 假如中国有喜剧，真正的风俗喜剧，从现代中国生活提炼出来的道地喜剧，我不想夸张地说，但是我坚持地说，在现代中国文学里面，《弄真成假》将是第二道纪程碑。
>
> ……第一道纪程碑属诸丁西林，人所共知，第二道我将欢欢喜喜地指出，乃是杨绛女士。[57]

在舞台上满是悲悲切切声音的1943年，杨绛的喜剧的意义是非同寻常的。有名的剧评家麦耶曾担心：

> 我们中国写喜剧的人委实太少了，就仿佛喜剧不可能在中国舞台上站足似的。这样下去，中国人将来也许不会笑了，不管这笑是阴郁的还是健康的，大家都在眼泪与鼻涕的交流中过悲剧生涯。幸而我们还有一部《弄真成假》点缀这悲剧的舞台。[58]

大概因为曲高和寡，《弄真成假》公演时间不长。但为"喜剧开一大道"[59]才是她的最大功绩。1个月后，追随《弄真成假》，有了三部喜剧上演，尽管麦耶认为比之《弄真成假》的讽刺和幽默，这些剧只能称为"趣剧"或"闹剧"，[60]但它们仍为"愁米愁煤愁得太苦"[61]的上海人带来了笑声，哪怕是暂时的。11月26日，曾留学英国的名导演佐临改编的《梁上君子》由苦干剧团在巴黎剧院公

演,引起轰动——它能令观众"狂笑105次,大笑608次,傲笑201次"。[62]

在这样的时空中,傲笑就是力量。用杨绛后来自己总结的话来说:

> 如果说,沦陷区在日寇铁蹄下的老百姓,不妥协、不屈服就算反抗,不愁苦、不丧气就算顽强,那么,这两个喜剧里的几声笑,也算表示我们在漫漫长夜的黑暗里始终没丧失信心,在艰苦的生活里始终保持着乐观的精神。[63]

3. 张爱玲的《倾城之恋》

> 我不把虚伪与真实写成强烈的对照,却是用参差的对照的手法写出现代人的虚伪之中有真实,浮华之中有素朴。[64]

用这话来解释杨绛的《弄真成假》可谓熨帖。不过,此言是张爱玲对"自己的文章"的注解。《倾城之恋》的立意与"弄真成假"恰恰相反,更名为"弄假成真"也未尝不妥。

《倾城之恋》(朱端钧导演,罗兰、舒适主演)由大中剧团于1944年12月16日在装修后的新光剧场公演,翌年2月7日结束,共演77场,为女性题材剧目中最轰动的一部。

《倾城之恋》

小说《倾城之恋》是张爱玲的成名作，1943 年 9、10 两月在《杂志》上连载，后收入《传奇》。1944 年 9 月，《传奇》出版，发行四天便销售一空。

剧本由张爱玲改编，"本事"如下：

破落户的女儿白流苏，嫁了一个丈夫不成材，寄住在娘家，娘家连母亲在内都是势利的，给了她许多痛苦。亲戚徐太太上门替她的异母妹说亲，看她可怜，顺便为她做媒，与人做填房。

妹妹让她陪同去舞场相亲，对方是有钱的华侨范柳原。范看上了流苏，施计谋让徐太太把流苏诱到了香港。

在异国长大、急于寻根的浪子柳原被善于低头、有古中国淑女风韵的流苏所吸引，从她身上找到了"真正的中国美"，他"要她，但是不愿意娶她，讨价还价不成功"，流苏回到上海。家里人认为她白白上了当，更容不得她。

柳原又来了电报，流苏再次赴港，无条件地做了柳原的情妇。

太平洋战争爆发，阻止了柳原只身出洋的计划，在战后的香港，"流苏柳原于荒寒中悟到财势的不可靠，认真地恋爱起来了，决定要结婚，活得踏实一点"。[65]

第二幕中，范柳原对流苏说的话可谓经典：

> 这月亮，不知为什么使我想起地老天荒，那一类的话。有一天，我们的文明整个毁完了，什么都完了——烧完了，炸完了，坍完了，就剩下这空空荡荡的海湾，还有海上的月亮；流苏，如果我们那时再在这月亮底下遇见了，也许你会对我有一点真心，也许我会对你有一点真心。

他又说：

> 回到大自然啊！至少在树林子里，我们用不着扭扭捏捏的耍心眼。[66]

最后一幕，柳原预言的那一天来到了，舞台上"灯光集中于日历上大大的'十二月八日'"，[67]以这一天为界，一切都变了。因剧本失传，现在，我们只能引小说中的一段：

> （战争后的香港）一到了晚上，在那死的城市里，没有灯，没有人声，只有那莽莽的寒风，三个不同的音阶"喔……呵……呜……"无穷无尽

地叫唤着……叫唤到后来……只是三条虚无的气,真空的桥梁,通入黑暗,通入虚空的虚空。这里是什么都完了。剩下点断堵颓垣,失去记忆力的文明人在黄昏中跌跌绊绊摸来摸去,像要找着点什么,其实是什么都完了。

……

她仿佛做梦似的……她终于遇见了柳原。……在这动荡的世界里,钱财,地产,天长地久的一切,全不可靠了。靠得住的只有她腔子里的这口气,还有睡在她身边的这个人。……他从被窝里伸出手来握住她的手。他们把彼此看得透明透亮,仅仅是一刹那的彻底的谅解,然而这一刹那够他们在一起和谐地活过十年八年。[68]

在文明制度中寻求饭(范)票的白流苏与"把女人看成他脚底下的泥"的范柳原,这一对"精刮""算盘打得太仔细"[69]的自私男女,竟结为心心相印的夫妻了。

从《公演特刊》的观众评论中,我们还能看到一点台词的痕迹:

(白家"渺小,自私"的一群)等到"什么都改变了,天长地久的田地房产,汇丰银行,美金英镑,全不可靠了"(第四幕)的时候,这种人就要变成"活人死"了!如果要想真正的活着,只有那敢于肩负着重担,勇敢地一步一步登上高山去吸取生命的泉水的人们![70]

最后一句话是由战后的废墟上,范柳原脱下了西装挑水的场面而来。这一强烈的形体语言配合台词中的"田地房产,汇丰银行,美金英镑"将观众的思索导向对造成男女不平等的根源,也是战争根源的深思。

4. 女性的空间

概观上述八部戏,可以看到男作家与女作家截然不同的视点:于伶与石华父描写的都是进入了公共领域的女性——或舞女,或秘书。两位富有正义感的男性或沉痛地揭露,或辛辣地讽刺了男性社会将女性视为玩物、花瓶的陋习。

就笔者管见,夏霞是第一个写话剧剧本的女性。尽管在话剧史上,还没有人为她写上这一笔,但我相信,在今后的话剧史中,将会有"夏霞"和《寡妇院》的一页。

《寡妇院》是夏霞的第一篇、也是最后一篇剧本。演员出身的夏霞,吸取的养分比较单一,体现在她的戏里即:戏中只有三幕场景——厢房(即卧室)(第一、二、四幕)、后花园(第三幕)、会客室(第三幕),情节也没有脱离才子佳人"私订终身后花园"的《西厢记》模式。对40年代的观众来说,戏中表达的思想已成常识,并无新意,人们之所以喜欢这部戏,是因为可以"借他人酒杯,浇自己块垒"。

杨绛和张爱玲场景的格局也不大,空间几乎都限制在"家"中,讲的是家事及"男女间的小事情"。[71]《称心如意》的四幕场景分别为三个舅舅家客厅及舅公的书房,《弄真成假》只在中产阶级的客厅上加添了杂货店铺楼上的一间楼面的平民居室;《倾城之恋》也只有室内三景——上海白公馆客厅(第一、三幕),香港浅水湾饭店(第二幕),香港范柳原别墅(第四幕)。

但是,因二人均出生于书香之家,长在现代大都市,受过高等教育,阅读过大量的中西方文学书籍,"原著八十回中没有一件大事"[72]的《红楼梦》及"消磨于极平常的,或者简直近于没有事情的悲剧者"[73]的西方文学给了她们丰富的营养。正因为其他的大门都是关闭的,她们才能在"家"中轻步慢移。小院深深深几重,步步深入,细细观察,层层揭剥,展示其中奥秘。

从她们的文本中,我们看到,"家"并不温情脉脉——周大璋的母亲将女儿嫁到娘家,不仅没有"亲上加亲",反而"怨上加恨",两代怨恨纠缠于兄妹、娘舅、亲家、婆媳之间,楼上楼下,整日骂骂咧咧;流苏的哥哥用流苏的钱做股票,输光还赖流苏败了他们的手气,只想一脚把她踢出家门。及至自由恋爱,新派知识妇女张宛如,看男女之情不过是"石头上浇水:水也流了,石头也干了! 谁也不在乎谁";[74]破落旧家小姐流苏更直白:"她承认柳原是可爱的,他给她美妙的刺激,但是她跟他的目的究竟是经济上的安全。"[75]

对杨绛、张爱玲的男女主角来说,固然"钱财"有着举足轻重的作用,但恋爱者之间毕竟还是有一层男女之"情"。两人的文本都用"真、假"这一对概念作为关键,却跳出了单一、背反的二元框架,强调的是"真情假意"与"假情真意"之间穿插的美学关系,刻画出了真中有假,假中有真,真亦是假,假

亦为真的辩证立体形象。[76]

不过,同是沦陷区中人,亲历了香港沦陷过程的张爱玲与在"围城"中体验战争的杨绛还是有所不同,差异表现在她们的文本中:无论君玉的舅舅们,还是燕华的叔叔家,他们的"客厅"都在上海,而白公馆与浅水湾饭店却隔着大海,浅水湾饭店与范柳原别墅又隔着战争。十二月八日那张大大的日历,切断了时间与空间,世界起了质的变化,于是,有了范柳原的深刻:

> "死生契阔,与子相悦,执子之手,与子偕老"……我看那是最悲哀的一首诗。生与死与离别,都是大事,不由我们支配的。比起外界的力量,我们人是多么小,多么小!可是我们偏要说:"我永远和你在一起;我们一生一世都别离开。"好像我们自己做得了主似的![77]

个人的确无力控制时代,但流苏的命运却因战争逆转——"香港的陷落成全了她。但是在这不可理喻的世界里,谁知道什么是因,什么是果?谁知道呢,也许就因为要成全她,一个大城市倾覆了……流苏并不觉得她在历史上的地位有什么微妙之点。"[78]

这段话,放在张爱玲等沦陷区女作家身上,也未尝不可。

四 结 语

从以上轨迹中我们看到,抗战时期八部以女性为主题的话剧中,前四部均出自男性之手,写于"孤岛"时期,而后四部女性的文本均诞生于"沦陷"时期。"孤岛"及"沦陷",两个定义形象地表现了两个时间段的差异。前一阶段,人们还能以女性及娱乐的名义在公共空间展开群众运动。而日军占领租界后,犹如一场大地震,孤岛沉下,地壳巨变。公共空间不复允许"运动"的存在,所有的剧团都只好打出"商业"演出的招牌。[79]

正是这去政治、纯商业的时空,为从前处于最底层的民众,尤其是女性提供了舞台。

让我们返回开篇的那句话"男降女不降"吧,此言为清末流传于民间的谚语,后来为仁人志士反复引用,赋以正面意义。然而,如夏晓虹先生所说:

此言其实与"老降少不降"相同,"'不降'的女子仍然属于社会的弱势群体",[80]千百年来,在文明的传统中,"公"领域中没有女性,在"公"话语空间中,女性是沉默的,她们从不谈自己,从不表现自己的感情、存在和历史,谈她们和表现她们的都是男性,处于"公"领域最上层的政治更是与女性无缘。在政治延长线上的争端——围绕土地进行的战争中,女性只能被动的受难。落入占领者铁蹄下的话语空间,政治成为禁区,留下的只有"私"领域,而这个领域,恰恰是男性不屑,认为没有价值的地域,当然,占领者也持这样的观点。于是,在政治空白的话语空间中便兴起一股谈家庭、谈男女、讲民间故事的风气。然而,恰恰是此"私"领域,给女性提供了最好的话语机会。于是,她们开口了,讲述起一个个完全不同于过去男人们讲述的、关于自己的故事。

法西斯砸碎了"现代乌托邦"的国家神话,"天地玄黄,宇宙洪荒",[81]金陵玉殿,轰然倒塌,粉墙黛瓦,砖苔砌草,被遮盖在"家"的女人在文明的荒野之中,"为空虚所追赶",在"虚空的虚空"中重新认识自己,探寻自己的路。她们所依赖的不是形而上的道理,而是土地、种、血缘、肉身。"除去一般知书识字的人咬文嚼字的积习,从柴米油盐,肥皂,水与太阳之中去找寻实际的人生。"[82]

从于伶的女子世界到杨绛、张爱玲的世界,"国"回到了"家",女人从地狱(或桃花源)回到了现实。女性从被描写、被表演的客体转为描写、表演的主体,对外的笔锋调转方向,直指"家"中"人"心深处,从日常生活中发现并揭示了存在于男女关系中的不平等及支撑它的根基,将现代文明的弊病从表皮到内核,从病症到病灶,剖露在光天化日之下。

最后,用《职业妇女》张凤来的话来作本文的结尾吧:

> 国家愈是多难的时候,愈是我们妇女翻身的好机会,因为表显我们事业机会也多了。这样男女斗争着,抢着事业做,不但我们自身的地位提高了,连社会也可以不断地进步着。[83]

[1] 《更衣记》,《古今》,第 34 期,1943 年 12 月。

[2] 正人:《从女人谈起》,《天地》,第 13 期,1944 年 10 月。《天地》为苏青(女)创办,撰
稿人多为女性。

[3] 参见邵迎建《"秋海棠"——上海沦陷时期的象征标志》,《知性与创造——日中学者
的思考》,中国社会科学出版社,2007 年。

[4] 于伶、徐渠、池宁组成了中共上海地下党支部。杨秀琴:《上海剧艺社史略》,《中国
话剧研究》,第 7 期,文化艺术出版社,1993 年 12 月。

[5] 指 1937 年春。

[6] 于伶:《〈女子公寓〉改版题记》,《女子公寓》,现代戏剧出版社出版,上海国民书店发
行,1940 年。

[7] 同上。

[8] 日本兴亚资料(政治编)第 6 号,1940 年 1 月。

[9] 当时可以租到的剧场非常少,卡尔登是乘京剧年关封箱的机会设法租的。

[10] 《花溅泪》,1940 年 1 月,现代戏剧出版社出版,上海国民书店发行。

[11] 《关于〈花溅泪〉》,《申报》,1939 年 2 月 7 日。

[12] 《申报》,1939 年 2 月 7 日。

[13] 1941 年,金星公司拍成了电影。现在已成为"孤岛"时期的经典影片。

[14] "《花溅泪》的上演,更是一次冒险——为上海剧艺社前途挣扎,为孤岛演剧之一翼
的开辟的冒险。"于伶:《再给 SY——临时再版题记》,《花溅泪》,1940 年 1 月,现代
戏剧出版社出版,上海国民书店发行。

[15] 参见夏衍《论"此时此地"》,《剧场艺术》,第 7 期,1939 年 5 月 20 日。《剧场艺术》于
1938 年 11 月 20 日由李伯龙创刊,松青(李柏龙)编辑,剧场艺术出版社出版,光明
书局总经售。1941 年 10 月 10 日,出版第 3 卷第 5～6 期合刊号后停刊。

[16] 《〈花溅泪〉座谈会》,《文汇报》,1939 年 2 月 14 日。

[17] 《舞女界发动第二次话剧公演》,《电影》,第 26 期,1939 年 3 月 8 日。

[18] 《写在〈花溅泪〉公演前》,《杂志》,第四号,1939 年 5 月 1 日。

[19] 《导演的话》,同上。

[20] 《剧场艺术》,第 4、5 期,第 14 页,1939 年 3 月 20 日。

[21] 维客:《〈舞女泪〉及其他——星期剧场观后感》,《申报》,1939 年 5 月 23 日。

[22] 上海剧社集体创作。参见《现代最佳剧选》,第一集,国民书店,1940 年再版。上海
剧社为抗战前的组织。

[23] 《观众看戏要看人,陆露明等大受包围》,《电影》,第 41 期,1939 年 6 月 21 日。

[24] 《舞女联谊会昨日成立》,《申报》,1939 年 6 月 24 日。

[25] 田汉改编、章杰导演,工华剧团、益友剧社、精武剧团、职妇剧团联合演出。

[26] 松青:《这一月》,《剧场艺术》,第十期,1939 年 8 月 20 日。

[27] 参见社评《目前的上海市民应该怎样》,《申报》,1939 年 5 月 14 日。

[28] 上海国民书店,1940 年 5 月。

[29] 东郭:《评〈女儿国〉》,原载《大晚报》,1940 年 2 月 12 日,转引自《于伶研究专集》,学林出版社,1995 年,第 425 页。

[30] 《写在〈女儿国〉上演前》,原载《大美报》,1940 年 2 月 8 日,同上,第 422 页。

[31] 赫四山(即李健吾):《于伶先生与〈女儿国〉》,原载《大晚报》,1940 年 2 月 6—7 日,同上,第 421 页。

[32] 《由〈女儿国〉谈起——雪中废话》,前出《女儿国》,第 21 页。

[33] 同上,第 18 页。

[34] 参见邵迎建《没有硝烟的战争——上海沦陷时期的话剧》,《百年回眸看佐临》,上海话剧艺术中心,2006 年,第 349 页。

[35] 《职业妇女》,《现代最佳剧选》,第四集,国民书店,1940 年,第 83 页。

[36] 同上,第 124 页。

[37] 康心:《洪谟的气质》,《杂志》,1944 年 12 月。据洪谟解释,自 1927 国民政府成立之后,社会出现新风,机关有了女职员,社会上戏称她们为"办公室的花瓶"。参见邵迎建:《访洪谟》,《新文学史料》,2007 年第二期。

[38] 胡导:《干戏七十年杂忆——上世纪三四十年代上海的话剧舞台》,中国戏剧出版社,2006 年,第 79—80 页。

[39] 《失去了光辉的南京路》,《申报》,1942 年 1 月 5 日。

[40] 巴金原作,吴天改编,洪谟导演。此戏中尤以饰鸣凤的英子表演出色。为"孤岛"时期最卖座的戏,连演 174 场(1940 年 12 月 4 日—1941 年 4 月 4 日;4 月 17 日—5 月 8 日)。

[41] 绿宝剧场,姜明导演。

[42] 卡尔登大戏院,费穆导演。

[43] 夏霞:《导演了〈缓期还债〉》,《申报》,1939 年 7 月 26 日。

[44] 《序》(夏霞31 年 10 月于上海),《寡妇院》,《万象》,1942 年 10 月号。感谢南京王晖先生为我在网上购买本文本。

[45] 岚影:《夏霞创作〈寡妇院〉》,《申报》,1942 年 7 月 22 日。

[46] 陈存仁:《寡妇院评》,《申报》,1942 年 10 月 14 日。

[47] 上海艺术剧团,佐临导演。

[48] 孟度:《关于杨绛的话——剧作家论之一》,《杂志》,1945 年 8 月。

[49] 参见邵迎建《抗战时期的上海话剧——访林彬、吴崇文》,《新文学史料》,2008 年第 1 期,第 96 页。

[50] 《怀念石华父》,《新民晚报》,1984 年 4 月 24 日,转引自《杨绛作品集》二卷,中国社会科学出版社,1992 年,第 347 页。

[51] 《〈称心如意〉原序》,1943 年 11 月 23 日。转引自《杨绛作品集》三卷,同上,第 248 页。

[52] 前出胡导:《干戏七十年杂忆——上世纪三四十年代上海的话剧舞台》,第 93 页。

[53] 孟度:《关于杨绛的话——剧作家论之一》,《杂志》,1945 年 8 月。

[54] 《〈称心如意〉》,转引自《杨绛作品集》三卷,同上,第 429 页。

[55] 前出,孟度:《关于杨绛的话——剧作家论之一》。

[56] 2007 年,上海重演此戏,有人认为,写于半个多世纪前的《弄真成假》"体现出来的情爱观、价值观和金钱观同今天的人们几乎惊人一致"。http://ent.cctv.com/20071028/101608.shtml08, 2008 年 4 月 10 日。

[57] 同上。

[58] 麦耶(董乐山,中共地下党员):《十月影剧综评》,《杂志》,1943 年 11 月号。

[59] 麦耶,同注释 54。

[60] 《是月也》,《杂志》,1943 年 12 月号。

[61] 麦耶:《岁末剧评》,《杂志》,1944 年 1 月。

[62] 《申报》1943 年 11 月 28 日广告。

[63] 《喜剧两种》1981 年版《后记》,前出《杨绛作品集》三卷,第 431 页。

[64] 张爱玲:《自己的文章》,《流言》影印本,第 20、21 页。

[65] 《〈倾城之恋〉本事》,《〈倾城之恋〉演出特刊》,大中剧艺公司。感谢陈子善先生送给我这份珍贵的影印件。

[66] 童开:《〈倾城之恋〉与〈北京人〉》,同上《〈倾城之恋〉演出特刊》。

[67] 应贲:《岁尾剧团巡礼》,《杂志》,1945 年新年号,1 月 1 日。

[68] 《倾城之恋》,《传奇》,人民文学出版社,1986 年,第 102、103 页。

[69] 同上,第 94 页。

[70] 童开:《〈倾城之恋〉与〈北京人〉》,同上《〈倾城之恋〉演出特刊》。

[71] 前出张爱玲:《自己的文章》,《流言》影印本,第 20 页。

[72] 张爱玲:《国语本〈海上花〉译后记》,《海上花》,皇冠出版社,1983 年,第 606 页。

[73] 鲁迅:《几乎无事的悲剧》,《鲁迅全集》,第六集,人民文学出版社,2005 年,第 383 页。

[74] 前出《弄真成假》,第 409 页。

[75] 《倾城之恋》,《传奇》,第 95 页。

[76] 《倾城之恋》于 1943 年 9、10 月在《杂志》上分两期连载;《称心如意》于 10 月公演。两个文本几乎是同时诞生的。虽然两人从未言及过对方,但同为热心的读者兼影剧观众,有形无形的影响应当存在。

[77] 《倾城之恋》,《传奇》,第 95 页。对《倾城之恋》更详细的分析可参见邵迎建《传奇文学与流言人生——张爱玲的文学》,三联书店,1998 年,第 94—103 页。

[78] 前出《传奇》,第 105 页。

[79] 详见邵迎建《没有硝烟的战争——上海沦陷时期的话剧》,《百年回眸看佐临》,上海
      话剧中心,2006 年。

[80] 夏晓虹:《历史记忆的重构——晚清"男降女不降"释义》,《晚清女性与近代中国》,
      北京大学出版社,2004 年。

[81] 张爱玲:《传奇再版序》,《流言》,中国科学公司印刷,1944 年 12 月,第 204 页。

[82] 张爱玲:《写什么》,《杂志》,第 13 卷第 5 期,1944 年 8 月。

[83] 《职业妇女》,《现代最佳剧选》,第四集,国民书店,1940 年,第 125 页。

(图片来源:《剧场艺术》、《电影》、《杂志》、《女儿国》、《万象》、《〈倾城之恋〉公演特刊》》)

战时上海电影的时空：
《木兰从军》的多义性

晏　妮

迄今为止，作为一种主流话语方式，一国电影史论述仍主宰着电影史研究领域。对抗日战争时期的电影，以往的研究又多习惯以国统区、解放区和沦陷区来做政治空间划分。相比之下，前者的研究硕果累累，后者的成果却寥寥无几。毋庸置疑，各种来自政治上的制约或个人思想上的思维惯式是阻碍我们深入研究沦陷期电影的最大要因。令人欣慰的是，进入本世纪后，敢于冲破禁区，描述沦陷区电影的著述相继问世，比如，最具代表性的著作有以下两本：北大李道新教授的《中国电影史 1937—1945》和美籍华人学者傅葆石的英文著作 *Between Shanghai and HongKong The Politics of Chinese Cinemas*（中文译本《双城故事　中国早期电影的文化政治》刘辉译）。

李道新自甘寂寞，多年来潜心查找了大量的史料，他的著作概述了沦陷期间上海、华北以及伪满洲国三地的电影制作情况，并附有详细的影片目录。《中国电影史 1937—1945》为后来者拓展了一条新路，成为该领域研究不可或缺的基本文献。与李道新不同，傅葆石的大作大胆地跨越了战时的香港和上海，他不仅灵活地运用史料考证史实，还娴熟地，但不露声色地穿梭于各种文化理论之间，运用新颖的视角打破以往电影史研究的二元对立概念，得出了令人耳目一新的结论。比如，他认为沦陷期间的上海电影和香港电影都处于侵略占领与国族主义的夹缝中，身处困境的电影家们既非直接抵抗，也并未密切地配合统治当局，他们采取了一种中间的立场，拍摄脱离现实政治的娱乐影片，机敏地抵抗了文化侵略与控制，这种暧昧性的经验既支持又颠覆了占领者当局。

如上所述，李道新笃实的史料考证，傅葆石严谨的理论构思都为重读、重写电影史做出了不可低估的先行贡献。笔者长期从事中日比较电影研究，近年来，把主要精力放在了研究战争期间的电影史方面。出于与傅教授相似的想法，我也曾对囿于政治空间划分的二元对立论述产生了疑问，但与两位先行者不同的是，我主要使用中日双方的史料，侧重考证孤岛和沦陷时期的连续性，解析政治文化的非对称关系是如何影响电影史的走向的；这种非对称关系究竟如何既相互纠葛又彼此缠绕地投射于电影文本；一部影片跨越不同的政治空间后如何被多重意义地解读；战时政治如何利用影像中女主人公/女演员的身体作为媒介物为现实服务；而种种绚丽多彩的女性表象又是如何通过越境这一形式超越话语的禁锢而产生多重含义的。总之，笔者希望通过史料再现历史细节，重读电影文本，以一种超越时空的视角重新描述斑驳复杂的电影史。从这个意义上说，《木兰从军》无疑是笔者研究视野中的一个突出的案例。

一 《木兰从军》飞越孤岛

虽然 1937 年 8 月 13 日和 1941 年 12 月 8 日是上海在历史上的两个重大转折期，但转折并不意味着历史的断裂，即便是日后，上海电影界处于日伪政权控制下时亦如此。

众所周知，日本军部为了控制上海电影，于 1939 年派遣曾留学北京大学的川喜多长政到上海组建了由日本和"中华民国维新政府"合资的中华电影股份公司，正是在同一年，电影《木兰从军》在孤岛创下了连续公映 85 天的上映记录。这一历史上的"巧合"告诉我们，孤岛电影走向繁荣和日本电影的组织势力插入上海不仅是在同一个时间，电影穿越政治空间的序幕也由此被揭开。为叙述方便，在此有必要简单地铺陈一下当时的情况。

《木兰从军》在上海公映时的广告

第二次上海事变以后，上海电影的制片机构遭到了严重的破坏，一部分电影精英骨干南下抗日，剩余的人员不得不进入租界避难，欣欣向荣的电影事业转瞬间濒于瘫痪状态。面临城市失陷，民不聊生的现状，身居孤岛的电影家们在新华影业公司经理张善琨的带领下，于很短的时间内重整旗鼓，开始拍摄电影。不久，《貂蝉》问世。这部古装片为惶惑不安的孤岛民众提供了娱乐，获得了颇佳的票房。制片人张善琨似乎由此发现了孤岛电影的生财之道，他请业已南下的欧阳予倩为其撰写剧本，又把自己无意中发现的香港粤剧新星陈云裳拉来主演木兰，于是，继《貂蝉》之后，又一部古装片《木兰从军》顺利问世。《木兰从军》公映后不仅轻而易举地超过了《貂蝉》的票房，还被孤岛舆论界称为呼吁大众抗敌的楷模作品。一部影片的诞生很快地在戏剧电影界掀起了一股借古讽今的文化热浪。

川喜多恰恰在此时来沪，他精通中文，知晓中国国情，当然不会不知道《木兰从军》在孤岛上大红大紫。正因为如此，为了顺利地打开局面，川喜多没有在较为安全的日本人居住区虹口办公，而是插入孤岛，把办公室设置在位于共同租界的汉弥登大厦，开始进行中华电影公司的首项业务。[1]

川喜多此次是二进上海。1928年，他在日本创建了东和商事合资公司，两年后，进军上海开设了东和分公司，专事进口欧洲电影业务。然而，公司仅持续了两年，就被九一八事变后兴起的排日运动冲垮了。对于川喜多来说，第二次来沪，当然会吸取前车之鉴，格外谨慎。他深知欲在上海展开工作，必须依靠得力的中国电影家。于是，托人疏通后，他开始与大腕张善琨接触，而他看好的第一部影片就是在孤岛舆论独领风骚的《木兰从军》。[2]

川喜多的中华电影公司成立时已拥有日本占领地区的电影发行权。经过几次秘密会谈，看到张善琨略微打消了顾虑，川喜多立刻提出，中华电公司欲向日本占领地区发行影片《木兰从军》。当看到张善琨仍面有难色时，他提出了以下三个条件。

第一，虽然无法避免日本军部审查影片，但如果审查过关，绝不改动影片的任何内容。第二，提前支付片款。第三，由于租界沦为孤岛后进口胶片困难，中华电影将从日本进口胶片和其他摄影所需的器材提供给中方。[3]

显而易见，对于陷入困境的孤岛电影界来说，川喜多的提议有利无弊。张善琨向重庆方面汇报后，即接受了川喜多的条件。中华电影公司正式成立未满一个月，《木兰从军》就被运往南京做了特别公映，之后，该影片不仅走进了伪满洲和其他沦陷区的电影院，[4]还被川喜多的东和商事运往台湾公映。在尚处于日本殖民统治下的台湾，自1937年以后，一切中国电影都被禁止放映，1941年《木兰从军》进台，让台湾观众终于又看到了久违的上海电影。据台湾电影研究家田村志津枝说，《木兰从军》在台湾很受欢迎，片中插曲《月亮在哪里，月亮在那厢》广为流传，甚至有许多少年学着木兰，穿上中式服装，边舞边唱。[5]

暂且不论张善琨"就范"川喜多的功罪何在，从结果上看，《木兰从军》能在其他沦陷地区公映却是创作人员求之不得的。因为如果不利用这一途径，很难想象一部隐喻抗日爱国的影片能够在侵略者的眼皮下放映。在此，笔者想强调：包括日后影片在重庆引起的风波在内，《木兰从军》穿越了各种政治空间是一个绝不可忽略的史实，而更耐人寻味的是，其推动者是日本国策电影公司的首领川喜多和孤岛文化风云人物张善琨。原本处于敌我对立位置的两者开始接触，说明了孤岛政治的复杂性，而几年以后上海电影的统合，其实最早始自《木兰从军》。我们在高度评价《木兰从军》的历史意义时，绝不可无视或忽略这一史实。

当然，这个历史细节一方面充分显示了日本插足孤岛电影界后，中日之间的对立关系逐步倾向失衡，另一方面也显示了处于这种非对称关系下的混沌状态。国防电影大本营的"新华"和日本军部设立的文化机关从对立走向交涉，《木兰从军》则充当了双方的中介。中华电影公司借《木兰从军》的力量较顺利地迈出了第一步,而孤岛电影界也借用占领者的权力使《木兰从军》飞越了孤岛。此后,《木兰从军》逐步脱离孤岛圈内的抗日话语,在不同的政治空间中滋生出形形色色的读解。

二　二律背反的木兰读解

《木兰从军》改编自乐府民谣《木兰辞》。20年代后期,当武侠之风席卷电影界时,曾有两部木兰故事相继走上银幕。一部是1927年天一青年影片公司出品,李萍倩导演的《花木兰》,另一部是1928年民新影片公司出品,侯曜导演的《木兰从军》。由于两部影片业已散失,我们无法与原作做比较,但仍然可以依赖一些文字资料推测影片的梗概。比如,在天一公司发行的广告上有这样的字句:"花木兰代父从军事千古播为美谈,(中略)以一弱女子居然能有这般伟大的怀抱,实可谓千百年来女界的唯一荣光",[6]当时天一公司为观众编写的"电影本事"(注:即故事梗概)的第一句话就是:"花木兰古孝女也。"[7]不难想象,20年代后期初上银幕的木兰更接近于《木兰辞》描述的巾帼英雄原形。古代的美谈和孝女云云,着重渲染的是木兰替父从军之义举,这里既没有影射现实,更无浪漫的男女之情。似乎可以断定,《木兰辞》所讲述的故事在默片时期较为忠实地投射于银幕,与处于半沦陷状态下拍摄的第三部《木兰从军》形成鲜明的对照。当然,木兰故事的变化和上海政治版图的更换有着不可分割的紧密联系,不啻为历史和现实的政治参与影像的一个极好例证。

正由于1939年的木兰形象脱离古代文本涉指现实,所以,围绕作品展开的种种话语也紧密地联系着半沦陷状态下的文化政治。比如,舆论界认为《木兰从军》:"在意识上和内容上都有非常的成就,获得了国产电影罕有的最高赞词",[8]有评论曾明确指出:"花木兰替父从军。这也是民间故事之一。当今国难年头,把她摄成电影,这确然具有非常的意义。"[9]对于影片中的木兰形象,更有人高度赞扬:"欧阳笔底下的木兰,是个文武全才,智勇具备,而且是忠孝两全的现代木兰。(中略)而且在欧阳的一笔贯通之下,她决不是'阿爷无大儿,木兰无长兄'而'从此替爷征'的'愚孝'的花木兰了。"[10]

从以上几例评论可以看出,孤岛舆论盛赞《木兰从军》完全是针对现实有感而发,原文本的精髓"替父从军"甚至被斥为"愚孝"。为国尽忠的意义一旦凸显出来,就被舆论反复宣传,大书特书。

然而,当《木兰从军》被送到重庆公映时,却发生了影片被毁的意外事件。当时,《电影周刊》对此事是这样报道的:

> "在公映的前一天,曾由名戏剧家洪深与马彦祥等人联名致函各报当局,要求主持公道,并且希望他们以舆论来制裁此片,但因种种关系,十多家报馆竟连一家都未能刊登出来",(但是,影片公映时,)"唯一大戏院银幕上正映有女主人公木兰跪在双亲面前要求从军时,突然有一个姓田的彪形大汉,跳上台来沉痛地向观众演讲。于是,二千观众都影响了,激昂地喊出'打倒××'！有的举起了拳头,呼着'烧掉它'几个青年冲进了机房,把《木兰从军》的拷贝从职员手里抢了过来,向观众说:'大家主张留着还是烧掉？'群众的一致答复是'烧掉,他妈的,烧掉××的无耻片子'于是前五本漫散在马路上,顿时燃起万丈高焰。"[11]

究竟《木兰从军》为何被看成亲日电影而被焚毁呢？据史料记载,主要由于以下四点原因。第一是影片开场部分的插曲。有人认为,涉猎回村的木兰和村童们一起唱的歌谣第一句"太阳一出满天下"的"太阳"意指日本。第二,该影片使用了日本的胶片。第三,新华公司下属的华成的制片资金出处不明。第四,对卜万苍个人的怀疑。[12]上述引用的报道告诉我们,一些知识分子和艺术家在公映前就已欲通过舆论来抨击影片。对此,傅葆石教授也做过考证:公映前,报纸上已经刊登了谴责《木兰从军》是卖国电影的公开信。[13]

烧毁《木兰从军》是电影史上人人皆知的一大事件,但是,迄今为止却少有研究触及该事件的经纬。笔者之所以引用当时的报道,是为了更进一步地贴近历史细节。我认为,张善琨邀请在桂林的欧阳予倩创作剧本,从香港请来陈云裳,又把制作影片的新华下属公司"华成"注册成美国公司,[14]除了意欲另辟商业新路以外,更重要的是为了向国统区和解放区表明自己和新华公司的政治立场。尽管他煞费苦心超越政治格局,但电影之外的政治力量对该片大相径庭的解读却造成了影片被焚的结果。此事件正好印证了傅葆石教授之分析:"沦陷和未沦陷区域的政治界限是松散和灵活的,而心理和人为的划分却是僵死和死板的。"[15]

事发后,影片创作者们惊慌失措,立即派人去重庆,向国民党政府方面澄清事实。虽然歌词是欧阳予倩所作,但为了避嫌,新华公司把影片插曲中的"太阳"改成了"青天白日"。[16]最后,还是由国民党政府有关人士出面,《木兰从军》才得以重见天日。[17]

然而,笔者在此更想强调,尽管沪渝两地对《木兰从军》的反应截然相反,除去少数人和影片之外的因素,上海的赞扬声也好,重庆的怒骂声也好,其实都出自同一种想法,即两者都试图通过影片的借古讽今读出文本中的现实寓意,褒与贬恰恰形成了国统区与沦陷区反抗占领、同心抗日的表里关系。只是作为后人不难想象,当时,身处孤岛远比在大后方呼吁抵抗要危险得多。至于张善琨那周到的企划最终奏效,则更加证明了沦陷区与国统区其实不可分割,《木兰从军》引起的骚动及其解决即是两个空间互动的一个例证。

尽管经过多方周折,《木兰从军》最终在渝被平反归正,而这一事件却使身处沦陷区的电影家深知须谨慎小心,[18]除了张善琨、卜万苍以外,此事还尤其体现在主演陈云裳身上。有关《木兰从军》的是是非非,纠缠着陈云裳,舆论的炒作让她同时体味到上天堂和下地狱的滋味。在上海,孝女木兰既然被转化成为国尽忠的巾帼英雄,陈云裳也因此一炮走红。当时的报刊杂志不但登有大量的陈云裳饰演木兰的剧照,她身着洋装的生活照也比比皆是。巾帼女杰和摩登女郎本来南辕北辙,可是,《木兰从军》的风光倒使两者在处于日本包围圈中的孤岛上和谐地共存。一部电影使陈云裳一跃登上了头牌女星的宝座,当时甚至有人惊呼:"陈云裳欲使胡蝶失色。"[19]

在孤岛出尽风头,到了重庆,陈云裳面临的却是和角色同样的命运。自事件发生后,陈云裳被一些人做缺席审判,当时的报道如是说:"说也不信,他们(注:指攻击影片的人)竟冤这位'爱国明星'为'专拍淫艳神怪片的恶

1941年出版、上海新月出版社发行的电影插曲集《银歌集》，封面人物是身着洋装的陈云裳

陈云裳在上海时做的润肤霜广告

魔'。"[20]种种人身攻击的言辞，不由使人联想起事变前阮玲玉之死，联想起电影《新女性》问世后，满腹不满的记者们是如何把盆盆污水泼向女演员阮玲玉的。

面对种种污浊的非难，陈云裳显得有些不知所措，她发表了谈话，强调"自己只是一个演员，一切无从知悉"，"木兰从军的意识如何，自有曾参观此片之表演者可下个公判，也自有剧作人欧阳予倩先生去负责，当一个演员的我，是不便在此时此地而有多所论列的"。[21]

陈云裳的辩白说明，业已南下的欧阳予倩显然成了保影片和她本人过关的最佳王牌。事实上，维护欧阳予倩的左翼人士，如夏衍等人的解读起到了拯救影片和陈云裳的作用。[22]重庆事件的整个经过告诉我们，在抗日的政治版图中，不仅存在着沦陷区与非沦陷区的心理划分，也存在着鲜明的性别划分，当性别遭遇政治时，社会多习惯于对女性问罪，并且，与对男性发难方式有别的是，女子遭受的往往是对身体/性方面的语言凌辱。

 三 反转话语的策略

就在《木兰从军》在沪渝两地闹得纷纷扰扰时，有关《木兰从军》的消息不胫而走,日本的报刊杂志上开始出现有关《木兰从军》的报道。这些报道有的是走访上海的作家或记者撰写的见闻,有些则是作者根据耳闻而写。

我们从当时访问过上海的文人、学者们留下的纪实文中可以找到有关《木兰从军》的文字。例如,作家丰岛兴志雄在题为《上海苦涩的面容》一文中介绍了该影片在重庆引起的骚动后,接着说:"对于身负建设东亚新秩序的日本来说,我们希望绝不要发生这种笑话。"[23]也有的人并不回避事实,哲学家谷川彻三在《中国知识分子的动向》里写道:"(据传闻)欧阳予倩的原创剧本带有更加露骨的抗日意识,但据说被删去了。"但他又补充道:"即便如此,在日本人看来,影片还是含有抗日意识的。"[24]

至少从笔者收集到的资料来看,记述《木兰从军》的大多数文章虽未隐瞒该影片影射现实政治的事实,但却采取了另行解释的态度。比如影评家佐藤邦夫在《最近的中国电影》一文中首先承认:"木兰从军的成功指出了历史影片的正确方向",但他又一再强调这只是一部历史电影,"而不是风传的为抗日目的而拍摄的作品"。对孤岛上流行的抗日话语,他作了以下的分析:"有人说,出于偶然,现实与历史的情景重合了。按照这种说法,影片就成了抗日电影,但是我认为这样说有过虑之嫌。"[25]

《木兰从军》让陈云裳的名字也频频见报。例如《新青年》杂志就曾以《明星陈云裳》为题,报道了她的动向。该文讲述了陈云裳因演《木兰从军》而驰名上海后,又介绍了影片在渝被焚,陈被指责为汉奸等情况。[26]

这些报道文章或多或少地起到了扩大影片之影响的作用。不过,日后《木兰从军》能走进侵略国的电影院还有一段更为曲折的经历。因为早先川喜多欲往上海以外的地区发行该影片时,就曾遇到过多方麻烦。据当时身为随军记者的辻久一回忆,最初,宪兵队坚决反对把这样一部宣传抗日的影片拿到其他地区放映,但川喜多却认为:"这样做是表明中华电影的立场和性质的一条捷径,证明我们对解放区和沦陷区一视同仁,是获得中国民众信任的最好方法。"[27]

应该承认,《木兰从军》最终能够顺利地通过宪兵队的审查大关有赖于川喜多和辻久一等有关人士的巧妙周旋。他们对主管人士大力强调,该影片剧情浪漫,讲的是木兰与将军的爱情,只是一部类似日本宝塚女子剧团女扮男装的舞台剧,并无抗战意识。军部宣传班长伊地知进听从了他们的意见,伊地认为,日本人讲究"一旦国事危急,理应义勇奉公",既然如此,也不应该对描写中国历史上的女杰尽忠报国的作品指指点点。军部宣传班说服了宪兵队,该片才得以过关。[28]

然而,我们不能只把川喜多和有关人员对于《木兰从军》的钟爱简单地解释成对中国电影的理解,因为尤其对川喜多来说,当时最为紧要的是如何顺利地推动中华电影公司的工作。他在《大陆电影论》一文中提及此事时如是说:"我们不能让中国人抛弃爱国心,并且他们也不应该抛弃。问题在于指导他们要爱国不要抗日,让他们认识到,抗日并非爱国反而会导致亡国。"[29]由此可见,一部《木兰从军》的公映与否举足轻重,对当事人来说,事关日本占领文化政策是否能够顺利实施。

除此之外,《木兰从军》进入日本还有另外的原因。如上所述,影片被焚事件发生后,许多日本报刊杂志立即作了报道。还有人直接把重庆事件看做推行日本文化政策的一个契机。比如,日本国际电影新闻社社长市川彩在1941年发行的《亚洲电影的创造及建设》一书中介绍了焚片事件,他对此事的解释是:"上海日军电影审查会不承认该片是抗战影片,未删剪任何镜头,华成公司既感谢日本的宽容,也对重庆的处理方法表示惊愕。(中略)中国电影制作人员以此为契机,不再企划排日、抗日作品,他们开始拍摄不会被重庆弹劾的影片。"[30]可见,重庆事件反被日本战时的文化政策所利用,成为让《木兰从军》飘洋过境,进入日本电影院的一个十足的口实。

另外,中华电影的几位知华影评家,比如筈见恒夫、辻久一等人则扮演了智囊团的角色,他们都积极主张把《木兰从军》拿到日本发行放映。当年在上海日华俱乐部召开的《谈上海电影界的现状》座谈会上,他们留下了以下的对话:

筈见:听说(《木兰从军》)在重庆被烧毁了。

辻:是的。放映那天,观众涌进电影院,有人发表演说,说这部影片是亲日的,太不像话了。于是人们冲进放映室把片子烧了。其原因是

插曲的歌词中有太阳一出满天下的字句。他们说,太阳是指日本人。(中略)

答见:说是抗日影片,其实跟过去日本拍的倾向电影[31]差不多。编作者的一种自我满足罢了。

辻:因为无法表达自己的思想,所以总带有一种自我满足的意识感。

答见:这是知识分子的一种自慰行为。

野坂三郎:一种逃避行为,哪边都不明确表示,留有一条逃路。

辻:叫日方解释的话,这是支那的历史,并没有攻击日本,我们也有一条逃路呀。

小出孝:看来,你在考虑如何做买卖。[32]

看得出,至少在沪的有关人士对《木兰从军》的拍摄背景以及上海、重庆围绕影片展开的种种话语了如指掌。既然借古讽今的暧昧性生出抗日/亲日这样二律背反的读解,那么,这种暧昧性同样可以遮盖原影片作者的意图,为第三种话语的生成提供生存空间。

四 《木兰从军》的时空政治与身体/性别

日本《电影旬报》报道《木兰从军》"来日"的消息登载在该杂志1941年8月1日号上,但据史料记载,影片正式在日本关东关西的多家影院公映是在1942年7月23日。虽只有一年之隔,日本的政治文化时空却发生了巨大的变化。也就是说,太平洋战争开战之后,《木兰从军》才得以公映。

如前所述,早在影片公映以前,形形色色的话语业已充斥日本舆论界,陈云裳、木兰以及影片在未进入日本以前其实已经被放置于另一个政治天平上论说。那么,在影片公映前后,有关《木兰从军》的话语发生了什么样的变化呢?

首先,否认《木兰从军》抗日的话语再次得到重申。

比如,东乡忠的《关于过去支那抗日影片的一点感想》就继承了佐藤邦夫的说法。他概述了重庆拍摄的《塞上风云》、《东亚之光》和《白云故乡》等影片后，谈到《木兰从军》。东乡认为："《木兰从军》公映时，影评家们异口同声称赞该片是抗日电影，为此，影片放映了很长时间。但我认为，这部影片并不存在多少抗日精神，不过是把历史上的巾帼豪杰拉来女扮男装，唱唱跳跳。影片受人欢迎的最大原因归功于陈云裳的魅力和制片人张善琨的手腕。"[33]

文学家和影评家们亦如出一辙。他们一方面好意地评介《木兰从军》，另一方面竭力排除抗日话语。比如，诗人北川冬彦将主人公木兰比作圣女贞德，他虽承认这是一部爱国电影，但他强调："非要把外敌匈奴看作日本不过是一种曲解。"[34]影评家内田岐三雄说："或许有删剪镜头，总之我看影片时没有感觉出什么。即便没有重新剪接，我觉得也不至于谈什么抗日，只不过有可能被解释成抗日而已。"[35]也有人看过影片后如释重负，例如，评论家饭田心美说："我从画面上并未看出那种（抗日）的信息，由此松了一口气。"[36]身为文学家的佐藤春夫则显得更加乐观："听说该片被宣传为抗日电影，这类镜头当然是一律删掉了。"[37]

日本公映《木兰从军》时的广告

卢沟桥事变和上海第二次事变之后，文人们、电影家们随着与日俱增的

"支那热",蜂拥般地奔向大陆,奔向憧憬已久的上海。上述几位文人也在这股热浪兴起时走访过中国。内田岐三雄曾作为影评家随同《东洋和平之路》(1938)[38]的拍摄组先后去了沈阳、北京等地;北川冬彦和饭田心美曾是访满映电影家团队的成员之一;而精通中国文学的佐藤春夫不但去过上海,还曾亲手翻译过《木兰辞》。[39]

如果仅就电影文本而言,应该承认以上的几例评语并无多少疵弊。因为评论者一概舍弃了拍摄背景,改变了受众立场,把《木兰从军》还原于原始文本的文脉,再添加了一些异国情趣。借佐藤春夫的话说,影片是一部"纯粹的童话式作品,其童话情趣和异国情调完美地结合在一起"。[40]

不过,《木兰从军》的越境并没有像他们所分析的那样,简单地回归原始文本。在经历了上海、重庆两地的政治评说后,《木兰从军》来到了日本,继而被卷入到更大的政治磁场之中。

在此特别要提到,随着木兰飞入日本的陈云裳也随之被推入另一个政治舞台,亲日也罢,反日也罢,孤岛或重庆赋予她/木兰的形象即刻被改写得面目全非。早在影片公映前,日本舆论界的种种炒作,使人们对明星陈云裳的名字已不生疏。影片公映前后,各种报刊杂志争相登载木兰从军的剧照,公映广告和陈云裳的各类生活照。身着盔甲的木兰和洋装裹身的陈云裳一起,演绎着一场古代女杰和时髦女郎混为一体的,不甚和谐的时装剧。

但是,尽管这种混合表象透露出战时日本对大陆,尤其是对上海的传统与现代的一种多重的男性式眼光,但至少还多多少少留有一些孤岛文化的痕迹,而真正的改写则体现在附加在各类剧照、生活照上的文字说明。

先看公映广告,下面仅摘取四例。

"请观赏标志新支那电影诞生的木兰电影"[41]

"了解新中国的民众为什么样的电影喝彩,这是日本人建设东亚共荣圈的责任"[42]

"中华电影的名角""在对灿烂光辉前途的期望下,南支那开始了电影制作"[43]

"好评如潮，大东亚电影之魁即将公映"[44]

这些简洁的宣传口号清晰地凸显了当时的政治时空，以受众方的历史话语重新阐释了文本。应该留意的是，身处日本包围圈时降世，而后一度引领孤岛文化的《木兰从军》已被改写为沦陷期生产的影片，并且，几乎每张广告上都看不到剧作欧阳予倩的名字。因为此时张善琨、卜万苍、陈云裳等人已加盟中联，唯有欧阳予倩南下抗日，当时的日本舆论界自然不会为抗日分子做宣传。当然，更为重要的是，广告所使用的"新支那""新中国"等用语意指日伪政权控制下的上海乃至其他沦陷地区。时隔三年，孤岛文化宠儿《木兰从军》被印刻上"大东亚共荣圈电影"的商标和日本观众见了面。

陈云裳也在劫难逃。在此仅举一例。

《新电影》杂志上的陈云裳

1942 年 6 月的《新电影》杂志上登有一张陈云裳的生活照。她手捧《新电影》杂志，笑容可掬地坐在一栋洋房前的草坪上，照片上面印有一行清晰的字迹："大东亚电影的花魁"。木兰的形象在此被彻底颠覆，抗战的身体被反转为共荣圈的身体，而实现这一颠覆的载体还是影片《木兰从军》。

五　《木兰从军》与日本战时的大众文化

在此笔者还想披露一个有趣的历史插曲。

自从电影问世后，中日两国的电影都把欧美电影当作参照对象，尽管比邻之隔，但彼此漠不关心。直到九一八事变以后，日本才开始关注中国电影。1937 年以后，随着"支那学"的兴盛，各种有关中国电影的报道信息逐日增多。然而,虽然文字报道愈来愈多,各种话语愈演愈烈,但中国电影始终没有得到进入日本电影市场的机会。1938 年,东宝电影公司的制片人松崎启次通过刘呐鸥牵线,把光明影业公司拍摄的《茶花女》运到日本公映,此事即刻在孤岛上激起轩然大波。[45]尽管影片的进口几经周折,但《茶花女》并没能给日本观众带来多少惊喜。《木兰从军》算是有史以来第二部在日广泛公映的中国电影,与《茶花女》不同的是,孤岛的消失,上海的全面沦陷保证了其来日的途径顺畅。

对于日本人来说,取材于纯正的中国传统文学的《木兰从军》自然比改编于西方文学的《茶花女》更富于魅力,何况是在太平洋战争开战,英美电影被驱逐之后的日本。总之,《木兰从军》的种种话语一时间掀起了一股木兰热,而被称为"东宝国民剧"的少女歌舞剧《木兰从军》就是木兰旋风下的一个产物。

所谓少女歌舞剧是指区别于传统的歌舞伎舞台和三味线音乐,采用西洋乐器和唱法的新戏剧类型。这种少女歌舞剧最初起始于宝塚剧团,该剧团由日本关西阪急电铁于 1913 年创办,演员全部为年轻女性。女子饰男角,颇似中国的越剧。不同的是,宝塚剧团是日本戏剧界的新星,她的诞生无疑标志着日本大众文艺趋向近代化和城市化。

《木兰从军》由原宝塚戏剧家白井铁造编剧兼导演,全剧共 22 场,于 1941 年 7 月 2 日至 28 日在东京上演。从时间上看,电影《木兰从军》虽还未公映,少女歌舞剧《木兰从军》已捷足先登。那么,歌舞剧《木兰从军》是否参照了电影文本呢? 我们可以根据另一条线索考证。笔者从诸多文字史料中发现了日本兴文社出版的《木兰从军》日译本。只是该剧本

东宝国民歌舞剧《木兰从军》第 11 场

作者不是欧阳予倩，而是周贻白。1941年1月和2月，中国旅行剧团在上海公演周贻白编写的话剧《花木兰》，而担任舞台导演的正是执导电影《木兰从军》的卜万苍。[46]因此，尽管我们无法断定少女歌舞剧《木兰从军》参考了电影还是话剧，但至少可以说，该剧无疑是木兰现象越境，中国文化移植于日本大众文化的典型范例。

少女歌舞团原本就以扮装吸引观众，由清一色女子来演出《木兰从军》，便使木兰的女扮男装具有双重的情趣。再者，近代的新生剧种演绎传统故事，又使舞台平添"和洋折中"的特色。当然，略微梳理一下战时日本戏剧的脉络即可发现，歌舞剧《木兰从军》又代表了当时在日本盛行的"大东亚共荣圈文艺"的一种倾向，日本学者鹫谷花将这类表象称为"载歌载舞的大东亚共荣圈"。除了《木兰从军》，还有根据孟姜女传说改编，由李香兰主演的第三次东宝国民歌舞剧《兰花扇》以及群舞剧《北京》等等。这些舞台艺术与大街小巷上流行的李香兰热以及《支那之夜》、《苏州之夜》、《绿色的大地》等大陆电影交相辉映，反映了一种植根于民众的大陆殖民情怀和时髦的"共荣圈"文化意识。也就是说，当话语、舞台及其他文化表象已渗透日本大众的日常娱乐生活时，对人们来说，业已如雷贯耳的《木兰从军》才姗姗来迟。不难想象，影片公映前的文化气氛足以掩灭影片原有的火药味。如此，上文提及的各位文人在评论《木兰从军》时表现出的乐观或自慰也就并非不可思议了。

更令人惊讶的是，在复杂的政治背景下，上述的文化移植又反弹回上海，中日文化产生了相互渗透，相互交融的现象。1943年，东宝歌舞团以慰问驻沪日军的名义到上海举行首次公演。这台东宝扮装剧刺激了中国电影家，导演方沛霖又以该团的演出作背景，编导了一部音乐电影《万紫千红》(1943)。

东宝国民歌舞剧《兰花扇》，由李香兰(山口淑子)主演

六　开放的结尾：木兰身体的延续

当《木兰从军》在日本打造中国情趣和生产出大量的大东亚共荣圈文化话语时，在沦陷的上海，电影界被改组统合，并以中华联合制片股份有限公司的名义开始拍摄以鸦片战争为背景的大片《万世流芳》。关于《万世流芳》，笔者将在其他文章中论述，在此无需赘言，只想在本文即将结束时强调：尽管《木兰从军》和《万世流芳》一个出自孤岛，是借古讽今的经典；一个生于沦陷期，是日本和汪伪政权控制下的重点电影。但是，就像我们不能完全割裂孤岛期和沦陷期文化的内在因果关系一样，各种史料告诉我们，不管是拍摄人员，还是题材手法，《万世流芳》都与《木兰从军》有着千丝万缕的联系和文本上的连续性，两部影片逾越了政治时空，形成一种互文本关系。

首先，在回归现代题材的中联诸多作品里，《万世流芳》显然承续了《木兰从军》使用的影射手法，问题在于该片的借古讽今既顺应了沦陷政治又不失抵抗气节。如果说《木兰从军》的借古讽今意识还不十分隐晦的话，那么，《万世流芳》的借古讽今则更具有策略性，它的双重暧昧使占领者和被占领者可以各取所需。事实上，《万世流芳》继承了孤岛文化的智慧，其在题材、形式上的双重隐喻其实得益于《木兰从军》的经验。

陈云裳在《万世流芳》中扮演了抗敌女英雄静娴。而片名《万世流芳》所颂扬的正是这位虚构的为国捐躯的女子。在上海，既然木兰的身姿已经家喻户晓，相信人们都会对陈云裳再度出演巾帼女将之含义心领神会，当年《中联影讯》中的下述文字就是佐证。

陈云裳扮演《万世流芳》中的静娴

陈云裳以其木兰风姿为观众讴歌，巾帼气概，不让须眉。（中略）陈云裳戎装杀敌，英武之气溢于眉宇，乃至舍身成仁，犹以壮志未酬勉国人,当年木兰又见于今日也。[47]

应该说,飞出孤岛的木兰终于又返回了故土,这位古代巾帼女杰的精神和灵魂被注入另一位近代女英雄的身体和血液中。

[1] 中华电影股份有限公司(简称中华电影)于 1939 年 6 月 27 日正式成立,公司本部设在上海江西路 170 号汉弥登大厦内。

[2] 《东和的半世纪》中有这样的记载"川喜多首先注意到当年一月公映后连映三个月受到观众热烈欢迎的《木兰从军》,他抵达上海后就秘密地开始和因该片而成为名制片人的张善琨交涉。"《东和的半世纪》,东宝东和,1978 年 4 月,第 285 页。

[3] 同上,《东和的半世纪》,第 286 页。

[4] 《木兰从军》在伪满洲放映是由满映发行的。1939 年访华的日本电影评论家代表团一行曾在满映放映室看过该影片。参阅筈见恒夫:《电影和民族》,电影日本社,1942 年 2 月,第 198 页。

[5] 此处内容请参阅田村志津枝:《李香兰的恋人 电影与战争》,筑摩书房,2007 年 9 月,第 139—141 页。

[6] 天一青年公司出品《花木兰广告》,中国电影资料馆藏,记号:121-1372。

[7] 天一青年公司出品《木兰从军本事》,中国电影资料馆藏,记号:121-1617。

[8] 见《木兰从军佳评集》,《新华画报》,1939 年 3 月,第 4 卷第 3 期。

[9] 《新闻报廉先生之评》,《新华画报》,1939 年 3 月,第 4 卷第 3 期。

[10] 《大美晚报微微先生之评》,《新华画报》,1939 年 3 月,第 4 卷第 3 期。

[11] 《〈木兰从军〉放映时重庆观众激动的实况 放映到火烧的经过》,《电影周刊》,1940 年 3 月 27 日。

[12] 参阅《〈木兰从军〉在渝重映》,《电影周刊》,第 79 期,1940 年 5 月 1 日。

[13] 傅葆石:《双城故事 中国早期电影的文化政治》,北京大学出版社,2008 年 2 月,第 78 页。

[14] 《木兰从军》的片头标明制片为"美商中国联合影业公司"。

[15] 傅葆石:《双城故事 中国早期电影的文化政治》,第 85 页。

[16] 现在我们看到的《木兰从军》就是修改过的版本,歌词已改为:"青天白日满天下"。

[17] 参阅《木兰从军事在渝交涉结果》,《电影周刊》,1940 年 5 月 15 日。

[18] 见《电影周刊》第 74 期(1940 年 3 月 27 日)文章《〈木兰从军〉事件发生后 上海诸影片公司望而却步 各新片暂停运西南》。

[19] 《新闻报廉先生之评》,《新华画报》,第 4 卷第 3 期,1939 年 3 月。

[20]　见《电影周刊》,第 74 期,1940 年 3 月 27 日。

[21]　见《电影周刊》,第 72 期,1940 年 3 月 13 日。

[22]　参阅《木兰从军在渝烧毁的前因后果》,《电影周刊》,第 74 期,1940 年 3 月 27 日。

[23]　丰岛兴志雄:《上海苦涩的面容》,谷川彻三、三木清等著:《上海》,三省堂,1941 年 10 月,第 111—112 页。

[24]　谷川彻三:《中国知识分子的动向》,同上,第 189 页。

[25]　佐藤邦夫:《最近的中国电影》,《新映画》,1940 年 5 月。

[26]　《新青年》,1941 年 4 月号。

[27]　辻久一:《中华电影史话　一个士兵的日中电影回忆录 1937—1945》,第 87 页。

[28]　同上。

[29]　川喜多长政:《大陆电影论》,《电影之友》,1940 年 10 月。

[30]　市川彩:《亚洲电影的创造及建设》,国际电影通信社出版部,1941 年 11 月,第 229 页。

[31]　所谓"倾向电影"是指 20 年代末期至 30 年代初期,在无产阶级文艺运动的影响下,日本各大制片厂相继摄制的一部分有左翼倾向的影片。

[32]　《谈上海电影界的现状》,《新电影》,1941 年 10 月。

[33]　东乡忠:《关于过去支那抗日影片的一点感想》,《电影》,1942 年 4 月。

[34]　北川冬彦:《〈木兰从军〉的印象》,《电影评论》,1941 年 10 月。

[35]　内田岐三雄:《木兰从军》,《电影旬报》,1942 年 7 月 11 日。

[36]　饭田心美:《关于〈木兰从军〉》,《电影评论》,1941 年 1 月。

[37]　佐藤春夫:《观影片花木兰》,《日本电影》,1942 年 8 月。

[38]　《东洋和平之路》由川喜多长政的东和商事制片,台湾出生的文学家张我军用别名张迷生参加了该影片的编剧,导演为铃木重吉。卢沟桥事变的翌年,该影片摄制组到华北地区拍摄外景,片中主要角色全部起用了中国人。

[39]　见佐藤春夫:《支那杂记》,大道书房,1941 年 10 月。

[40]　佐藤春夫:《观影片花木兰》,同上。

[41]　《电影旬报》,1942 年 3 月 11 日。

[42]　《电影评论》,1942 年 4 月。

[43]　《电影评论》,1942 年 6 月。

[44]　同上。

[45]　有关《茶花女》进日本的经纬,可参阅辻久一的《中国电影史话　一个士兵的日中电影回忆录 1937—1945》,第 58 页。

[46]　关于话剧《花木兰》的资料由邵迎建教授提供,在此特表谢意。

[47]　《演员介绍》,《中联新片特刊〈万世流芳〉》,1943 年。

（图片来源:《电影旬报》、《新映画》、《东宝》、中国电影资料馆）

第四部分

都市戏曲：性别、阶级、地域

女性、地域性、现代性：越剧的上海传奇

姜 进

越剧起源于 19 世纪下半期浙江绍兴府嵊县的穷乡僻壤之中。它的最初形态是农民的乡间小唱。渐渐地汲取各种民间文学和宗教的养料而发展成一种简单的民间唱书，俗称落地唱书。20 世纪初，落地唱书嬗变为地方小戏，当地俗称小歌班。[1] 嵊县小歌班开始向经济繁荣的杭、嘉、湖地区和上海、杭州等城市发展之时，演唱也由对农村日常生活的简单描绘扩展至包括《珍珠塔》、《何文秀》、《碧玉簪》等情节复杂的大戏和连台本戏。嵊县戏因音乐简单，伴唱主要以鼓板打击为节奏，上海人称之为"的笃班"。20 世纪二三十年代中，常年有几副"的笃班"在上海的大世界和新世界游乐场以及茶园、小戏馆中演出。延续晚清的传统，开初的这几副戏班都是男班。[2] 随后，渐渐地也有了女班和男女混演、男女合演的多种形式。[3] 到了 30 年代中叶，来自嵊县的女孩子们以她们清新的表演在杭州、宁波、上海等地打出了一片市场，并且在浙江城镇乡村遍地开花，女班逐渐取代男班成为越剧的主流。[4] 在上海，八一三淞沪抗战失利上海沦为孤岛后，就不再看到男班的演出了，孤岛上海全部成了女班的天下。女班于是以"女子越剧"或"越剧"的名称风行上海滩。这时候，女班不但彻底代替了男班，而且完全盖过了长期在上海演出的绍兴大班而成为"越剧"的唯一代表。上海沦陷前后，越剧的观众更是超过了京剧而成为上海观众最多的剧种，连土生土长的沪剧都无法望其项背。越剧从此风行上海整整半个世纪。在五六十年代时，以电影《梁山伯

与祝英台》、《红楼梦》、《追鱼》等风靡全国,并且多次代表国家赴欧、亚友好国家和地区访问演出,被诩为江南文化的结晶、中华艺术的代表。这样一个年轻而又出身低微的地方小戏,居然能在短短的几十年中脱颖而出,与京剧这一有着一百多年历史的剧种分享中华戏剧艺术的代表这项桂冠。更令人惊诧的是,与京剧四大名旦[5]的艺术相映成彰的是女子越剧中全部角色均为女子扮演的特色。[6]

女子越剧为什么在民国上海生根开花?在中华大地众多的地方戏中,这唯一的女戏何以能够独领风骚?女子越剧这一现象又有什么样的文化史上的意义呢?本文首先围绕"传奇"这一概念来探索越剧及其女性化戏剧的一些特点,然后通过女子越剧在上海的兴起考察民国时期上海社会、文化发展中的女性化和移民政治这两大特征。

一　中国戏曲史中的传奇与越剧

王国维在他的《宋元戏曲考》一书中对元杂剧推崇备至,认为是中国戏曲的高峰;元以后,中国戏曲便无可观。[7]所以他的中国戏剧研究也只做到元杂剧,似乎以下便概无可论的了。浙江的戏曲史家洛地对王国维这一影响深远的看法提出异义,并对中国戏曲史以曲、声腔为主线的传统论法提出批评。他认为戏曲史应以戏剧性的发展为主线,辅以曲、腔、表演来做研究。用这样的方法来做,就应以宋元南戏为中国戏曲之鼻祖,以从南戏发展而来的明清传奇为中国戏曲的经典结构,代表中国戏曲史上的高峰。他指出,元杂剧是以戏附属于曲的一种舞台形式,其好处在曲不在戏。只有明传奇才有完整的戏剧结构,曲是服从于剧情,因剧情而发的。洛地进一步认为,清中叶以后兴起的京剧走的是注重表演技巧的路子,叙事及戏剧性因素在京剧里反而淡化了。倒是越剧,继承了明传奇的传统,是一种新的传奇。[8]这是颇为重要的一种见解,点出了中国近代戏曲的两种形式:即以京剧为代表的强调唱功、做功、武功等表演技巧的美学形式,和以越剧为代表的以言情叙事的技巧为中心的美学追求。

在京剧表演过程中,演员高超的演技可以由自成单元的一段唱腔、一系列的身段或一段武打表现出来。高度程序化的表演技巧使表演者和角色始终保持着距离,也使观众绝不至于就把台上演着徐策、跑着圆场的周信芳真当作了徐策。[9]在京剧表演中,观众的注意力多集中在演员的功夫上面,一个身段、一句拖腔都可以获得满堂彩。京剧剧目以表演技术分类,就可以有"文戏"、"武戏"之分。"文戏"又可分为"唱功戏"和"做功戏","武戏"又可分为"靠把子戏"和"短打戏"等等。京戏的名角不是武功出众,身段漂亮,就是歌喉嘹亮婉转,一个个莫不身揣绝活。

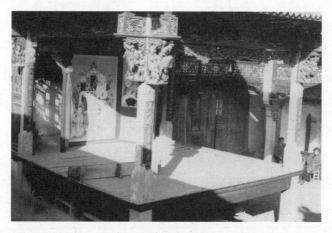

浙江省嵊州市古戏台

越剧的演出十分不同,强调的是整体性。所要求的功夫,尤其是武功和身段,比京剧演员差得多。就说唱功,越剧的唱是用本嗓,嗓音条件好一点就可以博得金嗓子之誉,比京戏容易。越剧演的是传奇戏,其基本结构是生、旦的对手戏,所叙必是男女情爱悲欢离合的故事。观众来看戏多为了一种亚里士多德所谓感情的宣泄,注意的自然不是演员的一招一式,而是演员表演的整体性和真实性。"演什么像什么"往往是对越剧演员最高的赞许。越剧演员的功夫在善于体会角色,演出时能完全进入角色,该哭时就要能泪如雨下,并且使观众跟着一起流泪。而在京剧中,哭是用袖口遮一下眼,泪如雨下则用手在眼睛前面左挥一下、右挥一下来表示的,不用来真格的,观众也不会当真。50年代初,玉兰剧团去朝鲜前线劳军,演出《梁山伯与祝英台》。演到"楼台会"一场,台上梁、祝二人正缠绵悱恻、痛不欲生,一位士兵忽然站起来叫道:"梁山伯,你别死,你和祝英台一起开小差跑呀!"[10]这在京剧演出中是难以想象的。

越剧从一开始就是走的传奇的路子,与其他许多民间的花鼓小戏差不多,演的是文戏。落地唱书和早期小歌班的艺人,大多是农民、鞋匠、货郎等乡下人。农忙种田,农闲唱书,凭的是记性和口才,并无武功。所以到了小歌班时期,假扮起来,也是只能唱文戏,演不得武戏场面的。就是唱文戏,音乐唱腔也很简单,不过是七字句、十字句,唱时用一把胡琴、一块板、一只小鼓伴奏合拍。没有大锣大鼓的喧声,唱词对白可以声声入耳,虽简单,却也清新可喜。

小歌班进入上海以后,为谋发展,吸收了绍兴大班和京戏的程序化的表演技术,也学了一些剧目。男班在这一时期颇受欢迎,演技、剧目也颇为可观。20年代到30年代中期,是男班的黄金时代。与此同时,从20年代就开始实验的全女班,到了30年代,如雨后春笋般在浙江城镇和上海出现。女孩子们演技自然还不如男班艺人,为什么会风行一时? 一般越剧论者多能指出女孩子的扮相俏丽、唱做认真。对比之下男班艺人多有染上恶习而不能认真演戏的,再加之后继乏人的问题。[11] 其实据笔者的调查,当时亦有不少男班艺人是兢兢业业地在演戏。如著名花旦张荣标先生,当时不过二十多岁,演戏十分认真。他的妻子张艳秋亦工花旦,开始时也跟他在同一个戏班,后来搭班到女班去演

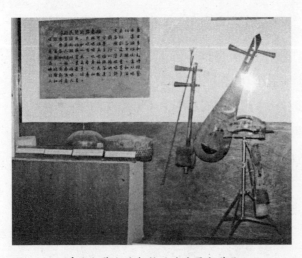

嵊县小歌班时期所用的乐器和道具

出,收入就比在男班搭班时要好。[12]男班到了 30 年代中期以后就渐渐地竞争不过女班了。其中最主要的原因,恐怕还是与越剧为传奇戏有关。

清末地方小戏因受政府律令、习俗和社会偏见的影响,多为男班,这一传统延续到民国初年,才渐渐地有女伶加入。民国时期由民间小戏发展起来的地方戏,走的大多是与嵊县小歌班类似的路子,并从男班逐渐经由男女混演过渡到男女合演。如安徽的黄梅戏,上海的沪剧和淮剧,天津的评剧,台湾的歌仔戏等,都是如此。即使是如京戏和各个地方的梆子、乱弹戏,也逐渐地向着男女合演的方向走。四大名旦以后,乾旦便无太大发展,硕果仅存的也只有张君秋、赵宝琛等几位。[13]在这男女合演、角色性别与演员性别一致成为演艺常规、古典演艺中长期存在的跨性别表演传统逐渐遭到遗弃之时,女子越剧以一台坤伶走了一条独特的路。[14]从观众人数、地区覆盖面、舞台艺术的精致及在国内外的影响等诸方面来看,越剧无疑是中国现代最成功的传奇戏剧种。评剧和歌仔戏也曾分别在天津和台湾风靡一时,评剧素以旦角为台柱,间有当红坤生或女伶反串生角;歌仔戏则常以坤生名角如杨丽花者为号召。后又有黄梅戏的风靡,其坤生或以反串小生著名者如马兰、韩再芬等小深受观众欢迎。这些地方戏都以女伶为台柱,以传奇剧为主要内容,与越剧相似。女伶和传奇戏的关系,由此亦可见一斑。

传奇戏与女伶的相关,也许可以从一个侧面给明清传奇和昆曲在清中叶的衰落提供一些解释。昆曲以儒雅、优美、精致著称,其风行之时大约与传奇同。传奇明初时便有,到嘉靖以后渐趋繁荣。文人的参与其事当然是传奇繁荣的重要原因。不过就传奇的演出来说与昆山腔似有莫大的关系。以昆曲来演传奇,必能丝丝入扣地达到言情之极致。这可能是传奇戏兴盛的一大原因。明清间到康熙中期为止的二百年,是传奇和昆曲繁荣的时期。江南民间演剧的情况,多种多样,女伶亦很普遍,如顾横波、董小宛等,均名噪一时。[15]家班亦很普遍,著名者如阮大铖、张岱的家班。[16]曹雪芹的祖父曹寅曾在江南织造局搬演全本《长生殿》,亲自陪同作者洪升观看演出,连演三天。[17]《红楼梦》中描写了贾府中由十二名女童组成的家班,也许并非虚构。如此,可见当时的女班一定不在少数。

清中叶以后,有所谓"花部"的兴起,各地乱弹、梆子始盛。乾隆时,四大徽班进京而昆曲从此一蹶不振。与此同时,清代反对和压制女伶的风气已成,雍正、乾隆、嘉庆三朝均有明令禁止女班、女伶在京师周围演出。大势所趋,各地女伶亦几归绝迹。昆曲、传奇、女伶的同时衰落,其中的因果关系和社会文化原因还待细细考察方可下结论。然三者间的相关应是毫无疑问的了。

《新闻报》上的越剧广告(1946 年 8 月)

女伶隐而有乾旦盛行于世。著名者如秦腔梆子的魏长生,乾隆年间曾轰动京师。初时京戏乾旦多为相公,邀宠于达官显宦、公子哥儿,其盛况不减前明董小宛、陈圆圆等秦淮名妓。[18]不过,在这以乾旦为中心的初始阶段过去后,成熟时期的京戏是一种以老生、武生为台柱,以高度程序化和技巧化表演,以严格的行当划分为特征的舞台艺术,是一种与传奇戏十分不同的戏曲表演形式。大体说来,从清中叶到民初的一、二百年中,是以京剧(地方上则是梆子、乱弹)和乾伶的组合来上演帝王将相戏的局面,取代了明清之际的才子佳人传奇戏。

值得注意的是,越剧与昆曲传奇因地缘关系而来的某些隔代相传的继承性。首先,这种召集八九岁、十多岁的女孩子学戏并组成戏班,在明清江南就是有先例的。到了 19 世纪末,也是在上海最先出现了所谓的"髦儿班",即由女孩子组成的京戏戏班。越剧女班在 20 世纪 20 年代的出现并非史无前例。更重要的是,越剧在成长过程中,有意识地向昆曲学了不少东西,是越剧向都市化、精致化艺术转型过程中重要的一步。

传奇剧的基本形式是生、旦的对手戏,敷衍的是青年男女之间悲欢离合的情爱故事，兼写世情千种，人心冷暖。明清传奇剧的叙事结构大多不出合—离—合的套路，大团圆是典型的结局。简言之，就是言情的叙事。正如本书"导论"中所指出的，这种言情的叙事是当时包括才子佳人小说、拟话本小说、说书、唱书、戏曲等各种艺文形式所共享的主题，形成一个以传奇构成的大众艺文的共生形态。这种因舞台与文本的互串而构成的通俗言情艺文的共生结构在现代工业化、都市化进程中的民国上海呈现了新一轮的发展。[19]

戏曲方面，承晚清遗续，民初上海仍以京剧为大宗，占据着当时最大的戏园子。演传奇的评弹、说书、滩簧、的笃班则活跃于茶园、茶馆、旅馆、小戏馆、百货公司附设的游艺场，以及大世界、新世界等游艺场中。其中以评弹最受欢迎。在演剧方面，因清代地方戏多为梆子、乱弹系统，民间的花鼓小戏多简陋鄙俗而无可观，民国以后，因时代风气所至，才开始向传奇一路大戏发展。成长得最早最快的大约要算评剧了。30 年代，评剧名角白玉霜等曾先后到上海献艺，居然轰动，把京剧的观众都抢了过去。可见传奇剧的市场之一斑。也正是在这种情形之下，稚嫩的女子嵊县戏打入了上海的

（摄于1959年）

传奇市场，并在传奇文学的滋养下迅速成长起来。与越剧差不多同时成长起来的，有沪剧，走的是同样的路子，亦大受欢迎，惟市面排场不如越剧而已。[20]

1938 年初，上海沦为孤岛后，女子越剧在上海遍地开花，"女子越剧"或"越剧"的名称也通行起来。以女子嵊县戏而冠之以"越剧"，是承认其为来自越国这个百戏之乡的第一大剧种之事实。虽然如此，要使这个嵊县的乡下戏在上海这个大都市站住脚，还须得经过一番从草台戏到剧场艺术的脱胎换骨

的改造。从 1938 年起到 40 年代中期，是越剧向剧场艺术转型的关键时期。如果 30 年代的女班是自然而然地走上了传奇戏这一条路，那么，40 年代的越剧女伶们就已经是自觉地在做越剧的改良了。她们选择了向昆曲和话剧学习，这也就是女子越剧奠基者之一的袁雪芬所称的"越剧的两个奶娘"。[21]

越剧女伶们的明智在当时并非如后来那样显而易见。昆曲在当时已经是完全退出了上海的舞台，就连硕果仅存的"传字班"也已解散。昆曲濒临灭亡，而京剧仍是十分兴盛，占着上海最好的戏院，还顶着"国剧"的王冠。可是越剧女伶们偏偏看中了昆曲的身段，专门请了"传字班"的郑传鉴来教授昆曲身段，设计舞蹈。昆曲的身段，从今天可以看到的昆曲表演来看，与京剧身段有所不同。昆曲中的歌舞、身段是为配合故事情节发展、人物抒情之需要而设计。言情则不能不美，所以昆曲的身段舞蹈十分优美细腻。越剧中某些十分优美的载歌载舞的段子，确是得自昆曲之真传。比如傅全香的《情探·行路》一节，边歌边舞，把敫桂英彼时彼刻的复杂心情酣畅饱满地表演出来。其中一些身段虽然是傅全香直接从川剧学来的，昆曲身段的底子也是显而易见的。[22]

尹桂芳与竺水招（左）在《浪荡子》中（1947 年）

如果说昆曲给越剧小妹妹灌注了中国传统戏曲的养料，那么，话剧就给了这位乡下姑娘现代的戏剧思想。话剧完全是西方的演艺形式，由新文艺家搬来中国。中国话剧追随当时流行的斯坦尼斯拉夫斯基的现实主义表演体系，讲究演员如何进入角色，表演如何要逼真。[23]演员在台上，要全神贯注于自己所演人物，要忘掉自己是在演戏。一句话，假戏真做。或者用德国戏曲理论家布莱希特的话来说，一道无形的墙，"第四堵墙"，把舞台与观众隔开；演员完全沉浸在舞台的世界中、与角色融为一体。这样的表演，也使观众身历其境，进入忘我的境界，通过入戏而得到精神的净化和升华。[24]这种表演观念，确实适合于用来演传奇戏。[25]言情讲究的不就是让观者动情吗？

另一项脱离草台戏的关键性改革，是建立正式的编导制。草台戏演的多是路头戏，也称幕表戏。即由一个说戏师傅把故事讲一遍，分派好角色，台上的唱词表演大多由演员到时候即兴发挥。这样的演法当然很难深入体会剧中人的内心世界，难有准确贴切的表演，更不用说还常会演得牛头不对马嘴，闹出笑话来。编导制的建立，讲究定腔定词，极大地提高了演出戏剧结构的完整性，是传奇戏发展所必须的要素。更重要的是，编导制的建立在体制上确认了文人直接参与越剧传奇的制作，亦是增强越剧的文学性，提高越剧的艺术品位必走的一步。40年代的改革，使越剧在上海站稳了脚跟，并为后来向精致艺术发展打下了基础。[26]

二　上海女性消费市场的形成和越剧

然而，越剧在上海兴起的另一个重要条件是女性文化消费市场的形成。从前的民间演剧，都是没有政府做经济后援的，艺人谋生全靠观众。一般戏曲史家对这一点都是承认的，但是能从观众的角度来谈戏曲，或以戏曲的特色来分析观众的社会文化意识的，却很少见。越剧给我们提供的既是一个机会，又是一个挑战。让我引梅兰芳的一段话来开始这一节的讨论：

> 从前的北京，不但禁演夜戏，还不让女人出来听戏。社会上的风气，认为男女混杂，是有伤风化的。仿佛戏是专唱给男人听的，女人就没有权利来享受这种正当的娱乐。这真实封建时代的顽固脑筋。民国以后，大批女看客拥进了戏馆，就引起了整个戏剧界急遽的变化。过去

是老生武生占着优势，因为男看客听戏的经验，已经有他的悠久的历史，对于老生武生的艺术，很普遍地能够加以批判和欣赏。女看客是刚刚开始看戏，自然比较外行，无非来看个热闹，那就一定先要捡漂亮的看。……所以旦的一行，就成了她们爱看的对象。不到几年功夫，青衣拥有了大量的观众，一跃而居于戏剧界里差不离是领导的地位，后来参加的这一大批新观众，也有一点促成的力量的。[27]

这是说民国初年风气大开，女观众拥进戏院促成了京剧旦角的领导地位。虽然说的是北京京剧的情形，然女观众群的出现与旦角地位上升的正比关系却在相当程度上反映了民国时期的一个普遍现象。在有男演女传统的京剧中，以梅兰芳、程砚秋、尚小云、荀慧生四大名旦为代表的旦角艺术曾使原来的台柱行当老生和武生一度黯然失色。在河北梆子中，女演员和旦角的兴起曾使气息奄奄的河北梆子一度恢复了活力。在新兴的评剧中，女演员和旦角规范了评剧的艺术风格。在书场里，无论是北方的京韵大鼓，还是南方的评弹，女说书分享了男书家的书坛而别具一格。当然，这些都是一种地道的都市文化现象。如果说在京剧和河北梆子等古老剧种中，旦角和女演员的上升是因了都市女观众群的出现，那么评剧和越剧这两大现代剧种就更是由天津、上海这两大现代化都市中女观众群培育之下盛开的两朵姣妍之花了。

袁雪芬在《西厢记》中饰演崔莺莺

最新颖别致的却仍然要数在上海生根开花的女子越剧了。越剧素以柔媚华丽、流畅婉约著称，被誉为江南山水、文化的代表，而与京剧夸张的高度程式化的表演风格成一鲜明对比。民初至国民政府时期的上海演剧界稍承清末遗风，京剧老大盛行不衰，更有京剧革新及所谓"海派"京剧流行。而上海这一大都市又确有容纳各种地方剧的空间：绍兴大班、甬剧、婺剧、嵊县的笃戏（越剧的前身）、扬剧、淮剧、评剧等都来上海献艺，再加上本地的滩簧（沪剧的前身）、苏州评弹，真所谓百戏纷呈。而越剧以一农村小戏独能在这种竞争中以全女班的形式脱颖而出，在孤岛和沦陷时期成为与京剧势力相当而观众总数超过京剧的海上第一大剧种，这不能不说是女子越剧对上海女市民的巨大吸引力所致。

20世纪中叶的上海，越剧的观众以女性为主。尽管男性观众的比例占据了几近一半，但恰恰是那些新加入的女戏迷构成了越剧最为热心的观众、戏迷和捧客，为越剧带来了活力，使其成为20世纪上海一个最为流行的大众文化现象。中国的女性在进入民国以后才获得了出入于公众场所和参与商业娱乐活动的权利。对于她们来说，看戏是一种城市生活的重要体验。除了对于言情剧的强烈偏爱之外，女性喜欢去戏院看越剧还因了许多社会生活方面的需要，因了外出看戏可以扩大她们的视野，使她们有机会触摸到各种城市生活的体验。在前往看戏的途中，乘坐电车、黄包车或是私家汽车，走过鳞次栉比的高楼之间砖砌人行道上熙熙攘攘的人群，穿行于琳琅满目的城市街景之中，这本身就是一种令人兴奋的体验。看戏与在繁华的商业区逛商店和浏览橱窗一样，是城市女性的一种休闲，是她们摆脱日常生活琐碎事物或消磨无聊时光的一个方式。再者，当女性们成群搭伴地去看戏时，也为她们提供了一个极好的社交机会。剧情、剧本和剧中的女主角为她们聊天提供了极好的话题，而与越剧明星的亲热关系和对越剧界绯闻趣事的知晓也可以是在同伴面前炫耀的本钱。同时，女性也可以通过观赏丰富多彩的戏目获得许多有关时事潮流的信息。越剧舞台演出的内容包罗万象，不仅包括当时的社会轰动题材如《蒋老五殉情记》（1940年），爱国主义的《花木兰》（1939年），讲述边远地区人们生活的《边城女儿》（1943年），甚至还包括异族风情题材《沙漠王子》（1947年），以及有关著名历史人物的《石达开》、《葛嫩娘》等。一些年轻的戏迷们组成了戏迷俱乐部，开展各种联谊活动，还组织排练业余演出，通过这些活动锻炼她们的组织能力和社交技巧。对于中上层那些有钱人家的主妇来说，花钱捧角是当众展示她们的身份和经济实力的一种方式。简而言之，看戏为女性提供了接触外面世界的机会，帮助她们摆脱家庭和工厂的束缚,甚至赋予了她们在自己生于其中难以改变的阶级和性别位置之外建立独立的社会认同的可能。

女子越剧的主要观众群来自上海的女市民,问题是什么样的女市民欣赏和支持了越剧呢?下面我们来作一个简略的社会学的分析。民国时期的上海女市民若以工作性质来分,大约有家庭主妇和在家庭以外工作谋生这两大类。若以社会阶层来分,问题便稍稍复杂一些,可大致分为:一、包括工厂女工、女佣、靠洗刷缝补等零活为生的下层劳动女性;二、包括演员、伴舞女郎、歌女、妓女等从事娱乐行当的女性,她们的社会地位也是极为低下的;三、包括女商人、女裁缝等小手工业者、小业主在内的做生意的妇女;四、有产阶级和白领中产阶级家庭的家庭主妇和女学生;五、包括教师、会计、办公室小姐、护士、医生、律师等在内的新型职业妇女。在当时的上海,受过中学教育的女子已经不在少数,并已形成一个受过高等教育或读过职业学校的职业妇女人群。

清末民初上海的名妓玩票成风,但到20世纪三四十年代时,清末遗留下来的名妓制度因社会文化结构的转型而式微,一般妓女并无捧角玩票所需要的经济实力,捧角玩票成了中上层家庭妇女的特权,一般女观众构成了越剧的主要支持力量。女工、女佣是越剧的忠实观众,虽然她们因经济条件的低下和工作的辛苦很难做越剧演出的常客,经常只能通过收音机欣赏她们喜爱的曲目,但她们人数庞大,时不时也会花上几角钱去换一张后排的座票,来欣赏自己喜爱的演员和剧目。她们是越剧基本观众的一部分。女商人和女业主人数虽不算太多,但却有一定的财力、技术和社会关系,因而形成支持越剧的重要社会力量。

李艳芳在《魂断蓝桥》中饰演罗伊(1941年)

总体来说,中产阶层的女性是越剧的主要观众,但其中中下层家庭和中上层家庭之间的区别也是颇为明显的。民国时期,上海的中低阶层主要包括两大群体,自雇小业主和小店主以及白领职员。自雇小业主是城市经济结构的传统特色,他们的数量相当大。例如,成容的父亲就是这样一名商人,他的收入虽不算宽裕,但足以承担成容的中学教育。成容考入师范学院(等同于高中)之后,就享受到政府的生活补贴并减免学费,减轻了家庭的经济压力。[28]对于那些来自中低阶层家庭的女性来说,去剧院看越剧可能需要一些特别的努力。宁波商人张行周告诉我说,上海的大部分宁波移民过着节俭的生活。尽管女性通常并不在外面做工,她们在家里也有许多家务要做——打扫卫生、洗熨、照管孩子、买菜做饭,有时还经营一点家庭副业。[29]宁波移民家庭一般不喜欢家里的女人外出花钱。事实上,宁波人是出了名的节俭。张告诉我说,那些经常看越剧的人,通常是既有钱又有闲的人。他指的是中上层家庭的女性。[30]

　　女子越剧的最大社会基础是上海有产阶级和中产阶级的家庭主妇们。她们的丈夫或者是经营银行、洋行的成功者,或者是新型技术白领阶层中的一员,这些人在民国时期开始构成上海的中、上层商业和管理阶层。与这一新的社会权力分层同时产生的,是一个有钱、有闲的中、上层家庭主妇阶层。美国加州大学伯克利分校的学者叶文心曾描述了上海中国银行新型白领职员紧张而有序的日常生活。[31]而我的问题是:他们的妻子是怎么生活的?她们既不用外出工作,家务又必有佣人帮忙;当时的上海虽说洋化,但如美国中产阶级家庭主妇投身于社会慈善事业之类的事也还没有成风。那么,安排家务、照顾丈夫孩子之余,这些太太们又是如何打发时间的呢? 有些什么样的社会活动呢? 有些什么消遣呢? 看戏、捧角、玩票无疑是她们一种重要的消遣和社交方式。

　　加州大学戴维斯分校的学者曼素恩曾写文章讨论上海宁波帮的“主妇居家崇拜”(the cult of domesticity)。宁波人以女人外出工作为有失身份的事,而因为中国没有如欧美那样的基督教会组织为家庭主妇提供一个社会活动的场所,宁波的家庭主妇们对外部世界的影响似乎只有通过她们作为妻子和母亲的角色来实现。[32]事实上,这些家庭主妇们的捧角玩票除了作为消遣和社交之外,正是她们对外部世界施加影响的一个途径。她们作为重要的主顾进入大众文化的消费市场,以自己的口味参与塑造了女子越剧的艺术风格,并将她们所喜爱的剧种推到了上海都市大众演艺文化的前台。

最后,在40年代末期,中产阶级家庭的女儿们成长起来,形成了新一代的越剧戏迷群体。她们是女中学生、女大学生,一些职业女性和中产阶层家庭的年轻主妇。这些人都在现代学校体系中受过良好的教育,接受过民国时期的男女平等、爱国主义和现代性的思想。正如本书《性别、娱乐与战争:战时上海的越剧》一文中所指出,民国时期女子教育在上海有相当的普及,到抗战时期和战后国共内战时期,中产阶层的女孩普遍都受到了中等学校教育,不少已经获得了大学教育。这新一代戏迷的加入进一步提高了越剧的社会地位,也给了越剧继续改良的动力。越剧的第一位女编剧成容和第一位电台播音员陈疏莲都毕业于师范学校,在加入袁雪芬领衔的雪声剧团之前,都在小学教书。滕家振和她的丈夫宋之由,都是会计且毕业于东吴大学,是越剧的热心支持者。在40年代末和整个50年代,滕家振总是在夜场演出后邀请演员们到家里吃夜宵,平时还教她们读书学文化,被女演员们尊称为老师。作为一名职业女性,滕家振在接受访问时强调,她不是旧式的过房娘,也不是狂热的越剧迷,她只是希望帮助那些女演员。[33]因为大、中学的男女学生都佩戴着三角形的学生徽章,经常去看越剧,成为所谓的"三角牌观众"。他们是新越剧的骄傲,因为他们以自己的青春为越剧注入了勃勃生机。

越剧票房也即戏迷俱乐部的活动始于40年代初,到中、后期稍显成熟,是新一代观众自我表达的一种方式。戏迷们经常在小报上、戏迷杂志和聚会中公开地争论和相互批评,常常就做什么事、如何做事争论不休,难以一致。一些戏迷也承认票房的事情很难办,人各一套,谁也不听谁的,事情办不成,感觉很是受挫。同时,参与者从与同伴们的相处中获得了巨大的乐趣,并且学习着如何施展自己的控制力和影响力。尽管这些戏迷票房看起来没有能够如其会员所期望的那样轰轰烈烈地办成几件像样的事情,却仍然提供了一个社会空间,在其中年轻的女性观众可以通过票房的活动认识和发展自我,学习社交技能,提高组织能力,构建志同道合者的社会共同体。

　　一个特别有趣的现象是年轻女性试图将越剧票房据为自己的领地,对男性挂出免入牌的举动。女性对越剧票房的垄断企图不仅表明了女性对于越剧的热情,也透露出女性对于拥有一个自己的社会空间的渴望,在其中她们可以就票房事务自由表达意见、自主决策。毕竟,中国女性堂堂正正地进入社会领域不久,需要一个不受男性权力干扰、甚或完全没有男性参与的纯粹女性的空间来进行操练,积累社会活动的经验,而越剧的戏迷票房又何尝不是越剧女性们为自己开辟的这样一个社会空间呢?[34]一位名叫徐芳凤的女性,以《越剧报》记者的身份采访了越剧当红女小生范瑞娟票房"娟社"的负责人董倩,引了董倩的话称:

　　　　娟社现有社员一百二十位,工作者十四位,虽不多但她们都尽力工作,所以也不觉少。看戏是分散的,各看各的;开会则有事则开。讲到余兴,大家都建议我发起越剧票房,因大家都喜欢哼唱几句的。然而票房之事非易,越迷中五分钟热度的不少。且如组织票房,则因不分彼此。沪上平剧尚有票房,何况越剧乃地方魁首。正在写一个以范小姐为主角的剧本,暂名"秋月孤影"。不过写给自己瞎看看。[35]

　　董倩显然受过良好的教育,年轻,单身,出生于小康家庭,是20世纪中叶上海的中上阶层中新生代女戏迷的典型代表。

　　综上所述,剧院中看越剧、戏台下捧名角的家庭主妇和她们的女儿们既是越剧的衣食父母,从各方面支持了女子越剧,她们的好恶口味也一定对女子越剧的内容和艺术风格有很大影响。上海女性作为越剧的主要观众群,帮助界定了女子越剧传奇剧以言情为基调的风格,对于越剧的昌盛起了决定性的作用。

三　地方戏与都市移民潮

　　移民是上海作为现代大都市形成过程中的一个重要方面。上海的历史虽说可以追溯到元代时期上海建县,作为国际性大都会的上海在民国时期仍然是一个年轻的、迅速成长中的城市。移民,是促成上海超速成长的原因之一。到 20 世纪 50 年代为止,上海的人口主要由来自江浙两省、广东和本地人构成。上海的移民主要包括以下几种:经济移民、文化移民(作家、文艺家或去上海读书的)、政治移民(避入租界的革命分子或前清的遗老遗少)和战争难民。大规模的移民给上海带来了多种乡土的语言、文化和生活方式。在多种乡土文化的撞击融汇中,上海变成一个充满青春活力、多姿多彩、新潮迭起的城市。

成长中的上海不断地以新移民来充实自己,新移民也以各自的乡土文化来创造和规范上海,塑造上海的性格。文化上的竞争不仅是各个移民集团之间权利斗争的反映,它本身就是一种权利之争。而越剧在上海的繁荣可以说是与浙江人,特别是宁波绍兴人在上海的崛起分不开的。美国俄勒冈大学学者顾德曼教授有关上海同乡会馆的研究表明,宁绍帮在上海的势力在 30 年代中期以后急速上升,超过了广东帮而成为上海钱庄业最有势力的移民集团。[36]女子越剧在 1938 年以后的突然繁荣在很大程度上可以归因于宁绍帮势力的上升。曼素恩的研究表明,宁绍人虽以所谓的"钱庄帮"著称,实际上什么行业的都有。上至银行家、政治家、教授、报人,下至普通工人,都有浙江宁绍人,并往往在同行业中占据比较好的位置。来自经济发达地区的宁绍移民与苏南移民一起构成上海新型商业阶级的一大部,而社会上的贱业则多由来自相对贫困地区的苏北移民承担,因此上海的社会阶层的分野在相当程度上与移民集团的分野重合。[37]由此而形成的移民的等级甚至在同一社会阶层中都不可避免地有所反映。韩启谰的研究表明,同为纱厂女工,苏南移民就占了比苏北移民较好的位置:苏南女工的工作往往比较有技术,细致,劳动强度低,而工资高。[38]宁绍移民优越的经济地位自然会有一部分反映到越剧较高的票房价值上去,而苏北移民和本地人经济上的弱势也势必降低淮剧和沪剧的票房价值。

同理,江浙移民的优势社会地位自然抬高了她们的文化和生活习惯的社会品位。江浙人的文化霸权在形成上海通行语的过程中表现得最为明显。现在所谓的"上海话"，与近代上海的本地方言不同，是以苏州话和宁波话为主形成的。所谓的"上海话"，岂止是江浙势力的体现，其本身简直就是权力。操一口标准的"上海话"表示着一个人的身份；相反，仅凭一口苏北口音或本地口音的"上海话"，就可以断送一个人攀登社会等级之阶梯的野心。

"上海话"权力深入大众文化领域，规定着口味的等级。以地方戏剧种来说，使用苏北话的淮剧在大众文化的话语中被贬为下品，而使用浙江官话的越剧则以所谓"吴侬软语"之"美"做了大众文化的女王。社会的权力结构规定了品味的等级，后者又反过来规范着个人的身份。说哪一种方言，进哪一个戏馆，可以决定个人社会地位的高下。苏北来的下层女工去看淮剧，本地的小市民看沪剧、滑稽戏，江浙的家庭主妇捧的是越剧。移民的等级，社会的等级，文化品味的等级就是这样地相互规范而构成一个复杂的权力系统的。越剧素以华美著称，这不仅是一个美学的阶级性、地域性问题，也是一个实实在在的经济和技术资源问题。如果说宁绍籍的主妇们喜欢华美，那也是因为她们有这个经济实力；越剧服装之精美和舞台之华丽是宁绍籍主妇、商人、裁缝为之费心经营的结果。[39]

宁绍移民的支持，对于越剧 30 年代末 40 年代初在上海超越京、沪剧，确立其地位起到了关键作用。孤岛时期的上海租界吸纳了大量来自邻近地区的战争难民，使租界人口达到 500 多万。[40] 越剧、沪剧、淮剧等地方戏随着移民的涌入变得繁荣，而宁绍移民的优越地位帮助新兴的女子越剧后来居上，迅速走红。宁绍文人为越剧写新剧本，出刊物，为越剧红伶出专集；宁绍生意人和他们的妻子则为自己钟爱的明星购置昂贵的戏服道具，忠实的戏迷观众一遍遍地去剧院看自己喜爱的演员和戏目，支持了越剧的票房价值。证据表明 1939 年越剧戏票的价格是地方戏中最贵的。一张越剧戏票售五毛五，淮剧只售一毛；在游乐场里演出的沪剧最好的位置票仅售两毛，越剧则还要另加四毛。越剧之所以更贵，是因为其观众比淮剧和沪剧的观众收入水平更高，越剧的演出场子也更好。如前所述，尤其重要的是支持越剧的既有钱又有闲的中、上层家庭主妇和女孩子们大多是宁绍移民。上海土产的中产阶级数量相对较少,而来自苏北的中产人士则更为稀少。总之,庞大的宁绍中产阶级女性核心观众群把宁绍帮雄厚的财力源源不断地输送给越剧,为越剧提供了强大的经济后盾。

优越的经济环境,使越剧能够投资制作更好的舞台作品,更好的舞台作品又吸引了更多的观众。仅仅数年之后,越剧就超越京剧成为了城市中最受欢迎的剧种,吸引了跨地域、跨性别、跨阶级的都市观众。1941年的一位观察者指出:"(上海人看越剧的)除绍兴人外,各地方人都要看。"[41]《绍兴戏报》在1941年的一个数据显示了相同的情况:"战前绍兴文戏的观众,绍兴人占七成,宁波人占三成;战后开始绍兴人占四成,宁波人占三成,外地人占三成;到当年(1941)外地人已占六成。"[42]尽管很难确证以上引用的数字,但是越剧的观众群在非浙江籍市民中迅速增长这一事实,应该是不会错的。另外的证据也显示了越剧开始引起主流文化的关注。从1939年开始,《申报》开始刊登题为《越剧二十种》介绍越剧剧目的专题系列,1940年又刊登了一篇介绍越剧女伶袁雪芬的报道,而1941年5月3日的《申报》第一次刊登了戏剧评论人陈熙关于越剧的一篇剧评。[43]

霸权就是普遍性。越剧的观众虽以宁绍人为始,却不以宁绍人为终,而是涵盖了在上海的苏南人、苏北人、本地人,甚至北方人和广东人。越剧的风格虽以宁绍家庭主妇的品味为始,却不以此为终,而是发展出一种具有普遍性的美学风格,为各个阶层的观众所喜爱。正如宁波方言成为现代上海话的基础,越剧成了现代上海大众演艺文化的典范。对外,越剧代表了上海,甚至江南大众文化的最高水准,界定了上海、江南文化的特色;对内,越剧象征着江浙人,尤其是宁绍人在上海新兴的权力结构中的实力地位。至此,我在前面提出的问题可以有一个肯定的答案了:当宁绍帮中上层商业阶级悄悄地开创着一种新的经济权力结构的时候,他们的妻子和女儿却在看戏、捧角、玩票的消遣中有声有色地构筑越文化在上海大众文化中的霸权地位。越剧的成功,难道不是所谓的宁绍帮势力的成功!越剧的显赫,又何尝不是浙人势力的最有效的广告!

四　结　语

综上所述,越剧一开始走的就是传奇戏的路子,到了30年代几部骨子老戏已经形成,如《碧玉簪》、《珍珠塔》、《双珠凤》、《三看御妹》、《孟丽君》、《沉香扇》、《玉蜻蜓》等。其剧情差不多都是"私订终身后花园,落难公子中状元"这样的俗套。传奇戏以才子佳人的言情戏为正宗。言情戏以男子来做大约总不如女子演来自然亲切、情意盎然吧。尤其是以水灵灵的少女们来扮演公子小姐、才子佳人的儿女情长,自有其为男伶所不及的清新可爱之处。正因如此,当嵊县戏男班在进入上海后受到京戏的影响,倾向于程序化表演路子的同时,[44] 女班的兴起使越剧自然而然地顺着传奇的路子走了下去。而这正是越剧的生路所在、前途所在,也是越剧在与其他走传奇路子的地方小戏的竞争中能够出奇制胜的关键所在。如此看来,女子越剧在1938年完全取代了男班的异军突起,到40年代的全面成功完全不是意外之事,反倒是"千呼万唤始出来",是上海这个现代化进程中的大都市土壤上开放的一朵传奇奇葩。越剧虽然因此而得了这专演才子佳人戏的名声而为知识阶层和一般有身份的社会人士所看不起,然而,也正是这才子佳人大团圆的"俗套",使上海的小市民为之倾倒、百看不厌。[45] 贬者因其俗而贬之,爱者因其俗而爱之。越剧和她的俗自有其深厚的大众文化、性别文化和地域文化的渊源。

［1］　越剧在不同历史发展时期,曾被称为小歌班、的笃班、绍兴戏班、髦儿小歌班、绍剧、嵊剧,民国14年(1925年)9月17日上海《申报》演出广告首次以"越剧"称此剧种。见卢时俊、高义龙主编:《上海越剧志》,北京:中国戏剧出版社,1997年,第1页。

［2］　越剧于1906年诞生后,经过十多年发展,虽然在整个浙江越剧男班已经发展到了有几十副之多,但常年在上海演出的只有几副戏班。其大致情形是:1919年有二副男班进入上海,一副以卫梅朵、费春棠为首,另一副以琴素娥、紫金香、白玉梅、沈

椿芳、王京春为首。1921年2月11日男班在上海形成三班竞演局面，一副以卫梅朵、马阿顺、张云表为首，一副以王永春、白玉梅为首，另一副以紫金香、支维永、筱金钟为首。同年9月16日，以费春棠、岩焕亭为首的一副男班也进入上海。两个月后的11月23日，以张芝帆、谢凤仙为首的一副男班，以及以马潮水、王永春、白玉梅为首的一副男班，和以童镇楚(童正初)、刘锡霖、张子和为首的男班，相继在上海登台演出。此后近十年间，这几副男班在上海的票房成绩此消彼长，不同戏班的台柱演员经常重新组成新的戏班，争相献艺于上海舞台。然而男班在30年代初期却很快衰落了，到了1935年仅剩下白玉梅等少数演员还在上海支撑着男班的局面。见卢时俊、高义龙主编：《上海越剧志》，1997年，第7—11页。

[3] "全女班"指男女角色均由女演员扮演，"男女混演"指男女演员同台演出，但女演员可以工生行，饰演男角，男演员也可以工旦行，饰演女角。以上两种形式中，都有跨性别表演。而"男女合演"则指男性角色由男演员扮演，女性角色由女演员扮演。

[4] 第一个女班是1923年的施家岙女班，由在上海经商的嵊县商人王金水在其家乡嵊县施家岙招收本村及邻村的女孩子组成女子科班，三年学徒期满后转为戏班，演出于上海通商舞台。然20年代女班继起者不多，直到1929年世界性经济危机导致江南蚕桑业萧条，嵊县女孩子在施家岙女班的影响下，为谋生路纷纷加入科班学戏。1929年第二个女子科班"新新凤舞台"在嵊县黄泽开科，1930年"群英凤舞台"在后山开科。此后从1930年到1934年，仅仅在黄泽就出现了13个女子科班，后山有11个。在整个嵊县，从1930年到1937年主要的科班至少有40个，小的科班更是不计其数。随着嵊县女子科班在江南地区的流动演出，女子科班也大量出现在浙东的其他县里，包括新昌、新登、临安、绍兴、三门、余姚和龙游等地。一时间涌现了姚水娟、李艳芳、商芳臣、袁雪芬、傅全香、徐玉兰等著名越剧女演员。当这些女班辗转于江南乡村城镇的广大娱乐市场，历经数年磨炼，于1938年初进入上海娱乐市场后，便势不可挡，当年有12个女班进入上海，1939年在沪女班有20多个，1941年增至36个。与女班在上海娱乐市场的迅速繁荣形成巨大反差的是，男班的演出每况愈下，演出场所不断减少，直至最后沪上所有的越剧场子都成为女班的一统天下。见嵊县文化局：《早期越剧发展史》，浙江人民出版社，1982年，第88页；高义龙：《越剧史话》，上海文艺出版社，1991年，第51—52页；卢时俊、高义龙：《上海越剧志》，中国戏剧出版社，1997年，第2页。

[5] 由于清代禁止女子演戏，京剧因而形成了由乾伶扮演女角的传统，不过最初京剧旦行的表演并不比生行表演更受欢迎。但是1919年"五四"新文化运动之后，京剧舞台上生行、旦行的位置逐渐颠倒，由生行为主转而为生、旦并重再到旦行为主。之后，最受欢迎的京剧演员便是以男子之身扮演女性角色的梅兰芳、程砚秋、尚小云、荀慧生等人，即通常所说的"四大名旦"。随着旦行上升为京剧舞台的主角，四大名旦的表演艺术成为京剧表演艺术之代表。

[6] 早期越剧均为男班表演，1920年代仍以男班为主。到1930年代女子科班兴盛，全

女班表演逐渐大受欢迎,为区别于越剧男班而有"女子越剧"之称。40 年代以后女班大盛,男班消失,越剧演出无需冠以"女子"二字,观众亦知其所有角色均由女演员扮演。于是,以坤旦、女小生为号召,越剧遂形成了清一色由女子扮演各类角色的特色。

[7] 王国维:《宋元戏曲史》,上海古籍出版社,1998 年。

[8] 洛地:《戏曲与浙江》,浙江人民出版社,1991 年。

[9] 指京剧大师周信芳的著名唱段《徐策跑城》,该唱段为《全部薛家将》中的一折。《全部薛家将》为连台本戏,全剧包括《闹花灯》、《打太庙》、《阳和摘印》、《法场换子》、《举鼎观画》、《韩山招亲》、《徐策跑城》等,其中的各个唱段经常被当作折子戏单独表演。

[10] 赵孝思:《徐玉兰传》,上海文艺出版社,1995 年,第 174 页。

[11] 见卢时俊、高义龙主编:《上海越剧志》,中国戏剧出版社,1997 年,第 7—11 页。

[12] 张荣标、张艳秋访谈,1995 年。

[13] 1949 年以后,政府所进行的戏改工作,将京剧乾旦视为封建陋习而加以革除,艺术大师梅兰芳的儿子梅葆玖,可能是唯一由政府特许的例外。由于梅兰芳作为四大名旦之首,他的表演艺术已经上升为国粹,因此对于他决定将毕生绝艺传授给儿子梅葆玖的愿望,政府特别地给予了关注、尊重和支持。

[14] 1949 年以后,政府号召越剧实行男女合演,但是男小生总不及女小生具有号召力,故而至今全女班表演仍是越剧之正宗。

[15] 据《板桥杂记》载,顾横波能诗善画且精音律,时人推为南曲第一,尝反串小生与董小宛合演《西楼记》、《教子》。[清]余怀著、李金堂校注:《板桥杂记:外一种》,上海古籍出版社,2000 年。

[16] 关于阮大铖的家班,张岱《陶庵梦忆》卷八"阮圆海戏"载:"余在其(阮大铖)家看《十错认》、《摩尼珠》、《燕子笺》三剧,其串架斗笋、插科打诨、意色眼目,主人细细与之讲明。知其义味,知其指归,故咬嚼吞吐,寻味不尽。"即谓阮大铖不仅拥有家班,还亲为家班写戏,并不辞辛苦给伶人说戏。关于张岱的家班,其本人《陶庵梦忆》卷七《冰山记》载:"魏珰当败,好事者作传奇十数本,多失实,余为删改之,仍名《冰山记》……是秋,携之至兖,为大人寿。一日,宴守道刘半舫,半舫曰:'此剧已十得八九,惜不及内操菊宴,及逼灵犀与囊收数事耳。'余闻之,是夜席散,余填词,督小厮强记之。次日,至道署搬演,已增入七出,如道舫言。半舫大骇异,知余所构,遂诣大人,与余定交。"

[17] 金埴的《巾箱说》载:"时(康熙四十三年)督造曹公子清寅,亦即迎致于白门。曹公素有诗才,明声律,乃集江南北名士为高会。独让昉思居上座,置《长生殿》本于其席,又自置一本于席。每优人演出一折,公与昉思雠对其本,以合节奏,凡三昼夜始阕。"

[18] 《侧帽余谭》载:"雏伶本曰'像姑',言其貌似好女子也。今讹为'相公'。"乾旦而有

"像姑"或"相公"之谓,言其艺之外兼以色相存身梨园也。因清代严厉禁止嫖妓,达官显宦、富豪名流便剑走偏锋,转而改玩妓女为玩相公,并竞相攀比,官府和私宅养戏班子成风,争相追捧色艺俱佳的当红相公。道光八年《金台残泪记》记其盛曰:"京师梨园旦色曰相公……群趋其艳者,曰红相公,反是者曰黑相公……每当华月照天,银筝拥夜,家有愁春,巷无闲火,门外青骢呜咽,正城头画角将阑矣。当有倦客侵晨经过此地,但闻莺千燕万,学语东风,不觉泪随清歌并落。嗟乎! 是亦销魂之桥,迷香之洞耶?"

[19] 参见本书"导论"。

[20] 参见本书虞伟红关于沪剧西装旗袍戏的文章。淮剧的情况略有同异,详见本书罗苏文关于淮剧的文章。

[21] 章力挥、高义龙:《袁雪芬的艺术道路》,上海文艺出版社,1984年,第75页。袁雪芬对昆曲的学习和借鉴,始于"孤岛"时期观看昆曲"仙霓社"十二位"传"字辈艺人在上海东方第一书场的演出。她后来在回忆中写道:"那时,尽管昆剧这个剧种已奄奄一息,但它那载歌载舞的演出形式、丰富的表演手段、细致优美的风格还是深深地吸引了我。在日夜两场之间,我常抽空去观看。我觉得,与上海滩当时盛行的机关布景连台本戏相比,它是严肃的、精美的艺术;与我们越剧相比,它更成熟、更丰富、更有表现力。因此,我认为越剧表演艺术要提高,就有必要向昆剧学习。"见胡忌:《郑传鉴及其表演艺术》,出版者不详,1994年,第38—39页。此后,袁雪芬领导下的雪声剧团,在新越剧改革时期,特别聘请昆曲传习所原主持"仙霓社"社务的郑传鉴为剧务部成员,来为演员指导身段,排练舞蹈动作,以及用浙江官话规范越剧演员们的唱念咬字。见高义龙、李晓主编:《中国戏曲现代戏史》,上海文化出版社,1999年;亦见袁雪芬:《求索人生艺术的真谛》,上海辞书出版社,2002年。

[22] 《情探》为傅全香的传世名作。该剧出自明传奇《焚香记》,于1957年由上海越剧院特约田汉与安娥夫妇合作编剧,陈鹏导演,聘请川剧演员阳友鹤、周慕莲和昆剧艺人薛传纲为顾问,由傅全香饰演敫桂英、陆锦花饰王魁,吸收借鉴川剧、昆曲之长,精雕细刻而成。其中"行路"一折,运用四尺水袖,边歌边舞以表现鬼魂形象,其神来之处便得益于对昆曲身段和水袖功夫的绝妙发挥。傅全香等越剧演员学习、借鉴昆曲并非自《情探》始,早在1940年代的新越剧改革时期,除雪声剧团聘请昆曲艺人郑传鉴排戏外,包括傅全香所在的"东山"在内,"玉兰"、"芳华"、"云华"、"合作"、"少壮"、"春光"、"合众"等二十来个剧团,都相继聘请郑传鉴等昆曲艺人排戏,整个上海越剧界在表演身段和唱念咬字方面都受昆曲影响颇深。十余年后傅全香作为傅派艺术的开创者,排演《情探》而聘请昆剧艺人薛传纲为顾问,实乃渊源有自。见傅全香:《坎坷前面是美景》,上海:百家出版社出版,上海声像读物出版社总经理,1989年;卢时俊、高义龙主编:《上海越剧志》,中国戏剧出版社,1997年,第147页;高义龙、李晓主编:《中国戏曲现代戏史》,上海文化出版社,1999年。

[23] 郑雪来:《斯坦尼斯拉夫斯基体系论集》,北京:中国戏剧出版社,1984年。

[24] [德]布莱希特著，丁杨忠等译：《布莱希特论戏剧》，北京：中国戏剧出版社，1990年。

[25] 袁雪芬、范瑞娟等人就积极学习斯坦尼斯拉夫斯基的表演理论，并回忆南薇帮他理解这些艰深理论的细节。应用于表演，大大提升了表演感染力。

[26] 有关1940年代越剧改革的情况，详见本书中笔者关于女子越剧在战时上海崛起的文章。

[27] 梅兰芳口述，许姬传录音整理：《梅兰芳舞台生活四十年》，上海：平明出版社，第128页。齐如山：《齐如山全集》八卷本，第一卷，台北：崇光出版社，1964年，第86—88页。

[28] 成容访谈，1995年。

[29] 关于宁波妇女家庭生活的讨论，参见 Susan Mann, "The Cult of Domesticity in Republican Shanghai's Middle Class."《近代中国妇女史研究》第2期(1994年6月)。

[30] 张行周访谈，1996年。

[31] Wen-hsin Yeh, "Company Time, Community Space: Shanghai's China Bank." *American Historical Review*, 100:1(February 1995).

[32] Susan Mann Johns, "The Cult of Domesticity in Republican Shanghai's Middle Class."《近代中国妇女史研究》第2期(1994年6月)。

[33] 滕家振、宋之由访谈，1996年。

[34] 《越剧报》，1948年12月5日。

[35] 《越剧报》，1949年7月24日。

[36] Goodman, Bryna. 1995. *Native Place, City, and Nation: Regional Networks and Identity in Shanghai, 1853—1937*. Berkeley and Los Angeles: University of California Press.

[37] Susan Mann, "Urbanization and Historical Change in China." *Modern China*, vol.10, no. 1(1984).

[38] Emily Honig, *Sisters and Strangers: Women in Shanghai's Cotton Mills*. Stanford: Stanford University Press, 1986.

[39] 比如，徐玉兰的过房娘赵耐雪是一名裁缝，徐玉兰的戏装许多都出自她的手。参见赵孝思：《徐玉兰传》，上海文艺出版社，1995年。

[40] 参见唐振常编：《上海史》，上海人民出版社，1989年，第800页；沈以行、姜沛南、郑庆生主编：《上海工人运动史》卷2，沈阳：辽宁人民出版社，1996年，第130页。

[41] 《绍兴戏报》，1941年3月14日。

[42] 转引自魏绍昌：《越剧在上海的兴起和演变》。见《戏曲菁英》下，暨《上海文史资料选辑》第62辑，上海人民出版社，1989年。

[43] 陈熙：《我于越剧的意见》，见《申报》1941年5月3日。

[44] 1935年的戏剧评论已经对男班的发展前途表示了忧虑："男人演的的笃戏我也看

过,好像,卫梅朵,马潮求[水]这些人,他们唱的时候似乎比女子的笃戏快一些,而且,他们排河的戏,差不多近乎上海京戏的排场有相埒的姿势,几乎对于的笃戏的本身怕要发生动摇。"笑我:《绍兴的笃班的检讨》,见《绍兴戏报两周年纪念特刊》1935年10月。姚水娟的女子文戏改革也曾一度模仿京剧,但受到了激烈批评,当时一位记者写道:"后来,大概他们也感到越剧需要改良,忽然将平剧[按,即京剧]搬来演唱,我看过的,《萧何月下追韩信》、《铁公鸡》、《独木关》等,这一改良不要紧,反将越剧平剧化,非驴非马,更使人失望。"胡憨珠:《我对于越剧的今昔观》,载娟社编:《姚水娟专集》,上海:姚水娟专集出版社,1939年1月。

[45] 据统计,《申报》在1939年9月19日前,有关越剧的消息只字未提。在越剧改革以前,知识分子一向采取鄙夷越剧的态度,直到袁雪芬等人掀起的新越剧改革发展到一定阶段以后,这种情况才有所改变。如1946年田汉在他的《剧艺大众化的道路》中写道:"'祥林嫂'是使我感动的。战前我也偶尔在大世界之类的地方看过'的笃班'。越剧的进步令我惊叹……"不过,这种对越剧《祥林嫂》的偏爱,并没有改变知识分子对越剧才子佳人戏的批评,以至著名越剧表演艺术家尹桂芳在1947年新越剧改良过程中强调说:"越剧的'越'字不能改",一定要坚持越剧的爱情戏传统。直到1994年,纪念越剧改革五十周年的《重新走向辉煌》已经结集出版,围绕着越剧是否应坚持走言情剧戏路的争辩还在继续。

(图片来源:《一代风流尹桂芳》、《袁雪芬自述》、《中国越剧》)

本文首发于《史林》2009年第5期

生意、艺术、情感：
战时上海沪剧时装戏的兴盛和解读(1937—1945)

虞伟红

　　对于上海而言,抗战时期是一个特殊的年代,民族革命话语在历史记忆中的霸权地位,使这个时期的历史落在了一个黑暗的阴影里。1937 年 11 月以后,随着中国军队和国民政府向内陆的撤退,抗战文化随之逐渐退出了上海的公共空间,大众通俗文化顺势成为上海滩上的主流文化。战时上海的大众娱乐一直因其不合时宜的兴盛被视为"畸形繁荣",然而,若是从都市化、现代化的角度去考察通俗文化的变迁,此时的大众娱乐领域有着许多新发展:地方戏曲舞台的艺术性和专业化程度提高,更多知识分子参与了通俗文化生产的过程,现代生活方式和价值观念在舞台上有更多的表现等等。沪剧时装戏在此间获得迅速发展,占据了沪剧舞台的主流。

　　沪剧时装戏的繁荣见证的是传统小戏在战时上海一次成功的都市化转型。战争带来了都市社会的重组,大众娱乐的参与者的变化造成了娱乐市场中不同娱乐形式的此消彼长,地方戏曲舞台的热闹繁盛是战时上海娱乐市场的一个重要特征。

一　**沪剧成长的都市文化环境**

　　上海沪剧院藏有一张于 1934 年由申曲歌剧研究会绘制的《先辈图》,是沪剧界留下的最早的文献资料。[1]《先辈图》将沪剧界从最早的知名知姓的艺人开始排成一个世系。19世纪末，许霭芳和胡兰卿等花鼓艺人从上海郊县进入城区，从街头、大蓬开始进入茶楼、书场演唱，沪剧进入了由乡间的花鼓戏向滩簧演变的阶段。[2]

沪剧在戏曲的划分中属于地方小戏。民间戏曲与发展成熟的京剧和各种梆子戏相区分，被称为"小戏"。"19世纪，小戏在全国各地的农村中涌现出来，它们是小农经济的有机组成部分，也是农村文化的分支"。[3]沪剧的前身花鼓戏的内容都取材于民间故事，展示农民的日常生活和农村的乡土风貌。表现的无非是爱情与欲望、忠诚与背叛、贫穷与富贵这些个人遭际和情感。一些唱词因为直接描写性行为，故而被称为"花鼓淫戏"。花鼓戏因其离经叛道的内容和粗俗不堪的唱做，被官府严令整饬。但是禁者自禁、唱者自唱，一是因为小戏本身松散的组织，组班的艺人招募几个演员演出，却没有固定的班底制度，演员可以自由来去。并且，这种散班规模小，两、三人即可演出，所以即使被官府查禁冲散了班子，即可再次组合，即时演唱，只要官府禁令一松，民间小戏就会抬头。另外，唱花鼓原本只是一些农民业余从事的行当，于乡间农闲时演唱，表演给农民看，收取微小的利钱以供家用。晚清以降，江南农村经济遭到严重的破坏，很多农民破产，唱戏吃饭成了一部分农民的生存来源。同时，农村单调的日常生活使聚众观看这种粗陋的表演成了难得的调剂。因为花鼓戏在农村很受欢迎，一些流动散班，常年在郊县乡野巡回演出，每到一处，当地人"约妯娌，会姊妹，带儿女，邀邻舍，成群结队，你拉我扯，都去看剧，做一日看一日，做一夜看一夜，全然不厌……"。[4]

但是，进入城市的花鼓戏与城市中精英控制的主流文化之间矛盾尖锐，这其实是以言情为主旨的大众通俗文化的共同处境，"言情文化虽然广受大众欢迎，却饱受知识精英和政治领导层的批评，被指斥为思想空虚、消磨意志，沉溺于儿女情长之中而置民族国家大业而不顾的腐朽文化"。[5]而如花鼓戏一般被看作言情文化之中指向下层民众的色情文化更时时面临取缔的下场。民国初创，在政府的支持之下，职司"教育"的改革家们，鉴于戏曲"高台教化"的功用，改革戏曲舞台的表演内容，将戏曲表演划归、提升为一种艺术表演形式。1913年吴馨做上海县知事时,曾委李琦为上海县通俗教育事务所主任,组织通俗宣讲团,"改良花鼓"是任务之一。施兰亭、邵文滨等本滩艺人在倡议之下于翌年发起本业艺人团体"振新集","旨在响应当时'改良花鼓戏'刍议,顺应社会趋势,振兴本业。成立后建议本剧种沿用的'花鼓戏'、'东乡调'、'本滩'诸称谓改称'申曲',并建议行业中废演带有淫秽色情等词句内容的传统剧目"。[6]

改革话语对于大众情色文化的改造,首先就要肃清地方小戏中的色情成分。然而,靠唱戏谋生的艺人,为求生意,往往总是借助色情戏。"默察世人心理,对于轻薄之态,淫荡之歌,嗜之若命,为营业记,不得不与众沉逐。"[7]茶楼、外埠码头的戏班依然演唱淫戏不止。"当时之东乡调,最难堪者,所谓摘菜心、磨豆腐、贴荷叶、双渡桥等短剧。绘影绘声,骚状百出,甚之俯仰于地,不以为耻。"[8]当时本滩艺人经常在赌场和茶楼演唱,观众主要是从事体力劳动的底层观众,而且以男性为主,这些人混迹在赌场、茶楼和戏园,作为繁重劳力的调剂。在"销金窟"赢了钱,就来戏场子里听听轻松的挑逗和庸俗的色情玩笑。表演淫戏的艺人多为改革家所诟病,为了取得公共表演的合法性,艺人也回应改革之倡议,但往往虚与委蛇,实行改良虽然口号不断但效果寥寥。

"淫戏"受到改革者的非议,但同时艺人也利用改革话语来重新阐释剧目。花鼓老戏中充满着农村男女之间因不如意的婚姻而采取的偷情、私奔等情节,这类情节与传统的伦理道德相忤逆,但在改革话语之下,却被赋予了反抗封建家长制,追求自由婚姻的现实意义。依靠爱情,这类题材取得了道义上的合理性。进入20年代以后,本滩艺人中的佼佼者陆续带班进入了城市中心的游乐场演出。一方面,因为有机会与别的剧种同

解洪元在《卖黄糠》中

台献艺,丰富了表演内容,尤其是编演文明戏的剧目,使沪剧发展出了有别
于三、两个人唱对子戏的舞台表演形式,开始表演情节曲折的同场戏和连台
戏,随着市场的扩大,本地"滩簧"开始自诩高尚"申曲"。另一方面,申曲的
观众群也发生了明显的变化。"五四"妇女解放的宣传,使越来越多的女性
走向了公共空间,女性职业化道路起步使其涉足的领域越来越广。在城市
娱乐空间中,女性频频亮相,无论是作为演员,还是作为观众。[9]20 年代活
跃于租界游乐场的一些申曲女艺人原先就是申曲观众。[10]女性观众群的扩
大,使戏曲市场的文化氛围也起了相应的变化,赤裸直白的色情表演受到抵
制,含蓄纯洁的爱情戏更受欢迎。并且,演出场所的变化,也为女性观众参
与公共娱乐提供了方便。三教九流混迹的茶楼不是正经人家的太太小姐进
出之地,而游乐场专门的表演场子令舞台表演逐渐正规化,也使女性看戏有
了良好的氛围。"以前的观众以农民、船户、泥水工匠、裁缝等劳动人民居
多,独立场子出现以后,中小商贾的太太小姐、店员、仆佣及其他市民,却成
了申曲的基本观众,申曲也因之更加市民化了。"[11]30 年代,刘子云领导扶
风社,筱文滨领导文月社在新世界演唱,就倚靠大帮的公馆太太光顾。这些
人有闲有钱,常以赞助人的身份影响着大众娱乐市场。舞台意义的上升,使
歌颂爱情,剔除其中的色情成分成为改革之本。1934 年申曲歌剧研究会成
立时,会议章程明确废止了一批"淫戏"。[12]40 年代当红的沪剧艺人在回忆
学艺生涯时,叙述曾经遇到因不会唱淫秽剧目而受到寻事流氓恐吓的细节,
因为他们的老师已经不再教她们那些以"淫"著称的曲目。以情为中心,将
大众热衷的情色想象融汇到曲折的爱情故事中去,摆脱露骨的色情表演和
直接性描写的唱句,换之以委婉的情爱表达方式,用发乎心的情感来主导男
女关系,去顺应现代都市主流的情感价值评判。

　　沪剧以擅演都市题材的时装戏著称,然而,即便是 30 年代中期沪剧舞台
的表演内容与别的剧种并无悬殊差别,多数演出借鉴于京剧、昆剧、评弹、文
明戏的古装弹词戏,每年的剧目变化不大,新增剧目也不多。偶尔上座颇盛
的时装剧目,如《阮玲玉自杀》、《黄慧如与陆根荣》,俱是社会上的轰动新闻,
因为改编的风气盛,各类舞台俱有上演,所以也只是应时之作。然而 1938 年

后,沪剧舞台的新编剧目一下跃居演出的主导地位,表演时装戏更在沪剧界蔚然成风,并不限于实力雄厚的租界大剧团。[13]

二 战时上海的沪剧团体

"八一三"淞沪会战的爆发,上海四郊陷入战火之中。租界当局虽然宣布中立,但是大世界和先施公司等处发生的大爆炸,死伤惨重。公共租界和法租界都宣布戒严。因为战事的影响,人心惶惶,一切娱乐活动均告停顿。吃"开口饭"的沪剧艺人们一下失去了生计,"那时农历正在七月里,全体同人,都告失业"。[14]战火延及上海周边,原先在郊县跑码头的沪剧戏班也因为生意受损,甚至衣箱尽毁,而退进上海,拮据度日。11月,国民党军队撤退,战事西移,日本军队接管华界,租界局势渐趋稳定。"孤岛"的娱乐业渐渐恢复,并且一发不可收拾,租界人口因为战事而遽增,四乡来的移民,初进洋场,待局势稳定,就去游乐场娱乐一番,感受大上海的气息。久居上海的居民,无聊苦闷之时也需抒发和有所寄托。同时,战争使一部分人发了"国难财",跑单帮、米蛀虫都是这个时期妇孺皆知的词汇,"暴发"使之有了挥霍的资本。战争给租界的娱乐市场提供了庞大的消费群,而江浙及上海周边地区移民的涌入使沪剧、越剧等江南地方戏曲因为地域优势获得了发展的先机。

1938年,恩派亚大戏院的小开邀请申曲戏班文月社进恩派亚演出,恩派亚原是影戏院,战时因为外国电影的片源中断,国产电影产量甚少,所以,一些二轮、三轮的电影院上座不佳改演戏剧,订立短期合同,将场子租借给剧团、戏班。当时辣斐戏院改演了话剧,明星大戏院改成了越剧场,恩派亚也接过申曲、越剧等戏班。恩派亚有700多个座位,又有现代剧场装备,于是,进入了专业剧场的文月社正式改名成"文滨剧团"。

如沪剧几个大班社一样,从30年代初开始,文月社的活动范围基本在公共租界和法租界的中心地段。虽然在各个大型游乐场中进出是常事,但是大世界、新世界、先施、新新这些公司游乐场都聚集在同一区域。即使偶尔进入茶楼、书场,也是位置接近的恒雅书场(今西藏路、延安路口的恒茂里)、天蟾茶楼(今西藏路福州路口)等。演出地段的固定,一方面得益于该社已拥有的声誉,可以在租界的中心地段接到场子,另一方面也意味着它已掌握了稳定的观众群。"那时公馆帮看申曲,都到新世界,所以筱文滨、筱月珍和文月社整班人马,独吃公馆帮"。[15]

鼎盛时期的文滨剧团在地处四马路的大中华剧场,全团演职员工从 70 余人发展到近 220 人。经营一个庞大的剧团不是易事。滩簧时期的戏班一般只有四、五人,那时领导戏班的艺人,主要以演戏为主,要应付的事务不多。进入了游乐场以后,舞台角色的增多,加上配乐人员的齐整配备,戏班的班底已经达到了一二十人,作为老板就该是各方运动的角色,而不仅仅是一个艺人。在茶楼、书场唱滩簧老戏时,艺人都只赚包银,或者通过客人点唱赚取一点"小费",生意的好坏会影响到包银的多少和能否在茶楼继续演唱。最初在游乐场接场子也差不多,由游乐场的老板出资请戏班演唱,付给包银,客人买了入场券就可以在各个游艺场里免费观看。后来,游乐场的老板为了吸引生意,邀请到叫座力强的戏班演出,允许戏班向观众收取额外的戏票。1936 年,文月社进大世界演唱时,"申曲场"就成了大世界的独立场子。筱文滨回忆:"因为那时'文月社'声誉大增,与'新雅社'、'施家班'、'子云社'并列为四大班社,黄金荣就同意我除了'大世界'买票收入归场方以外,进'申曲场'还可以卖二角一张票,收入全部归我所有,不过演职员的工钿就要由我来支付,场方就不管了。"[16]此时观众的多少与戏班生意的好坏关系更加密切,班主需要想方设法提高上座率。进入独立剧院,戏票收入前后台拆账,这种利益分配就更加直接。所以,为了吸引观众,40 年代的文滨剧团无论是从改善剧场的硬件条件,还是在剧目的革新上都煞费苦心。1940 年文滨剧团初进大中华,只订了一年的合同,结果因为生意火暴,一年中创造了售座的最高纪录,场方极力欢迎再续合同两年,并且改前后台拆账为向场方付固定场租,承揽前后台经营权。以期获得更好的售座,筱文滨即改造剧场,装置弹簧座位。大剧团为了吸引观众,换戏频繁,要及时应戏制作布景和道具,尤其"大戏"推出时更是不惜血本。

剧团庞大，要维持收支平衡又是难题。大中华剧场由书场改装而来，"那里的座位只有五百零几只，但排排位也能坐700人左右"。戏票的收入要和前台老板四六拆账（当时的拆账基本都是四六，也有五五、三七），剧团规模大开支也相应膨胀，"几乎每场戏要七成至七成半营业方能保本"，要经营下去就得想法子增加收入。筱文滨采取分团演出的策略，"除了大部分人留在'大中华'演中期传统外，分出小部分演员（约二三十人左右）到'恩派亚'演老传统戏。演一个星

大中华文滨剧团的海报

期至半个月就两面对调。这样既方便了两面的观众，又能多积累资金"。[17]除了剧院演出，因为是实力雄厚，拥有众多名角的大剧团，所以每天都有堂会、电台的演出，这也是增加收入的另一渠道。

此外，投资灌制荣誉唱片，拍摄申曲电影是这个时期文滨剧团引以为傲的事业。这种现代演艺方式无疑是最好的宣传，绝不亚于每天在各类大小报纸上做剧目广告。筱文滨在恩派亚演出时，就自己投资拍摄申曲影片《贤惠媳妇》，有过一定反响。大中华文滨剧团的人气旺盛，更引来了电影界的注意，电影大亨张善琨看重申曲电影的低成本，选取了经过舞台试验有着良好上座率的保留剧目，以此将更大的观众群体引入电影的领域，一举多得。所以，张善琨"特聘请筱文滨君带领全班人马，拍摄上下集《恨海难填》，……在丁香花园里约莫拍了三个月，才大功告成，初次在新光大戏院开映，博得全沪影迷一致赞美"。[18]从文月社到文滨剧团，筱文滨领导剧团从普通的申曲草头班走向沪剧界的"托拉斯"，展现了一个申曲戏班在都市中亦步亦趋走过的自然发展的轨迹。剧团逐步放弃了"私订终身后花园，落难书生中状元"简单刻板的小戏路子，借用各种新型摩登的现代艺术手段包装剧种，提升了沪剧的艺术价值和现代品位。

文滨剧团的成功是沪剧走红上海滩的典范,他的经验为同行们所借鉴,更吸引了具有商业嗅觉的生意人加入到庞大的沪剧市场中,其财力、物力的投入加速了沪剧的现代化转型。1942年1月31日,上海沪剧社从皇后剧院迁址璇宫,为庆祝该社成立一周年,打炮大戏《新美人计》隆重上演,观众涌向璇宫,万人空巷,盛况空前。"璇宫的大门以内,剧场门以外,以及由浦东同乡会的阶前自外至内,立着两三千人……这样的轧头势,真像是战前看城隍庙老爷出会的盛况。"[19]上海沪剧社为此次迁址周年庆典做足了噱头:"在公共租界和法租界有轨电车和无轨电车上,一律做车头车尾海报广告。"又将"四马路跑马厅边的新光路牌广告转借沪剧社派用场",[20]更请电影巨头张善琨、严春堂亲临揭幕,六大当红电影女明星剪彩。女明星李丽华、李琦年到达璇宫的时候,门口的观众就沸腾了,"许多立在剧场门外的影迷者,都把她们包围起来,不能前进",[21]随后而来的顾兰君、周璇、周曼华、童月娟四位,都是走的剧院边门,才不至又引起骚动。可见,蜂拥而来的观众是来捧电影明星的场。沪剧社利用时髦带来的号召力,为它的"新沪剧"造势。在申曲改良的口号之下,沪剧社联络了很多电影界和话剧界人士来捧场,通过申曲与这些现代时髦艺术的接轨来打造与地方小戏相异的现代品位,重新包装申曲的外观,试图树立它在申曲界的不二地位。

如果说文滨剧团的发展是沿着一个乡土小戏在都市环境里一路跌摸滚爬发展壮大的路子,那么沪剧社就是一个商人看重沪剧的商机进行的一次财大气粗的商业投资。老板夏连良,是一个有着黑白两道背景的商人,在大上海这个三教九流各色人等混迹的地方,场面上混的人都会有帮会的背景,他们通过拜"老头子",托庇于黑社会。[22]上海沪剧社成立时,夏连良凭借势力网罗了一大批的申曲艺人,艺人杨美梅回忆:"在'上海沪剧社'成立之前,他采取卑劣手段在'申曲'艺人中大收过房儿子、过房囡,为他在各剧团挖角儿做了充分准备。对于年岁大,不宜认干亲的就用高待遇进行引诱,或派小喽啰用威胁的办法迫使对方就范……他从各个沪剧团都挖走了一批有名望的演员,集中到'上海沪剧社',以达到压倒其他剧团的目的。"[23]的确,沪剧社启幕大戏《魂断蓝桥》的演员阵容称得上是沪剧的明星阵容。[24]

除了帮会背景之外，夏连良又是新光大戏院的总经理，和电影界的两巨头张善琨和严春堂很有交情。新戏公演时，他"拉了不少电影界的人来帮他搞立体布景、新式灯光、服装化妆。演出时需要什么服装道具，就到电影公司去搬"。[25]夏连良运用各种实效的技术手段来鼓吹上海沪剧社。该社假坐明远电台播送特别节目，接受电话订票，"明远电台播音室内，日里夜里，统统挤满了旁听客，不出钱，听戏看名伶真值得"。[26]如此的电台播音气氛，提供了大众与演员接触交流的机会，就如同散戏之后，总有很多戏迷在场外等待令她们着迷的演员一样，都是"生意"的手段。除了电台订票外，璇宫大门口有三个票门的票柜，里面的售票小姐总是笑脸迎人，态度温和。

"戏曲改良"是沪剧社的一本生意经。它以"剧"的标准改良申曲，使其显示出都市和时代的品位。40年代初，为了编演时装新戏，上海有实力的申曲剧团都竞相聘请文艺界的编导，文滨剧团有赵燕士、鸣英剧团有李昌鉴、施家剧团有幸子。但是，像沪剧社这样，将一大批编导集于麾下仍是少有，戈戈、宋超、柯达、张恂子、叶子等人在1941年陆续进入该社，夏连良也自取艺名"夏天"担任导演。沪剧社学习话剧，实践舞台实景化，"沪剧社，不惜巨资，制造大量硬片立体布景，同时，配以适当的色彩，更是美化异常，灯光的照射，亦力求阴阳分明入情入理，至于道具，毋论大至抬桌，小至一根洋火洋针，都尽量使之与剧情作紧密的配合，不愿马虎了事。"启用剧本排戏是沪剧社的又一努力，过去申曲以幕表形式演出，只有一些保留剧目的经典唱段会有唱词流传，其余都靠演员在舞台上根据经验随机应变。[27]沪剧社以为"以前的申曲，内容毫无时代意义，剧情的布局结构，亦草率琐屑，现在我们的剧本大抵出自名家之手，内容充满了血肉和生气，每每与时代的精神配合"。[28]改良的进展令其自诩是"电影界、申曲界、话剧界的联合阵线"。

沪剧在战时上海的娱乐市场中脱颖而出为之带来了巨大的商机，新的沪剧团体不时涌现，但是新戏班几经起落，来得快也去得快。欲做老板的艺人无奈领导难当，尤其在租界的中心地段成立独立剧团，只能在几个大剧团的夹缝中生存，往往命途短暂。常年跑码头的戏班领导杨敬文说租界场子重名不重艺，没有叫得出名的角儿登台就不能卖座。大剧团的浩大声势、名角荟萃,几乎形成垄断之态,上海沪剧社作为一个新成立的沪剧团体,因其强大的财力后盾和社会背景得以和原先的大剧团分庭抗礼。40年代初,大中华的文滨剧团、新都的施家剧团和上海沪剧社基本挤占了租界中心的沪剧表演市场。时装戏的巨大耗资,使得一般的小剧团无力和大剧团抗衡,只能不时重演原先的老滩簧戏和古装弹词戏,但是观众已经不再热衷"落难书生"、"私订终身"的老调了。上海沪剧社的新戏实践体现了地方戏曲专业化的努力方向,它试着建立以剧本为基础的导演中心制,取代从前以演员为中心的即兴创作制度。沪剧社作为沪剧改良的前沿阵地,展示了改良的收获,也暴露了新旧体制的冲突。

三 都市化与时代感:申曲改良

舞台以市场为导向,沪剧机构商业化经营力度的加强是沪剧剧目更新频繁的主导因素,而新戏的受宠也是各个剧团剧目开发的驱动力。这一时期沪剧各大剧团以积极的姿态参与改良,对舞台的高投入使外界对于沪剧的评价产生了很大的变化。从"申曲"到"沪剧",用现代舞台艺术的标准改良剧种的实践,令参与剧目编写、创作的编导和舞台设计人士在时装戏发展进程中的地位日渐凸显,伴随打造一个新型、严肃的舞台艺术——沪剧的过程,申曲的剧目、舞台和演员都被纳入到培植严肃的现代艺术的体系之中。

1. 改良之缘起

在抗战文化高涨的孤岛上海,由于国民政府政治权威的丧失,本着民族主义热忱的知识阶层自觉承担了这份责任,他们有意将市民的视线移向民族的命运和前途。戏曲舞台上丝毫不见改观的打情骂俏、儿女情长,就成了知识阶层指摘诟病的理由,"日常所听到的总是些男女私订终身,调情戏谑,以及吊膀子,轧姘头等卑鄙的腐调,褒扬忠烈,以及含有国防意味的剧本的演唱,几如凤毛麟角"。在他们看来,这些卑鄙粗俗的戏曲,败坏社会风气之外,更会在民族危亡时期起到消极麻木的作用,在不知不觉中"大众的精神日趋衰弱,谁还想到国家目前在千钧一发的时机中,谁还想到国民一份子的责任重大？"[29]随着孤岛局势的日渐转紧，政治审查对言论的禁锢，使公开的抗日动员不可能实现，有志之士只能将改造和提升民众作为取得民族战争胜利的一个曲线策略。

在重大的政治时期，知识精英往往将深入大众的戏剧作为话语工具来教化和改造普通民众。辛亥革命之前，为了宣传民主自由思想，文明戏舞台成了革命的阵地，有着政治抱负的演员在舞台上大发议论，慷慨陈词，鼓吹民主共和之神圣。戏剧家郑正秋"从适应观众到提高观众"的理念一直以来得到一群从事戏剧运动的知识分子的认同。"我们做好了一个剧本，应先试验给民众看。他们不懂的地方要大胆地改，不要怕改后会被人笑为浅薄，因为知识分子的批评未必就是平民的批评，当然我们也不能放弃本身的基本任务：一方面要降低到民众能了解的水平，一方面也要渐渐往上提。"[30]话剧作为一种内容严肃、舞台正规、受人尊重的现代表演艺术，无疑是最好的开启民智的阵地。但是战时的上海却没有话剧发展的天时地利，话剧市场的步履维艰，相形之下更显出地方戏曲市场的繁荣。"在这戏剧工作不好好地干和好好地展开的现在，我们只有向地方戏上来开展，求推进。"[31]故利用和改造大众化的地方戏曲，抬高其所担负的"地方教育"责任，使其能够为"提高观众"服务。而外界对沪剧等地方戏曲的要求正好与沪剧界内部期望将本剧种重塑、提升为一个受人尊重的现代剧种的愿望不谋而合。

从 30 年代末开始，以都市题材为主的沪剧新戏每年以上百部的数目增加，这种大幅度的剧目革新是前所未有的。沪剧时装戏从都市日常生活中寻找素材，并且用上海话演唱，浅显直白又贴近生活，易于表演，也易于理解。所以，沪剧表现都市题材的舞台内容具有照应时代的优点，这点得到了知识分子的赞赏。"当地的人们，总是易于接受，所以地方戏的意义，也就是在这'接受'这一点上打稳了它的基础而发出了它的力量，如果演好的戏给他们看，他们就接受好的，反之，他们就要接受到不良的印象。"[32]沪剧以都市生活为素材的时装戏因为贴合时代，使改革者认为能更直接地向大众展示这个时代和社会的弊端和流毒。那么同样表演都市故事，是否选择好的剧本成为改良的关键。申曲虽以表演现代戏见长，但舞台上调情戏谑的腐调有损格调,而且申曲原先都是以幕表制的形式演出,所以往往剧情琐碎凌乱,谈不上布局结构。因此,改革者认为在其初步发展阶段,不妨多撷取话剧的优秀剧本,学习如何把握剧本的主题,生动地表现人物性格,使故事的来龙去脉有个严谨的结构。于是,很多话剧名剧被搬上了沪剧舞台,如《雷雨》、《上海屋檐下》、《家》、《日出》、《魂断蓝桥》、《风波亭》等,"日落西山夜黄昏"的申曲印象在改良中发生了明显的变化。上海沪剧社推出的《风波亭》一剧,更在文艺界引起了热烈的反响。当精英文化因为异族占领的政治环境受到压抑,而经过改头换面的大众戏曲舞台恰恰倚借模仿精英文化而上位。

《风波亭》是话剧《岳飞》的易容。1941年,华声剧团在兰心大戏院上演《岳飞》,反响热烈,但不久遭禁。上海沪剧社改名《风波亭》高调上演,公演前的正式彩排,沪剧社邀请了新闻界、电影界、话剧界的人士到场参观,做足宣传的功夫。《风波亭》由编剧戈戈改编,请原话剧《岳飞》的导演舒适和舞台监督陈明勋联合编导,服装、道具从艺华、国联两大电影公司借来,舞台的布景也由华声剧团提供,并且还铸造了几十柄古剑挂在台上。舞台上更是气势恢弘,主要演员如顾月珍所饰之银瓶、解洪元之岳飞、朱彬声之岳云,皆穿盔甲登台。"这样伟大的《风波亭》,在上海地方戏的申曲界里,是从来没有尝试过,而且没有这魄力去实验,所以沪剧社不惜一切人力财力和物力的消耗,从事本剧大规模排演,至少是值得我们钦佩的。"[33]

沪剧一贯以爱情戏见长,而《风波亭》却一反常态,该剧推出,堪称申曲界初次尝试之前进剧,"往往一般人之观察申曲剧本,终限于男女情爱闹成悲剧,哭得观众满面流泪者有号召力,此点观察殊为错误,说申曲常不脱此窠臼,殊难改进,今《风波亭》为一本正气磅礴不同凡响之大伟剧,申曲界均纯以此种大伟剧贡献,当能博得社会一致同情,无疑申曲之地位更因此而提高",[34]而知识阶层的关注和光临,更为沪剧社地位的显现提供了值得炫耀的资本。"公演壮烈古装伟剧《风波亭》以来,高尚知识阶级,均来做座上客",[35]平日少有登载申曲消息的《申》、《新》两大报,一时也因该剧的时代意义和舞台艺术价值,发专文表达对沪剧社《风波亭》的赞誉,"有一点是值得注意的,申曲的《风波亭》,在布景、灯光、道具、化装各方面,似乎都下过一番苦功,与话剧相较,有过之而无不及。……这是申曲走上新的途径的开端,以前我们看的,不是'托终生',便是'中状元',现在趋向'爱国','爱民'的思想的灌输,那自然是一种有希望的进步".[36]《风波亭》的舞台效应更强化了改革倡导者对于地方戏改良的信心,他们呼吁大众一致参与督促,致改良的力度和范围可以更加广阔,"我这里希望舆论,快起来督促申曲各剧团,迎头改进,再不要敷衍过去,这不是舆论的人的使命吗?"[37]

上海沪剧社在打造受人尊重的舞台艺术的尝试,令改良取得了极具诱惑的成就,更带来了一种激励:加大舞台的投入,提高剧种现代文化品位,从而不仅在市场上具备竞争力,同样在社会地位上取得过去小戏不曾享有的社会声望。由此,其他剧团也纷纷举着"改良"的旗帜,喊着"社会教育"的口号,来分享社会的赞誉。《风波亭》虽不是沪剧舞台的常态,言情剧始终是通俗娱乐市场的主流,但它却带来了最好的效果,这正是沪剧界极力想追求的社会形象和地位。

2. 改良的深入和冲突

40 年代初,原先从事孤岛大众剧运的文艺青年陆续以编剧、导演、舞台设计人士的身份进入了沪剧界,他们的参与使沪剧表现都市风貌的面向更加丰富。这些文艺界人士大多出身中产阶级家庭,高中或者大学文化程度,通晓西方戏剧理论知识,对于戏剧有着强烈的爱好。战争爆发后,原来活跃于剧运的左翼知识分子和文化名人,为了保存和积蓄力量,纷纷离开上海,造成了精英文化的式微。"然而,一部分很有天赋且在舞台表演方面颇具经验的小知识分子没有走,他们有的因为没有组织关系、内地没有接应而走不了,有的则因为离开上海无法谋生而留下。"[38]这些文艺青年业余从事大众话剧的演出,创办戏剧类的文艺刊物,试图挽救孤岛的话剧运动。柳木森、戈定波、陈明勋、宋超等人都是有志于大众剧运的文艺青年,他们支持戏剧的大众化,以表演文明戏的"绿宝剧场"为阵地进行改革。文明戏与精英话剧的分流是在辛亥革命以后,因为文明戏流于低俗,一直为知识精英所诟病。而孤岛精英话剧的人材外迁,使文明戏舞台成了主要阵地:"我们对于这位破落户,过去固不免厌恶,但在抗战发动以后,觉得既同是黄帝的子孙,而它本身又有了觉醒,那么我们实在没有把它拒之门外,迫它去'认贼作父'的理由。我们应该教育它,帮它戒绝一切恶嗜好,成为建立新中国的有力份子。"[39]但是,随着孤岛局势的转紧,话剧市场急剧萎缩,这些文艺青年连生计都成了问题,而此时繁荣的地方戏曲舞台向他们敞开了大门,他们兼职给沪剧、越剧等地方戏剧团编导新戏,高调宣传推进地方戏曲改革的重要性。

然而,这些文艺界人士虽然坚持戏剧的大众化立场,也强调学习话剧对沪剧实行改良不是要将沪剧完全话剧化,但是,在改良实践中,对表演的重视却偏离了"申曲"重唱的轨道。沪剧社在排演《魂断蓝桥》时,要排一段躲逃飞机的戏,演员杨云霞回忆:

> "戏很简单,就是敌机来了我们逃到防空洞里去。我们'逃'了好几次,导演还是不满意,说是感情不对,不像是逃飞机,像在接力赛跑。规定女主角王雅琴要在逃飞机时跌一跤,几次跌倒,导演总是摇头说跌得不真实,要真跌,以后又跌几次,将丝袜都跌破了,导演仍说不像。当时,演员都在抱怨导演太认真,太死板了,都在叽咕:就这几步路还跑不像吗?……"

沪剧演员原来在台上主要是唱戏,比较注重"肩胛",[40]同时稍微考虑一些小动作。改良启用剧本制后,要求演员既背对白和唱词又要按照导演的舞台调度去表演,一时很难适应。同样,舞台使用立体布景之后,根据布景设定的进出场位置也时有变化,以往是锣鼓一响,出将入相,一切都有套路,现在演员却常因为不习惯新的舞台环境而走错路闹笑话。

申曲"话剧化"也令一些老观众感觉到缺憾。观众认为"申曲主要的命脉,完全在唱,在曲,观众需要悦耳的曲调,像京戏里需要听'快慢板'一样。……唱词渐渐改少,这是一种危险,也是危机,如此发展下去,要失掉申'曲'的真面目,流入文明戏的泥沼中",[41]而"保守着固有的曲韵的'美',争取着演技上新的'真'和'善'",[42]这样的唱做并重才被看作是沪剧改良要坚持的路子。唱词在通俗和文雅之间的取舍也存在争议。对于知识不高的观众听惯了演员随意上口的口语化唱句,又不愿去费力读说明书,就觉得知识分子编写的唱句深奥难懂。面向中下层普通大众的沪剧,通俗化是其容易亲近的优势,"申曲是通俗化的艺术,唱句不妨求其通俗而含义深远,使在人人听得懂的原则下,具潜移默化的功效……要造成戏剧不忘教育,非得把唱句编得通俗一些不为功"。[43]

申曲改良存在充实和弥补两个并行的过程:丰富了曲调和音韵,弥补了表演和舞台装饰。申曲向沪剧的转变,保留和发扬了其自然通俗的"曲风",这是申曲立足之本,而完善舞台和表演的力度,保证了舞台演绎更加成熟,所以申曲改良不是要被舶来的现代艺术形式所取代而是重塑,专业化改造是为保证沪剧的整体质量在稳定中提高。沪剧改良"艺术和生意"结合的方针还是具有实效,"提高"观众欣赏水平本身是对沪剧舞台转型的一种鞭策。观众欣赏水平的提高,对舞台和演员的各种要求都应运而生。在看戏的过程中,观众开始讲究观戏的效果和氛围。要求看戏时有良好的剧场秩序,"场子内开了戏,绝对禁止任何人阻碍观众的视线,就是糖果贩茶役,在可能范围内,也当竭力避免进场……场子内没有闲杂人奔走,观众也好集中全力和视线,对准在舞台面上看戏,不再会发生分散情绪的遗憾了"。[44]观众提出的意见更多还是针对演员的舞台表演而发,"一部分演员,在台上不认清自己的立场,胡乱发言,胡乱取闹……为了讨好观众,往往滥放噱头,讲所不要讲的话,打所不应该打的趣,往往一幕极有价值的戏,给一、两个想出风头的角儿一加胡闹,构成一幕戏的失败"。[45]针对演员在舞台之上精神散漫,相互调笑,或者是表演中争戏、滥放噱头的不良现象,观众都提出了批评,督促其认清演员舞台地位的重要性,明确其在大众教育方面所担负的责任,要求演员"始终是站在为艺术而艺术的本位上,努力奋斗! 你们在台上的时候,劝人以孝也好,劝人以忠也好,劝人以坚定意志保守气节也好,总之是不要含毒素,不要杀害观众们的身心"。[46]另外,为体现艺术的高尚性和严肃性,观众对演员的私生活也更加看重,要求他们有健康的私生活,建议他们保护好自己的喉咙,坚持运动健身,更有观众劝告艺人戒除赌博等不良嗜好。演员的日常活动被纳入到塑造现代艺术的体系之中,作为公共人物,他们处在了公众视野的中心。

四 演员身份的现代性塑造

在改良话语之下,舞台表演被建构成严肃的舞台艺术行为,沪剧的地位更被提高到"发扬地方精神"的高度去衡量。而对于沪剧演员来说,他们出身低微,大多因为家庭贫困而进入戏曲行业。唱戏对于他们而言原本只是一种谋生手段,他们参与公共生活,娱乐大众,但他们的地位却只是供人消闲的"戏子",这是一个带着厚重的历史卑微感的身份。然而,在沪剧的都市化转型中,演员的行为被纳入到艺术表演的改革机制之中,对演员身份的定义和要求也发生了变化。演员在舞台和生活中的随意性与将沪剧培植为一种严肃艺术的改良精神相违背,于是,在改良的刺激之下,艺术受人尊重的观念在普通演员的意识中逐渐形成。

1. 艺术的现代性诱惑

英国学者施祥生曾对沪剧演员的从艺生涯做过研究,[47]这是一个艰难的生命历程。和一般的小戏一样,沪剧演员的培养不像京剧、越剧有科班的系统学习阶段。沪剧演员的学艺生涯是典型的"师父领进门,修行靠个人",老师们每天登台,另有堂会、电台的日程。学戏主要靠平时的观察

"婉社"儿童申曲班的小艺徒们(汪秀英右四)

和简单的舞台实践。一个艺徒一般三年满师,学艺阶段在老师所在的戏班里唱戏没有包银,从唱"九客一过路"的"龙套"角色开始,或者在正戏前唱简单的开篇来获得实践的经验。满师以后的生活更充斥着流浪、辗转和经济窘迫,能够真正在租界舞台立足的演员并不多,30年代跑码头的艺人比比皆是,演出中又常受流氓的干扰。艺人们在回忆录中经常陈述如是经历,就艺人曾处的社会地位而言,大部分演员在从艺生涯中经历的落拓可想而知。

沪剧演员在舞台上的大红大紫与他们社会地位的低下形成了鲜明的对比,所以,从民间艺人转型成为有着艺术表现力的文艺工作者成为40年代沪剧演员越来越自觉的意识。剧种文化意义的上升,大众对于艺人的艺术修养更加重视。从社会底层出来的沪剧艺人,大多是文盲,一些男演员最多受过中等教育。文化的欠缺是他们地位低下的根源,故提高沪剧演员的文化水平关系着剧种发展的前途。当时的一位沪剧演员在报上表态,"我敢大胆说一句,要改良申曲,必须申曲同志个个要多读书,多研究学问,已经踏进申曲界的,应该利用业余机会,多练习文字,以后对于要加入申曲界的,学问程度,一定要考察越严格,申曲前途越伟大,将来申曲的提高文化,申曲的地位,更为提高,受人推崇"。[48]演员们很愿意在公众面前展示他们追求文化的努力,尤其是剧团中的年轻演员,看书、读报,写报纸的艺人信箱成为日常进取的行为,通过这种方式证明自己不是如旧艺人一般的文盲,而是一个虽先天知识程度不高,但积极寻求艺术进取的演员。

当时一位读者写信给"沪剧皇后"王雅琴说:"在申曲日报上看到一条消息,说你每夜看书要看到睡去,醒来再看,有这么的精神,我起初不大相信,现在又见你担任信箱,我才知道你的确识字。"[49]观众对演员文化水平的关注也为演员们指明了努力的方向。王雅琴是沪剧界最红的女演员,她以表演端庄静雅的女性形象见长,因看重她的市场号召力,电影公司与她签约拍电影,有两位国语家庭老师教王学习国语。平时,沪剧演员们经常去看电影、话剧、平剧的表演,将话剧、电影中的"新噱头"运用于舞台表演中,尝试着自担编导,改编情节丰富的电影为舞台作品。鸣英剧团的卫鸣歧"着于申曲改革,每每采用各种戏剧艺术的所长,以补申曲的所短。……下午他在卡尔登看《鸳鸯剑》,碰见丁是娥与汪秀英,做了一个东道主,日场下来,又上大光明去看《恨不相逢未嫁时》,晚上,他又同了张老鸦(幸之),上更新看宋德珠的平剧……他在三种不同的表演艺术中,体会出它在本质上的共通点来,深切地了解了戏剧的真谛"。[50]这些新闻起到了很好的宣传效应,不仅加深了观众对于沪剧演员的好感,更为沪剧的现代定位造势。

沪剧女演员顾月珍

同时,演戏亦被定义成一份严肃的职业。沪剧演员顾月珍说,"我是一个演员,我自然应该在舞台上好好的演戏,演戏是吾的工作,而工作本身即是吾的希望,希望我的演技不断地进展,永远地进展,与我的生命一样长远"。[51]尤其作为女演员,她们拿捏着自己艺术工作者的身份,极力使自己的公众形象与艺术宣传的高尚性合拍。同样是公共娱乐的参与者,沪剧女演员努力与有着色情想象意味的舞女群体撇清,[52]她们看电影,看话剧,与电影明星交朋友,做看起来新派的事情。她们也去跳舞,那是因为跳舞是摩登的行为,而一旦有媒体将她们的地位与舞厅里的欢场女子相提并论,往往引起她们的愤慨。顾月珍、张丽娟在报纸上发表声明,意指报纸毁谤,与同名同姓的"货腰女郎"撇清关系。

文艺工作者的身份塑造使耀眼的明星形象更具诱惑力,舞台上沪剧演员时髦摩登的亮相吸引了众多观众。40年代崭露头角的男女演员一般都出生在20年代前后,他们在上海自由开放的风气中长成,对都市的时尚摩登感知力很强。时装戏舞台上,扮演都市青年的男演员西装笔挺,头发吹成时髦的波浪式,皮鞋擦得锃亮。女演员更甚,担任女主角的演员表演一场时装大戏,定制几袭最新时装是常有的事。

不过,演员的行头都是自己的私产,需要自己掏腰包置办。为了确保舞台地位，如有能力，演员们总是极力翻新自己的行头。沦为孤岛的上海依然灯红酒绿，却掩盖不了物资匮乏的现实，布料的涨价，使行头的翻新更显昂贵。但是，当红的花旦拥有丰厚的包银，又有有权有势的赞助人做后盾，大可置办昂贵夺目的戏装，这样的生活成为很多进入戏曲界的女演员追逐的目标。丁是娥像所有崭露头角的年轻花旦一样，不比那些已经拥有煊赫声名的当红女角，她没钱没势，但是却拥有足够的发展空间。丁是娥明白青春是女演员的资本，在年轻时跻身头牌花旦，可以为她带来生活的希望，她倾尽包银来置办行头，打造摩登的形象。舞台之上，新戏迅速更新，耀眼的亮相是新戏的亮点，也是获得关注的机会。丁是娥明白"如果唱时装戏，饰一个摩登女郎，没有奢华的服饰，就有些美中不足，所以，近几个月来，她把每月赚下来的包银，都用在服饰上去"，报纸赞她"聪明的姑娘"，因为"把钱花在衣饰上去，可说一钱不会落空"。[53]机会终于来了，新都施家剧团上演《三朵花》，连演六十多场客满，一时丁是娥在申曲迷中名声大噪。她拥有了自己的观众群，有了捧她的"后盾"，也逐渐稳固了正场花旦的地位，有财大气粗的赞助人为其挥金如土。"甜心姑娘丁是娥，最近到某某时装公司，定了一件玄狐大衣，代价一万八千元……丁是娥近来对于行头方面，非常注意，身上穿的，都是1943年的摩登衣服"，[54]丁是娥的努力代表着一些沪剧界女艺人的生活追求。

丁是娥摩登女郎的扮相

倚借艺术，演员的地位得到重塑，而处在聚光灯之下的时髦靓丽，也使得都市之中仰视这些舞台明星的普通人产生了更多的诱惑。在沪剧广大的消费群体眼里，演戏成了改善生活的一条捷径。一些普通的戏迷和读者纷纷向《申曲日报》投稿，想和演员交朋友，或是询问拜师学戏的事宜,他们关心的是将来能否有好的前途。一位申曲观众说"我一心想学申曲,拜何人为师? 自己一点还没有主见,就是学会之后,将来登台起来,不知每月可收多少工钱?"[55]沪剧演员的走红,使普通大众对于他们的关注越来越多,不仅是对他们在舞台上的艺术表现力,还有对他们私生活的深入窥探。尤其是处于舞台中心的女演员,由于长期暴露在男性对于女性公开性想象的传统偏见之下,承载着剧种艺术地位和个人良好公众形象的重担,在艺术追求和大众窥私欲的纠结之下,陷入了进退维谷的艰难境地。

2. 女演员的困境

沪剧界的"风流寡妇"陈佩珍自杀了,沪上媒体登载了这个消息。陈佩珍加盟上海沪剧社,以一出为其量身打造的《风流寡妇》而一举成名,正在上演《续集风流寡妇》时,陈佩珍却吞鸦片自杀。在沪剧界她以演风情戏著称,"陈佩珍的风骚戏,是像电影明星韩云珍那样的骚在骨子里,其实,以擅演风情戏出名的演员在各个戏曲舞台上都有,京剧有童芷苓,越剧有筱丹桂,评剧有白玉霜。舞台形象影响到了她们的生活,历史学家姜进考察了越剧女演员在舞台和现实之间保持"清白"所面临的困境,观众在消费女演员的性魅力的同时又要求她们忠诚、纯洁,但是,观众对于舞台和现实有意无意的混淆却使女演员陷入了进退维谷的艰难处境,这也是大众娱乐市场上女演员的共同困境。[56]

40年代沪剧当红女演员石筱英(中)

在花鼓戏、滩簧阶段的沪剧由清一色的男演员登台,剧中的女性角色由男演员"扎头髻"扮演。[57]沪剧女演员的出现最早是在外埠表演的滩簧班子中,像东帮的"大小陆小妹"和西帮的"大小阿宝"。

西帮艺人"大阿宝"的养女张彩霞回忆：

> "老滩簧过去女演员极少，多数是男的唱女口，叫'扎头髻'，'东帮'早期女演员有大陆小妹和小陆小妹（即陆桂英），'西帮'也有大阿宝和小阿宝。我姆妈大阿宝……因为人长相漂亮，观众送给她的雅号'迷露阿大'。养父叫张挨佬，原是唱'扎头髻'的，后来改唱上手……岸上无家，摇一条船卖艺为生。"[58]

大阿宝班出外演唱就是父母女三人，这种形式叫"支锥班"，[59]当时西帮水路有三条船，除了大阿宝班，另有小阿宝和她丈夫的班子，还有高桂生、新宝夫妇和他们的女儿女婿组成的班子。从艺人的回忆中可见，家庭班社中往往是夫妇俩合作表演男女角色，夫妻关系的存在为他们进行演戏提供了方便。虽然，随着剧种的发展，舞台角色的增多，舞台的男女搭档不一定是夫妻档，但是在沪剧界夫妻档唱戏是较为普遍的现象。20年代在游乐场演唱的知名演员如刘子云和孙是娥，丁少兰和丁婉娥，顾泉生和顾秀娥，或是之后的筱文滨和筱月珍，施春轩与施文韵，卫鸣歧和石筱英等都既是夫妻，又是舞台搭档。[60]

女演员开始完全挤占沪剧中旦角的行当，学下手戏的男艺人也就越来越少。舞台上女演员地位越来越显著，她们的私生活被干扰的机会也就越来越多。沪剧女艺人中流行一句话：男人四十杨柳青，女人三十半世人。女戏子，靠的是俏丽的容颜、时髦的扮相和属于青春的动听歌喉。她们的光芒稍纵即逝，从报纸广告、剧院挂牌的艺人名衔，也能看得出这种更迭的迅速。色相成为女演员凭借的一个筹码，女角身上暗含男性对女性公开的性想象就不可回避。自从女演员作为公众人物占据大众的视野，因为私生活的夸大曝光，不堪名誉之损自杀已司空见惯，电影明星阮玲玉的自杀曾轰动一时。

戏曲舞台上旦角分花旦、彩旦、风骚泼旦等，女演员固定的舞台角色，使之容易局限并跌入与舞台形象混淆的认知。观众挑剔的眼光要求演员表演真实到位、情深意切，但往往又不分清舞台和现实。有时候演员的表演越是逼真，她的处境越是危机四伏。媒体在宣传陈佩珍时，言其因风情戏符合其性格,故能将风流角演得出色到位,舞台角色已经给她的公众形象定了位。

　　陈佩珍的自杀是因为外界对她沸沸扬扬的传闻,涉及三角关系引来了流言蜚语,传闻的细节因史料有限,已经不得而知。1941年11月14日,《申曲日报》的一角登载启事:"连日本报销量激增,尚有读者纷纷前来补报,但六号本报已经售罄,所余仅十余张,留于合订本之用",[61]"六号"正是陈佩珍自杀见报的日子,可见都市大众对于桃色新闻的敏感和嗜好。为了维护沪剧界的社会形象,自称居沪剧喉舌位置的《申曲日报》试图把陈佩珍的故事塑造成一个爱情悲剧,一个与她的未婚夫滑稽戏演员筱快乐之间不堪外界干扰的爱情悲剧。陈、筱间爱情简史在《申曲日报》上连载,[62]媒体报道引导读者去相信因为一个本身"不健全的社会"和"女人的懦弱",造成了这出悲剧,这是一个定论,表现了当时舆论界的一种言论导向。女演员的自杀现象是其对都市急剧变化的性别困境的极端反应,然而舆论对于女性懦弱本质的评判,起到的却是强化社会性别陈规的作用。

　　然而,同样被这种三角关系缠绕的汪秀英,却借助现代媒体维护了自己的形象。现代印刷工业的发展,使报纸媒体成为传播、表达言论的途径,为大众言说提供了公共舆论平台。媒体既可因加速了流言的传播而成为女艺人自杀的诱因,但同样能成为对抗流言的武器。在汪秀英的故事中,报纸成了情节的维系者,汪秀英通过公开发表意见,完成了一个自圆其说的故事。《申曲日报》作为申曲界的传声筒,既要保证和申曲界的良好关系,因为它背靠申曲的大树成活,另一方面报纸又要通过满足大众猎奇的欲望才能获得销路,所以,它甘愿充当这样的媒介。汪秀英言明,曾经和同业艺人朱彬声缔结婚约是因为母亲的强逼,解除婚约的理由是双方"性情不对,脾气不对,旨趣不对"。[63]汪在媒体的叙述中俨然是一个为追求自由婚姻、反对封建家长制的新女性典范。并且汪秀英的母亲出面表示是自己的以死相逼才迫使汪、朱订立婚约,故今后将尊重女儿的自由选择,表示婚姻的事"自有她自己的主权,将来为伊本人去决定,至多我在旁参加一点意见"。[64]整个过程,朱彬声没有在媒体传出只言片语,所以汪秀英的诉说就是普通申曲迷们获得信息的主要来源,此次解约事件变成了汪对抗不合理的婚姻所做的斗争。

但几个月后，爆出汪秀英和万蓉之间的订婚新闻，却又令舆论哗然。万蓉谋职于商界，"年少英俊，毕业于工部局格致公学，中英文具有相当根底"。[65]万良好的家庭背景和事业，与从艺的朱彬声一比差异立现，这给善于捕风捉影的小报记者极好的素材进行投大众所好的附会。《戏世界》直指汪秀英是个轻浮乖戾，爱情不专的人。在后台与人争吵，并且"爱情始终不统一，没有一定的宗旨，追求的人很多，她自己也不知道谁是她的对象"，[66]汪又被指和朱彬声实行不公开的同居，因为攀附新贵，才与朱解约，汪的对象万蓉也被指为"一位浮滑少年"。汪秀英立即作出了回应，在《申曲日报》上发表汪、万联合声明进行"辩正"，指责《戏世界》的无中生有，毁人名誉，为博报纸销路，不择手段。结果各执一词的两方，在两报上展开了笔讼。而《申曲日报》对汪、万恋爱史的连载，[67]试图表明这段曲折的爱情曾经受到扼杀，但是最终不自由的婚姻终归没有幸福，汪、朱的结合是一个完全封建悲剧式的错误，所以，汪坚决的反抗，终于得到了母亲的理解，摆脱了这个错误的婚约，这就为汪、万的婚姻提供了合理的理据，有情人终成眷属毕竟合情合理，桃色纠纷也变成了追求自由恋爱的奋斗史。

陈佩珍、汪秀英选择了不一样的应对方式完成了截然不同的人生走势。陈佩珍的自杀代表着对都市性别关系急剧转变的一种激烈反抗，女性因为不具备一套有力的话语为自己言说，而陷入极度的苦闷之中，自杀是她们选择以示反抗的无奈又终极的手段。但是，正是这种无法逆转的方式又给掌握话语权的评论者一个话柄：女性的本质是懦弱的。于是，弱者的角色又使女性不堪重负。但是，汪秀英利用了大众窥私的心理，在别人用她的经历大做文章的同时，将计就计地站出来言说自己的立场和处境，不仅给自己的行为找到了时下可以利用的合理话语，又扩大了自己的知名度，这是现代都市为其带来的条件和工具。在地方戏现代化转型过程中，演员的地位有所上升，但是这种身份压力也显而易见。女演员为了使其形象与艺术家的身份匹配，更加重视她们在公众面前的"清白"作风，但是，长期以来作为男性"可欲之物"的女演员在剧种现代化、体制化的转型中，如何使自己的行为与大众生活价值观念相契合？使她们颇费周折。

五　都市言情与城市心态

有关战时上海的历史叙述,诟病的是"孤岛"过盛的洋场习气,很少去探讨这时期都市大众的生活方式、心理状态和精神表现。诚然,战争和沦陷是不可回避的生存处境,但是正如张爱玲在香港沦陷时描述亲历战争时的心理:

"……我们对于战争所抱的态度,可以打个譬喻,是像一个人坐在板凳上打瞌睡,虽然不舒服,而且没结没完地抱怨着,到底还是睡着了。

能够不理会的,我们一概不理会。出生入死,沉浮于最富色彩的经验中,我们还是我们,一尘不染,维持着素日的生活典型……"[68]

这是一个特殊的时代,不仅是战争的动乱,更是因为战争的契机带来了社会转型中传统与现代更猛烈的交锋,战争颠覆带来上海都市社会的重组:政治、文化精英的内迁,大量江浙难民的涌入。江浙避难移民的到来,使都市与乡村的交流进程变得直接而急促,这一变局加速了新与旧的交锋。并且,现代都市诱惑和危险并存的环境也令初来乍到的新移民感到局促,在金钱、权力、欲望的驱动之下,对传统的道德伦理秩序更是一个考验。风云际会的时代考验人的生存智慧,孤岛上海有两类人春风得意,"一种是属于商界的,所谓暴发户,一种是属于政界的,所谓沐猴而冠的人物"。[69]虽然,战时经济形势险峭,通货膨胀剧烈,但暴发的人可以日日豪宴,夜夜笙歌。然而,汉奸当道,交易所中的翻云覆雨,暴发户囤积货物,居奇不卖,这些都令这个城市看起来虚浮飘荡、摇摇欲坠。对于普通人,"因为经济的不稳定,所以人们都不把钱放在口袋里或是存银行,整个城市不是囤积物资,就是及时行乐,歌台、舞榭、旅馆、酒楼等均告客满"。[70]不得不说,家国天下的伦理观在这个时代受到极大冲击,而精英话语的失语,使感觉到时代在发生着变化但又说不上来的都市大众,只能在困惑之中抓住一些表象。张爱玲说:"这时代,旧的东西在崩坏,新的在滋长中。但在时代的高潮来到之前,斩钉截铁的事物不过是例外。我们只是感觉日常的一切都有点儿不对,不对到恐怖的程度。……"[71]由于战时上海的政治环境,尤其是沦陷时期,民族政治话语失去了在大众中公开宣传和渗透的空间,其合法性无法树立。退居大众,离开政治话语的规训,他们只能用普通人关注的伦理价值来评判、回应这个时代的变局。

沪剧《秋海棠》在大中华剧场上演,上座颇盛,以后又在卡尔登搬上话剧舞台,更是反响热烈。话剧界的精英,认为《秋海棠》在艺术价值上是平庸的,不过是吸引了一部分从前不看话剧的太太们进入了话剧场子。而沪剧《秋海棠》的编剧邵滨孙则认为,他们之所以演这个剧,因为《秋海棠》一剧赞扬了父慈子孝,侠义忠信的美德,对于世道人心有益,"在这个世风日下、人心不古的社会里,可以做暮鼓晨钟! 可以做迷津宝筏! 激起共鸣正义之心,家家保守固有美德,去建立一个光明的幸福的新社会,人类相亲相爱,永远没有残忍可怕的事情发生"。《秋海棠》等时装剧的流行,可以被看作是供于消闲的产物,但是消闲不是空穴来风,它的话题不只是胡编滥造,畅销的东西总归是在这个时代里站住了脚跟。战争之后,普通人的生活被形容得落在了一个黑暗的阴影里,不过,新旧冲突带来的大众心理的变化以及人们对都市生活体验的增强,却说明 40 年代都市文化的根是扎在上海都市化进程的土壤里。

1. 言情的舞台呈现

现代工业的包装和呈现,总是借助于华光与温情,孤岛的上海,这种招摇和魅力几乎无孔不入。作为二三十年代大众关注问题的延续,"恋爱与婚姻"依旧是都市青年男女的一大烦恼。这是一种回归,使 30 年代延续下来的都市之中新旧价值观念的冲突再度成为大众关心的话题。虽然,"五四"新文化运动以来,新的观念和生活方式一直在都市之中普及蔓延,但是风俗的改易不是一朝一夕的事。旧式婚姻、礼教伦理与遍及都市的爱情、欲望以及以爱为名建立起来的新道德之间的冲突在普通人的生活中经常发生,报纸新闻中经常曝光因为新旧婚姻观念的冲突而酿成的悲剧。两代之间因恋爱问题发生冲突时,青年们在经济上对大家庭的依赖往往是致命的弱点。因为家庭的阻挠,男女青年迫于经济而放弃爱人是常有的事,这些时事往往变成大众娱乐舞台上最受欢迎的故事。但是都市青年男女挑战传统婚姻秩序的斗争仍在继续，或者因为难敌都市的诱惑，或者因为接受了新思想而寻求更和谐的生活伴侣，种种原因加速着旧式婚姻秩序的解体。而建立现代民族国家的政治立意，要求家庭中一夫一妻的构成，也使"爱情"成为婚姻的核心问题，感情的觉醒联系的不仅是个人的幸福，更是国族的前途。

与恋爱和婚姻相关的"男女问题"是影剧表演的中心内容。舞台充斥着各种形式的爱情悲喜剧。当时的左翼作家胡春冰评价影剧中的恋爱主题，"因为更接近于自然人的生活，在戏剧的 Motiva 中，它是最永久，最广泛，而且最多样的。……它决脱离不了社会关系。所以它常常是那样深刻而动人"。[72]此间，因女演员占据了荧幕和舞台爱情剧的中心地位，所以，针对抗战时期影剧作品中的"女性中心观"，胡认为"那只是表示男性的统治者，依然是把女性当作'可欲之物'，这是对抗战的逃避和叛逆，绝不是好现象"。[73]然而，大众文化的蓬勃态势，以及女性角色在舞台的中心地位在二三十年代已经是客观的存在。针对战时上海公共空间中普遍存在的女性化特征，历史学家姜进这样解释："如果说战争环境把这些女子推上了战时上海大众文化的聚焦点，那么为此奠定基础的则是三十年来争取女子受教育权、工作权、公开阐述自己观点的权力所作的努力。"[74]胡的论调表明退居后方的知识精英仍然试图以民族话语来论证这种"繁荣"的危险，但现代化话语和民族话语地位改变而产生的张力，反使这座城市对现代生活方式和价值认同更加深化，女性文化的上升不过是其中一个显而易见的表现罢了。

沪剧的都市言情剧围绕着"爱情和婚姻"的种种问题展开的故事层出不穷，令作品中的女性形象更加丰富。沪剧舞台塑造的女性角色主要有三类：一类是由悲旦饰演的传统意义上的"好女人"，她们在都市之中有了新的身份，变成了女学生、女教师、女职员。虽然身份有异，但她们善良，对爱忠贞，并且往往受尽摧残，反抗不果或含恨而终，这类女性是沪剧舞台的核心。苦戏居多的时装戏舞台用哀转久绝的凄苦生命历程来引起观众的共鸣，而大众对悲苦女性的同情和认可，却显示了社会性别体系中的权力关系并无实质改变。虽然，故事背景置换到了现代都市，但这类"善良"的好女人总是无力又无奈。故事的情节设置不被认为有任何不妥，她们始终是牺牲品，这种悖论的安排正是为了突出创作者的论调去呈现这个社会的失序，而旧道德往往在这种时刻浮现。

　　另外两类都是诞生于都市的人物。一类是以"现代尤物"为原型的女子，她们是欢场上的红舞女，知名的交际皇后，或是新学堂里的校花。这类女性角色被阐释成摩登的化身，代表着都市的诱惑和危险，色、性、欺骗技巧围绕着她们展开故事。在处理这类现代摩登女郎命运时舞台的态度是暧昧的，一方面演员们模仿现实才完成了角色塑造，另一方面，沪剧舞台的摩登女郎却很少展示真正代表摩登的优雅而现代的生活方式，舞台着力表演与这类女子周旋的经验主要是在提醒大众这是一种饮鸩止渴的选择——看似令人迷乱的快乐，可望可及的幸福，最终却总令被诱惑的男人遭受猝不及防的打击。所以，现代的摩登女郎与传统的祸水红颜有着现成的一线之牵。这种现代"坏女人"隐喻着难以把握的现代魔力，折射出人们在新旧冲突中对于现代化复杂心态的一个面向。舞台上经常采用"因果报应"的方式将这类女人放入自食其果亦或是幡然悔悟的结局，这样的处理再次表现了传统目光观望的姿态。另一类是受着新思想熏陶的现代新女性，不过她们往往以配角的身份出现，因为这类角色离沪剧观众群的经验甚远，也不是沪剧演员智识水平上的，只是偶尔用于剧中提高品位的调剂，代表一种想象和希望。这也进一步证明了沪剧舞台对于现代性的阐释，更多是在表现普通大众在面对现代与传统间落差的心理失衡，以及对于现代生活片面的想象。

　　施家剧团演了100多场客满的沪剧名剧《三朵花》，很典型地给出了这几种类型的女性形象。故事讲述了三姐妹不同的人生际遇，以一户生活难以为继的普通人家的拮据生活开场。父亲无奈抱着三女儿佩华弃家谋生，孰料二女儿又遭人拐卖不知所终，一户完整人家就这样四分五裂。母亲抚养大女儿佩芬长大，佩芬亦长成了一个善良孝顺、吃苦耐劳的品行女子。被拐的佩芳堕入青楼，被金融家量珠聘去，成了富家太太，但是不甘寂寞的她一心图谋富室家产，又对在家帮佣的姐姐极尽羞辱。而随父在外的三妹佩华，求学向上，成为一名新女性，她追求自由婚姻，终于有情人成眷属。一部剧

《三朵花》中最终落拓的二姐佩芳（丁是娥饰）

囊括了舞台上各类女性的典型形象，结局是随大流的苦尽甘来，又加上佩芳沦落街头完成了"善恶到头终有报"的道德说教。演剧者评价《三朵花》表现了"勤俭者能上进，奢靡者必堕落"[75]的道德意义。旧道德的回归正是说明现

代的生活方式和理念在道德和定义上都不确定，因而，剧作者在塑造人物的时刻仍然按照旧有的人物形象去套用新的故事，尤其是"现代尤物"这类角色，以"坏女人"的形象登场就可以避开对现代的讨论，轻易地从常规的道德层面作出评价。而贤良恭顺的"好女人"，虽然在现代社会之中似乎总有尝不尽的苦涩，不如"现代尤物"般如鱼得水，但最后创作者仍可用道德规范替她们翻身。

2. "现代尤物"身上的性别挑战

因为自由恋爱风气的普及，都市之中男女交往模式发生着变化，男女青年接触的频繁和自由选择机会的增多加速了新的性别体系的建立。"五四"新爱情观的实践，将爱情的核心投向热烈的情感和真实的欲望，与民初鸳鸯蝴蝶派小说渲染的才子佳人式的浪漫含蓄形成了对照。"鸳鸯蝴蝶派的小说，人物总是十分贞洁，只在伴侣式的婚姻中产生爱情。'五四'的爱情则拥抱不可遏制的欲望，这种欲望挑战传统的道德，并在婚姻之外实现身体的结合。'五四'的爱情要求有新的规则，这些规则可以认知并监督每个人的情感和选择的新道德。"[76]于是，"五四"话语的"新规则"，不仅引导人们实践新的行为，也为在原有话语之外的人提供了可供借用的新道德。

大众娱乐舞台偏爱的一个角色——"寡妇"，就是这样一个依靠"五四"爱情观而重生的角色，因为该角色身上嵌入了"色情想象"的标签又饱含突

破解放的涵义。历来舞台上对寡妇生活的塑造，无非是偷情、守节两种，40年代的沪剧舞台，上演了很多重塑寡妇生活的舞台作品。《风流寡妇》、《寡妇思春》等这类剧目，就是将色情想象放入自由追求爱情、人欲的话语框架之中，以"解放"为武器取得舞台形象的合法性。沪剧《孀怨曲》唱一个独守春闺的寡妇看着春色满园，触景伤情的悲怨，唱：

> "别人家郎才女貌良缘配，双宿双飞喜气扬，可怜我形单影只孤灯对，暗悲暗泣苦难尝……别人家绵绵情意同心结，夫妻团聚幸福享，可怜我悠悠岁月浑难度，寒衾梦断太凄凉。"

难耐孀居的孤独寂寥，更羡慕常人家的恩爱生活，透露追求正常的夫妻生活是人之常情。不过，除了喊出对这种悲苦生活的不满之外，现代孀妇不再像传统寡居的女子那样，伤春处又无计可施。她用新思想作为自己摆脱孤独寂寞身的工具，来赋予"红杏出墙"新的意义，唱：

> "夫君呀，我为争取新生命，只能找求新对象，对侬自愧无情意，负疚良深抱恨长。但不过寡妇守节旧礼教，并非人道好主张，我勿能沉沦苦海葬坟墓，任凭宰割像羔羊。所以我恶劣环境要反抗，所以我解放女性要提倡，想侬时代青年辈，富有前进新思想，当然不会心恨我，地下英灵肯原谅。"[77]

现代的生活方式和价值观念都在改变人们对于"男女关系"的固定思维，而都市公共空间的存在，女性在都市中自由行走和活动的便利，为实践自由恋爱创造了良好的环境。不过，现代都市男女对于爱情的追求，随之而来的是爱情的变幻无常和难以驾驭。自由开放的空气鼓励着都市人追求自由的决心，但是"情变"的危机却令人猝不及防。爱情的黑幕重重，使舞台故事也围绕着"好女人"和"坏女人"的变幻莫测而层出不穷。

代表"现代尤物"的摩登女郎是都市通俗文学乐于表现的人物形象，鸳鸯蝴蝶派小说中，那些操控着爱情的女性角色是道德训教的对象。鸳蝴派小说的作者们不是不了解自由的婚恋观，他们的态度往往是明白旧礼教的压抑之苦，也并不反对爱情的重要性，但是，他们怀疑颠覆旧道德，会使"爱情"与"淫乱"走向互相附着的绝境。所以，它的重点落在警示上，警告都市中的青年要警惕这种新文化的爱情观,鸳鸯蝴蝶派小说流行于都市,暗示了这种忧虑在普通大众中的影响力。而20年代末兴起的都市新感觉派小说则将"现代尤物"当作一个现代的创造物来欣赏。刘呐鸥小说的典型情节就是:一个男性叙述主人公无望地追逐一个外表极其摩登的女子,但总是以失败告终。"那尤物般的她总是先引诱他,再控制他,最终离开他。她仿佛是从天而将,但总比那男叙述人/主人公在城市里更显得如鱼得水",[78]这类女性发扬着现代的都市生活,游刃有余地玩弄着现代生活方式,在人前炫耀着一种自由大胆不羁的生活状态。在刘呐鸥、穆时英以"现代尤物"为表现主体的都市辞藻序列中,女性占尽了先机,而男性在心理上是弱于女性的。文学评论家认为:"在刘呐鸥的小说中的男主人公依然保持着'过时的父系制的道德感性',而他典型的女主人公则是第一批都市'现代性产物'。"[79]

比较二者,戏曲舞台上诠释的"现代尤物"更接近于鸳蝴派的论调。刘呐鸥这类新感觉派先锋写手过于热衷于声色汇集的城市景观,以至于使从社会伦理层面考量的"这个都市的道德沦丧在这样的语言裱糊之下,也显得相当有魅惑力"。[80]而像沪剧的时装戏这类指向大众领域的舞台作品,编导、演员和观众都同属于这类"半新不旧"的都市大众,所以,即使"现代尤物"般的女性角色给传统的性别体系带来了极大的挑战,为了不陷入"道德沦丧"的逆境,她们的命运往往被处理成势必的落败,从而回归公认的道德准则。类似《妇女钟》的故事在沪剧舞台上非常普遍,《妇女钟》表现一个"不安于室"的美艳少妇,如何一次次摆脱婚姻,寻觅新欢,到处播撒她"流动着的爱情",让被她抛弃的男人痛苦不堪。但是,最后被她离弃的丈夫是"一跤跌到青云里了",而她却是"懊悔来不及了",于是,

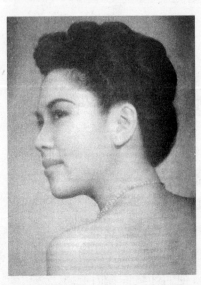

40年代沪剧舞台上经常饰演摩登女郎的丁是娥

"一失足成千古恨！这是妇女们的暮鼓晨钟吧！"[81]就成了所谓《妇女钟》的警示意义。"情变"的多发使都市大众对于新文化的爱情观保持着一种疏离感，他们把旧的对婚姻的从一而终变成了对爱情的从一而终，而爱情的专一往往又锁定在伴侣式的婚姻之内。而对"现代尤物"的提防，使她们被处理成妖骚狐媚的"坏女人"的化身，这是创作者将"爱情"和"欲望"进行分离的尝试。这种新旧交替时期的大众，不能说他们只是传统礼教的遗老遗少，对于礼教没有批判，但是他们中的大多数都还是一些半新不旧的城市市民，对现代的进驻有所体察和经验，但是在"新道德"没有建立的时期还是东摇西摆的。

3. "情变"与"情迷"

都市大众对 40 年代初轰动沪剧界的一件情杀案的讨论更加表现出了对新的爱情观的矛盾心态。1941 年 3 月 23 日沪剧女演员王艳琴在大世界影剧场被同业的沪剧男艺人杜鸿宾刺死，事发惊人，沪上各报俱有报道，并因此爆出了王杜之间的情感纠葛。王艳琴是代替生病的姐姐王雅琴到沪剧社充任《大家庭》女主角，但是不久沪剧社后台传出她与青年导演戈戈恋爱的

苗头，据传因此她抛弃了与她有"白首之盟"的杜，至此引来了大世界中杜"逼婚不成，痛下毒手"的惨剧。因为时事的煽动性，《申报》、《新闻报》都对此案的事态发展进行了报道，小报更是抓住各种细节大做文章，挖掘王、杜、戈三者情感纠葛的内幕。游乐界的演艺媒体也借助此案大肆更张，排演《艳琴惨案》、《王艳琴活捉杜鸿宾》、《艳琴惨史》等剧，电台播音中《艳琴开篇》同样大受欢迎。这当然不外乎是都市大众对于桃色新闻的热衷，原本这也只是上海滩上一件普通

登载"杜王惨案"进展的《申曲日报》

的桃色惨案,但是随后报上不断爆出戈戈因"我不杀伯仁,伯仁因我而死"的情感冲动要当王的未婚夫,而逃逸的杜鸿宾在旅馆中吞鸦片自杀,留下了"琴为我死,我爱琴亡"的绝笔信,沪剧界更发起给杜王二人建"鸳鸯墓"等后续事件,事态的发展激发了公众参与讨论的热情,这个事件突出了都市人对于爱情的态度。

公众对于王艳琴的批评,如同他们对于舞台上"现代尤物"的批评一样,"见异思迁"、"弃旧恋新"。《力报》上一篇评论说:

> 王艳琴在没有声位以前,她的眼界欲望是很浅的,与同班的男演员杜鸿宾发生了关系,后来她进了沪剧社,所接触的人比以前高尚富丽了,而思想眼光方面,也跟着高了起来,她见有容貌家况比杜鸿宾好的人在追求她,就意志动摇,目光转变,而撇弃了旧恋。[82]

读者们关心王和杜究竟有没有"发生关系",是不是一对情人,如果他们的爱情成立,那么似乎对王"见异思迁"的指责就顺理成章。"弃旧恋新、见异思迁的心理"还被看成是"目前都市一般年轻女子普遍的病症",王的下场被作为反面教材来劝告都市中的年轻女子应以此为鉴。在都市中自由恋爱的发生能被认可,但是"五四"爱情观对于欲望和情感的开放姿态仍使大众存在疑虑,它究竟是让爱情成为一个神圣的名词,还是变成"见异思迁"的借口。不过,都市大众对情的评判还是使用了一个标准:专一,既肯定了爱情的尊严,也保持了爱情的稳定。

杜鸿宾的自杀是这个案子的转折。公众对于杜鸿宾的惋惜之声替代了对他实施暴行的责任追究。随着公众进入对"情"的讨论,杜"畏罪自杀"的嫌疑也变得模糊不清。"看了他的'琴为我死,我爱琴亡'这句话是多么的凄绝人寰,愿毁了他自己的宝贵生命,去相伴黄泉路上的艳琴,这种事谁又能办得到。"[83]在公众的眼里,他是爱情专一的坚决实践者,因而他就不只是一个行凶者,而变成因有着满腔的爱情而误入歧途的受害者。有人甚至赞他的行为"刚性可风",而更多人是惋惜:一个在事业上大有可为的青年人,"他竟为了一个'情'字,而将弱女子王艳琴刺死,自己也结束了有用的一生,值得吗？试问谁又指出他的功绩所在,除了缺少理智的人们才会附和他".[84]他们叹息杜鸿宾的无知,"大丈夫因以家国为重,斤斤于儿女闲事,太不值得".[85]男人进入的是家国天下的宏大叙事,本不应沉沦于小小的情感世界,而这个案件的事态却显示出传统的社会性别关系的倒置。

公众更多讨论和关注的还是对于爱情的界定。对于这起桃色惨案尚存的当事人沪剧社的导演戈戈,有人质问他,对于王艳琴究竟是"真诚圣洁的爱",还是"逞一时之欲以示其风流俏达",如是后者,"这件事戈戈委实要负全责,其罪恶将永远难洗",[86]有读者表示,因为报纸的叙述,确实使人误解,而对戈"留下了恶劣的坏印象".[87]当然也有人夸赞他"凡是竞争所得才显得这所获胜利品是美满甜蜜,假使平平淡淡,必定会感到毫无意味",[88]无论哪一种认识,衡量标准都是"爱情"的真实性。这场情杀案中的各方在爱情关系网里扮演的角色影响着都市大众对他们的人格作出推理和判断。配合公众对于爱情的理解,戈戈在《申曲日报》上的叙述将"三角关系"解释成了全然的误会,戈表示他与王只有纯洁自然的友谊,他称赞王在艺术上的认真,人格上的纯洁,更表示了对杜鸿宾热烈爱情的尊重和因误会而造成悲剧的惋惜,并解释了他之所以愿意承担做王艳琴的未婚夫,"完全为了她死于误会,死得太惨,死得太冤枉",[89]最后戈戈亦遂了杜绝笔信中的遗愿声明取消他未婚夫的名义。戈戈给出与外界的评论完全不一样的王艳琴形象来保全自己的形象,还了爱情一个纯洁的误会。

因为爱情的难以控制,也令一些人对这个社会感到忧虑。有评论人将"杜王惨案"的发生视作一个社会问题,"类似王艳琴的那种天真而却是幼稚可怜的女孩子,在这社会里,真是多着,像杜鸿宾的那种聪明而却是同样幼稚可怜的青年,在这社会里,也绝对不少。所以这应该是一个社会问题,一个可怕的严重的社会问题".[90]他们死的原因是"幼稚"。他们死后给人的印象是"可怜",没有接受好的教育,智识不高,以致缺乏判断力,这是公众认为惨案发生的原因。女性的幼稚是被"虚荣"迷惑而意志不定,男性的幼稚是他们受着"情"的迷惑而误入歧途。"虚荣"被定义为女性在都市生活中催生出来的一个毒瘤,这令她们善变且难以控制,而男人却陷入了"苦恋相思"、"情感冲动"这种在传统性别体系中原本属于女性气质的行为模式,"杜无力夺回他的情人,而借之于武力手段,最后自戕了一生,这实在是弱者懦弱的呼声",[91]这也正是都市性别关系急转直下的表现,"一定还有许多年轻男女沉湎在爱河中互相热恋着,希望他们要永久取郑重态度,获得对方的情感,处处要洁身自爱,免得再弄出如此不幸的结果"。[92]

这起桃色惨案折射出了都市情感的众生相:为情所困的痴男怨女,见异思迁的"现代尤物",随处风流的纨绔子弟。而都市大众在参与讨论时,有人对爱情着迷,有人为"情变"忧虑。一起情杀案引发了随都市中性别关系剧烈变化而来的焦虑、困惑的爆发。"爱情专一"成了都市大众界定爱情的道德标准,所以这起案件中,当事人都经历了这个标准的判断,杜的自杀使其被定义为爱情专一者而被公众原谅了,相反的,受害者王艳琴却成了咎由自取的牺牲品,只能博取一点怜悯,戈戈则用"误会"来保证爱情的纯洁性以保全自己。不过,杜鸿宾自杀的无价值论,看出了传统的父权制退守的一面,男性为了"情"而自杀,对立的是女性的"见异思迁",选择自己心仪的对象。公众忧虑这种现象在都市中的多发,于是,爱情的不可操控性使这个"爱情专一"的命题听起来反而力不从心。

六　结　语

沪剧在进入上海半个世纪的时间里终于在此地站住了脚跟。沪剧时装戏的兴盛得益于许多因素。方言是大众的日常语言,讲上海话是移民成为上海人的标志,沪剧用上海方言说唱,听起来亲切明白,使沪剧发展具备了良好的地方优势:

> 申曲因为是用地道的上海土话来唱的,于是在上海话发展的今日,便成为杂耍戏中的幸运儿。这个幸运儿用科学来替它算命,知道它命运此后真不差,只要上海繁荣,申曲的堂会与播音等等还要生意兴隆的。[93]

上海滩上各种娱乐形式几经起落,沪剧的命运确实不赖,在纷繁的戏曲市场中脱颖而出,在战时上海,沪剧的"西装旗袍戏"形成了与京剧舞台的"帝王将相"、越剧舞台的"才子佳人"三足鼎立之态。诚然,沪剧的成功占到了本地戏的先机,但更因归功于其自身的正确定位和不懈的改良努力。沪剧在早期发展阶段没有很好的古装戏传统,老戏表现的都是清末江南衰败农村的奇闻趣事。[94]而且,租界娱乐市场上,如京剧、评剧等舞台的古装戏表演已相当成熟,没有给其他剧种留下更多提高的空间。[95]时装剧市场却大有可为,通过与通俗文学的现代言情小说接轨,顺应了大众娱乐市场的趋势。

言情是民国通俗文化的大宗。清末民初的鸳鸯蝴蝶派文学以娱乐性、消遣性、趣味性为标志领一时之风。曾经对于鸳鸯蝴蝶派的定论多以贬抑,文学本身虽有多种功能,但游戏与消遣功能在现代文学的历史中常被视为玩物丧志的反面效应而一再加以否定。不过,大众不同于精英,他们不讲究文学的严肃性,消闲之需才是他们确定作品意义的前提。时至今日,这些畅销书更成了一种有用的工具,透过它们可以看到特定时间人们普遍关心的事情和某段时间内人们的思想变化。在新旧交替、中西互市的上海,现代出版业和新式教育的发达不仅对普及都市新型生活观念和生活习惯起了至关重要的作用,也为言情文学的大行其道提供了平台。随着现代都市生活方式和情爱表达方式的转变,言情的内容也在相应的变化,民初才子佳人小说的流行地位已出让给都市题材的现代言情小说。大众追逐都市题材的消闲娱乐作品在二三十年代已经盛行,张恨水的都市言情小说畅销多年,他所提倡的"以社会为经,以言情为纬"的文学结构决定了作品的市民性,"书里的故事轻松、热闹、伤感,使社会上的小市民层看了之后,颇感亲近有味。尤其是妇女们,最爱看这类小说"。[96]报纸杂志的读者们在出版物上公开讨论恋爱和婚姻在新旧冲突中的困境,[97]这些都反映出都市大众对于随之而来的新的社会问题有无限话需要表达和释放。而孤岛和沦陷时的政治格局造成了精英文化的式微,"在民族文化精英缺席的状况下,通俗小说作家拥有了文化名流的身份,他们的作品和刊物为通俗文学的言情叙事奠定了基调,也为从电影到戏曲向以言情为主题的大众娱乐提供了文学支撑,为越、沪、淮等小戏的都市化和现代化提供了文本"。[98]

现代言情作品也为新移民提供了可供想象和借鉴的资源。当四乡移民随着战争的难民潮涌入租界成为新的上海人,初来乍到的他们对于沪剧并不陌生。沪剧常年跑码头的戏班很多,四乡民众的印象中沪剧除了表演老滩簧戏(如《阿必大回娘家》、《陆雅臣》、《卖黄糠》等),就数时装戏给人印象深刻,沪剧著名的跑码头戏班"中山社"在"松江小筑"表演《阮玲玉自杀》时轰动了松江城。沪剧曾经为周边地区的大众提供了对大上海的时空想象,而当他们进入上海转而成为沪剧可以依赖的观众群体。

再则,都市新移民在感情上对都市生活认同感的加深,也使其对都市题材的舞台作品更加青睐。沪剧指向大众生活的言情作品寄托了中国最为现代的城市中市民心理的变迁。都市和乡村、现代和传统的新旧交锋中涌现的问题是上海都市化进程的必然产物,关乎爱情、婚姻和家庭的问题又是大众生活中最基本、最重要的内容,这与 30 年代延续而来的大众话题不谋而合。自由婚恋等新的观念价值不再只是知识阶层——至少是受过高等教育的文化精英消费的高尚理念,而被越来越多的都市大众熟悉和认可。沪剧的时装戏舞台充满着各种情爱关系交织而成的人生悲喜剧,这些反映都市日常生活体验和冲突的舞台作品迎合了都市人的口味。

沪剧时装戏的兴盛,顺应了 30 年代以来上海都市化、现代化的进程,它没有因为战争而中断,战争以后独特的社会环境,反而使这个过程更加急促和跳跃,新旧社会意识的更替更加凸显。故笔者认为战时上海——这个大众文化最为凸显的时代,因为战争带来的都市社会重组,使"五四"以来的新旧观念的冲突在这一时刻又掀起了一个高潮,上海日趋成熟的都市公共空间正好为大众兜售其新旧思想提供了场所,大众在参与娱乐和公共讨论的过程中,也为现代都市生活新规则和新道德的建立开路。总之,绕开战争的历史记忆带给我们的束缚,将目光投向更加真实的大众生活领域,与战时上海娱乐文化领域的其他研究成果一样,本文的研究反映了上海都市现代化的进程并没有被战争阻断:"大规模的城市移民和上海作为远东大都市的崛起,女性在都市社会和文化空间中的活跃表现,适合都市人口味的爱情剧的繁盛，以及大众文化的专业化、体制化发展"，[99]这些特征在笔者对沪剧的研究中都能捕捉到。战时上海都市化进程有着其独立的走势，其中的文化意义正待更多的发掘，这也为我们对其他时段历史文化的多角度研究提供了借鉴。

[1] 上海的沪剧从 19 世纪末进入上海城区发展，称谓的变化也可看出其都市化特征，从花鼓戏、东乡调，到本地滩簧，又过渡到申曲，到 40 年代开始逐渐改称沪剧，然后沪剧这个称谓逐渐被行内接受。

[2] 来自乡下的花鼓戏改称滩簧而不改其他，原因有二：一是出于仿效而改称滩簧，专称滩簧的曲种（即后来改称的苏滩）比花鼓戏早进入上海，苏滩中的一些剧目，如《卖草囤》、《借妻堂断》等与花鼓戏的剧目相同；二是滩簧当时深受底层大众欢迎，老艺人沈锦文说："花鼓戏艺人看到滩簧在上海生意好，也改叫滩簧，在农村里还是叫花鼓戏的"，后来为有别于苏滩，就进一步改称本地滩簧。参见文牧、余树人：《从花鼓戏到本地滩簧——沪剧早期历史概述》，中国戏曲志上海卷编辑部编：《上海戏曲史料荟萃》（沪剧专辑），第 2 集，1986 年，第 7 页。

[3] Jin Jiang："*WOMEN PLAYING MEN：Yue Opera and Social Change in Twenties*"，University of Washington Press Seattle and London，2009.3，p.48．

[4] 周良材：《滩簧戏与时代的关系——沪剧对子戏、同场戏试析》，中国戏曲志上海卷编辑部编：《上海戏曲史料荟萃》（沪剧专辑），第 2 集，1986 年，第 10 页。

[5] 姜进：《追寻现代性：民国上海言情文化的历史解读》，《史林》，2006 年第 4 期。

[6] 上海沪剧志编纂委员会编，汪培，陈剑云，蓝流主编：《上海沪剧志》，上海文化出版社，1999 年，第 6 页。

[7] 吴企云：《申曲研究》，上海通社编辑，《上海研究资料》，上海书店出版社，上海，1984 年，第 567 页。

[8] 燕：《申曲之今昔观（上）》，《申报》，1938 年 12 月 14 日，第 13 版，上海书店出版社，上海，1983 年。

[9] 中产阶级女性群体在都市公共空间中的地位凸显，使她们以观众和赞助人的角色介入了越剧舞台的改造。而女性观众群的兴起对现代爱情戏的成形起了至关重要的作用，可以说这种爱情叙事主要是为女性设计的，这一文化现象充分体现了上海娱乐文化中的女性化特征。参见姜进：《涌动与重构：从越剧观众看都市文化中的性别和阶层》，"现代中国都市大众文化与变迁"国际研讨会论文集，2005 年 12 月，

上海。

[10] 据沪剧女艺人丁婉娥回忆,她原本是宝成纱厂的童工,经常和同厂的姚素珍、王凤珍(二人后来也一同拜师学唱申曲)一起到日升楼、新世界和先施屋顶花园去听滩簧。因为喜欢滩簧,也想摆脱工厂里令人厌倦的单调生活,就选择学唱滩簧演戏。参见丁婉娥口述,周靖南、于秀芬记录整理:《婉兰社、儿童申曲及其他》,《上海戏曲史料荟萃》(第 2 辑),第 94 页。

[11] 余树人:《沪剧历史发展沿革》,1984 年,上海沪剧院藏上海市文化艺术档案,案卷号 36,卷内号 2,第 10 页。

[12] 上海市申曲歌剧研究会的成立,禁止演唱的有下列几种戏:(一)王长生,(二)何一帖,(三)渡过桥,(四)肚郎叫喜,(五)和尚看病,(六)扦木香(即逃七关),(七)男碰河(即比汉郎),(八)双梦遗(即浪被单),申曲歌剧研究会是业内具有一定执行能力的机构,会务中有办理党政机关委办事项,解决会员间纷争,给失业会员介绍工作,改进剧本等事务。参见《上海研究资料》第 569 页,《申曲日报》中还登载申曲歌剧研究会要求沪上全体申曲从业者到研究会进行会员登记,否则不得在沪表演场所接生意。

[13] 上海沪剧院艺术研究室整理:沪剧剧目变化的情况参见《1916—1938 年沪剧演出资料辑录》,《上海戏曲史料荟萃》(第 2 集),第 128—131 页。

[14] 《特写镜头:筱文滨(九)》,《申曲日报》,1942 年 6 月 5 日,第 1 版,上海图书馆缩微胶卷。

[15] 《特写镜头:筱文滨(七)》,《申曲日报》,1942 年 6 月 3 日,第 1 版,上海图书馆缩微胶卷。

[16] 筱文滨:《我的自传》,《上海戏曲史料荟萃》(第 2 集),第 40 页。

[17] 同上,第 43—46 页。

[18] 《特写镜头:筱文滨(十)》,《申曲日报》,1942 年 6 月 6 日,第 1 版,上海图书馆缩微胶卷。

[19] 《申曲日报》,1942 年 2 月 1 日,第 1 版,上海图书馆缩微胶卷。

[20] 《申曲日报》,1942 年 1 月 30 日,第 1 版,上海图书馆缩微胶卷。

[21] 《申曲日报》,1942 年 2 月 1 日,第 1 版,上海图书馆缩微胶卷。

[22] 夏连良早年投身电影界演过电影,后来从商,曾任新光大戏院总经理。夏的老头子是杜月笙门下四大金刚之一的芮庆荣,芮氏曾是新光大戏院的老板,他专收文艺界人士为门徒,申曲施家剧团的老板施春轩、文滨剧团的老板筱文滨都是他的徒子徒孙。

[23] 杨美梅口述,周靖南、于秀芬记录,劳愉整理:《艺事漫忆》,中国戏曲志上海卷编辑部编:《上海戏曲史料荟萃(沪剧专辑)》,第 2 集,1986 年,第 93 页。

[24] 沪剧社启幕大戏《魂断蓝桥》公演的演员阵容:王雅琴、孔嘉宾、范灵僧、俞麟童、夏福麟、逢爱珍、张谷声、程雅仙、华德山、解洪元、杨云霞、赵洪鸣、戴雪琴、顾月珍,基

本都是沪剧界的名角。《申报》广告,1941 年 1 月 9 日,第 14 版,上海书店影印本,1983 年。

[25] 杨美梅口述,周靖南、于秀芬记录,劳愉整理:《艺事漫忆》,第 93 页。

[26] 《特写镜头》,《申曲日报》,1941 年 9 月 5 日,第 3 版,上海图书馆缩微胶卷。

[27] 幕表就是剧情的提纲,有简单的情节分幕,出场人物扮演者的姓名,没有台词,仅以此分别剧情层次及角色的上下而已。一般在一出戏开演前,由说戏先生写好幕表挂于后台,根据幕表给演员们说一下戏,然后就靠演员自己在舞台上根据剧情即兴发挥。

[28] 夏天:《一点感想》,《申曲日报》,1942 年 8 月 30 日,第 1 版,上海图书馆缩微胶卷。

[29] 邵怀宗:《申曲必须改良》,《申报》,1939 年 3 月 3 日,第 18 版,上海书店出版社,上海,1983 年。

[30] 匹克:《全国戏剧运动及今后的努力》,《戏剧杂志》第四卷,第二、三期,1940 年 3 月 10 日,第 39 页。

[31] 韩白:《谈改良申曲》,《申曲日报》,1942 年 9 月 1 日,第 1 版,上海图书馆缩微胶卷。

[32] 同上。

[33] 《特写镜头》,《申曲日报》,1941 年 8 月 7 日,第 1 版,上海图书馆缩微胶卷。

[34] 《沪剧社排风波亭》,《申曲日报》,1941 年 7 月 31 日,第 1 版,上海图书馆缩微胶卷。

[35] 《沪剧社调整座价》,《申曲日报》,1941 年 8 月 12 日,第 1 版,上海图书馆缩微胶卷。

[36] 源深:《申曲〈风波亭〉观后记》,《申报》,1941 年 8 月 20 日,第 12 版,上海书店出版社,1983 年。

[37] 汪永熹:《由风波亭说起》,读者来论,《申曲日报》,1941 年 8 月 14 日,上海图书馆缩微胶卷。

[38] Jin Jiang：" WOMEN PLAYING MEN：Yue Opera and Social Change in Twenties", University of Washington Press Seattle and London, 2009.3, p. 138.

[39] 史棓:《文明戏史的发展及其展望(下)》,戈戈、柳木森编:《戏剧杂志》第一卷第二期,1938 年 10 月 10 日,第 31 页。

[40] 演员在舞台表演时的唱句。两个人在台上唱戏,你唱一段,我回一段,就叫"甩肩胛"。

[41] 龙孙:《本地风光〈范高头〉观后》,《申曲日报》,1942 年 10 月 27 日,第 2 版,上海图书馆缩微胶卷。

[42] 叶子:《对于申曲的印象》,《申曲日报》,1942 年 11 月 17 日,第 2 版,上海图书馆缩微胶卷。

[43] 叶峰:《唱句》,大阿福新篇,《申曲日报》,1943 年 1 月 8 日,第 2 版,上海图书馆缩微胶卷。

[44] 《关于遵守场子秩序的商榷》,《申曲日报》,1943 年 1 月 25 日,第 2 版,上海图书馆

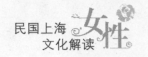

缩微胶卷。

[45] 勋：《滥放噱头的商榷》，《申曲日报》，1943年1月30日，第2版，上海图书馆缩微胶卷。

[46] 茜蒂：《谈谈今日的申曲界》，《申报》，1941年6月8日，第12版，上海书店出版社，1983年。

[47] Jonathan P. J. Stock, "*Learning Huju in Shanghai, 1900—1950: Apprenticeship and the Acquisition of Expertise in a Chinese Local Opera Tradition*", ASIAN MUSIC, Volume XXXIII, number 2, Spring/Summer 2002.

[48] 王云龙：《读书与申曲》，《申曲日报》，1942年5月6日，第2版，上海图书馆缩微胶卷。

[49] 四大美人信箱，《申曲日报》，1942年5月5日，第2版，上海图书馆缩微胶卷。

[50] 《卫鸣歧一天看了三种戏》，《申曲日报》，1942年8月24日，第2版，上海图书馆缩微胶卷。

[51] 顾月珍：《我的希望》，《申曲日报》，1943年1月5日，第2版，上海图书馆缩微胶卷。

[52] 孤岛和沦陷时期由于舞厅里的色情现象加重，舞厅在人们眼中成为一种堕落的场所。战时上海，舞厅业异常火爆，而且相比高级的甲等、乙等舞场，平民化的丙等舞场占据了多数，这说明舞场越来越面向普通大众。此时的舞场在上海市民的印象中已经成为一个堕落的场地，成了变相的高级妓馆。关于舞女的研究，参见张金芹：《另类的摩登——上海的舞女研究（1927—1945）》，华东师范大学硕士论文，2007年。

[53] 《丁是娥考究时装衣饰》，《申曲日报》，1942年9月30日，第1版，上海图书馆缩微胶卷。

[54] 《丁是娥玄狐大衣》，《申曲日报》，1943年1月14日，第2版，上海图书馆缩微胶卷。

[55] 大阿福信箱，《申曲日报》，1942年3月16日，第3版，上海图书馆缩微胶卷。

[56] 上海的电影女明星作为被公众疑视的对象，在公共文化空间中被各种话语交叉建构，她们身上被赋予了多重意义。见万笑男：《上升的明星？堕落的女性？——1920年代上海的电影女明星》，《华东师范大学学报》（哲学社会科学版），2008年第2期。而关于越剧明星马樟花、筱丹桂的死引起的舆论反响，以及在越剧女演员中有着广泛影响的"认认真真演戏，清清白白做人"的理念，都照应着处于公众视野中的女演员艰难的处境，"颇有名，却无力"成了她们的写照。见 Jin Jiang："*WOMEN PLAYING MEN: Yue Opera and Social Change in Twenties*", University of Washington Press Seattle and London, 2009.3, pp.101—161。

[57] "扎头髻"即男扮女，男演员带上女性的发髻，在舞台上担任女角，清末因官府禁止女性登台演戏，所以舞台上的女性角色都由男演员反串。民国前后，男女同台的风气始开。

[58] 张彩霞口述，朱廖祖记录整理：《我与西帮》，《上海戏曲史料荟萃》第2集，第

101 页。

[59] 支锥班是沪剧早期在茶楼或是外埠跑码头时常见的组班形式。一把胡琴一块板，
你拉我唱，我拉你唱，另一个敲板，一共三个人演唱的小班子。

[60] 30 年代末开始，由于演员的数量的增加，剧种本身的发展，以符合剧情的标准选择
演员比较常见，所以，舞台表演中不是夫妻档出演的机会越来越多，但是《申曲日
报》登载沪剧界的"鸳鸯谱"之类的消息，申曲夫妻往往几十对不止，可见选择圈内
的艺人结婚还是比较普遍的现象。

[61] 《申曲日报》，1941 年 11 月 14 日，第 1 版，上海图书馆缩微胶卷。

[62] 1941 年 11 月 10 日起《申曲日报》连载陈佩珍、筱快乐之间《一页粉红色的罗曼史》
和《陈佩珍的生与死》，意图把陈佩珍刻画成一个生性纯良，希望追求婚姻自由，但
是又性格懦弱，不敢与恶劣的社会环境做斗争的弱女子，所以走上了自杀的道路。

[63] 《申曲日报》，1942 年 3 月 5 日，第 1 版，上海图书馆缩微胶卷。

[64] 《申曲日报》，1942 年 3 月 6 日，第 1 版，上海图书馆缩微胶卷。

[65] 《申曲日报》，1942 年 7 月 1 日，第 1 版，上海图书馆缩微胶卷。

[66] 《申曲日报》，1942 年 7 月 8 日，第 1 版，这是《申曲日报》上引用的《戏世界》文章中
的叙述，《戏世界》这个时期的报纸缺失，上海图书馆缩微胶卷。

[67] 《汪万婚姻奋斗史》自 1942 年 7 月 4 日在《申曲日报》上开始连载。

[68] 张爱玲：《烬余录》，《张爱玲典藏全集》(3)，哈尔滨出版社，2003 年，第 23 页。这是
张爱玲回到上海两年后写的散文，所以这种心态或许也夹带着她对于在沦陷的上
海生活的心理状态的认识。

[69] 陈存仁：《抗战时代生活史》，广西师范大学出版社，2007 年，第 208 页。

[70] 陶菊影：《孤岛见闻——抗战时期的上海》，上海人民出版社，1979 年，第 168 页。

[71] 张爱玲：《自己的文章》，《张爱玲典藏全集》(3)，哈尔滨出版社，2003 年，第 15 页。

[72] 胡春冰：《男性中心社会中影、剧的女性中心观》，《申报》(香港版)，1939 年 3 月 5
日，第 6 版，上海书店出版社，1983 年。

[73] 胡春冰：《男性中心社会中影、剧的女性中心观》，《申报》(香港版)，1939 年 3 月 5
日，第 6 版。

[74] 姜进：《可疑的繁盛——日军阴影下的都市女性文化探析》，《华东师范大学学报》
(哲学社会科学版)，2008 年第 2 期，第 66 页。

[75] 施春轩：《施家剧团新希望(下)》，《申曲日报》，1943 年 1 月 9 日，第 2 版，上海图书
馆缩微胶卷。

[76] 顾德曼：《向公众呼吁：1920 年代中国报纸对情感的展示和批判》，姜进主编：《都市
文化中的现代中国》，华东师范大学出版社，2007 年，第 204 页。

[77] 筱月珍唱："孀怨曲"，奚筝编：《申曲大戏考》，特五，文元书局，中华民国三十五年
(1946 年)，第 5—6 页。

[78] 李欧梵：《上海摩登》，北京大学出版社，2001 年，第 206 页。

[79] 史书美:《性别、种族和半殖民主义:刘呐鸥的上海都会景观》,见《亚洲研究》杂志,第55卷第4期,1996年11月,第27—28页,转引自李欧梵:《上海摩登》,第219页。

[80] 李欧梵:《上海摩登》,第223页。

[81] 《大中华〈妇女钟〉本事》,《申曲日报》,1943年1月17日,第1版,上海图书馆缩微胶卷。

[82] 《虚荣误尽了都会的少女:王艳琴的死与她的情人》,《力报》,1941年3月31日,第1版,上海图书馆缩微胶卷。

[83] 读者论坛:《杜王合葬》,《申曲日报》,1941年4月3日,第2版,上海图书馆缩微胶卷。

[84] 读者论坛:《杜鸿宾自杀》,《申曲日报》,1941年4月1日,第2版,上海图书馆缩微胶卷。

[85] 闪电新闻,《申曲日报》,1941年3月30日,第1版,上海图书馆缩微胶卷。

[86] 《虚荣误尽了都会的少女:王艳琴的死与她的情人》,《力报》,1941年3月31日,第1版,上海图书馆缩微胶卷。

[87] 读者论坛:《自白是否需要》,《申曲日报》,1949年4月9日,第2版,上海图书馆缩微胶卷。

[88] 读者论坛:《戈戈之未婚夫》,《申曲日报》,1941年4月8日,第2版,上海图书馆缩微胶卷。

[89] 《申曲日报》,1941年4月7日,第4版,上海图书馆缩微胶卷。

[90] 茜蒂:《关于王杜的惨死》,《申报》,1941年4月7日,第12版,上海书店出版社,1983年。

[91] 读者论坛:《戈戈之未婚夫》,《申曲日报》,1941年4月8日,第2版,上海图书馆缩微胶卷。

[92] 读者论坛:《王艳琴遇刺》,《申曲日报》,1941年3月31日,第2版,上海图书馆缩微胶卷。

[93] 吴企云:《申曲研究》,《上海研究资料》,第578页。

[94] 沪剧戏班规模小,舞台配备简陋,虽然在二三十年代也表演古装弹词戏,但往往着清装表演,不出彩也不规范。

[95] 越剧的古装爱情剧在战时上海的娱乐市场上也呈兴盛之态,但是越剧主要学的不是京剧古装戏的那一套表演模式,全女班的越剧利用自身的特点和优势发展出了爱情剧的演绎风格,立足于上海滩的娱乐市场。参见 Jin Jiang: "*WOMEN PLAYING MEN*: *Yue Opera and Social Change in Twenties*", University of Washington Press Seattle and London, 2009。但是沪剧在发展演变中有过"平剧化"的尝试,沪剧的很多男艺人都有学习京剧的经历,也搬演过一些京剧的剧目,但是这种尝试并不成功。

[96]　张恨水:《写作生涯回忆》,人民文学出版社,1982 年,第 32 页。

[97]　邹韬奋主持的《生活周刊》,是都市小市民的传声空间,通过读者来信探讨,从而启蒙了普通小市民的"人我意识",培养了其参与社会问题讨论的理性思维能力和参与意识。参见叶文心:《从〈生活周刊〉看三十年代的上海小市民》,《上海研究论丛》第四辑,上海社会科学院出版社,1989 年,第 299—316 页。

[98]　姜进:《可疑的繁盛——日军阴影下的都市女性文化探析》,第 59 页。

[99]　同上,第 65 页。

(图片来源:解波、汪逸芳《我的爸爸妈妈和阿姨》,浙江文艺出版社,2004 年)

趋时与留俗：女演员与江淮戏在上海的演变

罗苏文

　　江淮戏、淮戏即淮剧的前身，[1]它们诞生于苏北两淮、盐阜地区（淮阴、淮安、盐城、阜宁、建湖），本是清一色的男班乡土小戏。当它于清末进入上海市区落户后，在都市文化环境的熏染下，戏班成员的性别构成，剧目，表演风格等都发生了深刻的演变，为乡土气息浓郁的江淮戏添加某些都市符号，在近代上海大众娱乐文化园地里绽放出异彩。近代在沪的江淮戏既是在沪苏北劳工移民（以两淮、盐阜地区为主）糊口的技能之一，也是为他们所享用，不可须臾分离的精神食粮。近代在沪江淮戏是以上海市区的"下只角"，即市区边缘地带为演出范围，以低收入的苏北劳工移民为消费主体，以小剧场、马路戏为观演场所，江淮戏女演员的出现与成长，也为展示女演员兴起与小戏进城后都市化程度直接关联性留下自己的印迹。

一　来自非吴语区的男班乡土小戏

　　江淮戏诞生于苏北两淮、盐阜地区（淮阴、淮安、盐城、阜宁、建湖），是汲取地区文化环境诸多文化资源形成的戏曲之花。促成江淮戏来沪发展的文化环境因素可分三个层面考察。

　　第一，江淮戏形成于淮河以南苏北平原的沿海多灾区，由于土地贫瘠、周期性灾害频繁,造成乡民谋生手段的多样性、流动性。该地区位于亚热带与温带的过渡区,气候变异性大,物产以旱谷为主,大运河贯穿中部,淮安为漕运、盐运中心,既有水运之便,也是近代苏北的旱涝多灾区。[2]乡民生计除渔、盐、耕之外,辅以外出习武卖艺谋生。如盐城地区的"十八团"(今建湖县庆丰乡的18个老村庄)是与吴桥(河北)、聊城(山东)合称近代中国杂技的三大发祥地。早在明代当地已有200余杂技班社,以10户家班(高、吴、周、徐、陆、万、夏、董、廖、张)在江淮号称"杂技十大家"。[3]该地区有焚香祭神演唱习俗,称僮子戏,后发展为在户外空地搭台的说唱表演,用锣鼓伴奏的香火戏,俗称"做香火"。迄今发现最早见于文字记载的香火戏演出是1796年(清嘉庆元年),[4]清中叶建湖县境香火戏有做青苗会、火星会、牛栏会等仪式,在祠堂筑坛挂榜,用香火戏酬神还愿,请僮子(一般由当地农民在农闲时担当)念忏。船家出航前,也请僮子演出,祈祷平安,[5]建湖谚语"宁在世上挨,不在土里埋",饱含乡民对人生艰辛的苦涩与无奈。

第二,该地区多种民间演唱为江淮戏的催生、传播提供较丰富的文化资源。一是它的音乐元素来自民间小调。主要是当地人(不论男女)逢灾年外出沿街乞讨演唱的"门叹词",[6]分为东、西两路。东路流行于盐阜地区(又称下河调),音调刚柔并济、委婉抒情;西路分布在两淮地区的清河、淮阴、淮安、宝应(又称上河调),多采用淮梆子,音调高亢粗犷。[7]二是它的表演形式脱胎于晚清该地区的香火戏。香火戏是祭神仪式,由僮子(限于男性)念忏词、烧印有神符的黄纸,也多采用当地小调,如盐城地区的弹词、唱腔,清江、淮安、宝应地区的田歌、劳动号子(栽秧号子、田歌、打夯号子、赶牛号子等)、民间小曲("淮蹦子")等。用锣鼓伴奏,由名角或箱主组班。19世纪末的香火戏俗称"三伙子"(小生、小旦、小丑),后为三人演唱,另三人伴奏,轮流交换,因演唱水平还可以,又称"三可子"。[8]三是它的武戏表演借鉴当地杂技的武功技艺,形成"爬竿"、"飞叉"、"单刀技艺"、"滚灯"等惊险绝技。[9]近代建湖的"十八团"每到一处先选择场地,四周以绳网、布幔围起,敲锣招揽观众。江淮戏的演出也多在户外或茶馆进行,一般用破布、篱笆拉个帷子,用方桌、门板搭戏台,俗称"露天戏"、"草台班"。

由于盐阜、两淮地区方言同属江淮官话区的洪巢片,[10]语音相近,[11]虽与吴语区相邻,语音渊源却可归于官话八大系列之中,与北方方言同宗,与吴语区相异。由于徽剧流布区大致也在江淮官话区[12]范围(苏北、皖北、鄂东北),[13]方言接近,因此在香火戏的形成期,香火戏艺人不乏就近与徽班艺人联姻、跨剧种流动,授艺、同台演出、移植剧目等,同期香火戏艺人与吴语区乡土戏的互动却属罕见。近代香火戏的"皮(黄)夹可(三可子)",即指徽夹淮的表演;"一台淮戏半台京",指京、淮艺人同台演出,徽班的表演程式("一引、二白、三笑、四哭")被香火戏艺人采纳,香火戏的传统剧目"九莲"、"十三英"、"七十二记"均取自徽戏。

晚清到民初由于"门弹词"、"香火戏"组合,并吸取徽剧的剧目和表演艺术,盐阜地区的香火戏才逐渐向江淮戏过渡。它的表演语言渐以建湖方言[14]为基调,四声分明、五音齐全、富于韵味、悦耳动听。唱腔多取自当地民间小调(兰桥调、八段锦、打草台等 160 余首),结构形式亦完整统一。[15]演出形式有对子戏、三小戏(小生、小旦、小丑)、"散脚"(挨家上门),小场戏称"短头出子",如《小放羊》、《上坟》、《大赶考》等。[16]流行地区渐波及苏北、皖北地区。早期江淮戏的旦角均为男演员,戏班是清一色的男班。

第三,近代江淮戏故乡的多灾、重灾导致乡民生存环境恶化趋势,促成江淮戏在民初离乡进城的难得机缘。江淮戏与淮戏原本是就近在苏皖两省的淮河以南、长江以北地区的洪巢片方言区内拓展,这是顺理成章的事。但由于它的故乡在近代频遭天灾袭扰,乡民生计艰辛无着,一部分乡民弃土离乡,另谋生路已成大势所趋,如建湖县 1899—1949 年 50 年间有 31 年旱涝成灾,平均每 3 年 2 次。1914—1925 年阜宁县屡遭卤潮倒灌、雨雹、海啸及运河坝决口、蝗灾等计 37 次,年均 3.4 次。[17]而清末民初的吴语区,却因工业化率先在长江三角洲地区部分城市启动,而对成年劳工的需求持续急升,于是铁路沿线的沪、宁、杭、苏、锡、常等城市客观上充当了吸纳两淮、盐阜地区弃土离乡劳动力的天然蓄水池。[18]苏北沿海地区大批外迁移民潮(以两淮、盐阜地区移民为主)自然源源涌入邻近的长江三角洲城市工业区。近代上海市区人口构成始终以江苏人稳居首位,也与大批苏北劳工移民群持续进入有关。这一契机也让江淮戏相应跨越自身成片的江淮官话方言区，插入吴语区太湖片的苏沪嘉小片[19]传播，不出半个世纪，上海都市就无可争议地成为江淮戏在他乡的大本营。江淮戏班也将经受都市文化的洗礼。

二　近代在沪江淮戏班的调适求存

1910 年代中期江淮戏出现于上海街头，它能进入上海市区落户主要是伴随大批两淮、盐阜地区的劳工移民来沪谋生实现的，它在沪的成长经历始终与在沪苏北籍低收入劳工群体保持相濡以沫的同存共生关系，被烙上鲜明的都市劳工移民文化符号的印记。

上海都市五方杂处的舞台竞争为江淮戏取长创新敞开大门。

20 年代江淮戏的男旦在沪称四大名旦（谢长钰、梁广友、蒋德友、沈月红）。他们眉目俊秀、嗓音圆润，梁广友于 1916 年到苏州谋发展，他会编唱词，他的《观灯骂灯》是根据舅舅倪福康传授的《孝灯记》唱本，精心编成大段灯词，安排次序，故在每段灯词演唱结束后的停顿间隙总能博得全场掌声，《骂灯》是他的代表剧目。谢长钰早年学过徽剧须生、京剧青衣花旦，在沪演出期间，他经常观摩梅兰芳、程砚秋等演出，取长补短，有"江北梅兰芳"之誉。1927 年他与演员陈为翰、琴师戴宝雨共同在老悲调、下河调、靠把调的基础上，吸取京剧行腔与拉弦伴奏的配合，将弦乐引入江淮戏伴奏，以胡琴伴奏，创成新腔，即拉调（以胡琴伴奏得名），在《关公辞曹》中试用拉调，一改江淮戏伴奏限于打击乐器的缺憾，丰富了唱腔的表现力，拉调成为淮剧声腔的三大主调之一。在沪的江淮戏、淮戏原本各有特点。孙玉波擅长唱淮调，1921 年他的淮调有丰富的曲调旋律，并吸收下河调柔婉的唱腔，得到上海观众的喜爱，也被沪宁沿线江淮戏演员效仿，淮调也成为淮剧三大唱腔之一。演唱若仅限一路声调，无法充分兼顾观众多样性的喜好，难免出现起哄、要求改唱换调西路调，这种情景在楚城戏院、沪西戏院、高升戏院最盛。[20]观众对演唱风格多样化的要求也推动在沪江淮戏能融合东路调、西路调于一体。1931 年南市的民乐大戏院为招揽观众，特意安排男旦梁广友、谢长钰公演两场对台戏,票价加倍仍爆满。梁的戏目是《双阳公主》中的双阳公主、压轴是《骂灯》中的青衣王月英;谢则分别扮演《打渔杀家》中的萧恩和《霸王别姬》中的虞姬,两人各展所长,观众争睹为快,以致票价加倍仍爆满。长期得益于都市文化环境的熏染,江淮戏的表演手段自然也日趋丰富。

家班收女徒改变江淮戏班的单一男性组合。江淮戏有"十个戏子九香火"之说,指它的演员多系香火僮子出身,而且还限于清一色的男性。男旦俗称"包头"。在清末一辈男艺人中幼学旦角,后改行的如韩太和(1872—1956,盐城人)、何孔标(1882—1953,建湖人)、苏维连(1882— ,盐城人)、武旭东(1888—1956,盐城人)等;以擅长旦角享名的如稽佳芝(1889—1962,建湖人)、梁广友(1901—1935,盐城人)、谢长钰(1901—1949,阜宁人)、孙玉波(1901—1960,淮安人)、周廷福(1902—1973,阜宁人)、颜玉卿(1906—1978,阜宁人)、骆宏彦(1911—1982,建湖人,艺名骆红艳)、徐桂芳(1913—1988,盐城人)等。[21]上述男旦一般在10—13岁学戏,据此推测,江淮戏班对男旦的选拔、培训至少延续到20年代初。

徐桂芳

早期男旦的表演曾是江淮戏进入上海的一个亮点,男旦的绝技如挑花担,演员肩挑水担(以彩灯花篮象征水桶),步伐轻盈、姿态优美,有时不扶肩担,双手临空或叉腰,做出各种舞蹈身段,台步稳健,圆场奔跑迅速,并穿插左右连续钻圈等高难度动作。30年代在沪红极一时的男角杨金城也有挑花担的绝技,并擅长演"翻扑摔掼"的下地旦。[22]这种绝技属于江淮戏旦角的表演硬功夫,要求演员不仅身段动作敏捷矫健、优美,而且体力过人。折子戏《骂灯》是一出男旦清唱独角戏,不用弦乐伴奏,以唱见长,全靠演员一人施展。它从僮子忏词中吸取许多成套压韵的灯词,采用由下河调演变而成的骂灯调,内容包括帝王将相、各种行业、豆菜瓜虫等,编成说古谈今的什锦长段子,内容丰富、通俗紧凑,颇受欢迎。它要求演员口齿清楚、体力充沛、快而不乱,动作利索,要从容坚持长达一个多小时的紧张快节奏独唱,自然体力消耗很大。20 年代来沪江淮戏男旦几乎都以《骂灯》作为给上海人的亮相戏，而且都一炮打响。1920 年男旦梁广友应何孔德从苏北邀请来沪，公演拿手戏是独角折子戏《骂灯》，每演必满，一举成为红角。1921 年，淮调被引入上海的江淮戏舞台，始于淮安男旦孙玉波。在沪江淮戏演出的传统戏中，男旦为主的剧目能与须生戏竞相争艳；在旦角戏剧目、传授技艺等方面有男旦长期积累、亲传，客观上也为女旦登上江淮戏舞台打开一个朝向较好的缺口。同期，申曲(沪剧前身)、女班、小歌班(越剧前身)在沪以女旦立足，开拓

武筱凤

市场。江淮戏班也紧步后尘，兼收女徒弟。武旭东的武家班所收女徒弟也改姓武，如武筱凤(冯修清，1931—　)安徽无为人，武丽娟(尹年宝，1932—　)阜宁人。顾汉章(1899—1965)阜宁人，1930 年办顾家班，成员有其弟汉臣、侄子少春，徒弟如顾艳琴(余秀英，1922—1980)、顾神童(余君玉，1925—　)姐弟、顾少从、小汉章等。[23]马艳琴(张志根，1921—1985)盐城人，由姑父(戴润庆)抚养，取艺名戴艳琴，19 岁成为马家班的骨干，改名马艳琴，后为班主马麟童之妻，女儿马秀英、马小琴为家班核心，另有徒弟小马麟童、王金子、王锅子等。[24]女学徒的训练、从业均以家班为轴心，戏班成员多属同乡。师徒之间也有结成收养、结拜等社会关系，有些班主安排子女与徒弟婚配，使家班经营方式得以延续。据对近代在沪 69 名淮剧演员(其中琴师、司鼓 6 人)履历分析(详见附表 1)，男性 52 人，女性 17 人。大多在幼年学艺，其中 43 人的学艺年龄平均约为 10—11 岁。他们从艺往往与家庭影响密切有关，其中 69 人的家庭成员中，有 2 人是江淮戏从业者的计 18 人；有 3 人的计 9 人，合计 27 人，约占 69 人的 40%。随家人学艺的 36 人，拜师学艺的 21 人。69 人中同一方言区而非两淮、盐阜地区的仅 7 人(南京、江都各 2 人、泰县、安徽无为、湖北襄阳各 1 人)。[25]对比 1939 年 11 月在沪实业界人士投资创办上海戏剧学校(走读制)培养京剧演员，学生免缴学费，吃、穿、住自理。一时有在沪子弟六七百人报考，录取 160 余学员。学制 6 年，在校

期间安排学员先后公演890余场,1945年仅40余人领到毕业证书,[26]虽然戏校只办了一届,这40位"正"字辈男女新秀却在40年代中后期成为国内京剧舞台承前启后的骨干。而在沪江淮戏演员基本是在同乡移民群体内部解决,甚至主要靠演员家族自产自传。

近代在沪江淮戏班长期保留家班形式。早期家班有韩家班(班主韩太和,1912年)、长盛班(班主何明珍,1912年)。1912年建湖人何孔标(1882—1953)来沪后改唱淮戏,他自幼跟舅舅学过徽剧,演唱之余他协助兄长何孔德组建何家班(1916年),首演南市(三合街)的三义戏园,并收徒授艺。[27]盐城人武旭东(1888—1956)读过私塾,学过中医,因酷爱江淮戏,拜徽班艺人李峙为师,随香火艺人做过僮子,工青衣花旦,1912年来沪后靠拉人力车为生,他于1920年组建武家班。早期家班演出有户外空地,华界(闸北)的小菜场戏院、凤翔大戏院、翔舞台(长安路)等。组建家班收徒、进戏院演出,戏迷改行唱戏的门槛也不高,刘鸿奎是戏院茶房,孙东升原是浴室工人,颜玉卿是卖饼小贩,吉根宝是喜好武术的纺织工人。这些相关信息暗示20世纪初期20年间一部分在沪江淮戏艺人已选择以江淮戏表演为饭碗,客观上促成在沪江淮戏演唱从个体街头乞讨卖唱,转向地方戏商业演出发展。家族、同乡加同业的组合,使家班成为集演出、收徒培训、家族生活于一体的经营实体。1924—1939年间,江淮戏在沪形成十多家班社,均由男性担任班主,女性在家班中人数约占1/4,岗位安排一般只限于演员。在班规中也有种种歧视女性的遗迹。如规定妇女不准由台口跨上戏台;在未开锣前,必须由三花脸(小丑)在鼻子上抹了白粉后,花脸方可勾脸,其他角色才能上妆;演旦角者只许坐在梳头桌旁或大衣箱上,严禁妇女坐在二衣箱的盔箱与靶子箱上。[28]1932年为抵制前台老板与流氓的欺压,江淮戏同辈由25位男艺人聚集邑庙结拜兄弟,随后举行全市性的罢演。截至1949年,在沪11家江淮戏班的班主均为男性,2位女性副手是筱文艳(联谊)、叶素娟(志成)。11个剧团江淮戏班在取名上带有江湖结义的乡土气,如联义、联谊、美联、合义、兄弟、精诚、淮光、志成、同盛等。[29]女演员虽进入江淮戏班,却尚未动摇男性对家班的经营控制权。

《蓝桥会》中的筱文艳　　　　　　　　　《岳飞》中的马麟童

　　江淮戏的家班经营方式,客观上也影响艺人后代的就业多限于在家业范围内的延续,不易摆脱江淮戏艺人社会层次偏低、收入微薄的状况。戏班收入分配采用京班的做法(俗称对半拆账),戏馆老板、戏班各得五成,故分到每个演员手中寥寥无几,有"三块钱唱六天,等于逃荒要饭"一说。艺人在从艺生涯中时有改行种地、务工,或兼做小买卖的经历。名角筱文艳战后因家中人口多,收入不敷,她只能白天与家人一起卖汤圆,晚上登台演出。[30]与同期在沪越剧演员袁雪芬的包银是一出戏1两黄金的收入相去甚远。在沪江淮戏演员大多居无定所,随家班流动演出,在戏院栖身。"衣箱带烧饭,连锅挑一担";"上台像公子,下台叫花子,吃饭像猴子,睡觉像虾子",[31]就是他们漂泊生活的写照。

　　同期在沪江淮戏的主要观众是苏北劳工移民(以盐阜、两淮地区较多),主要是分布于纱厂、码头、三轮车行业及小贩。他们人数庞大,收入低微,大多聚居在市区边沿地带的棚户简屋。[32]30年代在沪码头工人、人力车夫是苏北移民较集中的行业,均以苏北话为行业通用口语。2万码头工人中有一半娶不起妻子,9万人力车夫中无家眷的6万人,故有"好汉难养三口家";"不养老不养小,养个中年吃不饱"之谚。戏曲票房是城市居民中戏迷的自娱社团,依据自身经济实力举办自娱演出。在沪规模较大的京剧票房有文记社(自设舞台,1911—　　)、铁路同人会京剧部(1926—　　)、恒社票房(1923—　　)等;

1912—1947 年间在沪粤剧（含粤乐）票房先后有 34 家（分属在沪粤人经营的企业、学校、同乡会），曾组织粤剧公演、电台播音。[33]越剧演员与女观众之间有拜干妈的习俗，所谓"跑跑龙套，过房娘不可不拜；做做娘姨，过房囝不可不收"。[34]1940 年代在沪戏曲界市面最大的剧种无疑是京剧，当时上海的戏院以荣记大舞台（九江路 663 号，三层 2 500 座）、共舞台（延安东路 433 号，二层 2 027 座）、天蟾舞台（福州路 701 号，三层 3 500 座）最大，专演南派京剧；黄金大戏院（金陵中路 1 号，1 575 座）、皇后大戏院（西藏中路 290 号，1 406 座）、中国大戏院（牛庄路 704 号，1 914 座）专演正宗北派京剧，互相竞争，从各自观众席比较南派略占优势。当时上海有些京剧迷对偶像名角的演出几乎是一场不脱，演一个月就订购 30 天的票，演两个月就订购 60 天的票。有 2 位女演员的众戏迷甚至还各自出钱为两位偶像各拍一部电影，一比高下。[35]但在沪江淮戏戏迷中却没有票房、俱乐部。1930 年代初有江淮戏戏迷插入戏班演一出折子戏，称"打炮"，不取报酬，有时要花钱请客才得到班主给个角色的表演机会。[36]战后一些企业的职工虽有业余演出江淮戏唱段为乐娱，较有影响的业余演员有张金涛（浦东东昌路"划子帮"）、潘士民（打浦桥茶楼老板）、顾洪根（胶州路麻袋厂工人）等。[37]不同剧种戏迷的娱乐开销档次高下悬殊。由于苏北方言习惯在名词词缀多带"子"（狗子、羊子、百灵子等），[38]近代江淮戏演员的小名或艺名，一般也带"子"字，[39]演员带有乡土气的称呼让同乡观众上口、易记，有亲切感，深得在沪苏北劳工移民群体的喜爱。

在沪江淮戏的演员与观众同属非主流方言（吴语区太湖片的苏沪嘉小片）、低收入的移民群体身份。苏北方言、江淮戏是他们分享愉悦、增进乡谊凝聚力的纽带，也是上海市区公众识别苏北人（或称江北人）的文化符号，这一鲜明的标识也使江淮戏的发展往往不易超越同乡的范围，获得同乡之外资源的参与。

三　趋时与留俗：在沪江淮戏女演员的崛起

近代上海都市地处文明的交界处，[40]也是戏曲艺术革新的实验地。受近代都市文化环境影响,江淮戏的演出带有趋时留俗的鲜明特点。所谓趋时是指趋从近代都市戏曲突出时尚性、娱乐性主流的倾向。江淮戏的趋时改革主要有三点。

一是伴奏乐器多样化与唱腔创新。早期江淮戏的清唱不用弦乐伴奏,武场伴奏的锣鼓声(板、锣,及用毛竹筒代替鼓)难免有些单调。1927年江淮戏在苏州演出,武场伴奏从单调的锣鼓,到文场一把胡琴(1930年代初),再到胡琴、三弦、笛,吹打弹拉(1944年)。20世纪30年代初文场始用胡琴,[41]约在30年代江淮戏的乐器(锣鼓)使用也吸取民间麒麟锣、花鼓锣,形成淮剧锣鼓谱,以扁鼓、铙钹、堂鼓组合成打击乐器配置,音乐浑厚、色调明朗粗犷。[42]1944年形成拉弹吹打(主胡、三弦、笛、鼓)多乐器合用,同期江淮戏也形成三大创新唱腔:拉调(因胡琴伴奏得名)、[43]淮调、自由调,[44]实现演唱、器乐相得益彰的演出效果。江淮戏三大新声腔中,拉调、淮调由男旦创造,打开表演创新的大门。骆宏彦出身梨园世家,祖父、父亲、叔伯均为徽剧演员,骆家班在苏北叫得响,骆本人对拉调、自由调带头演唱,向其他戏班推荐,并根据自身条件进行改革。自由调由男女演员共同创造。筱文艳、马麟童、何叫天根据各自的演唱个性和嗓音条件,先后创造自由调、马派三截调、连环叠句,被统称自由调。[45]对男女新声腔的肯定,暗示30年代女演员在江淮戏舞台已崭露头角。

二是以男女合演取代男班,女旦取代男旦。1921年在沪江淮戏圈子始有第一代女演员,李玉花、董桂英、金牡丹、王亚仙等,[46]女旦有吐字清楚、

《孝灯记》中的李玉花

《秦香莲》中何叫天演包公（1947 年）

踩板有力、唱腔圆润、委婉动人、扮相自然等性别优势。李玉花（1899—
1970,建湖人），她早年学戏得到徽班艺人彭友庆、江淮戏艺人李如金、陈龙关
的指导，十多岁登台，嗓音清脆嘹亮，以唱工见长。1921 年来沪演出，擅长六字
结构的连环句，巧妙地将各种抒情旋律溶于自己的声腔中，被誉为"李玉花
调"，她在传统戏《赵五娘》中有叙述家事的大段唱腔，感情醇厚，在观众中留下
"赵五娘上京都——穷话万担"的歇后语,30 年代李每演此剧，广告一挂，戏院
爆满。李玉花的丈夫孙东升（1903—1973,盐城人）原是浴室工人，由江淮戏迷
而下海，夫妻合作，很受观众欢迎。1947 年梅兰芳观看他们夫妻在天蟾舞台
义演《赵五娘》后，称赞"乡土气浓，声情并茂"。[47]筱文艳 11 岁登台，兼学
东、西两路调、徽、昆、京、梆子、扬剧等多剧种演唱风格，唱腔爽朗动听，后来
也因能演唱《骂灯》一剧而名声渐著，得到观众的认可，[48]16 岁就以文武花
旦挂头牌。1938 年在振兴舞台挂牌，包银 180 元/月,1939 年在高升大戏院
是 300 元/月。[49]40 年代在沪江淮戏舞台上的知名女演员武云凤（1920—
1988）、马艳琴（1921—1985）、顾艳琴（1922—1980）、筱文艳（1922—　　）、武
筱凤（1931—　　）等都是由家班培养，得到早期女演员帮教，展示江淮戏男女
合演时尚风采的。她们凭借自身优势和刻苦，出道早，成为家班的台柱之
一。30 年代女演员进入江淮戏舞台后，有些男旦改行或授徒传艺。如颜玉
卿 16 岁来沪后苦练成文武俱佳、唱做兼长的演员，掌握耍火球的绝技。他与

周廷福、徐桂芳都是江淮戏的著名老旦。[50]值得庆幸的是，江淮戏班的女旦不必像在京剧界的有些女旦那样，必须先以男旦为样本，模仿男旦的唱腔来演唱女人，而是直接用女性自己的声音特色去表现舞台上的女性形象。当然对女演员而言，要胜任男旦的绝技（身段动作、唱段等），至少在体力上仍是一项高难度的挑战。

三是剧目调整以追随都市时尚生旦戏为号召。清末江淮戏班带着故乡传统小戏进上海后，演出戏目逐渐丰富、变化。20世纪20—40年代，在沪江淮戏班常演剧目仍以须生戏为主，如传统折子戏有《七星庙》（取材《杨家将》，生旦戏）、《北天门》、《南天门》（从徽剧移植，老生戏）、《关公辞曹》（1927年首演）、《抢饭》（喜剧，三小戏剧目之一）。在剧场演出当然以连台本戏最叫座，常演不衰的剧目有《药茶记》（早期常演，三小戏之一）、《七世不团圆》（据通俗小说《七世姻缘》编排，包括孟姜女、梁祝等故事）、《飞龙传》（取材小说《飞龙全传》，每年在半年的班期内必演）、《包公案》（取材《龙图公案》，每年更换一本，每本内容为断一奇案，是招揽观众的常演戏目）、《薛刚反唐》（多数戏班常以《薛仁贵东征》、《薛丁山征西》开演，接演《薛刚反唐》，连演数日）。趋时新戏如女旦角戏《赵五娘》（以唱功见长）、《莲花庵》（《僧帽记》，青衣、须生戏）、《梁祝哀史》（1939年筱文艳、何叫天合演）等。[51]后期剧目调整也注意兼顾各方，如1933年谢长钰等在中华新戏园（朝阳大戏院前身）演出连台本戏《精忠报国》，30年代末，《安邦定国志》首用机关布景。1946年10月11日上海江淮戏联谊会为筹募基金，在沪南大戏院公演，上场剧目品种齐备，如《牧羊卷》、《水淹七军》、《魂断蓝桥》、《关公辞曹》、《断桥残雪》等。[52]在沪江淮戏界的男女名角也以时尚为号召，如谢长钰（1901—1949）有"江北梅兰芳"之誉；刘鸿奎（1906—1944）被封为"活济公"、"滑稽大王"；[53]顾艳琴（1922—1980）因传统戏、时装戏俱佳，有"淮剧皇后"之称，曾演出《黄慧如与陆根荣》、《张汶祥刺马》等。江淮戏班的美工邓格非（1890—1945）1928年应骆宏彦邀请为在鼎新舞台演出《牛郎织女》首次用布景装饰，谢家班随后在演出连台本戏《封神榜》时也要求邓制作机关布景。邓在舞美绘景中吸取海派京剧的套路，绘制图案大型软景、"彩头"（小景片），引进机关布景。他们创造出一系列都市时尚舞台形象,为在沪江淮戏也打上鲜明的时尚弄潮儿印记。同期在淮安县的淮戏演出也有些改革,有20余家小戏班,所谓"七紧八慢九消停",意指7人紧张,8人轻松,9人从容。演出场所包括淮安城的3处草台、2个露天场及县境300余处庙宇;有所谓牛马戏、猪头戏、太平戏,当地名角建湖人吕祝山(1895—1962)是淮剧名净之一,号称"江淮一声雷";1915—1938年在淮安的戏班以吴家班影响最大,班主吴应成以"铁嗓子"著称,后起新秀有

马秀英剧照

"江南梅兰芳,苏北胡广章",[54]女性表演似乎还不被注意。

所谓留俗,是指保留江淮戏表演简易、拙朴、低消费的乡土本色。

一是演唱风格延续以粗犷见长的本色。对演员的基本功训练粗略,偏重于一人多能,有"丢得钉耙拿扫帚"(各行均演),"会唱不会拉,不是在行家"[55]的艺谚。训练要领直白简易:"千斤话白四两唱";"眉毛眼睛嘴,身体胳膊腿","文戏要嗓子,武戏要膀子";道具不外乎"刀枪靶子,毛竹片子木掼掼";对身段、穿戴、唱腔、配乐尚不讲究,没有京剧讲究"走如龙,站如虎,轻如蝶,美如凤"[56]的舞台硬功夫。对比同期在沪的苏沪嘉小片方言区的戏曲较快去俗趋时,向剧场艺术靠拢,早期在沪的多种苏沪嘉方言小片的乡土小戏的演出形式都经历由户外到剧场的变化。早期在沪的本滩演出也有过"跑弄堂"、"敲白地"、"高台戏"的经历,20年代改名"申曲",以"西装旗袍戏"吸引观众,30年代明显趋于都市化发展,剧目有弹词戏、古装戏、时装戏,1932年十余家申曲班社进入十余处游乐场演出,1939年申曲演唱向多家电台播音拓展,40年代初正式称沪剧,并应邀拍摄沪剧影片《贤惠媳妇》(1939年)、《恨海难填》(1940年)、《阎瑞生》(1941年)。[57]江淮戏却一直延续马路戏。绍兴的小歌班(俗称的笃班)在1939年改名越剧,移植申曲《啼笑因缘》,首演时装戏。[58]而江淮戏传

统剧目多表现反抗暴政、抨击见利忘义、歌颂男女真挚情爱，[59]表演风格突出敢爱敢恨、真情投入的感染力，唱腔、表演"硬梆梆"，武打热闹等。[60]如果将江淮戏与京剧比，它在身段、穿戴、唱腔、配乐等多有逊色；与唱腔柔美委婉的越剧比，它以唱腔、表演"硬梆梆"而叫座；这一特色的形成既与它的观众群以在沪苏北籍男性劳工为主，迎合他们豪爽、质朴的性格、浓艳率真的审美情趣有关，也得益于江淮戏在沪长期延续户外演出，男女演员自然炼就粗声亮嗓，堪与响锣大鼓媲美的硬功夫。在沪江淮戏的乡土本色能经久不衰，与它的观众群多为苏北籍男性劳工，收入低微、性格豪爽淳朴相合拍。江淮戏若失去苏北劳工观众的喜好、欣赏，也将难以在沪立足扎根。

二是演出形式长期限于都市边缘地带的简陋剧场、马路戏。清末在沪的苏北移民为维持生计、改善生活，晚上在居住地区利用空地搭一桌子，表演者围坐唱江淮戏，用筷子敲击盘底伴奏，演唱中途停唱，由一艺人向听众索讨施舍，演出后表演者分摊收入，这种户外演唱俗称"搭墩子"、"平地大舞台"。另有"拉帏子"，是以布或竹篱在空地围成一圈演戏，观众买竹筹入场。[61]演出范围多在租界的工厂、车站、码头地带，如闸北太阳庙路（今汉阳路），沪东定海桥等地，不时遭到租界警方的驱赶、制止。此外华界的南市、南码头等地，[62]观众主要是苏北在沪移民劳工。约在 1916 年江淮戏艺人才将一间租借的房子（倒闭的当铺）改建成小剧场，进入室内演出。直到 1929 年才有第一家专演江淮戏的戏院：南市民乐大戏院（俗称四十间，钢筋水泥建筑）。[63]20 世纪 30—40 年代在沪的苏沪嘉小片方言区的地方戏曲先后退出户外演出，[64]进入市区剧场、游乐场经营，但江淮戏的演出却仍停留于市区边缘地带的简陋小剧场、马路戏阶段。20—40 年代江淮戏在沪演出剧场计 45 家：闸北 14 家，沪东、南市各 8 家，沪西 7 家，虹口 4 家，卢湾、浦东各 2 家，[65]观众席是竹、木长条凳。如沪西大舞台（胶州路 967 弄 55 号，1930 年）、三星大戏院（长寿路 383 号，1940 年）是芦席屋顶、长条木凳，可容 200—300 人的小剧场。[66]20—30 年代，杨浦区有 2 家戏院有江淮戏演出，如中华新戏园（兰州路，1921 年）；1945—1949 年江淮戏小剧场 4 家，[67]天一楼（怀德路 646 号，1927 年，220 座）、朝阳大戏院（沈阳路 17 号，1924 年，593 平方米，597 座）、沪东第一台(江浦路 934 号,1931 年,380 平方米,478 座)、楚城大戏院(周家牌路 91 号,长条木板凳,524 平方米,1946 年,532 座)。[68]江淮戏在沪东地区的街头演唱点如平凉路的八埭头、扬州路,俗称"八埭头大世界"、"露天游乐场",[69]长阳路、怀德路的"江北大世界",[70]均属马路戏范围。附表 2 显示,40 年代在沪江淮戏演出剧场分布以闸北、沪东、沪西、南市为四个主要集中地,大多与工厂区、棚户简屋区(俗称"下只角")相伴,而市商业中心区(黄浦区)却是空白。这与在沪的江南小戏陆续立足市区商业街区截然不同。1880 年宁波客串艺人在南市茶楼演唱(为甬剧前身),比其他滩簧进入市区早 20—30 年。其后三改剧名:宁波滩簧、四明文戏、改良甬剧,在沪演出范围限于南京路附近的 7—8 家剧场,仅在战时"唱地场"(户外演出)。常锡滩簧原分锡邦、常邦,民初来沪初期也"立荒场"(户外演唱),20 年代改名常锡文戏、锡剧。战后也以南京路商业区为立足地,常锡文戏研究会(云南中路游艺协会)。[71]这两个小剧种观众相对少,却不难在市区黄金地段的游乐场、剧场立足。而江淮戏却一直限于市区边缘地带小剧场、并延续马路戏。

影响在沪江淮戏趋时与留俗的选择,关键并不在方言,而在于其观众的娱乐需求。对此可以参照它的姐妹剧种扬剧落户上海后的印迹进行比较。

第一,两剧观演场所的分布地、观众消费层次略有不同。扬剧源于苏北大运河流域的扬州、江都、镇江地区,由三种地方演唱形式在沪汇合形成,即敬神演唱仪式(扬州香火戏)、俚曲清唱(扬州清曲)、乡间小调(花鼓戏)。[72]清末来沪的扬州艺人应邀演唱仅在华界的边缘地带零星进行,如在闸北、南市做会、搭台化妆演唱,或在草棚戏馆、茶楼、浴室等地也有过演出。[73]1920年代扬剧演出形式渐以剧场、游乐场为主,与它的观众群主要集中在商业、服务业有关,[74]扬剧艺术风格变化也深受都市风的熏染。30 年代在沪扬剧的舞台改革、表演是请京剧艺人教授四功五法,后期扬剧的唱、念、做、打,手、眼、身、法、步大都京剧化,[75]显示在沪扬剧向剧场艺术靠拢的趋势。同期江淮戏的艺诀简单、上口、易记,"唱戏不出汗,观众不爱看",[76]停留于生活化表演。两个剧种追求不同的艺术风格,或许也与在沪观众的"干预"有关，淮剧观众看戏的心情似乎相对更为急切，喜欢热闹场面的视觉刺激；而欣赏扬剧的观众似乎悠闲从容，偏好于用品味京剧的习惯欣赏扬剧。扬州曲艺表演在近代上海市区也经久不衰。到50年代初闸北先后有16家茶楼书场，一般是八仙桌加长板凳(80—200座)，听书、喝茶。40年代今普陀区也有较大的书场十余家，大多为扬州评话、苏州评话约期演出。[77]没有马路戏。与江淮戏主要观众是苏北地区(主要是两淮、盐阜地区)的劳工移民分属不同的消费层次。

第二，近代扬剧、淮剧在沪形成各自独特的艺术特色、社会组织。扬剧的前身有维扬文戏、维扬大班，1927年联合后统称维扬戏，它的社团组织一般在邻近市中心区的路段，如1927年的上海维扬伶界联合会(闸北，开封路永安里)、1937年的上海维扬戏剧联合会(虹口，鸭绿江路春阳里，陈魁记衣箱老板家)，1945年上海维扬戏剧联谊会(北海路206号)，1946年该会曾为德本善堂、普善山庄、扬州八县同乡会义演。在沪扬剧，从剧种命名、从业人员参与社会公益活动均突出对扬州地区的故土认同，与两淮、盐阜地区有别。近代在沪江淮戏演员与观众之间凝聚一种同乡自家人的身份认同感，使江淮戏保持浓郁的苏北乡土戏曲风格，拥有数万劳工移民观众群，它的社会影响面之广泛，是扬剧无法企及的。

1945—1949年在沪江淮戏剧团已有11家，经营规模在江淮戏故乡之上，[78]上海已是近代江淮戏演出的重镇。但在上海现代娱乐市场经营业绩方面，江淮戏却微乎其微。1949年6—12月上海娱乐业经营场所已有1 600余家，其中江淮戏演出场所123家，税收金额居娱乐业第8位，约占2.79％。[79]40年代在沪江淮戏的演变，显示近代上海都市居民娱乐消费的多层化、差距悬殊，也揭示一个容易被忽略的娱乐区的存在。它以上海市区的"下只角"为演出范围，以低收入的苏北劳工移民为消费主体，以小剧场、马路戏为观演场所，这三者既是它赖以立足的根基，也是制约它经营层次提升的主要障碍。近代江淮戏女演员的影响力虽不能与沪剧、越剧女明星比肩，却是推进江淮戏都市化的重要助力，并从一个侧面展示、丰富了女演员兴起与小戏进城都市化程度的直接关联性、多样性。

附表1：近代在沪江淮戏演员职业经历一览表[80]

姓　名	籍　贯	生卒年份	学艺/登台（岁）	备注或授艺人
韩太和	盐城	1872—1956	僮子	祖辈（徽）
吕祝山	建湖	1895—1962	第六代	父吕维翔（徽）
何孔德	建湖		1912年在沪组班	何孔标兄
何孔标	建湖	1882—1953	兼学徽	舅
苏维连	盐城	1882—	僮子	师何孔德
武旭东	盐城	1888—1956	僮子	祖辈（徽）
稽佳芝	建湖	1889—1962	僮子	
稽鸿裕	建湖，琴师	1928—	6/	父稽传兰
徐扣成	阜宁	1892—1964	僮子	师苏裕泰
徐国宝	阜宁	1934—	12/师朱广生	父徐扣成
顾汉章	阜宁	1899—1965	19/23	师王文安
顾少春	阜宁	1930—	幼/父顾汉臣	伯父顾汉章
李玉花（女）	建湖	1899—1970	幼/10兼学徽	师李如金
孙东升	盐城	1903—1973		李玉花夫
潘凤岭	建湖，琴师	1925—	9/	母李玉花
孙玉波	淮安	1901—1960	幼/	父孙学传
周廷福	阜宁	1902—1973	幼/何明珍女婿	师何明珍
周艳芳（女）	阜宁	1926—	12/	父周廷福
周筱芳	阜宁	1929—1977	/12,舅何益山	父周廷福
刘鸿奎	阜宁	1906—1944	18/	师武旭东
梁广友	建湖	1901—1935	僮子	舅
梁广义	建湖，司鼓	1913—1994	13/广文，广武同	兄梁广友
谢长钰	阜宁	1901—1949	僮子,兼学徽	父
陈为翰	盐城	1903—1961	僮子,盖天红	祖辈（徽）
颜玉卿	阜宁	1906—1978	10/14	师石景奇
颜巧珍（女）	阜宁	1927—	14/	父颜玉卿
骆宏彦	建湖	1911—1982	祖辈（徽）	祖父,父,伯父

姓　名	籍　贯	生卒年份	学艺/登台(岁)	备注或授艺人
吉根宝	盐城	1912—1950	10/原工人	锣鼓朱兆忠
仇盂七	盐城	1912—1935	僮子	舅
尹麒麟	阜宁	1912—1941	兼学徽	
徐桂芳	盐城	1913—1988	僮子,祖辈	父徐连本
臧道纯	阜宁	1917—1994	幼/	兄臧道恒(徽)
何叫天	建湖(生沪)	1919—	/10	父
何双林	建湖	1945—	12/	父何叫天
武云凤(女)	建湖	1920—1986	15/	师武旭东
何益山	阜宁	1909—1972	9/11,僮子	父何明珍
何小山	阜宁	1933—	11/	父何益山
何长秀(女)	阜宁	1939—		父何益山
马麟童	江都	1912—1952	15/武林之家	父马胜友
马九童	江都	1926—	12/	兄马麟童
马秀英(女)	泰县	1932—	8/	父马麟童
王士广	盐城,鼓师	1913—1973	10/	师武旭东
杨占魁	湖北襄阳	1917—	14/20,兼学徽	师何占标
马艳琴(女)	盐城	1921—1985	9/12原张志根	
张敝年	阜宁	1921—	11/	师韦龙宝
顾艳琴(女)	南京	1922—1980	10/原余秀英	师顾汉章
顾神童	南京	1925—	8/余君玉,艳琴弟	兄余君培
筱文艳(女)	淮安	1922—	11/	师苏维连
裴小芬(女)	盐城	1923—	9/	师韩德胜
韩　刚	盐城	1923	5/	父韩德昌
筱惠春(女)	阜宁	1923—	12/原季月萍	师王文安
李文藻	淮安	1925—	11/	父李玉杭
谢长义	阜宁	1926—		兄谢长和
朱奎童	盐城	1928—	10/	父朱广生

（续表）

姓　名	籍　贯	生卒年份	学艺/登台(岁)	备注或授艺人
陆步高	盐城	1928—	8/	父陆元龙
孙艳霞(女)	盐城	1929—	15/	师筱文艳
程少楠	建湖	1929—	8/兼学徽	父程寿昌
李神童	阜宁	1929—	10/原李泰森	
武筱凤(女)	安徽无为	1931—	9/12 原冯秀清	师武旭东
武丽娟(女)	阜宁	1932—	16/原尹年宝	师武云凤
韩小友	盐城	1933—	7/	父韩德友
朱胜龙	阜宁,司鼓	1933—	7/17	兄朱胜奎
李泰祥	阜宁,司鼓	1933—	7/堂兄李泰山	兄李泰高
筱海红(女)	建湖	1934—	6/原吴彩霞	从父母

附表 2：1920—1940 年代在沪淮剧演出剧场一览表[81]

地区	名　称	年　代	地址/座位	经办人/剧种
闸北	群乐戏园	1916—	长安路华盛路南	陈小六子
	凤乐大戏园	1918—	长安路,1919 年改凤翔大戏园	李长璧/冯有才
	鹤鸣园(茶园)	1920 初—	汉中路聚兴里	
	义和园	1920 初—	新疆路陆家庄	顾竹茂
	小菜场戏园	1920 末—	太阳山路太阳庙	
	平安大戏院	1920 末—	大统路中兴路口	
	交通大戏院	1920 年代	大洋桥	
	闸北大戏院*	1924—	新闸桥北,原闸北影戏院	陈兆元
	共和戏园(茶楼)	1920 年代末—	共和路大统路口	毛阿强
	沪北大戏院	1946—1958	新疆路 268/602	徐亮
	复兴大戏院	1942—1957	中兴路 1734 号/635	陈鸿泉
	宝兴大戏院	1924—1958	西宝兴路严家阙路 121/312	

地区	名 称	年 代	地址/座位	经办人/剧种
	华盛大戏院	1946—1958	恒通路 263—141/400	潘亚奇
虹口	翔舞台	1924—1938	天宝路 2,原中美大戏院 400 余	王树宝
	震舞台	1920 初—1937	胡家木桥近沙泾港	
	中国影戏馆	1920—1937	梧州路 150（1935 年淮扬大戏院）	淮,滑稽
	义乐大戏园*		胡家木桥	
	沪北大舞台*	1927	高阳路底香烟桥堍	陆若依
	江北大世界	1930 初—	临平路安丘路	/淮,扬,沪
	公平大戏院*	1946—1955	东汉阳路老街 31 号/468	/淮,扬,越
	飞虹大戏院	1946—1958	飞虹支路 92/322	/锡,沪越,淮
	正国大戏院	1948—1956	东长治路 844/451	/粤,沪,扬,淮
	万国大戏院	1947—1956	东长治路 367/548,后国光	季固周,京,越,扬,淮
沪东	朝阳大戏院*	1921—1960	沈阳路 17/597	
	天一楼剧场	1927—1956	怀德路 464/222	非淮剧专用
	如意楼剧场	1929—1955	通北路 116/200	非淮剧专用
	沪东第一台	1932—1956	江浦路 934/478	
	东山大戏院	1933—1987	霍山路 57/772	非淮剧专用
	胜利大戏院	1945—1965	杨树浦路 1929—4/479	非淮剧专用
	楚城大戏院*	1946—1966	周家牌路 91/532	
	东新大戏院*	1947—1956	扬州路 370/654	韦乃祥
沪西	万春楼（茶园）	1920 年代—	宜昌路药水弄	
	高升大戏院[82]	1935—1947	长寿路 427	吴渐逵/淮
	鸿飞大戏院[83]	1933—1950	长寿路 1186	京,扬,淮
	沪西大舞台*	1934—1960	胶州路 967—55/658	金有发
	老乐园（茶楼）	1930 年代—	昌化路长寿路口	
	明星大戏院[84]	1930—	昌平路	李德魁

（续表）

地区	名　称	年　代	地址/座位	经办人/剧种
	江淮大戏院	1946—1958	光新路朱家湾 49	江金标
	长宁大戏院	1939—1952	长宁路西新街 283/264	邱斯麟
南市	凤乐大戏园		陆家浜	
	江北大世界		西藏南路中华路,原京江公所	
	三义戏园	1910 年代	三合街	淮
	小菜场戏园	1920 末—	南市太平桥	
	民乐大戏园*	1927—1956	永年路 84	吕竹卿
	鼎新舞台	1920 年代—	吴家木桥	
	梅园大戏院	1940—1963	梅园街 62/566	淮,越
	南市大戏院*	1942—1967	留云寺弄 35/675	骆宏彦,淮,越
	红旗戏院	1942—1956	小西门永宁街 15	绍,越,淮
	江淮剧场*	1948—	大东门中华路太平坊 208	
	斜桥大戏院	1940 年代—	陆家浜路 1284	
	龙门戏院	1940—1956	龙门新村	沪,淮
静安	高明大戏院		曹家渡	专淮
	昌平大戏院*	1940 年代—1956	昌化路 344	专淮
卢湾	同乐大戏院	1943—1956	顺昌路 315/386,改建雅庐书场	淮,扬,越
	南阳大戏院	1929—1956	东台路 62/405 原南洋剧场	淮,扬,越,民房改
	沪南大戏院[85]	1946.6—	斜土路 944	淮,扬,越
	民乐大戏院	1940—1960	永年路 84/520,美星无线电厂	淮,越
浦东	义乐大戏园*		老三井	
	三江大戏院	1940 年代—	十八间	
	东新舞台[86]*	1940—	震修支路东新里 60 /514	专淮

带 * 表示为多家江淮戏班演出剧场。

附表 3：在沪淮剧团演变情况一览表（1945—1949 年）[87]

剧团名称	成立年月	人数	演变/骨干
联义	1945	68	1951 年自行解散
麟童	1946.2	67	1951 年部分与联谊合组淮光
联谊	1946.7	70	1951 年正、副团长等离团与麟童剧团合组淮光剧团，1955 年联谊全团支援江苏省，成立镇江市淮剧团
东升	1947	60	当年自行解散
美联	1948.5	37	1950 年自行解散
申江	1949.4	60	1950 年 4 月自行解散
合义	1949.9	50	1958 年去无锡
淮光	1949.11	53	1950 年 5 月自行解散
志成	1949.11	71	1957 年精诚并入，1972 年被迫解散
同道	1949.11	57	由谢剧团改名，1958 年部分去东台
兄弟	1949.11	60	1958 年大部分支宁，自行解散

[1] 1949 年 11 月上海江淮戏公会改名上海淮剧改进协会。自此，盐淮小戏、江北戏、江淮戏等统一定名为淮剧。文中统称淮剧。管燕草：《淮剧小戏考》，上海文化出版社，2008 年，第 398 页。

[2] 明清朝廷确保大运河漕运畅通的策略是"蓄清敌黄"、"借黄济运"，在苏北形成大片人工湖（洪泽湖）。为分流淮河大水，曾挖开运河东坝（5 处），放水归海，沿海地区遂成泽国、田舍为墟。1855 年黄河下游决口夺淮改道，出海口北移后，苏北洪涝干旱频繁。

[3] 韩建勋主编：《盐城市志》（下），南京：江苏科技出版社，1998 年，第 2654、2680 页。

[4] 盐城市上冈石桥头的《吕氏家谱》。管燕草：《淮剧小戏考》，上海文化出版社，2008 年，第 21 页。

[5] 宦子庆等主编：《上海淮剧志》，1998 年内部刊印版，第 266、205—206 页。

[6] 明末清初建湖县境盐场灶民、荡区渔民在灾年乞讨时手敲竹板唱小曲，后经乞讨艺人收集民歌乡调（如四季调、孟姜女、杨柳青等）形成各具地方风格的门叹词。王立演主编：《建湖县志》，南京：江苏人民出版社，1994 年，第 701 页。

[7] 宦子庆等主编:《上海淮剧志》,第 129 页;王立潢主编:《建湖县志》,第 610 页;荀德麟主编:《淮阴市志》,上海社会科学院出版社,1995 年,第 1851 页。

[8] 三可子的含义说法不一,另有指三河,因该剧种源于上河、下河、里河地区,当地艺人行话俗称"三河子"或"三可子"。管燕草:《淮剧小戏考》,第 46 页。

[9] 围杆高十余米,演员爬至杆顶,用腹部抵在杆顶,手足腾空,做"乌鸦展翅"等惊险动作。滚灯是在舞台上用 10 张长板凳交叉垒塔,丑角头顶一摞瓷碗,最上面的碗中盛油燃灯火,演员在板凳空隙间上下钻出钻进、转身打滚。管燕草:《淮剧小戏考》,第 67、224—225 页。

[10] 包括江苏、安徽两省长江以北、淮河以南的 37 个县市。中国社会科学院、澳大利亚人文科学院合作编纂:《中国语言地图集》,香港朗文(远东)有限公司,1987 年,B3(官话之三)。

[11] 两淮地区南片为两淮话(北片为海泗话);盐阜地区沿范公堤(今通榆运河)的阜滨片(阜宁、滨海)、盐建片(盐城、建湖)同属扬淮片,而南部台丰片(东台、大丰)属通泰片。荀德麟主编:《淮阴市志》第 2117 页。韩建勋主编:《盐城市志》(下),第 2694 页。

[12] 汉初该地区居民操吴扬淮语,魏晋—两宋中原移民几度迁入,当地方言又与中原语言相融合,兼有南北影响。1920 年代境内东南沿海废灶兴垦,大批海门、启东人北上迁入。韩建勋主编:《盐城市志》(下),第 2694 页。

[13] 湖北的东北黄梅、孝感地区属江淮官话的黄孝片。中国社会科学院、澳大利亚人文科学院合作编纂:《中国语言地图集》B3(官话之三)。

[14] 建湖地处淮剧发祥地的中段,僮子戏、香火戏艺人多出此地。韩建勋主编:《盐城市志》(下),第 2375 页。

[15] 韩建勋主编:《盐城市志》(下),第 2376—2377 页。

[16] 王立潢主编:《建湖县志》,第 702 页;小场戏是 2—3 人走村演唱,不化妆、不表演,坐唱,用云板击拍,一式的"老淮调",钟士和主编:《淮安市志》,南京:江苏人民出版社,1998 年,第 610—611 页;荀德麟主编:《淮阴市志》,第 1851 页。

[17] 王立潢主编:《建湖县志》,南京:江苏人民出版社,1994 年,第 117 页。庞友兰总纂:《阜宁县志》(1932 年),见阜宁县志编委会:《阜宁县志》(合订本)1987 年铅印本,第 279—288 页。

[18] 韩建勋主编:《盐城市志》(下),第 2681、2684、2374 页。

[19] 包括太湖东南的长江三角洲地区,为吴语区太湖片的 6 个小片之一。中国社会科学院、澳大利亚人文科学院合作编纂:《中国语言地图集》B3(官话之三)。

[20] 筱文艳:《淮剧在上海的落户和发展》,《戏曲菁英》(下),上海文史资料选辑第 62 辑,上海人民出版社,1989 年,第 332 页。

[21] 宦子庆等主编:《上海淮剧志》,第 233—234、238—239、242、246 页。

[22] 同上,第 112—113 页。

[23] 同上，第234—235、258、237、250页。筱文艳：《淮剧在上海的落户和发展》，《戏曲菁英》(下)，上海文史资料选辑第62辑，上海人民出版社，1989年，第338—340页。

[24] 宦子庆等主编：《上海淮剧志》，第239、242、249页。

[25] 同上，第237、239、241—242、244—245、248—252、257—259、261、263—265页。

[26] 顾正秋：《休恋逝水》，上海文艺出版社，1999年，第39、60页。

[27] 宦子庆等主编：《上海淮剧志》，第9—10、34页。

[28] 同上，第207—208页。

[29] 同上，第56页。

[30] 筱文艳1944年到民乐大戏院唱戏，经戏院老板同意，在戏院门口摆一小食馆卖汤团、水糕、粽子等。宦子庆等主编：《上海淮剧志》，第269—270页。

[31] 宦子庆等主编：《上海淮剧志》，第275—276页。

[32] 1949年全市棚户建筑面积约322万平方米，沪东、沪西、南市、闸北的租界与华界接壤地带是棚户简屋区的集中区。上海社会科学院经济研究所：《上海棚户区的变迁》，上海人民出版社，1962年，插图。

[33] 徐幸捷、蔡世成主编：《上海京剧志》，第76—77页；黄伟、沈有珠：《上海粤剧演出史稿》，北京：中国戏剧出版社，2007年，第240—249页。

[34] 卢时俊、高义龙主编：《上海越剧志》，北京：中国戏剧出版社，1997年，第300页。

[35] 顾正秋：《休恋逝水》，第54、72、155页。

[36] 习文、季金安主编：《上海群众文化志》，上海文化出版社，1999年，第200页。

[37] 如英商电车公司(今电车一场)、法商电车公司(今电车三场)、沪西的中纺13棉(棉纺1厂)、日华纱厂(上棉6厂)、宝成纱厂(上棉7厂)等。习文、季金安主编：《上海群众文化志》，第200页。

[38] 韩建勋主编：《盐城市志》(下)，第2739页。

[39] 如小磨子即韩太和(1872—1956,盐城人)、何小晚子即何孔标(1882—1953,建湖人)、梁小晚子即梁广友(1901—1935,盐城人)、谢五连子即谢长钰(1901—1999,阜宁人)、小福子即周廷福(1902—1973,阜宁人)、陈大晚子即陈为翰,1903—1961,盐城人)、刘大麻子即刘鸿奎(1906—1944,阜宁人)、大高子即何盖山(1909—1972,阜宁人)、尹小二子即尹麒麟(1912—1941,阜宁人)等。宦子庆等主编：《上海淮剧志》，第238—242页。

[40] 革新更容易在文明的交界处产生，因为文化转移的过程在那里得到了简化。[法]弗雷德里克·巴比耶著，刘阳等译：《书籍的历史》，桂林：广西师大出版社，2005年，第37页。

[41] 自谢长钰等创"拉调"，胡琴始用于江淮戏乐队。30年代初小锣、铙钹加入武场，单皮鼓取代毛竹筒。淮剧的打击乐器材料分三类(皮革、木、铜)。管燕草：《淮剧小戏考》，第182—183页。

[42] 韩建勋主编:《盐城市志》(下),第2376—2377页。

[43] 谢长钰打破了江淮戏只有简单武场(锣鼓伴奏)的局面,此前江淮戏唱腔以叙事为主,拉调借鉴京剧板式多变化的特点,为抒情性唱腔。管燕草:《淮剧小戏考》,第294—295页。

[44] 它协调了男女唱腔在音区上的矛盾,改变江淮戏传统唱腔单调沉闷的局面,增强了表现功能。管燕草:《淮剧小戏考》,第298页。

[45] 宦子庆等主编:《上海淮剧志》,第243、14页。

[46] 筱文艳:《淮剧在上海的落户和发展》,《戏曲菁英》(下),上海文史资料选辑第62辑,上海人民出版社,1989年,第331页。

[47] 宦子庆等主编:《上海淮剧志》,第239—240、90页。

[48] 同上,第10—11、114页。

[49] 同上,第271、275、276、208页。

[50] 同上,第13、239、241、246页。

[51] 同上,第64、66、71、76—77、87、90、92、94、98页。

[52] 同上,第238、240、250、235页。

[53] 同上,第130—131、140—141页。

[54] 钟士和主编:《淮安市志》,第610—611页;荀德麟主编:《淮阴市志》,第1851页。

[55] 宦子庆等主编:《上海淮剧志》,第271—273、275页。

[56] 徐幸捷、蔡世成主编:《上海京剧志》,上海文艺出版社,1999年,第335、337、338页。

[57] 跑弄堂是艺人在街巷边走边唱,以吸引观众去听演唱。敲白地是在空地上拉胡琴,吸引路人围观看演出。高台戏是临时搭台,四周围布幔的露天演唱。汪培等主编:《上海沪剧志》,上海文艺出版社,1999年,第198、202页。

[58] 沪剧演变的三个阶段:本滩(茶楼,1898—1913)、申曲(游乐场、剧场,1914—1939)、沪剧(剧场、电台、电影,1940—)。汪培等主编:《上海沪剧志》,上海文艺出版社,1999年,第9—12页。

[59] 韩建勋主编:《盐城市志》(下),第2367页。

[60] 宦子庆等主编:《上海淮剧志》,第271页。

[61] 同上,第193页。

[62] 管燕草:《淮剧小戏考》,第134、108页。

[63] 同上,第152页。1920年代进入剧场演出始有简单的照明、伴奏、服装、化妆。筱文艳:《淮剧在上海的落户和发展》,《戏曲菁英》(下),上海文史资料选辑第62辑,上海人民出版社,1989年,第330页。

[64] 常锡滩簧民初来沪初期有户外演唱,称"立荒场";甬剧仅在战时有户外演出,称"唱地场"。周良材主编:《上海扬剧志、上海甬剧志、上海锡剧志》,第75页。

[65] 宦子庆等主编:《上海淮剧志》,第197—199页;张永林主编:《虹口区文化志》,上海

书店出版社,1997 年,第 38—40 页;郭天成主编:《闸北区志》,上海社会科学院出版社,1998 年,第 1005 页;胡瑞荣主编:《卢湾区志》,上海社会科学院出版社,1998 年,第 747 页;孙卫国主编:《南市区志》,上海社会科学院出版社,1997 年,第 874—875 页。

[66]　宦子庆等主编:《上海淮剧志》,第 193—194 页;张一雷主编:《普陀区地名志》,上海:学林出版社,1988 年,第 362—363 页。

[67]　童本一主编:《上海文化娱乐场所志》,上海市新闻出版局内部资料 2000 年印行,第 154—158、165—167 页。

[68]　朝阳大戏院 1947 年修建,前身是中华新舞台(1924 年),1940 年售出,为日商安泽洋行煤栈。东新剧场(怀德路 370 号,430 平方米,越剧为主)、胜利大戏院(杨树浦路 1929 弄 4 号,333 平方米,越剧、沪剧、常锡文戏)。《杨浦区地名志》:第 324、332—333 页。

[69]　杨浦区档案馆卷宗号:47-11-92,第 22 页。

[70]　前身是明园跑狗场,1928 年开业,占地 4 万平方米,1934 年后成为露天游戏场。1931 年改为游艺场,经营年余歇业。战时沦为日军养马场,战后成为垃圾堆积场和棚户区。

[71]　姚国强主编:《上海甬剧志》;周良材主编:《上海锡剧志》。见周良材主编:《上海扬剧志、上海甬剧志、上海锡剧志》,第 100—101、104—106、190—193、194—195 页。

[72]　扬州香火戏(大开口)是敬神驱邪的傩,由僮子焚香燃烛,用跳大神、跳娘娘来酬神。后衍化为在广场进行,供公众观赏,演唱《袁天罡卖卦》、《魏征斩龙》、《唐僧出世》等被称为唐六书的神书,用锣鼓伴奏。扬州清曲是坐唱,有七字句、十字句,配请神调、娘娘调、泼水调等,弦乐伴奏,唱腔委婉。花鼓戏(小开口)俗称打对子、玩亮亮,由 2—3 人演唱,轻松活泼,富有乡土气。周良材主编:《上海扬剧志、上海甬剧志、上海锡剧志》,上海市文化局,1996 年,第 1 页。

[73]　周良材主编:《上海扬剧志、上海甬剧志、上海锡剧志》,第 1 页。

[74]　扬州地区在沪移民主要分布于商业系统,素有"三把刀"之称(即理发业的剃刀、沐浴业的扦脚刀、餐饮业的厨刀),故扬剧能进入市中心区的剧场演出。

[75]　周良材主编:《上海扬剧志、上海甬剧志、上海锡剧志》,第 80、13—14、38 页。

[76]　宦子庆等主编:《上海淮剧志》,第 271—273、275 页。

[77]　1926 年虹口奇芳居茶楼(140 座,天水路 157 号)有苏北评鼓演出,1937—1948 年虹口地区有 10 家茶楼有淮扬评话、苏北评鼓演出。郭天成主编:《闸北区志》,第 1065 页;张永林主编:《虹口区文化志》,上海书店出版社,1997 年,第 40 页;张一雷主编:《普陀区志》,上海社会科学院出版社,1994 年,第 791 页。

[78]　1954—1957 年盐城地区先后有 11 个职业淮剧团,合并为 6 个,改为县淮剧团:射阳(2 个),滨海、建湖、盐城、阜宁各 1。韩建勋主编:《盐城市志》(下),第 2383 页;

同期的清江市淮剧团(淮阴市淮剧团的前身)由周茂贵戏班为主组建,淮安县淮剧团是以单家班(1950年苏州永义淮剧团一分为二,其中单家班于1955年在淮安登记)为基础,于1956年成立。荀德麟主编:《淮阴市志》,第1853、1854页。宦子庆等主编:《上海淮剧志》,第56页。参见附表3。

[79] 税收前7位:电影41.48%、舞厅17.71%、平剧10.27%、越剧7.85%、酒吧6.23%、沪剧5.11%、游艺场4.39%。《上海市娱乐业税收》(1949年1—6月)计算。上海市档案馆档案卷宗号:B104-1-25,第2页。

[80] 宦子庆等主编:《上海淮剧志》,第237、239/241—242、244—245、248—252、257—259、261、263—265页。

[81] 宦子庆等主编:《上海淮剧志》,第197—199页;张永林主编:《虹口区文化志》,第38—40页;郭天成主编:《闸北区志》,第1005页;胡瑞荣主编:《卢湾区志》,第747页;孙卫国主编:《南市区志》,1997年,第874—875页。

[82] 1931年建成共和舞台,1935年重建改名高升大戏院,系700平方米砖木结构简易平房,专演江淮戏。1948年改大都会电影,1964年座位由594只增加为684只,改名燎原电影院。张一雷主编:《普陀区志》,第791页。

[83] 原奥飞姆大戏院(1928年春开张)放映外国无声电影,楼顶搭简易棚,设武术班,有常锡戏班、申曲演出。1932年为万国商团营房,1933—1950年改名天乐大戏院、沪西中华大戏院、沪西大戏院等。1951年改放映电影,不演戏,1962年改名沪西电影院。张一雷主编:《普陀区志》,第789页。

[84] 另一明星大戏院(黄河路301号,1919—1962)934座位,解放后为交运工人俱乐部。《上海文化艺术志》编委会、《上海文化娱乐场所志》编委会主编:《上海文化娱乐场所志》,上海市新闻出版局内部资料,2000年,第153页。

[85] 又名黄山大戏院,后自行改为沪南浴室。胡瑞荣主编:《卢湾区志》,第747页。

[86] 位于浦东南路以西,启新路南,建筑面积403平方米,毛竹屋架,芦席屋顶,上铺小瓦,是浦东专演淮扬戏的剧场,俗称"毛竹大舞台",左、中、右三条通道,西门进,南北二门出,舞台在东头,195平方米,南边是乐队,北边是演员休息室。1956年翻建为砖木结构建筑。1966年拆除,1983年在原址建成家浜文化站剧场。黄浦区政府编:《黄浦区地名志》,1989年,第677页。

[87] 宦子庆等主编:《上海淮剧志》,第56页。

(图片来源:管燕草《淮剧小戏考》,上海文化出版社,2008年)

图书在版编目(CIP)数据

娱悦大众：民国上海女性文化解读/姜进等著. —上海：上海辞书出版社,2010.2
ISBN 978 - 7 - 5326 - 2969 - 5

Ⅰ. 娱...　　Ⅱ. 姜...　　Ⅲ. 女性—文化—研究—上海市—民国
Ⅳ. D693.968

中国版本图书馆 CIP 数据核字(2009)第 187022 号

　　　　　　责任编辑　　王继红
　　　　　　封面设计　　汪　溪

娱悦大众
民国上海女性文化解读
上海世纪出版股份有限公司
上海 辞 书 出 版 社 出版、发行
(上海陕西北路 457 号　邮政编码　200040)
电话：021—62472088
www.ewen.cc　www.cishu.com.cn
上海书刊印刷有限公司印刷
开本 787×1092　1/18　印张 23　插页 1　字数 371 000
2010 年 2 月第 1 版　2010 年 2 月第 1 次印刷
ISBN 978 - 7 - 5326 - 2969 - 5/G·712
定价：48.00 元

如发生印刷、装订质量问题,读者可向工厂调换
联系电话：021—36162648